心理科医生

THE PSYCHOLOGICAL DOCTOR

下册

夏至——著

人民交通出版社股份有限公司
北京

图书在版编目(CIP)数据

心理科医生 / 夏至著. —北京：人民交通出版社股份有限公司，2020.9

ISBN 978-7-114-16512-2

Ⅰ. ①心…　Ⅱ. ①夏…　Ⅲ. ①长篇小说—中国—当代　Ⅳ. ①I247.5

中国版本图书馆CIP数据核字（2020）第072179号

Xinlike Yisheng

书　　名：心理科医生 · 下册
著 作 者：夏　至
监　　制：邵　江
策　　划：李梦霁
责任编辑：李梦霁
特约编辑：刘楚馨　陈力维　苗　苗
营　　销：吴　迪　赵闻恺
责任校对：孙国靖　魏佳宁
责任印制：刘高彤
出　　版：人民交通出版社股份有限公司
地　　址：（100011）北京市朝阳区安定门外外馆斜街3号
网　　址：http://www.ccpcl.com.cn
销售电话：（010）59636983
总 经 销：北京有容书邦文化传媒有限公司
经　　销：各地新华书店
印　　刷：北京盛通印刷股份有限公司
开　　本：710 × 1000　1/16
印　　张：41.75
字　　数：800千
版　　次：2020年9月　第1版
印　　次：2020年10月　第2次印刷
书　　号：ISBN 978-7-114-16512-2
定　　价：109.80元
（有印刷、装订质量问题的图书由本公司负责调换）

目　录

第二十一章　七个房间

两个人站在房子中间，看着身上完全没有伤口的摩擦癖病人，脸色越发不好。倘若真的重新回到了第一个房间，当时的那个摩擦癖病人已经身中四道血痕，不可能像现在一样干干净净。

但匪夷所思的是，房间中的这个人除了血痕对不上，其他一切特征都与之前的摩擦癖患者一模一样。

李唯西稳了稳心神，径直走到后门密码锁处按了数字4，门缓缓打开。

摩擦癖患者还在不断重复着："摩擦、摩擦、摩擦……"

宋摘星至今没有回过神儿来，吓得站在原地一动不动。

李唯西折回身牵住她的手，声音低沉："我们继续向上走。"

两人出来后继续向上爬楼梯，经过下一个房间，宋摘星已是迫不及待将门打开。

里面空气闷热，房间是个八边形，有个浑身"长满"扣子的人呆若木鸡地看着他们。

宋摘星双腿像灌了铅，直直摇头："我们一直在往上走，怎么会回来呢？这不可能。"

李唯西拳头紧攥，目光含忧。

紧接着，他找到原来的门按了密码55，打开后他带着宋摘星继续向上走。

他们一个房间接着一个房间的走出去，再次碰到了移动的墙，碰到了鱼缸和社交障碍患者，甚至再次碰到了那个早就被巨蛇吃掉的短发女孩。

刚进入门内，便看到短发女孩依旧蹲在墙角瑟瑟发抖，她的面前是一圈又一圈的蜘蛛、蚂蚁和蛇。

宋摘星喉头发紧，她看着“重新活过来”的短发女孩，轻声问道：“你还在这儿？”

然而未等她说完，短发女孩便大声嘶叫起来。而后蚂蚁乱爬，老鼠乱窜，巨蛇直挺起身子发动攻击。一切活动都与他们上次来时惊人的一致！

李唯西在混乱中突破重围按了密码2，门开的刹那巨蛇已将所有动物全部吃掉。短发女孩站起身和他们说道：“我跟着你们一起走。”

宋摘星这次一瞬不瞬地盯着她。

等李唯西和宋摘星踏出门外，短发女孩笑得灿烂清爽。然而下一秒，巨蛇突然游移到她身后，就在宋摘星面前将短发女孩的头一口吞掉。

鲜血四溅，宋摘星吓得连连后退：“不……”

而李唯西站在原地无动于衷。他看着那些没有溅出门外一步的鲜血，陷入凝思。

两人休息片刻，谁也没有再说话，紧接着向下一个房间走去。

段长惟依旧站在房间中央，而给他们听的依旧是一段从中间播放的乐曲。

李唯西毫不犹豫地按了数字8出去。

整个通道就像一个死亡循环，他感到胸腔闷热，无法喘息。

走完了六个房间，他们继续向上，当再次打开下一个房间门的时候，他们又一次回到了站着摩擦癖患者的地方。

宋摘星已经吓到昏迷的程度，这到底是怎么回事？！

李唯西当即做了一个决定，他咬破了自己的手指。

有一些微小的痛感袭来，李唯西脊背挺直，侧脸淡然许多。

“你记得潘洛斯阶梯吗？”

宋摘星抬头看他，整个人还没从震惊中恢复。

她点点头：“四条楼梯，四角相连，但是每条楼梯都是向上的，因此可以无限延伸发展。”

她说完又直接否定道：“但这在现实中根本不可能出现。潘洛斯阶梯来自将三维物体描绘在二维平面时出现的错视现象。”

“可我们现在就在经历这样的事情。”李唯西意味深长道，“虽然是六个房间，楼梯算不上四角相连，但如此循环，就像潘洛斯阶梯一样。”

宋摘星跌坐在地，她已经没有一点力气支撑自己了。

李唯西陪她坐下，氧气还在不断减少，摩擦癖的声音成了房间中絮絮叨叨的背景音。

宋摘星叹气：“如果走不出去，体力耗尽，我们就会死在这里。”

“既然是游戏，就一定有规则。”

宋摘星抬头：“你想到什么？”

李唯西看着她：“房间没有问题，是连接房间的楼梯出了问题。”

“可是我们一直是在向上走。”

“楼梯都是漆黑的，我们不断向上走，很可能是‘鬼打墙’。因为漆黑的环境让我们分不清方向，自我感知模糊，利用楼梯的弯道上升或下降就不容易被察觉，所以走到最后就是在兜圈子。”

“有什么办法走出去吗？”

李唯西缓缓站起身，决定一试：“闭上眼睛，扶着墙壁靠直觉走。”

宋摘星任由他拉起来，陪着他一起走向后门。

“你闭上眼睛，我扶着你。”

她的声音清澈决绝，弱小的身子在封闭的环境下仿佛酝酿出巨大的能量。李唯西想起第一次见她的时候她也是这样的眼神和声音，漫长的岁月里她从未变过。

两人出了门，李唯西紧接着闭上双眼。修长的手指搭在阶梯一侧的墙面上，他浅声嘱咐道：“走慢一些。”

宋摘星早已扶住他，回得干脆利落：“好。”

闭上双眼后，整个人受到的外界干扰会减少很多，他能准确地判断出自己是否在走弯道。墙面有些粗粝，他摊开掌心一点一点触摸，眉头轻皱。

似乎和自己想的有些不太一样，他仍然感到自己是在向上走，方向也没有任何变化。

不多时两人已经来到第二个房间，李唯西睁开眼睛，想了片刻：“这样太慢了，我们从第六个房间开始试。”

宋摘星问道：“放弃中间的阶梯了吗？”

“我们在六个房间中不断循环，说明六个房间都是没有问题的。能再次回到第一个房间，问题很可能出现在第六个房间之后。”

宋摘星明白他说的意思，这样既能节省时间又能节省体力，现在这两样东西对他们来说都是极其宝贵的。

她点头。约莫十几分钟后，两人从第六个房间出来。

李唯西再次紧闭双眼，关切道：“你也当心。”

宋摘星笑：“你现在只能靠我带路，为了你我也不会摔倒的。”

说到底，她还是最担心他。哪怕自己现在已经这样狼狈。

她细心地扶住他，李唯西的手再次靠向墙面。

向上走的过程中，李唯西感觉到自己没有在走直线。

黑暗中宋摘星却毫无察觉。

“墙面是弯的。”李唯西确定。

宋摘星一惊：“难道我们已经在往回走了？”

与此同时，李唯西却猛地顿住步子。他摸到墙面上有一个凸出来的按钮。

这个地方他与宋摘星走过几次，却从未察觉。如今他闭着眼睛，触觉极其敏锐，本能地感觉到这个小小的凸起非同寻常。

他缓缓睁开眼睛，将凸起的按钮按了下去。

伴随着隆隆声，墙面赫然断开，原来脚下的楼梯暗处还连接着墙后的空间。李唯西看向宋摘星，决定与她一起走进去。

踏入墙后顺着楼梯走了几分钟，两人视野豁然开朗，一个巨大的圆形房间出现在两人面前。四周墙壁都是半弧形，而近在他们眼前的却是层层叠叠的屏障，之所以感到房间巨大，是因为阻拦他们的屏障足有几米长。

李唯西从屏障的裂口进入向里看了看，里面依旧是各种阻挡物。他迅速反应过来，这是一座巨大的迷宫。

宋摘星心跳慢了半拍：“这是哪？”

李唯西回身，眉目疏淡：“第七个房间。”

宋摘星不可思议道：“段长惟最喜欢的数字7？”

李唯西点头。他知道这个房间与其他房间绝不一样。

疲惫感突袭，让宋摘星眼前发黑，她半撑着身子说道：“我们得向里去，或许走出迷宫就逃出去了。”

李唯西十分担心她：“你怎么样？”

宋摘星表示自己毫无问题，只是非常担心如此庞大的迷宫不知道要什么时候才能走出去。

她正这样想着，李唯西忽然将她打横抱了起来，让宋摘星浑身一僵。

高大修挺的身躯直接将她罩住，她的额头紧紧贴着他的胸膛，一颗心突突直跳。

炙热的呼吸贴在她耳边：“困了可以睡一会儿。”

李唯西随即迈步，宋摘星吓得双手赶紧搂住他的脖颈，触感清凉。

她脸颊发烫，一边掩饰着自己的失态一边问他：“你擅长走迷宫？”

李唯西摇头。

“呃……”刚刚走得那么笃定，她还以为他是个迷宫小能手。

李唯西唇角微扬：“可我知道迷宫第一定律。”

“迷宫也有公式定律？”

说话间李唯西已经向里入了三格，声音变得急促起来。

“先给你讲个故事。科学家试过将迷宫等比例缩小，关老鼠进去，然而老鼠总是能在两分钟左右出来，这让科学家非常疑惑。后来科学家经过研究得出了结论，也就是迷宫第一定律：一般而言，只要在出发点单手摸住一面墙出发，手始终不离开墙面，总可以找到迷宫的出口。”

他说完，已经沿着墙壁进入第五个屏障前。

宋摘星安心地窝在他的怀里，思索道：“如果我们按照第一定律出发，就算无法到达终点，也不可能困在迷宫里，还是可以回到出发点的。”

李唯西点头，下巴蹭到她的鼻尖，紧接着唇已蜻蜓点水般吻了上去。宋摘星直接蒙住，长睫扑闪扑闪地看着他。

李唯西再次挺身，浅笑：“不会回去的，我会把你带到终点。”

宋摘星回过神，脸颊已是红透。见他额头渗出薄汗，她连忙挣扎：“我要下去。”

“别动。”他步子更快，“快到了。”

接下来的时间，宋摘星果然一个多余的动作也没有，乖乖地躺在他的怀中。他将她抱得更紧。

最后一道大门如约而至。

李唯西汗如雨下，缓缓将宋摘星放下来。

她甫一落地便看见迷宫出口堆的一摞书，并不齐整，倒像随处丢在一起的。她好奇，上前翻了翻，只读了一小段便吓得面色惨白。

“唯西，你看。”

她转身将书籍递给他，一行行小字跃入眼帘。

Zersetzung的目的是分裂、瘫痪、瓦解和孤立敌对消极势力……由于心理骚扰不易留下痕迹，且难以推测其性质和来源，故很难激发受害者的反抗行为……

Zersetzung的应用目标通常是恐吓嫌疑人以击垮其意志，采用的战术一般包括破坏受害者的私人或家庭生活。例如进入其房间搬动家具的位置、重设闹钟的闹响时间、撤下墙上的画或是调换茶壶中的茶叶。其他活动包括毁坏地产，破坏车辆，蓄意错误的医疗。诋毁活动包括发送伪造的妥协照片或文件给受害者家人，揭发，挑衅，心理战，心理颠覆，偷听电话，窃听，神秘电话呼叫或者不必要的邮寄品……许多人因此陷于精神错乱、崩溃甚至自杀。

李唯西合上书，心中一沉。

“或许高妈妈疯的原因真的是他们用了这种心理手段。”宋摘星紧接着一惊，“难道高妈妈和这个地下迷宫也有关系吗？”

为了验证这个想法，她赶紧再去翻看其他书籍，不想片刻后却又获得了新的讯息。

“这里根本不是游戏的环节，更像段长惟自己的房间。”宋摘星拿着书走到李唯西身边，“这几本都是关于电脑游戏和新科技的书，段长惟确实下了大功夫。”

李唯西静默片刻，说道：“这座迷宫或许还藏着其他东西。”

他走到那些书籍堆里，似乎有什么目的，弯身直接查找。

他提醒宋摘星：“我们需要密码出去。”

宋摘星倒是没有找到任何关于密码的线索，皱了皱眉：“那么多书，密码从何找起呢？”

李唯西蹲下身，抽出几张印满字的A4纸。他看了看上面的内容，是关于光影投射的科技进展与未来可操作性分析。

有些像VR（虚拟现实技术），却又远比VR带来的冲击性更强。

紧接着，他从另外一张纸上发现了一个设计图纸。只见图纸上画着一圈又一圈圆，标记着星宿、地支和节气等古代特有的元素，像是还没有设计完的游戏。

宋摘星皱眉看着那张图，庞大而又精密的设计让她叹为观止，后脊发寒。

李唯西眸光半眯，他相信这些都是段长惟所作，段长惟死得突然，留下未完成的图纸也很理所应当。只不过……他淡淡皱眉，如今他和宋摘星被困在这里，不知是不是和这些图纸有关。

他放下那些图纸，继续在书堆中翻找其他线索。书很多，心理学的、天文的、科技的，褶皱的纸张和里面密密麻麻的注解看得出每一本都曾被反复触摸过。

忽然，他在最底下的一本册子里找到了一些答案。

宋摘星沿着屏障走了走，希望发现新的线索，突然听到李唯西唤她。

“在这儿。”

李唯西翻开那本册子，扉页上的字出自段长惟之手：

献给阿莞。

6.12

宋摘星折回身，眉心轻皱：“6月12号？”

她想到段长惟早在上个冬天就死去了，不知道这两行字是哪一年的6月12号写的。

李唯西翻了翻里面的内容，都是段长惟写给林莞的情话。

2月12日　晴

今天看见你剪了短发，身上有清凉薄荷的味道，像透明的露。不过穿的外套有些单薄，担心你会感冒，所以偷偷在你抽屉放了药。

短发很适合你，显得你眼睛大大的，带着数不尽的张扬和骄傲。

4月6日　轻风

今天天气很好，春天经常让我想到倾泻的河流与山涧的啼鸟，倘若幸运，余生想陪你过每一个春天。

5月23日　雨

今天陪你一起看雨，你说喜欢家里这栋房子，让我很是欣喜。

当初设计你的房间时，就在期望以后有机会给你设计一个完整的家。

可我知道这是奢求。你并不爱我。

7月16日　暴雨

心情很糟糕，要设计游戏，又要爱你，我没有办法同时做两样事情。

9月30日　晴

今天你问我，假若没有遇到你，我会不会早就恋爱了。

我很高兴你能察觉到我对你的感情。

可我只想回答你：我已经遇到你了。

12月11日　雪后

看着你每天都去京大医院，我的心一天比一天难过。

我知道我再也没有机会了。

可你仍然是我愿意为之活下去的理由。

李唯西将册子合上，他知道这是段长惟的私人日记本。

宋摘星也看到了那些字，心中泛起涟漪，叹道："段长惟爱林莞爱得又长情又隐忍。"

她不知道如何再去表达他那种自卑又无处躲藏的爱，又想起段长惟死前的一切，更是五味杂陈。

李唯西将册子放回原处，随即安静下来。他思考了很久，直到将全部事件串联在一起，表情淡漠。

"走吧。"他信步向密码锁走去。

宋摘星紧跟上来："密码是什么？"

他答得笃定："612。"

声音未落，修长的手指已按下去，门接着打开。

宋摘星有些恍惚："为什么？"

"这是段长惟自己的房间，会用最重要的数字当作密码。"

他牵着她走出去，楼梯重新出现在两人面前，他的声音平静无比。

"6月12日不是他落笔的日期，是林莞的生日。"

安插在各个楼梯口的监控摄像头安静得如同死去一般。

夜视监控摄像头能将完全漆黑的环境拍出白日的感觉，坐在监控后面的人完全不担心李唯西与宋摘星会脱离掌控。然而就是在这样的情况下，他们两人却突然消失了。

他看着两人走过六个房间，不断在其中穿梭，也同时见证了他们消失的时刻。

他根本没有想到段长惟还单独建造了一个房间。他不知道那个房间是怎样的，也不知道段长惟在那里留下了什么。

他很是气愤。这么多年他视段长惟为心腹，接济他、培养他、造就他，却没想到他临死给自己要了这么一个花招。

他确信段长惟手中有自己想要的东西，所以才迫不及待地想知道一切真相。

他正感叹，手底下的人悄声进门向他汇报："尝试了，无法跟踪到他们。"

他没说话，眼睛一瞬不瞬地盯着监控屏幕。

他的目光阴鸷，面色凝重，额前一缕白发有些散乱，却更显他的威严凶狠。

如今李唯西和宋摘星完全消失在屏幕中，让他有些措手不及。不过很快他便平静下来，向手下的人问道："公司的事情都打理好了吗？"

"已经安排妥当。"

"万无一失？"

"是的，查不到。"

他点头，神色放松下来。既然做到这一步，就不怕有人查，这一点对于他来说并不难。更何况他的计划并不在这里，他的宏图伟业终有一天会在世人面前得到证明。

半晌，他喑哑出声："他们还会出现的。"

监控屏幕上仍然什么都没有，不过他笃定的语气让手下人明白现在该去做什么。

既然能看着他们二人走进来，当然也会目送他们二人离去，但前提是他们还有利用价值。

否则，他们自己就会把自己困死。

监控前的人笑了笑，他对李唯西抱有的期许并不比段长惟少。

就在这时，屏幕中再次出现李唯西和宋摘星的身影。

他将屏幕定格在两人出现的地方。

游戏真是越来越有趣了。

从迷宫中出来，李唯西和宋摘星一直沿着楼梯向下走。

宋摘星觉得不对劲，但心里仍然期待这段阶梯是他们逃出去的路。

直到一扇门再次隔在楼梯中间。

宋摘星看了看李唯西，没等他应答便直接上前按下按钮。

她期望这扇门之后就是外面的世界，这一段黑色经历在她生命中到此为止。

然而当钢质门缓缓打开时，他们又一次站在了摩擦癖患者的房间。

宋摘星踉跄，似乎所有的希望都在一瞬间彻底破灭。

他们根本没有走出去，就算通关了第七个房间，他们还是回来了。

浑身的力气似乎全部被抽光，宋摘星半靠在墙上，目光迷离地看着站在房间中央的摩擦癖患者。

李唯西知道她已接近绝望，将她揽入怀中。

宋摘星哽咽，狠狠攥着他的衣角。

“我们……我们要死在这里了。”

“还有机会。”

四字一出，宋摘星眼泪止不住地往下流。她紧紧抱住李唯西，心跳陡然加速。

良久，她与他分开，抹了一把泪。

“让我帮你。”

她知道他已经有了一些念头，但还没有完全想通，否则不会与她还困在第一个房间里。

彼此相处那么久，他那些想说未说的话，她都懂。

李唯西低头看了看他之前咬破的指尖，一个血点凝在上面。

他看向宋摘星，问道：“你的胳膊还疼吗？”

宋摘星想起在第五个房间被老鼠咬的伤，已经很久没有感到疼痛了，经他提醒赶紧去看，然而什么都没有。

宋摘星摇摇头："没有感觉了。"

李唯西沉吟片刻，接着将自己的思虑一股脑说了出来。

"是幻觉。"

"什么？"

李唯西目光如炬："短发女孩能完好无损，段长惟能死而复生，老鼠明明咬了你，却没有留下一丁点齿痕，这在现实生活中都不可能出现。你知道大型真人互动游戏吗？心理游戏更像是真人互动游戏的衍生品。"

"可是真人互动游戏都是真实的场景、真实的互动、真实的人，而我们的游戏呢？"宋摘星看着四周的一切，觉得越发困惑，"衍生品就是不存在的吗？明明知道这些人都不是真的人，却还能感受到他们触摸自己，感受到他们的眼神，感受到他们的声音和体温，太诡异了。"

"我想，你说的事情和这些密室有关系。"

宋摘星皱眉："什么意思？"

"假如我们看到的东西足以以假乱真呢？"李唯西看着自己指腹上的血，这才是真真正正被感知到的东西。

宋摘星有些吃惊："现实生活中能完全达到这种效果吗？"

"之前不敢肯定，不过看到迷宫里段长惟留下来的那些资料，或许他们已经开发到更深的程度。"

宋摘星似有所悟，大步走到摩擦癖病人身边，一动不动地看着他。

"高科技……"宋摘星唏嘘，"如果我们没有被催眠，那么一定是吸入了致幻剂。"

她回头惊叫道："致幻剂影响了我们的中枢神经系统，让我们对时间和空间产生错觉和幻觉？！"

李唯西跟上来，单手插兜："我想，周鸣山的阴谋不止这么简单。你身上的定位器被人为屏蔽，说明我们早已成为别人的棋子，而他们还能够让我们待在这里，只有两种可能。要么这里永远出不去，要么他必须利用我们才能通关。"

宋摘星懵怔地站在那儿："他们究竟有什么企图？"

李唯西："如果这些是段长惟留下来的游戏，或许他在游戏中存了一些秘密，周鸣山破解不了，只好不断找人来玩。"

“通关了，秘密就出现？”宋摘星觉得他的思路很有意思，顺着说道，“这也是我们为什么一直走不出去的原因对吗？”

走不出去是因为没有通关。假若段长惟在密室中设计的游戏至今没有人玩得过，那么周鸣山想得到的东西便一直没有得到。

但是秘密是什么呢？以至于让周鸣山如此大费周章地设计这样一个陷阱引李唯西进来。

摩擦癖患者还在不断重复着摩擦、摩擦，红色牌子上的时间提示他们氧气不足一分钟。

宋摘星连忙拉着李唯西向外走：“我们去最后一关。”

一直在几个房间循环，即便知道自己是在“鬼打墙”，于今也毫无用处。假若这是段长惟留下来的游戏，那么他们的生死根本不在周鸣山手里，而是由自己掌控。

宋摘星笃定一点，一边走一边和李唯西说道：“既然通关就能出去，那么我们就不必害怕了。”

她的手心冰凉，李唯西心中一惊：“你想到什么？”

楼梯陡峭，她的声音在墨黑的夜里干脆利落。

“段长惟说，如果我们没有按对数字，将会被永远锁在这里，再也看不到明日的太阳。”她微停，笃定道，“我们根本没有按对第六关的数字。”

宋摘星和李唯西再次回到了第六个房间。

两人进入房间后什么都没有说，段长惟依旧在说着规则：“走完安全的格子，密码就会出现。善意的提醒，只需要一个数字就可以出去，但是假如你们没有按对，这间房子会伴随着错误和你们一起消失。”

“为了让你们能够放松玩游戏，来段音乐助兴吧。”

“那么，游戏开始。”

随着重低音的出现，段长惟再次变成了一个木头人，一动不动。

宋摘星看向李唯西，先将自己的疑惑说出来：“如果不是数字8，会是段长惟最喜欢的数字7吗？”

李唯西脸色平静：“即便音乐只有一部分，我们走过的路也完全与数字7不相符。”

宋摘星听着这一段乐曲不断重复，叹道：“如果找到另一半音乐就好了。”

李唯西否定了她的想法：“游戏中的既定信息很难改变。”

两人衣衫湿透，很是狼狈，宋摘星更是累得头昏眼花，一时不知如何选择。她心中盘算，密码既然不是数字8，那么答案应该还在这段乐曲里。

当乐曲再次开始时，宋摘星干脆迈开步子，沿着那些黑白格子重新走了一遍。她一步步踏过与音阶相匹配的格子，等再次回到黑色格子与李唯西重逢时，乐曲结束。

根本没有喘息的时间，重低音紧接着又一次响起。

宋摘星捂住耳朵，聒噪的声音让她有些游离。然而下一秒，宋摘星忽然意识到什么。

“等等，”宋摘星看向李唯西，“为什么判断现在的乐曲只有一部分？”

李唯西低眉：“你指的是？”

“万一——我是说万一这就是一首完整的曲子呢？”

“你是说段长惟就是根据这首曲子设计的数字？”

“对！也不对……”宋摘星想了想，“我们本来也是从这首曲子里得出的数字8……”

可是明明觉得哪里很怪。

只是她甫一说完，李唯西却快速沿着格子向前走去。他走到最接近段长惟位置的安全格子上，静默半晌。

“你说得对。”李唯西忽然回过头来，眉目舒展，“我们确实忽略了一个问题。”

“什么？”

“段长惟站的这个格子，一定是安全的吗？”

李唯西的问题直击痛处，宋摘星豁然开朗，赶紧上前：“我们下意识将他所站的位置判定为安全，是因为他就站在这里。但是如果他像前几个房间里的人一样，都是密室投射给我们的幻象，那他肯定不是真的人，他根本没有着地！”

李唯西立刻牵住她的手：“我们从这段乐曲里得到的不是数字8，而是数字0。”

去掉段长惟所站位置这个中心点，他们刚刚走了一圈，就是数字0。

两人随即向密码锁的位置走去。就在李唯西想要按数字时，宋摘星却忽然覆上他的手背，清凉的感觉直触心底。

“如果密码没有按对，可能我们都会死在这里。”宋摘星担忧地说道，眸光深深，“在你按之前，我想问个问题。”

李唯西点点头。

“高妈妈的事情，是林雨泽在背后搞鬼吗？”

李唯西微惊，没想到她已经猜出来了。不过他从未和她透露过有关林雨泽的任何事情，不知道她是如何猜到的。

似乎看出他的困惑，宋摘星道：“当天我们分开，你就去了林家，我想不到有什么特别紧急的事情会比1号人物更重要。还有一点，在大厅中奔跑时，我看到很多门上挂着人名牌子，有一个人名是Lim。”

Lim是“林”的英译，假设周鸣山和林家有关系，那么很可能他们在共用一个心理咨询师。这些都是宋摘星的猜测，她不确定，但刚刚在迷宫中她发现连段长惟都在研究Zersetzung，更加深了她对林雨泽的怀疑。不过她也知道李唯西不会和她说那么多。她明白他想让她少些忧虑，但眼下生死未卜，她想确定这件事情到底和林家有没有关系。

李唯西扬手为她拨去额前的碎发，指尖又轻又暖。

“我只是希望你能更快乐一些。”

宋摘星长睫湿润，她没有再说话，因为已完全懂得他的意思。李唯西转而去按密码，脊背修挺坚毅。

当输完数字0，两人迅速感觉到房间地面晃动，灯光不停闪烁。紧接着，侧面墙壁缓缓打开一道新的门，门外阶梯明亮刺眼。

天花板上的吊灯哐当砸到地上，地面上的黑白格子一个接着一个陷落。李唯西大惊，连忙拉起宋摘星飞奔：“快走！”

宋摘星被李唯西牵着一起迈出门，然而门外什么都没有，两人一脚踩空，直接向下坠去。

“啊！”

风声在耳边呼啸，头顶发出巨大的轰隆声，一切都在瞬息之间，似乎整个世界都在碎裂崩塌。

第二十二章　风声鹤唳

国槐已经枝繁叶茂，气温迅速升到三十度，春雨过后，夏天来得令人猝不及防。阳光从松林缝隙洒下来，像漏下一层碎金，微风吹过摇摇晃晃，将整个医院的消毒水气味扫荡殆尽。

京大医院心理科。云月华还在不断尝试着联系李唯西，却始终没有得到有关他的任何消息。

而顾伯棠现在还在重症监护室里不省人事，这让她更加担忧。

同一时间，肿瘤科向心理科转来了一位前列腺癌病人，病患叫王守才，55岁，由妻子顾莲陪伴而来。患者刚刚查出患有前列腺癌，但因前期筛查做得很好，尚未发生骨转移，给去势治疗争取了时间，所以康复的可能性很大。不过王守才却强烈拒绝看诊和手术，妻子无法说通他，只好先将他转到心理科，希望心理科医生能够与他有效沟通，做好术前工作。

云月华准备让简一凡做王守才的心理咨询师，联系文静赶紧通知下去，却得到一个让云月华更加吃惊的消息。

继李唯西和宋摘星之后，简一凡也丢了。

科里的三大主治医师一时间消息全无，让云月华不由得忧心忡忡。

而此时简一凡之所以联系不上，纯粹是因为他的爸爸——简建国回来了。

简建国回汉州后第一件事就是来找简一凡，带他到最常去的地方给他买他最喜欢喝的北冰洋汽水。

这几乎是简建国每次出差回来后干的第一件事，二十年风雨无阻。

所以在简一凡的印象里，爸爸就是北冰洋的味道。特别是夏天，带着气泡的凉冰冰的汽水可以让简一凡忘掉所有的烦恼。但是爸爸出差期间，他却一次都没有单独喝过，他想把最好的记忆和爸爸永远联系在一起。

简建国快要六十岁了，看起来却精神奕奕，毫不显老。他三十多岁下海经商，生意正红火时有了儿子简一凡，独苗一个，倍加宠爱，孟美丽每次骂简一凡的时候，都是简建国挡在最前面。为此，吐槽孟美丽成了两人的共识，每次见面的前一个小时，话题永远跟孟美丽有关。

简一凡将自己和高璨的事情向简建国交代清楚之后，就开始发起对老妈孟美丽的“攻击”。他一把鼻涕一把泪地控诉孟美丽的罪行，又着重提及他的银行卡全部被孟美丽冻结，自己食不饱腹，日渐憔悴，日子过的实在不堪。

简建国坐在凉亭里摆摆手，豪气道：“老爸再给你个银行卡，随便刷。”

简一凡笑得合不拢嘴：“看来老爸生意又赚钱了。”

简建国从去年到现在出差这么久，纯粹是为了一桩生意，导致连过年都没能回来，为生意倾注的心血不可谓不多，不可谓不尽。

如今被简一凡提及，他敛了笑意，却不断点头：“赚了，赚了。”

简一凡正高兴自己有了新的零花钱来源，没注意到简建国语气变化，又问道：“耗费那么久的心力，应该赚了不少吧？”

简一凡一直很崇拜他的爸爸，特别是在生意的事情上，能让老爸亏钱的事情还真不多。

不过他的问题却直击简建国痛处，说起来，这桩生意还真是简建国这么多年来的一个坎。

这要从他的竞争对手说起。简建国做汽车贸易，而这次参与竞标的对手竟然是三十年前自己的老同事。当时他还在一家民营公司上班，为了争取上升机会，勤勤恳恳、兢兢业业、吃尽苦头，而这个机会最终却意外落入别人之手。很久后简建国才发现原来自己被人陷害，导致领导误会，这才错失管理岗。他一怒之下递交辞呈转而下海经商，契机完全来源于此。

巧合的是，那个陷害自己的人，三十年后却意外和自己竞标同一家公司的汽车，真是仇人相见，分外眼红。

简建国要报这个仇，誓要拿下竞标产品，不蒸馒头争口气，事情到这地步已经和赚不赚钱没多大关系了。

可恨的是老同事精于算计，八面玲珑，和几十年前完全没有两样，上上下下搞通关系，竞标产品几乎已经是囊中之物，就差竞标当天签合同了。简建国迫不得已，这才常驻那里，一连大半年都不回家。

老同事本事确实厉害，简建国努力很久发现要撬动订单公司一点招数没有，竞标机会自己只能屈居第二，如无变数，肯定是老同事顺位第一拿下这次竞标。简建国思来想去，彻夜不甘，于是来了个损招。就在老同事忙着维护上游公司关系时，他奇袭老同事的下游经销商，天天吃饭喝酒，称兄道弟，面上看起来风光无限，其实暗地里也受了不少委屈。

下游经销商本身就是老同事最放心的地方，简建国偷撬他的客户，也算毒计了。几个月应酬下来，自己反倒瘦了十几斤，为了拿下这个客户，不仅点头哈腰地伺候，还许给高额返利，本来是两千万的生意，让他这么一做，利润硬生生变成只有两百万，还白搭出去那么多力气。

但简建国仍然觉得值得，为了报仇让他干什么都行。

老同事那么谨小慎微的人，就算再会说漂亮话，也难以和简建国这么高额的返利相比。功夫不负有心人，就在竞标当天，下游经销商直接给老同事打了个电话，断绝与他的一切合作，让老同事一下子慌了神。懵怔的时候，竞标产品被简建国一举拿下。

这还不是最解气的。大家都做汽车生意，彼此心知肚明，现在卖汽车赚不了多少钱，真正赚钱的是汽车后期的维修和保养，所以他们这种公司会进很多零配件向下销售。如今老同事没有拿下竞标，资金又投到了原材料当中，很难向银行继续还贷，到时候不仅是他公司的危机，很可能连他这么多年的心血都会付诸东流。这一石三鸟的计策，让简建国彻底报仇，大获全胜。

商海浮沉这么多年，这是简建国最高兴的一次，但也是他最心累的一次。所以当简一凡聊起这个话题的时候，简建国多少有点情绪复杂，不愿直面。

眼看简建国有些失神，简一凡探了探头："老爸，你没赚钱啊？"

他手里还拿着刚刚争取过来的银行卡，下意识攥紧了一些。

简建国瞅了瞅一脸单纯的简一凡，哈哈大笑："当然赚了，你老爸我什么时候吃过亏。你放心花，老爸永远当你的顶梁柱。"

简一凡这下放了心，笑嘻嘻地站起身："那你等着当爷爷，我先去看看你的儿媳妇。”

“你这小子。”

简建国咬牙，还没等他骂出声，简一凡已经风一般没了影儿。

简一凡一口气跑到西山精神病院，他想把这个好消息第一时间告诉高瑑。自从孟美丽冻结了自己的银行卡，简一凡很久没为高瑑花过钱了，连高妈妈出事期间他能做的都很少，为此内疚不已。

高瑑现在已经是病院的护士，不方便见他，简一凡干脆站在外面等，直到高瑑下班，月亮都升上来了。

高瑑一脸菜色，看起来很是虚弱。下楼的时候被简一凡看到，连忙上前扶她。

高瑑抽了抽手，问他：“你怎么没上班？”

简一凡笑得春光灿烂：“今天是值得庆祝的日子，上班太扫兴了。”

两人穿过大厅来到院外，高瑑吸了口夏夜的空气，坐在长凳上。

“可我很忙，妈妈的病情又加重了。”

“啊？”简一凡陪她坐下，心疼道，“要不要转去更好的医院？”

高瑑低着头，整个人闷闷的：“一凡，我累了。”

“别担心，你千万不要气馁，妈妈肯定会好起来的，而且……”

“一凡，”高瑑打断他，月光下眸光清平，“我们分手吧。”

简一凡以为自己听错了：“什么？”

高瑑的眼泪喷涌而出，她一个字一个字地说道：“我很累，只想陪着妈妈。”

简一凡握住她的手，柔软温暖：“我可以陪你。”

高瑑摇头，她抹了一把泪，平静地说道：“你知道我为什么会和你在一起吗？”

简一凡张了张嘴，道：“我不需要理由，我喜欢你就够了。”

“因为你有钱。”高瑑看着他，毫不躲闪，“儿科护士们天天都在讨论你，讨论你身上穿的衣服多少钱，讨论你的手表多少钱，讨论你的车多少钱，她们天天都去心理科找机会和你见面，我在儿科的这两年，听得最多的名字就是你。”

简一凡将她的手握得更紧：“那又怎么了，你喜欢我才会喜欢我的钱。”

“不，不是。”高璨说得斩钉截铁，让简一凡的心跟着一沉。

“我只是喜欢你的钱。”月光下高璨的脸色显得更加苍白，有一种毫不掩饰的美，“我爸病了很多年，家里为了看病一贫如洗，我太知道没钱是什么滋味了。低三下四，忍气吞声，根本没有一点尊严。你知道吗，我妈为了让我上大学都去卖过血，我不能再过没钱的日子了。”

简一凡不忍再听，连忙掏兜要把银行卡拿出来，他想告诉她以后再也不会让她那么难过了。可卡还没拿出来，便听高璨说道：“可你现在没钱了，我需要一个更有钱的男朋友来养我。”

简一凡的手微微一颤，有些不可思议地看着她：“只要有钱就可以当你男朋友吗？”

高璨点头：“只要有钱就可以。”

“你在骗我。”

“一凡，我没有开玩笑。”高璨叹了口气，继续说道，“你还记得你被患者砸到眼睛吗？你在手术室里的时候，我就在想，如果你瞎了或者病情恶化，我都会第一时间离开你。我不是三从四德的贤妻良母，我的家庭让我清醒地意识到，不承担任何责任，人就会活得更快乐一些。”

简一凡缓缓站起身：“你这叫自私！”

“不好意思，我就是喜欢钱。”高璨也站起身，眼泪悬在眼眶，“我和你在一起，你妈妈就会冻结你的银行卡，这件事情无解。以前我还能陪你耗下去，可我现在耗不起了。”

简一凡冷笑：“你要迅速套现是吧？”

高璨也跟着笑，她知道自己什么时候最美，也知道什么时候该利用自己的美。

“有个富二代在追我，我决定和他在一起。”

简一凡整个人都处在震惊之中，他口袋里温热的银行卡还在提醒他今天本是个值得高兴的日子。夏夜燥热难耐，让他胸闷憋气，满脸通红。

他一把将她扯入怀中，喉头发酸：“你在骗我对不对，你不是这样的人，你根本不是。”

高璨没有抗拒，任由他抱着自己。许久之后，她淡淡地说道：“当时如果你没有专门为我买了一辆法拉利，根本不会追到我。”

简一凡的胳膊垂了下来，他再也没有力气碰触她了。

而高璨浅浅扬眸，依旧对他笑道："希望你过得好。"

她一步一步向就诊楼走去，再也没有回头。

简一凡将手塞进口袋，摸着那张争取来的银行卡，许久许久都没有动。月光洁白如纱，将院中的一切都照得清清白白、干干净净，唯独他整个人陷在阴影里，看不出表情。

起风了，穿过树梢打在他肩上，一身凉意。

翌日。

宋摘星转醒时已经是下午，阳光静谧安详，透过纱帘打在病床一角。病房空荡荡的，透着很浓的消毒水味。窗外绿荫深深，能隐约听到汽车鸣笛与人语声，她明白自己逃出来了，这里是她最熟悉的京大医院。

她半坐起来，只觉得浑身骨头发软，没有一点力气。

唤了护士进来，她赶紧问道："李唯西呢？"

小护士面生，大概不知道她说的是谁，回道："被送进来时你就是一个人。"

宋摘星面色苍白，心头有不好的预感。她挣扎着从床上起来，踉踉跄跄向门外走。

她必须先回趟心理科，否则心里难安。

小护士拦她："你还不能下床。"

宋摘星却毫不顾忌，打开门的刹那轻轻对小护士道："我要去见对我来说最重要的人。"

出门后，宋摘星一路扶着墙面走向心理科。只是还未穿过走廊，她便看到很多人围在那儿。那些人举着摄像设备与话筒，将走廊围得水泄不通，她一眼辨别出他们媒体记者的身份，心中一沉。

云月华的声音从里面贯出，宋摘星五步并作三步赶过去。

她人还未到，就被另外一只手一把拦住。

"一凡？"宋摘星皱眉，"到底出了什么事？"

简一凡如今看起来憔悴很多，声音闷闷的："你不能过去。"

"为什么？"

"那些记者在问李唯西的事情。"

宋摘星依稀听到云月华解释和声明的语句："我们院会迅速处理，届时会给大家一个交代。"

她目光灼灼地看向简一凡："唯西出事了？"

简一凡点头："高璨把李唯西告了，并且把这件事捅给了媒体。"

"怎么会？！"宋摘星大惊，"她毕竟是咱们院的护士，之前也给了赔偿，她为什么要这么做？"

她扶着墙面半捂着心口，越是这时候她越要冷静下来。对于高璨来说现在已经不是钱的问题了，但是她为什么誓要让李唯西身败名裂呢？

她抬头："你问过高璨没有？"

简一凡摇头："她昨天和我提分手了。"

她微微吃惊，看来高璨早已做好了准备。

"唯西呢？他现在在哪里？"

"重症监护室，他父亲病重，他一直陪着。"

宋摘星推开简一凡，连忙掉转方向，步子更急。

简一凡在背后喊她："你们到底出了什么事？"

宋摘星没有回答他，因为根本不知从何说起。他们经历的事情牵涉太多，她不希望简一凡跟着担心。

她一路接近小跑来到重症监护室门口，靠在墙上大口喘着气。

她知道李唯西就在里面，挺起身子正打算敲门，李唯西却开门走了出来。

她的视线被他的身体挡住，只模糊看到病床上的人影，问道："叔叔怎么样了？"

上次提及他父亲的时候还是在疗养院，没想到他父亲的身体已经这么差了，让她很是担心。

李唯西轻轻将门关死，站在门前看着她。宋摘星这才注意到他额头上的伤，惊道："怎么回事？严重吗？"

李唯西见她已没有大碍，这才松口气，安抚道："可能从迷宫出来时摔到了，别担心。"

宋摘星心里有很多疑问，见他主动提及，像机关枪似的一股脑吐露出来："我们怎么出来的？周鸣山抓到没有？他们的目的呢，搞清楚了吗？还有那些记者，都在追问你的事情，到底怎么回事？”

李唯西目光清平，面色毫无波澜。半晌他才慢慢回答道：“1号人物说他再次查询到你身上的定位器是在今天早晨，所以当即报了警。警察在一栋废墟大楼里找到了昏厥的我们，并将我们送到了医院。我想，是周鸣山将我们放了。”

“警察抓到他了吗？”

李唯西摇头：“没有任何证据显示是他绑架了你，我拜托孙鸣去找那个地下建筑，结果他们也一无所获。好像地下建筑一夜之间完全消失了一样，找不到任何入口和出口。至于周鸣山的公司更是如同往常，毫无异样，现在根本抓不到他。”

宋摘星沮丧至极：“这么说，我们根本做不了任何事情。”

李唯西想到林雨泽的事情，眸光黯淡下来：“林雨泽从未信任过我，从他那儿着手也很困难。”

事情进展到现在犹如一座大山压得两人喘不过气，宋摘星紧攥拳头，心口起伏不定。

她抬头，看着一身疲惫的他，心疼道：“高璨起诉了你，你准备怎么办？”

“应该的。”他言简意赅。

“可是伤害她母亲的人根本不是你！”

她替他抱不平，然而她话音刚落，李唯西便淡淡回道：“我的病人，理应由我负责。”

她像一只完全泄气的气球，明白他在用医生的准则约束自己。可是……她眼眶湿润，狠狠吸了口气，事情进展到如今的地步，她真的不甘心。

病房里忽然传出呻吟的声音。

两人微微一惊。李唯西随即打开门准备进去，宋摘星跟着他，却被他一把拦住。

“父亲需要休息。”

宋摘星嗫嚅：“我……我想看看叔叔。”

李唯西看着她，眉目疏朗，片刻才道：“等父亲完全清醒了，我会带你见他。”

他随即转身，侧脸轮廓冷傲分明，令人看不透其中意味。

门戛然合上，宋摘星站在原地愣了愣，一股疑虑从心头生起。她觉得李唯西今天很怪，和自己很是疏远，他们刚刚捡了条命回来，庆幸逃脱还来不及，但他刚才的态度却毫不似刚刚经历过生死一样。

病房中还在不断传来痛苦呻吟的声音，宋摘星缓缓转身，背对房门而去。走廊里空空荡荡，明明炎热的季节，这一刻却给人刺骨的凉意。

心理科咨询室。

夏季蝉鸣透过窗玻璃不断传进来，沙发上的病人只觉得聒噪不堪，难以忍受。

王守才拒绝任何看诊，妻子顾莲实在走投无路，恳求简一凡劝劝自己的老公。

进入咨询室之前，简一凡大体了解了王守才的病情，而他之所以拒绝手术，据顾莲讲主要是因为家里没钱，老公不愿意再给家里增添负担。

简一凡看顾莲穿着得体，保养得当，不像穷苦人家，有点奇怪顾莲的说辞。所以刚一进门，就先递给王守才一壶茶。

“刚沏的新茶，尝尝可不可口。”

茶的香味直入心肺，王守才没有拒绝，将茶倒在瓷盏里细闻了闻。

他一愣：“六安瓜片？上品啊？”

简一凡更加吃惊：“闻闻就知道了？”

这是客户送给爸爸的茶，简建国喝不完，他就从家里拿了些到医院，实在没想到病人还有这个本事。他故意拿着好茶来，就是为了试探他们的经济状况，看来顾莲也没有说实话啊。

王守才恹恹地放下茶，闭目养神：“我以前常喝。”

简一凡看得出他有聊天的欲望，凑上前来就拣他感兴趣的问：“你是卖茶的吗？”

王守才没睁眼，鼻息哼哼：“医生就是医生，没什么见识。”

简一凡脸色微变：“你怎么能看不起医生呢？我们能看好你的病。”

王守才整张脸都沐浴在阳光里，唉声叹气：“快要死的人，别和我一般见识。”

这种道歉简一凡还是第一次听到，真是佩服至极。

他往王守才身边靠了靠，问道："有什么难处可以和我说，或许我们可以帮到你。"

茶香气氤氲在两人周围，王守才缓缓睁开眼睛，喑哑说道："能不能早点死？再耽搁下去，还得花钱。"

简一凡站起身走向办公桌，恢复了正经的口气："不想看病就是因为不想花钱是吗？如果把不看病这件事当成百分之百的可能性，那不想花钱这个原因在其中能占多少百分比？"

"百分之百。"

简一凡在远处坐下，拿起笔沙沙写着，半晌抬头："我成全你，这病不看了。"

王守才懵怔片刻，眉头立刻舒展，连说了几个"好"。

"不过，"简一凡趁机补充，"据我所知你家里还有点钱，这些钱你准备做什么用？"

王守才张了张嘴，半晌没说话。

简一凡低头，接着在他病历上写字："咱们互相配合吧。"

王守才当即明白他的意思。他慢慢端起茶杯，尝了一口谷雨时节的新茶。

他缓缓说道："我家里有个丫头，从小没受过罪，学习还好，今年高中毕业后准备去国外读书的，可我得了这个病，再给她钱花就难了。"

能撬开他的嘴已然成功一半，简一凡接着一针见血地问道："我看你和顾阿姨都是体面的人，难道得病就一下子让你们到了山穷水尽的地步吗？"

若说普通人家有这种情况，简一凡倒说不出什么，可眼前这个人明显不是。

王守才停了半晌，叹气："我很久前养了一只猫，小的时候喂进口奶粉，等大一点天天喂肉，把我最好的东西都拿给它吃。就在我以为它可以陪着我、和我做伴的时候，它却忽然离开了我。有段时间想不通它为什么离我而去，后来想明白了，因为它长大了。"

王守才说到这儿，目光失去了色彩，苦笑道："长大了，吃得就更多，想要的就得更好。别说猫了，人也这样。"

简一凡放下笔，关切道："如果你接受手术和用药，费用也就相当于你女儿出国一年的学费，毕竟关乎自己的生命，完全不再考虑了吗？”

王守才摇头：“我知道癌症不好治，就算这一次把钱花了手术成功，可后面每年的药钱就是个无底洞，我不能耽误我丫头。”

“你有没有想过，你的孩子更想让你活着？”

王守才耷拉着头，哀叹道：“可惜现在厂子也关了，要是我还能再活个几年，一定能把厂子干大一倍，到时候给我家丫头办一场风风光光的婚礼。”

说到最后他嗓子里像塞了一块海绵，听着心酸又难过。他一直低着头，让简一凡看不见他的表情，但简一凡知道，此时他的眼眶里一定含着泪。

“你女儿学什么专业？”

“嗯？”

简一凡接着问：“你女儿不是学习很好吗，准备去国外读哪所大学？”

王守才抬起头，露出一些骄傲的神色：“收到了哈佛大学商学院和耶鲁大学管理学院的录取通知，我家丫头有主心骨，让她选择吧。”

简一凡笑道：“看来学的是金融类专业，毕业了或许还能帮你做生意。”

王守才也淡淡笑起来：“以前是这么打算的，不过现在厂子不行了，我也不行了，丫头想干什么就干什么吧。”

“你留下这笔钱，主要就是为了给你女儿上学用吗？”

王守才点头：“一直忙着工作，陪她的时间很少，特别是我破产……”

他顿了顿，又叹道：“算了。我注定是个失败者。”

简一凡看他一直垂头丧气，将钢笔斜插进胸前口袋里，缓缓起身。

“只要是钱能解决的问题就不是大问题，你的病情我会和科里汇报，看看科里能不能凑些钱出来帮助你。”

王守才愣在原地，眼睛中射出精芒。窗外蝉鸣噪耳，他忽然觉得或许自己还能听到明年的蝉鸣，有时间等待明年的夏天了。

而简一凡只从他眼神中看出了求生欲，仅此一点，他就满足了。

夜色正浓时，宋摘星来到了西山精神病院。幽蓝天空中星辰闪烁，新月辉光皎洁，像织了一张柔软的纱笼罩在她身上。夜出奇的宁静，柳枝半垂的小径上有个黑色的人影，眸似黑珠，正默默地看着她。

他鲜少没穿医生服，夏夜里只随意穿了一件衬衫，扣子松松系着，下身着一条黑色束脚裤，倒将他衬得高挑笔挺，风姿斐然。

宋摘星扎了束马尾，眼睛又大又亮，穿着背带裤的样子更像一个还没毕业的学生。

时越率先开口："好久不见。"

即便他站在路灯下，宋摘星一时也难以看到他脸上的表情，只觉得语气有些严肃，不像平日的他。

她还有些虚弱，讲话慢慢地："听说高璨做了你的助理。"

时越："她来照顾妈妈。"

宋摘星走近他，才发现薄汗已透过衬衣渗出来，她惊觉："你在这儿多久了？"

"两个小时。"

宋摘星心尖一软，两个小时前她给他打电话要来这里，没想到他一直等着。

时越见她未再出声，扬手将她腕子握住，手心却还是凉的。

"跟我来。"

"去哪儿？"

他声音淡淡的："病房。"

他拉着她一路穿花拂柳，走过走廊和大厅，来到三楼病房一角。

其间无数护士和值班医生回头，都像被雷击中一般，看见时越牵着宋摘星的样子惊得说不出话来。

透过病房玻璃，宋摘星看见高璨妈妈一直在床上呻吟打滚儿，而高璨就默默为妈妈翻身，给她擦手擦脸，喂她吃药。

因为高妈妈的疯癫，高璨曾一度做不下去，偷偷掉眼泪。而高妈妈却笑得大声，笑得放肆，就像根本不认识高璨。

高妈妈的手上有了更多的伤口，之前是因为强迫症，现在却是因为自残。她根本不知道自己是谁、在哪，不再知道活着的意义。病床上一片狼藉，除了褶皱的被单、床单，更多的是高妈妈的排泄物，她已经到了生活不能自理的地步。

而高璨从始至终一直在默默做着，将妈妈擦洗完，她着手收拾病床。被罩上有一些血迹，她熟视无睹，将床单、被单全部换新。

时越在门外对宋摘星说道："日复一日，高璨也会疯的。"

宋摘星忍着泪默默站在原地，不敢上前一步。

时越接着道："那些血，是高妈妈弄伤高璨留下的。因为照顾母亲，高璨几乎每天都在受伤。"

宋摘星吸气："你觉得高妈妈还会好起来吗？"

时越："不会。"

肯定的语气让人心惊。

虽然知道很多受害者在心理方面遭受了不可逆性损伤，可如今被时越说出来，让她更加难过。

时越看她垂着头，整个人陷在灰色的情绪里，浅道："至少你能理解高璨对心理科的恨意了不是吗？"

宋摘星闷闷地点头，她之所以来就是想问高璨为什么要将李唯西的事情捅给媒体，但她如今就离高璨一米之隔，却再没有办法开口。

高璨也是受害者，她有权利做任何决定。

宋摘星终于忍不住，吧嗒吧嗒掉泪，一滴滴砸在地板上。

她颓然又无力地对时越说："无论怎样选择，都没有办法同时保护唯西和高璨。事情被困在死角，他们两个人不是你死就是我活。"

时越给她递帕子，一方白白净净的手帕。

宋摘星哽咽，接过帕子的手不停地颤抖。她有种强烈的预感，一场狂风暴雨即将到来。

时越轻轻安抚她："会过去的。"

门忽然开了。

高璨站在两人面前，略微一怔，转瞬面色难看，眸中带着怒气。

宋摘星有些无措，抬头看着她吞吐道："我，我想来看看你。"

高璨压着声音："我很好。"

宋摘星向里看了看还在床上撒泼的高妈妈，有些怯懦："对不起。"

时越不动声色地靠近，心知这一刻是她最难挨的时刻。

宋摘星顿了顿，继续说道："高妈妈的事情肯定不是唯西做的。希望你能相信他。"

高璨目光凌厉地看着她，语气霸道，连连反问："我妈妈就是在他那儿出的事，他想将自己撇得一干二净？从我妈妈出事到现在，他一点责任都没有？妈妈之前没有接触过任何心理医生，不是他做的又是谁做的？”

宋摘星摇头：“我向你保证，肯定不是唯西。希望你能给唯西一些时间，他肯定能还你真相。”

高璨冷哼：“真相？真相就是我妈妈现在成了一个活死人！”

宋摘星嗓子酸涩，她完全理解高璨的斥责和怨恨，越是理解，如今就越不敢面对她。

她几乎恳求道：“在真相到来之前，希望你不要继续在媒体面前指责唯西好吗？”

高璨冷冷地看着她，逼近她，一字一顿皆是咬着牙说道：“绝不。我在过什么样的日子，我就让他也尝尝这种日子的滋味。”

她说完随即避开宋摘星大步向外走去。宋摘星被她撞了一个趔趄，幸好由时越及时扶住。

宋摘星从时越臂中挣脱出来，重新站直身子。

她背对着时越，看着走廊尽头的高璨，整个人像沉入了黑漆漆的墨水里。

风声和说话声不知道哪一个更让人清醒。

“以前，高璨最喜欢心理科了。”

第二十三章　决绝分离

一连几天，媒体对李唯西的攻击越来越激烈，长篇累牍又持续不断的报道将李唯西的形象彻底颠覆。他不再是美国破案高手，不再是知名心理专家，不再是救死扶伤的医生，转而变成了医德败坏、让别人家破人亡，甚至动用手段只为谋一己私利的恶人。

所有的报道中，以笔名为“甘草”的记者对李唯西的诬蔑和抹黑最为严重。

李唯西已经到了去哪都被媒体记者跟着，无法在医院工作的地步。宋摘星感到身后有人在布很大的局，似乎要将李唯西置于死地。这张大网牢牢地将他捆缚住，也牢牢将心理科捆住，任他们怎么挣扎都陷在网里逃脱不了。

就在昨晚，高璨上了电视节目，哭诉李唯西对母亲所做的一切，京大医院一下子成了全民热点。大家都没见过运用心理手段将人逼疯，关于李唯西的搜索一时居高不下，对他的人身攻击更是源源不断，多年累积的名誉和光环，在一夕之间崩塌殆尽。

高妈妈一事像炸弹一样，将平静的生活瞬间炸得粉碎。宋摘星不能想象，明明两个人刚刚死里逃生，怎么接踵而至的却是更大的困境和麻烦。

早上八点不到，宋摘星给李唯西打电话，提示音提示她无法接通，她接着向别墅打电话，仍然无人接听。天阴得厉害，空气又闷又燥。

宋摘星浑浑噩噩地走到医院，无意间听见云月华和院长的通话。走廊里云月华一脸凝重，不断向院长解释，直到吃惊地反问：“真的要停职吗？”

宋摘星停住步子，接着听下去。

“我反对，事情还没水落石出，我们不能随便做决定。”

“他是我看大的孩子，不可能伤害患者！”

“就算是对他的保护，我也反对这样做！”

似乎意识到话题的沉重性，云月华转身打开自己办公室的门，接着砰地关上。

宋摘星正恍惚间，简一凡走了过来。

自从失恋后简一凡就颓丧不少，不过看今天的样子伤心倒是其次，整个人都忧心忡忡的。

他偷摸摸地走近宋摘星，脸色难堪：“我替高璨先说声对不起。”

宋摘星有气无力：“你们已经分手了不是吗？”

简一凡面对她：“你看最近的报纸了吗？”

宋摘星看过两份，仅仅两份对李唯西的评价就不堪入目，所有媒体好像串通好了一样全部翻脸。事情没有调查清楚，媒体也没有深度访问，报纸上对李唯西恶意的评价让她心里觉得不平，之后也就没再看。

“有最新消息吗？”

简一凡从背后拿出一份今天的报纸，醒目的主题跃入眼帘。

心理科——用无形的手段摧残生命

宋摘星皱眉：“都上升到对心理科的攻击了？”

简一凡点头，接着指向编辑的笔名：“你看，还是甘草这个人。”

宋摘星接过报纸通篇读下来越看越生气，上面不仅将心理科妖魔化，还恶意挑拨医患关系，更对李唯西大肆诬陷和辱骂，其心歹毒令人发指。

“这是什么报纸？我要告他们！”宋摘星气冲冲地将报纸扔在一边。

简一凡叹气：“小报纸，想说什么说什么。”

宋摘星一时无处发泄，心尖跟着一疼，警觉地问道：“这个甘草是谁？为什么这么针对唯西？”

简一凡连连点头：“我就是想和你说这事儿的，我发现自从李唯西出事，甘草对李唯西的攻击报道就没停过。”

难道仅仅为了博眼球？宋摘星心中不安，眉头锁得更紧。

简一凡却紧接着对她说了一个更为震惊的消息。

“我打听到，李唯西的父亲之前也被甘草攻击过。”

“什么？”

宋摘星虽然知道简一凡平时爱八卦，经常得到一些偏门消息，但这句她一点也没有听懂。

“你还不知道啊？李唯西爸爸不姓李，姓顾。”

“我知道。”宋摘星跟着李唯西去疗养院时他就和自己说过。

“顾老之前就是心理科的医生。”

“真……的？”

“那当然，我说云主任怎么会是李唯西干妈呢。这两天他出事儿了我才知道，他爸爸之前就是心理科的人。”

宋摘星眼皮一跳：“是谁？”

“叫顾什么……”简一凡抬头，努力想了半天，“忘记名字了，这不重要，重要的是他爸爸就是被甘草攻击之后才被辞退的。这么多年过去了，没想到甘草又揪着李唯西不放，这人到底是谁啊你说。”

宋摘星感觉自己已没有站直的力气，硬撑着问简一凡：“你从哪里得来的消息？”

简一凡一脸天真：“云主任啊。大家都关心李唯西，昨天我见云主任和院长在谈事情，偷偷趴办公室门口听了一会儿。”

宋摘星知道院长陈西晚年轻时是心理科的主任，如果李唯西父亲当年也在心理科，现在李唯西出了这样的事，院长就很有可能会与云月华谈这个话题。

宋摘星感觉自己整个人都在晕眩，只觉得喘不上气。不等简一凡说话，她连忙转身迅速向楼梯跑去。头发飞舞在侧，她恍惚能听到自己心脏破裂的声音。

一路跑到病房门口，宋摘星停都没停，直接开门冲了进去。

戴着呼吸机的老人正安详地躺在病床上，二十年未见，他已老得不成样子。宋摘星驻足在床尾，只看了他一眼，眼泪像决堤一样汹涌而下。

他睡着了，也许从未清醒过，脸上多了很多皱纹和斑点，像岁月一刀一刀刻上去的。宋摘星一边哭一边走近他，努力将他现在的样子与自己的记忆相匹配。

八岁的她在割腕后被妈妈抱着跑进心理科，第一眼看见的就是他。妈妈跪在地上哭得声嘶力竭，是他将妈妈扶起来，接过了刚刚从死亡边缘抢救回来的自己。

她当时还想死第二次的，抑郁症让她的世界完全变成了灰色，觉得人生毫无希望。

可是他当时就轻轻和自己说了一句话，让她瞬间知道他的不同。

他说："你很珍贵。你和他们不一样。"

她的病情反反复复，最初还能接受治疗，可爸爸的突然到来让她再次受到了刺激。爸爸到医院和妈妈大吵一架，甚至对妈妈动手，她阻止的时候挨了爸爸一巴掌，脸上瞬间红肿一块。她觉得爸妈离婚就是因为自己，于是在一个下雪的日子，偷偷跑到医院天台准备自杀。

她穿得狼狈破烂，因为妈妈已经没有多余的钱给她买新衣服了。她一步步走得坚决，似乎谁也阻止不了。然而就是在那时候，顾辰出现了，他跟着自己来到天台，往自己手中塞了一把糖，对自己说："想哭的时候就憋着气，吃糖也行。"

她起初对他疏远又抗拒，可不知为什么，每次在自己不开心的时候他都能拿一把糖果来哄自己。他是那样阳光明亮，那样光彩耀人，她逐渐知道他是顾伯棠医生的儿子，知道他比自己大一岁，知道他最喜欢跟着父亲来医院。她开始对他有了期待，期待每天都可以和他见面，看见他一脸灿烂的笑。

再后来她出院，病情痊愈可以上学，顾辰答应她假期他们还可以见面。

可一年后她再来时，还是当时心理科主任的陈西晚告诉她，顾伯棠和顾辰都死了，死于意外。

那时她还不到十岁，无法相信自己最崇拜的医生和最喜欢的伙伴消失在这个世界上。她坐在医院外面连续等了一个月，每天都在那里期盼顾伯棠来上班，期盼顾辰再给她糖吃，可一直等到假期结束，她也没有等来。

在以后漫长的岁月里，她开始接受两个人的去世，开始努力学医，努力学心理学，开始出类拔萃，最终以优异的成绩毕业，步入京大医院心理科。

她走的每一步，都是想离顾伯棠医生更近一些。

她哭得哑忍，唇角因为激动不停颤抖。她不知道自己一直离他这么近，她一直想告诉他：谢谢你曾经救过我。

根本不是救她一次生命那么简单，他拯救了她整个人生。

她的眼泪收不住，一颗颗滴在他干枯的手背上。病床上的老人没有任何反应，他陷入了沉睡。她记起自己上学时每天挑灯夜读的样子，没日没夜翻阅大量国外的心理学书籍，为此还得了干眼症；记起她那些兼职做心理咨询的日子导致自己几乎没有什么美好的大学时光；记起她进入心理科接待的各种病人，受过的各种伤……

她之所以有现在的样子，都是因为在她八岁时顾伯棠医生影响了她，给了她成为心理科医生的信念。

病床上的老人忽然呻吟一声，好像在说梦话，她贴近听了听，约莫听见他含糊地喊着："小辰，小辰。"

她知道他是在喊李唯西的小名。他早已意识模糊，现在纯粹是自己的呓语。可心不由得一痛，她看着他的样子，就像看着在大草原上护着幼崽却又年迈的狮王，在面对一众豺狼时的无能为力。

她忽然对李唯西有些恨意，恨他当年的失约，恨他从来没有找过自己，恨他在爸爸痴呆之前没有告诉自己真相。

她抹了一把泪，缓缓站起身走出房门。

天色愈来愈暗。走廊的玻璃窗映着她刚刚哭过的脸，和窗外的天气一样沉重阴郁。

花圃中的蔷薇开得葳蕤，透过栅栏蔓延到路边，香味旺盛袭人，枝叶错杂相映，似乎要将身后的明圆山庄吞噬进去。天空越发低沉，压得人透不过气，水面游鱼四散，带着噗噜噗噜的声响转瞬消失得再也没有踪影。

李唯西沿着小径走到山庄时才将手机打开，紧接着便接到1号人物的电话。

"你干脆换个号码算了，现在每个人都盯着你呢。"

李唯西没应他，直接问道："查到了吗？"

"数字太多，一时不好查有什么联系。"

"他（周鸣山）有什么动作吗？"

"老实得很。"

两人默契地说着前两天发生的事情，李唯西站定，接着问道："林雨泽背后的心理医生能查到吗？"

1号人物打了个哈欠，似乎早有预料："隐藏得很深。林家布防严密，就是为了防人查。"

李唯西唇角微动："那就再好好查查我给你的那些数字。"

1号人物顿了顿，轻声问道："你确定迷宫里的那些数字有什么内在联系？大概有十几位，真要查的话，怎么也需要一阵子。"

李唯西："我想周鸣山将我们放出来就是因为我们按对了所有密码，而这些密码就是段长惟留下的线索。段长惟死得迅疾，想必他手中有些周鸣山需要的东西。"

"可惜啊，那么有才华的人没走正道。"

"喂，"李唯西扬眸，目光散在山庄内的夹竹桃上，"摘星的事情，谢了。"

李唯西指的自然是他送摘星定位器的事，如果没有他的帮助，自己也不会那么顺利地找到她。

1号人物忽然叹气："你还是先想想自己吧。最近媒体抓着你不放，你要怎么办？"

李唯西揉了揉眉心，最近他确实很疲惫，对手给他出的牌一张比一张致命。而让他更为担心的是，他陷入了和父亲一样的麻烦。

"甘草出现了。"

"什么？"1号人物吃惊道，"消失了二十年，重新出现了？"

修长的手指握在手机的边缘，李唯西的语气透着巨大的张力。

"这次，我一定不会放过他。"

他挂断电话，看见管家穿过花圃走了过来。管家向他颔首示意，唇角的笑意像影楼的招贴画一样空洞美好。

天边晃了几道闪电，随即雷声滚滚，珠玉般的雨点顷刻砸了下来。

暴雨如注，新叶都似笼罩在淡雾中。室内越发昏暗，连一向聒噪的大厅都因为雨声安静下来。

宋摘星敲了敲云月华办公室的门。

她进去时，云月华刚挂掉一通电话。

媒体采访、医院问责、副院长申请流程一系列事情让云月华忙得焦头烂额，她还没喘口气，宋摘星的“逼问”紧随而来。

“我想知道顾伯棠医生的事情。”

云月华一愣，一向严肃无澜的脸上竟出现慌乱的神色。

宋摘星缓缓坐到她对面，一张花梨木办公桌似乎将两人拉得更远。

“顾伯棠医生，当初是怎么从心理科走的？”

云月华叹气：“摘星，我不能说。”

这是一桩陈年旧事，也是她保守了几十年的秘密。自从顾伯棠走后，心理科乃至整个医院没有任何一个人再提过他。

宋摘星心知不会那么容易问出实话，只淡淡地说道：“顾伯棠医生救过我，我是因为他才学了心理学，他改变了我的一生。”

这一点云月华之前听李唯西说过，叹道：“医生救人，天经地义。”

“当时他是心理科的副主任。”宋摘星鼻尖有些酸，低了低头，“他是我认为的最好的心理医生，我想知道他出了什么事。”

云月华静默，她并不打算将顾伯棠的事情告诉宋摘星，即便她向自己说了这样的往事。

宋摘星再次抬头，迎上她的目光接着说道：“李唯西会和顾伯棠一样，更名改姓，潦草一生，最后毫无尊严地死在医院是吗？”

云月华大骇，噌地站起身：“你在胡说什么？”

宋摘星苦笑：“同样的事情在李唯西身上发生了不是吗？你可以不告诉我顾医生的事情，我会在李唯西身上再看一遍。”

云月华一下子被抽掉全部力气，跌坐在凳子上。她呼吸大乱，指尖颤抖。

窗外雨势更急，像兜头砸下来，发出噼里啪啦的声响。

宋摘星给她递了一杯温水。

云月华看了看她，缓缓接过杯子。

半晌，云月华哀叹道：“二十年前，心理科接待了一位年轻姑娘，因长期失眠而精神忧郁。她的主治医师是陈西晚，但当时心理科人少，顾伯棠也参与了姑娘的治疗。那个姑娘很快就病情好转，就在马上要恢复时，不知怎的突然一夜之间就疯了。接着她大喊医生毁了她，为此警察还参与了调查，确实在她身上发现了被猥亵的痕迹，只是她洗了澡，证据都没了，无法判定是谁干的。”

宋摘星想不通："那怎么会怀疑顾伯棠医生？"

"那个姑娘疯了之后经常跑来院里，说在心理科被强奸。媒体天天报道，院里也高度重视，心理科患者人人害怕，一下子都不来了。后来科里开始风言风语，都说是顾伯棠做的，过了没多久，他自己就要求主动辞职。"

"主动辞职？"

云月华点头："向院里请辞，引起不小的轰动，后来院里就偷偷将他辞退了。心理科挽回一些影响，但是顾医生回家后媒体并没有放过他。虽然证据链不足，警察无法受理，但媒体对顾医生的攻击从来没断过，顾医生的家庭也为此承受了很多侮辱和唾骂。"

宋摘星心尖抽痛，想到李唯西经历这一切的时候也不过十岁而已。

"甘草这个人，当时就追着顾医生不放？"

云月华惊异她提出这个名字，顿了顿道："顾医生离职一年后他爱人就带着小辰出国了，顾医生改了名字，小辰也随了妈妈的姓。为了减少那件事对彼此的影响，顾医生让我们对外宣称他死了，这个世界上从此再没有顾伯棠。"

宋摘星有些不能相信："顾医生不是这样的人。他不可能强奸患者。"

印象中顾医生温和儒雅，对待病患耐心细致，怎么会发生这样的事情？宋摘星觉得事情诡异无比，根本无法解释得通。

"顾伯棠是我的老师，我也不相信他会做出这样的事情。但是他主动辞职已是默认，我们也没有任何办法。"

云月华叹气，最近的事情发生得太过突然，让她疲惫无比。但即便这样她也不愿回忆以往的事情，每每提及都会让她如坠冰窟，浑身发冷。

宋摘星缓缓起身："我想知道唯西这两天去哪了。"

她知道李唯西不想让自己过多参与他的事情，所以每次联系他都是温柔敷衍。宋摘星现在才恍然觉得，自己原来对他一无所知。

"林家。"

宋摘星转身向外走。

"摘星，"云月华喊住她，"唯西没有和你说这些事情，你会怪他吗？"

宋摘星怔在原地，没有回头。

"会。因为他从来没有把我当成自己人。"

门砰地关上，她扬手束起自己的头发，大步向院外走去。

花木扶疏被一阵急雨打得支离破碎，河渠水波荡漾，与冷色调的半空相互映衬，散发出清冷阴凉的气息。午饭时，滂沱的大雨像泄了劲儿似的开始变小，只是天依旧阴着，乌云向下垂坠，似乎酝酿着下一场更大的雷电风暴。

明圆山庄。

林莞精心打扮了两个小时，身穿一袭粉白相间的蕾丝长裙，荷叶边袖口和蝴蝶丝带既突显女神气质，又透着灵动活力。她身上带着清新的蓝风铃香水的味道，长卷发散在两肩，笑起来眼睛半弯，甜美优雅。

自从李唯西和宋摘星在一起后，她一度低迷，被父亲大骂之后便一直窝在家中。直到她发现父亲的病情不断加重，而李唯西却不再是父亲的心理咨询师，这让她开始怀疑两人之间暗有较量。为了得到真相，她决定邀请李唯西来家里和自己见面。

理由当然是“和自己吃饭”。这还是她之前帮助李唯西对付司言时，让他欠给自己的。

李唯西准时赴约，白皙瘦削的脸上透着棱角分明的清隽与秀逸，深邃的眸下眼窝略略发青，像有几夜不曾睡过。

林莞猜测他最近应该经历了很多事情，而这些事情大抵都与父亲有关。她请他入座，管家将菜品一一摆出：诗礼银杏、神仙鸭子、豆瓣鲫鱼、口袋豆腐、玉带虾仁、花篮鳜鱼……不可谓不丰盛。

“要不要先来点咖啡？”林莞熟络地拉住他，笑起来像个大太阳。

李唯西还未出声，林莞又转头吩咐用人：“去把牛奶冻和草莓布丁拿来，先让Lee尝尝。”

用人点头出去，林莞又叽叽喳喳地向李唯西诉说她最近联系了国外的同学，准备举办一场同学聚会，又与他介绍当时与自己亲近的闺密，直到用人将点心上齐全部退出也浑然不觉。

林莞正说得兴起，李唯西忽然打断她：“我希望你能劝劝你的父亲。”

林莞愣了愣：“劝什么？”

“让我给你父亲治疗。”

林莞笑了笑，只是不如刚才那般明朗：“你去见过我父亲了吗？”

李唯西垂眸：“他并不愿意见我。”

“你们之间到底发生了什么事？”

李唯西低眉看着她，避开她的问题不答，继续说道："你父亲应该接受正规的心理治疗。"

林莞半张嘴，有些不懂："正规？之前不是一直由你来负责他的病情吗？"

李唯西摇头："他有自己的私人心理医生。"

林莞瞪着眼睛一时难以置信，她不明白父亲为什么这样做。

管家忽然敲门进来，走近他们道："外面来了很多媒体记者。"

林莞知道李唯西出了事，连忙吩咐管家："拦住那些记者。"

管家领命出去，李唯西接着与她说道："我不知道你父亲接受别人的心理治疗有多久，但他的心理问题越来越严重，足以证明受了其他人的蛊惑。你父亲暴躁、易怒，甚至像被人操控一样对林帆拳打脚踢，而我为你父亲做完心理干预后发现他的真正病症并不是暴躁症。"

"那是什么？"

李唯西面色沉重："我还不知道。你父亲从未相信过我，他没有给我治疗他的机会。"

林莞默然，她现在才知道原来父亲一直瞒着包括自己在内的所有人。

兴许是管家阻拦媒体记者起了作用，大门处人声喧嚷，嘈杂的声音传进来比雨声还惹人厌烦。

林莞缓缓坐下，对着餐桌上的饭食嗤笑："看来是吃不成了。"

"抱歉。"李唯西来赴约确实不是为了陪她用餐，只是也没想到记者对他的控制已经到了暗暗跟踪的地步。

林莞有些担忧："我看了新闻，你准备怎么办？"

李唯西的眸光散在窗外的雨中。从迷宫中出来时，他想调查周鸣山，想调查高璨母亲背后的心理师，想调查林雨泽，但现在他却什么都做不了。对手利用媒体将他的手脚捆住，让他深陷泥沼，毫无心力去解决其他的事情。偏偏这时候父亲重病住院，对自己来说更是雪上加霜……

思绪纷扰，他迟迟没有给林莞答案。

似乎意识到气氛沉郁，林莞重新笑道："不如你住在我这儿吧，我保证那些媒体记者接近不了你。"

李唯西回以浅笑，语调轻缓："可惜逃避不是我的强项。"

他的笑意疏远而客气，是面对所有人时的标准符号。林莞对这样的笑意熟稔于心，心尖有些麻痛，因为她见过李唯西对宋摘星的笑，只有见到宋摘星时，他的笑才多了宠溺和亲近，两者的区别是那样明显。

她正恍惚，便听李唯西说道："Amber，帮我个忙。"

明圆山庄外聚集了很多记者，管家将门牢牢关死，却仍然阻止不了那些记者的连番发问。他们确信李唯西就在林家，如今谁拿到李唯西的独家专访谁就有可能成为下一个风口的弄潮儿。资本的逐利性让这些记者苦苦守着，哪怕贵为首富的林家对此也毫无招数，只能任他们在自家门口喧嚣吵闹。

宋摘星到达明圆山庄时雨势渐盛，围在门口的记者将目光全部投在她的身上。

她对此无动于衷。她拨开那些人，隔着栅栏按了门铃。

管家缓缓走过来，有些惊讶："宋医生？"

宋摘星面色无澜，很有礼貌地说道："我找李唯西。"

她束着头发，一身干练，雨水顺着伞檐而下，打在她的臂膀湿漉漉一片，看起来像走了很远的路才到这里。

管家有些无措，隔着栅栏向她解释："他在和我家小姐用餐。"

宋摘星看着他，眼神坚毅："我在这里等他。"

管家自然知道她对李唯西的重要，即便这样说也不敢怠慢，犹豫片刻还是为她开了门。然而门甫一打开，几个记者见势竟比宋摘星更快一步地踏进宅子，直奔客厅而去。

管家连忙阻拦，只是哪里顾得上身后更多的记者。人群瞬间像潮水一样涌入，推着宋摘星往前走。

鼎沸声终于将李唯西和林莞都引了出来。

宋摘星站在院子里，隔着雨水和人海看向台阶上的李唯西和他身后曼妙婀娜的林莞。

李唯西有些吃惊，三步并作两步快速走到宋摘星跟前。宋摘星打着伞看着站在雨中的他，一步也没有上前。

所有记者心照不宣地停止喧哗，默默将摄像头对着两个人，期待挖掘更多的故事。

宋摘星率先开口："我见到你父亲了。"

李唯西神色不稳，虽然知道这件事肯定瞒不过她，但没想到她在这个当口发现真相，让他无从解释。

而宋摘星似乎有意要他难堪，接着说道："我也知道了你父亲的秘密。"

李唯西怔忪片刻，薄唇轻颤："阿星，我们回去说。"

清寒的气息打在周身，宋摘星一字一顿道："知道了你们十几年前为什么消失。"

"不，"李唯西看着她的表情，心中一沉，"阿星，不要。"

"你父亲就是顾伯棠……"

"不！"

"十几年前强奸患者的心理科医生。"

她的话音随即淹没在一众记者的唏嘘和惊讶声中。有的媒体记者甚至高兴地发出"啊"的声音，这是一桩多么大的新闻，李唯西的父亲竟然还有这样的前科？！

面对宋摘星的揭穿，李唯西踉跄一步，他没想到她居然将自己隐忍多年的秘密公之于众。远处的林莞亦是一惊，连呼吸都慌乱起来，这个消息对李唯西来说无异于雪上加霜。天边雷声轰隆，大雨倾盆而下。

李唯西面色黯淡，隔着雨帘一瞬不瞬地看着宋摘星。

她迎上他的目光，用尽力气说出最后一句话。

"我们分手吧。"

记者接着蜂拥而上，将李唯西团团围住，带着火药味的质疑和发问汹涌地向他扑来。他由着记者推搡，整个人似乎瞬间被击垮。无数日夜的哑忍和谩骂他都熬住了，却没想到捅向自己心口一刀的人，是宋摘星。

远处桂树下。

林雨泽拄着拐杖站在角落里，远远瞧着门口处的李唯西。直到视线被记者们完全挡住，再也看不到他。

林雨泽的手有些颤抖，不得不按住拐杖以防自己跌倒在地。他老了，竟然有些不能承受突如其来的消息。他看见宋摘星打着雨伞倔强离去，毫不顾及身后的李唯西，他突然有些明白李唯西为什么会喜欢她。

相较于阿莞，这个姑娘的魄力和爆发力竟出乎自己意料。

空中雷电交鸣，瓢泼大雨冲刷着整个山庄。墨色的浓云向下垂坠，他半眯起眼睛，淡漠而又凌厉地审视着那些人。

幸好一切都未脱离自己的掌控。

这不过才刚刚开始。

下午四点，由胡梨跟进联系的网瘾症患者郑亮亮终于来到科里，挂了副主任吴聪的号。

郑亮亮虽然只有十三岁，长得却很高，只是整个人皮包骨头，几乎要瘦脱相了。

父亲带着郑亮亮来的时候，抖完身上的雨先踢了他一脚，这才领着他进门。

胡梨将郑亮亮的测量表交给吴聪，吴聪最先看到的几个字是：重度焦虑。

吴聪笑呵呵地让郑亮亮坐下，安抚道："要不要先吃点东西？"

郑亮亮耷拉着头，没有吱声。

他父亲连连叹气："还能治好吗，大夫？"

看起来已经是饱受摧残的样子，几乎到了绝望的地步。

吴聪发现郑亮亮身上有一些伤，有些疑惑："手腕上的伤是怎么搞的？"

郑亮亮父亲理直气壮道："我打的。这孩子天天上网，不打不行。"

多年的职业生涯让吴聪感到事情不会如此简单，转而问道："你经常打孩子吗？"

郑亮亮父亲摇头："他不上网我打他干什么。"

郑亮亮一直没有说话，整个人像陷进了沙发里。他的黑眼圈很重，不知多久没有睡过觉了。

吴聪喊胡梨进来，让她带着郑亮亮父亲先去外面。郑父本还有些抗拒，想守在办公室看吴聪到底怎么治疗自己的孩子，但吴聪直接毫不客气地将他关到门外。

他对着陷在沙发上的郑亮亮说："现在你可以和我说实话了。"

郑亮亮抬头看他，仍然没有出声。

吴聪笑了笑，靠近他一些。

"判定网瘾症有一些标准，你可以看看自己是否符合。①沉迷于网络游戏。②当网络游戏被停止后出现戒断症状，比如烦躁、焦虑或者悲伤。③耐受性，需要花费逐渐增加的时间来参与网络游戏。④试图控制自己参与网络游戏但没有成功。⑤因游戏而减少了其他兴趣。⑥即使知道后果仍然继续过度参与网络游戏。⑦向他人撒谎玩游戏的时间和费用。⑧用游戏逃避现实。⑨因为玩游戏而失去友谊、工作、教育机会。”

郑亮亮的手指微蜷，似乎想躲避吴聪的提问。

吴聪继续说道：“如果你在一年内表现出五点以上，基本就可以判定为有网瘾症。当然，你来心理科之前做过测量，我也看了测量结果，但是我现在仍然想当面问你，你觉得你有网瘾吗？”

郑亮亮忽然摇头。

吴聪知道机会来了，趁机问道：“那你能告诉我，为什么那么喜欢上网吗？”

郑亮亮的眼神中出现一些莫名的情绪。

很久之后，他终于开口：“它能让我快乐。”

吴聪反问道：“我想玩游戏刚开始确实可以让你快乐，但你长期上网之后就会变得精神萎靡、体重减轻、食欲不振，它还能使你快乐吗？”

郑亮亮再次摇头。

吴聪挺直身子，眼睛紧紧看着他：“那么我希望你再次回答我的问题，你为什么那么喜欢上网？”

郑亮亮将头扭到一边。

之后的咨询过程中，他再也没有说一句话。

第二十四章　医难自医

在宋摘星曝光李唯西秘密的几天后，因影响太大，李唯西被医院停职。心理科终于恢复宁静，任李唯西在外声名狼藉，都与心理科无关了。

云月华对宋摘星做的事情感到不可思议，但眼下心理科正是多事之秋，她不好过多非议两人的感情问题，只好忍着不快继续工作。

既然云主任都没有表态，其余同事更不敢出声，媒体风波刚刚平息，谁也不敢过多评论高层的意思。

大家照旧工作，只有胡梨在李唯西离开的那天情绪异常，哭得一塌糊涂，回到科里第一时间冲到了宋摘星的办公室。

她直接踹门进去，扬手泼了宋摘星一杯凉水。

宋摘星猝不及防，办公桌上的资料全部湿透，连刚刚写完的病历都未能幸免。

胡梨对她咬牙切齿："你真不要脸！"

宋摘星平静地拿出纸巾擦了擦浸湿的头发，便听胡梨继续骂道："枉李医生对你那么好，你就是这么对他的？你还有没有良心！"

宋摘星仍没说话，接着将病历揉成一团扔进垃圾桶。

"宋摘星！李医生真是瞎了眼！"

"骂够了没有？"

宋摘星坐在位子上，终于抬头看她。

胡梨歇斯底里："骂你这种人怎么会够！"

宋摘星索性站起身，走到门口将门打开："你接着骂。"

胡梨心中有气，不管不顾道："你根本不配当医生！落井下石的女人！"

如今办公室房门大开，胡梨的声音迅速吸引了很多患者和护士过来。宋摘星冷眼睨她，胡梨还在不停地发泄："李医生被停职对你有什么好处？你巴不得李医生身败名裂是不是？！他怎么会有你这种女朋友？！"

胡梨近乎面部扭曲，嫌恶和谩骂将云月华也引了过来。

但她什么都没说，站在门口静静看着这一幕。

泼在宋摘星身上的水顺着衣服滴答滴答落在地板上，门外窃窃私语的声音充斥耳边，所有人都在对她指指点点。

宋摘星见胡梨骂得痛快了，面色如常，缓缓说道："你可以出去了。"

胡梨没想到她竟然毫无反应，更加生气："你有病吧？你看看你把我们心理科祸害成什么样了！"

宋摘星的目光锁在胡梨身上，字字珠玑："你的机会转瞬即逝。"

胡梨没明白她的意思，一想到李唯西离开时颓丧的背影，一股热流再次从髑骨直冲脑门，她扬声骂道："心理科怎么会有你这种医生！自私自利，没有廉耻！"

"够了！"云月华面色冷寒，上前一步紧紧看着胡梨。

胡梨下意识抖了抖身子，刚才骂得太凶，竟没发现一直站在门口的主任。

宋摘星看向云月华，走廊里的病患挤挤挨挨看着热闹，都在等待她的回应。

然而宋摘星却以一种漫不经心的语气对云月华说道："我在心理科待不久了。"

云月华微微吃惊："你做什么？难道你也要辞职吗？！"

"除非，"宋摘星斜靠在门边，清寒出声，"让我接手林雨泽的案子。"

"不可能！"云月华当即否决。

胡梨在一旁冷笑："排挤走了李医生，这才是你的目的吧！"

"你闭嘴！"

云月华瞪了胡梨一眼，转头看向宋摘星，语气放缓下来："林家的案子太棘手，我已经失去唯西了，不能再失去你。"

宋摘星早就料到云月华的打算，如果不出意外，她应该会自己跟进林雨泽的病情，不会再让科里任何一个人插手。

宋摘星没有再争取，只是往外走了一步，看着围在科室门口的一众人对云月华说道："胡梨寻衅滋事，公然对我进行侮辱谩骂，如果不做惩处，我会当面向院领导抗诉。"

胡梨倒吸一口凉气，只觉得宋摘星阴毒无比。她没想到宋摘星刚刚主动开门时就做好了打算，自己竟一步一步钻进了她的圈套而不自知！那么多人看见自己的所作所为，云主任要么让自己一个小小的实习生离开心理科，要么就只能顶着"包庇自己"的罪名一起接受院领导的责问。

看得出云月华亦十分为难，贴近宋摘星婉转道："你何必要闹这么大呢。"

胡梨嗫嚅，脸色唰白。她暗暗乞求云主任能够保住她。

宋摘星的语气没有任何起伏："条件已经给你了，主任。"

此时方琳和简一凡也都在外面看着，人越来越多，喧哗声随时会将院领导引过来，到时事情就不只是在心理科关起门来解决那么简单了。

时间一分一秒过去，胡梨竟开始抽泣起来。

"主任，我也是替李医生觉得不值。我错了主任。"

宋摘星冷冷地看着胡梨，她从未如此严肃而强势地对待过别人。

走廊里的人快要将门挤破了，气压愈来愈低。

云月华感受着从宋摘星身上发出的清冷气息，心知她毫无半分玩笑的意思。

最终她做出决定："林家的案子，你来跟吧。"

宋摘星扬手擦了擦脖颈里的水，凉凉的，犹如自己如今的心境。一连几天的阴雨迟迟不散，以至于让她想不起来上一次天晴时是在哪儿、跟谁在一起了。

被雨水冲刷后的柏油路焕然一新，雨后的空气湿湿的，散发着泥土的香气。枝叶青翠欲滴，随风摇荡，清爽而干净。蝉鸣再起，在夏夜中发出独特的旋律，天空澄澈，月华如水，静谧清幽地照耀着整个城市。

刑警支队，孙鸣正在档案室整理资料，忽然传来咚咚的敲门声。

孙鸣一瘸一拐地开了门，发现站在门外的竟是李唯西。

“怎么了？”孙鸣下意识感觉到事情紧急。

李唯西开门见山：“周鸣山有异样吗？”

孙鸣请他进来，倒了杯水。

“我托朋友一直盯着他，但是无论是税务方面还是运营渠道都没发现什么问题。”

李唯西眉心轻皱：“老狐狸。”

孙鸣缓缓坐下，将桌子上散落的资料摞在一边，腾出巴掌大的地方，而后从抽屉中拿出另外一份资料放在那儿。

“这是周鸣山申请游戏经营执照时递交的公司资料，我做了备份。”

李唯西眸光半眯：“他对外的公司一直做地产生意，看来要准备通过合法手段做游戏了？”

孙鸣点头：“你说你在一个视频里看见周鸣山非法运营暴力游戏，残害了很多孩子，我想周鸣山确实在秘密做这件事情。”

“我让1号人物查到了一些东西。”

李唯西从口袋里拿出几张照片递给他，这也是今晚他着急过来的原因。

孙鸣看了片刻，是个男人出车祸当场死亡的照片，有些不明白：“这是谁？”

“藏在高璨妈妈房间的人。”

孙鸣大惊：“就是他把高妈妈逼疯的？”

这件事闹得沸沸扬扬，孙鸣自然知道李唯西的处境。新闻报道说他已经停职，孙鸣一直不敢开口问，就怕触到他内心的痛处。十几年前两个人做同班同学时，孙鸣就眼睁睁见过李唯西因为父亲的事情受到怎样的伤害，没想到十几年后同样的事情竟发生在李唯西身上。

更没想到的是，他父亲的事情竟然再一次被翻出来，让他的处境雪上加霜。

面对孙鸣的慌乱，李唯西反倒淡然很多：“我猜测他不是逼疯高妈妈的主要凶手。他隐藏在高妈妈房间，应该是配合心理师对高妈妈做了一些心理暗示。”

孙鸣脸色凝重地看着他：“主要凶手查到了吗？”

李唯西摇头。父亲的事情将他推到风口浪尖，几乎所有人都默认就是他逼疯了高妈妈，让他一时很难查证其他线索。

李唯西接着说道："这个人跟林雨泽有过往来。1号人物帮我查到，高妈妈出事之前，他的账户里收到过一笔巨款。"

"林雨泽？"孙鸣又看了看手上的照片，"他干的？"

李唯西想到宋摘星被绑架之前林雨泽故意将自己喊过去，以暴露凶手为代价将自己留在林家给周鸣山换取时间，若说两人背后没有交易很难让林雨泽做到这个地步。

李唯西慎重道："我想让你帮我查查出事的这个人。"

"没问题。"孙鸣答得干脆利索，不过转瞬疑惑道，"怎么，还有1号人物查不到的东西？"

李唯西低了低头，灯光摇晃，一时看不清他的表情。

"他有更重要的事情要去做。"

孙鸣有些遗憾地叹气："我很想见你这个朋友，可惜他从没有出现过。"

"他不敢见你。"李唯西唇角半扬，"你也知道他侵入过你们公安的系统，他怕你见到他之后直接把他抓起来。"

孙鸣苦笑，连连摆手："恐怕这就是你连他的名字都不愿意透露的原因吧。"

李唯西没应他，只是笑意里透着一丝疲惫，似乎是在勉力支撑现在的对话。

孙鸣自是察觉到他的异样，目光凝在他的身上："最近很辛苦吧。"

李唯西半握着拳头，修长的手指渗出一层薄薄的汗。他想说很累，可话到嘴边紧接着咽了回去。从十岁起，他就再没说过这两个字了。

窗外风声沙沙作响，夏夜已深。

李唯西望着悬在窗角的点点星辰，心尖微凉。

他转移话题："周鸣山的地下实验室找到了吗？"

"没有。"孙鸣眉心拧着，"就像完全消失了。"

"应该还在。"李唯西思索道，"虽然在林中的入口坍塌了，但我和摘星被还能被送出来，说明他们还有其他入口。"

"能在哪呢？"孙鸣叹气，"警力有限，没有明确的目标，总不能挖地三尺地找。”

李唯西将当日情形回忆了一遍，确信入口是在林中的茅屋，可惜后来坍塌就再也没有发现地下室。周鸣山将他们引入那个地方，相信也做了万全的准备。

虫鸣声声，屋檐下的风散发着清凉的气息。

李唯西忽然抬头：“当时你在哪里发现的我们？”

“废墟大楼。”

孙鸣说完后顾自重复了一遍，吃惊道：“你是说废墟大楼有可能就是入口？”

“当时我们都忽略了，以为那里毫无用处。”

孙鸣噌地站起来：“灯下黑！”

李唯西亦跟着起身，眼睛深邃：“漏洞出现了。”

茂林小区22栋。

房间内燃着香薰，用的上等的苏合香片，可以通窍开郁，宁神静气。天花板上的吸顶灯发出耀眼夺目的光芒，整个大厅璀璨雅致，简约又不失柔和的色调和恢宏的布局都凸显着房间主人不凡的品位。

窗子是一片绿色，像云岫中的黛色树影，又似松子落在寂寂空山，让人醉梦其中。米黄色沙发的一角立着红酒瓶子和高脚杯，一只白色拖鞋随意丢着，似乎主人已彻底忘记它的存在。

肖雅洁眯着眼睛窝在沙发里，空调大开，冷气徐徐吹来，即便现在她仍然保持着精致的妆容，珠光眼影英气逼人，尽显她冷冽的气质。

她半睡半醒，已经记不清自己有多久没有真切地笑过。记忆里自己二十多岁时跟着老师学习心理学，每天都在笑，眉眼弯弯，笑起来像个孩子。那时的天真无邪、单纯懵懂早就逝去了，渐渐地她便很少笑，只觉得笑起来会撕裂心尖的口子，血流不止。

吴聪还在厨房忙碌，不过是做了一锅面，却已汗流浃背。他将厨房的门关得死死的，就怕有一点点的烟气漫进客厅让她不舒服。

肖雅洁还是被锅碰勺的声音吵醒，她半坐起来，电话忽然响了。

是她的助理。那么晚来电话，想必跟病患有关。

“叮当妈妈说家里困难，能不能先将费用拖一拖？”

肖雅洁抿了抿唇，声音没有一丝温度：“不可以。”

助理嘀咕了两声，想做争取：“我看叮当那孩子快好了，费用可以等病好之后一起结算。”

肖雅洁低眉，雪白的肌肤在灯光下如瓷般细滑。

“我们不是避难所。”

她随即将电话挂掉，甚至有要换助理的打算，即便她已经跟了自己十年。

思想没有同步，早晚还是要分开。

吴聪端着阳春面出来，笑得宠溺：“做好了，快尝尝。”

肖雅洁没抬头，更像直接下命令：“以后别再介绍乱七八糟的病人过来。”

吴聪一愣，热气腾腾的面险些将他烫到：“怎么了？”

他放下碗，还是有些不放心：“谁又惹到你了？”

肖雅洁翻眼皮看他：“叮当那个孩子，家里没什么钱，看也是浪费功夫。”

吴聪喉咙卡了一下，这个小孩子还是他偷偷从医院心理科介绍出去的，就想让她多一个客户。没想到她非但不领情，还责怪起自己来了。吴聪偷偷看了看她，肌肤光洁白皙，眼睛灵动有神，明明和二十多岁的时候没两样，怎么脾气就越来越古怪了。

他干笑两声，将汤碗向她面前推了推：“饿了吧。”

肖雅洁忽然问他：“最近的报纸怎么都没看到？”

“啊？”吴聪神色慌张，“可能忘记送了。”

肖雅洁狐疑地看着他，干脆斜倚在沙发上抱臂在怀。她的眼睛像鹰一样盯着他一动不动。

吴聪知道自己露馅了，缓缓站起身，一步一挪地从柜子里拿出这一周的报纸给她。他知道她没有看电视的习惯，即便科室里的事情闹得沸沸扬扬，她也知道得很少。

“雅洁，我想你不看最好。”

他话音未落，肖雅洁已经将报纸夺到手中，打眼看的第一条新闻险些让她惊叫起来。

"李唯西是顾伯棠的儿子？！"

吴聪像个做错事的孩子低了低头："我也是最近才知道。"

"他和你同在一个科室，你怎么回事？"肖雅洁还没从震惊中恢复，愠怒地看着吴聪。

"十几年前顾老儿子出国，谁知道又回来了。"吴聪叹气，"要不是宋摘星当众宣布，我还蒙在鼓里呢。云月华太过分了，连我都瞒着。"

"顾老师呢？"肖雅洁急问。

吴聪想起来李唯西父亲在医院躺着的事情，怔了怔："难道……重症监护室的人是顾伯棠？"

肖雅洁呼吸不稳："他怎么了？"

"充血性心力衰竭。"吴聪脸色也变得不好，越说越抖，"我……我之前还瞄过李唯西父亲的入院单子……我压根儿没往顾伯棠身上想。"

肖雅洁浑身像被抽干了力气，一下子颓在沙发中。事情来得太过突然，她万万没想到李唯西竟然是自己老师的儿子。

灯光刺眼，打在肖雅洁一张犹如面具的脸上。只是经过刚才的刺激，面具乍然裂开一道缝隙，透过缝隙得以看见她历经岁月后皮肤沧桑枯萎的样子。

半晌，她伏在沙发中冷笑："十几年前老师对外宣称死了，之后谁也没有再找到过他。我虽然知道他还活着，可终究比不了云月华。老师把所有的秘密都告诉了她，却从未和我说过。"

她说得凄凉哑忍，似乎有满腔的委屈无处倾诉。

吴聪缓缓握住她的手，劝慰道："顾伯棠对你的师恩能让你记到现在，可见他没有白白培养你。"

"自然没有。"

肖雅洁坐起身，眸中多出一份精光，许久后再次出声："我会送给顾老儿子一份见面礼。"

窗外，月光与灯光融化在深沉的夜色中，整个城市一片朦胧。高楼大厦变得过分安静，默默窥视着城市中的行人。肖雅洁的声音随着风声传到低矮的云层里，进而消失得无影无踪，但她决然的姿态让吴聪微微吃惊，他已经有很多年没见过她这样认真了。

雨后的第四天，心理科再次掀起波澜。

简一凡一大早就和云月华主任大吵一架，气得脸都白了。

心理科的同事们学着简一凡之前的样子趴在办公室门上探听消息，方琳甚至拿来了听诊器，企图听得更清楚一些。

办公室内，云月华手指急速地敲着办公桌。

“我不同意！别说科里费用紧张，就是不紧张，也轮不到给王守才免除费用。”

简一凡据理力争：“他都不要命了！如果钱能买来他的命，为什么不能给他钱？”

云月华脸拉得很长：“简一凡，他有钱让女儿出国，要不要命是他自己的选择！我们没有权利替他做主。”

“我们医生的本职就是救死扶伤。”

“钱应该拿来救更需要它的人！”

简一凡噘着嘴，一屁股坐在沙发上：“主任，我知道你说得很有道理，但是王守才情况特殊，他宁愿把钱花给女儿也不愿意拿来救自己的命，这难道不是一个父亲的爱子之心吗？”

云月华不再跟他废话，戴上眼镜准备批阅其他的申请资料。

简一凡强调：“王守才有那么多的人生经验和积淀，如果病好了肯定还会继续给社会做贡献的。你看看他以前办的工厂，在民营企业中实力很强，我们应该挽救他的生命，等他以后赚了钱，会救助更多的人。”

云月华叹气。

简一凡站起来，走到她身边：“主任，最近咱们心理科名声那么不好，如果救助了王守才这样的人，肯定可以挽回心理科的名誉。”

“一凡，”云月华猛地抬头，目光灼灼地看着他，“我们是医生，不是香火徒，更不是作秀！如果我们救人是为了扬名，为了得到别人的赞美，从一开始就错了！”

简一凡被云月华骂得脑子嗡嗡响，他下意识后退一步，知道自己刚刚口不择言，将科室名声当作儿戏。

办公室的门忽然开了，宋摘星进来向云月华报告。

“下午请假外出，主任。”

云月华看她："做什么？"

"西山精神病院接收的病人出了点问题，需要我们过去配合。"

云月华点头："去吧。"

宋摘星没走，多加了一句："一凡是专攻儿童心理问题的咨询师，希望他能和我一起过去看看。"

简一凡正想找个地缝钻进去，没想到宋摘星适时地捞了他一把。

云月华看都没看简一凡："同意。"

她自然明白宋摘星的意思，她现在巴不得简一凡不给她添乱。

宋摘星连声谢了云月华，一忙扯了简一凡的手往外走。

简一凡还想争取："主任，你考虑考虑，不然王守才真的没有活下去的欲……"

一句话没说完，宋摘星已经将简一凡彻底拉出门外。

门外的同事全部围上来一起捂住简一凡的嘴。

方琳对他吹胡子瞪眼："你还嫌主任不够忙啊！"

简一凡的嘴巴被好几只手堵着，现在别说讲话，连呼吸都有些困难。他近乎被"挟持"着离开了走廊，等再次能够自由呼吸时，宋摘星已经将他带出了心理科。

天气晴好，夏木阴阴，西山精神病院的鸟声在晴日里更加清脆高昂。

简一凡十分抗拒这里，即便现在他已经站在了病院门口。

宋摘星终于半松一口气，嘱咐简一凡："小雪最近情绪一直很低落，这次来看看能不能配合时医生做一些其他的治疗。"

去见时医生，就意味着要见他身边的助理高璨，简一凡想到这儿一步也走不动。

宋摘星自然看出他的心思，硬扯着他往前走："做不成恋人，还可以做朋友。"

简一凡拉着脸，一边跟着宋摘星健步如飞，一边冷声道："你明知道我不是这样的人。"

说完他迅疾地补充："你也不是。"

宋摘星没说话，只是发力捏紧他的腕子，让他嗷嗷呼痛。

穿过花径一路向前，穿着白大褂的时越站在大厅已经等候他们多时。

宋摘星对他有些好奇，不知他每次都会等自己多久。

两人刚一站定，时越身子半倾，扬手摸了摸宋摘星的脑袋。

“最近辛苦了。”

他弯着身子贴着宋摘星，近乎宠溺地笑看着她，让一侧的简一凡大吃一惊。

只是还没等简一凡反应，一声长啸忽从身后传来。

“哎呀呀！哎呀呀！”

身穿病号服的王大爷小碎步赶上前来，近乎痴狂地看着他们三个人。

“哎呀呀不得了！”

王大爷围着他们不断发出惊叹。宋摘星认识他，是患有表演型人格障碍的“算命先生”王大爷，没想到他还没出院。

“天作之合啊，天作之合！”

简一凡一脸懵怔：“谁？”

“就是你啊小伙子！”王大爷转悠到他面前，眼睛一瞬不瞬地盯着他的脸，“你看看你，天庭饱满，下巴圆润，耳白过面，印堂隆起，是富贵长寿之相啊！”

简一凡听完心里舒服多了，咧嘴大笑。王大爷随即绕到时越身边继续说道：“你的眼睛锐利有神，眉毛名扬清秀，面相啊和那个小伙子正相配，五行相生，简直是天作之合。”

时越皱眉：“谁？”

“这个小伙子啊。”王大爷拉着简一凡过来，又拽住时越的衣裳角，“大爷我活了这么多年，从未见过如此相配的人。”

话没说完，时越紧接着躲开王大爷的那只手。

宋摘星忍不住哈哈大笑。

简一凡气得跳脚：“老大爷你不是老眼昏花吧？”

时越脸色清寒，转头看向身后的助理潇潇。

“病患的主治医师是谁？”

潇潇知道时越要发脾气了，有点哆嗦：“是李医生……不，也可能是孙医……”

“下班后让他来找我。”

时越打断潇潇，顾自拉着宋摘星向楼上走去。简一凡紧跟在他们身后大喊：“带上我呀。”

而留在原地的王大爷还在兴奋地拍手叫好：“真般配啊！般配啊！”

门诊部六楼，李唯西一身薄衫驻足在走廊口，看着高璨一步步向他走来。

高璨近乎震怒地向他逼近。

直到两人距离不足一米，李唯西淡淡出声：“我有办法治好你妈妈。”

高璨整个人怔在原地：“你说什么？”

她带着大大小小数十位医生来看过她的妈妈，得到的答案都惊人的一致，就连名声赫赫、地位权威的时越都笃定地将她妈妈的病情判了死刑，她不相信李唯西这个伤害妈妈的凶手竟还能说出这样的话。

李唯西戴着圆框眼镜，目光平静：“但是需要一段时间，我希望你能让我接近你母亲，让她接受我的治疗。”

“不可能。”她斩钉截铁地拒绝。

“我并不是伤害你母亲的凶手。”李唯西词句清晰地辩解，“事情发展到现在，我被停职，你妈妈被逼疯，我们没有人是真正受益者。”

高璨猛地逼向他：“你什么意思？受益者？”

李唯西看着她的眼睛：“你只需回答我一个问题，是谁在背后指使你曝光我。”

“没有人，是我自己的主意。”

李唯西没有回应她，继续看着她说道：“周鸣山。”

高璨皱眉。

李唯西接着道：“林雨泽。”

高璨懵怔地看着他，不知道他到底在干什么。

然而李唯西已经有了答案。他刚才通过观察高璨的微表情已经知道，这件事情必定与林雨泽有关系。

李唯西依旧平缓地说道：“有人想对付我，就利用了你和你妈妈，通过伤害你妈妈的方式打倒我。”

高璨心口突突直跳：“你在胡说什么？明明是你将我妈妈逼疯了！”

“抱歉。”李唯西面色发白，棱角分明的轮廓像夜中的露，清凉纤弱，

“希望你能给我机会，让我治好你妈妈。”

他近乎恳求的语气让高璨愣在原地，半张着嘴没有答应，也没有拒绝。

他顿了顿，说道：“想对付我的人，就是与你做交易的人。”

虽然不知道林雨泽以怎样的手段将高璨拉到他的阵营中，不过他确信这件事情肯定不简单。林雨泽背后想必还有操控他的人，只是高璨不知道而已。

他来找高璨说这件事，高璨未必会信。但他一定要说，因为他需要高璨的配合。解铃还须系铃人，即便她现在不信，以后也可以多一个察觉真相的机会。

高璨连连冷笑地看着李唯西，她的确没有信他半分，只觉得他可笑无比。

“我妈都成这个样子了，你还说你是受害者？！”

李唯西直视她的目光，一字一句像利剑一样直击她的心口。

“你不能让真正的凶手逍遥法外。”

时越拉着宋摘星一口气上到五楼。他的手指清凉，轻轻地扣在宋摘星的腕子上。宋摘星不明所以，任由他带着自己一直向上走。他的身影颀长，将近盖住她半个身子，让她像只小兔子亦步亦趋地跟着他。

她正低着头，不知怎的时越猛地顿住步子，让她猝不及防直接撞在了他的后背上。

“哟。”好痛……

“怎么了？”

“怎么了！”

宋摘星揉着额头，忽然听见两个男声漫入耳朵。

她抬头，恰好看见李唯西正站在拐角处眸色深深地看着她，而身后的简一凡趁机也赶了上来，只是脸色瞬间煞白。站在李唯西身边的人不是别人，正是高璨。

没想到几个人在这种地方尴尬地碰到。宋摘星一边疼得咬牙，一边想将腕子从时越手中抽出来，不料他反而握得更紧。

李唯西戴着圆框眼镜，看起来孤介温雅。只是整个人透着比前几日更重的疲惫感，连英挺瘦削的下颌都冒出一些青色的胡茬，多了几分憔悴。

见宋摘星没什么大碍，李唯西转而看向高璨：“希望你能考虑我的建议。”

高璨冷冷的，不过终归回答他：“我会的。”

李唯西向她点头道别，随即下楼，错过宋摘星的瞬间面无异色，似乎当她根本不在这里。

时越忽然喊住了他。

李唯西余光瞥了瞥他放在宋摘星腕上的手，神色淡漠。

“最近听闻了你的事。”

李唯西迎上时越的目光，淡淡出声：“小事。”

反倒是宋摘星呼吸有些不稳，自从将他的事情公之于众，两个人还从未见过面。

“需要我的帮助吗？”时越再次出声。

李唯西眼睛半眯，隔着圆框眼镜发出疏离的讯号。

“不必。”

他随即转身，刚要下楼，时越紧随而来的一句话让在场每一个人都惊在那儿。

“我可以追摘星了是不是？”

李唯西顿在那儿，阳光打在周身，他的脖颈发出淡淡的光泽。他自然知道时越是在确认自己和摘星的感情是否真正离散，只是这种问法让他心中陡地一凉。

他未转身，背影清冷孤寂。

宋摘星眸光闪烁，她本想第一时间与时越解释，可如今她却和时越一样，很想知道李唯西的答案。

片刻，李唯西浅浅开口。

“你无须征得谁的同意，只要摘星喜欢你就好。”

他出声依旧温柔。只是背对着他们，任何人都看不到他脸上的表情。

他决然下楼，步速愈来愈快，直到消失在楼梯一角，此时空气如静止一般。

简一凡悄悄看了高璨一眼，见她依旧冷着脸，憋在心里的话忽地就不想说了。

时越问高璨：“上面是不是没人了？”

高璨点头。

他拉着宋摘星继续向上走："跟我来。"

这次简一凡没有跟着他们，停留在原地一时不知道该进该退。

高璨俯视着他。楼梯上只剩下他们两个人，她终于对他开口："你妈妈应该很高兴吧。"

简一凡半咳了一下，掩饰自己的慌乱。

"我还没和她说。"

高璨有些吃惊，眸光却瞬时黯淡下去。

"你这又是何必呢？我们不可能在一起了。"

"你没有开始新的恋爱对不对？"

高璨没有回答他，简一凡抬头，再一次出声："你所有的打算都是为了搞垮心理科，搞垮李唯西，搞垮我们。"

高璨回击："是他们先把我妈搞垮了！"

"解决问题的方式那么多，你为什么非要选择曝光呢？"简一凡不明白，他觉得高璨变成了他完全不认识的样子。

高璨冷冷一笑："这是我自己的事情。"

"璨璨，你到底为什么和我分手？"简一凡逼问道。

光影流动，呼吸可闻。高璨没有发脾气，平静地回答他："因为和你在一起得不到钱。"

"所以有人给你钱，你就选择曝光李唯西？"

高璨下意识回避他的目光。她想到林雨泽派人来找她，和她做交易，只要她曝光李唯西，她得到的钱就够她和母亲花一辈子。

她对这样的交易毫无招架之力。她的母亲需要钱，她也需要。而简一凡比任何人都先一步猜到了原因，想来还是他最了解自己。

高璨扭头，她直接背对简一凡而去。

楼梯口看不到她的影子了，简一凡隔着空气大吼出声："有钱了不起啊！"

嗒嗒的高跟鞋声忽地停下，高璨停在走廊中间，抬头看了看窗外澄碧透彻的天空。她的眼睛里升起泪雾，不知是哭一凡还是哭自己。

她哽咽出声，带着浓得化不开的笑意："是的。有钱了不起。"

第二十五章　必要反戈

为了防止病患跳楼等事故的发生，通向病院最高层的楼梯门长年封锁，连锁芯都透着斑斑锈迹。门诊部大楼总共二十层之高，高层连窗户都设了栅栏，避免精神错乱的患者不小心跌摔出去。医院的种种措施不可谓不周到，只是这些栅栏虽然挡住了病人，却也同时挡住了外面云天如画的风景。

时越为宋摘星做的一件事就是打开了那道门。

助理潇潇跟在后面胆战心惊。这道锁许多年都没开过，“凶器”扳手现在还藏在自己的床底下，要是被发现，她潇潇的职业生涯就算完了。

眼看时越和宋摘星就要到达最高层，潇潇干脆留在楼梯口放风。虽然接近这里的病人都已经被清走，但她还是紧张得浑身紧绷。

时越牵着宋摘星的手上来，眼界忽然广袤开阔。

午后的阳光温暖和煦，为楼层撒上一层金色的光晕。刚下过雨，空气湿润，风声高远，天空湛蓝如镜，仿佛一切都安静下来。他们的身前即是“西山精神病院”六个字，漆红的大字高高悬在楼顶，矜重庄严地俯瞰整座医院。

站在这儿，可以望见远处连绵不断的西山山景，层峦叠翠，危峰兀立，如淡墨几笔勾画在天边。

远处青翠欲滴，宋摘星心情顿时晴朗，叹道：“好漂亮。”

站在楼顶，风拂着面，轻轻地，痒痒地，让人心生暖意。

时越走上前来，看着宋摘星道：“我知道你最近很难过，很想带你晒晒太阳。”

宋摘星想起刚刚见过的李唯西，笑意未达眼底便消失了。

时越双手抄兜，白大褂在阳光下清澈俊逸。

“如果心情不好，就跑到太阳底下站着，抑郁的情绪就会消失。”时越斜睨着她，唇角上扬，“我将其称为‘暴晒疗法’。”

他鲜少笑，不想笑起来竟是这样好看，桃花眸清亮明丽，光彩照人。

宋摘星与他一起沐浴在阳光之下。两人站得那样高，看得那样远，仿似一切都不必放在心上。

一阵风吹过，底下的一排白杨树发出哗啦啦的声音，树高枝密，郁郁葱葱，花木葳蕤，风和景明，美得不可方物。

“这是医院里最高的楼，”时越缓缓抬起头，“离太阳最近的地方。”

宋摘星静静看着时越。做医生这么多年，她还从来没有到过门诊部的最上面，如今连医院的牌子都在自己的脚下，让她得以看见群峰沟壑，千山一碧，心中一时波涛起伏。

她忽然想起一件事，问他：“小雪的病好些了吗？”

时越低头看她，眉间明润：“自己还没好，就要惦记别人了。”

宋摘星自是知道他为自己做的一切，只是最近发生的事情已让她精疲力竭，有种被抽干力气无所适从的感觉。

“小雪还在吃药。”

他见不得她有一点为难，最终还是回答她。

时越没有多说，宋摘星却听出了大半。吃药就意味着病情还在反复，只能依靠药物控制，宋摘星没再说什么，走到西山精神病院牌子跟前，放目远眺。

她紧紧贴着天台，再往前一步就是深渊。

时越贴在她身侧，看着湖影如练、风啸山川，他五官清淡、语气温柔。

“不舒服就喊出来吧。”

宋摘星一怔。

时越转头看着她，目光如水：“喊什么都可以。”

宋摘星薄唇半抿，没有说话。

青草碧嫩，山光明媚，站在这里可以看到风景辽阔，江河万里，绵绵延延。宋摘星目光散在远处，忽然对着山峦大喊：“啊——”

所有的隐忍，所有的不甘，所有的心力交瘁都含在那个字里，通过空气越传越远。

时越浅笑，双手拢在唇角两侧陪着她一起喊：“哦——”

“不开心——”

“一切——都会好起来——”

两个人大喊的声音很快传到地面，在宁谧的午后显得格格不入。地面上的人循着声源抬头，都吓了一跳。只见高楼之上两个小点紧紧贴着楼边不断大吼着，那么高，那么险，着实为他们捏一把汗。

底下开始陆续发出不好的声音：“跳楼啦，有人要跳楼。”

“快看啊！跳两个！”

“哎哟哟，跳楼啦！不要命啦！”

门诊部前的人越来越多，有人甚至准备报警。保安们迅速出动，就怕两个人一时想不开从几十米高的楼上跳下来。

守在楼道门口的潇潇本就精神紧张怕人发现，没想到时越他们竟然主动招来院方。她一屁股跌坐在地，险要哭出声。

“完蛋了，完蛋了。”

喊了足足几分钟，宋摘星嗓子都要喊哑了，终于停下来。她深深呼出一口气，阳光下脸色不再呈透明的苍白色，转而多了几丝红润。

副院长带着保卫科的人到达最高层时，潇潇吓得已经哭成泪人。而时越带着宋摘星已从楼层边缘撤了回来。

副院长勃然大怒：“谁把锁打开的？简直儿戏！”

潇潇抽噎，正准备说话，忽地被时越打断。

“我开的。”

副院长呼哧呼哧地喘气：“时医生，你这样做非常危险，出了事情谁负责？！”

时越眸光流转，面色清寒，开口却没有半分推脱。

“我会接受院里的处罚。”

宋摘星看着面前的时越，只从他的桃花眸中看出孤松巍峨、平静优雅。她心里滑过丝丝暖流，像他这样撕风裂雾，光华照眼的人能为自己做这些，想来承担的压力肯定不少。

似乎察觉到她的羞赧，时越重新握上她的腕子。

“没什么。”

宋摘星与他相视一笑。笑意落在潇潇眼中只觉得他们真是般配至极。

她暗暗唏嘘，自己果然没有跟错教授，这一刻时越简直头顶圣光，帅得要死。

与高璨分别后的第二天，简一凡一上班就做了一个重大的决定，引得云月华都惊叹连连。

他宣布自己将资助王守才所有看病的费用，甚至包括未来几年的药费和手术费。这个举动不仅引来心理科同事的称赞，甚至得到了院方的高度关注，以致后面几天连肿瘤科的医生都在配合他为此事筹划和奔波。心理科再次成为全院讨论的对象。

当简一凡把二百万的卡交到王守才手上时，王守才泣不成声。

自从他接连破产和得癌症之后，他以为上天已经抛弃了他，却万万没想到被心理科的一位医生资助，让他重新看到活下去的希望。

一时间，简一凡成为人们津津乐道的英雄，连续被媒体报道。如此正能量的善举将心理科之前的阴霾一扫而光，甚至院长陈西晚都亲自感谢他对医院病人的付出。

中间当然有很多质疑声，批评简一凡不该把钱捐给家有余财的老板，但这种质疑很快便被更多的拥趸和赞扬覆盖。特别是在王守才手术之后，他插着呼吸机躺在病床上热泪盈眶，对简一凡艰难地说着谢谢，场面既温暖又震撼，人们看到了一个生命的重生。

无论外面对他如何评价，只有简一凡自己心里清楚，他就是想以这种方式告诉高璨，钱可以拿来做正确的事。

持续半个月的捐款事件慢慢平息下来，直到简一凡爸爸简建国联系他。那是一个阳光晴好的中午。

简建国带着简一凡吃西餐，话不多，脸色也像蘸了酱油的面包，说黑不黑，说白不白。

简一凡想着他爸应该是要夸他，毕竟自己捐款的事情闹得沸沸扬扬，即便老爸出差刚回来，肯定也知道了这个消息。

简一凡有些得意扬扬：“老爸，我做得好不好？”

简建国有些牙疼，硬生生咧嘴：“好，好。”

简一凡给简建国切了七分熟的牛排放他盘子里：“我觉得我做了一件大好事。救人一命胜造七级浮屠，我这也是为咱简家行善积德呢。”

简建国眼神中流露出一股悲凉，半晌回应他：“你救助的那个人，原名就叫王守才？”

“是啊，老婆叫顾莲，连他女儿我都见过了。”

“你……”简建国捂着左边的脸，牙疼得要命，“你为什么要救助他？”

简一凡终于察觉到老爸的异样，轻轻放下刀叉，一脸严肃地看向他：“爸，你是不是觉得我捐少了？”

简建国刚喝了口水，没等话音落地全部喷出来。

简一凡赶紧拿餐巾去擦，有些担心：“老爸你怎么了？”

简建国皱着眉，一副吞吞吐吐的样子。

“凡凡啊，你知道你老爸出差半年，跟孙子似的天天陪客户，就赚了二百万。”

他说得唉声叹气，简一凡忽然笑起来。

“你之前不是都赚几千万的嘛。生意嘛，有赔有赚，老爹你要看开啊。”

简建国心想自己什么时候有了这么一个傻儿子。

不过他始终没将后面的话说出来，只是苦笑着点头：“是，儿子说得是。要看开啊。”

简一凡往水果沙拉里淋了千岛酱，语气重新活泼起来：“我之所以资助王守才，就是看重他的能力。他之前的厂子做汽车，旗下还有4S店的资源，如果能重新做起来，想必一定做得好。”

“怎么，你还想投资他做生意？”

“对啊。”简一凡暗搓搓地挤眉弄眼，“投资这么一个有能力的人，又衷心感谢我，以后肯定卖力工作。老爸你说我是不是个天才啊！”

“你是个屁！”

没等简建国开口，一直藏在后桌的孟美丽终于忍不住站起身来，兜头泼了简一凡一杯子柠檬水。

“老妈？”简一凡头上顶着柠檬片大吃一惊。

孟美丽直接啐他一脸，指着他大骂：“你爸当年从那么好的单位辞职，就是被王守才那个王八蛋害的。出去辛辛苦苦大半年拿下来客户，就是为了打倒王守才！起早贪黑赚了两百万，被你大蠢手一挥瞬间原数送回！我的儿，你可真他妈的是个天才！”

“啊？”简一凡整张脸皱在一起，他实在没想到竟然还有这档子事儿。

“你啊什么啊！我和你爹定期向希望工程捐款，年年施助行善，怎么会生出你这么一个傻儿子！”

简一凡冷汗都冒出来了，一时也想不到怎么应答，不觉又说了一声：“啊？”

媒体追踪报道心理科期间，鸣山地产发生了一件事。警局从废墟大楼入手，查到了绑架宋摘星的地下实验室，只是查到时已人去楼空，偌大的地下建筑早已空空荡荡，只留下了几间实验室，其余再没了半分痕迹和证据。孙鸣只能从建筑本身入手，以违规建筑为由捋着源头查到了鸣山地产副总身上，最后副总入狱，鸣山地产企业自查，一时股价大跌，内部受到重创。

即便如此，鸣山地产还是压下了很多新闻报道，周鸣山更是和这件事情切断了所有关系，连孙鸣一时都拿周鸣山没有办法。

鸣山地产副总裁入狱的同一日下午，孙鸣着急找李唯西，直接驱车前往西郊别墅。

为了避免媒体接触，李唯西连医院中的父亲都没再去见，一直待在别墅中。孙鸣如今着急忙慌地赶来，到达时已是满头大汗。

李唯西泡了冰柚茶，将他带到内厅。

孙鸣一瘸一拐地坐到沙发上，冰水也没顾上喝便直接开口道：“死的那个人进过周鸣山的家。”

李唯西眉头紧锁，他没想到高璨妈妈疯掉和周鸣山还有关系。看来林雨泽负责联系高璨，而周鸣山则为林雨泽逼疯高妈妈提供了可用的人选。

孙鸣继续说道：“但是那些钱都是林雨泽身边的人打过去的。”

李唯西眸光乍亮，他忽然明白了其中的关系。周鸣山根本没有和林雨泽合谋迫害高妈妈的动机，倘若林雨泽单方面吩咐心理师逼疯高妈妈，而心理师又从周鸣山那里偷偷找了个助手，这说明——心理师或许背着林雨泽在与周鸣山来往！

李唯西浅扬唇角：“这就有意思了。”

孙鸣：“可惜没有周鸣山的直接犯罪证据。”

李唯西："鸣山地产的副总裁没交代什么？"

孙鸣："咬死是自己干的。"

李唯西："看来周鸣山都安排好了。"

孙鸣叹气："这个老狐狸。"

李唯西目光深邃："现在还有件更重要的事要查。"

孙鸣："更重要的事？"

李唯西一直想着与周鸣山一起开发心理游戏的心理师。如今周鸣山与心理师合作的事情得到确认，林雨泽也同样与这个心理师有关系，那么当下更重要的事就是找到在他们背后操控这一切的心理师。

李唯西问向孙鸣："是否有受害者进周鸣山家里的证据？"

孙鸣点头："街口一角的监控查到了。"

"能否传唤周鸣山？"

"传唤？"孙鸣终于得空喝了口水，又险些呛着，他不明白李唯西的意思，"如今有证据证明受害人曾和周鸣山有联系，确实可以将他传唤到公安机关进行询问查证。但是我判断周鸣山不会交代，而且扣押他的时间不能超过二十四小时。"

"不需要他交代。"

孙鸣更不懂了："那传唤他的意思是？"

冰柚茶里泛着气泡，时间在气泡间不断流逝。李唯西走到他身边，一字一顿道："我就要这二十四小时。"

已入六月，夏季炎炎，叶子挂在枝上打卷。天边云霞如奇峰骤起，围拢着火球似的太阳。

宋摘星身穿蓝色衬衫，搭配一条九分束脚牛仔裤，显得格外清爽干练，脖颈处白色衣领的纽扣半开，露出一字形锁骨，更添优雅知性。她带着一厚沓资料进入明圆山庄，由管家引入书房，林雨泽早已命人煮好茶等她。

宋摘星客气地与他打招呼："云主任让我来跟您的案子。"

林雨泽面色如旧："我没什么病。"

"这得医生说了算。"宋摘星开门见山，直接将资料递给他，"我知道你有自己的私人心理师，但是从过往的病症中显示，你很有可能被其他心理师操控和利用，难道你一点都没有怀疑过他吗？”

宋摘星直言不讳的方式让林雨泽皱了皱眉，不过在他看来，她这种激将法未免有些小儿科。林雨泽看了看那些资料，管家随之接过来。

林雨泽示意宋摘星坐下，长叹道：“我很欣赏你，这也是我继续与你们心理科保持联系的原因。我希望你能将帆儿的病看好，做好你分内的事即可。”

“可是林帆病症的源头就是你这个父亲。”宋摘星浅笑，丝毫没有落入下风，“相信李唯西医生之前也和你讲了其中利弊，这次我来，主要是来跟进你的病情。”

林雨泽冷笑：“既然你知道我有心理师，就无须你插手。”

宋摘星目光灼灼：“你很有可能被催眠过。”

“催眠？”

宋摘星知道他的兴趣被提起来，向他倾了倾身：“你只需回答我一个问题。你的私人心理师接触你多久了？”

她没有直接问心理师是谁，因为她笃定林雨泽不会告诉她。如今问时间，她盘算着林雨泽倒会有回答的可能性。

茶气氤氲在林雨泽眉眼，看得出他在权衡。

“十八年。”林雨泽回答道。

宋摘星有些吃惊，心中暗道难怪林雨泽如此相信他的私人心理师。十八年的相处早已将他和那个人牢牢捆绑在一起，他没理由相信李唯西，更没理由怀疑与自己朝夕相处的心理师。

“我现在一切很好。”林雨泽看出宋摘星的表情变化，笑了笑，“我的生活平静，家庭美满，事业顺利，都依托于我的心理师。你想挑拨我们的关系，想必是打错了主意。”

宋摘星挑眉：“是吗？”

书房中有几秒的宁静，宋摘星稳了稳呼吸道：“你的生活平静吗？那为什么林帆的生活会一团糟？导致你也没有片刻的安稳。家庭美满更是指望不上，林莞前阵子还被绑架过，林帆又无法喜欢女人，对你这个父亲又爱又恨，这就是美满的象征？至于事业顺利，也很难讲，家庭一旦出现变故，你的事业真的会有继承人接盘吗？”

角落中管家拿着资料的手微微一颤。

林雨泽迟迟没有说话。

宋摘星知道他肯定听进心里去了，突然转了话题道："我理解你对李唯西的戒心，你也见过那天我怎样对待李唯西，我与他是完全不同的人。现在站在你面前的，只是一名心理科医生，没有其他任何目的。我只想看好你的病，这是作为医生的责任。"

林雨泽抬头看她，眼睛半眯，带着一丝危险的讯号。

"之前李唯西跟进了那么久，并没有实质性的进展。"

"那是因为你并没有和我们说实话不是吗？"

"我到底有什么心理病症？"

宋摘星知道林雨泽终于开始有所怀疑，趁机道："你之前的病症倾向于躁狂，容易被激怒，容易发脾气，李唯西按照这个方向给你医治，却发现根本没有任何好转。后来他在整理你的病历的过程中，怀疑你被其他人催眠过。但是这一点他还未来得及验证。"

"我一直清醒，怎么可能会被催眠？"林雨泽觉得有些可笑。

"如果你的私人心理师精通催眠术，给你专用的'密语'或者'关键数字'，你只要一听到或见到这些密语或数字，就会很快陷入很深的催眠状态，失去自己的意志和意识。"

管家皱眉，上前道："这么说即便心理师不在老爷身边，老爷一样可以被催眠？"

宋摘星点头："没错。"

眼瞧着林雨泽一直静默，宋摘星解释道："心理学上有个著名'海德堡事件'，是催眠被利用在犯罪行为的典型案件。1934年夏天，德国海德堡警察局接到一个名为E先生的人报案，他指控有人使他的妻子产生各种疾病，并以此敲诈大笔的金钱。但受害者E夫人根本想不起究竟是谁让她变成这样。随后麦尔医生对E夫人进行了全面的检查，判断出她在催眠中接受了强烈的暗示，要她忘记所发生的全部经过。"

林雨泽脸色发白，宋摘星缓缓走近他。

"E夫人在乘坐火车时遇到P医生，P医生对她实施了催眠，利用E夫人在催眠状态丧失了意识，乘机奸污了她。后来，P医生又利用催眠驱使E夫人去卖淫，从中获利。E夫人结婚以后，P医生又暗示E夫人产生多种疾病，并且必须在他那里治疗，收取E夫人付的治疗费。之后更是利用催眠让E夫人谋杀自己的丈夫，甚至自杀，并且暗示E夫人必须忘记所发生的一切。结果是，E夫人果然忘记P医生对她做的一切事情，直到麦尔医生通过催眠术让E夫人重新想起来。”①

她说完后，连管家都很是震惊：“还有这样离奇的事情？”

宋摘星：“暗示是一种诱使行为，在无对抗态度条件下对人的心理和行为产生影响。屡次重复暗示的时候，自我意识会逐渐瓦解。因为E太太盲目信任P医生，所以在这种基础上形成了一种依赖的关系。依赖越深，P医生便越能抓紧E太太的心理，使她变成自己的工具。”

林雨泽终于缓缓站起身，目光凝在宋摘星身上，语气冷厉。

“我的私人心理师没有利用过我。”

“深度催眠状态下，个人意志甚至会完全丧失。”宋摘星并不畏惧，与他对视，“如果他没有利用过你，为什么你经常会对林帆打骂，导致林帆对你产生抗拒，转而喜欢顺从他的男人呢？”

林雨泽险险踉跄一步，脸色阴怖，发出歇斯底里的吼声：“去喊林帆！”

管家赶紧出门，小心擦拭着额头上不断冒出的冷汗。

兴许刚才太过激动，管家走后林雨泽连连咳嗽，不停地大喘气。用人赶紧进来搀着林雨泽到内室服药，他的心脏不好，已经经不起过多的刺激。

此时林雨泽和几个用人都在隔壁，宋摘星悄悄溜到书桌前。桌面上放着林雨泽签过字的文件，她错身打开正中的抽屉，扒了扒里面的资料，又连续打开其余柜子查看是否有重要线索。直到她在其中一个柜子里发现大量刊载“甘草”报道的报纸，脸色霎时苍白。

隔壁的林雨泽呼吸平稳，好像站了起来，准备返回书房。

宋摘星连忙将报纸重新放了回去，再站起身时恰好看到林雨泽目光灼灼地看着自己。

她下意识退缩一步，便听林雨泽咬牙切齿地说道：“你说的话我一句也不信，请你立刻离开林宅。”

宋摘星暗暗舒了一口气，她知道那些话起作用了，否则他不会有如此情绪失控的一面，更不会如此迫不及待地赶自己走。下面要做的，就是等他再联系自己。

① 此处“海德堡事件”有简略描写。

他一定会再联系自己的。

六月十日晚，周鸣山被捕，一时引起业内轰动。他的律师向媒体说明周鸣山只是在配合警方工作，即便如此，周鸣山仍然成为整个汉州市的街谈巷议，一时热闹无比。

西郊别墅内，李唯西接到1号人物的电话。

李唯西站在窗边，看着外面无尽的夜色：“查到了吗？”

1号人物这几天一直在忙碌他交给自己的事情，自然不敢懈怠。

“是春杉烟。”1号人物说得笃定，“我分析了烟的成分，又对比了好几个牌子，挨个闻了味道。这种烟国内根本没有，是日本的烟。”

李唯西眼眸乌黑深邃，鼻梁高挺，俊逸中透着桀骜。他的目光散在茫茫的夜中，想到自己出事那天拜托林莞帮忙的事情。他猜测林宅中肯定有林雨泽私人心理师留下的烟，林雨泽没有吸烟的习惯，如果经常与私人心理师会面，想必宅子里会留下一些蛛丝马迹。之后林莞果然在林雨泽内室里找到一个烟蒂，能进入林雨泽内室吸烟的人，想必是他的私人心理师无疑。

再之后他托1号人物去查这种烟，果然得到了一些有用的信息。

他微微一笑：“国外的烟更好，国内的人吸的不多。”

1号人物很是认同，不过有些忧心：“汉州的心理师太多了，如果再去查谁经常用这个牌子的烟，还需要一些时间。”

“不必了。”李唯西打断他，“明天就会有答案。”

夜色渐浓，像化不开的墨。他的眉眼中多了一份清冷，月落星沉，虫声如雨，他心知明日会有一场更大的风波。

六月十一日上午九点一刻，李唯西开了一场记者见面会。自从他与孙鸣见过面之后，孙鸣便去跟周鸣山的案子，李唯西则开始准备见面会的事情。无论是顾伯棠的事还是逼疯高妈妈的事，李唯西自始至终没和媒体交代过，现在一说要举办见面会，不仅媒体轰动，更是引起社会各界的关注，只等他回答一系列关于心理科的事情。

见面会特地选了室内，深蓝色地毯将洁白的地板一分为二，地毯上摆了几排椅子，而前方白色地板上只放了一张阿迪斯高桌，银色桌腿和米色桌面与地板相得益彰，显得明爽洁净。浅色天花板上全部装了玻璃灯，将不大的内厅照得格外明亮。

灯光通透，冷淡简约，李唯西刚来汉州时曾被邀请在这里做讲座，当时有很多学生参加，与内厅主人也相熟。因为自己在学校兼职教授身份，他今天在这里开见面会，又邀请了一直跟着自己做研究的几个学生过来。一切准备就绪，厅门大开，记者们陆续进来，紧跟在后面的则是一些社会人士和对这件事格外关注的医生。

李唯西一身衬衫西装，站在桌前清雅出尘。厅门从开了之后就没再关闭，但是因为大家都很关心他的举动，九点之后基本全部到场，出入厅门的人也变得很少了。

他单手半扶桌角，刚和大家打了招呼，质问声紧随而来。

“患者突然变成疯子是你救治不力导致的吗？”

李唯西摇头：“不是。高璨妈妈有严重的强迫症，我只是治疗她的强迫症状，即便治疗效果不佳，她也不会突然疯掉。”

“那你如何解释高妈妈疯掉一事？”

“有人在暗中报复我。”李唯西说得坦然，“警方已经介入，我们在高妈妈的房间中发现有人潜伏的痕迹，高妈妈只是他们利用的工具，目的是打倒我。”

他话音一落，全场哗然。记者再次提问：“是谁在暗中报复你？有什么其他证据？”

李唯西看着室内的一众人，一一扫过他们的眉眼，他只认得那些学生，其余的人大都陌生。

“这个问题，相信警方会给你们答案。”

记者一针见血：“顾伯棠是你的父亲，他之前强奸女患者，对你的医生生涯有没有影响？”

李唯西唇角半抿，沉稳道：“我的父亲早已为他做的事情付出惨痛的代价。他并没有让我变得悲观、自私和冷漠，相反，他的事情一直警醒我，身为医生责任更多，使命更重。”

“你的父亲十几年前做了错事，为什么你还要再做医生？不怕和你父亲一样吗？”

李唯西反问道："小偷的儿子一定就是小偷吗？"

他的问题让记者一时不知如何回答。这时角落里忽然有个小记者站起来，咄咄逼人道："你刚才说高妈妈是被人利用报复你，你又拿不出证据，指不出是谁，如何让我们相信你？"

李唯西低头看了看手表，见面会已过了十分钟。

他抬头，看着那位小记者认真道："周鸣山和此事有关系。"

他故意没提林雨泽。他相信高璨也在盯着发布会的事情，提出周鸣山会引起高璨的关注。更重要的是，这句话能让林雨泽有所警醒。一石激起千层浪，他的话让全场甚是吃惊，提问一个接着一个。

"周鸣山被警方临时传唤，难道和这件事情有关系？"

"周鸣山身为地产大鳄，为什么要报复你？"

"既然没有证据，为什么又这么肯定是周鸣山所为？"

李唯西扬眸，冷静应对："警方发现隐藏在高妈妈房间中的凶手事前曾经出入周鸣山的家中，并且得到一笔巨款。后来凶手车祸身亡，不敢说是周鸣山所为，但他和凶手必定关系匪浅。"

周鸣山出事后连律师的解释都模棱两可，没想到竟然在李唯西这里得到答案。记者们交头接耳，都感到这件事情十分离奇。

记者再问："周鸣山为什么要针对你？"

李唯西避开记者的视线，转而看向厅门外的风景。盛夏的阳光金灿灿地洒下来，路面被炙烤着，院子里一个人也没有。

底下有个学生突然和李唯西交换了一下眼神，李唯西点了点头，转而看向记者说道："我和周鸣山素不相识，这个问题抱歉我无法回答。"

人群有些松动，零星有几个人出去。记者还在不断发问，而李唯西则在回答的过程中一直看着时间。半小时后，他说道："最后一个问题。"

被点到的记者站起来发问："心理学上真的有手段可以逼疯一个正常人吗？"

记者的问题甫一问出，一个戴墨镜的女人随之转身出去。内厅的门一直没关，她一只脚已经迈出门外，红色高跟鞋在阳光下更加刺眼，正要迈出另外一只脚时，忽然被李唯西喊住。

"那位女士，想必这个问题你也知道答案。"

所有记者齐刷刷地回头，戴墨镜的女人怔在原地，片刻后才堪堪回身。她缓缓摘下墨镜，一双目清冽冷静。

她左手食指和中指之间夹着一根烟，精致细长，与红色指甲很是相称。

李唯西认得她，但是这让他更加吃惊。

如果没记错，这个女人当年是父亲的学生，现在是心理科副主任吴聪的妻子——肖雅洁。

心理科内，吴聪带郑亮亮走入治疗室。

治疗室中弥漫着很重的消毒水味道，但郑亮亮却没有什么反应，他紧紧跟在吴聪的身后，一句话也没有说。

郑亮亮的眼窝更青了一些，他的网瘾症一直没有戒掉，身体早已透支。吴聪事先给他注射了阿托品和麻醉剂，吩咐他躺到床上。他的身边放着氧气面罩和器械，吴聪吩咐胡梨进来为他测量体温、脉搏和血压。

治疗室的门紧紧闭着，郑亮亮不知道他们到底要做什么。

直到吴聪取了棉球擦拭他的额头两侧，而后在他头上放了电极通电，他才意识到这是什么治疗。

吴聪一边将沙枕放在他颈下，一边解释道："电痉挛疗法就是用微弱、短暂、适量的电流刺激你的大脑，达到控制精神症状的目的。你现在有网瘾症伴随抑郁，这种方法疗效好、见效快，没有药物副作用，能使你的抑郁症状和抑郁情绪快速得到缓解。"

郑亮亮知道这种电击治疗，心里十分抗拒。

"不要。"

他出言拒绝，吴聪却没有回应他。郑亮亮开始不断打哈欠，角膜反射迟钝，呼吸变浅，他察觉到是之前注射的药物起作用了。

胡梨上前固定住他身体的主要关节，通电之前，郑亮亮只记得吴聪说了最后一句话。

"你会好起来的。"

第二十六章　兵不血刃

肖雅洁穿了一件墨绿色丝绸衬衫，搭配修身黑色裙子，利落短发，小钻耳钉，整个人气场十足，清爽干练。众目睽睽之下，她逆着光站在门口微微仰头，环绕在优美天鹅颈上的一串珍珠项链极为精致，艳压在场所有人。

她摘下墨镜的那一刻，表情毫无波澜，只将夹在指间的春杉烟轻轻丢到地上。

李唯西悄悄给1号人物发了消息——凶手找到了。

他早就设好局欲将林雨泽背后的心理师引出来，却没料到这个人竟然是肖雅洁。自从孙鸣告诉自己周鸣山与凶手见过面，他便想利用这件事抓到周鸣山和林雨泽背后的人。周鸣山一旦交给警方，他背后的心理师必然起疑，这时李唯西再举办记者见面会，心理师必定会到场探听消息。

但李唯西也猜到心理师肯定隐藏在人群之中，如果想将她抓出来，就需要知道她有什么特点。当林莞拿到烟蒂时，李唯西笃定心理师有很大烟瘾，否则他很难几次都在林雨泽身上闻到烟的味道。

他故意将内厅的门打开，方便心理师烟瘾犯了的时候毫无戒心地出去。同时将时间限定在半个小时左右，目的也是吸引心理师一直留在这里。他提前给几个学生介绍了春杉烟的形状和味道，将学生分散在人群中。当他在答记者问的时候，学生们则在人群中不断穿梭辨别，看看谁身上带着这种烟、带着这种味道。

直到中途有个学生偷偷与他示意，李唯西立刻将目光锁定在墨镜女人身上。当最后一个问题问出，并不涉及周鸣山，墨镜女人转身要走，李唯西便知抓住她的机会到了。

他扬声后所有人都看向肖雅洁，连摄像机都一并掉转方向，让她不能往外再走一步。

记者转身看着肖雅洁，将问题重复一遍："心理学上真的有手段可以逼疯一个正常人吗？"

肖雅洁凝视记者，淡淡开口："感官剥夺、睡眠剥夺、囚禁或模拟行刑过程，将人困在密闭空间给予迫害，都会让正常人发疯。"

她说得言简意赅，记者们却大为吃惊，禁不住窃窃私语。肖雅洁看向李唯西，唇角冷冷一扬。她自然明白了今日的事，眸光中反倒多了一份欣赏。想想当年他不过还是个十岁的孩子，不想如今竟有这样的手段。

李唯西再次看了看时间，抬头笑道："我能问你一个问题吗？"

肖雅洁垂眸，记者们安静下来。

"你是心理咨询师，自然知道心理学的三大流派。我想问你对精神分析学派、行为主义、人本主义三大流派怎么看？"

他问的问题过于精专，记者们一时不知道他的意思。

肖雅洁反倒一笑，语气平稳："三大流派分别应对潜意识、行为和自我完善三个层面的治疗，相互支撑又相互完善，形成一个完整的大体系。"

"那你更喜欢运用哪一种呢？"

"自然看患者适合哪一种。"

李唯西看着她，手指搭在桌角一直未撤下："弗洛伊德的精神分析学说阐述了无意识的作用，由此开始了催眠实践。催眠者的暗示诱导使被催眠者的意识处于积极而活跃的状态，使潜意识中的大量信息被重新组合。想必这个你不陌生吧？"

肖雅洁："催眠也是一种治疗手段，当然不陌生。"

李唯西浅笑："催眠确实可以用于治疗酗酒、梦游症、自杀倾向、过量饮食等，但要是拿来害人，就是不应当了。"

记者们不断拍着李唯西和肖雅洁，肖雅洁的表情从始至终没有一丝变化。

"医者父母心，做医生的，肯定希望患者早日康复。"

她回答得滴水不漏，不过李唯西也早就预料到了。他最后看了一眼时间，抬头看向所有人说道：“今天谢谢大家能来。”

记者们站起来的当口，肖雅洁随之转身出去，背影优雅骄傲。李唯西收回目光，他回忆起十几年前的肖雅洁还是活泼天真的样子，不知道什么时候变得这样干练城府。

上午刚一办完记者见面会，紧随而来的新闻像炸开了锅。媒体不仅披露了李唯西对周鸣山的指控，连肖雅洁也出现在最新的报道里，她上午说过的话被一一刊登出来。只是任李唯西的事情闹得沸沸扬扬，林雨泽却始终不发一声——当下还没有人知道他与这件事情有关系。

宋摘星下午就收到了林雨泽的邀请，要她去趟林家。

前一天还在赶自己走，没想到第二天就态度大变。宋摘星猜测肯定是李唯西的记者见面会彻底引起了林雨泽的怀疑，不然凭林雨泽的忍耐度，断不会这么快就召宋摘星过去。

她不禁暗暗佩服李唯西，那么多的记者都在，他却一个字都没多说。周鸣山和肖雅洁都出现在了媒体镜头之下，已经无所顾忌，现在最害怕的人，必然是李唯西从始至终都没有提过的林雨泽。

就像定时炸弹一样，炸开了就没什么了。反而是让人知道自己揣着个炸弹才最害怕。

宋摘星匆忙拿了资料进入明圆山庄。老实说她来这里并不是因为林雨泽着急唤她，而是想查林雨泽与记者“甘草”的关系。

昨天她在柜子里发现大量刊载了甘草报道的报纸，连十几年前的报道都完好无损地保存着，她猜测他和甘草的关系肯定不一般。而且，宋摘星怀疑甘草的所作所为，或许就是林雨泽指使的。

正思索着，管家已经带着宋摘星来到书房前。房间内，林雨泽正疲惫地躺在躺椅中，眼睛半眯。

宋摘星问道：“这几天你又见你的心理师了吗？”

林雨泽没睁眼，只是缓缓出声：“已经在新闻里见过了。”

宋摘星上前：“我一定会查到你的病因，让你不再受催眠的操控。”

林雨泽叹气：“我十几年前焦虑压抑，总是头疼，认识她之后症状才缓解很多。所以这么多年一直由她来照顾，从没想到她会将催眠术用在我身上。”

“现在你相信了？”

林雨泽慢慢睁开眼睛，目光竟有些浑浊：“我会配合你。”

“那你好好想一下，之前你对管家或者林帆拳打脚踢的时候有没有什么共同点。”

林雨泽的手指微蜷，默了片刻叹道：“记忆都有些模糊，或许问他们比较好。”

宋摘星看了看管家，想到另外一件事：“我想问，你对女人拳打脚踢过吗？”

“从来没有。”

管家也很确定：“老爷发作的时候虽然控制不住自己，但从没有打过女人。”

宋摘星点头：“那么至少说明一点，心理师给你的暗语中包含着你不必对女人动手。”

林雨泽有些吃惊：“这一点催眠也能做到？”

宋摘星放下资料，看向管家：“你先出去吧，我要给林老做个浅度催眠。”

管家还有些迟疑，直到林雨泽给了他肯定的眼神，他这才转身出门。

书房的门被关上，宋摘星嘱咐林雨泽：“你不要有戒心，只是放松治疗。作为你的心理咨询师，我一定将你的病跟到底。”

林雨泽点头，身体找了个舒适的姿势卧在躺椅中。

宋摘星温柔出声：“闭上眼睛，深呼吸。慢慢……吸气，慢慢……呼气。你感到空气慢慢进入你的喉咙，进入你的肺部，一股暖流在你身体中流淌。现在开始放松你的双臂，暖流到达你的指尖。”

宋摘星一边向书桌方向移动一边继续说道：“现在我们放松头部肌肉。皱紧额头的肌肉，保持一会儿。好，放松，彻底放松。转动你的眼球，从上，到左、到下、到右，加快速度。好，停下来，放松，彻底放松。放松你的牙齿、舌头，放松你的下巴……”

约莫过了十几分钟，林雨泽已在放松治疗中沉沉睡去。宋摘星悄悄走到书柜前，开始翻看有没有可用的资料。上次她翻过了抽屉，眼下只有书柜没有搜了。

她尽可能不让自己发出声响，不断从书柜中拿出书来翻。窗帘将外面的光挡了大半，林雨泽咳嗽了几声，宋摘星吓得僵在原地一动不动。

见他尚在梦中，宋摘星放下书，走向一侧的壁柜。

几分钟后，她在壁柜中翻到了一些陈年旧纸，惊得太阳穴突突直跳。

是甘草的手写稿。而手稿上的字迹，和林雨泽本人的字迹竟然一模一样！

宋摘星惊讶地回头看着躺在躺椅中的林雨泽，没想到他竟然就是记者“甘草”。

一切线索都对上了。

宋摘星脸色苍白，当年让顾伯棠名声扫地的人就是他。到底有什么样的仇恨，让林雨泽不惜冒名也要对付顾伯棠？而现在他故技重演，用同样的手段对付李唯西，不可谓不狠毒。

放松治疗让林雨泽睡得很踏实，宋摘星将书稿恢复原样再次走到他身前。他的眉间有很多皱纹，看得出饱经世故。宋摘星忽然想，也许十几年前顾伯棠老师的真正对手并不是被伤害的患者，而是他——林雨泽。

香草地大街。诚明心理诊所。

肖雅洁踩着红色细尖高跟鞋打开心理诊所的门，绕过助手的办公桌一路直奔自己的办公室而去。

诊所空无一人，她进入自己的办公室，疲懒地将墨绿色鳄鱼皮包斜着扔在沙发上。

她瘫在办公桌前的椅子中，掏出一根春杉烟给自己点上。

烟雾缭绕，她眯着眼睛将发布会上的事情想了一遍。她现在暴露在媒体面前，想必是李唯西故意为之。只是她没料到李唯西会当众问她问题，而且是一些毫无价值的问题。

她将烟掐灭，拿出钥匙准备打开抽屉。只是钥匙还没碰到锁芯，她就警觉地发现锁被打开过。

她连忙将抽屉打开，发现里面关于心理游戏的资料和备案全部丢失。

肖雅洁的脸色变得异常难看。她这才明白李唯西当众拦住自己，是为了拖延时间。她留在发布会的当口，有人已经迅速潜入自己的诊所。

看来李唯西设好了局就为了等自己出来。

肖雅洁缓缓挺身。她冷冷一笑，事情变得越来越有意思了。

她笃定李唯西不会告发自己，只是如今被他发现自己就是隐藏在周鸣山和林雨泽背后的心理师，多少对自己不利。

她又掏出一根烟，寻了打火机点上。

本打算晚两天给他的礼物，看来不得不提前准备了。

翌日。

医院园子中树荫映照水面，一派静谧，几朵嫩荷裹着叶尖亭亭而立。六月幽静美好，只是还未享受片刻日光，却忽地大风卷地，急雨而下，绿柳摇荡，一切都被浸湿，沾染着绵绵的水汽。

宋摘星去重症监护室看了看顾伯棠，他还是老样子，躺在床上神志不清。趁雨下得小了，又跟云月华请了假，连忙赶去西郊别墅。

自从她与李唯西分手，两人再也没有交集，她一路沿着山路走到别墅前时，天还泛着灰白色，似乎雨永远下不完似的。

她走到门口，发现门上画着一团红色火焰的图案。三簇火焰分别向不同的方向燃烧着，在淫雨天气下显得热烈而张扬。

还没敲门，宋摘星便听见一个清脆的女声在房间内与李唯西笑闹。她将敲门的手撤回来，一时不知该进该退。

她接着听见李唯西的声音。

“Amber，咖啡煮好了。”

“Lee，好久没有吃你亲手做的饭了。”

宋摘星辨别出是林莞的声音，转身走到屋檐下，看着外面的风雨发呆。此时天边乌云上涌，层层翻滚，大树撼动枝叶，哗哗作响。她想起她揭露李唯西父亲的时候也是这样的天气，没想到这么快又要与他见面了。

她正站在廊下，身后的门忽然开了。

李唯西松松穿了一件白色上衣，米色棉布直筒裤，带着一些书卷气，精神清爽。宋摘星转身，恰好与他的眉眼对上。

她有些无措，低了低头：“你怎么知道我来了？”

李唯西浅浅出声，倒不疏离：“家里有院内的监控，刚看到你。”

林莞跟着出来，站在李唯西身后微微一愣：“你怎么来了？”

风没停，潲了一半的雨打在宋摘星身上："我有事来找李唯西。"

李唯西错身请她："进来吃午饭吧。"

宋摘星垂眸，跟着李唯西进屋。

"门上怎么画了一团火焰？"

"辟邪。"

他回答淡淡的，似乎无意多聊，随即转身为她倒了热咖啡，又拿了干毛巾递给她。

林莞虽嘟着嘴，不过笑意始终挂在脸上。

"还以为你和Lee再也没有往来了。"

宋摘星一边拿毛巾擦头发，一边与她解释："李唯西虽停职了，但还是心理科挂名的医生，也是我的心理督导师。云主任太忙，医院里病人的事情我想与他商量。"

林莞记得心理督导师这回事，还是李唯西与宋摘星在一起那天云月华说的。她转了转乌黑的眼睛，仰着头半开玩笑："还是有缘哪。"

李唯西将最后一道荷包鱿鱼端到桌子上，三个人一并落座，李唯西关切地问道："出了什么事？"

"哎呀，Lee，今天是我生日，就不能先好好吃饭吗？"没等宋摘星说话，林莞忽地打断他，"吃完再说，OK？"

"生日快乐，阿莞。"宋摘星恍然记起今天是六月十二号，她的生日还是从段长惟日记本上得知的。

林莞举起红酒和她碰杯："有你们在身边，胜过在一群不熟的人里左右应付。以前每年生日爸爸都会邀请一大堆人到山庄里来，认识的不认识的都往那儿一站祝福你，没劲。"

"今天你父亲怎么放你出来了？"

"今年Lee在，我当然不愿意再待在家里。"林莞笑嘻嘻地看向李唯西，"希望以后每年生日我都能和Lee在一起。"

她说得露骨，宋摘星捧起杯子喝了一口暖热的咖啡。细碎的头发从耳边垂下，带着淡淡茉莉花的味道。

李唯西浅浅回应林莞："只这一年。"

"哎？"林莞瞪着眼睛，"以前错失你一次，这次我一定要好好把握机会！就算你回美国了，我也要跟着你回去。”

宋摘星险些被这句话呛到，只是还没反应，便听李唯西说道：“可我已经有喜欢的人了。”

宋摘星抬头，连林莞都是一惊。

林莞瞧了瞧宋摘星，又瞧了瞧李唯西，讪笑道：“你们不是分手了吗？”

李唯西一瞬不瞬地看着宋摘星，目光温润。

“她和我提分手，我却没有答应，也从没有和她提过。”李唯西转头问林莞，“这怎么就叫分手了？”

他的话浓情蜜意尽显，虐得林莞半捂着心口：“好痛。”

宋摘星眼波流动，缓缓将咖啡放下。

她的脸上没有出现半分情绪，只淡淡地安慰林莞：“只是同事关系。”

李唯西呼吸微滞，刹那失神。林莞连忙岔开话题问她：“对了，你刚才说今天来是为了什么事？”

宋摘星本想找他说林雨泽的事情，不过看林莞正灼灼盯着自己，便向李唯西说道：“糊糊的妈妈要放弃糊糊的治疗，说他们要搬到另外一个城市去了。”

李唯西知道胡全的事情对糊糊的打击，轻皱眉：“怎么突然就要搬走？就算搬走，也可以半个月或者一个月来一次，没有理由完全放弃。”

宋摘星：“劝过了。他妈妈说工作不能辞，糊糊没人照顾只能搬家，不想再看了。”

“心理疾病本身周期就长，何况糊糊是认知结构出现偏差，我们等同于在纠正他已有的知识体系。”

李唯西说得一针见血，这一点宋摘星也很清楚。她忽然想到当时叮当也是动手打人的毛病，胡梨还要让两个孩子放在一起看，殊不知叮当是因为习得父亲打他的动作，而糊糊的病因却是家人给他灌输了错误的养育理念。

宋摘星静默片刻，说道：“我想让糊糊留下来。”

林莞好奇：“留在哪？”

宋摘星：“我来照顾糊糊。”

李唯西知道她担心糊糊的病情，却不同意她这样做。

“你将自己的主观心态放到糊糊身上，就不能再做他的心理咨询师。他妈妈即便搬到别的城市，我们也可以建议她到其他城市的心理科看病，而且就算你强留糊糊纠正了他的认知偏差，等他回到家中被父母观念影响，还是有可能反复。”

宋摘星明白他说的话，只是还想再做争取：“糊糊的认知已经在调整，忽然就走，还要适应新的环境，我怕对他不好。”

李唯西眸光深深，只是叹气。

“你现在已经出现反移情倾向，不利于做决定。”

宋摘星心尖一痛，脸色不好。李唯西为她盛了莼菜汤，安慰道：“先吃饭吧。”

李唯西一语说破让宋摘星很是黯然，她小时候随母亲换了城市到了汉州，又遭逢父母婚变，所以整个人都郁郁寡欢。她害怕糊糊也会这样，刚刚经历爷爷逝去，又要离开一直依赖的家，猛地变换城市，很可能加重病情。

但她没办法替糊糊做主，这才是真正让她难过的事情。

林莞看着李唯西和宋摘星的样子，听着李唯西说着自己听不懂的话，只觉得这个生日过得毫无兴致。桌角的生日蛋糕一动未动，她悻悻放下筷子，淡淡开口：“我吃饱了。”

天边闪电霹雳一声，雷声滚滚，大雨瓢泼，入夏以来的雨，下得一场比一场大了。

吃过午饭，宋摘星本想先走，不承想被大雨困住，只能暂时留下。林莞也给明圆山庄打了电话，等雨停之后再回去。结果大雨一直持续不停，下山的车道泥泞不堪，暴风侵袭，许多树木被连根拔起，两人一直到晚上也没找到合适的机会离开。林莞倒是很高兴，干脆又给林雨泽发了信息，说住在李唯西这里，明天雨停之后再回。

电视里播放着周鸣山从警局出来后的场景，其律师当众回复记者们的问题，声称周鸣山与李唯西之事毫无关系，对李唯西说的话保留追究法律责任的权利。

这些话李唯西早有预料，他拿不出什么证据，周鸣山自然没事。不过李唯西所求并不在这儿，他看了看窝在书房里的宋摘星和坐在沙发上的林莞，只觉得今天的雨下得不是时候。

睡前李唯西为两人煮了牛乳，又嘱咐她们务必锁好自己的房间，只说外面风大雨大，小心身体着凉。

但宋摘星敏锐地察觉到李唯西不太对，只是也说不上到底哪里奇怪。

林莞睡在二楼西侧，宋摘星陪她上去，这才发现二楼铺的是黑格子地毯，与一楼的黄色繁花地毯风格完全不同。而且二楼房间门的颜色要比一楼的颜色深些，像新刷了一些红漆上去。

林莞睡下之后，宋摘星下楼，发现李唯西正在书房外面的墙壁上挂画框。她上前帮他，被李唯西拒绝，只浅声说："马上就好了。"

他挂了三幅画框上去，都是心理学常见的一些黑色图形，用朱色框包着。宋摘星有些不明白："怎么忽然挂这样的图？"

李唯西答道："长年研究心理学，挂些喜欢的画。"

宋摘星看三幅图虽然都是黑色图形，但还是各有不同。第一幅是横条黑白图，第二幅是螺旋状同心圆图形，第三幅是竖条黑白格子，这几幅图利用了格式塔心理学，乍看都会出现错觉，以为图形在动。

"这些图放在这很是显眼。"

"是吗？"

他没看她，也没有再说话。宋摘星自觉地与他道了晚安，走向自己的房间。她总觉得李唯西怪怪的。

窗外水汽氤氲，小雨朦胧，南风吹拂枝叶，连着地面都湿漉漉的。

宋摘星仍然睡在之前睡过的卧室，冬日的珊瑚绒毯子换成了夏天的薄毯，碎花窗帘带着清爽的气息隔住了外面的阴霾。她关了灯，深夜微凉，听着外面啪嗒啪嗒的雨声迟迟没有睡意。

到了凌晨两点左右，雨声暂歇，宋摘星刚要入睡，忽听外面传来窸窸窣窣的声音。

李唯西就住在隔壁，宋摘星以为是他在外面，好奇这么晚他在做什么。窸窣声断断续续，直到书房的门被轻轻打开，宋摘星才意识到有些不对劲。

外面传来的声音更像有人偷偷溜进来，极力控制着自己不被发现。宋摘星悄悄起床，将门打开一道缝，客厅一片漆黑，她更加笃定刚才的人不是李唯西。如果是自己人，起码会点一盏灯。

她心跳得厉害，正想着怎么联系李唯西，忽见一个黑影跳出来。她下意识要关门，只听黑影轻轻说道："你还好吗？"

是李唯西。

宋摘星赶紧将他拉进房间，她没开灯，只模糊看着他的眉眼听他说道："有人偷东西。"

整个别墅有两层，最上面还有阁楼，面积很大，外面的人如果真想偷东西，也要逐层寻找，肯定需要一些时间。宋摘星不明白，浅声问他："是谁？偷什么？"

李唯西开了一条门缝向外看了看，这才转头说道："1号人物给我芯片的时候就有人来过别墅，他们想要的东西，肯定会想方设法找到。"

宋摘星有些惊讶他们竟然敢半夜私闯别墅，心惊道："万一他们得逞了怎么办？"

"我料定他们会来，东西肯定不会让他们偷到。"

李唯西扬手握住她的腕子，宋摘星没有抽回，只听他贴在自己耳边悄声说了几句，这才放开。

宋摘星仍是有些担心："有把握吗？"

李唯西点头："已经准备好了，只是没想到今天你们也在。你照顾好自己。"

他说完准备开门出去，宋摘星一把拽住他。

她紧张而又担心地说："不如我们报警吧，你不必……"

李唯西反手覆上她的指尖："大雨封路，报警也来不及了。你按我说的做。"

宋摘星只能应下。趁着外面一时没了动静，李唯西偷偷溜了出去。他明白小偷之所以来肯定是要偷心理游戏的证据和资料，他在二层东边收拾了一间屋子，窗户都是封好的，锁也换过，只能从外面打开，无法从里面逃脱。

现在要做的，就是把小偷引向那间屋子。

等李唯西走了约莫五分钟，宋摘星也悄悄出门。她一步一步走到玄关处，听着身边没有一点声响，这才抬手将电闸箱打开。

她偷偷打开手电，找到总闸开关，而后毫不犹豫地向上一推。

整座别墅瞬时灯火通明，亮如白昼。宋摘星撤回身，又遵照李唯西的吩咐从壁炉架上面拿到一把钥匙，全部做完后赶紧风一般跑回自己的房间将门反锁。

她倚着门大口喘着气，心中只期待李唯西那边能够顺利。

所有的灯全部打开后，别墅内却没有半分动静。小偷忌惮自己被发现估计正藏在哪一处，而李唯西这时却从一楼东角慢慢走出来。

宋摘星未打开灯之前他跟着小偷到达东角，心知小偷停在一楼的时间有些长。如今灯光大亮，李唯西反而心安许多，他一步步从一楼东侧走到西侧，故意发出很大的声音，而后又折回客厅的桌沿儿前给自己倒了杯水。

他细心听着别墅的动静，等喝完水后咳嗽半声，而后转入自己的房间，将门关死。

三分钟后，他忽然打开房门，喊向宋摘星："阿星，二楼西边。"

宋摘星紧接着出来，与李唯西一起上了旋转楼梯。鞋子踩在楼梯上发出嗒嗒的声音，带着紧张和压迫的意味。到达二楼后，只见走廊空空，宋摘星快他一步，赶紧用自己刚刚在壁炉处取的钥匙打开林莞的房门藏进去。

而李唯西则慢慢走向二楼东侧。

黑格子地毯很容易造成错觉，让人觉得地面晕眩。

李唯西刚刚故意停留三分钟，是因为小偷原在一楼东角，如果要通过客厅的楼梯到达二楼，至少需要三分钟的时间。

他走到东侧第三个房间门口，敲了敲门。

"小偷先生，别来无恙。"

李唯西的声音彻底将房间内的小偷惊醒，片刻，他在里面诧异地回应："你怎么知道我在这里？"

李唯西终于舒了一口气，折回西侧将宋摘星和林莞喊出来。其间小偷不断尝试拉开那扇门，发出咣当咣当的声音，却发现始终打不开。

林莞睡得迷迷糊糊，跟着宋摘星出来的时候还不知道发生了什么事。

宋摘星看小偷进的房间刚好是东侧第三个房间，心中忽然有些明白他之前的做法。

李唯西打开手机录音装置，隔着门向他问道："谁让你来的？"

那小偷声音浑厚，略带着怒气。

"放我出去。"

李唯西说道："你只要告诉我谁指使你即可。"

小偷明显不配合："没有人指使我。"

李唯西倒不着急："我有办法让你主动躲进这个房间，就有办法让你说出幕后主使。不过那时你绝没有现在这样舒服。"

他说得掷地有声，小偷一时没有回应。

李唯西接着说道："偷东西判不了多久，所以我不会报警。如果你一直不说，只能付出更大的代价。"

他将小偷的路堵死，就是为了动摇小偷的决心。小偷迟迟没回应，明显在考虑他说的话。

他一直没有提代价是什么，直到小偷咬牙道："你少吓唬我。"

李唯西自然知道攻心为上，只堪堪一笑："你所处的房间是经我改造的房间，里面窗户封死，没有信号。天花板上装了几排红外灯，一旦接通电源，在强光照射下不用半个小时，你就会身体脱水，浑身起皮。"

林莞这会儿都被吓醒了，气不打一处来，直接冲门内的小偷吼道："再不说让你生不如死！"

小偷明显看过天花板了，声音有些发颤："我还有个问题。"

李唯西知道他的心理防线即将突破，没有出声。小偷的声音随即传来。

"你明明没有出现，为什么算准我会进入这间屋子？"

连林莞都很好奇，小声说道："是啊，怎么回事？"

宋摘星拉住林莞："心理暗示。"

李唯西扬眸，长身而立，呼吸清寒。

"你从门口进来，会先看到门上的三团火焰，这是你进入房间之前第一个看到的图形，潜意识中已经有了数字3的印象。进入别墅后一直停留在一楼，灯全部打开，你意识到有危险，所以等我进入房间后你迅速做出判断要上二楼。而你到达旋转楼梯时会经过书房，灯光大亮，书房门口墙壁上挂着三幅图，3这个数字重复出现，会在你潜意识中加深印象。三幅图都是不同的黑色图形，很容易出现错觉以为它们在转动，压力越大，转动越快。"

小偷打断："我没看它们。"

"你的潜意识看到了。"

李唯西贴向门口，手指摸着锁眼，长睫半垂。

“灯乍然大亮，你已经紧张，而三幅图则让你的大脑高速运作。活跃思考时，大脑会展现出高频脑波——Gamma脑波。但这一状态不会持续太久，激升之后脑波频率会突然下降，进入Theta脑波状态，这时候是一个人最容易被暗示的时候。”

他抽回手，接着说道：“你眼角余光看到的黑色图形没有进入你的意识，却在潜意识中加重了你的紧张感。到达二楼后，地毯全部是黑色方格，若放在平时倒没什么，但这时的你会觉得更加压抑、沉重。房门又是红色，红色会让你第一时间联想到红色画框和门口的火焰，给你温暖的感觉。所以当我在楼下大喊出声时，你下意识不是躲在楼梯和走廊，而是要躲进房间内。”

门内的小偷和门外的林莞同样震惊无比。

宋摘星走上前补充道：“我们喊的去西侧，你肯定要往东侧躲。而数字3，则是你在慌乱无措的情况下唯一的选择。”

半晌，房间内的小偷苦笑道：“还从没见过这样抓贼的。”

李唯西意味深长地问他：“谁派你来的？”

小偷：“一位姓肖的医生。”

“肖雅洁？”

听得出小偷的声音沮丧至极：“是。”

事情水落石出，李唯西将录音关掉，面色终于回暖。只是还未说话，忽听一楼突然传来椅子刺啦啦倒地的声音。

紧接着，一道粗犷狠厉的男声乍然出现。

“今天，你得死！”

第二十七章　别墅夺命

声音粗陋可怖，让楼上的几人俱是一惊。

李唯西暗道不好，贴着门问小偷："你们几个人？"

小偷也有些受到惊吓，结巴道："就，就我一个。"

李唯西赶紧让宋摘星带着林莞回房间，嘱咐她们："千万别开门。"

宋摘星亦感觉不妙，连忙拉着林莞向她房间跑去，临走前担忧地叮嘱李唯西："你一切小心。"

李唯西点头，只是眸色深深，让宋摘星更加不安。

一楼不断传来碗碟被打碎的声音，让他们迅速感到来者不善。宋摘星与林莞刚一进入房间内，整幢别墅忽然出现诡异清脆的口哨声。

杀手故意吹口哨，想将李唯西引出来。他一脸横肉，臂膀浑圆，笑起来缺半个牙，吹着不成调子的口哨一边走一边将路过的房门全部打开。

每当一间房门被他打开，他先站在门口细细审视，然后就用尖刀在房门上画一个×，似乎并不急于一下子找到李唯西，而是故意消磨时间，想留着"食物"慢慢折磨。

李唯西躲在二楼一角偷偷向下看，只通过楼梯缝隙看到一个粗壮的背影。他看到杀手挨个将一楼的房间打开，力道又大又狠，带着一股寒气。李唯西心中清明，杀手前来绝不仅仅是临时起意，而是一场有预谋的报复。

他现在只庆幸宋摘星跟着他到了二楼，否则现在已经成了杀手的目标。

趁着杀手在一楼开门的时间，李唯西悄悄走到小偷房间门口，为他打开了门。

小偷身材瘦削精干，整个人有些惊恐。李唯西直接说道：“有杀手。”

小偷眉头紧皱：“来杀你的？”

李唯西没说话，目光灼灼地看着他，让小偷瞬间意识到事情的严重性，大惊道：“全得死？”

“你必须和我联手。”

小偷微怔，随即点了点头。

李唯西接着说道：“杀手的体格和力量都在我们之上，但是如果我们趁其不备对付他，或许还有抓住他的可能。”

小偷探着身子走到二楼栏杆处偷偷向下瞄了一眼，立刻吓得脸色惨白。

他看见了杀手的脸，招风耳，三白眼，鼻头肿大，嘴唇外翻，再加上虎背熊腰，颧骨宽大，光看一眼就觉得不像个正常人。

小偷看着他紧张地说道：“报，报警了吗？”

李唯西摇头：“我发现杀手已经将通信线路砍断了，整幢别墅都没有信号。”

小偷硬生生咽了口唾沫，眼睛盯着他：“咱们怎么做？”

李唯西靠近他悄声说道：“杀手翻完一楼会立刻上二楼，留给我们准备的时间不多，好在他不知道别墅里还有你们。你和我藏在楼梯后面，趁他不注意将他抓住。”

小偷惊讶：“活捉？”

李唯西听着楼下书柜被掀翻的声音，稳了稳心神道：“阁楼上有一些工具，我去准备。你在这儿观察动静。”

小偷只好点头。看样子也只有这样才有逃出去的可能。

李唯西转身奔向阁楼。小偷随即半蹲下来躲在栏杆一角，偷偷窥探着杀手的一举一动。

房间内，宋摘星不断尝试拨电话报警，却每每传来无法接通的忙音。一侧的林莞吓得瑟瑟发抖，眼圈都红了。

宋摘星安慰她：“一定会没事的。”

林莞问她："到底是谁不放过Lee？"

宋摘星叹气，只能摇头。

"现在只知道小偷和杀手不是一拨人，杀手明显是奔着杀死李唯西来的。"

宋摘星这样一说，林莞更是如惊弓之鸟，噌地站起来。

"我们呢？我们能不能一起对付他？"

"现在李唯西最担心我们。我们保护好自己就可以了。"

宋摘星站起身，拉开窗帘向外看了看，又瞧了一眼房间的布局。她随即走到桌前拉开各色抽屉，查找有没有能用得上的工具。

"你在干什么？"

"找到了。"宋摘星在抽屉里发现一只笔筒，里面有几支圆珠笔和一把三寸长的裁纸刀。

她将裁纸刀拿出来，又抽出刚刚坐过的床单，让林莞帮她展开。

她用裁纸刀将床单割开一道口子，一边将其撕裂一边和林莞说道："我们在二楼，待会儿你顺着窗户跳下去。一旦逃出去，赶紧报警。"

林莞这才明白她的意思："你让我自己逃走？"

宋摘星将撕裂开的两条床单系在一起，长度正合适。她连忙走到窗边拉开窗户将床单放下去。

"时间不多，你快走。"

"不，我要和你们在一起。"

宋摘星一本正经地看着她："那就是一起死。"

"你怎么办？"

宋摘星看着外面漆黑的夜色，静默片刻道："趁着杀手还没来，能逃走一个是一个。你出去了我们就有希望了。"

林莞当下也不再犹豫，连忙攀着窗户将身子垂到外面。宋摘星已将床单固定，林莞先将床单在右脚缠绕一圈，而后左脚与右脚脚面夹紧，一点点向下滑去。

她不敢滑得太快，一楼的窗户投射出璀璨的灯光，将别墅外的院子照得一清二楚。她需要等杀手离开才能继续向下。

趁李唯西离开的当口，小偷看着杀手慢慢向一楼尽头走去，心中忽然生出别的念头。

他走路轻，平时溜门撬锁惯了，如果此时偷偷逃走应该不会被杀手发现。杀手既然是来杀李唯西的，他完全没必要陪着他一起受死。

说时迟那时快，小偷瞅了瞅阁楼方向，看李唯西还没出来，干脆猫着腰向旋转楼梯处走。他悄悄地一步步从楼梯下来，每一步都似乎用尽毕生力气，生怕被杀手听到一点声响。

小偷大气不敢出，走走停停，几个台阶用了比平时多几倍的时间才走下来。他伏在楼梯之下，侧耳听着杀手在门上刻字的声音，知道时机成熟，身形一转，随即到了一楼客厅。

杀手似乎完全没有注意到自己，小偷唇角一咧，迅速潜藏在墙根处，紧接着向门口移动。

走廊尽头处，杀手打开最后一道房门，缓缓向里走去。

挂在半墙上的林莞一直听着室内的动静，等杀手发出的声音小了，随即松开床单到达一楼窗户处。落地窗巨大，没了让脚停歇的地方，反倒增加了下滑的难度。而正在此刻，窗外的林莞与客厅中的小偷四目相对，各自一惊。

小偷连忙示意她噤声，用手指了指尽头的杀手，而后疯一般向门口跑去。

只是几秒之后，就在小偷以为自己逃出生天，准备打开大门的时候，门口的铃铛忽然剧烈地响了起来。

铃声不大，但在无声无息的房间里听得格外清晰，诡异而又惊心。

杀手直接从房间内冲了出来。

小偷这才看见就在自己头顶的上方，房门把手早就被一串杂乱的电线死死缠住。电线上拴着几个铜铃，只要触碰，铃声会迅速提醒杀手，引他过来。

杀手一眼看到门口的小偷，目光阴鸷，脚下狠厉，一步一步向着小偷走过来。

小偷气急，连忙去解电线。只是越慌越乱，越乱解得越慢，电线一层又一层缠着，铃声像催命符一样聒得耳朵生疼。

他发狠一把将铜铃扯下来，刚想扔，胳膊却一下子被人攥住。

犹如碾石从胳膊上碾过，小偷只觉得浑身火辣辣地疼。杀手体格要大他两倍，小偷大惊，整个人缩在杀手的阴影之下。杀手此时目露凶光，大手发力，小偷只听咔嚓一声，胳膊就像断了一样。他吓得瘫在地上，脸色惨白。然而杀手却不放过他，大手拉着他的胳膊拖着他向客厅走去。

“不是我，不是我。”

小偷哆哆嗦嗦地求饶，只是任他喊破喉咙，杀手连头都没回。

窗外的林莞吓得毛骨悚然，她一时不敢动，生怕发出丁点声响。如今上也不是下也不是，幸好室内玻璃窗的窗帘束在两侧，林莞吸气，干脆斜着身子往窗帘后面躲。只是整条床单还搭在玻璃上，她暗暗乞求杀手不要发现自己。

小偷被杀手拖了几米，整个人抖得像筛糠一样。

直到步入客厅，杀手将手一甩，瞬间将小偷扔了出去。小偷浑身瑟缩，背对着杀手不敢轻举妄动，直到他听着身后的杀手没什么动静，这才准备从地上爬起来。

只是他刚起身，头还没转过来，杀手的刀已经插进他的心口。鲜血如注，小偷膝盖一软，直接瘫在地上。

杀手毫无表情，身子半蹲又往小偷身上捅了数十刀，直到血溅满脸这才作罢。他砍下小偷的胳膊，又剁了他的双脚，刀子锋利，他将上面的血舔干净，冷森森的刀身映着他一张可怖的脸。

玻璃窗背后的林莞目睹着这一切，她已经极尽克制，却在杀手将小偷碎尸时终于忍受不住，满脸惊恐，大叫起来。

“啊——”

李唯西在阁楼中找到了一把水果刀和一把生锈的短刀。阁楼一直储存杂物，很少有工具，李唯西只依稀记得母亲时常在阁楼养花，用刀扦插枝条，短刀还是那时落下的。

他估摸着时间，大约过了几分钟，心知不能继续留在这里了。他与小偷一人一把刀，就算杀手体格壮大，但毕竟他这边有两个人，在不备的情况下袭击杀手，他们还有胜算。

他正要下楼，忽听客厅传来林莞大叫的声音，暗道不好，连忙赶往楼下。

刚跑到二楼，恰好看见小偷已经丧命，浑身都是窟窿，血流不止。而林莞正伏在玻璃窗外浑身发抖，泪流满面，整个人吓得已经没办法动弹。

杀手转头看她，走到她面前。林莞看见他畸形的眼睛和颧骨，吓得魂飞魄散。两人之间只有一面玻璃挡着，杀手盯着林莞看了几秒，随即扭头走向餐桌。

他单手拿起桌前的一把椅子，憋足了力气砸向玻璃窗。

李唯西只道不好，连忙跑向二楼林莞的房间。此时宋摘星急得像热锅上的蚂蚁，她使尽力气想把林莞拉上来，但是林莞脚下没办法发力，整个人吊在半空已经面如土色，完全不与她配合，让宋摘星一时竟拉不动她。

李唯西破门而入，宋摘星连忙喊他："快！快拉林莞！"

一楼忽然传来巨响，是落地窗乍然破碎的声音。杀手伸手，直直向林莞抓去。

与此同时，二楼的李唯西快步上前，一把捞住床单，与宋摘星一起将林莞拉了上来。

仅仅分毫之差，林莞险些就要落入杀手手中。

碎玻璃踩在脚下，发出咯吱咯吱的声音。杀手抬头，与李唯西四目相对。

他露出进入房间以来唯一的一次笑意，外翻的嘴唇像烤熟的红薯又丑又肿。

林莞重新回到二楼房间，还没顾得上喘气，李唯西连忙拉着二人出门。

"杀手发现我们了，快跑。"

林莞由李唯西扶着跌跌撞撞跑出门外，眼看杀手就要上楼，宋摘星忽然喊住他们。

"咱们分开走。"

李唯西怎能让她如此冒险："一起去阁楼，那里还能躲一阵子。"

宋摘星摇头："你扶着林莞快去，我找个地方藏着。"

耳边传来杀手上楼的声音，李唯西顾不得与她争辩，递给她一把短刀，嘱咐她万分小心，才又连忙拉着林莞向西侧阁楼方向大跑。

而宋摘星则向东边跑去，刚找了间屋子进去，杀手随即出现在二楼。

他率先进入李唯西刚刚待过的房间，发现里面已经没人，再次冷笑起来。他退出身，警戒地看着空空的走廊，隐约听见一些杂乱上楼的声音，随即向西继续走去。

他沿着走廊走到尽头，看见旋梯直通阁楼，当即抬腿上楼。

阁楼虽小，灯光却很明亮，衬得他的目光更加冷冽。

阁楼的门紧紧关着，杀手用力推了推，没有推开。他低头看向门锁，挥刀劈去。

房间内的林莞吓得躲在李唯西身后，浑身已经大汗淋漓。

杀手破锁的声音不断传来，一声接着一声让人心惊肉跳。阁楼堆满杂物，李唯西连忙拉着林莞走到角落。

“蹲下。”

林莞泪眼蒙眬地看着他，李唯西抱住她的肩膀，温柔嘱咐：“待会儿我去把杀手引开，你就躲在这里，哪儿都别去。”

林莞直摇头。

外面的门锁即将破开。

李唯西直接将她按到墙角，往她身上盖了一张毯子和几个纸箱，隔着杂物与她小声道：“千万别出声。”

他随即折回身，手中握着水果刀掩在门后，一瞬不瞬地盯着木门。

门锁哐当落地，阁楼的房门大开。

杀手一步踏入，身后的灯光将他的影子拉得硕大无比，阴影森森，盖在房间内的地板上。

他警觉地看着房间，忽觉身后寒气逼来。

李唯西的水果刀已经到达他的耳后，杀手微一错身，李唯西竟没伤到他分毫。

杀手紧接着转身，将刀刺向他的胸口。他的动作太快，李唯西躲闪不及，尖刀随即划伤自己的左臂。李唯西双拳紧握，做了防守的姿势，杀手再次出刀，李唯西身体右移，左腿抬高，直接向杀手飞踢而去。

李唯西是跆拳道黑带出身，无论是力量还是速度都已是上乘，只是旋腿踢在杀手身上，杀手竟不为所动。粗壮的臂膀直接抵挡住他的攻击，杀手扬刀刺向李唯西，李唯西灵巧一躲，刀锋划在墙壁上留下一道几寸深的划痕。杀手紧接着回手一挥，手肘撞击李唯西后背，生生让李唯西踉跄几步，退到角落里。

杀手出手更加迅捷，生猛有力，刀刀索命，李唯西两拳置于胸前，右脚屈膝上提，直接踢向杀手脖颈。杀手头脑震荡，微有趔趄，更加愤怒，双手丢了刀子，欺身上前直接按住李唯西，而后将他高举头顶，猛地向墙根掷去。

李唯西从高处跌摔下来，嘴角出血，浑身疼到窒息。杀手捡起刀，趁李唯西半躺在地上直接刺向他的大腿，李唯西拼命一躲，刀子穿过他的裤管刺到地上。李唯西紧挨着墙壁，再无地方能躲，杀手再次扬刀，直接刺向李唯西的心口。

然而几乎就在同一时间，别墅中的灯光霎时熄灭，眼前一片漆黑。李唯西趁机撞向杀手，杀手跌倒在地，刀子斜着划过李唯西的鬓角，李唯西紧接着扭住他的手腕，咔嚓一声，刀身坠落，杀手疼得嘶吼出声。

阁楼原本灯光大亮，如今瞬间漆黑，两人眼睛不能完全适应。李唯西凭借熟悉地理环境，在暗中反而占了优势，他紧接着扑向杀手，拳拳打在他的脸上。空气中充满血的味道，杀手躺在地上一动不动，李唯西拼命喘气，已经筋疲力尽。然而就在此时，杀手忽然抡起胳膊直接给了李唯西一击，李唯西猝不及防，额前出血，整个人直接弹了出去。

杀手晃了晃脑袋，缓缓坐起来。

李唯西咳了几声，忽然察觉到林莞的方向几个箱子在迅疾颤动，如果一直待在这里，林莞迟早会被发现。他硬撑着爬起来，踉踉跄跄向阁楼外奔逃。

他的手上沾满鲜血，扶着墙蹒跚出去时故意留下一个血手印。

血手印可以提醒杀手他已体力不支，引着杀手追他。

李唯西下了阁楼，整座别墅黑漆漆的，什么都看不见。他沿着二楼往东走，感到杀手已经出来，不觉加快步子。

正当他路过楼梯口时，黑暗中忽然出现一双温暖的手拉住他。而后紧接着将他拉到楼梯一侧。

“摘星？”

李唯西隐忍着没有咳出来，宋摘星却担心道：“要不要紧？”

“没事。”李唯西看她没事，心中欣喜，“是你关了灯？”

宋摘星在黑暗中点头：“我关了总闸。”

李唯西握住她的手，只是他手心黏腻腻的，宋摘星闻到了血的味道。

不远处杀手正在挨个打开房间，查看李唯西是否在屋里。

宋摘星连忙说道：“我们要把杀手引到你改造过的房间里。”

李唯西握拳半咳，喘息道：“我之所以向东走，就是想引他过去。”

“我帮你。”

李唯西看着她，黑夜中她的眸子仍然晶亮清澈。

“我将他引进去。你守在外面，看准时机立刻关门。”

“那你怎么办？”

李唯西没回应她，继续说道：“关门后，你和林莞赶紧逃走。”

杀手向楼梯口逼近，李唯西知道时间不多，将兜里的手机给她，软声道：“一定要将录音给到林雨泽。”

宋摘星知道他要和杀手同归于尽，哽咽道：“我一定救你出来。”

紧挨楼梯的房门被杀手打开。趁杀手进入房间的当口，李唯西连忙闪出身子继续向东。

宋摘星蹲在角落里，静静地等待时机。

走了十几步，李唯西故意打开第三个房间的房门，使它发出声音。过了片刻，杀手果然出现，向着东侧走去。

宋摘星屏息凝神，悄悄跟在杀手后面。

李唯西将房门虚掩，在第三个房间中不断咳着。终于，杀手打开房门走了进来。

他按了室内开关，发现灯光没亮，干脆进入屋中。

窗户封着上中下三层木板，窗帘纹丝不动。一排空空的书柜紧挨着门口，墙上挂了几幅镜框，唯有天花板上几排大灯在黑夜中仍显得刺目，像无数眼睛看着他，空气在这一刻安静至极。

室内放了一张桌子，几本词典摞在桌角，椅子整齐地摆在桌前，透着诡异的气氛。

杀手停在桌子旁边，一动不动。

他的脚宽大丑陋，下身带着血迹，李唯西透过缝隙紧紧盯着那双脚。

忽然，椅子被拉开，杀手缓缓蹲下来。

他双目阴鸷，看向桌子下面。

桌子下面却什么都没有。

杀手慢慢站起身，环伺左右。他一步步逼近窗帘。

他的影子化在窗外的朦胧灯光中，冷气森森。

他扬手，刚要拉开窗帘，忽然从窗帘后伸出一只胳膊，牢牢地攥住他的上衣。

然而杀手随即用力挣开，转瞬狠狠箍住李唯西的脖子，将他拖了出来。

他的手指粗壮有力，李唯西不断咳嗽，试图提醒宋摘星赶紧关门，但房门大开，宋摘星迟迟没有出现。

李唯西脸色憋得通红，杀手将他逼到角落，而后猛地将他甩到地上。李唯西头脑发蒙，还没起来，杀手再次将他拾起，重重向书柜扔去。书柜发出咚的闷响，李唯西被弹到桌旁，几本词典应声落地，整个房间散乱不堪。

李唯西吐了两口血，趁杀手不备将词典掩在身下。还未起身，杀手再次袭来，一把刀直冲他脖颈。李唯西顺势扭转身子滚到一侧，再起身刀锋凌厉逼来，李唯西不退反迎，左臂再次受伤，却在瞬间扬手攥住杀手刚刚受伤的腕子，杀手吃痛，利刃坠落。

然而杀手紧接着再次箍住李唯西的脖颈，似乎想直接将他掐死。他的身形比李唯西大过两倍，李唯西难以挣脱，双目布满血丝，眼看就要喘不上气，黑暗中李唯西寻到刚刚拾起的词典，照准杀手头颅狠狠砸去。

杀手手指一松，李唯西落地。杀手眼睛发黑，身子晃荡，而李唯西躺在地上已经无力起身。危急时刻，宋摘星忽然停驻门口，与林莞一起一人拽住一条腿直接将李唯西拖了出来。

门咣当关死。

几个人在外面大口喘着气，汗水浸湿衣服，宋摘星抱住李唯西哭道："没事了，没事了。"

一门之隔的房间内，杀手似乎缓过神，凶残地砸门踹门。只是任门墙叮当乱响，却依旧没将门打开。

低吼声回荡在暗夜的别墅中，尽是戾气。

已经凌晨三点多，宋摘星将电闸打开，整幢别墅再次灯火通明。她特意开了第三个房间的红外灯，大灯照射，杀手在里面晒得吱哇乱叫，浑身冒血。

林莞给李唯西包扎了左臂，本想将他扶到房间中，却被李唯西拒绝。

"去一楼看看。"

李唯西休息片刻后已稍稍恢复力气，林莞扶着他到达一楼客厅，小偷的残尸还横陈在地上。客厅地毯染着大片血迹，腥味极重。

宋摘星看着李唯西的身体状况担忧道："等一会儿我们就得离开这里。"

李唯西点头。

他慢慢走到小偷尸体旁边，蹲下身静静看着那些血迹与被砍碎的尸身。林莞胃里难受，跑去卫生间呕吐，宋摘星走到李唯西旁边，悲叹说道：“残忍。”

李唯西眼睛半眯，语气清寒：“职业杀手，独居，无婚配。”

宋摘星一惊，知道他在做犯罪人的心理画像，只是有些奇怪。

李唯西食指蘸血，拇指与食指轻搓，思索道：“有强迫行为倾向，固执古板，缺乏同情心。”

宋摘星走上前，看着地上的情景，眼波流转：“这个杀手没有爱和恐惧的情感，是精神变态者？”

李唯西：“没错。这样的人就算接受审判，供词也不可信，背后指使他的人不会有任何事。”

宋摘星叹气：“早就算计好了。”

李唯西指着小偷的下身继续说道：“杀手将小偷的性器去掉，说明杀手是性无能者，对社会有仇恨心理。你看他划开尸体的痕迹，说明杀手在杀他的时候毫无恐惧，而是带着兴奋。”

宋摘星依照他指的方向去看，果然看到一些不规整的划痕。

虽然对犯罪人的心理侧写没有过深的了解，宋摘星仍补充了两句：“反社会人格，有性格缺陷。”

李唯西点头：“杀手牙齿不整齐，傲慢偏执，智商偏低，以自我为中心，是个生活失败者。”

她想到杀手刚进别墅就放狠话，完全没有要偷偷杀人的念头，立刻充满寒意。杀手的凶残冷酷远比他们想的严重得多。

宋摘星：“你分析这么多，是有别的发现吗？”

李唯西缓缓起身，宋摘星赶紧上去扶他。

李唯西又咳嗽了几声，喘息道：“如果我们没有将杀手捉住，恐怕他杀死我们之后还要放火烧掉整幢别墅。”

宋摘星惊讶：“他要消灭证据。”

“不仅仅是。杀手既然生活失意，也会以火泄愤。”

他刚说完，忽听别墅外发出很大的声响，像有东西从高处落下。

紧接着，杀手嘶吼的声音更加清晰地传来。

“不好。”李唯西大惊，“杀手破窗了！”

宋摘星惊慌地问道：“窗户不是封死了吗？”

“封住小偷足够用了，而且窗户下面是一丛荆棘，他必然不敢从那么高的地方跳下来。现在看来那些东西杀手根本不怕。”

李唯西说完拉住她的手，喊林莞一起向门外跑。

“我们赶紧逃。”

宋摘星跟着他向外跑了几步，忽然想到一个问题：“杀手会火烧别墅！”

李唯西咬牙撑着：“来不及了。”

林莞也从内室冲出来，吓得大哭不止。

“我看见杀手满身是血，就在别墅外面。”

然而他们还没跑到门口，已经被杀手截住。杀手从破碎的落地窗处跨步进来，脸色愠怒，手中握着利刃，青筋暴起，看得出已经愤怒至极。

三个人被粗壮的身影拦下，吓得不敢再上前。李唯西脸色惨白，挡在宋摘星与林莞前面，一瞬不瞬地盯着他。

宋摘星掩在他身后偷偷说道：“你来对付杀手，往院子里引。”

李唯西不动声色，脚尖对准杀手，又往前走了两步。

宋摘星拉着林莞赶紧后退跑远。杀手警觉地要跟上去，李唯西紧接着挡在杀手面前。

林莞发疯一样喊道：“我们丢下Lee不管了吗！”

直到跑出客厅，宋摘星才气喘吁吁道：“我刚才在阁楼看见一大堆水带，你和我一起拿下来。”

客厅中，杀手欺身逼向李唯西。他刚刚从荆棘丛中滚了一圈，后背和腿上都还扎着尖刺。他的呼吸沉重，浑身全是血道子，看样子从二楼跳下来也受了不小的伤。

但即便如此，现在两人的力量仍然悬殊。李唯西站在杀手面前，虽见他迟迟未动，自己也不敢掉以轻心。

杀手越过他走向餐桌，从餐桌底下提出两桶汽油。

李唯西这才知道杀手刚一进别墅就有所准备。

他心道不好，连忙上前。身形一闪，右腿上提，直接将汽油桶从他手中踢飞。电光石火间，杀手再拿油桶，李唯西与他厮打在一起，只见油桶飞旋，在两人手中不断转换。

只是如今李唯西体力大减，杀手看准他受伤的左臂，招招都奔伤口而去。李唯西转瞬便落入下风，被杀手牢牢钳制。

刹那间杀手打开桶盖，将汽油泼在走廊和客厅里。

李唯西起身阻止他，然而杀手紧接着往自己身上浇了另外一桶汽油。

李唯西大惊，他要自焚？！

杀手鹰隼般看向李唯西，迅疾向他扑来。

李唯西连连后退，却被杀手一把拽住，两人再次滚进客厅。此时两人身上不仅有汽油，还沾了一身地毯上的血迹，与此同时，杀手拿出打火机，只要他打火，两个人会瞬间葬身火海。

千钧一发之际，李唯西手掌攥住地毯一角。饱蘸鲜血的地毯由他一攥，血液全部流到他的掌心。李唯西猛地扬臂，将手掌直接挥向杀手眼睛。杀手猝不及防，眼睛中进了血点子，大吼出声，李唯西紧接着用尽全身力气攥住杀手的手腕，趁他吃痛夺走打火机，随即挺身而立，直向院外奔去。

杀手越过破碎的玻璃窗紧跟着他出来。

李唯西浑身汗津津的，已经没了半分力气，再继续消耗下去肯定要死在杀手手中。正跑到院子中，杀手随即扑来，再次将李唯西压在身下，一拳接着一拳向李唯西脸上砸。李唯西毫无招架之力，眼看就要被杀手挟制，忽听头顶一声呻吟传来。

宋摘星拿着李唯西给她的短刀直接刺向杀手的肩膀，杀手跌摔在地。

宋摘星本想在他身后出其不意刺他腰部，只是杀手体格壮大，身手敏捷，没等宋摘星对准已经发现了她。宋摘星斜着刺去，只堪堪刺伤了他的肩膀，吓得蒙在原地。

饶是这样，李唯西也有了一丝喘息的机会。杀手起身，愤怒地看着宋摘星，扬手直接将宋摘星挥翻在地。宋摘星手中死死握着短刀，杀手凌厉出击，力道之大，直接将短刀扭了方向，在宋摘星身上划开一道口子。宋摘星咬牙顾不上疼，凭借瘦小的身材迅速起身，连忙向院角大跑。

杀手扔下躺在地上的李唯西，一步步逼向宋摘星。只是还未走几步，宋摘星反而折了回来，手中多了一道水带。

宋摘星朝身后大喊：“放水！”

她一手拿着水枪，一手拽着水带直冲杀手而来。话音刚落，只见水枪口的水流喷涌而出，宋摘星将水枪对准杀手，强大的水速与水流让杀手抵挡不住，猛地跪倒在地。

李唯西已经爬起身子，宋摘星将短刀踢给他，李唯西随即向杀手跑去。

杀手被水柱砸得东倒西歪，李唯西趁其不备，身形微旋，只见杀手左臂、右臂、后身、腹部分别中刀。

杀手想起身，无奈水流不减，宋摘星直直对准他的脸强力冲击。他全身都是伤口，被水一冲疼痛难忍，还没发作，李唯西的短刀再次袭来。

水流之下，李唯西手持短刀一刀又一刀划在杀手身上。大腿、小腿、前胸、手背，每刀都不致命，但每刀都足以让杀手气力耗尽，再没办法反抗。

终于，杀手眼睛充满鲜血，缓缓向后倒去。

咚的一声，振聋发聩。

宋摘星对着留在消防栓旁边的林莞大喊："可以了！"

林莞赶紧将消防栓关掉。

李唯西终于明白宋摘星的打算。院子里尽是草坪，消防栓安在角落，只有将杀手引到院中，才有可能打消杀手放火的计划。只是没想到在杀手出现之时宋摘星就已想到这一步，心思缜密机敏，让他也心生佩服。

林莞欢喜地跑过来，看着地上的杀手开口大笑："阿星，我们成功了！"

宋摘星也松了一口气："幸亏有你。"

林莞喜不自胜，只觉得自己干了一件大事。连李唯西都没顾上，直接跑到杀手旁边啧啧称叹，仿佛在看着自己的战利品。

"我干掉了一个杀手！"她转身看向他们，"虽然生日过去了，但这是我最好的生日礼物。"

宋摘星也跟着高兴，灯光下眼睛半弯，色如春晓。

林莞看向李唯西，不无骄傲地说道："我救了你Lee！"

李唯西浅笑，眉目温柔："谢谢。"

"我回去一定要告……啊……"

林莞只觉得脚踝沉重，像被人攥着，紧接着整个人摔到地上。与她脸颊相对着的，正是杀手一双凶残的冷目。

没想到杀手还能动！

瞬息之间，杀手一手按在林莞脖子上，将她死死掐住。

“Amber！”

李唯西大惊，连忙上前，宋摘星也急速跑来，只是任他们怎么掰杀手的腕子都无济于事。杀手似乎用最后一口气吊着，死死不松开。

林莞双腿微蜷，喉咙像被顶住一样，已经喘不上气。嘴巴越张越大，整张脸泛紫。

眼看完全救不了林莞，李唯西再次拿出短刀，照准杀手心口一击。杀手终于咽气，紧而发力的手指瞬间蜷了半截，无力地搭在林莞的脖子上。

李唯西丢下刀，连忙将林莞从他手下拉出来。

“Amber！Amber！”

只是喊了半天，林莞却一点反应都没有。

李唯西将林莞打横抱起，跌跌撞撞地跑向汽车。

“去医院！”

宋摘星看着李唯西心急如焚的样子，心中忽地一酸。她暗暗捂住左腹的血口，让衣服尽数将那里挡住，随即跟上他的脚步向别墅外跑去。

幽蓝的天空中没有一丝月光。暗夜里汽车尾灯格外刺目，在盘旋的山路中一路驰骋。高大的银杏叶静默在山路旁，荆棘牵漫，薜萝交杂，青山凛冽，夜变得更加神秘安静。

第二十八章　暗室欺心

林莞住院的当天上午，京大医院外人潮涌动，一辆黑色保时捷停在医院大门口。林雨泽一身灰色西装，浓眉如剑，瞳眸冷峻，带着一股不可抗拒的冷傲之气，下车后一路向住院部走去。

管家亦步亦趋地跟在林雨泽身后，却发觉今天林雨泽走得极快，任是他一路小跑也险险追不上。

两人正要进入住院部大楼，李唯西忽然闪出身子，截断了林雨泽的去路。

林雨泽怒道："阿莞到底怎么了！"

李唯西衣服还没来得及换，一身血迹让林雨泽更加担忧。

"到底是谁干的？！"

"我想你心里应该清楚。"李唯西平静地看着他，"周鸣山刚刚放出来就已经迫不及待要除掉我。他没有把计划告诉你吧？否则你肯定不会让Amber来我家了。"

林雨泽脸色难看至极，李唯西知道自己猜中了。

他接着说道："他要除掉我也就罢了，可是他会不惜代价、不择手段，甚至对你故意隐瞒，这才让Amber受伤。"

林雨泽隐忍着没有发作，李唯西再度出声："如果昨晚我死了，你的阿莞必死无疑。"

林雨泽身子颤抖，脚下踉跄，被管家及时扶住，这才稳住心神。他知道李唯西说得没错，他的阿莞已经被伤害过一次，现在受伤更加严重，他只恨周鸣山心狠手辣，竟然完全没将自己放在眼里！

只是他亦看出李唯西的目的，却不打算给他机会，随即出口："我会处理。"

李唯西缓缓走近他，贴着他耳边说道："你手中肯定有周鸣山犯罪的证据。"

林雨泽否认："怎么会呢。"

"都到现在了，还要为他作保？"李唯西挑眉，"做到汉州首富的位置，必然时时会为自己想到退路，所以我相信你手中肯定有周鸣山的把柄。"

他转瞬道："我知道你们联系过多，如果拿出来他的证据很可能就牵连到你，不过我要是周鸣山，我可不这么想。"

林雨泽目光灼灼地看着他："我和他一起做了游戏项目，想必你也知道，凭这一点，我就断不会提供给你什么证据。"

"如果他从来都没把你放在眼里呢？"

林雨泽冷冷道："你大可不必这样挑拨离间。"

"你与周鸣山在一起做事应该也有多年了，但是你真的了解他吗？"

李唯西从上衣口袋里拿出手机，随即放了昨晚与小偷的对话。

听到后面，林雨泽大为吃惊，呼吸越来越快。

"你知道他来偷什么吗？我手中有她与周鸣山密谋的心理游戏资料，她早与周鸣山联手，你还不知道吧？"李唯西猜测他已经到了崩溃的边缘，继续说道，"你让肖雅洁动手逼疯高妈妈，肖雅洁找了帮手，就是后来出车祸的那个人。但是你不知道，肖雅洁让你干掉那个帮手，却没告诉你，帮手和她一直在为周鸣山做事吧？"

林雨泽面色惨白："你说什么？！"

"她一直将你玩弄于股掌，为什么让你干掉那个人而不是让周鸣山来做？"李唯西不动声色地与他对视，最终说道，"你杀了人，就会有证据。肖雅洁在算计你。"

方才还绅士硬朗的林雨泽一下子好似老了十几岁，整个人颓败不堪。

半晌，他忽然笑起来，语气甚哀："竟……竟然被她耍得团团转。"

早晨的阳光大好，倾洒在他的眼睛中，却让他觉得无比刺目。

李唯西安抚道："Amber只是受惊过度，很快就可以出院。但是如果你还纵容他们，很难保证Amber下次没有危险。"

"你很聪明。"

林雨泽唇角半扬，泛着苦涩。

他将目光散在远处，手掌握成拳头，语气凛冽。

"周鸣山制作非法游戏的证据，我会给你。"

宋摘星在医院醒来时浑身酸痛，像被人暴揍了一顿。守在身边的简一凡趴在床脚呼呼大睡，呼噜震天。

外面阳光大好，宋摘星盯着简一凡看了一会儿，竟突然发觉他还是有些好看的。眉如初叶，面如白瓷，轮廓分明，乌黑的头发在阳光下泛着明润的光泽，要不是冒了鼻涕泡，她或许还可以多看他一会儿。

她看了看左腹的位置，已经包扎好了。本想下床走走，却不小心惊动了简一凡。

简一凡先打了个喷嚏，宋摘星担忧地问："是不是着凉了？"

简一凡摇了摇头："大夏天的，着什么凉。倒是你和李唯西的事情让我担心死了。"

宋摘星眯着眼睛看了看外面的阳光，问道："我睡了多久了？"

简一凡看了看表："现在是早晨八点。"

"已经睡四五个小时了？"

"不是，"简一凡继续摇头，"一天一夜。"

宋摘星连忙起床，只是剧烈的动作牵动了左腹的伤口，疼得让她直冒冷汗。

"你就躺着吧。你发高烧，身体虚弱得很。"

"林莞怎么样了？"

"惊吓过度，昨晚吃了三碗饭，你说怎么样了。"

宋摘星一听才稍稍放下心："真是好消息。"

"还有好消息呢。"简一凡坐直身子伸了个懒腰，懒洋洋地说，"你们可真够危险的，竟然还能被暗杀，太匪夷所思了。不过警方已经介入了，估计是李唯西前几天的发布会起作用了，背后的人耐不住性子了。"

宋摘星听他说了一通，懵怔问道：“好消息是什么？”

简一凡歪头看她：“一个好消息一个坏消息，先听哪个？”

“好消息。”

“李唯西可以重来医院上班了。”

宋摘星瞬间眉头舒展：“真的可以了吗？”

“高璨撤回了对李唯西的控诉，不再追究了。”

宋摘星已经想到这一层，林莞既然也被伤害，说明林雨泽与周鸣山内部已经分崩离析。林雨泽既然可以指使高璨控诉，自然也可以让高璨撤销对李唯西的控诉。

她终于放下心来：“李唯西呢？他知道了吗？”

“他人已经在院办了。”

“坏消息呢？”宋摘星有些不明白现在这个局势还会有什么让她承受不住的坏消息。

简一凡哭丧着脸，连连叹气。

“到底怎么了？”宋摘星心里一紧，看他的神情应该是很大的坏事。

“阿星，我爸妈要和我断绝关系。”

他说着说着已然哭出声，宋摘星愣愣地看着他，表情却没发生什么变化。

她连眨了几下眼睛，迅速理清他说的话，十分平静地说道：“哦。”

心理科恢复如常，只有胡梨比别人更加高兴。李唯西正常上班，让她重新有了机会跟在李唯西身后问这问那。她心里像灌了蜜，甚至在找云月华签字的时候都比平常更加欢悦，让云月华忍不住跟着笑出声。

“李唯西也不是你的督导师，你就这么高兴？”

云月华一边低头签字一边与她聊天。

胡梨笑嘻嘻道：“李医生这么厉害，能重新回到心理科，同事们都很高兴。”

云月华迅速在她递的一沓资料里挨个签完自己的名字，又问道：“最近病人治疗方面有没有出现什么疑难问题？”

胡梨将一沓资料接过来，摇了摇头：“都很顺利。”

云月华点头，半晌叹道：“最近我有点忙，没顾上科里，有什么事情我不在的话，可以直接找吴副主任。”

胡梨：“知道了主任。”

她带着一沓资料出门，刚走到门口又扭头看向云月华，笑得像花一样。

“云主任加油，你一定可以成为副院长！”

“你这丫头。”云月华摇了摇头，笑意染在眉角，“谢谢。”

胡梨欢快地出去，一向严肃的云月华今天也格外高兴。她一直在忙着副院长晋升的事情，听陈西晚院长说自己资历深、经验丰富，各方面条件都很符合，很快就可以升任了。她自然很属意副院长的职位，不仅仅是因为职衔，更是因为坐到副院长的位置，她可以给心理科带来更多的机会，让普通人更加了解、接受心理科。

天空如洗，太阳透过树叶间隙倾洒下来。夏意深深，成片的绿叶花枝探在窗前，让云月华的心情更加舒爽。她想，她终于可以对得起当年顾伯棠老师对自己的培养。

治疗室内，郑亮亮再次躺到了病床上。

吴聪给他通了电，一次一到三秒，整个治疗用了二十分钟。郑亮亮从麻醉中缓缓醒来，盯着天花板发了一会儿呆。

吴聪长吁一口气，轻轻问他：“有没有舒服一些？”

然而郑亮亮双目迷离，很久没有回答他。

正当吴聪要收拾器具让他起床时，郑亮亮忽然沙哑说道：“你是不是想电死我？”

“什么？”吴聪有一瞬没听清。

郑亮亮转头看他，目光阴郁。

吴聪解释道：“怎么会呢，电疗是一种科学、有效、安全的治疗方法，一次电疗仅需要大约30焦耳的电能，也就相当于一个30瓦灯泡亮1秒钟所需的电能，你不会发生任何痉挛，而且疗效迅……”

“没有任何副作用吗？”

郑亮亮忽然打断他。

吴聪一愣，他没想到一个十几岁的孩子能这么跟自己说话。

郑亮亮闭上眼睛，缓缓对他说道：“关于电疗的舆论沸沸扬扬，你别以为我不知道。”

吴聪低头：“那你怎么接受了这种治疗？”

郑亮亮又没回答他。

吴聪叹气：“我也是为你的病情着想。而且已经给你使用了麻醉剂和肌肉松弛剂，通电后可以减轻肌肉颤动，避免骨折、关节脱位等并发症的发生率，风险很小。”

病床上的郑亮亮始终冷冷的。他忽然想到他的父亲就在门外，然而仅仅一墙之隔，他的父亲都不知道他在接受这种治疗。不过无所谓了，网瘾症也好，电击治疗也好，只要让他的生活保持现状，那么所有加在他身上的，他都可以忍受。

宋摘星醒来的当天下午六点，心理科忽然传来一个消息。

林雨泽失忆了。

不仅仅是失忆，而且脾气暴躁，打碎了客厅将近一半的东西，没有人能够控制他。林雨泽就像一头疯掉的猛兽，神志不清，语无伦次，暴怒之后昏昏睡去，醒来就什么都记不得了。

李唯西听到后大为吃惊，宋摘星也焦急不已，与李唯西一同赶往明圆山庄。

林莞守在林雨泽床头，哭得梨花带雨。

李唯西皱眉：“怎么回事？”

林莞直摇头：“不知道，上午只觉得话少，到了下午就严重了。”

李唯西想到昨天林雨泽说要给自己证据的事情，倾身问道：“有谁来过山庄吗？”

林莞泪眼蒙眬地看着他，想了一会儿说道：“昨晚有辆车进来，但是不知道是谁。父亲和客人聊了很久。”

宋摘星想到管家一直跟在林雨泽身边，转头看向管家：“你知道是谁吗？”

管家也摇头：“老爷的事从来不让我们知道。那辆车开到书房门口才停下，当时天黑，我在院子里依稀看到是个女人。”

李唯西已然清楚，冷道：“肖雅洁。”

宋摘星很肯定地说：“肖雅洁之前就给林先生催过眠，想必林先生这次忽然失忆，很可能是肖雅洁做了下一个催眠指令。”

李唯西皱眉不展，低低出声：“我一定要看好他！”

李唯西说完随即就要出门，宋摘星有一瞬的失神，就在他要跨进院中时忽然喊道：“有一件事。”

李唯西顿在原地，宋摘星急速赶上来。

她将他拉到一角，余光看着躺在床上口齿不清的林雨泽，张了张嘴，却什么都没说出来。

“怎么了？”李唯西见她脸色忽然不好，担心道，“高烧是不是还没退？”

宋摘星拉住他的手，自己却有些颤抖。

她看着他的眼睛，一字一顿道：“林雨泽就是当年的记者甘草。”

李唯西短促地吸了口气，像被尖刺刺到了一般，身体紧紧绷着。白皙的脸上有一瞬怔忪，眸中意味不明。

宋摘星知道甘草给他的人生带来了怎样的后果，看着他发愣的样子有些不忍，连忙又说：“林雨泽的事情，如果你没办法再做治疗，那……”

李唯西打断她：“你怎么知道这件事？”

她压低声音：“我给林雨泽做治疗的时候翻过他的书房，看到了他手写的每一篇报道。”

“十几年前的报道也有？”

宋摘星点头。

李唯西忽然明白了一系列事情背后的逻辑，因为急于确认，连忙向外走去。

只是走出半步又折回来，很是认真地看着宋摘星。

“无论林雨泽是谁，我都会把他治好。”

宋摘星终于浅笑起来。她一直担心如果将林雨泽的身份说出来，李唯西会因为仇恨的心绪放弃林雨泽。如今看来，在他心中早已有了准则，他首先是一名心理科医生，最需要做的就是看病救人。

李唯西驾车一路行驶到香草地大街诚明心理诊所。他将车停在女贞树下，出来时看到心理诊所的牌子，眯着眼睛想了片刻。

穿过马路直接进入诊所内，有助理前来招待，只是李唯西全程冷冷的，只说了一句话："找肖雅洁。"

助理认得李唯西，知道来者不善，连忙跑去通知。只是助理刚打开了肖雅洁的门，李唯西随即跟了进来。

肖雅洁正吸着烟，烟雾缭绕，一副姣好的面容在烟圈的熏染下变得娇媚妖冶。她微微抬头，眼神示意助理出去。

李唯西缓步走进来，静静地盯着她。

肖雅洁笑得肆意，眉眼中尽是张扬："送你的礼物还喜欢吗？"

李唯西坐到她对面："你指的是林雨泽发疯失忆？"

肖雅洁弹了弹烟灰，语调松弛："我做了他十几年的心理医生，就等着哪一天让他变成现在这样。怎么，你不喜欢？"

"你是什么时候知道他就是甘草的？"

肖雅洁微愣，没想到他竟然这么快就查到了线索，干脆不再隐瞒："顾老师事情出了没多久，甘草天天攻击顾老师。媒体抓住这件事不放，一直对老师口诛笔伐。那时候大家都以为顾老师行为放纵不检点，遭人唾弃，才没有对甘草这个人过分注意。等到顾老师被医院辞退后，甘草仍然抓着老师不放，甚至更加恶劣地引导舆论，让老师身败名裂，人人喊打。"

她说的这些话将李唯西的记忆重新拉回十岁。因为是顾伯棠的儿子，让他在学校遭人白眼，备受欺凌，所有同学都不愿意和自己说话。每次回家的时候，门上总被泼了脏东西，看着让人作呕。左邻右舍甚至围在楼下大闹让他们全家滚出去，将近半年的时间妈妈都不敢出门，父亲出门买东西，都要被人打得浑身是伤。

肖雅洁看着李唯西黯淡的表情，接着说道："我隐隐觉得不对劲，挨个报社找过去，就发现了林雨泽。但是为时已晚，当时林雨泽已经辞职下海经商，我完全没办法报复他。"

"他为什么抓着我父亲不放？"

肖雅洁冷哼："就像闹剧一样，你根本想象不到闹剧如何开始，如何结局。你了解过被你父亲强奸的患者吗？"

李唯西皱眉："我只记得是个二十多岁的姑娘，后来疯了。"

"出事没多久她就死了。"

李唯西有过这种猜想，只是当时年纪太小，很多事情没有头绪，也没办法追查。迁往美国之后，一家人再也没有提过当年的事情，都安静地接受了这样的命运。他以为父亲的人生就是老死在疗养院，可是当甘草再次出现，当自己也深陷媒体风波，他忽然想将以前的事情弄个清楚。

“我记得她的主治医师是陈西晚院长，并不是我父亲。”

肖雅洁点头：“她入院时就患有精神分裂，情况比较严重，虽是陈西晚的病人，可顾老师也一直参与配合治疗她的病情。后来她病情好了大半，却在被强暴后一夕之间就变成了疯子。”

“在医院被强暴？”

“是个晚上。那晚只有顾老师值班，所以大家都以为是顾老师干的。”

李唯西心头充满凉意，黯然道：“女患者到底是谁？”

肖雅洁将烟掐灭，叹气：“女患者有个很好听的名字，以至于让我到现在都忘不了。她叫落雪，林落雪。”

李唯西噌地站起身：“她和林雨泽有什么关系？”

“我当时查到甘草名叫林雨泽，就已经猜出大概。后来再去细查，发现林落雪是林雨泽的妹妹。林雨泽的父母，是林落雪的养父养母。”

李唯西单手撑着桌角，额头直冒冷汗。

“为什么不把这件事公之于众？”

肖雅洁也缓缓站起身，双手插进裤兜，走到窗前看着马路上的风景。

“林雨泽是记者时就已打通所有关系，后来依靠人脉发家，更是手眼通天。更何况根本没人在乎甘草是谁，大家只在乎顾伯棠有没有付出代价。”

李唯西想到后来父亲执意要让母亲带着自己出国，甚至不惜将房子变卖，就是怕他和母亲一辈子抬不起头。

“林雨泽要为林落雪报仇，人之常情，我能理解。”李唯西平静地说道，“促使你报复林雨泽的原因，应该不是这个。”

“如果是单纯的报仇，确实可以理解。”肖雅洁回转头，长眉单挑，“你相信你的父亲会强暴患者吗？”

李唯西薄唇半抿，摇头。

“十八年前，林雨泽出现焦虑症状和抑郁倾向，我以咨询师的名义接近他。后来得到他的信任，便长期待了下来。我曾对他使用过催眠，问他是否憎恨顾伯棠，他说不恨。再问其他的，好似就像碰触了他的底线，他就什么都不回答了。”

“一个人即便被催眠了，也不会告诉我们银行密码等隐私。潜意识有防御机制，让催眠师做不到完全控制患者。只有患者潜意识中认为催眠师的问题无害才会回答，但一旦问题涉及隐私，就会一下子击中患者潜意识中的防御线，让他不再配合你。”

肖雅洁“嗯哼”出声：“但是他说不恨顾伯棠，绝对是真心话。可是他应该对顾老师恨极才对。”

“你认为其中有蹊跷？”

肖雅洁冷冷看着他：“当年顾老师被医院辞退，连医院发的通报都言辞模糊，只以寥寥两句暗示老师与女患者的事有关。医院没有找到凶手，但是舆论早已将老师杀死了。他破坏了顾老师的一生，必然要付出代价。”

李唯西静静地感受着她的目光，喉头微酸。他想不到肖雅洁竟然为了自己的父亲隐忍那么久；想不到除了他们一家人，这世上还有别人与他们一样心痛难过；更想不到连母亲都没想过的复仇，竟然由她一个人做了。

李唯西向肖雅洁鞠躬，缓缓起身时眼眶中竟流转些许光泽。他想替他父亲说声谢谢，可是如今还有更重要的话想对她说。

“父亲曾说他的所有学生里你最聪明，可你终归做错了一些事，竟被聪明耽误了。”

肖雅洁：“错事？”

李唯西：“我见你诊所的名字是‘诚明’。《中庸》言，诚则明矣，明则诚矣。真诚、诚实、诚信是最根本的道德原则，这不正是心理咨询的意义所在吗？咨询师与患者互相坦诚，对彼此都有益处。”

肖雅洁冷笑：“你是在怪我？”

李唯西低头：“如果真想为我父亲报仇，你不该让他疯掉。”

“他是咎由自取。”

“他疯了就是一个废人。只有他清醒，我们才有可能通过他查到当年的真相。”

肖雅洁精致的脸上出现一丝怒意，只觉得面前的人可笑至极。

她走到门口打开门，什么话都没说，但李唯西知道她是在赶自己走。

李唯西转身，一只脚踏出门外时停了片刻，终才迈出另外一只脚。

肖雅洁忽然说道："你会救他？"

"我会。"

"他是甘草！"

"他也是我的病人。"

李唯西本不打算再往下说，只是看着肖雅洁的表情，心中忽然一冷。

"他是甘草的事情你为什么不早告诉我？"

肖雅洁的眼神锐利如鹰。她没有回答他。

李唯西替她说道："你如果单纯只是复仇，早就可以让他疯掉了。选择现在这个时间，是因为林雨泽和你们决裂了不是吗？"

肖雅洁仰头大笑，笑声尖锐刺耳。

他忽然想到英雄用剑刺死恶龙，坐在恶龙尸身上看着满地的金银财宝眼睛发红，然后自己慢慢长出鳞片、尾巴和触角，最终变成了恶龙。

屠龙的人生生不息，变成恶龙的人也从未断绝。

李唯西走出门去，背影孤傲清寒。他一定会让林雨泽好起来，只有好起来，他才可以真正找到当年的真相。

转眼到了夏至时节，地煮天蒸，蛙鸣蝉噪，绿槐高柳，榴花尽开，整个医院都处在闷热宁静的环境中。路上行人越来越少，反倒都安静地待在房间里不愿出来。路面俄顷之间就被烤得炙热，热气从脚底直往上蹿，生生站不住人。

简一凡自从被老妈骂过之后，整个人坐立不安。他坚持认为自己没做错，但是对于老爸的私事又心生愧疚，只想着怎么讨好爸妈。然而这阵子无论怎么做，孟美丽始终没正眼瞧过他一眼。老爹简建国还可以，只是简单地声明断绝父子关系，零花钱该给还是给，宠爱也没少过，简一凡估摸着老爸是迫于老妈的淫威才发了那样的声明。

实在没招了，简一凡求着宋摘星帮他。宋摘星倒是对他妈妈足够了解，给他想了个主意。孟美丽之所以发那么大火一直没原谅简一凡，根源上还是简一凡谈恋爱没和她商量，所以无论简一凡怎么讨好她，始终没做到她心坎里。

于是医院病床上宋摘星"哦"过之后，随即让他回去和孟美丽宣布，他要相亲。

孟美丽瞬间喜上眉梢，没等三天，简一凡就被安排了一个新的相亲对象。

咖啡馆中，简一凡坐在窗边偷偷瞄着隔座的宋摘星。

相亲之前，宋摘星已经为简一凡做过功课，诸如多赞美，不要做多余的动作，多重复对方姓名等细节，但是这一役关乎简一凡是否能重新讨回老妈的欢心，简一凡生拉硬拽地让宋摘星也来参加。

看在“病床留守”的分上，宋摘星最终应允。她坐在隔桌，待会儿他们的对话自己能听得一清二楚，或许关键时候还能帮帮简一凡的忙。

坐了没多久，一个穿雪纺柔顺长裙，配短小华丽披肩，手拿黑色小包的性感卷发女孩走了进来。只往室内扫了一眼，便径直向简一凡走了过来。

简一凡知道她看过自己的照片了，连忙招呼：“喝点什么？”

“抹茶拿铁，少冰。”

没想到卷发女孩声音甜糯糯的，像个十几岁的小姑娘。

她的身后就是宋摘星，两人背对着背，别说是简一凡，宋摘星听了她的声音也觉得无比舒服。

然后她的下一句话差点让宋摘星笑出声。

“听说你是学心理学的？你能看出来我现在心里想的什么吗？”

简一凡脸上的肌肉抽搐了一下：“不……不能。”

卷发女孩撇了撇嘴，灿烂笑道：“那你怎么还能当心理科医生？”

宋摘星刚喝了一口水压惊，“噗”的一声喷了出来。她赶紧拿纸巾擦了擦桌面上的水，还没擦完，就听卷发女孩接着说道：“我妈和你妈妈是朋友，非要给我介绍你。我对你的职业确实很好奇，还想再问个问题。”

简一凡：“你说。”

“学心理学容易自杀吗？”

这次换简一凡喷了口水。他连连摆手：“不会，心理学大师有很多长寿的人。提出儿童发展理论的皮亚杰，活了84岁。洛伦兹，观察动物行为，跟着小鸭走路的习性学家，活了86岁。弗洛伊德，精神分析学派大师，享年83岁。威廉·冯特，心理学之父，去世时88岁，还有高尔……”

卷发女孩忽然打断他：“都没听说过这些名字哎。”

简一凡立时闭嘴。他瞄了一眼对面的宋摘星，见她正悠闲地仰头喝水。

“我还有几个问题。”

简一凡不自然地笑着点点头。

女孩单手托腮，眼睛转了转："你会不会有点不正常？学心理学的都很变态吧？你会不会随时都能催眠我？"

"噗。"宋摘星再一次没忍住。

简一凡面无表情地看着卷发女孩，实在忍不住，猛地站起身来。

"我怀疑你在对我进行人身攻击。"

"你坐下，快坐下。"卷发女孩喝了口咖啡，终于叹气，"不好意思啊，我妈非逼着我相亲，很烦。"

简一凡一听这个倒来了兴趣，欣慰终于认识一个志同道合的女孩子，重新坐了下来："我也是，一直被逼着相亲。"

宋摘星顾不上满桌子的水，干脆丢下杯子坐到桌子对面。她现在一抬头就能看见简一凡那张充满好奇心的脸。

卷发女孩盯着简一凡说道："其实我有男朋友。"

"嗯？"简一凡脸都绿了。

"哈哈，哈哈哈哈。"宋摘星实在忍不住，抱着肚子笑瘫在椅子上。

简一凡偷偷白了宋摘星一眼，转而皮笑肉不笑地向卷发女孩说道："那我祝福你们。"

卷发女孩再次叹气："可是我不知道现在该不该分手。总有点不合心，我现在非常纠结。"

简一凡看时间不早了，敷衍了她几句，紧接着说道："要不今天就这样吧。"

卷发女孩也知道提及这个话题让他没了兴致，倒是干脆地答应。

两人刚想起身，隔桌的宋摘星忽然走了过来。她和卷发女孩打了招呼，随即偷偷和简一凡说道："这次相亲不顺利，你妈还是不会原谅你。"

简一凡生气："我刨你家玉米地啦你还要和我说这个添堵。你看今天还能怎么顺利？"

宋摘星眨眼："有办法。"

她看向卷发女孩，再次笑道："我是简一凡的同事，刚才听你说了你纠结的问题，心理学上有个爱情小技巧，或许可以帮到你。"

卷发女孩懵怔地看着她："是什么？"

“但你要答应我一件事。”

“什么事？”

宋摘星低头看着简一凡，暗示他时机已到。

简一凡咳了咳，一本正经地和卷发女孩说道：“回去让你妈和我妈说，我非常优秀，你配不上我。”

卷发女孩翻了个白眼。她看向宋摘星，倒是对她说的话十分感兴趣：“你快说，什么爱情小技巧？”

宋摘星：“你和你男友去爬咱们汉州最高的山，下山后心里就有决断了。”

卷发女孩有点不信：“这么神？”

宋摘星：“是呀。只要去爬山，处在暧昧期还没恋爱的，下山了准恋爱；处在分手期还没分手的，下山了准分手。”

“这是为什么？”

“很简单，跟一起去旅行是一个道理。暧昧期大家互生好感，爬山过程不自觉拉你一把，给你拧个瓶盖，扶着你休息，肢体的亲近都会让你增加对他的好感。而分手期的情侣，本身就已经看不惯对方，爬山的时候就冷淡很多，不会对你过分关心，从而让你彻底看清对方人品，做个了断。”

卷发女孩若有所思地点头：“还真是这样。”

“当然，如果处在分手期他还能对你事事关心，倍加呵护，说明他是真心待你，下山后你也就不会分手了。”

卷发女孩大笑：“生活中真是处处能见心理学啊。”

简一凡嘱咐她：“别忘了和我妈夸我。”

她爽快保证：“绝对没问题。”

宋摘星在一旁听着高兴，这下就算相亲没成功，简一凡妈妈也肯定原谅他了。她舒了口气，事情终于告一段落，简一凡终于可以渡过难关了。

她正这样想着，手机忽然响起来。来电显示是文静。

宋摘星和简一凡特地请了一下午假出来，不知道医院出了什么事。

她按了接听，还没说话，文静大嚎的声音随即传来：“出事了！网瘾症郑亮亮要杀人了！”

第二十九章　网瘾爆发

林雨泽失忆之后几天，心理科紧接着迎来一场大麻烦，以致在数日之后，这场麻烦带来的影响仍然没有消退，反而愈演愈烈，让整个心理科陷入从未有过的危机之中。

夏至那天热得人烦躁不安，深树蝉鸣格外噪耳。病患及病患家属都不愿意在外面行走，一时窝在医院大厅的人特别多。

郑亮亮约的下午前来做治疗。这段时间他越发瘦，也没有食欲，精神状况很差。听他父亲说他在家里更加沉默寡言，越来越不爱说话。

吴聪很是担心，怕他抑郁倾向加重，又给他做了一次电击治疗。但这次郑亮亮没有安静地接受，吴聪还没给他打麻醉，郑亮亮忽然从病床上起身，向着门外疯狂地跑去。

为了方便电击治疗，他的衣领都已经被解开，如今却疯一般向楼下跑去。没人拦得住他，吴聪匆忙从治疗室出来，心头有股不祥的预感。

郑亮亮的父亲就待在门口，一时不知发生了什么事。正担心着，却见郑亮亮从楼梯口忽然出现，手中乍然多了一根电棍。

心理科门前的几个人大惊。郑亮亮身后传来保安吹哨的声音，嘱咐行人小心。他抢了保安的电棍，眼睛中全是怒火。

郑亮亮父亲骂道：“你想干什么！”

只是他刚说完，郑亮亮像疯了一样直接出手将父亲电晕。郑亮亮的父亲霎时失去知觉，浑身无力，倒在地上不断抽搐，幸好吴聪反应极快，连忙将治疗室的门关死，郑亮亮这才没有进来。

走廊里所有人大惊失色，都往另一侧快速跑去。然而人群拥挤，一齐奔跑反而速度不快。郑亮亮迅速赶上后面的病人和家属，见一个电一个，保安们紧紧跟在他后面，一时不知如何是好。

心理科门前充满了呻吟声和大喊声，郑亮亮像杀红了眼，一步比一步迈得决绝。跟在他身后的其中一个保安只后悔刚刚和他说过话。就在两分钟前郑亮亮靠近他，他以为这个孩子需要什么帮助，却没想到他竟生生夺走自己的电棍，力气之大让他吃惊。

保安不知道的是，郑亮亮从第一次接受电击治疗后就观察过他们身上佩戴的电棍，甚至回家后搜索过很多关于电棍的信息，包括如何使用。今天在心理科发生的事情，是郑亮亮心中做过一万遍的事情。

他以为这辈子这个念头只会封存在脑海里，却没想到今天的自己已经完全控制不住这种想法了。

走廊迅速被保安围得水泄不通，郑亮亮伫立在走廊中间，静静地看着前后夹击的人。他手上青筋暴起，似乎爆发出比平时强一百倍的力量。保安们一时谁也不敢上前，不仅怕被电棍电到，更怕混乱中郑亮亮会伤害到自己。

文静打了电话后宋摘星与简一凡迅速赶回心理科。幸好咖啡厅就在医院附近，宋摘星到达大厅时，郑亮亮还被保安们困在走廊里暂时没有动作。

宋摘星看向文静：“李唯西呢？”

“去林宅还没回来。”

简一凡吃惊：“走得真不是时候。”

保安队长赶紧向他们说明情况：“走廊里有几个被电晕的人，都还在郑亮亮附近，保安无法上前营救。”

宋摘星穿上白大褂，一边向走廊赶一边问道：“什么样的电棍？”

“直流型。电压十万伏，好在是瞬间高压，且电流很小，不会给人造成生命危险，也不会留下后遗症。只是那些人都被电晕了，估计得几个小时才能醒。”

宋摘星有些奇怪：“怎么会突然这样？受了什么刺激？”

保安队长：“吴副主任说正在给他做电击治疗，结果还没开始他就疯了一样跑出去了。”

宋摘星和简一凡同时皱眉。

恰好胡梨赶过来，拿着郑亮亮的病历气喘吁吁道：“吴副主任让我给你们，或许有用。”

宋摘星信手接过来，低眉看着上面对郑亮亮的病情分析。

“难道是网瘾犯了？”简一凡看着宋摘星的样子，有些担忧。

宋摘星没回声，转而问道：“郑亮亮的家里人呢？”

“他爸已经被他电倒了。”

宋摘星抬头：“他父亲都被电了？”

保安队长叹气：“第一个电的就是他。”

宋摘星看完病历，接着将资料递给简一凡。

“你也看看。我先过去一趟。”

简一凡急忙阻止她：“你一个女孩子，过去能干什么！”

文静也不停点头：“李医生已经在回来的路上，不然就等他回来再说吧。”

宋摘星看向简一凡：“你晕血，去了不顶用。等李唯西回来时间根本不够，我先去看看。”

她随即转身对着保安队长：“把你的电棍给我。”

保安队长一惊：“要不算了，你过去会有危险。”

宋摘星做出抬手的动作：“我是心理科医生，有责任救人。”

保安队长仍然有些不放心：“郑亮亮力气大得很，你根本不是他的对手。”

宋摘星坚持：“给我。”

保安队长只好无奈答应。刚一把电棍给她，宋摘星即刻大步流星向着郑亮亮的方向而去。

简一凡在她身后大喊：“一切小心！”

宋摘星行步如风，走得决绝。她没有回头，额头上却已渗出薄汗。她知道这一去凶险难料，但即便艰难，她也要尽自己最大努力去救更多人。

狭窄的走廊里郑亮亮再次上前。

保安们一步步后退。

然而郑亮亮还是逮住了一个保安，迅速将他电晕。

其中一个保安实在忍不住想以暴制暴，正要冲出去打算与郑亮亮拼命，宋摘星忽然拨开他走了进来。

郑亮亮认得她，知道她是心理科的医生。只是没想到一个女医生也敢来阻拦自己，不觉冷笑。

宋摘星在他身前站定，平静地看着他。虽然郑亮亮才十几岁，但宋摘星知道，以他如今的爆发力和仇恨心足以让更多人倒在他脚下。

她缓缓开口，不动声色。

“现在是不是和你打游戏的时候一样爽。”

郑亮亮阴沉着脸，颧骨突出，眼神紧紧攥着她。他伸出舌头，一寸一寸舔过嘴唇，带着嗜血的杀气。一个十三岁的孩子，在这一刻可怕至极。

郑亮亮右手拿着电棍，胳膊半扬，使电棍与身体分开一定的角度。

宋摘星很明白他的意思，他在随时准备下一步动作。

宋摘星左手拿电棍，也将胳膊半扬，与他一样将电棍与身体分开同样的角度。两个人面对面，电棍同在一侧，一个面色清冷，一个眼神发寒。

郑亮亮呼哧喘气，瞪着她。

“是你们先电击我。”

走廊里充满惶惶不安的气息，所有人都看着他们两人。郑亮亮但凡再有所动作，肯定还会有人受伤，宋摘星一时如履薄冰。

“我知道吴副主任给你做了电击治疗。”宋摘星淡淡出口，“也叫电痉挛疗法，它可以缓解你的抑郁情绪。”

“你骗人！”郑亮亮拳头紧紧攥着，“通电就会死人！”

“MECT（改良电痉挛治疗）相关死亡率极低，其原理是通过适量的脉冲电流刺激，促使脑细胞发生一系列生理变化反应，从而达到治疗的目的。这种疗法适应症广，安全性高，并发症少，对重症抑郁患者效果尤其明显。”①

郑亮亮一拳砸在墙上。

“国内各大精神专科医院几乎都在开展此项治疗，你不必担心。医生只是隔着头皮向你的头脑中做了一次小型放电，非常短，全麻后你很快就会入睡，当你还没感觉到什么的时候，治疗就已经结束了。”

① 引自沈渔邨《精神病学》。

宋摘星微微上前，与他只有两步之遥。她相信郑亮亮会很快理解她说的话，因为他做过的电击治疗就是如此。

然而郑亮亮唇角冷冽上扬，他指着身边几个倒下的人恶狠狠道："就是你们害我！这些人，都是因为你们才被电的！"

宋摘星心中一沉，该解释的都解释了，可郑亮亮反而更加愤怒，十分蹊跷。

然而不等宋摘星深思，郑亮亮再次发动进攻。

宋摘星身后的所有保安都严阵以待，生怕面前的女医生有什么闪失。然而郑亮亮身形一转，竟然回头向着身后的保安发起攻击。刚刚被郑亮亮夺走电棍的保安猝不及防，身上没有可用的家伙，还没反应过来，电棍已然捅在了他的肚子上。

郑亮亮狠狠攥着电棍，用的力气更大。保安立时瘫软身子昏厥在地，只是昏倒之前早已小便失禁，尿液顺着裤管流到地上，一摊狼藉。

正当所有的保安准备一起上前时，宋摘星忽然大喊一声："千万别动，他要自杀！"

就在刚才郑亮亮出手时，宋摘星看见藏在他口袋里的一把匕首因为他剧烈的动作露出手柄，这让宋摘星迅速判断出郑亮亮的用意。电棍电流极小，就算电晕别人也绝不会给他们造成任何伤害，几个小时后他们自然就会苏醒，而且不会留下任何后遗症。

郑亮亮的目的根本不是杀人，他是要留着匕首自杀。

郑亮亮乍然回头，眼神幽冷阴狠。

他确实要自杀，他在电这些人的时候就已想到后果。他的骨节泛青，喘息越来越重，浑身充满戾气。他就是死，也要死在心理科，死在所有人面前！

时间一时犹如静止。话音落下后，所有人都停在原地没有动作，连同郑亮亮的目光都凝在宋摘星身上。

这一刻他脸色苍白，上身颤抖，下牙狠狠咬住嘴唇，眼中精芒毕现。

宋摘星看着郑亮亮的表情，眉梢忽地一挑。

猜错了……宋摘星屏住呼吸，后退一步。郑亮亮最先电的就是他的父亲，他根本不是因为电击治疗而发疯！

就在宋摘星赶去见郑亮亮时，李唯西心急如焚地跑进医院。文静吓得赶紧将郑亮亮的病历拿给他，带着哭腔道："你快去看看摘星，我怕她有危险。"

来的路上李唯西已经知道宋摘星前去阻拦郑亮亮的事情，急忙应道："我去替她。"

然而一侧的简一凡忽然阻拦李唯西："你先看看病历！了解清楚郑亮亮再去！"

话音未落，正巧吴聪也赶过来，汗流浃背，衣服已经湿了大半。

李唯西看向吴聪："心理科怎么样了？"

吴聪叹气："郑亮亮又电晕了一个人，而且他的目的就是要死在心理科，摘星一时也没有办法。"

"死在心理科？"李唯西皱眉，"到底怎么回事？"

吴聪："刚刚做治疗之前，郑亮亮忽然跑出去，然后就发疯一样拿着电棍杀回来。他一路往前，电的人越来越多，好在保安及时赶到，身后被电的一些人已经转到急诊科做处理了。"

李唯西："之前做治疗都没事，今天怎么忽然就跑出去了？"

"不知道啊。郑亮亮出去后我还专门问他父亲，他父亲都不知道出了什么事。"

提到他父亲，李唯西忽然又想到一件事。

"怎么连他父亲都电？他疯了？"

吴聪摇头："这个孩子极难沟通，实在不知道怎么了。"

见吴聪没有给出任何建议，李唯西停在原地，连忙去翻郑亮亮的病历。他直觉感到不对劲，郑亮亮的网瘾症存在很大的问题。

"网瘾症状一年，重度焦虑，中度抑郁，在外院治疗半年无明显好转……十二岁升入中学，因为经常上网被学校劝退……家族无精神病史，父母健康……身上伴有划痕伤口……"李唯西轻念出口，接着向吴聪问道，"他身上的划痕伤口是怎么回事？"

吴聪："咨询期间我就问过，他说为了想戒网瘾故意划的。"

"不对，"李唯西听完他的话猛地打断，"他根本就没想过戒掉网瘾。"

吴聪皱眉，默了一会儿忽然道："他在吸引别人的注意？！"

李唯西看着手中的病历，猜测道："单纯从网瘾症下手，不应该毫无进展。他割腕也好，网瘾症也好，退学也好，都是在用自己的痛苦抚平心中的焦虑。但是痛苦本身只会加重焦虑情绪，如果焦虑真的在痛苦中缓解，是因为这种痛苦能转化成他想要的东西，从而抚平自己内心的伤口。”

吴聪啧啧称叹：“或许这才是郑亮亮的病根。他一直不说话，拒绝配合咨询，我只想着解决他的网瘾症状，真是本末倒置啊！”

李唯西问道：“平时都是他父亲带着他来心理科吗？”

吴聪点头：“没错。”

“他父母的情况问过吗？”

吴聪想了想：“之前和他父亲聊的时候说过两句，好像是他与郑亮亮妈妈离过婚，后来又复婚了。”

他忽然又想到在给郑亮亮做治疗的时候他父亲正好在外面打电话，连忙补充道：“当时他父亲在外面吵吵嚷嚷的，说要走就走，要离就离之类的话。”

李唯西眸光大亮：“郑亮亮妈妈呢？联系过吗？”

一侧的文静回答道：“一出事就打电话了，但是一直没打通。”

李唯西咬牙：“接着打！一定要让他妈妈过来！”

心理科走廊内，所有人都紧紧盯着手拿电棍的郑亮亮，生怕他再有下一步动作。

宋摘星迅速意识到郑亮亮的所作所为并不是因为电击治疗而发疯，一时没有应对之策，气氛剑拔弩张，都不知道接下来会发生什么。

然而还未等郑亮亮行动，一嗓子哭声突然传了过来。

“亮亮！你不能死！”

所有人齐往后看，才看见走过来的正是郑亮亮的父亲。他第一个被电，郑亮亮还不适应电棍，虽然使的力气很大，却没有给郑父造成很大的伤害，经过急诊救治，郑亮亮的父亲很快苏醒，直接拔了针管踉踉跄跄跑过来。

小护士扶着郑亮亮的父亲穿过保安的人形肉盾，郑父哭着看向郑亮亮。

“好儿子，跟爸爸回家。”

郑亮亮却不为所动，冷冷地看着他。

郑亮亮父亲哽咽，虚弱道：“亮亮乖，爸爸错了。爸爸再也不打你了，爸爸也不逼着你戒网瘾，只要你跟爸爸回家，爸爸求你了。”

他一边说一边掉泪，唇角不停颤抖，浑浊的泪水顺着面颊越流越多。

郑亮亮仍然站在原地不动，只是面色有些回缓，不再像刚才一样清寒。

郑父丢开小护士的搀扶，慢慢向前走了一步，喑哑道："亮亮，小时候你学习那么好，又聪明又听话，爸爸一直以你为傲。我知道你今天受了委屈，爸爸向你保证，再也不让你受委屈了。"

郑亮亮忽然挑眉，斜看着他："你一直以我为傲？"

郑父见他终于说话了，连忙点头。他喘着粗气，擦了一把鼻涕，一边回忆一边说道："你很小的时候最喜欢跟着我，我抱着你的时候，你从来不尿裤子，换成别人就不行。你还记得你四岁的时候吗？四岁会背第一首诗，是爸爸教给你的。还有你六岁的时候去别人家玩，别的小朋友都有新衣服穿，咱们家穷，你趴在我怀里哭，说你不穿新衣服也没关系。还有你八岁那年，你考了全校第一，爸爸问你想要什么，你抿着小嘴说你什么都不要，只要爸爸。"

郑父说着说着再次流下泪来，慢慢上前看着郑亮亮："亮亮乖，疼的时候就到爸爸怀里来。爸爸知道错了，爸爸就亮亮一个人了，不要离开爸爸好不好。不要离开爸爸了。"

小护士在身后抹眼泪，连一侧的宋摘星都撇过头去。

郑亮亮的眼泪滑过唇角，他吸了吸气，对着父亲说道："爸，我也只剩你一个了。"

"亮亮！我的好儿子。"

郑父听完这句话，整个人涕泪交加。

他蹒跚上前一步，将郑亮亮搂住怀里，哽咽道："不看病了，咱们不看病了。"

"我没病。"

"是，是，我家亮亮没病，咱们回家，回家。"

郑父牵着他的手，刚要带着他一起回去。然而还没转身，郑亮亮将电棍再次捅在他的身上。

郑父嘴角的笑意还没到达眼底，就直接瘫在郑亮亮的怀里。临昏倒之前，他不可置信地看着自己的儿子，一股寒意从脚底直蹿头顶。

怀中的父亲再次昏了过去，郑亮亮将父亲放下，转头再次看向宋摘星。

他的眼泪没有断，湿热滚烫。他向宋摘星缓缓说道："我活着就是一个错误。"

郑亮亮手中狠狠攥着电棍，指甲狠狠扣在自己的肉里。他早已瘦弱得不堪一击，现在只盼所有人围上前来。他想，死的时候那么热闹，总比活得那么冷清强得多。

医院大厅，李唯西连着打给郑亮亮的母亲几十个电话，却一直没有联系上她。又听上面的人说郑父再次被电晕，他急得满头是汗，呼吸连连不稳。

他有些等不及，刚要上楼去见宋摘星，忽见文静慌里慌张跑过来。

文静气喘吁吁地说道："和外院医生打听清楚了，郑亮亮五岁时父母离婚，十岁时父母再婚。郑亮亮九岁时得了一场病，病了半年多，但是后来完全好了，没留下什么影响，确实没有精神病史。"

吴聪在一旁皱眉："他妈妈不来，我看今天这事儿是完不了。"

手机里再次传来无法打通的忙音，李唯西看了看时间，急忙看向吴聪。

"把你白大褂借我。"

吴聪赶紧脱下来，李唯西随即向楼上跑去。

文静问他："你去哪？"

李唯西只丢给他们一句话："来不及了。"

大厅里所有人都看着李唯西的背影，文静担心道："阿星没下来，再把李医生搭进去可怎么办。"

吴聪眯着眼睛看着李唯西的身影越来越远，叹道："摘星在上面，以他的性子，就是送死也得去啊。"

李唯西一口气跑到五楼，穿过挤挤攘攘的人群，直接来到了妇产科。

他走到服务台，扫过几排等待叫号的人："我需要一个孕妇。"

正巧几个女人正坐在椅子上排队，一看李唯西穿着白大褂过来，以为轮到自己了，陆续站起身来。

李唯西看着她们的肚子，走向其中一个特别显怀的，关切问道："你可不可以和我去一趟三楼？"

那个孕妇皱眉："有什么事？"

李唯西坦诚道："有个十几岁的男孩电晕了好几个人，我需要一个准妈妈去劝他。"

那个孕妇连退几步，一直摇头："那怎么行！我这都快生了，还要去见罪犯？他要是伤害我怎么办？”

李唯西向她保证：“和他说几句话即可，我绝对不让他靠近你。”

孕妇仰头：“那也不行。绝对不行。”

李唯西又看向其他几个孕妇，一个站出来的也没有。李唯西知道这件事无法强迫别人，只能尽量委婉劝说，希望得到她们的帮助。

大肚子孕妇说道：“哪有妈妈肯拿自己孩子冒险的？你找个小姑娘假扮一下孕妇不就行了。”

李唯西摇头：“不是要做妈妈的人，去了也没用。”

几个孕妇都不再说话，干脆回到自己的座位上继续等待叫号。李唯西站在原地，呼吸不稳。倘若他没有办法带着孕妇过去，恐怕郑亮亮更加疯狂，后果不敢想象。

只是如今他委实没有办法说服孕妇冒险，随即断了念头，准备去三楼接应宋摘星。

正当他要转身时，对面忽然走过来一个女人，轻轻问道：“我看三楼都被封严了，好多人围在外面，怎么没有报警？”

李唯西看见一个约莫三十五六岁的短发女人。他不自觉向女人肚子上看了一眼，看情形大约都快生了。

短发女人好似看出他的想法，笑了笑：“医生说快了，先让我多走走路。”

李唯西一忙解释：“患者叫郑亮亮，是心理科的一个病人。现在郑亮亮要自杀，报警后怕刺激到他。”

短发女人摸了摸自己的肚子，皱眉问：“他为什么想死？”

李唯西垂眸：“因为他母亲不想要他了。”

“如果，”短发女人看着他，“如果我过去，你能保证我的安全吗？”

李唯西恳切道：“绝对可以！我向你和你的家人保证！”

短发女人笑着摇头：“你别告诉他们。我这就跟着你去。”

李唯西微微皱眉，担心向家人隐瞒对她不好，刚要劝她，便听她继续说道：“只说几句话就可以救人命，我当给我的孩子积福了。”

李唯西深呼一口气，目光缱绻温柔。他缓缓靠近她，与她说了几句悄悄话，短发女人点头应下：“我知道了。咱们走吧。”

心理科前，小护士在保安的协助下将郑亮亮父亲重新送回急诊科。而郑亮亮重新站直身子，在保安的包围下再次扬起电棍。

对面的宋摘星迟迟未动，只是将手中的电棍攥得更紧。

郑亮亮冷冷地笑："你是想将我电晕？"

宋摘星亦笑了笑："或者你把我电晕。"

郑亮亮低眉看了一眼倒在地上的几个人，稀松的睫毛跟着一颤。

"你恨你爸爸。"宋摘星直面他，语气清冽，"你爸爸夸你懂事，其实你在隐忍。懂事对小孩子来说，并不是个好词。"

郑亮亮眉角轻动，忽然对心理科医生的印象有些改观。

他苦笑："可惜为人父母都是想怎么样就怎么样，嘴上说着为你好，却根本没想过我到底想要什么。"

"为什么你只要爸爸，不要妈妈？"

郑亮亮抬头直视宋摘星。宋摘星就站在原处，目光流转。

郑亮亮脸色有些难看，戚戚道："我爸会吃着吃着饭就掀桌子，会动不动就扇我一巴掌，会把手指头放进我嘴巴里，抠我的嘴让我吐掉我妈送我的生日蛋糕。有时候他也不打我，就对我冷暴力，几天几夜不和我说话。我可以不穿新衣服，可以淋着雨上学，可以偷偷哭，但是绝不能离开我爸。因为除了我爸，再也没人要我了。"

宋摘星呼吸微滞，她看着郑亮亮一脸落寞的样子，忽然明白郑亮亮为什么要将电棍捅向自己的父亲。或许，他不愿意让父亲看到他死时的样子。

宋摘星刚要说话，郑亮亮忽然将电棍指向她，瞬间换作另外一种表情，阴狠而决绝。

"下一个倒下的，就是你！"

他说完随即上前，直接将电棍对准宋摘星而去。宋摘星的力气远不如郑亮亮，手中的电棍瞬间被他打掉，幸好她躲闪及时，只是被他撞倒摔在地上。郑亮亮这样一动，身后的保安一起上前，郑亮亮的电棍几秒后就被甩了出去。就在保安们要制服郑亮亮时，郑亮亮忽然拿出匕首对准自己的腕子划了一刀，鲜血立时如注，猩红刺目。

保安们大惊，连连后退。没想到郑亮亮刚才虚晃一招，竟然骗过了他们，反而让他趁机割了腕子！

电棍砰地落地，一声钝响让所有人的神经再次紧绷起来。宋摘星缓缓站起身，眉头紧锁。

郑亮亮咧嘴，近乎挑衅地看着宋摘星。他得逞了，在所有人的眼皮底下。

宋摘星按捺不住，刚要上前救他，郑亮亮忽然拿刀对着她，字字发狠："不要过来！你们都不要过来！再走一步我立刻抹脖子！"

他话音刚落，保安队长立刻示意其他人不要轻举妄动。郑亮亮笑，笑意里搀着爽快和解脱。

匕首沾着腕上的鲜血，狰狞扭曲。

郑亮亮割断了自己的动脉，如果任由他流血，不久就会有生命危险。宋摘星张了张嘴，眼泪唰地下来，然而郑亮亮似乎看出她的想法，再次将刀对向她。

"别过来！过来你也得死！"

他长喝出声，浑身战栗，似乎用尽力气。宋摘星紧紧攥着拳头，一时只能停在原地无法动弹。

"亮亮！我的孩子！"

正在这时，李唯西突然带着短发孕妇走过来。他们站在保安身后，短发孕妇哭喊出声。

"亮亮！你这样做你妈妈会心疼死的！"

郑亮亮此时嘴唇有些发白，眼睛循着声音向外看。等看见短发孕妇后，他皱了皱眉："你是谁？"

短发孕妇："我马上就要做妈妈了。"

郑亮亮苦笑，他没有再和孕妇说话，只浅浅闭着眼睛，等待腕中鲜血流尽的那一刻。

一侧的宋摘星只觉得郑亮亮的所作所为有些古怪，在她看来，如果郑亮亮真想死，大可直接自杀。但是割腕后他仍然还有一些时间，不知道他的真正用意是什么。

李唯西忽然开口："我们联系了你妈妈，但是一直没有联系上。你妈妈可能不会来了。"

匕首咣当一声落在地上。郑亮亮有些吃惊，整个人瘫在墙壁处："怎么会。"

宋摘星忽然明白了所有问题的症结，他在等待他的母亲。即便现在郑亮亮没了匕首，但是如果事情没有按照他想象的那样发展，他还会有第二次自杀、第三次自杀。

“你不能死！你妈妈会哭瞎眼睛，你死了，最难受的就是你妈。” 短发孕妇拨开保安闪出身子，目光直视郑亮亮，“好孩子，你听我的话，你一定要活着。”

李唯西紧跟着短发孕妇进来。他第一时间看向宋摘星，见她胳膊上擦破了一点皮，立刻高度紧张，眉心蹙成川字。

短发孕妇的声音夹着心疼和不忍，看得出她十分关心面前这个十几岁的孩子。

此时郑亮亮倚靠着墙面，皮包骨头的身体显得更加弱不禁风。

“她早就不要我了。”

“哪有不要孩子的母亲。”

鲜血一滴一滴从腕子上滴到地板，郑亮亮的身体有些发软，看着短发孕妇缓缓说道：“我五岁的时候她就走了，再也没有回来。我爸说我懂事，呵，他把我的寂寞、难过、隐忍都变成了懂事这个词。别人家的孩子都有妈，独独我没有。我那时想，一定是我哪里做得不够好，我妈才走的。我拼命学习，从来不买玩具，熬着眼睛读书，都是为了我妈能回来看我。”

短发孕妇摸着自己的肚子，哽咽道：“你要理解父母的关系，有时候两个人不合适，硬凑到一块对你的伤害更大。”

郑亮亮慢慢瘫下去，他有些累了，眼里闪着泪光：“九岁的时候我得了一场大病，以为要死了，我妈过了没多久就回来了。我终于知道我怎么做才能让我妈回来，我变差了，变虚弱了，变坏了，我妈才会回来照顾我。我五岁到十岁的那五年，每天晚上都会哭，哭得心尖打战，我在梦里问我妈，为什么生下我却不管我。”

短发孕妇抿着唇，久久没有说话。

“现在我妈又要走了，她要和我爸离婚，再也不要我了。”郑亮亮抹了一把泪，失血越来越多，脸色已经苍白。

“我恨我爸。他天天跟我说他不容易，是不是大人都不容易，就孩子容易？我好疼，我这里好疼。”

他捶着自己的心口，刚擦完泪，新的泪水又流下来：“我好想回到小时候啊。只有我死了，我妈才会注意到我，才会真正想到我。”

短发孕妇走近他，站在他一步之外的地方。

“只有你活着，你才能把这些话告诉你妈妈。亮亮啊，你看我虽然每天都想让我的宝贝出生，可我也很害怕，害怕我照顾不好我的孩子。我也会发脾气，我心里也有伤口，我家里虽说不上穷，但是也不能给我的孩子想要的一切。我第一次当妈妈，如果我做错了事情，我想让我的孩子告诉我，我肯定改。”

郑亮亮噙满泪，怔怔地看着她。

短发孕妇也跟着哭，抽泣道：“爸爸妈妈也有重新选择生活的权利对不对？你妈妈肯定也在忍受着你想象不到的痛苦。”

郑亮亮已经气若游丝，眼窝深陷。

他缩在那里，寂寂道：“我想让我妈妈抱抱我。”

短发孕妇想都没想直接上前，一把将他揽在怀里。

“好孩子，你一定要活下来。妈妈求求你，活下来，活下来。”

郑亮亮靠在她的怀里，眼睛盯着天花板，虚弱地发出最后的声音：“‘明之多处暗也多，欢浓之处愁更重。’我妈不来也好，省得我每天都要盼她来。”

郑亮亮微笑着闭上眼睛，眼泪还残存在眼角，这一刻他觉得自己足够幸福。

眼看郑亮亮气息不稳，李唯西一忙上前，从孕妇怀中抱起郑亮亮。保安们立刻闪出一条路，李唯西向护士大喊：“急诊科！马上送急诊科！”

孕妇哭着站起身，她看着李唯西惊慌的样子只觉得面前这个医生让人敬佩。临来之时他悄悄和自己说要扮演郑亮亮妈妈的角色，她庆幸自己这样做了。如果郑亮亮没死，她想，她一定会因为有这样的孩子而感到骄傲。

第三十章　人心难测

郑亮亮的事情在医院引起轩然大波，不仅要对受伤病患做出赔偿，更重要的是郑亮亮父亲醒来后又到心理科闹了一场，信誓旦旦要将心理科告上法庭。

云月华起初对郑亮亮父亲的行径十分不解，直到胡梨拿来给郑亮亮做电击治疗的单子，发现上面没有郑亮亮父亲的签名。云月华一时冷汗如雨，跌坐在椅子上很久没有站起身。

郑亮亮不满十八岁，做电击治疗之前心理科没有给郑亮亮父亲说明，没有他的签字，本已经是心理科的失职。而在郑亮亮父亲对此毫不知情的情况下，电击治疗单上最后一列，却赫然有云月华自己的签名。

云月华乍然想起来那天胡梨拿着一沓资料兴冲冲地来找自己签字，高兴地和自己说李唯西医生终于回来了……

院里对郑亮亮的事情高度重视，同时要对心理科做出惩罚。云月华的副院长之职已是泡汤，吴聪却在同一时间向院方表明，一切都是云月华安排他做的，他除了是郑亮亮的主治医师，其余决策均由云月华所定。一场早已预谋好的圈套等的就是如今这个局面，云月华猝不及防，她万万没想到部门同事的暗中倾轧早已让她成为棋盘上的棋子，再无一分扭转的希望。

如今整个医院都沸沸扬扬地讨论着云月华的去留问题，院里迟迟没做决定，让心理科更加惶惶不安。

院长办公室内，吴聪已经等候多时。

陈西晚开完会推门进来，吴聪笑着与他打招呼。陈西晚也坐到沙发上，和吴聪一步之遥。

吴聪喝了口茶。茶水是早就沏好的，如今都有些凉了。

陈西晚并不与他客气，开门见山道："为云月华的事情来的吧？"

吴聪放下茶杯，点头："我想知道院里的决定。"

"再等等。"陈西晚看着他，"你是想为她说情还是为她加罪？"

陈西晚说得丝毫不客气，吴聪微怔，再笑："院长说的哪里话，我一直都是实话实说。云主任让我做什么事，我就做什么事。"

吴聪回答得滴水不漏，反而让陈西晚觉得有些奇怪。他说道："云月华已经沦落到这个地步，你这样说，倒把自己的责任推得一干二净。"

"院长你真是误会我了。"吴聪猛地站起身来，一脸严肃，"我这次来就是想把郑亮亮的事情说清楚，他在科里闹了这么大动静，我无论作为主治医师还是副主任，都应该一起承担责任。院长，你一定不要客气，该怎么处罚就怎么处罚。"

陈西晚示意他坐下，吴聪却继续说道："陈院长，我知道你和云主任的关系好，但是我仍然希望你能秉公处理，不要徇私情。"

陈西晚缓缓站起身："吴副主任，有关云主任的处理院里会做决定，就不需要你过多关心了。"

吴聪点头："我也会接受院里的处罚。"

陈西晚看他一脸认真的样子，扬唇冷笑："云主任如果真的为此付出代价，心理科不能再有损失。你明明知道你和云主任，有一个人来承担责任就足够了。"

吴聪目光闪烁，忽然说道："我很怀念顾伯棠医生在心理科的日子。他的走，不也是被人误解才导致的吗？"

"你什么意思？"

吴聪一脸凝重地看着他："陈院长，林落雪被强奸的那天晚上，你去过心理科。"

陈西晚险些踉跄："你知道你在说什么吗？"

"我当然知道。"吴聪扬声，"那天晚上本该我值班，孤儿院的孩子忽然自杀，顾医生和我忙到大半夜。因为第二天要给孩子们做心理治疗，顾医生替我值班整理资料，就在我们回去的时候，我看到你从心理科出来。”

陈西晚抖动唇角，却什么都没有说出来。

吴聪逼近他：“那天晚上暴雨如注，可我还是真切地看到了你。”

“吴聪，你威胁我？”

“如果你没做，我当然不能威胁你。”

“我没做过。”

“那我也没有做过。”

吴聪转身开门出去。陈西晚愣在原地，额头冷汗涔涔。他单手撑在办公桌一角，呼吸粗重，记忆一下子拉回二十年前。林落雪无奈的嘶吼，顾伯棠寂寂的身影，事发当晚瓢泼的大雨，一幕幕涌上心头，竟让他有些支撑不住，惶然向后倒去。

陈西晚昏倒后的第二天，院里对郑亮亮一事的通报下来了。责令辞退云月华，处理结果同时上报卫计委。命副主任吴聪暂代心理科主任一职，希望心理科所有涉事同事认真反思，汲取教训，并接受全院通报批评。

云月华当天下午就走了，办公桌上的许多书留给了李唯西和宋摘星。李唯西将云月华送到医院门口，平日里装扮精致、待人严苛的云主任竟一下子苍老许多。

夏天的热气扑面而来，云月华回望京大医院，眼睛湿润。她的一生几乎都奉献在这儿，没想到如今却是这个结局。

“我之前那么想当副院长，想给更多人普及心理学，想做出比顾老师更大的成绩，现在回头看……”云月华有些哽咽，顿了顿继续说道，“我一辈子都在给人看心理病，治愈了那么多人，可我自己却没看透人心。”

李唯西握住云月华的手：“我会帮你调查清楚。”

云月华拍了拍他的手背，叹道：“你不必调查了，做好自己的事情。”

李唯西薄唇半抿：“我早该想到是吴聪。”

李唯西看着云月华道：“高璨妈妈突然就疯了，即便是高明的心理师，也需要高璨妈妈详细的资料才能对她施用心理手段。”

云月华一怔：“有人暗通心理科？”

李唯西：“资料是吴聪拿给心理师的。”

云月华一时难以想象："唯西，没有证据的事情不要乱说。"

"干妈知道高妈妈背后的心理师是谁吗？"李唯西走近她一步，浅道，"肖雅洁。"

云月华不可置信地看着李唯西："雅洁……雅洁不会这么做。"

"二十年过去，我们对她一无所知。"

云月华吸了一口气，久久没从震惊中回神。马路上汽车穿梭，人来人往，喧嚣声将她拉回现实，她轻轻和李唯西说道："顾老师如果知道自己的学生变成了这个样子，肯定会伤心不已。"

"幸好，"李唯西目光变暗，"幸好他不知道了。"

"当年吴聪为了娶肖雅洁，险些也从心理科辞职。看得出来他非常爱她，爱使人盲目。"即便吴聪陷害了自己，云月华想到几十年的同事情分，仍然唏嘘道，"倘若吴聪做这件事也是肖雅洁的主意，我倒是很同情他。"

李唯西淡淡的："爱确实使人盲目，但这种盲目只有吴聪有，肖雅洁却没有。"

云月华叹气，拿起自己的工作箱准备离开。她的身材依旧笔直苗条，仪态万方，这来自她长久以来的克制，不吃甜，不晚睡，按时吃维C，天天跑步运动，她的一生毫无波澜，在一日又一日重复里享受和消磨。

李唯西与她道别，临分别时云月华忽然转头，破天荒向他恳求道："我可以辅助你看好高妈妈吗？"

"当然。"李唯西大喜，不过眉梢微动，"但干妈要答应我，偷偷地给高妈妈做治疗。"

"你是有别的打算？"

李唯西点头："我在想，肖雅洁谋划十几年，才仅仅让林雨泽失忆而已。瞬间逼疯高妈妈的阴谋背后，或许还有别的人参与。"

云月华意味深长："一个比肖雅洁更加厉害的心理师？"

李唯西："只是我的猜测而已。高妈妈的病，就拜托老师了。"

云月华浅笑起来："我想你现在很忙，高璨妈妈的事情既然是在心理科发生的，我有责任治疗她。我会尽其所能帮助你。"

夏日蝉鸣在耳，阳光透过叶子洒下流金光线。李唯西看着云月华的样子喉头发酸，他最终回以她笑意，清澈如水。

多年前的夏天，顾辰第一次跟着父亲来到心理科，云月华还是二十几岁的毕业生，她板着一张脸给患者吃药。药太苦了，患者吃下去一脸苦涩，云月华却忽然拿出一颗糖送给他。

顾辰看见云月华转身之后唇角带笑，明媚清澈。那时候不到十岁的他便想，这世界上有的人外表冷若冰霜，是为了不让自己受到伤害，而内心却又热烈张扬，是为了能让他人感受到温柔和爱。

云月华走后，心理科恢复了往日的嘈杂和忙碌。只是同事们心里都空落落的，脸色都不太好，连一向聒噪的简一凡都像霜打了的茄子，一直唉声叹气。

吴聪很快便搬去了云月华的办公室，而胡梨更加扬扬得意。在这一场纷争里，她目标精准地找到靠山，一跃成为吴主任手下最红的医生，再也不必对宋摘星低声下气。文静在测量室变得更加忙碌，而胡梨却在一旁忙着煮咖啡、削水果，只等李唯西回来拿给他。

郑亮亮最终被成功救回，宋摘星与郑父商量，希望郑亮亮的网瘾症由她来做主治医生。郑父本想拒绝，只是郑亮亮对宋摘星却多有好感，他很感谢宋摘星当天能够阻拦自己，没让自己酿成大祸。

经历了一次生死，郑亮亮对很多事情反倒想开了。他的心中已经与母亲达成和解。

从郑亮亮病房出来刚回到心理科，宋摘星就看到一位拿着测量单的中年男人坐在咨询室门口。中年男人个头不高，瘦弱弱的，头发很茂盛，一双眼睛虽有神，却隐隐有股戾气。

宋摘星知道他挂了自己的号赶紧上前，还没说话便听见中年男人讲道：“我刚从派出所出来。”

宋摘星一愣：“怎么了？”

中年男人：“在地铁上跟人吵架。”

宋摘星仔细看了看他，没见他身上有什么伤痕，有些惊呆：“纯吵啊？”

“是啊。”中年男人跟着她进屋，“没打架。就是天天在地铁上跟人吵架，我控制不住我自己。”

宋摘星给他倒了杯水：“自己来的？”

“大家都那么忙，谁有空陪我。”

宋摘星接过来他的测量单子，发现情绪各方面都很稳定，搬了把木椅子坐到他对面。

两人视线几乎平齐，中年男人有些不适，问道："看心理病是不是就是一直聊天？"

"有心理咨询和心理治疗两个部分。"

"什么区别？"

"心理咨询就是我们现在这样，"宋摘星微笑看他，"是平等的咨询关系，互相尊重和理解，同时我会帮助你独立思考和决策。"

"难怪你要搬一把椅子和我坐齐，是为了和我平等。"中年男人嘀咕，又道，"那心理治疗又是什么？"

"心理治疗就是医生和病人的关系，我要治好病人的心理障碍和病态行为，病人要配合我，要听话。"

中年男人来了兴趣："那你看我天天和人吵架，是病态行为吗？"

"你自己觉得呢？"

"我觉得不是。你不知道医生，地铁上人挤人，妈呀，那个味道我就不给你描述了。拿今天这事儿来说吧，我前面一个女的老拿她头发甩我，左甩甩右甩甩，全扫我脸上，刺挠死了。我脾气一下子就上来了，让她站直，她就和我吵，骂我全家，我就是再好的性子也忍不了啊，我就和她对吵，吵了一路，最后警察把我俩带走了，说扰乱公共秩序。"

宋摘星点点头，确认道："天天吵架？"

中年男人点头："基本是吧，只要我坐地铁，差不多就得和人吵架。"

"都是女人吗？"

中年男人一愣，点头："是。就女的事儿多。"

"再和我说说前几次怎么吵起来的好吗？"

"没问题啊。"中年男人很是爽快，"前天是跟一中年妇女，下班高峰期那么多人，我被挤在一个角落，我拿着手机玩游戏，那女的偏说我把手机搁她身上了。我承认我个子不高，手机会蹭到她，但是也不是故意就搁她肩膀上，我解释了两句，根本解释不通，我俩就吵起来了。"

他停了停，像讲故事似的眉飞色舞："大前天那次，是我排队的时候遇到一女的，她偏要站在我前面。我排了十分钟了，明明我是第一个，她非得站我前面，插队啊，没素质！”

“还有更奇葩的，地铁上那么挤，我面前的人起身下车，您说是不是该我坐下。那个女的倒好，我还没坐呢，她噌地斜插过来一屁股坐下，咚的一声，就怕我和她抢。这明明是我该坐的位置吧，我等了那么久的座位，凭什么让给她呀？”

中年男人越说越激动，宋摘星赶紧给他递水。

宋摘星顺着他的思路问道：“吵架那么多次，你听见得最多的一句话是什么？”

男人一边喝水一边想了想，说道：“你嫌挤你出去打车啊。”

他说完没等宋摘星反应，忽地冷笑：“你说这些人是不是有病，我要是有钱，我他妈的还挤地铁啊。”

“我有个小问题，”宋摘星温和地看着他，等他平静下来之后接着说道，“你怎么会忽然意识到或许是自己的问题呢？”

“警察让我过来的，说我忍耐力差。”中年男人咋舌，“我知道这些小事儿在地铁上经常发生，大家都能忍，可我就是忍不了。他们不吵架就是没病，我看不惯我吵了架，就是我有病？”

“人抵抗不住压力，是会发泄出来的。”

“对对，心里有股气，不骂出来不爽。”

“你还能想起来从什么时候开始不断和人吵架的吗？”

“这个……”中年男人挠了挠头，“以前也没这样，这半年更频繁了。”

“再想想。”宋摘星提醒他，“为什么吵架对象永远是女人。”

中年男人迷茫地看着她，半晌，目光乍然一亮：“半年前我上一家公司来了个女上司，一入职就把我劈头盖脸骂了一顿，然后让我辞职滚蛋。”

“为什么那么凶？”

中年男人摇了摇头：“根本不是我的错，是别人做错了，但是项目大家一起承担，我完全是给别人顶罪。那个女上司根本没了解情况就当众骂了我，骂得巨难听，我当时就走了，连工资都没结。”

他一脸沮丧，手指微微蜷着，明明三十多岁的人了，说起这件事情还委屈得像个孩子。

宋摘星没说话，她希望能给他思考的时间。很多时候人们的心理疾病都是源于关系出了问题，家庭关系、职务关系、师生关系等等，当内心没有强大到能抵抗这些负能量的时候，潜意识就会支配自己的身体，让自己通过各种各样的方式发泄出来。

“医生，要是你遇到这样的事情你该怎么办啊？”

宋摘星微微一笑：“这是我做心理医生以来听到的最多的一句话。”

中年男人也跟着笑起来：“我知道了，你说心理咨询是帮助我进行独立思考和决策，就是说这件事必须由我自己说出来解决办法对吗？”

宋摘星点点头：“你自己想怎么做？”

“那我就去找那个女上司。”中年男人站起身，“我和她解释清楚那件事情，我心里才能畅快。”

“或许可以一试。”

宋摘星也站起身。她很高兴面前的人能一下子找到自己的心结，很多人并没有这个意识，需要反复多次聊天才能知道问题症结在哪。她很希望每天忙于上班的人可以有时间停下来和自己的内心对话，这其实是比上班赚钱更重要的事情。

中年男人刚走，心理科走廊里忽然传来胡梨大叫的声音。宋摘星连忙开门去看，只是还没瞥见什么，面前忽然一片漆黑。空气中散发着刺鼻的味道，让她不断地打喷嚏，眼泪簌簌流个不停。

诚明心理诊所。

额前一抹白发的周鸣山坐在肖雅洁办公室里，他的面前放着一把紫砂壶与两只瓷盏。瓷盏内装着雨前龙井，已经是三泡茶，茶叶舒展，余味不尽，淡淡香气盈在眉间。

肖雅洁对周鸣山淡淡的，只是机械地将资料全部递给他，末了说道：“上次的钱还没有给我。”

“不急嘛。”周鸣山笑呵呵地接过来，看了一眼确认是最新的心理设计图，“林雨泽都没用了，钱自然是我和你平分。”

肖雅洁冷冷抬头：“我从不和你开玩笑。”

周鸣山微闭眼睛安抚道：“实验室中的心理游戏都是由你设计，段长惟执行。现在段长惟死了，游戏进展缓慢，怎么也要给我一些缓冲的时间。”

“我的游戏资料全部都被偷走了。”

周鸣山啧啧出声：“怎么这么不小心。”

他事不关己的态度让她有些愠怒：“如果有人检举我，我一定会坐牢。”

周鸣山食指放在嘴唇正中，示意她噤声：“不会有证人。”

“玩过暴力游戏的人，务必处理干净。”

“都是些没人管没人要的孩子，给他们点吃的，就能对你感恩戴德。”

肖雅洁咬牙：“你私自派杀手前往李唯西的别墅，连我的人都给杀了，你做事从不和我商量！”

周鸣山：“我是为你好。”

“我让林雨泽失忆，完全是为了保全你。”肖雅洁点燃一支烟狠狠吸了两口，烟雾缭绕中她盯着他说道，“如果你不能保全我，我会让你死得很难看。”

周鸣山没说话，眼神却阴森凌厉。

肖雅洁弹了弹烟灰：“我们利用李唯西破解了七个房间中的数字，你从那些数字中找到段长惟留下的东西了吗？”

“快了。”

“要是李唯西比我们先一步找到，就全完了。”

“自然。”周鸣山不动声色，“我需要时间。”

“你现在等于和我说，你求着李唯西给你点时间。”肖雅洁一针见血，笑意里含着不屑和讥讽。

周鸣山亦笑，手里捧着那只瓷盏说道：“他不会有时间查我们了。”

“李唯西步步紧逼，我们都到这个地步了，还有什么是他做不了的。”肖雅洁吸完一支春杉烟紧接着点燃第二支，“你最好看好你的手下，别再让心理游戏出什么岔子。段长惟将最重要的数据藏了起来，如果你不能及时找到，我们做的所有的一切都将功亏一篑。”

“雅洁，别着急。”

肖雅洁仰头吸烟，神色淡漠。她看着周鸣山的那张脸，唇角半扬，显出一丝阴狠：“你是不是有事瞒着我？”

“关于心理游戏的事情，没有半分隐瞒。”

“其他的事？”

“其他的事，只会绊住李唯西。”

周鸣山拿起拐杖缓缓起身，他的身姿高大健硕，却总爱拄一根拐杖，像他的第三条腿。肖雅洁自然知道他的安全感都集中在拐杖上，静静地看着他，默不作声。

他忽然回头，笑意深深：“我还需要最后一幅设计图。”

肖雅洁立刻拿起电话，向对面的人问道：“最重要的设计图还需要多长时间？”

她须臾间就将电话挂了，这才安下心来：“十五天。”

阳光晴好，一方不大的办公室充满宁静沉寂的气息。肖雅洁与周鸣山站在光影里，笑意莞尔，只觉得前景明亮，事事如心。只是那时的肖雅洁无论如何都没有想到，接下来的每一天竟都如芒刺在背，让她胆战心惊，方寸大乱。

京大医院心理科内，宋摘星被李唯西抱到沙发上休息。

她给眼睛冲了水，敷着一块冰毛巾小憩半日，这才勉强睁开眼。

李唯西和孙鸣就等在一旁，见宋摘星终于没事，这才放下心来。宋摘星还没明白怎么回事，孙鸣赶紧上前道歉：“我带着子涵过来，正和唯西说话呢，没想到子涵先跑过来了。”

宋摘星眼睛迷蒙地往外看，这才看见一个六七岁的男孩子站在那儿。个子小小的，手里正拿着一个辣椒瓶盯着自己。

她当然认得辣椒瓶，刚才就是被辣椒喷到了眼睛。不过她记得胡梨大叫一声，问道：“胡梨没事吧？”

孙鸣挠了挠头，李唯西浅道：“就是她抱着子涵找你，所以你一开门，辣椒才能正中你眼睛。”

宋摘星心中默然，看来胡梨是故意这么做的。孩子个头那么小，如果正常站在对面，辣椒粉怎么也不会喷到自己的眼睛中。她回神过来，不想与胡梨一般见识，关心问道：“子涵怎么了？”

孙鸣一瘸一拐地找了个凳子，准备和他们好好说说这件事。

“一桩怪事。”孙鸣回头看了看一言不发的子涵说道，“成天抱着辣椒瓶，一刻也不松手。他爸妈都忙，他爸就让我带着他过来看看。可别小看这个辣椒瓶子，在学校里喷了多少小朋友，闹得其他人都不和子涵玩了，连老师都没一点办法。”

“子涵喜欢辣椒？”宋摘星皱眉。

孙鸣摇头，笑道：“他可一点都不喜欢吃辣，就喜欢拿辣椒喷别人。”

“要是夺了辣椒瓶呢？”

“那就拿胡椒瓶、盐瓶、石子儿，但凡拿得上手的，就一直拿着。”

“倒真是一桩怪事。”宋摘星看了看李唯西，眼波流转，“父母问过他吗？为什么要喷别人？”

“不说啊，一问到这件事他自己就浑身紧张。”

孙鸣招呼子涵过来，只见他慢吞吞地走到几个人面前，紧紧抿着小嘴。

“这孩子我就交给你们了。”

宋摘星心中想应允，只是一时无奈，不得不说实话：“我答应要看好郑亮亮，估计要有一阵子忙了。唯西现在要给林雨泽做治疗，还要顾全高璨妈妈，子涵的事情怕也有心无力。我可以给你推荐一位医生，让他来做子涵的主治医师吧。”

孙鸣爽快答应：“你们推荐的肯定靠谱。是谁呀？”

不知道怎么的，一听孙鸣说“靠谱”两个字，宋摘星眉心乍然一痛。她捂着额头支吾半天：“简，简一凡。”

西山精神病院周围群峰环绕，入夏时节众鸟啼啭枝头，丛草临荫，金蝉高歌。景致尤以夕阳最美，日色悬高树，薄暮入青峰，群山山顶皆铺着一层金黄，晚霞中余韵袅袅。夕阳慢慢与山与云融为一色，天光明媚，飞鸟极目，万树苍苍，一时盛景无限。

时越带着潇潇穿梭在住院楼每一层，潇潇累得满头是汗，憋了半天的话终于忍不住说了出来：“时医生，院里好不容易撤掉了对你的惩罚，咱们就不要再瞎折腾了吧？”

本还忙碌的身影猛地一顿，时越从楼上回头，目光清寒：“瞎折腾？”

潇潇吓得瑟缩，怀中抱着的灯烛啊糨糊啊撒了一地：“不，不是折腾。”

时越继续向上走，潇潇亦步亦趋地跟着，她没忍住，又加了一句：“院里万一再惩罚你，怕是……怕是就升不上主任了。”

“你跟我那么久，见我哪天要做主任了？”

时越眸光清亮，许是心情好，没有和潇潇一般见识。他将灯烛和火柴分给每一个房间的病患，谆谆叮嘱，耐心细致。夕阳映在他的周身，清癯落拓却又如玉淡雅，潇潇有一瞬看得痴了，没顾上回答他的话。

想他朗眉星目，玉山倾倒，潇潇却总是看不透他每天都在想些什么。即便跟了时越教授那么久，依旧摸不准他的脾气，只觉得他太任性了。上次带着宋摘星跑到楼顶，导致全院通报，险些停职，如今刚好了两天，这又开始不安分，连病患都要参与到他的计划中。

潇潇一直想不通，时越对职衔怎么就这样无欲无求，明明再往前走一步，他就可以顺理成章做主任、做副院长甚至得到继任院长的机会。所有同事都眼红他的成就，年轻有为，聪颖善任，怎么到最后，他却总是为了一件件无足轻重的事丢掉了锦绣前程。

她最后劝道："时医生，这次你可要想好了。"

时越将手中的东西全部分发完，桃花眸灼灼看她："小雪怎么样了？"

潇潇知道自己刚才的问题在他的决心面前不堪一击，悻悻答道："做了经颅微电流刺激，情绪基本控制住了。不过我觉得小雪一直没有走出来，还是在于她母亲对她的厌弃。"

时越自然知道这也是小雪长期以来没有痊愈的原因，父亲出轨，母亲又忙于维持生计，家庭的分崩离析让她很少来医院，不肯面对自己的女儿。时越只能单方面对小雪进行治疗，事倍功半。

"不过最近小雪一直在问一个问题。"

"是什么？"

"活着的意义是什么？"

时越一愣，有一瞬间他以为小雪想自杀，只是转瞬就把这个念头掐灭了。他自信小雪的症状在减轻，他治疗了那么久，小雪一定是想活下去的。

他忽然笑起来，眸中大放异彩："小雪马上就要破茧成蝶了。"

潇潇蒙在原地："什么意思？"

时越转身下楼，脚步轻快。

他的最后一句话留在楼梯口，声音清澈通透，如流水击石，微风拂叶。

"这个问题，是阻拦小雪康复的最后一道门。"

第三十一章　旧人重逢

李唯西一直在寻找林雨泽的催眠指令。他的突然失忆只是催眠师进一步将指令强化，倘若能够找到肖雅洁实施给林雨泽的催眠指令，无异于找到突破口，林雨泽恢复记忆就是时间问题了。

而在同一时间，他忽然收到一封来自周鸣山的信。信纸上只写了一个地址，其他什么都没有。李唯西大为奇怪，决定先从地址下手，看看周鸣山到底在搞什么鬼。

看似是个很简单的地址，找到却花了很长时间。李唯西到达时天色已晚，面前是一座老式楼房，到处都灰漆漆的，看起来随时都会坍塌。他上了五楼，按响了门铃。

在老太太没有开门之前，李唯西一直在想周鸣山给自己地址的原因。等开了门，李唯西忽然想通了。

“你好。”李唯西看着面前七十多岁的老太太有礼貌地打了个招呼。

老太太看起来很是警觉，半眯着眼睛瞅了他一会儿。

“我是顾伯棠的儿子。”李唯西接着说道。

老太太似乎陷入了回忆，片刻后眼睛圆睁，有些不可思议地看着他。

老太太把他请进屋子里。屋内有股霉味，潮乎乎的，客厅里挂着一个老头的遗像，供桌上只简单摆了几个苹果，大多皱了皮，其中一个还是坏的。桌子也是老式桌，漆都剥落了。整个房间并不大，阳台上挂着老太太晾的腊肉，与霉味一起冲得鼻子发酸。

老太太拿一把旧式茶壶给他倒了杯茶水，看漂出来的末子像几年前的茶叶。李唯西淡淡扫了一眼屋内的陈设，知道老太太生活拮据，没有多说什么。

“顾医生还活着吗？”老太太颤颤巍巍地问他。

“得了病，一直在医院里躺着。”

老太太笑了笑，露出来几颗牙。她的牙齿只剩下这几颗，其余全部掉光了，像头发一样，稀稀疏疏，又白又少。

“一晃都二十年了。”老太太感叹，“那时候见顾医生，多么潇洒的人，现在都老了。”

李唯西默不作声，他希望多从老太太那里得到一些有用的信息。如今在老太太看来，自己自报家门无异于给她一个前来的目的，如果老太太能迅速领会，那么自己短时间内就能知道老太太到底是谁了。

之所以笃定这个念头，是因为他忽然想通周鸣山给自己地址的原因。他在消耗自己的时间，让自己无暇他顾，更不能治疗林雨泽，这样他就有时间去开发他的游戏甚至做更重要的事情。而唯一让自己放弃治疗林雨泽的理由，绝对跟自己的父亲有关。

他这样猜测，便听老太太继续说道：“当时我也没料到顾医生会被辞退。”

李唯西放下茶杯，温和地说：“医院里做了处罚，我父亲不得不离开。当时那件事影响太大，我父亲百口莫辩。”

老太太安静了一会儿，有些愧疚地说：“当时事发突然，我和老头子赶到医院就看见落雪已经疯了。她大喊着有人强奸她，那晚只有你父亲一个人在，我们不得不怀疑。”

李唯西心口突突直跳，他盯着老太太：“你是林落雪的……”

老太太没有察觉到他短暂的异样，以为他就是为这件事而来，点了点头：“我是她姆妈，当时我和老头子为了还落雪一个公平，每天都要求院里给我们交代。”

李唯西接近她：“林落雪的父母呢？”

老太太慢慢抬头，嘴唇轻颤。她最终什么都没说，让李唯西更加笃定林落雪的家庭关系一定不简单。

窗外夜色浓重，李唯西又问道：“林落雪是怎么得的精神分裂？”

老太太神情有些恍惚，抿了抿干巴巴的嘴唇。

“她老觉得自己被人跟踪，家里人不让她看病，觉得丢人。她央求我陪她去看心理医生，我这才带着她找到京大医院。后来她好了一大半，天天爱往医院跑，我拦都拦不住。”

“她父母是不是早就知道她去看病？”

老太太缓缓点头。

李唯西一时疑问颇多，又问道：“林雨泽当时在做什么？”

屋子中寂静无比，老太太站起身，目光严肃地看着他：“你今天来有什么事情？”

李唯西眸光微闪，他知道老太太起了疑心，索性也站起身与她对视：“我想把当年的事情调查清楚。”

“早就清楚了，没什么可调查的。”老太太拾起茶壶，转身将里面的水全部倒光。她的背影摇摇晃晃，干瘪的身子似乎随时都要支撑不住这副躯壳。

她没有赶李唯西走，却再也没有说话。倒掉水之后她坐在阳台上闭着眼睛，屋子里闷热无风，她却没有任何不适，只微微仰着头。一束灯光打在她的面颊上，让她看起来安详无比。

李唯西与她点头道别，下楼之后他立刻给周鸣山打了一个电话，语气冷冽。

“你到底知道什么？”

周鸣山哈哈大笑：“我把知道的都告诉你了。”

李唯西身在夜色中，周身一股冰凉的气息：“你一直跟踪林落雪的姆妈？”

“我当年和林雨泽共事，拿到姆妈信息轻而易举。”周鸣山停了片刻，压低声音说道，“当年的事情闹得满城风雨，我只是感到奇怪为什么只有姆妈出面。如果你能查出来真相，希望你不要吝啬，也告诉我一声。”

对面的电话即刻挂断，让李唯西未说出的话留在嘴边，再也没有说出来。

一夜之后，心理科正常上班，当所有人都在忙着给病人做治疗的时候，李唯西却突闯档案室，将心理科档案室翻了个底朝天。紧接着，他疯了似的拿出一份病历来，气喘吁吁地给1号人物打电话。

等到下午，李唯西一路驾车来到诚明心理诊所，一脸怒气。

他闯到肖雅洁办公室，将病历单子拍到桌子上，目光犀利地看着她。

“二十年前林落雪自从来京大看病，就一直由她姆妈跟着。没人知道她的父母是谁，没人知道她有怎样的家庭关系，没人知道她到底是谁，直到她出事，也都是她姆妈与警方对接！”

他说的这些事肖雅洁自然知道，脸色无澜：“当年来医院的时候就是姆妈陪她来的，家庭关系那一列，姆妈就是她最亲近的人。”

“林落雪为什么要隐瞒自己是林家女儿的身份？”李唯西盯着她，让肖雅洁微微不爽。

李唯西再问：“你既已查到林雨泽是她哥哥，查到他父母就是林落雪的养父养母，你却没有再查下去！”

肖雅洁眉心微跳：“你想说什么？”

“当年她养父养母都还没有死，你大可去见他们。但是你没有，因为你当时就已经通过林雨泽结识了周鸣山，你没有心思顾及其他，只想和周鸣山合作！”

肖雅洁呼吸微滞，不动声色：“这些与你无关。”

李唯西将病历单再次拿起来，一字一顿念道：“患者林落雪，六年精神分裂症病史，病因不明，家庭关系不明。”他掀了一页，继续念道，“病患精神分裂症减轻，一个月没有发作，病因不明，家庭关系不明。”

他又掀了一页，眼睛中含着泪：“病患精神分裂症50天没有发作，可酌情减少药量。病因不明，家庭成员：养父养母。”

肖雅洁的表情彻底垮下来，她没有出声，一张脸面如死灰。

李唯西将病历放下，他喘着气道：“许多年前你就知道林落雪哥哥的事情，你知道这些病历有问题，你早就知道……”

他有一瞬间说不下去，最后紧握拳头哽咽出声：“林落雪在刻意隐瞒林雨泽！”

肖雅洁冷冷地看着他，目光阴鸷：“我都是为了老师。”

“你是为了你自己！”李唯西一拳砸在桌子上，“我已经让人调查过姆妈，她二十年前就从林家出来了，正好是林落雪案发之后不久。她拿了一笔钱，从此隐姓埋名，销声匿迹，要不是周鸣山给了我她的地址，我甚至查不到她。”

“周鸣山？”肖雅洁站起身，“他有姆妈的消息？”

李唯西果然猜中，冷冷笑道：“他连你都瞒着，可见是使出了撒手锏来对付我。你当年查到林雨泽，再往前一步轻而易举，可是你没有。你没向媒体曝出来林雨泽是甘草的身份，根本不是担心没人关心，而是你认识林雨泽后就改变了计划，你要通过他功成名就！”

“够了！”肖雅洁厉声喝止，“我现在把林雨泽搞成这个样子，早已为老师报仇。我对老师问心无愧！”

窗外的阳光淡淡地勾勒出他侧脸的轮廓，李唯西长眉蹙起：“到现在你还要为自己找说辞。倘若你当年就曝出来，我父亲又岂能这样潦草过一辈子！警察会着重调查林家，着重调查姆妈和林落雪背后的养父养母。但是你什么都没有做，你眼睁睁看着我父亲被人陷害，声名扫地，看着我们全家被人攻击谩骂，惶惶不安。你怎能问心无愧？”

肖雅洁定在原地，张着嘴却发不出任何声音。

半晌，她试图为自己解释：“林雨泽害得老师声名狼藉，我把他搞疯，我没有做错。”

“凶手都没有找到，你做的那一点把戏，只是为了让你心里没那么愧疚。”

“不，不是。”

“你只爱你自己。”李唯西双眸中噙着泪，唇角颤抖，“我父亲……明明有沉冤得雪的机会，可是你为了你自己，连最后一点机会都碾碎了。”

肖雅洁忽然意识到自己落到了一个巨大的圈套里。周鸣山故意留着姆妈的消息放给李唯西，就是为了让他将矛头指向自己。在林雨泽失忆之后，周鸣山要转头对付自己，不惜借刀杀人。

“唯西，你听我解释。”肖雅洁有些慌，言辞闪烁，“我……我根本不知道到底是谁强奸了林落雪，就算曝光林雨……”

李唯西不想再听她的任何解释，决然打断她，脸色冰冷：“肖雅洁，你利用心理手段谋财害命，我会亲手把你送进监狱。”

他转身冲出办公室，背影坚毅决绝。从街角吹来一丝风，李唯西仰头，只觉得今年夏季与以往大为不同，让他浑身发冷。倘若父亲从一开始就没有机会翻身，他便认了这样的宿命，可是肖雅洁是父亲呕心沥血培养出来的学生，是父亲那么看重的人，她却选择在最重要的一刻背叛父亲，任父亲几十年的时光都身负骂名，形如蝼蚁。

他替父亲感到难过，心中一片哀凉。

夕阳下山时宋摘星来到西山精神病院，此时烟霞漫天，在天边留下最后一道弧线，流云翠影，千里同色，一切景致都在将明未明、将暗未暗之中。仲夏树深虫密，等宋摘星走到住院楼前时，天色已经大暗，整座医院亮起了路灯。白炽的灯光宁静清冷，沿着笔直的马路蜿蜒而去，无穷无尽。在群山包围中的病院只要亮起电灯，就给人一种身在城市中心的错觉。璀璨生辉，却又冰冷寂寞，仿似任何事情都与自己无关。

几乎每一次来，时越都有意在楼前等她，宋摘星心中暖流滑过，快走了两步。她接到时越的电话时还在心理科给郑亮亮做咨询，不知出了什么事，他执意让她过来一趟。

最近忙得晕头转向，眼底下蒙着一层淡紫色。时越知道她没睡好，白皙的面容一副嗔怒的样子。

“几乎每一次见你，都没有特别开心的时候。”

宋摘星抬头“啊”了一句，与他玩笑道：“没哭出声就已经很不容易了。”

时越浅笑：“伶牙俐齿。”

宋摘星看天色黑得已经辨不清四周花树，问道：“这么晚喊我，出了什么事？”

时越伸手拉她：“你跟我来。”

宋摘星被拽得耳边生风，索性与他一起小跑。她没见时越跑得这样轻快过，跟在后面气喘吁吁。他带着她爬到高层，一路来到廊下，她记得这里是上次与时越一起喝酒的地方，脸颊一热，低了低头。

站在廊下虽然看不到整个医院，但是廊阁与楼层间单辟出一隅天空，长夜悠悠，星辰浩瀚，像幽蓝的画布一样悬在两人头顶。

宋摘星不知时越想做什么，还没出口问，便见时越两指成环放在唇边吹了一声极响亮的口哨。

顷刻之间，他们所在大楼的所有灯光全部熄灭。宋摘星眼前立刻陷入黑暗，时越下意识握紧她的手，轻声道："别怕。"

万籁俱寂，静得让宋摘星能听到两人的呼吸声。她将目光散在远处的山影里，一片黛墨色云影如长练一般刻雾裁风，绵延而去。

忽然，一只孔明灯慢慢飞到半空中，出现在宋摘星与时越面前。

紧接着，无数的孔明灯遥遥飞起，直冲天空而去。天光如水，孔明灯像一盏盏萤火此起彼伏，百米不尽。一方天空被近近远远、大大小小的孔明灯填满，似星辰一般温暖生辉。

清风拂面，呼吸微凉。宋摘星目光流转，怔怔地看着面前的一切。

时越微微仰头，声音清爽："是个晴天。"

宋摘星跟着他抬头，目及之处灯火通明，遥远的天空星辰摇动，星河之下万笼灯火，与远处青山、近处荷塘缠在一起，美得不可方物。她心知等待这样的天气需要一段日子，繁星如雨，夜风不疾不徐，明灯煌煌，即便有万种愁绪也都消散远去了，只剩这长歌风月，星斗在天。

所有城市中的灯光熄灭了，鹁火星稀萤点点，让人恍惚回到小时候。

时越站在宋摘星身侧，高峻浓冽，眉目英艳。

"有一次出海，我站在甲板上看远处澄碧透明的天空，近处幽蓝深邃的海水，想如果你在就好了。"

宋摘星呆呆地看着他。她不记得这一年时光中他出过海，却也转瞬明白，此时应该也是他希望自己在他身边的一刻。

时越与她咫尺之遥，上前一步就能将她揽拥在怀。即便是夏夜，他周身仍有清冷的气息。他眼睛中多了一份忐忑，低头轻轻看着她。

所有病患和护士都趴在栏杆前等待时越的告白，孔明灯仍在不停地上升远去，大家辛苦一场，只为等待此时此刻。

时越终于将心头的话缓缓说出口。

"阿星，你会喜欢我吗？"

已经八点一刻，李唯西走进西山精神病院时遥遥看见一座楼灯光全部熄灭。他改了路线，沿着花径绕过池塘想去一探究竟，只是还没从池塘边撤身，便看见无数孔明灯从大楼各个层里放飞出来。站得近了他才看见每一层都站满了人，由护士点燃孔明灯借风而出，灯火错落有致，明明灭灭，到最后漫天如雨，蔚为壮观。

他寻着孔明灯最密集的地方望去，看到廊下模糊站着两个人影。一高一矮，暗香疏影很是相称。

星河漫天，孔明灯越飞越高，越飞越远，楼阁紫碧，川岳开襟，整个西山都在孔明灯的照耀下明晃晃的。李唯西站在池塘一角，芦苇丛丛，虫声唧唧，他想，倘若宋摘星答应了时越，他自己又该怎么办。

池面上映着无数孔明灯的影子，与他的影子交叠在一起，一明一暗，万分寂寞。

他给高璨打了电话，告诉她自己有些事情，不去病院了。

高璨在电话中顿了顿——李唯西明白她停顿的意思——只是没等她说，他便挂断了电话。

这一时，这一刻，他只想安静地等待宋摘星的答案。

而此时廊下的宋摘星定定地看着时越，脑海中却忽然闪现出自己与李唯西的对话。

当时她与李唯西一起查高妈妈的案子，李唯西攀爬高楼前站在了龙爪槐下，像顶了一顶绿色的帽子。她笑嘻嘻地向他保证，这辈子不会给他这种待遇，而李唯西却游刃有余地回复她：你根本做不出来这种事情。

时越近在身前，面色明澈，仍有孔明灯从别处飞过来，照着两人的眼眸如春山浩瀚。

她轻轻说道："对不起。"

然而时越却似早就知道一样，笑得纯真无邪。

"那就一起看风景吧。"

廊下风来，时越转身俯瞰医院，看着远处的山峦与原野，整个人陷入长久的静默。

宋摘星与他一起向外看，夜里凉风习习，静水流深。

许久后，时越像对着自己说话一样，熟练说道："十岁时我得了强迫症，不喜欢碰触任何东西，反复洗手，每晚都睡不着觉。我去京大医院看病，是个冬天，异常寒冷，我每天都去，每天都能遇到坐在西楼椅子上的小姑娘。那个姑娘脸冻得通红，不断搓手哈气，却总是不走。”

宋摘星心弦轻颤，呼吸变得炙热，她喉咙发酸，慢慢补充道：“心理科在西楼，我只能坐在外面等顾医生，希望他没有死，能回来上班。”

原来，那时的时越就认得自己。而那时的自己抑郁症刚好，与顾辰约好冬天来看他，再来时却听到他与顾伯棠去世的噩耗。陈西晚骗了自己，告诉自己他们都死了，她不敢相信，不愿相信，每天固执地在心理科外面等着，直到自己寒假结束。

时越浅浅笑起，面色平静：“那时我特别想和你说话，想告诉你顾医生不在，但是看你的样子似乎知道。”

“我知道。”宋摘星长睫缱绻，“可是我想等奇迹发生。”

时越借着皎洁的月色看她：“你还记得你和我说的第一句话吗？”

宋摘星微怔，她根本不记得自己与他说过话。

时越看她的表情知道她早已忘了，索性脱口说道：“是我做的。”

宋摘星愣了一会儿，她忽然想起来一些事情，惊叫道：“当时在心理科，几个小孩子围着你，说你不冲马桶。你一直闷着不说话，眼泪都掉下来了，脸憋得通红，我上前和他们说‘是我做的’。”

时越仍然笑着，却羞涩很多。他转过头，看着如水的夜色道：“很多道理小时候不懂，等长大才明白。譬如洁癖，很多人都以为洁癖是做什么都非常干净，却不知道只有洁癖的人才会不冲马桶，因为他们害怕按那个人人按过的按钮，怕脏。”

“你那时候肯定刚刚得这种病，很正常啊。”

长年浸淫在心理科，面对那么多病症，这种小事在宋摘星看来一点都不稀奇。她傻乎乎地笑起来，最后笑得直不起腰，前仰后合：“我记得我那时候年纪也小，和几个男孩子说完是我做的，他们一脸吃惊，说我怎么会去男厕所，骂我骗人。我想我都说了大话不能丢面子啊，就硬着头皮继续编，说我就是去了男厕所，好多人都看见了。”

时越跟着她笑，声音清脆，高而不嘶。

“那时就想和你说声谢谢。”

宋摘星眼睛轻眨：“小事。”

他挺身呼出一口气，似乎将压在心底的话通通说了出来，感到前所未有地轻松。灯火点点，他的神情变得痛苦而又认真。

“当时我的人生发生了天翻地覆的变化，没有任何依靠。你的出现让我觉得我的生命重新有了光。”

宋摘星没想到自己做的一件小事竟然对他有这么大的影响，转瞬便听时越继续说道：“谢谢你曾经救我，在我退到深渊时拉我一把。”

他慢慢抱住宋摘星，近乎感激地拥抱。风声在耳，宋摘星缓缓回抱他，她想她对这样的心情感同身受，因为当年顾伯棠医生救她的时候，她也是这样。

灯火慢慢远去，星辰闪闪烁烁，广袤无垠，绵延山河几万里。天地间仿佛只有他们两人，星光洒在周身，彼此靠着，心中竟宁静澄澈许多。

京大医院心理科内的灯光还没有熄灭，主任办公室中，吴聪正坐在办公桌前翻看最近销售的药单子。他刚刚给肖雅洁打过电话，知道雅洁还没回家，自己索性也留在心理科，不愿回到那个冷房冷室的家中。

他知道肖雅洁有很多事情瞒着他，从十几年前就是这样。但是这些都无妨，只要雅洁还与他在一起，他为她做什么都值得。吴聪只要一想起来肖雅洁明媚的笑，眼睛半弯成月牙，牙齿整齐，肤光胜雪，像春日盛开的桃花，像夏天雨后的云影，他的心尖便如淙淙泉水滑过，爽澈清甜。

从他见过雅洁之后，他再也没有觉得其他人的笑好看过，因为他已经见过最美的笑了。

隔壁办公室的灯光也亮着，门吱呀开了。

胡梨端了一杯茶过来，径直走到吴聪办公桌前给他放下。

两人心照不宣的亲近源于云月华的离开，如今胡梨更像功臣一样在吴聪面前毫不遮掩。

吴聪喝了口茶，关照似的问道：“还没走？”

胡梨点了点头，不仅没走，反倒坐在了他对面。

吴聪斜睨她一眼：“有事？”

胡梨手指交错在一起，顿了顿道：“这两天有一家药品公司联系我，想让咱们引进他们家治疗抑郁症的帕罗西汀，说价钱好商量。”

“呵。”吴聪放下药单子，这才灼灼看向她，“没想到这些药品公司够快的啊，云主任刚走，就知道找你说事儿了。”

胡梨谄媚地笑了笑：“怕您忙，就让我给吴主任捎个话。”

吴聪：“哪家公司？”

胡梨：“方达药业。”

吴聪微一皱眉，他记得之前这家公司的总监给自己打过电话。他没想到区区一家制药公司竟然这么快就搞清楚科室的关系，知道胡梨是自己的心腹，不由心惊：“谁联系的你？”

“总监王可。”

胡梨说完这个名字，吴聪倒瞬间记起来了。印象里王可精明干练，倒是个信得过的人。只是如今被胡梨提起来，让吴聪多少有些不舒服。

胡梨似乎看出吴聪的想法，连忙说道：“如果吴主任感兴趣，可以约个时间见一下。”她压低声音，靠向吴聪悄悄道，“之前吴主任用他们家氟西汀的事，王总监就说欠着主任一个大人情了。”

吴聪自然明白她话里的意思，现在自己当上了主任，对于用药的事情权限更大。最重要的是有胡梨在，就算出了事，他前面还有胡梨给他顶着。

念及此，吴聪笑了笑：“你去安排吧。”

“哎。”胡梨忙匆匆地起身，笑意忍不住显露出来，挂在眉梢眼底。总监和她允诺，这事儿成了能分她一成好处，只这一成，就赶上自己一年工资了。

胡梨还没走出房门，办公室的电话忽然响了，在深夜里格外刺耳。

吴聪拿起电话，噌地站起身来。

“等明天一早就送过来。”

他扣了电话，眼中透着忧虑。

胡梨回身：“出了什么事？”

他叹道：“外院有个女患者在职场被性侵，现在情绪很不稳定，有PTSD典型症状（创伤后应激障碍），明天一早转到咱们心理科做治疗。”

胡梨也有些吃惊：“这么严重？主任要让哪个医生负责？”

“李唯西吧。”吴聪揉了揉额头，“这种突发事件治疗起来比较棘手，对医生也是考验。”

胡梨自然知道PTSD综合征，有的患者还会出现攻击行为，她担心李唯西受伤，连忙建议道：“李医生那么忙，不如给宋摘星吧。都是女人，宋医生经验也很丰富，或许治疗效果更显著呢。”

手机屏幕忽然一亮，是肖雅洁发来的信息。吴聪低头去看，惊喜她已经回家，连忙收拾东西准备出门。

见胡梨还在门口等着，他连连点头：“那就让摘星来接这个案子。”

胡梨眉梢都挑了起来，笑着转身出去。月夜凉爽，她轻轻呼出一口气，只觉得前程都如今天的夜色一样明媚艳丽。

第三十二章　催眠密令

宋摘星回到住处没睡几个小时，就被通知前来心理科。女患者叫白青果，是个很容易记住的名字。她朋友陪着白青果连夜转过来，做了心理CT，一直在等测量结果。宋摘星先与白青果的朋友聊了两句了解了大体情况，又看了心理评估结果，连忙将白青果请进心理咨询室。

她专门找了环境温和的咨询室4部，窗台上摆着几束向日葵，在晨曦中肆意绽开。

白青果整个人瑟缩着身子，一直忍不住地颤抖。宋摘星刚才见她朋友一直与她聊天，知道还能做沟通，温和地说道："如果想哭就哭出来，我会陪着你。"

白青果坐在沙发中，舒适的感觉让她原本警觉的神经有些放松，只是注意力不太集中，一直回避着宋摘星。

宋摘星就这样安静地等着她，两人身处窗明几净的室内，看着太阳缓缓从东方升起。等到金芒色将房间填满，白青果才沉沉说道："我已经有三天没睡觉了。"

宋摘星知道这是应激性创伤障碍反应，而且就她的评估结果来看，她还有抑郁倾向和自杀倾向。

宋摘星慢慢等白青果恢复情绪，直到她开始诉说自己被猥亵的经过。

"一周前我与部门经理去外地出差，那个部门经理四十多岁……半夜……

半夜偷偷溜进我房间。”白青果眼窝发青，浑身都在抖，“他压着我，说如果我不说出去，就让我升职，给我加薪。我当时害怕极了，他的嘴巴很臭，可我不敢叫，我害怕。做完了之后，他还让我陪着他看那些下流的视频，我一直哭，他摸着我的大腿，不让我叫出来。”

她喘着气，脸色惨白，宋摘星连忙给她递了水。白青果抽噎道：“回来后他又威胁我，如果我说出去，他就辞退我，败坏我名声，还要发到网上说我勾引他。”

她哭得上气不接下气，看得出憋闷了很久，一双眼睛像被雨水冲刷的枯井。

“我害怕，怕公司的人都知道我的事，怕其他公司都不再用我。我忍着，把嘴皮都咬破了，可我就是心里难受。我每天都提心吊胆，医生，我想死，我想从我们公司二十楼跳下去。”

宋摘星心惊，她说了一个极具体的楼层数字，知道她早已去过那个地方，有了那种想法。她安抚道：“再坚强的人都会有脆弱的一面，要允许自己有不勇敢的时候。谢谢你信任我，我会与你一起分担，让你不再这么辛苦。先让自己休息一下吧，慢慢疏导情绪，一起度过这段悲伤。”

白青果眼眶通红：“我该怎么办？我还能变好吗？”

宋摘星离她近一些，目光认真清澈：“情绪疏导后，你会知道自己怎样做才是最好的。虽然现在你觉得眼前一片黑暗，但是黎明总是会来临。”

阳光透过玻璃照耀在白青果的头发上，让她缓缓安静下来。原本半个小时的咨询时间被一拖再拖，将近三个小时才看完。宋摘星先给她开了帕罗西汀，又加了一些安眠药，希望白青果可以先睡一会儿。

她出来时科里的同事都已经上班，白青果的朋友上前来问结果，宋摘星开口问她：“你知道青果公司的部门经理吗？”

白青果的朋友点点头，叹气道：“是个人渣，成天占女同事的便宜，公司的女人见他都躲得远远的。就是这样，被他咸猪手摸过的人都不止一个两个。我之前就听青果抱怨过，没想到这事儿最后发生在她身上。”

“报警了吗？”

“当时没敢报警。后来想报警的时候，宾馆里的证据早就没有了。”

“你知道他叫什么名字吗？”

“好像姓陈，叫陈峰。”她朋友瘪了瘪嘴，“啤酒肚像怀了孕似的，长着一个猪头。”

宋摘星记下后让她朋友先把白青果带回家，约定后天再来。幸好白青果已经是成熟的社会人，心理抗压能力还算强，做了心理疏导后情绪稳定很多，不必住院。等白青果休息好之后，她就可以即刻给她做心理治疗。

等全部忙完，心理科外已经熙熙攘攘，病患来来去去，一时喧嚣无比。简一凡感叹“大夫门前病人多”，宋摘星却无来由地感叹一句：“医院是病人最多的地方，也是眼泪最多的地方。”

她见李唯西到这时还没有来上班，嘱咐简一凡等他来了喊自己一声，随即关上办公室的门躺在沙发上。忙了这么久，她整个人昏昏沉沉，只想补一会儿觉。

她连窗帘都没有拉，身体沾到沙发上就睡去了。眼底的淡紫色变得更重，窗外流莺乱啼，她的梦里似乎都还夹杂着断断续续的哭声。

宋摘星醒来时日光浓郁，时光似乎在这一刻静止。她看见李唯西正半倚在沙发边上看着自己，脸色一红：“什么时候来的？”

李唯西坐在地上，戴着一副金边圆框眼镜。白大褂里面穿着剪裁流畅的衬衫，露出来一截黑色领带，黑白明晰，清雅出尘，似有一股清凉扑面而来。

他双腿蜷起，胳膊搭在膝盖上，修长的手指微微垂着，整个人疏懒散逸。他的眼睛一刻也没有从她身上移开，连呼吸都轻浅浅的。

“有一会儿了。”他透过镜片盯着她，黑眸熠熠，“最近那么辛苦，怎么没有回家？”

宋摘星知道他每每觉得疲惫的时候才会戴眼镜，多数是为了遮掩他的情绪。她半翻了身，与他挨得更近一些，四目相汇，她忽然撤了撤身子。

她乍然想到昨晚与时越的事情，有些慌乱。

“昨晚我也在西山病院。”李唯西淡淡开口，不想让他们之间有任何不适和误会。他睫毛半垂，深邃的眼眸如玉生辉，“那些孔明灯很美。”

宋摘星怔怔的：“我和时越没……”

他浅笑起来：“我知道。”

李唯西半抬了抬头，目光错过她的身子散在窗外浓荫里，他缓缓道：“阿星，谢谢你。”

他戴眼镜的样子清淡斯文，白皙面容干净得不染尘埃。

宋摘星半坐起来，同样双腿蜷起斜靠在沙发里：“我没想到时越早就认识我，我却在昨晚才知道这些事情。”

李唯西想起带着她一起去西山精神病院，第一次见到时越的样子。他亦觉得时越熟悉，或许，时越早就在某时某刻停驻在心理科来看过她。

他道：“我在美国上学时经常半夜才回家，忙的时候就在图书馆过夜。有时候回家很晚，看着寂寂的灯火，看着被白炽光照亮的宽大的广告牌，看着锁着门的商店橱窗，觉得我和它们一样，无人问津，形单寂寞。直到有一次我跟随FBI深入沙漠腹地追捕凶手，深夜抬头看见漫天星光，亮透了几十里沙丘绵延不绝，我想起了你，那时才意识到，我一直是和你在一起的。”

宋摘星眸中升起泪雾，无数个夜里，她也在想如果他在就好了。

阳光透过玻璃打在他的头发上发出淡淡的光泽，他的轮廓明润温柔，有种寂静的美。

宋摘星缓缓张口：“之前与你说分手，对不起。”

“倘若你不那样做，我怎么会查到肖雅洁。”

她做的一切他早已心领神会，倘若没有她当时的釜底抽薪，他又怎么会腾出时间来让林雨泽与周鸣山决裂。李唯西默了一会儿，继续道：“当年肖雅洁已经查到林雨泽，却为了利益没有继续查下去。林落雪的案子有很多漏洞，我父亲为此蒙冤几十年，可她却再也没有为父亲做什么。”

宋摘星有些吃惊，脑海中百转千回，想到肖雅洁的所作所为以及吴聪对云主任的落井下石，心尖一片寒凉。

她想到马丁·路德·金的一句话：“到头来，我们记住的不是敌人的攻击，而是朋友的沉默。”

朋友的背叛，才更像一把利刃直插心口，是最致命的一击。

李唯西抬起手握住她的掌心，眸光清明：“我需要你阿星。”

宋摘星的眼泪啪嗒滴在他的手背上，她哽咽道：“我刚才做了一个梦，梦见外婆在厨房揉面，灶底下火苗毕剥响，锅里热气腾腾，她还没有老，还没有白头发。可我不敢进去，只趴在门口哭。我生命中重要的人都离开了我，等这些事情结束，我是不是就可以毫无忌惮地和你在一起。”

阳光在他周身环绕，似笼罩着一层淡淡的雾。李唯西目光流转，唇角半扬，一如最初的明澈温暖。

“我答应你，一定会的。”

隔壁咨询室内，简一凡正揪着拿着辣椒瓶的刘子涵嗷嗷大叫。

“你又喷到我眼睛了。”

刘子涵哈哈大笑：“你是坏人，当然要喷你。”

玩了一阵子，简一凡终于从他嘴里听出来一句还算有用的话。他放下刘子涵，半蹲在地上道：“我怎么会是坏人呢。”

刘子涵紧紧抱着辣椒瓶：“这可说不准。”

“不会吧？”简一凡皱眉，“我和你玩了这么久，你还看不出来吗？”

刘子涵转身，想离他远一点。他小腿一蹬坐在凳子上，怀里紧紧抱着那瓶子辣椒。

“我爷爷奶奶也说外面有坏人。”

简一凡迅速领会到这句话的含义。他也寻了个凳子坐下，与他面对面问道：“你爸你妈呢？”

“他们很忙。”刘子涵脱口而出。

“都忙什么？”

刘子涵声音低了低，似乎很无奈：“忙着抓坏蛋呗。”

“妈妈一天能陪你多久？”

刘子涵转着眼珠，撇了撇嘴：“她根本没空陪我。”

“小时候也没陪过你？”

刘子涵变乖许多：“都是奶奶陪我。”

简一凡心中已经有些明朗，接着换了一种问法：“你爸妈厉害吗？”

“当然。”刘子涵拼命点头，“我妈是法官，我爸是监狱长，你说厉不厉害。”

“是挺厉害的。”这一点简一凡早就从资料里看到了，不过被子涵这么一说，却隐着一丝奇怪的气息。他接着问道：“你在家爱看什么动画片？”

“奶奶给我看黑猫警长。”刘子涵又加了一句，“还给我看我爸妈的工作视频。”

"工作视频？"简一凡露出惊喜的表情，"都是些什么？"

"我妈宣判啊，还有我爸把那些坏人抓起来。"刘子涵抬头想了想，"还有教育宣传片，我妈培训、我爸教育犯人之类的。"

简一凡站起身，从桌角的盒子里拿出一块巧克力转身递给他，不经意问道："平时看书吗？"

刘子涵并没有接巧克力，他从不吃外面的东西，不过也回答了简一凡的问题："我爷爷奶奶会读给我。"

"都读什么？格林童话还是寓言故事？"

刘子涵似乎没听过，摇摇头道："他们给我讲故事，告诉我我妈今天判的案子是什么、犯人犯了什么罪，我爸监狱里又多了什么人、怎么进去的。"

简一凡点头："你爷爷奶奶肯定对你寄予厚望。"

"他们想让我长大后也当法官。"刘子涵晃了晃辣椒瓶子，"多神气。"

简一凡看着年仅六岁的孩子将辣椒瓶当宝贝一样时时攥在手里，终于明白为什么刘子涵一直抱着它了。

他走回办公桌，给刘子涵的家里人打了个电话："明天你们都来一趟吧，我告诉你们子涵得了什么病。"

下午时分，李唯西与宋摘星沿着花径一路上行。四周花草茂盛，幽静葱茏，错过尖塔形的欧式建筑后，成片桂树映入眼帘。远处花圃葳蕤肆意，树木浓绿，高大宏阔的云层堆积在湛蓝的天空，目光所及尽是明亮轻盈。

宋摘星还未从李唯西说的话中回神，再次确认道："你真的找到了林雨泽的催眠指令？"

李唯西噙着风："还差一点就可以确认了。"

宋摘星知道他要带着自己一起去明圆山庄。如今林雨泽失忆，身体每况愈下，她担心再给林莞刺激，有些奇怪："为什么需要我跟着你一起来？"

李唯西缓缓握住她的手："昨晚我在池塘边看你与时越站在廊下，忽然想到林雨泽发病的一些蛛丝马迹。摘星，有你在身边我便觉得安稳，也有心力去做别的事情。"

宋摘星心头暖流滑过，点了点头。她顿了片刻，说道："我也有事情请你帮忙。"

他看着她："什么？"

早晨给白青果做完心理咨询之后她就想找他的，没想到他竟还有事来寻自己。既然到了这儿，她索性坦白道："我想让1号人物查个人。"

"是谁？"

"陈峰。"宋摘星呼了一口气，走到他面前，"我接到今天的性侵案觉得心惊，患者白青果不是打工妹，也没有在险恶的环境里。她只是安分上班，像无数白领一样，然而这样的事情却仍然发生在她身上。虽然我是一名医生，只负责为她治疗心理障碍，但我们绝不该放过陈峰这样的人。"

李唯西浅浅皱眉："陈峰是白青果的上司？"

"是。他利用职务之便威胁白青果，这种事情就恶心在这个地方。上班本就忍气吞声，为了赚点钱大家都不容易。陈峰就是利用这一点，对他们公司里的不少女同事都使过咸猪手。"

李唯西面色沉静："阿星，像陈峰这样的人有很多。"

宋摘星知道他话里的意思："你是说，这是社会的潜规则是吗？"她停在原地，任风吹眯了眼睛，"可是我遇到了白青果这样的患者，就不能坐视不管。今天有陈峰，我便教训陈峰；以后有别人，我就教训别人。我知道我能做的很少，但我教训一个，以后这样的人就会少一个。"

李唯西终于笑起来，眉心舒展："你认真起来像在发光。"

宋摘星稍稍一愣，苦笑道："今天看白青果哭的样子，心里觉得难过。她没有及时报案，甚至怀疑一切都是自己的错，然而陈峰却没有得到任何惩罚。"

"你想怎么做？"

"让陈峰承认自己做的事，给他们公司所有人一个警醒。"

李唯西微微皱眉："这并不好办。"

宋摘星也知道这件事确实有难度，即便暴打陈峰一顿，估计他也不会把自己做的事情全部说出来。

"那些男人对女职员性骚扰甚至性侵，就是觉得没人可以把他们怎么样。受害者的沉默换来的不是他们的罢手，而是越来越多的人接着被他们骚扰和毒害。"宋摘星有些失落，嗓子一酸，"我知道很难，但我一定要做。"

她说得掷地有声，抱着必做的决心。

李唯西扬手抚平她眉心的褶皱，浅浅道：“我有办法。”

他随即与1号人物打了电话，让他好好调查一下陈峰。

安排妥当后李唯西重新看向宋摘星，眼睛里噙着笑。夏风扑来，长眉泛起涟漪，让他清举疏朗，如玉山将崩。

他刚刚那样问，是怕她太有是非之心，更何况心理咨询师是要帮助白青果自己成长，而非替她复仇。只是她刚说完那些话，他便明白她的决定。即便身处职场诸多哑忍，诸多不得已，但无论是受到这样的侵害还是见到这样的事情，就绝对不能纵容这种恶。

他明白她这样做并非只为白青果，她远比自己想的还要耿介和勇敢。

半晌，他同样姿态认真地和她说道：“那就让陈峰得到该有的教训。”

到达明圆山庄之后，两人率先找到管家问了一些问题。

因为李唯西心中已经有了一些猜想，问的问题也更加直接：“你说春天那次被打，是林雨泽忽然发作是吗？”

管家眯着眼睛想了想，很确定地点头：“本来就是交代一下那一个月的流水，还没说完，老爷就忽然大发脾气，开始对我拳打脚踢。”

“你没有说错什么话？”

管家摇头：“跟平时一样。”

李唯西再问：“当时你和林雨泽身边还有什么人吗？”

管家又沉默了半天，有些记不清当时的细节，慢慢说道：“按说平时都是我跟在老爷身边伺候，除了老爷自己在书房不许人打扰外，其他时间都是我与用人一起陪着。打我的那天我记得姆妈也在，后来她出去了一会儿，我就开始与老爷对接账目。”

宋摘星在一旁细细听着，皱了皱眉：“你几乎都跟在林雨泽身边对不对？你们两个单独在一起的时间多吗？”

管家笑了笑：“老爷忙得很，每天要见不同的人，我是一直跟在老爷身边，但是论说只有我们两个的时候确实很少。而且老爷不喜欢自己一个人待着，他经常坐在客厅里看大家收拾东西。他常说一个人的时候总觉得头疼。”

李唯西知道宋摘星也起了疑心，与管家又说了两句后便径直去找林帆。自从林雨泽失忆之后，家里的生意一直交由林帆打理，只是他本不是做生意的料，这段时间只不过是勉力维持。而且公司里周鸣山也是股东之一，有他在，林帆自然不用多操心。

林帆气色已经大好，没了林雨泽的打骂，他似乎对感情的事也没了那么多渴求和欲望。李唯西之前分析得对，他的一切叛逆，都不过是潜意识里想和林雨泽对抗而已。林雨泽越是打压他，林帆就越是喜欢男人，现在没了这种压力，林帆倒平静自然很多。

对于林雨泽的事情，林帆依然不愿多提。好在李唯西只是想问一些问题，林帆与他面对面坐着，基本都在坦诚回答。

李唯西："还记得你父亲第一次打你吗？"

林帆苦笑："很早了，记不得了。"

"后来打你，是因为你没有听他的话还是做错了一些事情？"

"你说的情况都有，但是他经常毫无来由地对我大发脾气。"林帆耸肩，"我也不知道为什么。"

"当时只有你们两个吗？"

"差不多吧。"林帆挠头，"有时候管家和姐姐也在，有时候就我和爸爸两个人。"

李唯西顿了片刻，问道："你好好想想，毫无来由地对你发脾气，是只有你父亲在你身边的时候吗？"

林帆一愣，记忆回溯，他想起以前父亲对自己的样子，脸色一阵惨白。

"是。"他倒吸了一口气，"有一次我和爸爸一起去公园，早上很安静，没什么人，爸爸忽然就忍不住地骂我。还有一次，我正在家看电视，爸爸走进来没一会儿就打我。当时管家没在爸爸身边，我还想如果管家在就好了，可以拦着我爸。"

宋摘星听着一阵颤抖，她看见李唯西缓缓站起身，大步流星向门外走去。

他现在还需要确认最后一件事。

宋摘星赶紧与林帆道了别，跟着李唯西一起来到院子里。林莞还在卧室照顾林雨泽，李唯西让管家将林莞喊来。

阳光透过树荫筛下来片片光斑，管家走后，宋摘星呼吸微滞，看着李唯西："林雨泽有没有对你大发雷霆过？"

李唯西点头："我第一次来山庄，因为涉及林帆的私密，林雨泽让管家出去了一会儿。我将林帆的病情和林雨泽说，他就开始震怒异常，当时我以为关系到林帆他才会如此，现在想或许还有另一种可能。”

宋摘星已然猜到，只是觉得太过可怕，有些不可置信地说道：“会不会是我们多想了。”

李唯西眸光一黯：“还记得第一次见段长惟吗？当时我们进来时林雨泽单独和段长惟在一起，林雨泽也是在发怒的状态。”

宋摘星想起那时候为了查案子，是管家领着他们进入山庄的。管家不在，林雨泽一直和段长惟在一起。

李唯西继续说道：“我之前一直寻找催眠指令，以为肖雅洁给林雨泽的是一段话或者一个动作。但是问过林帆和管家之后，并没有找到共同点，直到那晚我见你和时越单独在一起，忽然想到催眠的本质。”

“身体放松，精神放松，催眠深化，因势利导，返回、唤醒。”宋摘星默默道，“催眠本质是通过语言、手势、环境或某种画面和符号等途径传递指示，给自己或者他人的心理、生理和行为产生影响。”[①]

李唯西补充道：“心理大师埃里克森在他的著述中还提及过众多的间接暗示，其实只要将一个指令引导进林雨泽的潜意识里，就能控制住他了，无论这个指令是一段话、一个动作还是一个画面。”

宋摘星脸色有些不好，她跟着李唯西与管家和林帆都见了面，心脏跳漏一拍：“肖雅洁给林雨泽的催眠暗示是一个场景。”

李唯西只等林莞来了就能确定这个暗示是否成立，他看着宋摘星道：“一旦这个场景或者画面出现，就会触及林雨泽的催眠指令，让他大发脾气，控制不住自己。等其他人进来或者让他自己独处，他就又可以自行恢复。”

宋摘星忽然想通了肖雅洁的目的，她惊奇道：“这样做对林雨泽并没有什么危害，但是却能毁了林雨泽的整个家庭。他的暴躁易怒都会给家里人带来心理阴影。”

李唯西语气凛冽：“这就是肖雅洁为父亲做的所谓的报仇。林雨泽对父亲的攻击毁掉了我们一家，她也同样毁掉了林雨泽的一家。”

两人正说着，林莞被姆妈带着走了过来。她似乎刚刚哭过，眼圈还红着。

午后一时静极，宋摘星想到她之前问过林雨泽与管家，林老是否对女人动

---

① 引自林崇德《心理学大辞典》。

过手，当时两人很肯定地回答没有，但她急于查证甘草的身份，并没有来得及确认。如今看到林莞，宋摘星蓦地明白了李唯西到底要做什么。

见李唯西与宋摘星在一起，林莞吸了口气，有些不知所措道："林帆的病还没好，爸爸又失忆了，你们能告诉我到底出了什么事情吗？"

李唯西很肯定地和她说道："你父亲被其他心理师催眠了。"

林莞惊呼："他得罪了什么人？"

"一时说来话长。"李唯西看着她，"我找到了你父亲之前发病的原因。"

"突然暴怒的原因吗？"

李唯西点头："既然是被人催眠，就一定有催眠指令。有了催眠指令，即便催眠师不在身边也可以实施在患者身上。"

林莞微微蜷着手指："有什么催眠指令不用见面就可以直接操控我爸爸？"

"在回答你之前，我还需要问你一个问题。你父亲有和你单独在一起的时候吗？"

林莞皱眉："非常多。"

"你们共处的时候他会对你发脾气吗？"

林莞摇头："从来没有。爸爸对我一向很好。"

李唯西与宋摘星对视一眼，终于肯定了自己的判断。他缓缓靠近林莞，目光清亮："催眠指令是'一个男人'。"

林莞有些吃惊："一个……男人？"

"当你父亲单独与任何一个男人相处的时候，他就会进入催眠模式，控制不住自己突然发怒，不需要任何理由。"

"可是……可是我爸长年做生意，会经常和不同的男人见面，怎么这种情形只出现在我家里呢？"

"我问过管家，几乎所有的商业合作都会有助理跟着。倘若在山庄待客，管家就会一直跟在你父亲身边。只有为数不多的几次，用人不在，客人也不在，管家单独和林雨泽在一起，林雨泽才会对管家拳打脚踢。"

"不，不。"林莞似乎接受不了他的说辞，整个人惊在原地。她哭着道："这不可能。平时我爸看着一切都很好。"

“这正是心理师的狡猾之处。”李唯西叹道，“她必是对你父亲的习惯了如指掌，知道你父亲害怕孤独，从不轻易一个人待着，想必管家从年轻的时候就一直在你父亲身边了。这种催眠若不细究很难发现，旁人与你父亲待一会儿，你父亲即便发脾气也不会让人怀疑。只有林帆的情况最为糟糕，因为作为他唯一的儿子，两人单独相处的时间比任何人都多。”

“怎么办？”林莞忽然扑到李唯西怀里，眼泪决堤。她的无助和难堪在这一刻都涌进李唯西的怀中：“我父亲还能治好吗？”

李唯西双臂垂着，任林莞忽然抱住自己却没碰触她半分。宋摘星在一旁默默看着，眉心随着她的哭声跟着一痛，她替李唯西回答道：“会的。一定可以治好。”

林莞意识到自己的失态，连忙站直身子。她清瘦了很多，锁骨更加明显，一张脸像被揉皱的纸。

待她情绪缓和一些，李唯西忽然问了一个别的问题，一个关于林落雪的问题。

“你有一个姑姑？”

林莞抹了一把泪，有些疑惑：“有是有，可是父亲从不让我们说，你怎么知道的？”

李唯西有些紧张地看着她：“你对你的姑姑有印象吗？”

“很少。姑姑去世的时候我和林帆都很小，家里人也从不提，我爷爷奶奶跟没有这个女儿似的。”

“你爷爷奶奶从没有和你说过你姑姑的事情？”

林莞深呼了一口气：“从没有。姑姑去世后，连家里的照片都全部销毁了。”

李唯西的直觉告诉他林落雪的家庭关系十分诡异，想必一定有什么原因，让林雨泽的父母根本不愿意提及这个养女。

看来线索还是要从林落雪的姆妈身上找。

他正思索着如何从姆妈下手去查当年的案子，1号人物的电话忽然来了。

他按了接听，便听1号人物叹气：“我以为是个什么了不得的人物，你让我查这么一个普通得不能再普通的人，无异于降维打击这么一个蠢货，对我来说太丢脸了。”

李唯西看了看时间，才一个小时不到，1号人物就将陈峰的资料查了个底儿掉，可见陈峰果然了了。他道了谢，随即看向宋摘星："明天晚上，你就可以教训他了。"

夜里九点钟，路灯姜黄的光晕笼罩着京大医院。风动叶响，虫声唧唧，李唯西与宋摘星、简一凡与方琳四人围在心理科密谋着明晚的行动。

李唯西在办公室里支了一个黑板架，将陈峰的日常全部列到上面，与他们道："陈峰一家三口，有个女儿，生活稳定。他上班的地点在德福路，家在新达路，每天上下班开车路程为二十分钟。但是每周五市里经常堵车，由此他有个习惯，每周五下班后都会在公司附近的咖啡店待一会儿才走。"

自从简一凡听宋摘星说完陈峰的劣迹，他就按捺不住，一直大骂那个畜生。他见李唯西说了这么多，心思还停留在前两句："他有女儿，还干那么多坏事，不怕报应吗？"

因方琳要参与后续白青果的心理治疗，宋摘星也将她喊了来。简一凡刚说完，方琳也忍不住抱怨道："还不是觉得没人敢把他怎么样，摸摸女同事屁股，找找刚毕业女孩子的麻烦，怕是早就干惯了。"

简一凡又呸了一声："仗着自己是个小小领导就威胁别人，什么狗东西。"

方琳见李唯西没说话，问道："陈峰家庭稳定，是不是没有什么弱点？"

倘若没有弱点，就没有办法威胁他，也就很难让他说出实话。

李唯西摇头："家庭稳定就是他的弱点。"

站在一侧的宋摘星很是同意李唯西的话，只是叹气道："拿他家人下手未免卑鄙。我现在担心很难让陈峰自己说出来他做的坏事。"

李唯西浅笑："如果对他拳打脚踢，估计他就不会认了。知道被打一顿就能解脱，怎么也要咬牙忍着。人最怕的不是这些实实在在已经来临的事情，而是未知的恐惧。"

宋摘星见他画了陈峰的日常路线，问道："是从他上下班的路上下手？"

李唯西点头，接着拿笔在咖啡店与新达路上画了一个小圈："离家近的地方挨着铁路轨道，每天晚上八点半准时有辆火车经过。陈峰有次不堪其扰，还投诉过火车声音太大扰民。"

简一凡指着这个小圆圈，目光大亮：“就在这里下手。”

方琳却皱了皱眉头：“把他拉到铁轨上？威胁他如果不说就让火车从他身上碾过？这个方案太难实施了。”

宋摘星也觉得这个办法不太可行，细数了一些弊端：“第一，我们必须让陈峰八点半之前从咖啡馆里出来，不然就没有火车给他增加压力；第二，把他拉到铁轨旁边估计还要翻越铁轨外的栅栏，实施起来确实麻烦；第三，我们要把他说的话都录下来，火车来之前声音太大，夜里又黑，咱们就算拍了视频，事后他也可以抵赖说不是他。”

李唯西收了笔，看向他们道：“你们应该都知道心理暗示杀人吧？”

宋摘星张了张嘴，豁然开朗。

“之前有个案子，警察接到报案后十分钟赶到案发现场，撞开门后发现客厅坐着一个女人，是教授的保姆。她被绑在椅子上，双眼被蒙住，推断是他杀。但是她的右手动脉上只有一点伤痕，像是被利器刺的，不过凶手并没有刺破动脉。椅子周围有一摊水，还有一个水盆，盆里是一根细管子。而年迈的教授则昏倒在卧室的床上，床头柜上有一个毛线织的帽子，抽屉里藏着一堆毛线和毛线针。警员查看了周围，窗户都是从里面反锁的，没有任何损坏，也就是说凶手一定是教授。”

方琳停了一会儿，解释道：“这是典型的心理暗示。把受害人绑住，把眼蒙上，跟她说‘我要把你的血放干了让你死得痛苦不堪’，然后用毛线针刺她一下，实际上没有造成什么伤害，但是在她旁边用那些水和细管给她造成血一点一点从动脉流出并血流成河的声音和感觉，然后保姆就在巨大的心理压力之下渐渐觉得呼吸困难，缺氧，全身无力，最终导致死亡。”

简一凡连连点头：“对，这个女人就是被吓死的。苏联也曾报道过一个案子，有一个人被无意中关进了冷藏车，第二天早上当人们打开冷藏车时，发现他已经被冻死在里面，身体呈现出冻死的各种状态。但是奇怪的是，冷藏车的冷冻机并没有打开，车中的温度同外面的温度差不多，是绝对不可能冻死人的。这个人明显就是被自己的暗示害死了，当他被关进冷藏车之后，就不断担心自己要被冻死，这种意念对他的身心发生了影响，让他最终死在自我暗示之下。”

这些案例虽然多来源于一些心理学课外野史，但本质都是给心理增压，宋摘星在一旁说道："澳大利亚土著人的骨指术——手指指向谁，谁就会死；或者是一些导致人自杀的音乐禁曲，本身就是利用了心理暗示才得以完成。极度恐惧会使肾上腺素增加，减少身体某些部位的血液供应，毛细血管缺氧，血压降低，从而影响器官功能，恶性循环下这些人就会因身体机能崩溃而丧命。"

办公室的窗子没关，夜风习习，吹着窗帘来回摇动。几个人说了这么多，身上倒都生出一股凉意。

李唯西看了看时间，说道："陈峰下班时间是晚上七点半，明晚我在咖啡馆里等他。"

宋摘星问道："平常陈峰都在咖啡馆里待多久？"

李唯西："一个小时左右。"

宋摘星不放心："明晚必须保证他八点之前就得从咖啡馆里出来，突兀改变他待在咖啡馆里的时间，我们可以做到吗？"

李唯西笑得肆意："你与我同去，让简一凡准备后面的事情。"

他既这样说，宋摘星总算稍稍放心，只是不知道他葫芦里卖的什么药，能让陈峰提前半个小时出来。

第三十三章　报复恶人

深夜，一辆火车发着呜呼呜呼的声音极速驶过，两个偌大的头灯于黑夜中闪出耀眼的光芒。

新达路绿树浓荫，街道狭窄，位于市东十分僻静的一片区域。这里是老城区，随着汉州经济的发展，整个汉州市慢慢向西移，东区便成了老房子的聚集处。自外地驶向汉州的火车大都停在西站，任是这样，东城区的人仍然能听到火车驶过的吵嚷声。过了新达桥，连小区都变得愈来愈少，只剩青草萋萋，铁轨笔直延伸，外面围着铁栅栏，透着冰冷的气息。

新达路走内环，绕过和平花园与体育场便是德福路南段，从南向北有五六分钟的车程，便到达陈峰的公司。公司楼下有家咖啡馆，布置惬意，清雅洁净，陈峰每周五下班后便会在这喝杯热饮，顺便带一份樱桃芝士回去给自己的女儿。

李唯西与宋摘星等在咖啡馆对面，暮色四合，他看了看时间，已经七点四十分。

宋摘星有些担心："陈峰到现在还没来，让他在二十分钟之内就出咖啡馆的门，怕是有些不好办。"

李唯西亦皱了皱眉，盯着手表又看了半分钟，忽然听见宋摘星道："他来了。"

李唯西立刻牵着她的手向咖啡馆走去："还来得及。"

宋摘星到现在仍不知道李唯西的打算，她一路跟着李唯西到达咖啡馆，开门后便看见陈峰坐在中间的一张桌子前。进去后李唯西与她分成两路，李唯西径直坐到陈峰旁边的桌子，而宋摘星则坐在了咖啡馆的角落，这个位置可以直接看到陈峰与李唯西并且不被任何人察觉。

店员给陈峰上了一杯红茶，李唯西立刻也给自己点了一杯。

等店员将李唯西的那杯红茶端上来，李唯西再次看了看时间，已经七点五十三分。

他要在七分钟之内让陈峰离开自己的座位。然而依据陈峰的习惯，且不说七分钟内红茶喝不完，就算喝完，他刚来没多久，身体里的生物钟也不会让他那么着急地离开。

一侧的陈峰坐直了身子，喝了一口红茶。

李唯西不动声色地调整自己的坐姿，也喝了一口红茶。

陈峰并未察觉到李唯西，他正盯着手机屏幕看得起劲儿。

李唯西也拿出自己的手机，单指滑开了屏幕锁，拿手机的角度几乎与陈峰一致。

陈峰又喝了一口红茶。

李唯西紧接着也喝了一口。

咖啡馆里很安静，两个桌子挨得很近，若喘一下粗气或者嘤咛一声，都会被旁桌听见。

这时，陈峰放下手机，揉了揉眼睛。他的身材已经发福，脸上坑坑洼洼，下巴上一圈赘肉。似乎是不愿意处理手机上的事情，他索性专心喝起红茶。

李唯西又看了一眼时间，七点五十六分。

他知道自己的机会来了，先揉了揉眼睛，接着喝茶。他忽然深吸一口气，胸膛起伏。陈峰看了他一眼，李唯西对他浅浅一笑，意思像是抱歉打扰到他。陈峰未做理会，却在喝下一口茶的时候不自觉也深吸了一口气。

此时坐在角落里的宋摘星将两人看得一清二楚，她终于明白李唯西在做什么。

他在学陈峰的样子，让陈峰的潜意识认为："这个人和我很像，就像照镜子一样。"

“镜射效应”[①]若放在平时，对增强人际关系大有好处。然而李唯西却利用这个特点影响了陈峰的行为，让他不自觉跟着自己深呼吸就说明已经成功暗示了陈峰。像镜子一样模仿陈峰的动作达到与陈峰产生共鸣，接下来做的一切，就是让陈峰在被暗示的情况下模仿李唯西的动作了。

现在李唯西与陈峰坐姿基本一致，茶杯中红茶所余量也很相似。李唯西打了个哈欠，紧接着，陈峰也打了个哈欠。

哈欠本身很容易传染，宋摘星在角落里偷笑，李唯西看来要麻痹陈峰了。

就在此时，李唯西又喝了一口红茶，放下茶杯时右手轻轻敲了一下桌面。

他与陈峰之间明明没有任何交流，然而此时很明显的是，李唯西与陈峰坐姿一致，呼吸一致，喝茶动作一致。就在李唯西敲完桌面之后，陈峰不自觉也敲了一下桌面。

说时迟那时快，李唯西将红茶杯子向陈峰方向一推，噌地站起身来。

红茶并没有喝完，陈峰余光自然看到了。紧接着下一秒，似乎被李唯西的动作所带动，陈峰尚还处在混沌中，忽然也站起身。

宋摘星知道机会来了，她连忙从后面赶到陈峰面前，示意自己要坐到他的位置。

李唯西已经转身走出咖啡馆，陈峰站着一时无措，又觉得戳在原地太过显眼，也随之向咖啡馆外走去。

宋摘星终于松了一口气，她拿出手机看了看时间，八点整。

然而就在陈峰要走出咖啡馆的时候，他忽然又折回身。宋摘星以为他反悔了，赶紧坐在他刚刚坐过的位子上。只是陈峰并没有向她走来，他向店员点了一份樱桃芝士蛋糕，随即提着纸袋子向外走去。

门外一辆黑色的车子发动，转瞬湮没在茫茫夜色中。

华灯初上，陈峰驾车拐入新达路，车窗位置摆着一座小小的弥勒佛，正笑眯眯地看着车内的一切。

寂静的街道忽然发出砰的一声巨响，陈峰透过后视镜看向追尾自己的车子，迅速将车停在原地。

他下了车，看见一个女人从后面的车里出来，她不停地向自己道歉，陈峰

---

① “镜射效应”引自《松明教你心理术》。

还没发作，后脖颈忽然被人勒住，紧接着一块湿布捂住了他的嘴巴。

湿布上有乙醚，陈峰很快昏了过去。

简一凡半拖着陈峰上了方琳的车，两人驾车一路扬长而去。

陈峰醒来时只觉得全身发冷，明明是夏天，可他露在衣服外面的皮肤一片冰凉。

他被蒙着眼睛，手被绑着，整个人头高脚低斜着趴在地上。他觉得头底下枕着一块细长的铁石，很硬，身子底下还有很多石子儿，硌得自己浑身发疼。

他大喊："你们是谁！我在哪？"

他的屁股随之被踹了一脚。

一个冷漠的声音传来："再喊就给你一刀。"

陈峰觉得四面八方都空阔辽远，夏夜的风徐徐吹拂面颊，让他迅速判断出自己在户外。如今他只能用头不断试探，惊恐道："你们到底是谁？是不是抓错人了？我没钱。"

简一凡哈哈大笑："那你告诉我你是谁？说出名字，可能我真的抓错了。"

陈峰连忙说道："陈峰，我叫陈峰。我，我就是一个普普通通上班的，一个月就拿几千块钱工资，真没钱。"

简一凡将棍子戳到他身上，恶狠狠地说道："就是你！陈峰！我们收了钱，替人办事，割你一块肉下来就能交差。"

陈峰不停地吞咽唾沫，他昂着脑袋吞吞吐吐道："替谁……办事？我，我给双倍，求求你们放了我。"

"不是说没有钱吗？"方琳在一旁冷笑，"这会儿又有钱了？"

即便蒙着眼睛，陈峰现在的样子也极其猥琐，肚子有一半卸在地上，胖得呼哧呼哧喘气。陈峰哭出声，含着夜里的风大喊："救命，救命！"

就在这时，简一凡拿着棍子从肚皮滑到他的裆部，让他神经霎时紧绷。

"就割这个地方，让你好好想想做了什么错事！"

"不要，不要啊。"

陈峰惊慌地在地上打滚。他忽然听到棍子敲击铁板的声音，声音脆响，嗡鸣不止，铁板立体圆滑的横截面让他大惊道："你们把我带到火车站干什么？"

简一凡一脚踩住他的身子，冷哼："我问什么你就答什么，要是不说实话，今晚就让你死在这儿。”

陈峰呼吸都停了：“你问什么我都说，我全说。”

狂风大作，陈峰觉得身子愈来愈冷。

简一凡弯身，贴近他的耳朵。

“你性侵了几个女同事？”

陈峰被绑着的手指紧攥成拳：“我没有。”

简一凡一棍子砸在铁轨上，陈峰的耳朵边再次传来咚的一声巨响。

“说！不！说！”

陈峰被震得头晕目眩，大叫着缩成一团，他想跑，可是身子被一只大脚紧紧踩着，一动也动不了。

“还不说是吧？”简一凡看了看时间，“现在是八点二十八分，再过两分钟火车可就要过来了。”

陈峰不断挣扎，咬牙切齿：“你们到底是谁！我绝对不会放过你们！”

方琳生气，拿了一把石子塞他嘴里。

“再不说，让火车活活轧死你！”

陈峰终于明白过来他为什么会在这儿，他慌乱地将石子儿吐出来，大喘气道：“你们就是要套我的话，我从来没有强奸过别人。”

他甫一说完，耳边忽然传来火车鸣笛的声音。他吓得猛一瑟缩，紧接着，他头底下的铁轨产生越来越剧烈的振动。他吓得哇哇大喊，简一凡和方琳两个人将他按得死死的。

风声呼号，火车驶来的声音越来越近，陈峰拼命挣扎，简一凡迎风大喊道：“还有四十秒！”

陈峰的世界一片黑暗，他吓得尿了裤子，虽然什么都看不到，他却能清晰地感觉到冰凉的铁轨，坚硬的路枕，成片的石子，他能感受到火车迎面过来喷出的蒸汽，掀起的热风，巨大的轰隆声和震耳欲聋的机器摩擦声让他听不见自己的喊叫，整个人像要被拔起来。

冷汗浸湿了整个后背，他哭得稀里哗啦。

简一凡大喊：“还有十秒！你的头会卷进铁轨里！”

方琳和简一凡调整了姿势，两个人一人按住他的一条腿，让他根本无法移动。

“你到底强奸了谁！”

车轮轰隆向前的咔嚓声震得人心惊肉跳，火车呼啸而来。

陈峰吓得呕吐不止，就在最后一刻，他疯狂喊道：“魏真真、孙玉、白青果、罗垚、方丽娟，就这五个人，我强奸了五个人，再也没有了，再也没有了！”

陈峰将头磕在铁轨上，哭得上气不接下气。他的整个身子瘫痪在地，即便简一凡和方琳没有碰他，他也再没力气挣扎。

时间似乎静止，周围一切变得安静无比。没了风声，也没了火车的声音，陈峰硕大的脑袋溺在自己刚才的呕吐物里，面如土色。

李唯西早已将录音机关掉，而宋摘星站在巨大的风扇后面一动不动，连方琳与简一凡都不知道再说什么。就在刚才陈峰大喊完之后，几个人心中又悲愤又哀凉，陈峰糟蹋的何止白青果一个人，没想到那么多女孩子都惨遭他的毒手。

简一凡呸到他脸上：“畜生。”

宋摘星将热水和钢管收起来，嗓子发酸：“遭到这样的事情本就对身体造成伤害，如果再去告诉别人，精神上无疑会有更多的伤害，所以大多数遇到这种事情的女孩都会选择沉默。白青果不是第一个，也不是最后一个，我想给每一个女孩子做情绪疏导和心理治疗，我希望她们都能健康地活下去。”

李唯西站在天台上放目远眺，城市远处灯火通明，闪闪烁烁，繁花无限，犹如梦幻一般迷离炫目。幽蓝色天空压迫着整座城市，散发着冷清晦涩的味道。

他将录下来的视频保存好，看向其他几个人。

“他会付出代价。”

陈峰被简一凡恶狠狠地拉起来，紧接着又被踹了一脚重重倒下。

简一凡将场地选在了高层楼的天台上，这样任陈峰大喊大叫也不会吵到别人。接着他们在地上撒了石子，铺了枕木和一截类似铁轨的扁平钢管，让蒙着眼睛的陈峰误以为这里就是火车站附近的铁路。巨型风扇和热水都是为了让陈峰慌乱时以为是火车迎面而来，最重要的火车轰鸣的声音则由方琳一早录好，等陈峰恐慌时放出来即可。

他想到昨晚李唯西说完心理暗示可以杀人之后紧接着说的一句话：“不必

真去铁轨，蒙上他的眼睛，就可以让他相信一切。”

要收拾陈峰并不难，难的是让他说出真相，是在没有证据的情况下让他受到该有的惩罚。

四人转身，每个人的面色都极其凝重。

风声大作，似乎要将黑暗撕裂。

翌日。

陈峰所在的公司一大早就遇到一件匪夷所思的事情，所有同事来到公司打开电脑，一排又一排的电脑屏幕亮起时，都在同一时间弹出来一段视频。

视频中被蒙着眼睛的陈峰趴在一片石子儿上，喘着气大喊：“我叫陈峰。哔——就这五个人，我强奸了五个人！我叫陈峰。哔——就这五个人，我强奸了五个人！”

所有同事大惊，交头接耳，议论纷纷，还有人直接打电话报了警。陈峰迅速被公司处理，以致出事一天不到，连圈内其他公司都知道了这件事情。陈峰一时恶名昭著，所有人都躲得远远的，像看一头怪物一样看着他。

虽然这些话不能作为证据提交给警方，但对陈峰的惩罚就像一只无形的手，一直掐着他的喉咙，几个受害者也在没有暴露的情况下得到了些许心理安慰。陈峰不会愚蠢到在别人面前说出那五个人的名字，他现在忙着四处解释，只是公司高管碍于视频传播速度太广，影响太差，很快便将他辞退。

李唯西连夜将录好的视频给到1号人物，1号人物又侵入了陈峰公司的电脑，给了所有同事一份“小礼物”。

只是他们两个人谁也没有过多提及这件事，陈峰在公司六年就性侵了五个女同事，受伤的女孩子或是辞职，或是得病，想想就觉得心惊。

而宋摘星当初想要教训陈峰，也仅仅是希望遇到同样事情的女孩子可以在第一时间选择报警。保存证据，寻求心理救助，不要怀疑是自己做错了事，不要放弃自己，更重要的是——让伤害自己的人为此付出他该付的代价。

京大医院心理科。

白青果一早就来了，谁也没有告诉她昨天发生了什么。宋摘星给了方琳治疗方案，方琳看着密密麻麻的字迹，似乎是连夜写出来的。

“重点疏导，缓解抑郁情绪，化解心理创伤，增强自我意识，接纳自我，发展自我，获得人格成长。”方琳将列在最前面的目标念了一遍，鼻尖也开始发酸。

等宋摘星与白青果的心理咨询结束，方琳就让白青果来到治疗室。白青果睡眠仍不太好，方琳需要先给她做一些放松治疗。

然而方琳刚刚忙完，胡梨却突然闯进办公室，劈头盖脸将方琳一顿大骂。

方琳有点莫名其妙，看着胡梨一脸恶相问道：“出了什么事啊？”

别看胡梨年纪小，骂起人来倒是凌厉。

“治疗的病历写的什么玩意儿。”胡梨直接将一沓纸扔到她脸上，瞪着眼睛骂，“工作那么多年，连字儿也不会写？”

胡梨的声音迅速引来其他同事的围观，众目睽睽下方琳脸颊通红，心口突突直跳。

方琳捡起来那些纸，见是自己之前写的治疗进度，皱了皱眉：“哪里不好了？”

“没一个字儿是好的。”胡梨翻了个白眼，“你这么写病历，谁能看得懂？到时候病患找过来，还得让我们重新测量，平白增加我们的工作量。”

方琳一听有些生气：“我一直这么写，怎么？李医生和宋医生都没说什么，你……”

她还没说完，忽然看见文静从隔壁赶过来站在胡梨身后挤眉弄眼。方琳知道自从吴聪当上主任之后胡梨明里暗里没少给文静气受，胡梨现在倚仗吴聪撑腰，一天到晚神气得不得了。

方琳声音虽然低了下来，却仍在辩解：“你一个实习生，看不懂也是正常。”

胡梨逼近她，气势汹汹：“不想干就滚。我就算是实习生，也比你这个医生强。”

“胡梨，是不是有点过分了？”

方琳哪里忍得了一个小丫头对自己说这样的话，刚想和她吵两句，文静忽然走上前来和胡梨道歉：“以后测量室的工作我做，别生气了。”

然而胡梨像看不见文静似的，径直对方琳说道：“方医生，把这些材料重新写一遍吧，我还得拿给吴主任看呢。”

这些病历涉及数十个患者，一时半会儿根本写不完。方琳问道："这些给吴主任看过了吗？"

胡梨冷笑："我说不行就是不行，哪儿还能拿给吴主任。再说拿这些玩意儿给吴主任添麻烦，你心里过得去吗？"

方琳恨得牙痒痒，文静将散落在脚下的病历都捡起来，跟胡梨说道："我和方医生一起写。"

胡梨瞥了她一眼，随即转身向门外走去。

她压根儿瞧不上文静，不愿意和她多说一句话。出门之前胡梨扬眉，补了最后一句："吴主任最近忙，有什么事先和我说就行了。"

办公室门前已经围了一圈人，等胡梨走了，方琳气呼呼地骂道："狐假虎威。"

文静叹气："胡梨在测量室越来越懒，支使我干这个干那个，我看不惯和吴主任反映了一下，结果吴主任却说了我一通。他说给了胡梨更重要的工作，要我体谅。"

方琳瘪嘴："都什么事儿啊，敢情心理科就是胡梨家开的。"

文静也一点办法都没有："忍忍吧，我反映了一次，胡梨捏住我错处就要扣我工资。你看她今天得意的样子，就是给我们立威呢。"

方琳无奈，暗暗道："以前也没觉得她这么猖狂，怎么现在变成这个样子。"

文静头也没抬："小人得志。"

心理咨询室2部。

简一凡听着隔壁噼里啪啦大吵大闹的声音没有起身，素有"八卦小王子"之称的他之所以没在第一时间赶过去看热闹，是因为他面前坐着的这对母子正是刘子涵和他的妈妈。

即便大热天，刘子涵的妈妈仍然穿着长袖衬衫，一身正派。她拉着刘子涵的手，严肃而有力，而刘子涵的另外一只手还在紧紧攥着辣椒瓶子。

刘妈妈坐在办公桌一侧，与简一凡面对面说道："他爷爷奶奶身体不好，就没让他们过来。"

从她一进门，简一凡就猜出来他们家庭内部没有达成一致。父母忙，爷爷奶奶又老了，刘子涵的教育问题势必是多人参与各个都能做决定，没有人能统一所有人的意见。所以当简一凡希望他们全家都能来的时候，最终出席的也只有刘子涵的妈妈。

简一凡直截了当地说道："我昨天和子涵聊了几件事，从他的反应中我大概猜出来了他的心理问题。"

刘妈妈很有礼貌，认真道："我专门请了假，就是为了这件事情来的。不知道子涵到底怎么了？"

简一凡让刘子涵坐到沙发上单独玩一会儿，这才看向刘妈妈道："昨天子涵说了一句'我爷爷奶奶也说外面有坏人'，其实他是在表达两个意思：第一，家庭观念教给他的知识是，外面不安全。第二，除了爷爷奶奶，父母给他的教育或许也出现了问题。"

刘妈妈皱眉："我和他爸虽然是第一次养育孩子，但是教育观念还是有的。谁也没教给他要去伤害别人，也没让他成天抱着辣椒瓶不松手。"

简一凡摇头："这远远不够。子涵说你和他爸爸都很忙，平时都是奶奶陪他，是这样吗？"

刘妈妈"嗯"了一声："确实是，生子涵那会儿正好调了岗，工作忙得很，陪他的时间确实很少。"

"子涵的问题，还涉及'隔辈抚养'的问题。"

"怎么会呢？"刘妈妈辩解，"我虽然忙，但是一直在家，每天他都能看见我，又不是只让奶奶带，这怎么就成隔辈抚养了？"

简一凡敛眉，语气少有地严肃："隔辈抚养不仅仅是母亲不在身边、孩子由别人抚养长大这一种情况，它的根本问题在于母亲角色的缺失。就算你天天在他面前出现，但是你每天忙碌到没有时间关注自己的孩子，你们之间就缺乏情感的联系。你这种情况产生的问题，比真正的隔代抚养还严重。"

刘妈妈有些不懂："妈妈在身边比不在身边还严重？这怎么可能呢？"

简一凡解释道："倘若孩子出生之后母亲就远走他乡，孩子由奶奶或者外婆抚养，那么奶奶就替代了母亲的角色，孩子和奶奶产生了新的依恋关系，这是没什么问题的。但是只要有母亲在，孩子的依恋关系一定是从母亲身上获得的，孩子不可能越过母亲从奶奶那里得到这种依恋。"

刘妈妈嗫嚅："依恋关系是什么？"

“是安全感。”简一凡叹道，“当孩子需要情感回应时，你并没有给到他，他长期被无视就会没有安全感。”

刘妈妈眼眶里含着泪，有些不能相信：“我家子涵是因为我才这样的吗？”

简一凡摇了摇头：“不全是。你和子涵的依恋类型不是安全型的，他内心处于恐惧之中，产生害怕的情绪。这时候爷爷奶奶给到他的教育又是外面坏人多，你和他爸爸成天在外面对付坏蛋，这才加重了子涵的恐惧认知。一方面他内心没有安全感，另一方面他认为外面又都是坏人，所以才拿着辣椒瓶子不肯放下。”

刘妈妈终于明白了他最初的话，垂了垂眸：“我刚才还在想，像我们家这种情况的孩子也不是一个两个，怎么就子涵拿着辣椒瓶到处喷人。听你一解释我才彻底明白，子涵是太害怕了，从里到外都害怕才会这样。”

简一凡将目光投向还在沙发上玩游戏的刘子涵，笑了笑：“他还小，不知道如何表达自己的情感，可是大人千万别小看孩子的潜意识，它会很精准地表达出孩子的情绪。当然这些情绪在你们看来都是问题，只是问题后面，原因基本都在大人身上。”

刘妈妈抹了一把泪，问道：“子涵很小的时候我经常忙到深夜，如果按你说的没有建立依恋关系，那子涵还能恢复正常吗？我以后该怎么做？”

“多和他互动，鼓励他，让他知道你爱他。”简一凡舒了口气，劝慰道，“没有什么事情是绝对的，孩子小时候没有得到安全的依恋，长大了也可能会从社会、从恋人那里得到。何况你们现在知道了原因，家里人可以一起努力把子涵的认知调整过来。”

刘妈妈点头：“我回去就和家里人说。”

“子涵还小，只要家人配合，他很快就不会再依赖辣椒瓶。”简一凡顿了顿，说道，“我嘱咐你一句，家里人一定要有一个一言九鼎的人，教育孩子的问题上，务必有一个人能做主。”

刘妈妈还没说话，简一凡捂不住嘴，道：“最好是你。”

有时候母亲不仅仅代表爱，还代表了分寸、规矩以及自律。倘若一家人每一个人都有一套育儿经，教养观念各不相同，那么在这种环境下成长起来的孩子多数是学不到好品质的。所以全家只需要有一套教养方式，而决定权就在母亲。母亲与孩子有天然的情感联结，是孩子安全感的重要来源，承担着更多的责任，也应行使更多的权力。简一凡一时想说的太多，可想来想去，也不过就这四个字了。

刘妈妈和他道了谢，还没走，咨询室的门突然开了。

门口站着一个中年妇女和一个小孩，正可怜巴巴地望着他。

简一凡噌地站起身，眉头紧皱："怎么是你？"

宋摘星今天的咨询时间安排得满满当当，很是紧密。眼瞧着忙了一上午，刚想休息片刻，忽然看见方琳和简一凡闯了进来。

方琳拿着一沓病历走到她面前，气愤道："摘星，我实在是忍不了了。"

连简一凡都气哼哼道："阿星，你猜刚才谁来找我？叮当和叮当妈！"

宋摘星皱眉："叮当怎么了？"

简一凡吹胡子瞪眼："我就说上次他们走得太突然，我还专门打电话问，叮当妈就是不说。现在好了，叮当在外面根本没看好，又回来了。"

宋摘星有些吃惊："外面？肖雅洁的心理诊所？"

"你怎么知道？"简一凡一愣，"他们主动来找我，我一问才知道当初是胡梨把他们给弄走的。胡梨告诉他们诚明心理诊所比心理科好，专治儿童心理问题，简直胡扯。"

"叮当的病在诚明诊所没有看好？"

"别提了。"简一凡面部肌肉急速抽动，"叮当妈妈告诉我诚明价钱贵得要死，只要不交钱就立刻赶他们出来。叮当病都没看好，她不得已才又来找我的。"

方琳也撇着嘴："上午胡梨把我写的病历全都否了，让我重写，这还没半天工夫，胡梨又拿来之前吴主任的病历交给我，让我好好学习，给她做个汇报。她拍马屁我管不着，折磨我们是不是太过分了？"

宋摘星哭笑不得，胡梨一朝得势，真是没少给同事们小鞋穿。她想到上次胡梨专门抱着刘子涵过来让他对着自己喷辣椒，这些小心思既狭隘又恶毒，本不想与她计较，可胡梨一天比一天嚣张，搞得心理科乌烟瘴气。

简一凡本就"混不吝"，之前不愿意和胡梨一般见识，如今却生气说道："利用刘子涵对付你，又私下搞走我的患者，这丫头背地里不知道干了多少坏事，我怎么也要出口恶气。”

方琳连连点头：“我支持一凡，她眼里瞧不起人，太不知天高地厚了。”

宋摘星歪头看他们：“你们要怎么教训她啊？”

“打她吧我也不好动手，骂她吧……我嘴皮子也不利索。”简一凡有点沮丧，“还没想好用什么招儿对付这种小人。”

方琳气得啪的一声将那些病历摔到办公桌上：“真撕破脸了也不好，但是又看不惯她那个嘴脸。年纪轻轻不学好！”

风从窗口吹进来，拂了几页病历纸，宋摘星忽然看见一些字，脸色一变。

她迅速拿起吴聪之前写的病历，一边看一边和他们说道：“胡梨为什么能那么猖狂，无非是有吴主任给她撑腰。吴主任为什么喜欢她，无非是她替吴主任做了那些手脏的事儿。她深得吴主任信任才能对咱们要横刁难。”

职场那些事儿被宋摘星几句话就剖析得彻底，简一凡来了兴致：“你有主意？”

宋摘星眼睛没离开病历，接着说道：“杀人诛心，离间她和吴主任，让吴主任不再相信她就行了。”

方琳哈哈大笑，忍不住拍手鼓掌。

“胡梨也不想想，哪有领导真喜欢哪一个职员的，还不是因为她对主任有用。要是她干了对主任不利的事儿，谁还保她。”

简一凡也笑起来：“那丫头手干净不了，我这就偷偷查查她，看看有没有什么把柄。”

然而宋摘星却像没听见似的，若有所思地站起身，紧接着发疯一样冲出办公室，手里半举着一页病历，随风呼呼作响。

第三十四章　宴尽楼塌

宋摘星一口气跑到住院部的病房，推门时看到郑亮亮的妈妈正给他喂水。她猛地进来，两个人不约而同地看向她。宋摘星大步走到郑亮亮身边，问道："你之前在外院看病，还有一个同伴？"

郑亮亮不明所以地点了点头："那时候我们天天泡在网吧玩游戏，他父母也把他送到医院治疗了。"

"后来你转到心理科，他呢？"

郑亮亮看了妈妈一眼，想了想："好久没和他联系了，不知道好了没有。"

"不，不是。"宋摘星给他看当时外院转过来的病情资料，指着上面很小的一行字道，"同行病患有暴力倾向，病史两年，网瘾症状加剧，建议与郑亮亮症状交叉分析……"

这是外院对郑亮亮的病情记录，之前郑亮亮出事的时候吴聪只给李唯西出示了他写的病历，却没拿这一页。幸好刚才方琳拿的一沓资料里附带了这一张，不然宋摘星到现在也不会往别处想。

郑亮亮有点不明白她的意思："到底怎么了？"

宋摘星收了资料，目光灼灼地看着他："你和我说，你同伴去过哪里没有？他有没有玩过暴力游戏？"

郑亮亮皱眉："游戏我们都玩，没听说有什么特别的地方。"

“那你同伴哪段时间有过异常吗？”

见她问得这么急，郑亮亮知道是对她来说很重要的事情。他沉默了一会儿，仔细将与同伴在一起的时候想了一遍，忽然道：“有一次他气喘吁吁地回来，和我说以后谁邀我玩游戏都别去。我笑他发神经，他说他偷跑出来，再也不去了。完了他还说他手机屏碎了，要换手机，还问我里面的东西怎么保存。”

宋摘星心口直跳：“你们一直在一起吗？”

郑亮亮摇头：“刚开始在网吧里常见，后来他有两个月没来过，再之后就又天天在一起了。”

宋摘星暗想，如果那两个月正好去了周鸣山的地下实验室，那么再出来之后肯定与原先有什么不同的地方。

“你同伴喜欢玩什么游戏？”

郑亮亮目光微暗：“都是常玩的一些，不过他后来待在网吧的时间越来越长，有次还和人打架，这才被他爸妈送去医院。”

宋摘星心中已然明了，她肯定他的同伴玩过周鸣山开发的游戏。游戏快感提升，他同伴必然要寻求更大的刺激才能抵消当时玩游戏的记忆，否则他同伴迟早控制不住再回到那个地方。

宋摘星将全部希望寄托在郑亮亮身上：“你刚才说你同伴手机屏碎了，存了什么东西，你能要过来吗？”

“不用要。”郑亮亮浅浅笑道，“当时我先帮他上传到电脑，再传到他新手机里，备份我这儿就有。”

宋摘星记得当时她与李唯西一起被抓进地下实验室，看到一个女人推着车子进入焚烧间。她虽然不确定那时是不是已经有了幻觉，但周鸣山确实是在开发暴力游戏。1号人物拍的视频虽然没了，但是肯定有孩子在参与游戏。倘若至今没有人告发周鸣山，只能说那些孩子一直受到控制，或者不敢说出真相。

宋摘星拿着郑亮亮给她的云盘网址和密码跌跌撞撞出门，她现在急于知道郑亮亮的同伴到底保存下来什么，会不会和周鸣山的游戏有关系。

傍晚时李唯西再次来到老楼前，即便在璀璨唯美的夕阳下，老楼的墙面仍显得灰扑扑的。荒草围着老楼绕了一圈，有一面墙壁长满了爬山虎，窗户棱角上都染着尘，红木斑驳，看起来许久没有擦拭过了。

李唯西已经查到当年林家给了姆妈一笔钱让她离开，那笔钱即便搁到现在也不是小数。他第一次来林落雪姆妈这里的时候就有所怀疑，不知她怎么住在这个地方。直到1号人物查到姆妈有个儿子，吃喝嫖赌败尽家产，老头去世之后唯一的儿子更是对她不闻不问，反而恨她当年拿的钱太少，没想着他。

最重要的是，现在她儿子欠债不还被人追着打，老太太已经有一年没见过儿子了。

他上了楼，再次按响了五楼的门铃。

门很久没开，李唯西不得已多按了两遍。

终于，老太太晃晃悠悠地开了里面的门，隔着防盗门看着他。

李唯西见她迟迟没开外面的铁门，温和道："我想知道林家的事情。"

老太太没说话，爬满皱纹的脸上毫无表情。

李唯西见她无意开门，说道："听说你儿子欠了很多钱，要债的人经常来你家中打扰你，如果你能告诉我林落雪的事情……"

他的话还没说完，忽然听见屋内有毕剥声响，他皱了皱眉，接着说道："我可以替你儿子还上所有的赌债。"

老太太很老了，这次却毫无笑意，拉着脸说道："你走吧。"

屋内又传来一些叮当声，李唯西警觉地隔着防盗门向里看，却什么都没看到。

李唯西再做争取："我不仅可以给你一大笔钱，还能让你住更好的房子。你现在只有你儿子了，你不能不为他着想。"

老太太挡在门口，声音扬了半分："死者为大，落雪早就没了，我不想再说林家的事情。"

"如果你有难言之隐，我保证替你保密。"

老太太目光幽暗地看着他，气息有些不稳："我早就忘了当年发生的事，你以后不要再来了。"

她说完随即将里面的门关上，砰的一声，似乎用尽了力气。

李唯西面对紧闭的房门眉头紧皱，但是他一直没有离开，他在等。

黑黢黢的老楼寂静无比，几分钟之后，从门内忽然传出吵嚷的声音。李唯西不动声色地站在原地，如果没猜错的话，老太太的儿子就在里面。

他听见老太太刻意压低自己的声音，训诫她的儿子：“我绝不会要别人一分钱。”

“妈，你儿子都快没命了！有什么不能说的？你赶快把他喊回来。”

“你以后不要再回来了，那些人会立刻找上门来的。”

扑通一声跪地的声音从门内传来。

“妈！我是你亲生的吗？你救救我，我回来了一定好好伺候你，给你养老送终。”

“我没有你这样的儿子。”

“我爸都死了！你别不识好歹！”

“滚。”

李唯西后退了几步，他知道老太太不会和自己说出真相了，只是没想到老太太的脾气竟然如此刚烈。他本以为通过救她儿子就能让她有所触动，不承想这条路完全走不通。

李唯西转身下楼，思索要从姆妈下手还需要费一番功夫。正想着，忽然从楼上传来一声惨叫，李唯西大惊，赶紧折身回去。

还没跑到三楼，一个人影忽然从老太太家里出来迅疾向楼上跑去。门没关，李唯西径直进入老太太家，看见老太太捂着胳膊跌在地上，胳膊被划了一刀，鲜血直流。

李唯西咬牙，赶紧在她家中找了一些白酒和纱布。老太太从始至终没有呻吟一声，看着李唯西给自己包扎完胳膊后缓缓开口道：“你走吧。”

李唯西扶着老太太起来：“为什么这么对自己的儿子？”

老太太半闭着眼睛：“我没有这个儿子。”

李唯西看见屋内的抽屉有一些半开着，知道家中已经被翻了一遍，她的儿子肯定偷了她的钱跑了。

他将她扶到沙发上坐下，声音温和：“如果钱不够，你随时找我。”

“不必了。”老太太垂着头，没有看他，“你对我好也罢，威胁我也罢，我都不会说的。”

李唯西心中一沉：“你到底在隐瞒什么？”

老太太抚着受伤的胳膊，沙哑出声：“二十年前我答应了别人，我一个字也不会说。”

李唯西咬牙，知道再问无益，看着她胳膊渗出的血迹道：“我送你去医院。”

老太太摆手，对他笑了笑，脸上的皮肤褶皱在一起。

她的声音很弱很低，然而说出的话却再次给李唯西一击。

“你要是还有空就替我报警，让他们把不孝子抓起来，我死都能闭眼了。”

李唯西凝视着她，他知道这句话是对自己说的。老太太是在告诉自己，她根本没有软肋和弱点。

他忽然明白了那天周鸣山说的话，周鸣山跟踪姆妈十几年也没有得到真相，就是因为她软硬不吃。短暂的黄昏过去了，李唯西将目光散在破旧的窗外，一时五味杂陈，周鸣山确实给了自己一根难啃的骨头。

他现在要做的，是尽快找到一个办法让姆妈开口。

深夜。

卧室中摆了一束狐尾百合，窗台干净，夜里的风吹拂着窗帘徐徐扑进床头。帘子内的女人盖着薄毯，床沿儿露出一寸藕臂，雪白润泽。

屋子里没有开灯，月色打在窗帘上发出幽幽的光。床上的女人呼吸越来越不稳，眉头紧皱，眼睛紧闭，眼球隔着眼皮迅速转动，额头冒出一层又一层腻汗。

“不要！不要过来！”女人还在睡梦中，却大喊不止，“走开！不要过来！”

“有鬼！有鬼！”

她乍然睁开眼睛，半坐起身子奋力出声。声音像被撕裂一般，将窗外的月光震得粉碎。

一个男人连忙开门，跑到床边温柔地抱住她。

“没事了，是不是又做梦了。”

女人扑在男人怀里大哭，长发半垂，凌乱不堪，此时更像一个疯子。

“鬼又来了，又来找我了，我好害怕。”

男人拍着女人的后背，语气又轻又软：“我在，别害怕。”

女人仍然不断地发抖，她哭得满脸是泪，嗓子发疼。

“以后你再也不要和我说工作的事情，我不想知道，不想知道！”女人紧紧攥着他胸前的衣服，指节泛青，“我这几天都会梦到鬼，它又来了，又来了。”

男人低头，眼眶中泪雾升腾：“秋薇，对不起。”

女人的声音凄凄切切，在夏夜中显得格外冷清。她的眼泪越流越多，哭声传达着她的无助和痛苦。

男人知道，自从他和她说了自己辞职的事情她就开始不对劲了。陈年往事像烈酒一样将两人的心事割裂开来，如钝刀割肉，痛得没有声响。她的眼泪浸湿了自己的衣服，寒凉一片，像多年前的那个雨夜，寒雨打在自己身上，也是这么冰，这么凉。

宋摘星那天晚上没有联系李唯西，因为白青果找到了她，告诉自己要报警。她已经得知陈峰的事情，办公室里闹得沸沸扬扬，然而陈峰一口咬死自己是被人威胁才说了那样的话，让领导一时分辨不出真假。白青果得知之后毅然决然地找到宋摘星，希望她跟着自己去趟警局。

报警需要面临警察多轮详细的盘问，还要甄别出事那天白青果衣服上的指纹与痕迹——幸好白青果还留着当时的衣服没有洗——白青果怕自己会崩溃，恳求宋摘星同行。

宋摘星自然不会拒绝，她巴不得陈峰早日受到惩罚。听说陈峰的老婆和孩子为此受到很大压力，还要与陈峰闹离婚，宋摘星听后反应淡淡的。倘若陈峰在性侵第一个女职员的时候就能想到这样的结局，不知还会不会对女人动手。

等宋摘星和白青果从警局出来已是凌晨，其中一个警察追着她们出来，专门感谢她们的报案。这样的事情不止发生过一件，他希望所有实施性侵犯的人都受到惩罚。白青果在街头大哭出声，宋摘星知道她终于有了踏出泥沼的勇气，这些勇气会支撑她继续向前走。

将白青果送回家后，宋摘星干脆回到心理科睡了一会儿。夏季清晨的阳光来得很早，李唯西进来时宋摘星看了看时间，刚过六点钟。

李唯西见她也在倒是稍稍吃惊，有些担心：“怎么睡在这儿？”

宋摘星从沙发上起身，揉了揉眼睛：“昨晚一直陪着白青果，你怎么也这么早？”

李唯西轻轻将办公室的门关上，缓步走近她。他的衣服上有好闻的皂香味，清爽干净，宋摘星贪婪地闻了闻。李唯西浅笑，斜倚在沙发边温柔地看着她。

“我昨晚一直在林宅给林雨泽治疗。”

“怎么这么着急？”宋摘星奇怪他为什么利用晚上的时间，问道，“是不是出了什么岔子？”

李唯西扬手为她拨开额前的碎发：“你若没有睡好，就再睡一会儿。”

宋摘星有一瞬失神，她轻轻与李唯西道：“周鸣山和肖雅洁是不是很难对付？”

李唯西垂眸：“等治疗好林雨泽，一切都可以结束了。”

宋摘星见他面色有些苍白，立刻起身向办公桌走去。她拿出一个U盘给他，很是严肃地说道：“唯西，肖雅洁可以提前入狱了。”

李唯西也跟过来，不明所以地看着她。

宋摘星眸光清澈，她将郑亮亮的同伴参与暴力游戏的过程与他讲了一遍。昨天拿到郑亮亮的拷贝文件之后，宋摘星通过解码发现了一段视频，拍摄角度虽然晃晃悠悠，却精准地拍到了肖雅洁站在孩子们的身后，看着很多孩子在地下实验室玩暴力游戏的情景。这个场面比1号人物那次拍到的还要震撼，很多孩子已经体力不支，双眼通红，肖雅洁却不为所动，冷冷地看着孩子们玩心理游戏的反应。

宋摘星遗憾里面没有出现周鸣山，但是肖雅洁知情犯罪的证据已经非常充分。更何况周鸣山的地下实验室早就被警方找到，其公司的副总锒铛入狱，肖雅洁设计心理游戏的资料也被发现，这个视频无疑是将肖雅洁送进监狱的一张王牌。

李唯西看着站在办公桌前的宋摘星，他的笑意渐深，乌木般的黑色瞳孔如星熠熠。清晨的阳光笼罩在他的身上，他走上前缓缓抱住她，皮肤清凉。

他心中涌起一股洪流，像冬日冰山乍泄。

他想起许多年前他给她几颗糖，告诉她人生不如意事十之八九，那时的她就站在天台上，往前一步就能跳下去。可她缓缓回了头，接过那些糖时告诉自己：你对我的好，我会还给你的。

他从来没有想过要她还，可那些善意就像被风吹散的蒲公英种子，你根本不知道多年后它会长成什么样子，变成多大的善意回馈给自己。

他喉头哽咽，紧紧地抱着她。像是抚慰，像是感谢。

外面忽然传来两个人的说话声，在寂静的清晨中格格不入。

“哎呀，吴主任，一直听说你上班早，果然没让我白等。”

“你怎么到这儿来了？”

房间中的宋摘星一怔，她惊诧道：“吴聪？”

李唯西与她分开，悄悄走到办公室门口。他听到吴聪带着一个女人进了主任办公室，示意宋摘星待在原地，随即开门出去。

吴聪将王可带到办公室，看了一眼时间，差一刻钟七点。

他将手提包放下后拉着脸道：“你只有十五分钟时间。”

王可穿着一身高级套裙，知道突兀来心理科给他添了麻烦，赶忙解释：“上次见过面后您一直没给回复，我也是不得已才来心理科找您。不过您放心吴主任，胡梨和我说了，您一向来得早，我保证在同事上班之前离开这儿。”

吴聪靠着办公桌坐下，示意她也坐。

他轻轻笑起来：“王总监真是一刻也不让人闲着。”

“吴主任时间宝贵太难约，为了帕罗西汀的事儿，我也是不得已呀。”王可边说边拿了张银行卡出来，向吴聪方向一推。她展眉笑道：“胡梨总归是个小丫头，一切还不是得由吴主任做主。”

吴聪打眼瞧了瞧那张卡，是张金卡，在阳光下闪着耀目的光泽。

王可谄笑道：“我今儿就为了得您一句话，若是定下来，以后我就跟胡梨对接，再不麻烦您了。”

吴聪将那张卡拿过来，声音低了半分。

“王总监是个聪明人，这事儿和我没什么关系。”

王可立刻挺身表态：“那是自然，我们公司的药都是正品药，一切为了患者好。”

吴聪哈哈大笑，王可也跟着笑。走廊里隐约传来两人的笑声，长身立在门口的李唯西浅浅皱眉。

宋摘星跟着出来，李唯西给她做了噤声的手势，随即带着她下楼。

院子里的露水沾在叶尖儿上，空气凉凉的，宋摘星与他站在树下，虬蟠的枝叶翠深百尺，肆意伸展。

宋摘星懵怔：“谁在和吴主任说话？”

李唯西淡淡道：“吴聪带着药品公司的人来谈生意。”

“谈生意？”宋摘星不可思议地惊呼，“他疯啦？”

李唯西垂眸：“胡梨也参与其中，想必是吴聪的帮手。”

这一点宋摘星反倒没那么惊讶，她知道这正是胡梨备受吴聪喜爱的原因。

“简一凡他们看不惯胡梨嚣张的样子，正查她呢。”宋摘星叹气，“吴聪做的坏事太多了，之前偷论文不跟他计较，没想到后面他变本加厉，利用同事巩固自己的地位，陷害云主任，钩心斗角拉帮结派，现在又滥用权力干涉药品，桩桩件件都让人不齿。”

“你也觉得他太过分了？”

“之前是拿不到他的把柄，不然怎么会让他这样肆无忌惮。”宋摘星有些感叹，“想当初还以为吴主任是个好人，待人和气，与人为善，谁能想到背地里竟然这样。”

“吴聪很聪明，将胡梨推出来与药品公司对接，怕是很难抓到他。”

宋摘星摊手：“所以一凡和方琳打算先拿到胡梨的证据，卸掉吴聪的臂膀后再对付他。”

李唯西浅笑，长睫微卷，薄唇润润：“既然两人都与药品公司的人有来往，就有办法了。”

“怎么讲？”

“肖雅洁的证据先别提交给警方。”李唯西笑意渐深，问她，“你觉得吴主任是个什么样的人？”

“表面上与人无争，常带笑脸，性格好，脾气好，实际上却心机深沉，精于算计，打压同僚，自私自利。”

“你们想要挑拨胡梨与吴聪的关系，顶多也就是让吴聪不喜欢胡梨，让胡梨不再那么张狂罢了。”

宋摘星皱眉：“你的意思是？”

李唯西呼吸轻缓，意味深长道：“擒贼先擒王。”

宋摘星知道他已经有了主意，随即绽开笑颜。她的笑像菡萏出清水，月明照幽院，与半空中的莺啼流翠一样温柔明朗。

陈西晚带着沈秋薇来到心理科时正是科室正忙的时候，等了许久才见李唯西从咨询室出来。自上次见过陈西晚，吴聪再没有主动找过他，眼瞧着陈西晚带着太太来到心理科，倒让吴聪吃了一惊。

陈西晚没和吴聪过多说话，率先让沈秋薇做了心理测量，然后带着她径直走进李唯西的办公室。

沈秋薇很是瘦弱，却带着中年女人独有的韵味。她穿着长衫，像素净的花枝，白皙的皮肤如瓷一般，似乎看不到岁月留在她身上的痕迹。

她被陈西晚扶着优雅落座，陈西晚与李唯西说道："一直做噩梦，茶不思饭不想，我带她来看看。"

陈西晚本身就是心理医生，却没有让沈秋薇郁结消解，李唯西猜测她的病况并不止做噩梦那么简单。

"持续多久了？"

沈秋薇淡淡开口，声音轻绵绵的，像黄昏的风："十八年。"

李唯西心惊，看向陈西晚："怎么没有早点过来？"

陈西晚抖动唇角，他想说倘若吴聪没去找他，或许他还不会带着秋薇过来。只是那些话被堵在喉头，始终没有说出来。

"我准备请辞院长一职。"他平静地看着李唯西，"这之前，希望你能帮我看好秋薇。"

李唯西不知道陈院长怎么忽然说出这样的话，还没回神，便听他继续说道："秋薇十几年来经常做噩梦，这阵子更加频繁，我担心她身体吃不消。"

李唯西浅浅道："我会尽力。"

陈西晚点头，默默退出办公室。他记得这间办公室二十年前还很小，很旧，如今窗明几净，焕然一新，不承想一不留神竟过去这么多年了。

李唯西看着沈秋薇安静寡言的样子有些困惑。沈秋薇是之前沈院长的女儿，沈院长退休时陈西晚刚升任副院长不久，之后隔了一届才成为京大医院院长。沈院长慈祥和蔼，循循善诱，陈院长又专情和善，风姿斐然，按说这样的家庭环境不该让沈秋薇如此低沉，似乎做什么都提不起力气似的。

李唯西看着沈秋薇的测量单子轻轻问道："都做了什么梦？"

沈秋薇默了一会儿，才以极缓的语速说道："我每天都梦到鬼，在阴森恐怖的屋子里，鬼死死地缠着我。我不能动弹，也喊不出声，鬼绕着我走了一圈又一圈，屋子里那么黑，我什么都看不见，就能看到鬼。”

李唯西呼吸安宁：“你小时候梦到过鬼吗？”

沈秋薇点点头：“谁没梦到过鬼神呢，只是我这些年梦到的鬼和之前的不一样。”

“为什么这么说？”

“这十几年梦到的鬼看不见脸，或者说脸是黑乎乎的一片，长得全都一样，而且声音很细很尖，还能和我说话。”

“鬼都和你说了什么？”

沈秋薇面色苍白，看起来十分痛苦。

“它让我留下，让我不要回去。它有手，手又白又细，紧紧拉着我的衣服。我害怕极了，我想跑出屋子，可怎么都找不到出口。”

李唯西按照她描述的样子推测：“是女鬼？”

“我不知道。”沈秋薇又有些颤抖，“我看不见它的脸，就知道它一直围着我转。它让我不要走，留下来陪它。它说它很冷，冷了很多年。”

李唯西平静道：“世界上没有鬼。梦到的鬼都是我们心灵无意识的投射，是虚幻的客体。因为鬼没有肉体却有人的心理，同时有超凡的能力，给我们的生活带来影响。”

沈秋薇抬头：“什么影响？”

“有时候人会用鬼来实现自己实现不了的愿望，有时候人们也会用它来自我约束或者自我惩罚。”

“我不明白。”

李唯西的声音充满磁性和力量，像一泓深泉。

“鬼是恐惧的投射。我们恐惧什么，鬼就是什么。”

沈秋薇愣愣地看着他，目光有一瞬清亮无比。李唯西察觉出她的表情变化，确定她隐瞒了一些事情。他站起身，轻轻说道：“你可以想想你第一次梦见这种鬼是什么时候，如果很久了，就慢慢地想。你再做梦的时候可以在梦里问问它，你能为它做点什么。”

简一凡一连跟了胡梨几天，终于有了重大发现。他将拍到的胡梨与王可的照片拿给大家看，确信她们之间的关系非同寻常。

办公室一下子像炸开了锅，文静、方琳挤在一起看着胡梨与方达药业总监见面的照片，直觉嗅到了一丝危险的气息。

等李唯西与宋摘星忙完已经将近傍晚，心理科的病患全部咨询完，整个走廊忽地安静下来。李唯西拿着那些照片看了几遍，与简一凡安排了几句，随即嘱咐方琳给肖雅洁打电话，和她说吴聪出了事情，要她过来一趟。

倘若肖雅洁问出了什么事，就让方琳暗示她与心理科主任一职有关，别的不再多说一句。

此时的肖雅洁正坐在办公室中拆一份寄来的文件，上面的寄件人写着周鸣山，肖雅洁将文件取出，发现是一份未完成的设计图纸。她脸色瞬间变得不好，桌角的电话忽然响了起来。

她拿起电话几秒后眉心紧皱："他主任不是当得好好的？"

没说两句肖雅洁随即挂了电话，大步流星向诊所外走去。

半个小时后一直守在窗户边上的方琳气喘吁吁地回来报告："肖雅洁下车了，正往西楼过来。"

李唯西与简一凡对视一眼，大家随即准备。几分钟后，简一凡揪着测量室里的胡梨直接冲向吴聪办公室。

胡梨被简一凡生硬地拽着，本还大吵大叫，可一走到主任办公室忽然就不再喊了。此时除了李唯西之外所有人都站在吴聪办公室里，目光灼灼地看着门口的简一凡和胡梨。

文静、方琳与宋摘星刚把对胡梨的不满向吴聪抱怨了一遍，吴聪还没安抚，简一凡就嚎开了嗓子。

"主任，科里出了个叛徒你还管不管了？"

吴聪表面一向待人客气，见简一凡生这么大气，劝慰道："快坐下，怎么发这么大脾气。"

简一凡没动，他冷冷地看着胡梨气愤道："叮当之前是我的患者，后来竟然跑到外面看病去了，我当时还纳闷怎么说走就走呢，没想到是胡梨暗中让她们走的，这不是叛徒是什么？！"

胡梨被他大声斥责的声音吓了一跳，梗着脖子辩驳："我没有。"

"叮当妈都和我说了，你还狡辩！"

"她是诬陷我，有什么证据？"胡梨看向吴聪，示弱道，"主任，叮当妈妈当时就问我简医生的医术怎么样，她孩子能不能看好。我还能怎么说，肯定希望她留在心理科，但是她自己说外面有其他诊所看这病看得好，我建议她都试试，总不能连这样的话都不能说吧？”

吴聪知道她暗示自己诚明心理诊所的事情，假意点了点头道：“胡梨说得对，没有证据的事情还是不要诬蔑同事，伤感情。”

简一凡嗤之以鼻：“还真是个狐狸，狡猾。”

他说罢直接从兜里拿出来一沓照片，啪的一声丢在吴聪办公桌上。吴聪打眼一看脸色已经大变：“这是什么？”

“要想人不知，除非己莫为！”简一凡从小被孟美丽喊“混世魔王”，如今玩兴大起，笑嘻嘻道，“吴主任你看这是什么，胡梨偷偷背着心理科和方达药业的人来往！”

声音未落，胡梨也是一惊。她快步上前看着自己被人抓拍的照片，呼吸有些不稳。

“主任，我和王可是好朋友，经常见面的，和科里一点关系都没有。”她连忙狡辩，目光闪烁。

吴聪心知她与药品公司来往的事情已经败露，心中有些不高兴，只是脸上没多大变化，仍然带着笑意：“一凡啊，你私下拍胡梨的照片做什么？我还是那句话，凡事要讲证据。”

宋摘星站在桌子一侧打眼瞧了瞧那些照片，清冷道：“心理科的人公然和药品公司的人在一起，不能说不奇怪。而且一个制药的，一个刚毕业的，你们怎么成了好朋友？”

胡梨编的借口完全不值得推敲，宋摘星这样一问倒把胡梨问住了。

“我……我们在别的医院见过，聊起来很投机。”胡梨白了宋摘星一眼，又看向吴聪说道，“主任，简一凡偷偷跟拍我，用心真是恶毒，你得替我做主。”

吴聪点点头，只是还没说话，简一凡就噼里啪啦地说道：“主任你要是包庇胡梨，我就告诉院办，告诉院长，让他们查一查咱们科室里到底有没有方达的药品，到底合不合格！”

若这话是别人说也就算了，一个普通小医生哪来那么大架子。但是这事儿难就难在简一凡身上，他之前花很多钱救助患者，媒体一直跟踪报道，院长还为此大加褒奖，不得不让吴聪有所顾忌。

他现在怨恨胡梨做事这么不小心，简直给他添乱。

胡梨哇的一声哭出来："主任，我没有做。举头三尺有神明，我从来没有干涉过科里的药。"

吴聪摆摆手，给了她一个眼色，看向简一凡道："这件事情我会一查到底，一定给你一个交代。胡梨这阵子太闲散了，以后她让你们干什么你们都不用听，小小的实习生还没有权力对你们吆五喝六。"

文静和方琳面色一暖，简一凡使的这招果然管用。

唯有宋摘星不动声色，心中想的是李唯西的一番话。做到这个程度，也顶多是离间胡梨和吴聪，让胡梨不再那么猖狂，但是所有的坏事都是吴聪做的，他不能把自己撇干净。

门口风声灌进来，宋摘星细听了听，猜测肖雅洁已经到了，随即上前和吴聪说道："吴主任，事情到了这个地步，一定要重罚胡梨，不然难以服众。之前我的论文被偷就是胡梨干的，上面有家族性心理问题的全面解读和分析，让我错失晋升机会，这事儿要是细究起来，胡梨早就该被辞退了。"

吴聪皱眉，笑意全无。他没想到宋摘星如今竟提起这件事，有些惊吓。

"摘星，这件事当时咱们……"

他不好再说，胡梨抹了一把泪，逼近宋摘星骂道："你就是落井下石！要是有证据怎么不早告我？现在再说有什么意思！小心我告你诽谤！"

宋摘星面色平静，看着她气急败坏的样子眉梢轻挑："你做了错事，我想哪天说就哪天说。别说偷我论文这一件事，你介绍叮当去诚明诊所，背着吴主任给郑亮亮做电击治疗，又设局让云主任签字，哪件事情不是你干的？吴主任心善，被你蒙骗，可心理科的同事都不傻，如果这些事儿都捅到院里去，到底是谁会吃不了兜着走？"

胡梨大喊："你胡说！我没做过！"

宋摘星冷冷看着她："吴主任是心理科的主任，不是你一个人的主任，你要是再瞧不起同事，对大家趾高气扬，连主任都救不了你。"

胡梨被她盯得浑身发毛，心里怒火大起，嘶吼道："你算什么东西！宋摘星，别以为大家惯着你，你就真以为自己是个人物！我帮主任做事，我问心无愧！主任才不会听信你们的话，没有证据的事情我看你们谁能告我！"

吴聪赶紧阻拦道："别吵了，都别吵了。"

吴聪平日里和稀泥惯了，胡梨此时只恨他不为自己说两句话。眼瞧着自己被宋摘星和简一凡欺负他却无动于衷，胡梨又怨恨又委屈，只想把事情挑明了让吴聪心里有数，她到底是因为谁才被同事们攻击。

胡梨看向吴聪恨恨道："主任，我替你做了那么多事，你该知道我没做错！"

"够了！"

一声冷喝从门口传进来，肖雅洁脸色阴沉地站在门口，目光凶恶地瞪着胡梨。

胡梨不知道眼前这个女人是谁，提着口气问向吴聪："这人谁啊？"

说话的腔调是这阵子胡梨的惯用腔调，轻蔑的、不懂规矩的、带着三分优越感的质问。她一向对文静盛气凌人，霸道地支使文静做这做那，如今在不大的办公室里再度使用这样的语气，让人以为她才是主人。

肖雅洁一步步走近胡梨，扬手给了她一巴掌。

啪的一声，又狠又脆。

胡梨嘴角出血，捂着右半边脸瞪着眼睛看向肖雅洁："你他妈谁啊？保安！这里有个疯子！"

她近乎尖厉的大喊，然而下一秒却猛地被吴聪制止。

吴聪连忙起身，不可思议地看着肖雅洁："你……怎么来了？"

肖雅洁早就站在门口，只是还没进来就听见吴聪办公室人声鼎沸。她站在门口很久了，从知道胡梨偷论文的事情开始就满脸阴云，她最恨别人欺骗她，吴聪当时信誓旦旦说是他写的，没想到论文竟然出自心理科的人之手。

然而比这更紧要的，是胡梨的嚣张跋扈和不知分寸。

肖雅洁就站在胡梨面前，眸光如鹰目般尖锐，似要将她穿透。

"我是吴主任的太太。"肖雅洁比胡梨高半头，清寒出声，气场无比强大，她瞪着胡梨说道，"你们科里的事情我都听见了，像你这样的小丫头根本不适合待在心理科。"

胡梨的半边脸都处在麻痛之中，她讥讽道："你算什么人，也配说心理科的事。"

"胡梨！"吴聪哪里能让肖雅洁听到这样的话，原还慈祥的一张脸立刻冷漠无比，“你先出去。”

肖雅洁严肃出声：“不处理她，这样的人在你身边早晚害了你。”

心理科的同事都在，吴聪一时半会儿无法与肖雅洁解释，只能劝道：“科里的事情我会处理，你消消气。”他给肖雅洁递了杯水，温柔之情尽显。

胡梨啪嗒啪嗒地掉眼泪，那么多人都看着自己被打被骂，吴聪竟然一句话也不帮忙。她怒火攻心地看着肖雅洁，直接骂出声：“是主任太太了不起啊，主任介绍那么多客户给你，你从心理科赚了多少钱你没数吗？你以为自己是谁？没有我，那么多人能去诚明诊所？你有多干净轮得到在这儿教训我！”

啪！

肖雅洁再次给了胡梨一耳光，声音又寒又厉：“辞退她！”

“胡梨！”吴聪气急败坏地指责，“你胡说八道什么！看来你真不适合待在这儿。”

胡梨眼泪快要流干了：“主任！”

“你走吧！明天就办离职手续。”

胡梨踉跄一步，她没想到吴聪竟然这么狠。她不可置信地盯着吴聪和肖雅洁，连连冷笑：“用完了就把我一脚踢开是吧？”

肖雅洁的目光始终都没从她身上移开，她看着面前不知天高地厚的丫头，带着鄙夷与蔑视的神情对吴聪说道：“心理科人员的质量什么时候这么差了，连这样的人都收。”

胡梨的嘴角肿了起来，她不再哭，眼瞧着吴聪从肖雅洁进来之后一句话也不敢说，知道他根本无心帮自己。

她咬牙切齿地喊：“人渣！我会让你们付出代价！”

话没说完她随即转身，吴聪眼瞧着大家都在，也没有出口拦她。胡梨风驰电掣地出门，还没走两步，却一头撞到陈西晚身上。

走廊里，李唯西正带着陈西晚和副院长向心理科走来，胡梨嘴角的血迹沾在陈西晚的白大褂上，极为刺目。

“小丫头怎么了？”陈西晚关切地看着胡梨，很是担心。

“院长……”胡梨哽咽，眼泪止不住地流，“我要举报，我要举报吴聪！”

第三十五章　给心安家

回廊后风声悠悠，月季五颜六色开得正好。河堤沿岸荷花盛开，游鱼摆尾，三面山景一派清明。沿着公路一路上行，偌大的西山精神病院静默矗立，远远望去高峻巍峨。

潇潇送走小雪母亲之后准备回治疗室，她的脸色有些不好，本想在走廊里休息片刻，陡然看见时越已经带着小雪进去了。

治疗室中，时越穿着白大褂站在一旁看着小雪做沙盘，桃花眸桀骜清冷。

时至今日，时越也从未与病院的任何人亲近过。潇潇远远地站在门口，看着时越单手放在白大褂口袋里，与小雪保持着几十厘米的距离。

小雪终于将沙盘摆好。沙盘相当于小雪的内心世界，时越浅浅地看着她摆的模型，一方沙盘被一分为二，一道横线将其分成左右两面。左边摆着几幢大楼，右边摆着几幢大楼，其中有商店，有学校，有医院，有树林。然而那一道分界线十分明显，而在分界线的旁边，小雪摆了一个小小的芭比娃娃，在左右两边的风景里显得很是多余。

时越说道："我猜左右两边分别代表城市对吗？"

小雪点头。

时越接着问道："芭比娃娃是谁？"

小雪抬头看他，如今她已经能控制自己的情绪，不再极端地兴奋和压抑。

"是天使。"她拿起芭比娃娃半举到空中，指着那些大楼说道，"你看，这两座城市下面都是沙子，会经常有沙尘暴。当天使飞到左边的城市时，左边的城市就是晴天；当天使飞到右边的城市时，右边的城市就是晴天。如果天使不在，那么两边的城市都是阴云密布，到处充满沙尘，多可怕。”

时越意味深长地点头：“天使是你吗？”

小雪想了想：“或许是吧。”

她的眼神闪烁不明，顿了一会儿，声音忽地低了下来：“你给摘星姐姐放孔明灯的那天，我一直在看，好多好多孔明灯飘到天的尽头，好美。那天之前，我一直在想活着的意义是什么，那天之后我突然觉得这个问题好傻。”

时越挑眉，他那晚专程让潇潇带着小雪到院子里看，就是想让她纾解自己的郁结，告诉她活着的意义。

小雪将芭比娃娃放下，轻轻道：“这个问题很傻对不对？”

时越不置可否。

“活着就能看见，就能吃东西，就能听见风声，就能感受到空气吸进鼻子里，到达肺部，通向大脑。活着不需要什么意义，活着就是活着，活着本身就是意义本身。”

她一边说一边掉眼泪，似乎要将积压在心底的浊气全部倾吐出来。潇潇不可思议地看着这一幕，她将目光转移到时越身上，发现他仍旧清冷地站在那儿，这才明白他的用意。

小雪终于跨越了最后一道门槛，她马上就要康复了。

小雪半张着嘴巴，哭得很委屈。她抽噎道：“刚才妈妈来看我，我发现她好老了。我妈妈不喜欢我，我一直在找我活下去的理由和意义，我找不到。”

时越给小雪递了手帕，温柔地开口：“不必寻求什么意义，不然意义的意义又是什么呢？”

小雪哭得更大声，她不停地点头，手里紧紧攥着那方帕子。

窗外正对着青山与河堤，水中几只小鸭子跟着鸭妈妈从山脚下游到河对岸，在夏日的午后撒欢地折腾。

潇潇将哭累了的小雪送回病房，她不一会儿就睡着了。潇潇看了看小雪最近的日常作息，基本都恢复正常，很是欣慰。给小雪盖好被子，潇潇特意看了一下她的出院时间，是后天。

从病房中出来，恰好碰到站在外面的时越。潇潇一愣，每次见到他心尖都会陡地一跳。

时越淡淡道："小雪的妈妈还是排斥她？"

潇潇点头："看她来的时候还挺紧张的，后来小雪趴在她的怀里和她聊天，她还推了小雪一把。"

时越皱眉，他知道小雪的母亲并不常来，也不喜欢与小雪互动，但是类似这么明显的排斥动作，她的母亲之前并没有过。他刚才带着小雪做沙盘，能明显感觉到小雪情绪低落。

他嘱咐道："让小雪晚几天出院。"

潇潇有些不明白："我看她快康复了，她妈妈前两天就想接她回家呢。"

"你看她摆的沙盘，左右两座城市，天使飞到哪一边，哪一边才是晴天。"时越轻道，"两边城市代表她的父母，她就是那个因为离异而被抛弃的芭比娃娃。她的沙盘反映了她内心的渴求，她希望父母重新在一起，她可以与爸爸妈妈一起生活，这样就没有沙尘暴，永远都是晴天。"

潇潇皱眉："她父母离婚之后小雪从没有说过和父母相关的事情，我还以为她早已接受了，没想到她的内心那么渴望父母重新在一起。"

"你也知道她跟着妈妈一起生活，她父亲早就不要她了。"时越垂眸，"小雪的内心还是有些创伤，让她晚几天出院，再观察一下。"

"好。"

时越清淡转身，刚想走，潇潇忽然喊住他。

她有个问题一直想问时越，因为这个问题也困扰她很久。

"时越教授，人到底为什么活着？"

阳光斜照在院外，时越掉头看她。

桃花眸如琉璃一般明媚生辉，他脸色平静，出口清寒。

"平常人每天辛苦工作，六十岁后突然被迫退休，然后无所事事，觉得社会抛弃了他们。运气不好的话，可能连去养老院的钱都没有，儿孙不孝，衣食无依，老了看不起病，死后多天才被人发现。"时越慢慢走近她，最终站在离她不远的地方再没有上前一步。

"活着本身就是一件需要勇气的事情，要足够努力才能过上普通人的生活。这个问题我也不知道答案，但是死就会比活着更好吗？倘若不知道好运和死亡哪一个先来的话，不如熬着活下去试试吧。"

时越说完随即转身，清冽的背影即便在阳光下也没有半分温度。

潇潇怔愣地看着时越最终消失在视线之外，唇角缓缓扬起。她打开手机屏幕，聊天界面上显示着父母安慰她失恋的话，嘱咐她工作不要太辛苦，过得不顺意就回家。她点进去父亲分享给她的网址，将耳机戴上，头也不回地向着病房走去。

网址上显示了陈忠实写的一段话，是潇潇父亲专门找来的。

好好活着！活着就要记住，人生最痛苦最绝望的那一刻是最难熬的一刻，但不是生命结束的最后一刻。熬过去挣过去就会开始一个重要的转折，开始一个新的辉煌历程，心软一下熬不过去就死了，死了一切就都完了。好好活着，活着就有希望。

吴聪昙花一现般的主任生涯在一片骂声中结束了，胡梨给院方提供了吴聪与方达药业互相来往收受贿赂的证据，以及将之前偷论文、故意陷害云月华的事情也交代了一遍，连带着吴聪让她偷高璨妈妈的病案资料也详细说了个清楚。院方对这件事高度重视，为此还专门成立了调查小组。一切真相大白后，吴聪与胡梨被全院通报批评予以辞退。

云月华再度回到心理科，归来时云鬓雾鬓，似乎已历尽沧桑。

科里数简一凡最高兴，只是他到现在还没明白当时李唯西的布局和打算，连忙去找宋摘星，希望她和自己好好说清楚。

宋摘星推着坐在轮椅上的顾伯棠正在池塘边散步，顾伯棠还是痴呆状态，一双眼睛浑浊无神。从做完手术到现在身体虽然恢复得差不多，然而阿尔茨海默病终究是看不好了。

天边流云飞散，池塘点点蜻蜓滑过水面，已经进入八月，浓荫下凉风袭来。

宋摘星想到胡梨再过两个月就可以从实习生转正了，记得去年秋天她来时还是那样明媚娇俏，不承想竟走得这么狼狈。

简一凡跟着她坐到一块石头上，疑惑地问她："你们怎么知道那天要把肖雅洁请来的？"

宋摘星给顾伯棠喂了一口水，缓缓道："即便拿到胡梨和方达公司来往的照片，吴聪也不会把胡梨怎么样。他那么精明虚伪，就算事情被揭露，也会尽力安抚胡梨，不让她与自己为敌。”

“这倒是。”

“然而肖雅洁是什么秉性，眼里容不得沙子，待人苛责，不讲情面，一直高高在上，哪里能容忍胡梨那种人没有分寸，处处越权。所以就要当着肖雅洁的面教训胡梨，让胡梨口不择言激怒肖雅洁，只要两人敌对起来吴聪一定会听肖雅洁的话。到时胡梨怨恨吴聪，一定会反咬吴聪一口。”

简一凡若有所思地点点头：“难怪你那时候要说那样的话，说坏事都是胡梨一个人干的，跟吴聪没关系。我当时还纳闷呢，原来你是故意说给肖雅洁听的。”

她拿着手帕给顾伯棠擦完嘴角继续说道：“肖雅洁专横，吴聪一向听她的话，胡梨又年轻短浅。李唯西了解他们每一个人，所以将肖雅洁喊来，故意在她面前揭露胡梨。肖雅洁高傲惯了，断不会容忍胡梨那丫头，而吴聪一向宠爱肖雅洁，到时候也不会向着胡梨说话的。这种情况下，胡梨哪里能受得了，势必会怨恨吴聪。”

简一凡探头：“所以我们在这边演戏的时候，李唯西就去喊了院长和副院长过来？”

宋摘星也暗暗佩服李唯西的周密：“如果肖雅洁离开之后吴聪私下再向胡梨道歉，或者许诺胡梨好处，那么咱们就白费力气了。所以在他们吵架的时候，李唯西故意请院长和副院长过来，就是为了不给吴聪这个时间。胡梨怒火攻心，知道自己无法待在心理科了，就一定会把所有怨气撒到吴聪头上。院长来得正合时宜，无异于给了胡梨一把刀，让她插进吴聪的心口。”

“妙啊。”简一凡感叹，这事做得简直一箭双雕。

不过转瞬他又有些疑惑：“你们怎么猜到胡梨会有吴聪的证据啊？”

宋摘星笑：“胡梨跟了吴聪那么久，怎么可能一点证据不留。做了那么多坏事谁不害怕，要是没人给她顶罪，她也不会那么嚣张。她越嚣张，代表她越有证据对付吴聪，厮打起来，对谁都没有好处。”

简一凡听完佩服至极，他本来只是想灭一灭胡梨的气焰，没想到在他们的帮助下竟然一举把吴聪拉下马。

“设好局让胡梨发怒，一个小丫头控制不住自己的情绪，什么事都会做得出来。”简一凡半仰着头，沐浴在午后的阳光中，“心理科终于清净了。”

“好在云主任终于平反。”宋摘星声音低了半分，叹道，“人心难测。即便身在心理科看一辈子心理病，也难以看透人心。”

简一凡倒没想那么多，舒服地往石头上一趴：“感觉我干了一件大事，我爸妈又可以为我骄傲了。”

宋摘星扑哧笑出声：“你还真要感谢你妈妈，动用你妈妈的私家侦探拍到胡梨的照片，这一功应该算在你妈妈头上。”

简一凡转了转眼珠：“你说当时叮当走的时候我要能查一查他们去哪了，说不准云主任就不会遭受陷害了。可惜那时候孟美丽因为我和高璨的事冻结了我的银行卡，不见我面，反倒失去了这个机会。”

宋摘星见他提及高璨的时候已变得非常平静，知道那段恋爱算是彻底结束了。她缓缓抬头，天边的云朵堆积在一处笼罩着大半个城市，天蓝得不像话，澄澈的蓝色向无边无尽处肆意伸展，一切都如新的一样。

吴聪已经整理好自己所有的东西，说起来也不过就一个纸箱，里面放着自己最喜欢的几本书。马上就要离开心理科，他看着四面墙壁，心中一时不舍。他在这里待了二十多年，一砖一木、一花一草都无比熟悉，他早就想过自己会提前离开心理科，只是没想到真到走的这天竟然如此凄凉。

门吱呀开了，穿着白大褂的李唯西缓缓走了进来。

他将门轻轻关上，长身玉立倚在门旁。

吴聪坐在办公桌前，笑得又苦又涩：“你来送我？”

李唯西小时候常跟着父亲来心理科，他记得那时的吴聪很是勤奋，经常早早就来。有了病患他都是第一个冲上去，每每笑脸迎人，让人如沐春风。

“云主任离开的时候说如果你是为了肖雅洁才做的这一切，她反倒不怪你，只是觉得你可怜。”

“可怜？”吴聪挑眉，长叹一声，“我觉得我很幸福。”

“我记得肖雅洁之前不吸烟。”

“是啊，那时候她最讨厌闻烟味。”吴聪目光迷蒙，随即又笑起来，“从离开心理科之后她就爱吸烟了。她做的很多事都不告诉我，可我慢慢察觉到她的变化，就知道她开始有了野心和欲望。”

“人总是会变的。”

“不。雅洁从没变过，她一直是那个骄傲的、努力的、让人欣赏的女人。”吴聪打断他，直到今日，他依旧爱肖雅洁胜过爱自己。

李唯西面色无澜，这一瞬他竟有些不忍告诉吴聪关于肖雅洁的消息。

吴聪缓缓站起身，抬起自己的箱子道：“我在科里做了很多错事，但是为了雅洁，我不后悔。”

“是肖雅洁让你当主任的吗？”

李唯西乍然出声，让吴聪微微一顿。

他再次笑起来，隐着半分无奈：“我本无意职位之争，可是如果我做到副院长能让雅洁开心的话，我愿意做。”

“你的委曲求全，根本没有换来她半分爱意。”李唯西凝视着他，目光冷冽，“你知道肖雅洁不爱你，你一直在自欺欺人。”

“那又怎样？”吴聪回看着他，“我爱她，足够了。”

“为了这样的爱，不惜泯灭良心陷害别人，不惜步步为营精于算计，值得吗？”

“泯灭良心……”吴聪冷笑，目光彻底黯淡下来，“唯西啊，我做了那么多年医生，救了那么多的人，可谁又能来救我？我从一开始就没有得到过雅洁的爱，谁来救过我？谁来救过我！”

“能救你的，只有你自己。”李唯西脊背修挺，“你不在意自己，别人就更加不会。”

吴聪迅速将办公桌收拾好，任李唯西说什么他都自动屏蔽掉。他心中甚至有些欣慰，如今终于有时间好好照顾自己的妻子了。

房间中气压很低，李唯西看着他道：“肖雅洁被捕了。”

“怎么可能。”吴聪从办公桌前撤出身子，不以为意，“雅洁一向谨慎。”

李唯西迟迟没有说话。几秒钟后纸箱咚地落地，吴聪呼吸不稳，上前攥住他的外衣：“为……为什么？”

他浅浅开口，一字一字尽是清寒：“做的坏事，迟早要还。”

吴聪大惊，错过他的身子慌乱地跑出心理科。他像风一样匆忙下楼，只是还没跑出拐角，他眼前忽然一黑，脚下趔趄，还没喊出声整个人便骨碌碌从楼梯上滚了下去。

或许他早就知道肖雅洁干过很多坏事，早就知道肖雅洁也会有这么一天，只是不愿意相信，也不愿意接受这样的结局罢了。

他跌摔在地，眼角浸出许多泪，敞开嗓子嘶哑哭喊："雅洁别丢下我，别丢下我。"

别墅一隅。

穿着浅色西装的男人打开房门，恭谨地走到他身边开口道："肖雅洁被警察带走了。"

周鸣山正站在壁橱前找一本书，背影凛冽，没有转身。

浅色西装的男人皱眉："她不会把您供出来吧？"

周鸣山冷哼："她没有那个胆子。"

他向左走了走，拨开一些陈年旧书，仍没有他想找的那一本。他接着说道："我手里还有牌，可她已经没了。"

浅色西装男人抬头："您是指？"

"最后一张设计图纸完成了吗？"

"是的。"浅色西装男人忽然想通了，笑道，"您还握着肖雅洁的软肋，所以她不敢把您怎么样。"

周鸣山将上面一摞书全部拿下来，转过身来拍了拍手。他额前的白发更加明显，脸上的几道皱纹犹如刀刻一般。只要有设计图在，肖雅洁就不敢乱咬，她被捕之前他故意将未完成的设计图寄到她办公室，就是为了让她知道，原该她盯着的那张图他会替她来完成。

浅色西装男人补充道："段长惟留下的东西已经找到了。"

收拾书的手指微微一抖，周鸣山抬头，忽地哈哈大笑："天助我也，天助我也。"

西装男人也笑起来："数据放在保险柜里，密码是612，幸好当时李唯西帮助我们找到了第七个房间。"

周鸣山又想起来段长惟的那张脸，心尖忽地一痛，他随即嘱咐道："马上把最后一个设计图纸实施下去。"

"已经在做了。"

周鸣山又开始找起书来，他将一摞书从上到下一一丢出去，直到发现压在底下的那一本。

他没抬头，眉梢却充满喜色："后面的事都安排好了吗？"

西装男人更加低微地回禀："快了。"

周鸣山缓缓靠着书桌坐下，叹道："这场和李唯西的时间竞赛，希望我们能赢。"

浅色西装男人默默退下。书房中一时安静下来，周鸣山手中拿着那本精装书，呼吸渐弱，缓缓打开了第一页。

是本四四方方的漫画书，书皮上画着两只兔子，书名叫作《猜猜我有多爱你》。周鸣山喑哑出声，喉咙里像塞了一块海绵。

小栗色兔子该上床睡觉了，可是他紧紧地抓住大栗色兔子的长耳朵不放。

他要大兔子好好听他说。

"猜猜我有多爱你。"他说。

大兔子说："哦，这我可猜不出来。"

"这么多。"小兔子说，他把手臂张开，开得不能再开。

大兔子的手臂要长得多："我爱你有这么多。"

嗯，这真是很多，小兔子想。

"我的手举得有多高，我就有多爱你。"小兔子说。

"我的手举得有多高，我就有多爱你。"大兔子说。

这可真高，小兔子想，我要是有那么长的手臂就好了。

小兔子又有了一个好主意，他倒立起来，把脚撑在树干上。

"我爱你一直到我的脚指头。"他说。

大兔子把小兔子抱起来，甩过自己的头顶："我爱你一直到你的脚指头。"

"我爱你，像这条小路伸到小河那么远。"小兔子喊起来。

"我爱你，远到跨过小河，再翻过山丘。"大兔子说。

这可真远，小兔子想。他太困了，想不出更多的东西来了。

他望着灌木丛那边的夜空，没有什么比黑沉沉的天空更远了。

"我爱你一直到月亮那里。"说完，小兔子闭上了眼睛。

"哦，这真是很远，"大兔子说，"非常非常的远。"

大兔子把小兔子放到用叶子铺成的床上，他低下头来亲了亲小兔子，对他说晚安。

然后他躺在小兔子身边，微笑着轻声地说："我爱你一直到月亮那里，再从月亮上回到这里来。"

周鸣山一遍又一遍地读，书页已经磨损，留下淡黄的颜色。桌案沉沉，在他手肘不远的地方放着一个相框，照片中年轻的周鸣山将一个七八岁的男孩高高举起，笑意怡然，绿地蓝天，风轻云淡。

他的眼睛中升起雾气，他还在读，嗓子越读越哑。外面的日光寡淡，风也停了，整间书房密不透风，安静得似乎要将人吞噬一般。

沈秋薇失魂落魄地来到心理科时已满身是汗，李唯西连忙将她扶到咨询室中休息。

她喘了好一会儿，眼眶中存着泪："我又梦到它了。"

她浑身颤抖，李唯西将室内空调关掉，又给她递了一条薄毯。沈秋薇肌肤冰凉，不知道一路怎样从家中跑过来的。李唯西本想打电话通知陈西晚，却被沈秋薇及时制止。

"我不想见他。"

李唯西很是惊讶，医院里都知道陈西晚长情，和她感情一向和睦，不知她怎么这样说。他倒了一杯热水，走上前轻轻问道："有什么可以帮到你的吗？"

沈秋薇呼吸有些慌乱："上次你让我在梦里问它，能为它做些什么。可我忘记我在梦里说了什么，醒来的那一刻我脑海里只有两个字，回家。"

李唯西缓缓坐下来，眸光深邃："鬼者同归者。不能归者便回不了家，回不了家便成了鬼。"

沈秋薇唇角不停地颤抖，她目光迷离地看着李唯西："回不了家？"

他点头："或许你梦到的是个无法回家的鬼。"

沈秋薇喝了口水，面色却依旧苍白。她低着头回忆道："我这次在梦里没有之前那么害怕了。"

李唯西寻到一丝奇怪的痕迹，皱眉问道："你今天的状态很让人担心，难道不是因为梦到鬼？"

沈秋薇摇摇头。

李唯西猜测如今只有一个可能了，问题出在陈西晚身上。

“我听陈院长说你这阵子做噩梦的频率增加了？”

沈秋薇没有说话。

“倘若你不想说，我就需要问一下你的家人。”

沈秋薇的身子再度发抖，不停地摇头：“不要问，不要。西晚要辞职，他很忙。”

李唯西淡淡皱眉：“你是说他辞职的事情让你不快？”

“没有，没有。”她一直摇着头，整个人却惊惧不已。

李唯西面色清平：“你害怕的不是鬼，是你内心不想碰触的东西。”

沈秋薇拿杯子的手跟着身体一起颤抖。

李唯西试图让她纾解心中郁结：“十几年前梦到它的时候，你的生活是怎么样的？”

沈秋薇目光黯淡下来：“那时我女儿刚刚出生，我就开始做噩梦。老辈人都说我刚生产完体质虚弱才会这样。”

“陈院长当时在做什么？”

沈秋薇又不说话了，一旦聊及陈西晚，她就缄默不语，让人奇怪。

“为什么每次谈及他的工作，你都会做噩梦？”李唯西准备直击她的痛处，“你梦见鬼，和你丈夫有关系是不是？”

沈秋薇紧紧咬着唇，半晌道：“他一直很忙，没有时间照顾家。”

李唯西忽然明白其中的原因。陈院长本身就是心理医生，这十几年他势必和沈秋薇沟通过梦见鬼的事情，但是如果这件事本身就和陈西晚有关，沈秋薇就不可能和他说实话。沈秋薇早已学会了隐藏，学会了静默，但她骗不了自己的内心，鬼总是出现在她梦里。

他一瞬不瞬地看着沈秋薇：“我们每个人心中都有一份恐惧，我们便常常把这莫名的恐惧放大到无形的鬼身上。因为鬼是我们无法控制的，如果想不再恐惧，就让恐惧变得可操作，可控制。”

沈秋薇毫无知觉地流下两行清泪，她重复着他的话：“可操作，可控制。”

“对，鬼可存在，可意识，可操控。”李唯西希望这些话可以给她力量，“我会替你保密，不会告诉任何人。十几年前，你一定有害怕的东西。”

沈秋薇缓缓抬头，近乎迫切地问他：“鬼会消失吗？”

李唯西身子微微一晃，他站起身来，眉心紧紧皱在一起。她问的问题让他迅速了解到症结，沈秋薇早就知道自己为什么会梦到鬼，她早就知道鬼对她来说是什么！

他稳住心神，十分认真地告诉她：“你心中的鬼回不了家，你就给它安一个家。”

既然她早已知道鬼是什么，那么这句话就势必直击她的心口。李唯西现在要做的根本不是问原因，而是直接给她答案。

果然，沈秋薇在听见他说的话后整个人像被雷击中一般，杯子陡然落地，她开始捂着脸号啕大哭，孱弱的手指将面部全部挡住，只有声音越发凄凉。

“我的孩子，我的第一个孩子没有了，在我怀孕三个月的时候失去了他，我可怜的孩子。”

李唯西捡起杯子，声音平静，带着莫大的力量：“他是你的孩子，你应该在心中给他一个安放的位置。倘若你不收留他（鬼），他又该去往何处呢。”

沈秋薇还在哭，哭得歇斯底里，肝肠寸断。李唯西走到门口，他想给她一些空间让她好好发泄。虽然让她放不下孩子的原因还没有找到，但是现在的她更加需要安抚和宽慰。很多人不敢去面对心里的鬼，采取的方法就是否定。然而鬼不过是一个象征，是人们心中的负罪感。

沈秋薇一直没有放下她的第一个孩子，十几年了，她还没有学会如何跟他告别。

同一时间的西山精神病院，云月华正在病房中观察高妈妈的状态。

高璨给云月华拿来了消夏的水果，她知道云主任马上就要回心理科了，暗暗为她高兴。

云月华在病床前支了个板凳，这阵子她都是这么观察高妈妈。用药之后，高妈妈变得沉默不语，已经不疯不闹了。偶尔云月华能与她对话，只是驴唇不对马嘴，她问什么高妈妈都没有准确地回答过。

云月华查阅了大量有关Zersetzung的资料，按说这种政治迫害手段需要很长的时间才能完成对受害人的迫害，让其彻底疯癫，但是高妈妈一夜之间就能疯到这个地步，让她百思不得其解。

而且高妈妈的病症过于离奇，不仅仅是突如其来的疯掉，更多是病症的表现。原来哭闹、大喊大叫的外在表现都已经消失，反而变成了现在一天不说一句话、脸上毫无表情的状态。云月华刚来的时候高妈妈完全拒绝人接近，治疗了一段过程，高妈妈能与她说两句话，回应她的动作，让云月华一度以为她开始恢复正常了。但是现在高妈妈却看起来比之前更加糟糕，连她的话都已经听不懂了。

高璨反倒有些欣慰："以前要天天换床单被褥，现在自己知道去卫生间了。"

云月华心中有团疑云，只是一时想不到怪在哪里。

她看着病床上的高妈妈，轻轻问道："吃饭了吗？"

高妈妈抿着唇，见她说话，自己也说话："毛匣易类（安逸啊）。"

云月华只能听懂她方言中的个别词句，她转头看向高璨："之前你妈妈有强迫症，现在是不是已经好了？"

高璨点头："疯了之后什么都不知道了，也不洗手了。"

"平时精神也是这样吗？"

高璨看了看病床上的母亲，慢慢说道："能睡大半天。"

云月华还是觉得哪里不对，她看着高妈妈的神情，回忆自己对她治疗的点点滴滴，轻轻说道："我来之前唯西和我分析了你妈妈的病情，你妈妈之所以疯就是因为心中对你父亲有愧疚。她放弃了你父亲，给他拔了管子，心里过不去才有了强迫症，觉得自己手脏。害你妈妈的心理师就是看过你妈妈的资料才从这一点下手逼疯了你妈妈，所以治疗的思路也是从这一症结入手。事实证明是有效的，你母亲之前能和我说话和沟通，我甚至以为你母亲快要康复了。但是现在，你妈妈突然又出现了另一种极端的状况，真是奇怪。"

高璨抖了抖唇角："是不是治疗方案还需要改进？"

云月华一脸严肃："这件事情从头到尾都有可疑的地方，我需要让唯西过来看看。"

高璨有些惊诧，甚至表现出一丝抗拒："之前……之前不是说他让你来做治疗吗？"

云月华站起身："其实治疗方案都是他来做的，因为林雨泽涉及周鸣山非法游戏一事更加急迫，所以才让我过来辅助治疗你妈妈。你妈妈现在的情况有些怪异，我需要让他过来一趟。”

高璨还想再说什么，却见云月华已经准备拨通李唯西的电话。只是电话还没拨出去，潇潇忽然闯进来大喊道：“快让李医生去通平，小雪妈妈死了。”

第三十六章　微量的爱

通平是汉州有名的穷人街区，街道一律的脏乱差。老楼林立，晒衣绳挂得到处都是，一些窗栅栏生满铁锈，阳台上晒着蔫掉的花和破旧的内衣。此处的楼房都不高，一片低平，而大多数人选择蜗居于此主要是因为地方偏远，房租很低，即便周围乱声哄哄、灰尘漫天，也不妨碍他们在这里生活。

相比于地面上又破又老的楼房，通平的地下室更加污浊不堪。一排排房间像囚笼一样长年不见天日，房间中没有窗户，墙面由水泥砌成，冰冷而压抑。昏暗的灯光在走廊里摇摇晃晃，下水道里断断续续发出老鼠撕咬的声音，在深夜，这种声音更加刺耳。居住在这里的人早已习惯，习惯了这里的黑暗，习惯了这里的气味，腐质的食物，随意丢弃的药渣子，破破烂烂的衣服，一张张麻木到没有半分光泽的脸。这里聚集着比地面上更贫穷的人，他们多在工地打工，或者早已被这个城市丢弃靠乞讨为生，又或者重病在身无依无靠想要老死他乡，最终都会选择住在这里。

无人关心他们，他们就像被遗忘了一样默默地生活。他们总称地上的人怎样怎样，仿佛他们与世隔绝一般，自动与别人划分了阶层。每个人都带着故事，沉重的，压抑的，让人绝望的，可他们仍旧接受了这样的日子，他们努力生存，对生活仍然抱着期待和希望。

时越接到小雪妈妈去世的消息时很是震惊，他第一时间给宋摘星打了电话，而另外一幢大楼里的潇潇则闯进了高璨妈妈的病房。李唯西联系不上，她希望云主任能有办法通知他。

宋摘星直接到明圆山庄接了李唯西，两人才又一起折转到通平。

华灯璀璨，路上宋摘星打开车窗，借着风声对李唯西说道："邻居从苏静芳手里发现一串电话号码，打过去是时越。邻居本想报警，时越觉得死得离奇，希望我们先过去看看。"

李唯西一直试图唤醒林雨泽的催眠，还差一步就要成功，如今有些疲惫。他将早已关机的手机斜插进口袋，透过出租车车窗看着如墨的夜色，长睫微垂。

宋摘星心中难过："时越说小雪妈妈下午还去病院看过小雪，不像要死的人，不知道她到底是自杀还是他杀。"

李唯西慢慢握住了她的手。她的手有些凉，他裹得更紧。

宋摘星嗓子发紧："小雪好不容易快要康复了，妈妈却死了。她要怎么活下去。"

李唯西问道："小雪知道了吗？"

宋摘星点点头："小雪在枕头底下发现一张字条，给她妈妈打电话却没人接，猜到她妈妈出事了。时越正忙着安抚小雪的情绪，没空出来。"

"小雪的父亲呢？"

"已经通知他了，半个小时后就会到。"宋摘星半抬头，看着远空中小小的月亮恍惚道，"小雪爸爸早就和她妈妈离婚了，听说是婚内出轨，卷走了大部分钱。小雪得双相情感障碍很久了，她妈妈很排斥她，并不常去看她。"

出租车拐入通平街道，尾灯闪烁。

李唯西下车时看了看时间，晚上八点三刻，留给他们的时间只有三十分钟。等小雪父亲一到，他会立刻报警，到时现场就会封锁了。

两人沿着楼梯一路向下进入地下室，空气变得浑浊，泛着一股油烟味，连视线都模糊起来。微黄的灯光照着一排又一排的房门，很窄很小，像一口口洞。夏天太热，地下室不通风，吱吱的风扇声像蚊虫一样吵在耳边。有的男人赤着上身坐在门前与人聊天，笑声粗粝，牙齿焦黄，脚底下的拖鞋断了一半，露出又黑又皴的脚拇指。

宋摘星着急小雪的事情，目不转睛地往前走。她一脚踩在水洼里，李唯西及时扶住她，浅浅道："我会查清楚。"

宋摘星知道他是宽慰自己，只是一想到小雪母亲骤然离世，心中很是着急。李唯西带着她继续向前走，行了约莫几十米后，两人终于来到苏静芳的住处。

群租房鳞次栉比，苏静芳住在廊道靠里的单间。门没锁，两人打开房间的门，一股复杂的味道扑面而来。李唯西摸到门边的开关，将其打开后室内有了亮光。只是刚刚打开，便看见床边正坐着一个面色深沉的男人，宋摘星猝不及防惊叫一声，男人缓缓站起来。

男人的身后，一个穿着花里胡哨服装的女人斜倒在床上。鲜血流了半个床铺，散发着浓重的腥味。屋子内很乱，凳子歪在地上，半碗凉粉洒了一地，一次性筷子黏在凉粉里。凉粉一边还摔了一只玻璃杯，玻璃碎碴迸溅在屋子里的各个角落，男人的脚下还踩了一片。

李唯西看到男人的左手是只假手，塑料感很强，他身高约莫一米七五，精瘦，四十多岁的样子。一双眼睛瘦长，目光幽深看不见底。

他沙哑出声："你们来了。"

宋摘星看着倒在床上的尸体，惊讶他竟然还能坐在黑暗里与她共处。

"是你给时越打的电话？"

男人点头。

他缓缓向外走，房门太窄，需要他们侧一下身子他才能过得去。

李唯西自动为他让路："谢谢你。"

假手男人再次出声："死了不超过两个小时。"

宋摘星皱眉："你一直和她在一起？"

"晚饭时我见过她，当时还好好的。"男人临走之前又加了一句，"屋子我没动过，一直坐在那儿等你们。"

他说罢随即错身出门。他的住处就在苏静芳斜对的方向，李唯西看他脸色有些不好，开门时还扶住了门框。

等他进了屋子，李唯西回过头来，他绕过凉粉的汁液缓缓靠近床边。苏静芳闭着眼睛，唇角沾着血迹，脖颈上一道血痕到现在还缓缓往外渗血，狰狞可怖。

然而让宋摘星和李唯西奇怪的是，苏静芳穿着一件极不合时宜的衣服，像是演话剧才穿的演出服装。而她脸上抹着浓厚的脂粉，打着极重的腮红，涂着大红的嘴唇，活像古时候唱戏的戏子。宋摘星看向她的手腕，两条胳膊上都戴着很多珠串，珠子很是劣质，像地摊上几块钱就能买的小玩意儿，红的、粉的、白的，串在一起很是俗艳。

李唯西检查了一下苏静芳的身体，又看了看她的鼻孔和嘴巴，除了脖颈处的一道血痕之外似乎没有其他伤口。他开口道："脖颈是致命伤。"

宋摘星有些奇怪："屋子里这么乱，是打斗或者挣扎过吗？"

李唯西一时还不能判定，他需要找到割断脖颈的刀刃。他抬头观察整个房间，房子并不大，头上一根粗大的水管内传出哗哗的水声。整个房间除了倒在地上的四方凳子，只剩一张床和一个小衣柜，衣柜旁散落了几本小学课本，想来是小雪上学时读的书。如果苏静芳死之前挣扎过，估计这些书也是挣扎时掉到地上的。

宋摘星眼眶湿润，她没想到小雪母亲活得这样不堪。她哽着嗓子嘶哑道："小雪爸爸出轨之前将钱都转给了那个女人，离婚后小雪姐姐跟了爸爸，小雪跟了妈妈，集体自杀时小雪姐姐跳楼，小雪被救下后就一直住在西山病院。她妈妈也患病，估计房子也卖了，没想到小雪爸爸一点也不管她们。"

李唯西在房间内来回走了走，其实左右不过几步，然而李唯西始终没有找到那把刀。

他看向摔碎的玻璃杯，有一半水混着凉粉的汁液流到床底下。房间中除了这些破碎的东西没有过多打斗的痕迹，他探头看了看床底下，什么都没有。

宋摘星走近简易衣柜将衣柜门打开，一股药味刺鼻扑来。她看见衣柜下面放着大大小小各种药瓶，拣出来两个发现是别嘌醇片和康肾片。她沉了口气："小雪妈妈有很严重的尿毒症。"

"到什么程度？"

宋摘星又扒了扒里面的药瓶，根据她吃的药推断道："肾功能不全，骨骼病变，要做透析治疗，不过苏静芳似乎一直靠这些药拖着。"

李唯西淡淡皱眉："从屋子里的情况看，苏静芳似乎与人发生口角，继而被人杀害。而且凶器也没有留在这里，应该是被杀人犯带走了。"

"谁会杀一个病人？"宋摘星转回头，看着床上的苏静芳道，"而且她为什么要这么打扮呢？"

李唯西走到衣柜侧面，半蹲下身子捡起散落的几本书。书皮上还沾着一些饭渍，李唯西长指抹去污渍，将书重新码好。除了小雪的课本之外还有两本寓言故事，他翻了翻里面的内容，大部分是上古神话和希腊神话，每个故事都配着卡通形象，是给小孩子的启蒙读物。

宋摘星看着横尸在床上满脸涂尽花红的苏静芳，觉得有些不对："听时越说苏静芳根本不喜欢小雪，也不去医院看她，总感觉苏静芳刻意隐瞒着什么。"

"我们还需要问个人。"李唯西站起身，随即带着宋摘星出门，昏暗的走廊下眸光熠熠，"或许，有人比我们知道得更清楚。"

李唯西敲了敲假手男人的房门，门吱呀开了，一股热浪袭来。

他房间中连风扇都没有，整个地下又闷又热，没想到他屋子里更加不堪，连床腿都高低不一，一条床腿底下垫着两块砖头，勉强支撑着床的平稳。

假手男人没让他们坐，因为整个房间除了一张桌子和一张床之外再没有别的。

宋摘星也闻到了药味，但是没发现药瓶在哪。

李唯西说明了来意，他想问他几个问题。

假手男人点头。他拿起桌子上的水杯淡淡喝了一口白开水。

"你去苏静芳的屋子时，她已经死了是吗？"

"死了，血都凉了。"

李唯西接着问道："她的门没关？"

"我喊了几声她没应，我就推门进去了。"

"这之前你是否听见她房间中有打斗的声音或者呼喊的声音？"

假手男人摇头，不过转瞬道："晚饭时看见她，她说她丈夫待会儿会来。"

宋摘星微微吃惊："她丈夫来过？"

假手男人脸上毫无表情，目光更加深邃："我只是听她说了一句。"

李唯西皱眉，倘若苏静芳的前夫来过，那么很有可能是他杀了苏静芳。苏静芳没钱，势必会找他要钱或者纠缠他，他有杀人动机。

不过李唯西心中仍有些疑惑，问道："你没见到她丈夫？"

"我一直在房间，没出去。"男人低着头看着自己的假手，不动声色地回答道。

李唯西："附近的邻居和苏静芳熟吗？"

假手男人："这里的人都没什么朋友，谁也不认识谁。周围几个住户都上晚班，现在还不知道她死了。"

宋摘星上前问道："你和苏静芳怎么认识的？"

假手男人抬头，目光阴鸷地看着她。宋摘星心尖一寒，只觉得他的眼睛可怕至极。

"她刚来的时候一直呕吐，吵得周围的人睡不着，我替她解了围，就认识了。"

尿毒症的早期症状确实是食欲不振和消化不良，会出现恶心、呕吐或者腹泻的情况。宋摘星猜测他说的都是实话，地下室隔音不好，如果晚上经常呕吐，确实会给别人带来很多麻烦。

李唯西静默片刻，又问了句："你之前见过苏静芳的丈夫吗？"

假手男人："他没来过。"

"你今天去找苏静芳有什么事情？"

假手男人似乎嗓子不适，又喝了一口水："她晚上哭着回来，我正好遇到她。她说她前夫的情人穿着很高级很好看的衣服，前夫却不借给她一分钱。她想挽回她前夫的心，可根本没有办法。"

宋摘星听着他的话，心中一震。难道苏静芳穿着花里胡哨的衣服是为了给她前夫看？她看向李唯西，四目相对，李唯西也想到了这一层。

假手男人没察觉他们的表情变化，接着说道："我看她哭得伤心，担心她想不开就过去看了看，没想到她已经死了。"

宋摘星："所以你关上灯，坐在那里等着我们？"

"苏静芳死的时候手里拿着一张字条，上面有个电话号码，我先给电话主人打了过去。时越医生让我别报警，我就把灯关掉了。开着灯会被别人看见，那就等不到你们了。"

"字条呢？"

假手男人放下杯子，右手颤颤巍巍从口袋里拿出来一张皱巴巴的字条。字条上确实只有一串电话号码，歪歪扭扭的，一时辨认不出是谁的字迹。

李唯西与假手男人道了谢，带着宋摘星再次返回苏静芳的房间。宋摘星看了看时间，还有十分钟苏静芳的前夫应该就能到了。

宋摘星看向李唯西："如果真是苏静芳前夫所为，他杀掉苏静芳之后偷偷出去，接着等待时越给他打电话，他再返回。他为什么要这么做？杀了苏静芳之后还要往她手中塞一串电话号码？"

李唯西再次走近床边，看着苏静芳的衣服半眯眼睛："你看她的样子，像是专门打扮得很好看，故意勾引她前夫吗？"

宋摘星考虑再三，还是说出了自己的想法："脂粉抹得太重了，衣服也不合适。"

李唯西沉吟道："如果一个女人被丈夫抛弃，孩子没钱看病，自己过得生不如死，她会怎么做？"

"会想挽回男人的心，或者，"宋摘星抬头，"会报仇。"

李唯西低眉看她："苏静芳去找她前夫，看见前夫带着情人衣食不缺，或许她有某一时刻想杀他，但是自己身体有病，没有力气，根本不可能作案。"

宋摘星心中有些难过："多少女人都曾这么无助过，眼睁睁看着男人算计自己，抛弃自己，可一点办法都没有。"

"如果苏静芳真的请她前夫来这里，又怎么能确定她前夫一定来呢。"李唯西环视四周，屋子简陋不堪，又小又旧，"何况想重新挽回他的心，又怎么会带他来这种地方，连气氛都没有。"

"两种可能性都被否定了。"宋摘星呼吸微滞，"你是说，假手男人在撒谎？"

李唯西摇头："我并不确定，只是觉得他的话有一些漏洞。"

他慢慢在房间中踱步，再次检查了床铺和衣柜，最终将那本儿童寓言读物再次拿了起来。

"房间中东西不多，如果想要了解苏静芳的想法，就要了解她看过什么、接触过什么。"

寓言故事中分成中西神话两块，中国古代神话包括混沌开天、女娲造人、大禹治水、夸父追日等故事，西方神话则包括诺亚方舟、伊甸园、大地女神盖亚、天神宙斯、金羊毛等，大多是一些科普故事，李唯西静静看了几篇，忽然抬头问她："时越说下午小雪妈妈去过西山病院？"

宋摘星走近他："找你的路上我向时越详细询问了当时的情况，苏静芳一向不喜欢小雪，不常去看她。最近小雪要出院，联系了苏静芳，结果她去的时候还推了小雪一把。”

李唯西声音低下来：“苏静芳为什么那么讨厌小雪？”

“这一点连时越都不清楚。”宋摘星叹气，目光黯淡，“小雪的病多数跟家庭离异有关，但是父母都不配合，所以小雪的病才迟迟没好。而且据时越提供的消息来看，苏静芳忙着赚钱，空余时间也不多。”

李唯西缓缓站起身：“你再联系一下时越，多问问当时苏静芳离婚时的细节。”

宋摘星点头：“小雪住院时时越和苏静芳聊过，我去打听一下。”

宋摘星出门打电话的当口，一个中年男人忽然站到门口，惊呼一声。

“吓死我了！”

李唯西猜测他就是苏静芳的前夫，看了他一会儿。中年男人身高约莫一米八，上身穿短袖衬衫，下身着黑色长西裤，手上戴着一只进口手表，腋下夹着一个皮包，微微有些驼背，正一脸震惊地站在原地一动不动。

“你是谁？”

李唯西见他腋下夹的钱包价钱就得过万，走到门口浅道：“我是西山精神病院的医生。”

中年男人嫌恶地看了一眼床上的苏静芳，脸色有些惨白：“她怎么死的？”

“还不知道。”

中年男人掏出根烟，缓缓进入房间，只是转瞬就捏起了鼻子：“什么味儿啊。”

“是血掺着尿液的味道。”李唯西同他解释，“苏静芳有尿毒症，细菌分解唾液中的尿素形成氨，导致呼出的气体有尿味。”

中年男人退后，往地上啐了一口痰。

“太恶心了。”

李唯西静静地看着他，片刻后问道：“苏静芳最近去找过你吗？”

中年男人面色一寒：“上午还见过，问我要钱。”

“当时她是否有什么异样？”

中年男人想起她抓着自己情人的头发大吵大闹的样子，撇了撇嘴：“疯婆子一个。”

李唯西不动声色：“你借给她钱了吗？”

中年男人叼着烟，歪着头，半捂着打火机啪嗒一声将烟点燃，狠狠嘬了一口。

烟雾缭绕中他寂寂道：“医院让她做透析，我劝她别给自己看了，花多少钱都是打水漂。”

“你没借给她钱，她有什么反应？”

中年男人斜着眼睛看着李唯西，抬手弹了弹烟灰：“打我，打我老婆，我一脚把她踹倒就开车走了。”

李唯西心中一沉，看来苏静芳并没有伤及她前夫。他走近床边，看着抹得满脸通红的苏静芳想了一会儿，接着转头问他：“她约过你来这里吗？”

中年男人讪笑：“来这破地方干什么。”

男人无意再回答李唯西的问题，顺手将烟丢在墙角：“你报警没有？”

李唯西看着他：“苏静芳死得有些蹊跷，我想查一查。”

“你又不是警察，费这功夫干什么？”中年男人说着就掏出手机准备拨号。恰好宋摘星气喘吁吁地跑过来，看见中年男人在这儿，一下子就明白过来他是谁。

宋摘星目光清冷地看着他，骤然出声：“你们离婚的时候她就得了病，你竟然还卷走了那么多钱，你怎么做得出来？”

中年男人拿着手机的手微微一顿，皱眉：“你又是谁？”

宋摘星隐着哭腔，一字一顿道：“你把她当过你的妻子吗？在她最需要你的时候你却给她一刀，你带着所有的积蓄离开她，将钱花在情人身上，你就这么心安？”

中年男人瞪眼：“我可是给她留了房子的。”

“郊区那个破房子还不够小雪的住院费。”宋摘星气急扬声，“当你把钱花给自己、花给情人的时候，你想想苏静芳在过什么样的日子！她住着破破烂烂的地下室，吃着最便宜的药，一天打三份工，你的良心被狗吃了？”

“你胡说什么！那是她命苦，跟我有什么关系！”

男人抬起胳膊想扇她一个耳光，却被身后的李唯西一把攥住腕子，疼得龇牙咧嘴。

李唯西从没见宋摘星这么骂过人，想来时越和她说了诸多苏静芳的事情。

中年男人恶狠狠地看着他们两个，猛地抽出胳膊骂道："我马上报警，你俩都给我滚蛋。"

他说完随即出门，不愿再多待半分钟。

宋摘星泪眼迷蒙，吸了口气和李唯西说道："苏静芳和蒋超结婚十几年，蒋超从一无所有到身家不菲，都是苏静芳默默陪在他身边，跟着他吃了很多苦。苏静芳查出尿毒症的时候蒋超第一时间就转移了自己的财产，等苏静芳察觉到的时候已经晚了。后来苏静芳没了大女儿，为了给小雪看病才将唯一的房子卖掉。我猜苏静芳咬着牙过这样的日子，就是因为小雪还在。可我不明白她为什么不喜欢小雪，听时越说她推小雪那一把用了很大的力气，小雪哭了很久。"

李唯西劝慰道："苏静芳的病也很重，或许她没有办法顾全小雪。"

宋摘星看着他："你和蒋超聊了吗？他有杀害苏静芳的嫌疑吗？"

李唯西摇了摇头："他没多说。"

"我看着并不像他干的。"宋摘星心情郁郁，"蒋超报了警，警察很快就会到这里，可我们什么都还没有查到。"

李唯西走近她："苏静芳不是他杀。"

宋摘星惊讶："她到底怎么死的？"

"自杀。"李唯西沉默片刻，接着道，"下午去西山病院，是和小雪道别。"

宋摘星呼吸微滞，有些难以相信。她看着一身装扮的苏静芳，皱眉问道："她为什么要这么做？"

李唯西牵起她的手："我还需要再去见一下隔壁的邻居。"

宋摘星猜到他已经有了线索，稍稍振奋起来。她跟着李唯西再次进入假手男人房间时，假手男人正痴痴地看着手中那个电话号码。

李唯西走近他，拿起那张字条说道："苏静芳死的时候唯一放心不下的就是小雪，所以想让第一个发现她尸体的人先给时越医生打电话。"

假手男人扬了扬唇角，嗓音低沉嘶哑："她经常骂自己的女儿，有病还要给她添麻烦。但是每次骂完之后，又夸小雪聪明、乖巧，说每次喊她妈妈的时候她心都化了。"

李唯西："你那么在意她，知道她那么多事情，又怎么会是一个普通的邻居？"

坐在床边的假手男人抬起头，目光锋利如刀："你想说什么？"

李唯西解释道："苏静芳房间中有半碗凉粉，还有一双筷子，看似是饭都没有吃完就被人杀了，但是我检查过苏静芳的口腔，她死前并没有吃过东西。"

宋摘星想到另外一种可能："或许是买回来没吃呢？"

"筷子上染着凉粉的汁液，凉粉分量也不足，即便这样也不排除你说的可能。但是有一点，房间中没有打斗的痕迹，床上也没有挣扎的痕迹，凳子却平白倒地，晚饭撒了，玻璃杯碎了，都会误导警方房间中有人来过。"

"你是说现场是伪造的？"宋摘星皱眉，"为什么？"

李唯西紧紧盯着假手男人："因为有人想嫁祸给蒋超。"

宋摘星眨了眨眼睛，她终于明白过来："虽然蒋超有杀苏静芳的动机，但是苏静芳本身就命不久矣，他完全没必要动手。只要蒋超不给她钱，她过阵子也会死的。"

李唯西点头，他的目光依旧盯在假手男人身上："你发现了她的尸体，就将自己的晚饭挪到她的房间，摔碎了杯子造成打斗的假象，当警察调查到她上午去找过蒋超时，会自然怀疑到蒋超身上。"

假手男人没有说话，李唯西继续说道："苏静芳死得很安详，想必也是解脱。她的病到了很严重的阶段，只能做透析换肾活命，可她根本没有钱看病。"

李唯西甫一说完，假手男人眼眶中涌出雾气，他抖动唇角："静芳她太傻了，她还有机会活着，还能活很久。"

李唯西浅浅出声："单单活着，都会让她觉得辛苦。"

假手男人冷冷道："那个男人干的事儿丧尽天良，他连静芳唯一的房子都不放过。趁火打劫，让人按最低价收过去的。"

宋摘星心尖一痛："苏静芳卖房的时候不是她大女儿刚死的时候吗……她为了给小女儿凑钱看病才不得已卖了房子。"

假手男人眼眶湿润，泛着浓浓的苦涩："老天爷不开眼，让静芳嫁了这么一个男人。"

宋摘星别过头，不忍听他再说。

李唯西有一件事没有想明白，他猜测蒋超刚刚也没和自己说实话，他看着假手男人说道："我想听一句真话，苏静芳上午到底为什么去找蒋超？"

假手男人流下一行浊泪："她去求蒋超，求他给她一些钱。她的小雪要康复了，她要看好病带着小雪好好活下去。可是蒋超不仅不给她钱，还盼着她尽快死掉，这样他就能抚养小雪了。"

"判给蒋超的大女儿已经死了，蒋超想把小雪接过来？"

假手男人："蒋超的情人年轻，长得好看，花钱像流水一样，根本不关心孩子，大女儿在她那里病得越来越严重才会自杀。静芳什么都没有了，他还要把静芳的小雪抢走。"

李唯西心中豁然明晰："她已经没了任何尊严，去求蒋超却被他们夫妻合力打了一顿，她彻底绝望了。"

假手男人抬起右手捂住自己的脸，那只手黑黢黢的，都是皱皮，干巴巴的手指止不住地颤抖。

"我根本不知道她要自杀，晚饭她送我凉粉的时候还笑着。我要是知道她活不下去了，我一定会时时刻刻跟着她。"

宋摘星嗓子发酸发紧，眼泪啪嗒啪嗒地往下掉。

"你是好人。"宋摘星抿着唇，"好人会有好报。"

李唯西靠近他，轻声问道："晚饭时苏静芳有留下什么话或者东西给你吗？"

假手男人摇头："她跟往常一样，就算病得那么严重，她每天都会帮我打扫房间，一直感谢我为她做的事。"

李唯西浅浅皱眉，又问道："她之前送过你什么吗？"

假手男人沉默了一会儿，转了身子从枕头底下拿出一张图画，上面用蜡笔画着一家四口，爸爸妈妈牵着两个女儿的手在树下唱歌，画法稚嫩，像是孩子画的。

假手男人哽咽道："这是她送给我的。"

李唯西细看了看，歪歪扭扭的图色彩艳丽，画着蓝天白云，爸爸穿着黑色西装，妈妈穿着白裙子，两个女儿则都穿着花裙子，头上戴着花儿，手腕上戴着小珠子，每个人都很开心地笑。

李唯西眸光大亮：“什么时候给你的？”

“昨天。”

李唯西心中泛起涟漪，随即转身带着宋摘星出去。

宋摘星被他拉得脚下生风，知道他很是着急，问道：“苏静芳对付不了蒋超，昨天就想自杀了是吗？”

李唯西没回答她，将她再次带到苏静芳的房间。如今再看苏静芳的尸体，李唯西竟有些触动，眼眶微红，闪着泪光。

通平街道外老楼一角，满目的垃圾随意丢在马路牙子上，在夏天燥热的夜里发出难闻的恶臭。昏黄的灯光围成一团，照着飞虫和苍蝇，蒋超抽着烟站在树下，正等着警察过来。

他刚刚报了警，出警只需要几分钟，现在他有更重要的事情要做。

他再次拿起电话，拨通了时越的电话号码。

电话接通后他掐了烟，声音也变得客气许多：“我是小雪爸爸，小雪是不是快出院了？”

时越声音清冷：“一周后可以接回家。”

“那我准时去接，这阵子辛苦你了。”

时越似乎很不习惯他的客套，电话中传来的声音疏远冷淡：“你之前从来没看过小雪，最好来病院见见她。”

“是，是，我肯定去。之前不去还不是因为苏静芳拦着我，她一直跟我抢女儿。”

“所以你不替她交住院费，就是为了让她熬不下去将女儿给你？”

“要么说医生聪明呢。”蒋超痞笑，“我这也是没办法。”

对面的时越心寒，不知他到底爱女儿还是爱他自己，连这种事情都能以女儿为筹码。擅自争夺抚养权还要花钱诉讼，等苏静芳死了，他接收小雪便顺理成章。

时越最终什么都没说，淡淡道：“小雪只剩你一个亲人了，希望你好好对待她。”

“绝对没问题，您放心好了时医生，我可是小雪的亲爸爸，我绝对会好好疼爱我女儿。”

时越静默，蒋超笑嘻嘻地继续说道：“要不是苏静芳一直没死，我早就想接小雪过来了。我现在就剩这唯一的孩子了，我也舍不得我家小雪再受苦。”

电话中传来忙音，蒋超后面想说的话硬生生憋在嘴边。他看了看手机，挑眉不屑：“牛逼什么牛逼，我养我自己孩子犯法了。”

他又往马路上吐了口痰，接着给另外一个人打过去。

“小心肝儿，你不能生也没关系，等我把小雪接回来咱们一家三口就能团聚了。”

蒋超挂了电话后神清气爽，他得意地哼着曲子，伸了个懒腰。他又拿出来一根烟，忽然听见警笛声传来，由远及近，越发尖锐刺耳。他连忙往前走了两步，把烟塞到西裤口袋里，翘首盼着警察赶紧过来。

地下室中，宋摘星隐约听到外面吵嚷纷杂的声音，猜到警察应该快到了。只是如今她仍然不明白李唯西的举动，不知道他怎么这样难过。

李唯西将丢在衣柜旁边的寓言故事拿给她，那本寓言故事的封皮很旧，里面的一些书页都破损了，个别地方还沾着饭粒和汤渍，看起来像是被人经常翻阅才变成了这样。

李唯西问道：“你知道金羊毛的故事吗？”

这个故事宋摘星之前听过，如今记忆有些模糊了。她翻开寓言故事，找到了讲金羊毛的那一页。

“传说科尔喀斯有一件稀世之宝金羊毛，很多人为了得到它而踏上了艰险的路程，但他们都没成功。伊阿宋为了给父亲复仇，带着好友前往科尔喀斯拜见国王。但是国王却让他做两件不可能做到的事情，答应他如果做到了就将金羊毛给他。后来，国王的女儿美狄亚爱慕伊阿宋，偷偷将神药涂遍伊阿宋的全身，让他拥有神力，这才让他顺利刺死四面八方凶恶的武士，又制服了毒龙，最终完成了国王让他做的两件事情。”

宋摘星将书合上，接着道：“然而成功之后伊阿宋从国王的眼神中觉察出他不会善罢甘休，迟则生变，于是当晚就盗取了金羊毛。得手后他带着美狄亚回到故土，最终复仇成功坐上王座。”

李唯西默默道：“很多人都知道金羊毛的故事，却不知道美狄亚的故事。”

宋摘星也有些迷糊："她怎么了？"

李唯西眉目疏淡："美狄亚用自己的法术帮助伊阿宋完成了父亲定下的不可能的任务，条件是伊阿宋要和她结婚。取得金羊毛后，美狄亚和伊阿宋一起逃走。美狄亚的父亲派她的弟弟前往追回她，然而美狄亚却杀死了自己的弟弟，并将弟弟的尸体切开分割成碎段，抛在山上各处，让父亲和追赶的差役忙于收尸，以此拖延时间让她和伊阿宋顺利逃走。"

宋摘星又将寓言故事打开，发现并没有这一段。金羊毛的故事最后有段小小的备注，宋摘星看完大吃一惊。

她缓缓读道："伊阿宋回国后移情别恋，美狄亚由爱生恨，将自己亲生的两个孩子杀害，同时也用下了毒的衣服杀死了伊阿宋的新欢，逃离伊阿宋的身边，伊阿宋也抑郁而亡。"

李唯西淡淡转身，看着苏静芳说道："她的打扮，是那幅画里小雪的打扮。两个女儿的头发上都扎着花，胳膊上戴着珠子，苏静芳在模仿她们的样子。"

宋摘星张了张嘴，心中疑惑："她为什么要这么做？"

"如果无法杀死自己的丈夫，就杀死自己的孩子让丈夫难过。"

"不……"宋摘星一时难以接受，"难道苏静芳下午也想杀了小雪？"

她想起来苏静芳根本不常去西山精神病院，想到连时越和潇潇都认为苏静芳不疼爱小雪，想到苏静芳对小雪的狠心和冷淡，越发震惊："苏静芳恨小雪，恨她的出生给了蒋超出轨的机会，恨她给自己带来了麻烦。她……真的有杀小雪的念头？"

"我相信这些恨都是蒋超带给她的。她要蒋超痛失爱女，要他与自己一样生不如死。"李唯西眸光深邃，呼吸渐疾，"你还记得小雪母亲下午推了小雪一把吗？"

"是，她狠狠推了小雪一把。"

"她在救她。"李唯西凝视着床上的人，慢慢说道，"在小雪扑进她怀里的那一刻，她根本不想对小雪动手。所以她推了小雪，狠狠地推开她，让她不要接近自己，以免受到伤害。"

宋摘星脚下趔趄，她没料到苏静芳对小雪的冷淡和排斥竟然是这个原因。

"摘星，她首先是个女人，是个普普通通的人，她无法原谅蒋超对她做的一切，如果她杀不死蒋超，很可能就要杀死他们的孩子。”

宋摘星眼眶盈泪：“她最终没做，她没伤害小雪。”

“是的，她还是个母亲。”李唯西哽咽道，“所以你看她打扮成小雪的样子，死在这张床上，就是为了让蒋超看见她的那一刻，让他以为自己的女儿死了。她想尽办法要让蒋超难受、难过，不惜用自己的死为代价来唤醒他的良心。”

“可是蒋超一点反应也没有。”宋摘星的声音压抑而失望。

李唯西站在原地，此刻对苏静芳充满敬重和钦佩。一个苟活在生活重压下的女人，肉体和心灵得到了双重摧残，长期苦痛下连精神也出现了问题，她活在滔天的恨意里，可她却对伤害自己的人毫无办法。她隐忍、克制住自己的情感，做的所有的一切都是为了让蒋超尝到苦涩的滋味，然而事实却不断向她证明着，蒋超没有得到半分惩罚，他远比自己活得风光，活得好。

“生活给她那么多苦楚，她最终也没有选择伤害别人。”

李唯西暗哑出声，带着莫大的哀凉。他从她手中拿回寓言故事，翻开美狄亚的那一页。

书上什么都没写，他却对着书本一字一字读道：“世人皆看到美狄亚的凶狠可憎，却不知道她从由爱生恨的那一天开始，就日日承受着蚀骨的痛苦和煎熬。”

宋摘星再次看着头上戴着各种发卡，手腕上戴着各种劣质珠子的苏静芳。她在不甘中死去，她把自己画成一个小孩子，在死之前还想为自己的一生鸣一声不平。离婚时那么恨她的丈夫，却又为了小雪以后的生活硬撑着去求他，然而他毫不珍惜，毫无怜悯，她有多绝望才想对自己的女儿下手，想着两人一起死去，也好过在这世间苦挨。

宋摘星哽咽道：“时越说小雪妈妈走后，小雪还做了沙盘，希望父母能复合。看来苏静芳从没有在小雪面前说过她父亲的坏话，还让小雪保持着对情感和生活的热爱，她真是一位勇敢的母亲。”

都以为苏静芳不爱自己的女儿，殊不知苏静芳早已将残存不多的爱全部给了自己的女儿，而自己却饱尝着如洪水一样的痛苦。

走廊里忽然传来蒋超兴奋的声音，他身后跟着很多看热闹的人，把警察都隔在了最后面。

“就是这个房间，咱们快到了。”

他的声音里没有半分悲痛，似乎苏静芳的死对他而言无足轻重，甚至为他解决了一个大麻烦。

李唯西与宋摘星看了苏静芳最后一眼，默默地准备出门，然而两人还没到达门口，一声惨叫突然袭来。

紧接着所有人都吓得惊呼后退，叫声连连。

李唯西连忙出门，却被眼前的一幕彻底惊呆。

只见假手男人不知从哪里一跃而起，用仅仅完好的右手杀死了蒋超。他那只干瘪露骨的手带着巨大的力量，将尖锐的刀锋直直插进蒋超的脖颈。鲜血溅在假手男人的脸上，看不出他的表情。

宋摘星跟着出来，单手捂住嘴巴，她闻到了刺鼻的血腥味。蒋超死前的一抹笑意还没消失，整个人直挺挺地倒在地上，嘴巴里不断冒出鲜血，脑勺后面已蔓延开一摊浓稠的血迹。假手男人衣衫褴褛，半坐在蒋超身上，而蒋超华丽的手表、光鲜的衣服和名牌皮包在假手男人的衬托下显得越发冰冷璀璨。

李唯西终于看见了苏静芳自杀用的那把刀，刀柄还带着污渍，灰扑扑的，却不妨碍它穿透蒋超的身体。一截白刃露在外面，透着冷森森的寒意。

赶来的警察迅速支开围观的人，将现场封锁起来。而宋摘星忽地转身向着假手男人的房间急速跑去，她检查了男人的抽屉和床铺，最终在床底下发现了一堆药瓶。

她发现了假手男人的诊断单：肝癌晚期。

李唯西跟着进来，看见桌子上小雪画的那幅画被他撕去了一块。他撕掉了父亲，蓝天白云下，母亲带着两个可爱的女儿唱歌跳舞。

宋摘星痛哭出声，眼泪落到图画上：“她们终于在一起了，她们再也没有烦恼了。”

她哭得悲戚，想到苏静芳死前的不堪和绝望心如刀绞。她哭了很久很久，将眼泪当作对苏静芳最后的祭奠。

李唯西带着宋摘星出来时，苏静芳的房间已被警察团团围住。局促的地下室更加拥挤闷热，围观的人满身是汗，却没有一个人为难坐在地上的假手男人。他们静默地站在旁边，麻木的眼睛被浑身是血的蒋超吸引着，他们不知道发生了什么事情，但是他们了解自己的同类，知道假手男人必是有什么苦衷。

假手男人一直是个好人，他给邻居修门，给小孩子糖水喝，给苏静芳送去了风扇。他的手在工厂上班时绞在了机器里，工厂许诺为他的下半生负责，然而他却拒绝了。他带着病住在不大的地下室坐天等死，他活着或者死了都没什么重要。

李唯西牵着宋摘星的手离开，两个人一路向上，出来老楼时天空黝黑，星光寂寥。

“苏静芳放在小雪枕头底下的字条上写了什么？”他问。

宋摘星仰头，看着远远的迷蒙的月亮道：“妈妈爱你。”

即便身在出口，两人依旧能听到下面嘈杂的声音。一切发生得太快，让李唯西心中哀寂不已。庞杂的地下群租房像一头看不见的猛兽隐藏在城市中，没人在乎像蝼蚁的他们，然而他们之间却惺惺相惜，充满温情。

他轻轻问她：“你玩过动物纸牌游戏吗？”

宋摘星眼眶还红着，声音寂寂：“小时候常玩，一象二狮三虎四豹五狼六狗七猫八鼠。”

李唯西再次牵起她的手，她的手心还是那么凉。

“老鼠可以杀死大象，乞丐可以杀死国王。”他带着她离开，“人贵有敬畏之心。”

“是啊。”她慢慢重复着，“坏事不能做尽，人贵有敬畏之心。”

狭窄的街道，影子寂寥。路灯昏黄，通平的夏夜没有一丝风，一切都被浓稠的空气吞噬着。

第三十七章　原形毕露

治疗室中，李唯西衔着一口面包换上白大褂，脊背微斜，胳膊伸展，行云流水，穿好后腰身挺直，长指扣上扣子。他的额头微微浸汗，方琳给他端来一杯水，企图让他休息休息。

沈秋薇已经在隔壁咨询室等了一会儿，李唯西顾不上喝水，低头时一颗汗珠顺着鬓角滑入脖颈，在白皙的肌肤上分明可见。

方琳知道他昨晚又在林家做治疗，有些心疼："太拼命了。"

"催眠指令已经找到了，我要早点治好他。"

李唯西将面包放下，又让方琳拿来沈秋薇的治疗方案，掀了几页道："沈秋薇还是不说原因是吗？"

方琳叹气："感觉她一直在刻意隐瞒一些事。"

李唯西皱眉，想了片刻看着方琳："我要与沈秋薇面质。"①

方琳吃惊："时机会不会不成熟？"

方琳知道李唯西要将沈秋薇言行不一的地方揭露出来，若放在平时倒没什么，但是现在沈秋薇情绪很不稳定，怕他万一没选对时机，反而会让沈秋薇把李唯西的反馈理解为对她的贬低和攻击。

"有的来访者会一边说自己孤独，一边又拒绝别人向他示好，明显的言行不一，咨询师便会通过面质引发来访者的自我反思，让他对自己有进一步的理

① "面质"是心理咨询使用的干预手段之一，咨询师察觉到来访者言行里的不一致，并指出这个表现，以促进来访者反思性自我的发展。

解和认识，从而达到内在的修复和成长。”李唯西静默时，方琳劝道，“但是如果咨询关系尚未建立，咨询师对来访者的了解非常有限的情况下，面质手段并不适合来访者。”

李唯西嘱咐她：“你在咨询室外面等着我，如果沈秋薇情绪激动，你立刻进来给她打镇静剂。”

方琳还想阻拦他，李唯西却转身出门，顾自留下一句话：“她隐瞒了十几年，轻易手段是不会让她说实话的。”

方琳赶紧拿了针管和药液跟上去，出来时李唯西已经进入了咨询室。

安静的心理咨询室中，李唯西静静地看着沈秋薇。她身后的墙壁上挂着一幅大海的油画，海面平静，沙鸥点点，深蓝色广袤无际，一切都带着安定而沉静的美。

沈秋薇穿着一件棉麻质地的长裙，像出淤泥而不染的莲。

李唯西深知这一次的咨询状态更偏向治疗阶段，索性坐在了办公桌前，隔着桌子看着沈秋薇。

即便刚刚出过汗，他身上依旧带着干净清爽的皂香味道，让人犹如在夏日清晨闻了一丛薄荷叶。

他看着沈秋薇淡淡开口：“又做噩梦了吗？”

沈秋薇点了点头。

“你一直放不下你的孩子。”李唯西声音平静，“有个办法可以让你和他好好告别。”

她抬头，充满欲望：“什么办法？”

“仪式感。”李唯西盯着她的眼睛，温柔道，“像人死了就要给他办丧事立碑一样，参与仪式的过程就是和他告别的过程。”

沈秋薇忽然摇头：“他都没出生，我不会为他立碑。”

“立不立碑没有那么重要，重要的是你要在你的心里与他告别。”李唯西看着她的表情有些变化，继续说道，“告别并不等于不要他，你要学会与他一起存在。”

沈秋薇似乎有些明白了，苍白的唇缓缓启开：“我要怎么做？”

“鬼可操控，你收留他，把他当成生活的一部分，在心中给他一个位置。”李唯西看着办公桌上的物品，圆珠笔、裁纸刀、钢笔、墨水等等，他将钢笔放进笔筒里，慢慢说道，“你想把你的孩子比作什么？或者你想送给你的孩子什么？”

沈秋薇目光迷离：“他都没有到这个世界上看一看，走一走，我想送给他一双鞋。”

“那就把小鞋子摆在家中的某个位置，赋予它意义，完成这件事情，你就相当于给了他一个家。”

沈秋薇再次流下眼泪：“我明白了，他回了家，就不是鬼了。”

李唯西知道她心有触动，接着说道：“可是你的心结不仅仅是在孩子身上。”

沈秋薇有一瞬恍惚，她这十几年做噩梦都是因为孩子没有出生，连她自己都知道的事情，怎么会有别的心结呢。

“你有秘密，秘密积压在你心中，你不能说，无法启齿。”

“我……我没有。”

“如果没有，为什么不愿意聊一聊陈西晚？”

“没有！”

“你放不下孩子，必定和这个秘密有关。这个秘密让你流产，让你失去了你第一个孩子，所以你才念念不忘，十几年都活在噩梦里。”

沈秋薇猛地站起来，嘴唇抖动：“我没有！和谁都无关！”

门外的方琳忽然听见一声大叫，她一手攥着门把手，心口直跳，随时准备冲进去。

室内的李唯西同样站起身：“你想不再做噩梦，不再受鬼的干扰吗？”

沈秋薇没说话，眼泪却越流越多。

李唯西绕过办公桌，搬起两把空椅子放到地毯中间。他指着两把空椅子道：“你坐在这把椅子上扮演你自己，和另外一把椅子说话，将另外一把椅子当成陈西晚。你和它说完话之后，再坐到另外一把椅子上，扮演陈西晚，与刚才的你对话。”

沈秋薇怔愣在地，李唯西接着道：“我会离开，你将想对他说的话全部说出来，不会有任何人知道。”

沈秋薇目光闪烁，她不明白李唯西在做什么。

然而李唯西却十分笃定地对她说：“相信我，找一双鞋子当作你的孩子，再把秘密和这把空椅子说出来，你就康复了。”

李唯西说完后走出咨询室，将沈秋薇自己留在了房间中。

然而门口的方琳太过紧张，她以为沈秋薇已经在面质环节崩溃，李唯西刚一从里面出来，方琳竟然没控制住自己一直颤抖的手，猛地将针扎在了李唯西的胳膊上。

李唯西轻嘶一声，低眉看着弓着腰的方琳。

“方医生，医术越发精进了。”

方琳没想到是他，哆嗦着身子：“怎……怎么是你，我还以为……沈秋薇出来了。”

李唯西将针管从白大褂上拔出来，揉了揉左臂。他浅道：“仪式感也好，面质也好，都是为了让她走到最后一步。”

“最后一步？”方琳不明白，“是什么？”

李唯西半倚在门上，侧耳听了听里面的动静，轻轻说道：“空椅子技术。”①

“啊！”方琳恍然大悟，没想到李唯西步步经营，是为了让沈秋薇接受这种治疗方法，“空椅子所代表的人曾经伤害、误解或者责怪过来访者，来访者由于各方面的原因不能直接将负面情绪发泄出来，郁结于心，此时就可以通过对空椅子的指责甚至谩骂来获得内心的平衡。”

李唯西淡淡补充：“你说的仅仅是其中一点，它还包括来访者以自我为中心，不能或者无法去体谅、理解或者宽容别人，在心理辅导上都可以采用这种技术。”

方琳明白了他的用意：“你是说沈秋薇的全部秘密都在陈西晚陈院长身上，对他的感情很复杂，所以用空椅子技术治疗最为妥帖。”

李唯西做了那么长的铺垫，就是在等沈秋薇自己给自己治疗。

不过方琳转瞬又皱起眉来：“一般来说在心理咨询师见证的情况下，来访者把秘密公开，秘密就不会成为压力了，只有这样来访者才会康复。如今这么做，沈秋薇并没有把秘密公开，我们无法见证，她真的会好吗？”

---

① 空椅子技术疗法是格式塔流派常用的一种技术，是使来访者的内射外显的方式之一。这种技术常常运用两张椅子，要求来访者坐在其中一张椅子上，扮演一个“胜利者”，然后再换坐到另一张椅子上，扮演一个“失败者”，以此让来访者所扮演的两方持续进行对话。通过这种方法，可使来访者充分地体验冲突，而由于来访者在角色扮演中能从不同的角度接纳和整合“胜利者”与“失败者”，因此冲突可得到解决。

李唯西扬眸，目光清冽潋滟："那么多年她都忍着，如果今天能在咨询室里说出来，明天也会在治疗室里说出来。"

公路蜿蜒，一条河流从桥下奔涌而过，绿色的水面映着蓝天白云的倒影，河水拍打岸边撞击出白色的水花，发出清脆的哗哗声。河岸两旁花木葱茏，绿树成荫，高大的香樟与梧桐郁郁苍苍，遮天蔽日，将山路完全笼罩着。

宋摘星专门请了假，与时越一起前往孤儿院。两人下车后沿着小径向里走，郊区的空气清新宜人，将宋摘星心头的阴霾扫去很多。

时越穿着白T恤，纤长的胳膊、白白的皮肤像新蕊初绽的山茶。脱去了白大褂，他反而更加清秀雅致，带着淡淡的书卷气，少了疏离和倨傲感。

时越听宋摘星讲完苏静芳的故事喟叹道："我与邻居打电话的时候让他先不要报警，当时还在想他怎么如此配合，没想到他也有别的心思，故意在等蒋超。"

"当时忙着破解小雪妈妈的死因，根本没料到他会动手。"宋摘星到现在还无限感慨，"生前王侯蝼蚁各不同，死后也都是一样。"

时越垂眸："小雪妈妈没做透析，将积蓄都留给了小雪。"

宋摘星心尖一痛："小雪现在成了孤儿，我担心她病情会不会复发。"

时越与她疾走了两步，两人已经来到孤儿院门口。他淡淡抬头，看着孤儿院的牌子道："这里的人都很好，相信小雪很快就会适应的。"

宋摘星愣了愣，随即跟着他一起进去。

楚茵一头齐耳短发，眉似柳叶，眼睛玲珑，小麦色的皮肤衬着她健康活力的样子。她说话带着几分俏皮和爽利，一见到时越便张开双臂拥抱上去，却被时越巧妙地躲开。

"还不能和人亲近啊？"楚茵只比时越小一岁，语气却像个十八岁的小姑娘。

时越淡淡的："别总是胡闹。"

楚茵看向站在时越旁边的宋摘星，见她双瞳剪水，鼻梁高挺，肌肤白皙，黑亮垂直的头发垂到脖颈，划出一道优美的弧线，禁不住啧啧道："带来一位美人儿呀。"

宋摘星懵怔地看着时越，希望他能告诉自己面前的这个伶牙俐齿的女人是谁。

只是时越还未张口，楚茵率先做了自我介绍："我是院里的教师，从小和时越在一起，也算是青梅竹马吧。"

她撩了撩自己短短的头发，做出骄傲的姿态，宋摘星恍然一笑："你们是同学吗？"

楚茵："什么呀，我们一起在孤儿院长大的。"

说话间时越已经扯住宋摘星的衣服一角错过楚茵向里走去，楚茵大叫一声，呼吸都停了。

"时越！你不是有洁癖吗？从小不让人碰！"

时越没理她，反倒是宋摘星还在想着刚才的事情，她之前从不知道时越竟然是在孤儿院长大的。身后的楚茵紧跟上来，与时越保持着十几厘米的距离，还在不断地确认："你是不是好了？能不能让我碰一下？就一下。你是不是也可以喜欢别人了？我能不能喜欢你？"

时越声音愈冷："我有喜欢的人了。"

"谁？！"

时越将宋摘星带到教室门口时楚茵才彻底闭嘴，立刻换成一副老师的样子，端正严肃。宋摘星透过窗玻璃看见年轻的女老师正带着孩子们读诗，正是《送方外上人》一篇：孤云将野鹤，岂向人间住。莫买沃洲山，时人已知处。

诗句妙趣横生，闲散淡远，宋摘星没想到老师会教他们这首诗。倘若小雪在，肯定也会欣慰的。这篇是刘长卿送僧人归山的诗句，大有闲云野鹤、堪堪自在的心境，会让人觉得归去也是一种好的归宿。

时越看出她的心思，轻道："这里的老师很负责，会教孩子们很多课本上没有的东西，而且孤儿院里也配置心理辅导室，对孩子们的成长很有好处。"

楚茵补充道："我们格外留意孩子们的心理健康，工作人员会定期给孩子们做心理疏导。"

宋摘星总算放心，眸光熠熠地看着他们："每年会有多少人来领养这些孩子？"

楚茵微顿，道："正常的孩子会多一些，有缺陷的孩子可能永远不会被领走。"

宋摘星意识到自己的问题有些突兀，低了低头。时越靠近她，浅道："小雪会遇到和她一样的朋友，她会喜欢这里的。"

楚茵知道了小雪的事情，连连点头："我一定好好照顾她。"

时越又与楚茵详细介绍了小雪的病情，颀长的身子隽雅出尘，眸光淡淡。其间楚茵趁机去抓他的手，被时越再次躲过。

时越素来知道楚茵的性子，打小在一群孩子里个性出挑。他自动与楚茵隔开半米，借故要赠一些书，先去图书馆登记。楚茵悻悻地待在原地，宋摘星看出她的失落，反倒没有跟着时越过去，决定留下来陪她。

等时越走了，楚茵又好好看了看宋摘星，撇嘴道："时越喜欢你什么啊？"

宋摘星转了转眼珠，向她探了探身子："你还有机会。"

楚茵像假小子一样嗤之以鼻："我根本够不到他，只是有点嫉妒你。我以为他这辈子不会有喜欢的人了。"

宋摘星想起她刚刚说的事情，觉得时越内隐而克制，即便如今她也没有完全了解他。

"我想问，时越一直是在孤儿院长大的吗？"宋摘星看着楚茵，"他父母怎么去世的你知道吗？"

"我比时越早来一年，他当时来的时候很不开心，还自杀过。不过几年后他就被人领养了，反倒是我一直留在这里。至于他父母的事情，我们谁也不知道，他从来不说。"

宋摘星察觉到一丝异样："他被谁领养了？"

楚茵挠了挠头："不知道，这事儿只有院长知道。"

"你能帮我联系院长吗？"宋摘星声音低了半分，"不过要替我保密，别告诉时越。"

"帮你倒没什么问题。"楚茵盯着她，脸色变得认真起来，"他那么喜欢你，你可别伤害他。"

宋摘星怔在原地，她不知道该如何回答楚茵。她半张了张嘴，却什么都没说出来，眼睛中的光芒在一瞬间熄灭。她想起第一次见到时越的样子，高傲孤冷、淡漠疏离却又韬光养晦，一身锋芒。她不知道时越到底有怎样的故事，如今身在孤儿院，她终于得到了了解他的一把钥匙，她不能放弃。

教室内琅琅的读书声再次传来，她抬头看着楚茵，在抑扬顿挫的读书声中说道："喜欢一个人就等于给了他伤害自己的权利，我比任何人都更容易伤害到他，所以我没办法答应你。如果你无法帮我，我会自己去找院长。”

楚茵没想到她会这么说，惊在原地动弹不得，半晌寂寂而笑：“难怪时越会喜欢你，你真的与众不同，连句敷衍的话都不会说。”

她说完呼出一口气，眉眼再次明亮，唇角上扬：“我会帮你。”

京大医院心理科。

沈秋薇汗津津地出来，李唯西嘱咐方琳带她去治疗室睡一会儿，自己则再次进入咨询室。

长身绕过空椅子，他扬手将笔筒内的钢笔拿起来。它的外壳近似钢笔，然而实际上却是一支录音笔。心理医生在面对特殊病患或者重大病情时都会录音以做内部资料归档，他将录音打开，听了几分钟后脸色大变。

他单手撑住桌角，额头上不断冒着冷汗。

方琳推门进来，和李唯西报备：“做了浅度催眠，已经睡了。”

她见李唯西迟迟没说话，上前问道：“录音了吗？沈秋薇都说了什么？”

握着录音笔的那只手微微颤抖，拇指向笔尖移动半分，他按了按钮，轻轻抬头。

“没有。”

方琳隐着愁容：“我们没办法知道她到底因为什么才会这样，她的心结解不开，普通的治疗基本不会起作用。”

李唯西垂眸，淡淡道：“我想自己待一会儿。”

他近乎恳求的语气让方琳一惊，以为他太过劳累了，连忙转身出门。方琳轻轻扣上房门的一刹那，李唯西跌坐在凳子上。

他刚刚删掉了里面的内容，然而沈秋薇说的话却一遍遍在他脑海中重复。他的薄唇紧抿，呼吸愈来愈浅，眉心蹙起，将脸色衬得越发苍白。

沈秋薇在自我治疗的过程中透露出她对陈西晚的怀疑和恨。当年林落雪是陈西晚的病患，而在林落雪被强暴的那一晚，她亲眼看见陈西晚去过心理科。所有人都以为那一晚是自己的父亲顾伯棠值班，只有父亲一个人在，却没有人知道陈西晚也去过。

最重要的是，当年林落雪已经对陈西晚发生了移情，她深深喜欢上了陈西晚，而陈西晚也对林落雪动了情！

一切都被陈西晚的妻子沈秋薇察觉，她深深地埋藏着这个秘密，承受巨大的痛苦，孩子为此流产，而她也连续做了十几年的噩梦。

难怪陈西晚要请辞院长职位，难怪沈秋薇无法向陈西晚倾吐心结，难怪每每陈西晚与她沟通工作，她都会做噩梦。在她心里，陈西晚的工作就是她的噩梦。

李唯西冷汗涔涔，他现在还有一件事急需确认。林落雪的姆妈到现在都不曾吐露当年的事情，林落雪身上到底还埋藏着什么样的秘密。他颤抖着拨通了电话，宋摘星的声音随即传来。

他嗓子发紧，沉沉道："摘星，每个人都有弱点吗？"

宋摘星沉默几秒后答道："有。"

李唯西浅笑，笑意未达眼底便消失了："可是我发现一个人没有弱点，她隐瞒着当年的事情，无论我哀求她还是逼迫她，她都不说。"

"如果你对她好也无法感动她的话，或许在你之外，有让她更害怕的人。"

李唯西暗暗开口：林雨泽。

宋摘星有些奇怪，"她做了坏事吗？"

"或许吧。"

声音甫一落地，李唯西忽然抬头。他想到了她的弱点，只是还没开口，便听对面的宋摘星说道："那么只有一个办法让她开口，她做了坏事，一定心有恐惧，那件事本身就是她的弱点。"

李唯西原想同她说一样的话，如今便什么都不需要说了。他紧紧握着手机，低语道："摘星，我需要你。"

云密监狱。

孙鸣一直守在门口，等两位警员出来急忙迎上前去，给他们递了面包和橘子汁。

为了肖雅洁的事情，孙鸣特别从单位赶过来，希望审问环节有所突破。肖雅洁参与非法游戏设计与实施，罪行已经板上钉钉，只是李唯西嘱咐他务必盯着肖雅洁，让她说出周鸣山的罪行。然而一连多天肖雅洁就是不松口，根本没有招出周鸣山。

两位警察有些疲惫，知道孙鸣一直跟进肖雅洁的案子，如今只对他摇了摇头，脸色一个比一个难看。

孙鸣干脆推门进去，却陡然迎上肖雅洁微笑的眉眼。

他心一惊："你知道我来？"

肖雅洁一身囚服，脸上素净无比，没了往日的精致妆容，显出一分将老之色。然而她唇角扬着笑，深深的笑意带着轻蔑和不屑，给人刺骨的寒意。

孙鸣轻踮着脚靠近她，疑惑道："周鸣山不惜利用你，又设圈套让唯西亲手将你送进监狱，你该恨他才对。"

肖雅洁的手指还保持着夹烟的姿势，她没向孙鸣提任何要求，淡淡道："一切都是我做的，和周鸣山无关。"

孙鸣叹气："你就算不说，唯西也会治好林雨泽，让他揭穿周鸣山。你说了还能减刑，这又是何必呢。"

"我说过和周鸣山毫无关系！"肖雅洁乍然扬声，目露凶光，"一个警察在毫无证据的情况下就可以随意指控别人吗？"

孙鸣愣住，肖雅洁说得对，即便现在对周鸣山有莫大的怀疑，只要没有证据，就没有人能对他怎么样。他依旧风光无两，即便公司股价大跌，也不妨碍他继续赚钱和交易。他出入政商两界，在社会上是有头有脸的人物，如今接管了林雨泽的公司更是扬扬得意，没有任何人能怀疑到他头上。

只是孙鸣无论如何也想不明白，都到这个时候了，肖雅洁为什么还要维护周鸣山。

他想起肖雅洁刚刚对他的笑，是胜利者的笑。

肖雅洁缓缓出声："李唯西不可能赢过周鸣山。"

孙鸣退到门前，知道再说无益，转身欲走。

"等等，"肖雅洁拦住他，"我要见李唯西。"

孙鸣看着她："他不会来的。"

肖雅洁唇角抖动："如果想要看好林雨泽，他得来求我！"

这次换孙鸣笑起来，浅浅的，自信而明朗。

"他已经找到了催眠指令，不会来求你。"

话出口的一瞬间肖雅洁好似被雷击中一般，原还端庄持重的一张脸瞬间崩塌。她坐在审讯椅上无法动弹，然而手指却狠狠攥进掌心里不停地颤抖。她像被人掐住了脖子大口喘着气，胳膊扒住椅子的边缘，她想站起来，却再也没有半分力气。

孙鸣知道，在这一瞬间，肖雅洁的一身骄傲已荡然无存。

傍晚，夕阳的余晖洒在池塘水面上，粼粼波光如珍珠一样璀璨。

李唯西开车将林落雪的姆妈带到了京大医院，泊好车后姆妈却迟迟不下车。李唯西斜倚在路旁，也不催促，等着她自己下来。

夕阳退没时，七十多岁的老太太最终缓缓下了车，一步步向医院花园走去。

李唯西拜托宋摘星将父亲推到花园中，如今两人已经在树荫下等待。顾伯棠还是痴呆的样子，目光无神，面色苍老，下体一片洇湿，今天已经是他第四次换衣服，在他的世界里已经不认得所有人，连自己是谁都不知道了。

李唯西并没有强迫林落雪的姆妈，他到了她的家中说明来由，希望她见见自己的父亲，姆妈在静默半晌后便答应了他。

即便和姆妈说再多关于父亲的事情，姆妈也会觉得他离自己很远，与自己无关。但是当她亲眼见到父亲如今的样子，或许便会明白自己的隐瞒已经对别人造成了多大的伤害。李唯西在赌，赌她对父亲有愧疚感，赌她在情绪激动的情况下会对自己说出真相。

出乎李唯西意料的是，在姆妈甫一迈入京大医院时，她就已经支撑不住了。往事一幕幕袭来，她的眼睛里充满浑浊的泪水，她已经老得不成样子，她在世上活不了几年，仅仅感怀二十年前的事情就已经让她崩溃。她走得越来越慢，脸上的泪水越来越多，当她最终走到池塘边看见顾伯棠的样子时，她扑通一声跪在地上，声音嘶哑。

姆妈泪眼迷蒙地看着顾伯棠，他早已没了当年意气风发的样子，如今老得像具枯骨。只有她自己知道，这些年颠沛流离、东躲西藏，不是为了躲林雨泽，而是为了躲他。她无法面对他，他的下半生都因为自己当初贪念钱和安稳而被毁了。

她缓缓张口，口腔里的唾液黏在上嘴唇，声泪俱下：“顾老，我来看你了。”

顾伯棠仿似没有听到，只呆呆地看着她。虽然他的眼睛中映着她的身影，然而他却没有任何情绪，他不知道面前的人是谁，只发出咿咿呀呀含糊不清的声音。

姆妈往前跪了跪，眼前一片泪雾。

“是我对不起你，当年不该揪着你不放，是我做了亏心事。”

苍老而松弛的手覆上面颊抹了一把眼泪，姆妈沙哑着嗓音道：“是你救了落雪，是你救了她。可我当时也是不得已啊，求你原谅我。”

站在后面的李唯西眸光变黯，他知道自己的父亲没有伤害林落雪，心尖袭来密密麻麻的痛感。

宋摘星从顾伯棠的身后绕出来与李唯西站在一起，姆妈还在碎碎念着，手捂着心脏不停地落泪。

“我老了，你也老了，我们这一辈子活得糙，活得不随性。我不知道落雪那晚到底出了什么事，可我知道你肯定没有害她，当时那么骂你，那么闹，我也是没有办法。”

她说到此处，李唯西一忙上前：“当时到底出了什么事？”

姆妈跌坐在地上，呼吸有些不稳。眼看夏天都快过去了，空气还是闷得人难受。

他的突然质问让姆妈再次缄口，她别过头不去看他，似乎唯有这样她才会好受一些。

李唯西眼眶涌出热泪，颤抖着道：“我父亲当年是美国加利福尼亚大学的博士，他远渡重洋学习心理学，就是为了给汉州的人看病。他拒绝美国大学职位邀请，千里迢迢回来，就是为了让更多人得到治愈的机会。他呕心沥血看好了那么多人，不求荣耀，不求报答，而你，你们！你们毁了他，你们毁了他的事业，毁了他的梦想，毁了他的家庭，毁了他下半辈子，你以为一句请求原谅就可以云淡风轻地抹去对我父亲的伤害吗？！”

姆妈的身子一抖，她根本不敢看他的眼睛。

李唯西紧紧握着拳头心痛如绞，戚戚道：“我十岁的时候就失去了父亲，全都是因为你们。”

宋摘星看着坐在轮椅上满头白发的顾伯棠，眼泪跟着簌簌流个不停。他那么瘦，脊背佝偻，眉间尽是沟壑，连胡楂都老了。人的一生能有多少二十年挥霍，何况是他最重要的二十年，他和李唯西本都不该受那些苦。

姆妈终于转头，她看着李唯西，缺半的牙齿紧紧咬着干瘪的嘴唇。

“落雪在心理科的那天晚上，只有你父亲一个人值班。我去接她的时候她已经疯了，是你父亲把她送进急诊科抢救，落雪醒来后就满医院地跑，说自己被毁了。”

李唯西走近她：“你还知道什么？”

尘土在脚下飞扬，姆妈哭得筋疲力尽，她暗哑道：“落雪的病是在林家得的，她的精神分裂症在十几岁的时候很严重，可他们不让她看病，一直把她关在家里。后来落雪央求我带着她来京大医院，第一次我们是偷偷来的。后来林雨泽的父母知道了她去看病，并且看她有恢复的迹象，就没再阻拦。”

“他们为什么不让林落雪看病？”

她顿了顿，陷入冗长的回忆之中：“我只记得林落雪有一次在他们面前跪了整整一天，她养母不停地扇她耳光。林雨泽让我在外面候着，我透过门缝偷偷看她，她一直在抖。”

宋摘星与李唯西对视一眼，这样的家庭环境一定存在问题，也许正是这种畸形的关系才导致林落雪得了精神分裂症。

李唯西问道：“林落雪在家里最怕谁？”

姆妈几乎毫不犹豫地回答他：“林雨泽。”

李唯西眼睛半眯，他向她确认：“林雨泽知道她常去心理科吗？”

姆妈点头：“当时连家里的仆人都看出来落雪经常来京大医院，来得越来越勤。”

李唯西猜想这大概与林落雪的移情有关，既然林雨泽察觉到林落雪的变化，不知道他又会怎样对待林落雪。如今李唯西还有最后一点不明白，他逼近姆妈，一字一顿问道：“出事之后，林雨泽为什么赶你走？”

姆妈身子微晃：“落雪……死了之后，他不愿意再看见我。”

“你说谎，”李唯西看着她的眼睛，“他绝不仅仅是因为林落雪死了才给你钱封你的口。”

树荫下的顾伯棠忽然惊叫起来，宋摘星连忙上前为他擦拭口水。她半蹲在地上，与姆妈离得更近，泪如雨下对她说道：“如果你不说，顾伯伯就一辈子活在骂名里，他救过那么多人，难道就应该是这种下场吗？”

姆妈的嘴唇急剧抖动，她再次悲号道：“那天落雪去心理科一直没有回来，傍晚时心理科打来电话让我去接落雪，是林雨泽去的。”

“什么？”

李唯西踉跄一步，时间仿佛在这一瞬间凝滞。他难以置信地看着姆妈，心跳漏了一拍。除了陈西晚，当天连林雨泽也去过心理科，那晚到底发生了什么事？！

宋摘星赶紧问她："他去做什么？"

"我不知道，我什么都不知道了。"姆妈伏在地上，下颌沾满了树皮与泥土的碎屑，"他不让我说。那晚他没接落雪回来，等我到心理科的时候，落雪已经疯了。"

宋摘星缓缓站起身，她看着李唯西震惊的样子知道这件事情对他来说太过沉重，她走到他面前轻轻说道："当年的事太久远了，你不要太着急。"

李唯西与她四目相汇，他的眸光幽暗深邃，让她看不透他。暮色四合，远处的树影变得暗沉沉的，他们隔着咫尺的距离，这一瞬宋摘星感受到他巨大的悲伤和无法说出口的难过，却不知道他要怎么办。

半晌，他与她道："我要先见陈西晚。"

宋摘星皱眉："这件事与他有关吗？"

"是。"李唯西黯然道，"当晚他也去过心理科。"

宋摘星十分震惊，头顶犹如炸了响雷。这些陈年旧事不见天日，被揭开时却让人魂飞胆战，连一向温和慈祥的陈院长都牵连其中，不知当年到底发生了什么。

她有些不相信："陈院长平时彬彬有礼、慈眉善目，难道都是装的吗？"

"他的妻子就是怀疑他当年做了坏事才导致流产，至今被噩梦缠身。而且……"李唯西微顿，慢慢说道，"当年林落雪喜欢陈西晚，这件事情沈秋薇也知道。"

趴在地上的姆妈眼泪悬在眼角，她终于明白当年落雪为什么频繁地往心理科跑，原来她早已与陈西晚有了感情！

宋摘星不知他有何打算："你要去找陈院长当面问清楚吗？"

就在刚才静默的几分钟里，李唯西已经想到下面要做什么。他否定了宋摘星的想法："如果陈院长一直隐瞒至今，即便我去问也不会问出什么，更何况沈秋薇的病还没有好，我需要一个两全的做法。"

李唯西说得对，陈院长是心理医生出身，就怕当面对质也不会得到什么答案。只是她有些疑惑，不知道他说的既能让他得到答案，又让沈秋薇心病痊愈的办法是什么。如今林雨泽的病还未好，也只能先从陈西晚那里入手了。

翌日，宋摘星带着沈秋薇走到警局时天还没有大亮。夏天即将过去，即便喧嚣的马路在这样的清晨也散发着清凉的气息。国槐落了一地花瓣，淡绿色的细碎的花瓣为夏天染着最后的颜色。洒水车缓慢驶过，金芒色的阳光透过云层筛下一条缝隙照在干净的马路上，城市在破晓时重新恢复生机，一切都变得蓬勃而有活力。

宋摘星扶着虚弱的沈秋薇轻声道："进去吧。"

沈秋薇看着她，想说的话一句也没有说出来。孙鸣出来接她们，将她们带进审讯室的隔壁房间，透过房间中的单向透视玻璃可以看见审讯室中的李唯西和陈西晚。

李唯西之前帮警局破过案子，又涉及父亲当年强暴患者一案，便连夜委托孙鸣借用了如今的房间，流程还算顺利。其实他只需要一台测谎仪，之所以选在这里，是因为选在心理科会让沈秋薇觉得他们暗地里帮助陈西晚，失去了测谎的作用，而更重要的是这种环境也会让陈西晚觉得正式和严肃，即便是心理师，也很难逃脱测谎仪针对人体呼吸、血压和脉搏的探测。虽然测谎仪至今无法替代侦查和审判工作，但对李唯西的事情而言已经足够用了。

昨晚李唯西将计划告知孙鸣和宋摘星后，宋摘星起初有些不明白，李唯西本身就可以通过微表情探查人是否说谎，但他坚持让孙鸣帮助，不知到底有什么打算。直到他让自己通知沈秋薇，她才明白他的苦心。沈秋薇对陈西晚的怀疑长达十几年，却又无法问出口，那么当年的事情是否是陈西晚所为，今天都会给到沈秋薇答案。她需要一个确定的结果，而不是永远怀疑下去，惶恐度日。

李唯西笃定陈西晚会来，是因为院里都知道陈西晚爱妻心切，无论他是有意如此宣扬，还是真心对待沈秋薇，两种情况下陈西晚都不会拒绝配合。李唯西只需要在问他感情生活时提及当年的事，已经在这里的陈西晚也会在惯性的驱使下如实回答，欺瞒不了李唯西。

李唯西看了一眼时间，而后对陈西晚道："开始吧。"

陈西晚胸下和肚腹上缠着拉伸传感器以测试呼吸速率，右臂肱骨位置绑着血压测量仪，左手五个手指戴着皮肤电传感器用来测量皮电活性。他面色平静，点了点头。

李唯西透过主机电脑观察着他的呼吸和脉搏，现在看一切都很稳定。测谎技术本身就是一种心理测试技术，李唯西虽然可以通过面质和引导来治疗沈秋薇，但是关系到父亲的清白，他不得不采取现在的手段。

李唯西问："你叫什么名字？"

"陈西晚。"

"年龄。"

"57岁。"

"结婚了吗？"

"结婚了。"

"职业是什么？"

"医生。"

李唯西测出了基准线，抬头看向陈西晚："下面的问题你只需要答是或者不是。"

陈西晚点头。

李唯西继续问道："沈秋薇是你妻子吗？"

陈西晚："是。"

"你们的第一个孩子没有出生是吗？"

他的声音低下来："是。"

"你从不关心你的妻子。"

"不是。"

"当年你有个患者叫林落雪是吗？"

主机上显示出陈西晚的脉搏和血压都在急剧变化，他答道："是。"

"你强暴了她是吗？"

陈西晚不可思议地看着李唯西，他的瞳孔扩大，呼吸也变得急促起来，体下汗腺分泌增加，所有的数据都通过传感器显示在主机上。

李唯西不动声色地看着他，再次问道："你强暴了她是吗？"

陈西晚微微低头，答道："不是。"

隔壁房间内沈秋薇捂着嘴巴看着坐立不安的陈西晚泪如雨下，她的身体开始发抖，宋摘星将她拉近自己，给予她倚靠。审讯室内的陈西晚还在继续回答李唯西的问题，"是"和"不是"的声音不断传来。孙鸣看了看时间，心知测试快结束了，然而沈秋薇的状况却更加让人担忧。

天光大亮时，陈西晚缓缓走出房间，已是满头大汗。

李唯西让他进入别的房间休息，转而将测试结果交到沈秋薇手上。沈秋薇还在发抖，她不敢接过那张纸，生怕自己承受不住。

李唯西浅浅道："他没有说谎。"

沈秋薇眼眶中盈满泪水，她发出痛苦而隐忍的哭叫声。李唯西什么都没说，直到她缓缓将测试结果接过去。她的手指不停地发抖，她一句句读着测试的结果，眼泪一滴一滴落在那张纸上。

他没有说谎，在这样的地方，在李唯西的逼问下，他回答的都是真实的话。

陈西晚悄然走进房间，他看着满脸泪痕的沈秋薇，同样泪光莹莹。沈秋薇扑进陈西晚的怀抱，她一遍又一遍地说道："对不起，对不起。"

陈西晚拂去她的眼泪，沙哑出声："我没有好好照顾你，是我不好。"

房间里的白炽灯发出明亮的光，两人依偎在一起，交叠的身影映在巨大的玻璃窗上。沈秋薇的眼泪终于停了，她现在对陈西晚满心的愧疚和羞惭，她的怀疑让她与陈西晚之间横亘一条鸿沟，二十年来的若即若离不仅仅是对自己的摧残，更是对陈西晚的伤害。

沈秋薇缓缓闭上眼睛，她很想回到最初认识陈西晚的那一刻。那时他风姿斐然，一身明朗，一笑湛然若神，那样独一无二。都说林落雪的案子毁了顾伯棠一生，可它无形中也毁了她的西晚，他们的家庭在二十年前就已崩塌，再也没有重塑。

宋摘星跟着李唯西走出房门，叹道："沈秋薇的心病终于好了。"

然而李唯西却迟迟没有说话，孙鸣赶过来时看见李唯西的样子有些不解："你盯着他的微表情，难道和测试结果不符吗？"

李唯西摇头："当时他的微表情也透露出他没有说谎，我只是希望这就是最终结果，希望父亲的事情真的和他无关。"

宋摘星明白他话里的意思，即便是测谎仪也仍然有失误的可能性，虽然它足以应对沈秋薇，但是对李唯西父亲的案子来说哪怕有百分之一的可能性都不能放过。只是如果在这种情况下陈西晚还有强大的克制力和欺骗的能力，那么他就太可怕了。

"我相信陈院长。"宋摘星对李唯西说道，"一个人可以伪装一时，却不能伪装一辈子。陈西晚对沈秋薇的爱我能感受到，他的难过和痛苦我也能感受到，发自内心的痛和爱都欺骗不了人。”

李唯西静默，他并没有对陈西晚的结果产生怀疑，他只是在想如果不是陈西晚，那么极有可能是林雨泽。只是如今什么证据都没有，得到的线索像罗生门一样扑朔迷离，难以甄别真相。

李唯西看向孙鸣：“肖雅洁招供了吗？”

孙鸣叹气：“她知道你得到了催眠指令发了疯，疯完后口口声声说她还没输，还没输，也不知道说的什么。”

李唯西眼睛半眯，他察觉到肖雅洁背后还有隐瞒的事情，否则她不会到现在还缄口不言，被周鸣山玩弄于股掌。

还不到七点钟，楚茵急匆匆给宋摘星打来电话。宋摘星看了看李唯西，在他面前按了接听。

“我查到了，当年领养时越的是个女人，叫肖雅洁。”

电话挂掉一分钟后宋摘星仍蒙在原地，从头到脚都像被人浇了一桶凉水，她呆呆地看向李唯西，颤抖道：“时越和肖雅洁是……是一伙儿的。”

李唯西一口气跑到西山精神病院，他并没有去找时越，而是先去了高璨妈妈的房间。他急于确认一件事情，一件让他困惑许久的事情。

一大早，病房还很安静，高璨刚刚给妈妈洗漱完，见李唯西来了整个人一愣。她还没和他打招呼，李唯西直接靠近高妈妈，看着她的神态问道：“还是整天不说话吗？”

高璨站在床尾，手里端着杯子吞吐道：“是。还，还是不说话。”

云主任回心理科之前已经将高璨妈妈的事情和李唯西说过了，希望他有时间去一趟。只是这两天他忙于破解苏静芳和陈西晚的案子，才将高妈妈的事情耽延。高璨已经很久没见过李唯西了，她看着他想到之前对他的攻击和误解，如今有些窘迫。

李唯西却没有表现出任何疏离，他再次盯着高妈妈，试图与她沟通，只是任他说什么话高妈妈都一副听不懂的样子。李唯西心中一沉，他知道云月华的分析没有错，明明选用了正确的治疗方案并且已经得到效果，如今却在康复时高妈妈竟一夕间再次陷入另外一个极端，让人琢磨不透。

然而，就在他得知时越是肖雅洁背后的操盘手时，他忽然想到一个问题，这也是他迫不及待来这里的原因。

他转身看着高璨，十分认真道："我要带你妈妈做一次心理测验进行信效度分析。"

高璨脑中一片空白："我妈妈只能在这里。"

李唯西解释道："信度与效度在精神病诊断中有重要的作用，我不会害你母亲。"

高璨紧抿唇角，她迟迟没有说出话。任她平时如何干脆利落，在李唯西面前她都像个被人看透的孩子，即便什么都不说，他也全都知道。

颀长的身姿靠近她，他的目光如清冷的月光照在她的身上。

"我有一件事情急于确认，测验结果是所有问题的答案。"

李唯西与时越见面的时候窗外有一丝诡异的宁静，似乎这一天等待了许久才终于到来。他打开时越办公室的门，看见他正站在窗前看着院子。窗明几净，他穿着白大褂，一身素雅，阳光打在他的头发上发出明润的淡淡的光泽。

时钟指向九点半，他一手托着咖啡杯在窗前回头，面色如初时那般冷冷的，没有半分温度。

"我等你很久了。"时越呷了一口咖啡，声音意味深长。

李唯西走到办公桌旁，看着金色的光影在他身侧的墙壁上流淌浮动，道："高璨妈妈是你逼疯的。"

时越停在原地，眼睛中隐着锋芒。李唯西接着说道："肖雅洁一直没有招供，是因为她身后还有你。之前我一直以为高妈妈的疯是肖雅洁施用了心理手段，可当她在狱中笑着说她没有输时我便想，肖雅洁和周鸣山的背后还藏着一个人，那就是你。"

他说得这样清楚明白，时越扬眸，缓缓道："肖雅洁知道我已经落在周鸣山手里，所以她不会招出周鸣山。高妈妈的事，确实是我做的。"

李唯西已经不再惊讶了，当宋摘星告诉他，她是如何进入孤儿院，如何查到时越身份时，他便猜到会有现在的情形。

"你故意引摘星去孤儿院，让她查你，也是另有目的吧。"

举着咖啡杯的手微微一颤，时越没想到李唯西聪明如斯，竟然连这一步都猜到了。他垂眸，白皙的面容隐着暗影。楚茵当天就告诉了自己宋摘星的打算，他反而让楚茵保密，尽管告诉宋摘星真相，因为他当天有意去图书馆，就是为了腾出时间让宋摘星求楚茵帮忙。

时越转回身，将咖啡杯放在桌角，隔着一方桌子看着他："一切都要结束了。"

李唯西呼吸微滞："即便肖雅洁领养了你，你也完全可以拒绝为她做事。凭你的本事，肖雅洁根本约束不了你。"

"我从十岁时就认识她了。"时越的声音愈发冷，"当时她还离不开林雨泽，要帮助林雨泽报复你，所以才搞疯高妈妈让你陷入媒体舆论之中。我不能不帮她，即便不是我做，她也会亲自做的。"

"肖雅洁做了那么多坏事，你又何必把自己搭进去。"李唯西如今含着满腔的愤怒和不解，"摘星会非常伤心和失望。"

时越淡淡笑起，眼底却仍是冷色："可惜从一开始就错了。"

李唯西上前："你现在还在帮助周鸣山？"

时越没有回答他，转而道："林雨泽斗不过他，肖雅洁斗不过他，你也斗不过他。"

"你为什么还要帮他？"

"肖雅洁还有很多资产在他那里，更何况心理游戏都是肖雅洁参与设计的，这也是她的梦想和心血。"时越陷入年少的回忆中，肖雅洁对他的培养和爱护如涓涓细流，支撑他一步步走到今天。倘若没有肖雅洁，或许他早在孤儿院死过很多次，不会有任何人记得。

李唯西解开了所有的疑惑，心中哀凉。他嚼穿龈血，一字一顿道："我一定会抓住周鸣山。"

时越直视他的目光，知道他如今说的每一个字都带着分量。然而正如他所预料的，自己引他到这儿，另有目的。

"我有东西送给你。"时越缓缓打开抽屉，从中取出一方镇尺。镇尺描着丹青山石，一角带着黑幽幽的早已干透的血迹。看得出镇尺很有年头，上面的颜色都已变淡，带着岁月的痕迹。

李唯西不知道这是什么，时越面色平静地看着他。

"这跟你父亲的案子有关。"

李唯西眸光乍亮，他心绪有些不稳，却在一瞬间明白这方镇尺一定是当年犯案的证据。

“我不知道这上面的血是谁的，我从未当面接触过林雨泽和陈西晚，所以一直没有查证。”时越唇角微扬，泛着苦涩的意味，“至于我为什么现在才拿出来，或许是因为当年年纪还小，人微言轻，也或许是因为肖雅洁带着我时，我已经察觉到她没有查找真相的心思，又或许你来到汉州时，我早已卷入肖雅洁的阴谋中，无法在第一时间给你真相。不过现在给你，也算适逢其时。”

李唯西站在原地，他看着镇尺上面的血，整个人竟微微有些颤抖。真相与他咫尺之遥，然而这一瞬他却害怕得不敢接过来。

时越的目光错过他的身子向门口望去，声音充满温度和力量：“摘星。”

李唯西下意识回头，却发现身后空空如也，然而就在同一时间时越忽然在他耳边打了一记响指，又脆又亮，整个房间都寂静下来。

时钟指向十二点半。

李唯西不知自己何时回了神，看着桌子上的镇尺，喉头滚动出声：“你在赌，赌如果这血是林雨泽的，我就不会再治好他，周鸣山从此安然无虞。”

时越转身为他倒咖啡：“如今它归你了，你可以任意处置。”

他再回身时，办公室中已经没了李唯西的身影，连桌角的镇尺都一齐不见了。阳光正盛，时越浅浅笑起，桃花眸清雅至极，没了半分冷冽。他将咖啡杯端起来顾自喝了一口，浓浓的黑色液体香萦绕齿，每次喝咖啡时他都会想到宋摘星，可如今他再也不能想了。在他告诉宋摘星自己是谁时，便已经离她千万里之远，再也没有办法回去了。

他将咖啡杯缓缓放下，手指却依旧勾着杯柄没有松开。他的指节泛白，指如寒玉一样干净瘦长，他凝视着李唯西刚刚待过的地方，想起自己打响指的一瞬间李唯西呆愣在地。他知道李唯西最在意的就是宋摘星，所以喊了摘星的名字，他在那一瞬间变成了自己曾经最讨厌的人。

第三十八章　旧岁忆来

二十年前的初冬，枫叶瑟瑟，万瓦见霜，那时京大医院还没有几十层的高楼，没有占地极广的护理部和检查部，即便门诊大楼也是些旧砖旧瓦，白墙蓝边。整座医院粉刷得干净整齐，到哪都能闻得到一股消毒水味。

门诊部三楼的心理科内，25岁的肖雅洁跑到办公室气喘吁吁地喊道："老师老师，科里来了个大美人儿。"

顾伯棠正戴着眼镜看心理学文献，没有抬头："谁来了？"

肖雅洁一向爱看热闹，更爱把热闹第一时间分享给自己的老师，笑嘻嘻道："一个叫林落雪的病人，老师快去看看，长得特别好看。"

"你刚来实习，要把精力放在专业上。"

顾伯棠放下文献转头看她，眸光清澈。日光倾斜在他一半的衣服上，明暗交叠："上午刚刚来了一个恐怖性障碍患者，你跟进一下。"

"哦。"肖雅洁嘟嘴，悻悻关门。她刚来三天，已经被顾老师说了十回，回回理由都是不收心，太爱玩。

只是门还没彻底关死，走廊里忽然传来大喊大叫的声音。

肖雅洁"啊"了一声，将门大开："老师！陈主任眼睛瞎啦！"

顾伯棠摘了眼镜，疾步出门。走廊里一摊血迹，陈西晚正捂着眼睛斜靠在墙角。

墙角另一侧，一个二十多岁的女孩子浑身颤抖。她的肌肤白皙如瓷，腰肢柔软细弱，只是脸色不好，咬着唇呆呆地站在那儿。她的身边还有一位中年妇女，鬓边夹着白发，看模样和打扮似乎与女孩子没什么血缘关系，更像是她的保姆。

一个个头不高的保安闻声赶过来，看着走廊里的境况赶紧吹哨，想把队友也喊过来。

顾伯棠打断了他的哨声，走到陈西晚身边关切地问道："伤到哪里了？"

陈西晚咬着牙静默了一会儿，半晌才从痛感中回过神。他摇摇头，抽着气说道："没事，划到眼角了，待会儿就好。"

身在心理科，顾伯棠知道随时会有这种风险。他见走廊里已经围观了那么多人，笑了笑说道："我在乡下给病人看病，被一个躁郁症患者一脚踢出去几米远，飞了一会儿才落地。这还是轻的，听说外院一个心理科医生被精神病患者打掉了五颗牙，到现在说话还呲呲漏风呢。"

他幽默的口吻让其他人跟着一笑，便听他接着说道："我们感冒发烧了是病人，他们心理出现问题也是病人。生病的时候非常难受，我们要理解她。"

他摆摆手，示意围观的人散了，又安排吴聪带着陈西晚去包扎，才转回办公室。

林落雪被姆妈扶着，刺伤陈西晚的那支笔就丢在她的脚下。

姆妈连连感激顾伯棠的解围，然而林落雪第一次到心理科，印象最深刻的却不是顾伯棠。她被姆妈领着刚到三楼，便看见陈西晚正笑着给患者听音乐。他把磁带放进收音机里，在静谧的下午，轻缓的音乐回荡在整个走廊。

冬日太阳的光辉温暖和煦，陈西晚穿着宝蓝色大衣挺身伫立，阳光中勾勒出清雅细致的轮廓，大衣袖口的每一根牙色丝线都清晰可见。他笑起来温润恬静，衬得时光一同静好。

刚才陈西晚让她做心理评估，她填好所有的表格，跟着他一起进入治疗室。

然而刚一进来，林落雪脑子里忽然出现另一种声音。她立刻觉得自己被偷窥了，眼前的人竟然和偷窥自己的人一模一样。封闭的空间让她脑海中的声音越来越强烈，她打了个寒噤，没等姆妈上前，瞬间从口袋里拿出一支钢笔。

再后来她追着他到走廊，将钢笔刺进他的眼睛。幸好他躲得快，笔尖划破了他的眼角，鲜血溅在自己的手上，钢笔应声落地。

她和陈西晚见面的第一天，就如此不同寻常。

一个月后。汉州簌簌下了一场大雪，地面湿滑难走，医院暖气供应不足，恶劣的环境却没影响心理科的工作，科里已连续开了几天的会。

顾伯棠坐在桌子正中的位置，肖雅洁紧紧挨着他，此刻正哭得梨花带雨。

顾伯棠总共收了两个学生，云月华缜密冷静，不苟言笑，不禁逗，话又少，明明才刚过完28岁的生日，看起来却像40岁一样。肖雅洁则与云月华截然不同，天天叽叽喳喳像只黄鹂鸟，明媚活泼，却总是马虎犯错。如今顾伯棠看着肖雅洁哭得眼睛都肿起来，叹道："雅洁，恐惧症患者的脱敏治疗我来做，你辅助我。"

肖雅洁懵怔地抬头，嗓子哽咽："可是他现在要我们赔偿，老师接过来，责任就在老师了。"

顾伯棠平静道："不碍事。"

肖雅洁紧抿唇角，她垂下头，眼泪又掉下来。同在一侧的云月华食指不断敲着桌面，冷冷出口："我不同意，老师你这是偏袒雅洁。她自己犯的错，就应该自己承担。"

肖雅洁吸了口气，泪雾升腾，她根本不想连累自己的老师。

倒是对面的吴聪开口道："雅洁刚工作没多久，后期赔偿的问题根本无力承担，我建议由咱们心理科承担一部分，一起渡过难关。"

"那不行。一就是一，二就是二，当然是谁出错谁负责，不然以后再犯错怎么办？"

云月华一向脾气爽直，眼里容不得沙子。她实习以来从未出过错，事事谨小慎微，都是为了病患能早一点康复。如今看肖雅洁的样子，只觉得令人不齿。

"雅洁的事情都别再说了，我既然是老师，就有责任和她一起承担。恐惧症患者病情加重，我估计需要很长一段时间来治疗，其余患者现在就调配一下，分给你们。"

顾伯棠递给肖雅洁一方手帕，示意她擦擦眼泪。

很多年后，肖雅洁都还记着那方手帕的样子。虽然洗得有些发白，却有温柔细腻的触感。她从上学时就很崇拜顾伯棠，知道他是美国加利福尼亚大学心理学毕业的博士，成绩优异，风光无两。当时心理科在国内还没有发展起来，医疗设施简陋，大家对心理科的理解存在很大限制。然而顾伯棠却拒绝了国外高校的聘请，毅然回国，让人心生敬意。

她还知道顾伯棠经常下乡，时不时从乡下带回来几个疯子，那些没人要没人管的疯子、傻子，经过顾伯棠的治疗竟然全部恢复正常。肖雅洁对京大心理科神往已久，就是为了能接近他，做他的学生。

她接过那方帕子，没舍得擦泪，只紧紧攥在手里。

顾伯棠重新戴上眼镜，拿起会议桌上的资料问道："有一个经常肚子疼的患者，你们谁来接？"

云月华："其他科查过了吗？确定是心理问题？"

顾伯棠点头："身体很健康，一紧张就肚子疼，连门都出不了，耽误了很多事，所以想来做治疗。"

肖雅洁用袖子抹了一把泪，开口道："我觉得肚子疼的问题需要重视起来。人们感受到压力，是因为人们知道事情不受自己控制，所以下意识就想去做自己能控制的事情。但是人能掌控的只有自己的身体，能做的就只有吃饭和排泄。重要的考试、相亲、面试等等任何重要的节点，人都会因为紧张而想排泄，外在表现就是肚子疼。"

顾伯棠呼吸轻缓，与她举一反三，拿了另一起案例道："人的潜意识确实能影响自己的肚子。比如两三岁的孩童经常不排泄，实际原因可能是他感受到家庭关系有问题，想用这种方式引起父母的注意，让他们知道自己在抗争。"

肖雅洁补充："普通人的肚子疼，大多是回避压力的一种表现。"

顾伯棠缓缓点头："你说得对，外在不受控制，就只能控制自己的身体。重要节点人们往往不够自信，所以才拿自己的身体下手。"

云月华看着两人滔滔不绝的沟通，面色回暖。她很高兴看到肖雅洁认真做研究的样子，抬头说道："这个患者我来跟进吧，应该没什么问题。"

顾伯棠却否决了她的建议。

"这个患者吴聪来跟，月华你跟另外一个案子。"

"老师请说。"

"有一个二十四岁的家庭妇女，高度抑郁，重度焦虑，晚上失眠，你来负责她。"

云月华意识到问题的严重性，连忙应下。这时肖雅洁忽然出声："这位家庭妇女结婚多久了？"

顾伯棠："半年。"

"身高和体重呢？"

顾伯棠："身高165厘米，体重170斤。"

吴聪倒吸一口冷气："这么胖。"

肖雅洁目露精光，有些兴奋地说道："长期失眠怎么会有那么胖的身体，而且结婚就半年，估计是婚后才发现老公身上的缺点，和老公没有磨合好，老公又不哄着她，所以心里才不舒服的。"

云月华皱眉："你想说什么？"

肖雅洁坐直身子："有可能是假抑郁。让她去上班估计就好了。"

云月华："你连病人都没见过，就这么下判断？"

肖雅洁一脸无辜："推测嘛。一个家庭主妇每天想的都是丈夫对自己不好，又困在家里不出去，肯定会郁闷。但是这种病都是暂时的，只要出去上班，忙起来就不会对自己的丈夫那么在意了。"

顾伯棠安静地听着两人的对话，眉头紧锁。他见过那位家庭妇女，做出的判断与肖雅洁几乎一致，只要上班，家庭妇女的失眠和焦虑基本都会得到解决。

但是病患的关键问题并不在于失眠，靠劳作能让她睡好觉，但她的家庭问题并没有得到解决。心理医生不是解决表面问题，是帮助患者一起成长，让他们认清问题的本质，从而成为更好的自己。

他心中一沉，开口说道："雅洁你太聪明了，希望你以后能把你的聪明用在正确的事情上。"

肖雅洁："我……"

顾伯棠："以后你要多向云月华学习。她谨慎，中规中矩，不冒进，但都是做医生的优点。我们不能拿着病人开玩笑。"

肖雅洁低头，没有说话。

吴聪半咳了一声，想打破尴尬的气氛。

"老师，还有一件事。最近孤儿院来向我们求助，有几个刚进孤儿院的孩子有很严重的心理问题，希望我们可以跟进。"

顾伯棠面色凝重："好，你先跟进一下。孤儿院里很多都是突然丧失父母的孩子，应激反应很大，一定要重视他们。"

吴聪点头。几个人陆续起身，各自准备自己的案子去做治疗。等云月华和顾伯棠出去之后，吴聪看着马上要出门的肖雅洁忽然轻声喊住她。

肖雅洁停在门口，回头看他："怎么了？"

吴聪从桌子底下拿出来一束玫瑰花，疾步走到她面前。他有些忐忑，脸色潮红，低了低头："我今天这身衣服怎么样？"

肖雅洁这才注意到他穿了一件时髦的咖啡色衬衫，打了格纹领带，整个人看起来稳重儒雅。

"还行吧。"

吴聪笑得灿烂无比，眉梢轻挑，随即将玫瑰花递给她。红色花朵娇艳欲滴，在冬日大雪时节格外夺目。

"送，送你。"他紧张得双手颤抖，不敢看她。

肖雅洁笑嘻嘻地接过来，闻了闻："这么香！"

吴聪羞涩地点头。他一大早跑了很远的路才买来，鞋子都湿透了，就是想送一束玫瑰给她。

肖雅洁倾身，古灵精怪地看着吴聪："我收下这束花，它就是我的了对吗？"

吴聪有些没听明白，只不停地点头："玫瑰花就是你的。"

"谢了。"

肖雅洁潇洒地转身。片刻后，走廊里再次传来她娇俏的笑声。

"顾老师，我送你束花！特别好看！"

"谢谢，确实很漂亮。"

"我放你办公桌上可以吗？"

"放到治疗室吧，让患者们看看。"

声音越来越远，仍然站在门口的吴聪一脸落寞。他的笑意缓缓从眼睛中消失，最后整张脸与窗外的大雪同色。他想到肖雅洁前几天和自己聊天时说，玫瑰花代表爱情，她如果有喜欢的人，一定要送玫瑰花。她还知道花语，送一朵代表你是我的唯一，送十一朵代表爱你一生一世，送二十一朵代表最爱。

他送给她的那一束恰好是三十朵，花语是：请接受我的爱。

过了新年的京大医院在后院遍植桃树，初春时节花蕾层叠绽开，万物新绿，风清日暖。心理科的抑郁症病人一下子增多，让科里的同事忙得焦头烂额。然而此时让顾伯棠更加担心的却是最近的流言，流言说得有模有样，不得不让人警惕疑心。

吴聪拿来了孤儿院孩子们的资料，进入顾伯棠办公室的时候有些慌：“总共有十几个孩子，都有很严重的心理问题，我们得赶紧做心理干预。”

顾伯棠接过资料，眉头不展。

吴聪叹气：“春天是抑郁症高发期，科里一下子抽调不出多余的人手，真是为难。”

顾伯棠沉吟片刻道：“春天气压低，空气中的含氧量也低，生物体代谢进入旺盛期，发出的声波影响人的内分泌系统，所以抑郁症才会高发。以后我们科得提早做准备做预防。”

吴聪：“可这些孩子也不能不管呀。”

顾伯棠：“季节性的抑郁症容易恢复，让患者多出去走走，晒晒太阳，注意调节饮食和睡眠即可，我会让陈主任和云月华来跟进他们。至于这些孩子，由我来做治疗，你和雅洁配合我。”

吴聪点头。他偷瞄了顾伯棠一眼，支支吾吾道：“不知道陈主任是否有空。”

顾伯棠看着他：“怎么了？”

吴聪走近一步，压低声音向他说道：“我最近听几个患者说林落雪喜欢陈主任。有见他们两人在池塘边散步的，也有见他们在桃花林中牵手的，我看林落雪长那么好看，不知道陈主任是不是真的动摇了。”

顾伯棠啪地将资料放下，目光灼灼道：“你从谁那里听的流言？”

吴聪有些胆怯，缩了缩头：“几个病人传的，不知是真是假，我也是担心陈主任。”

顾伯棠绕过桌子走到他身旁，以极严肃的口吻嘱咐他：“这件事情到此为止，你千万不要往外说。陈主任那里我会去了解，事情没有水落石出之前，你在谁面前都不要提。”

吴聪下意识点头：“知道了。”

窗外杨柳吐绿，花海如云，日光轻荡枝梢，明明美得不可方物，顾伯棠却眉隐愁云，半分赏景的心情都没有。

是晚。

春风料峭，心理科还亮着一盏孤灯。

顾伯棠关上自己办公室的门后，看见走廊空空，心知大家都已经回家，这才敲了敲陈西晚办公室的门。

近日来心理科难得安静，顾伯棠正当盛年，成日忙碌却让他额间多了条明显的皱纹。自进入京大心理科，顾伯棠夙夜匪懈，从未睡过一个整觉，在他手下治愈的患者不知多少。他耳边从没有少过吵嚷声，可今天晚上，顾伯棠才发觉春夜竟寂静得有些可怕。

他缓缓进入陈西晚的办公室，看见陈西晚还伏在案头，喊了一声："西晚。"

陈西晚抬头看见是他，连忙招呼他坐下，笑道："等我写完这份病历。"

顾伯棠缓缓坐到他对面，目光有些迷离。他听着钢笔划在纸上发出沙沙的声音，喑哑道："听说秋薇怀孕了。"

陈西晚低着头，笑声却爽快地传来："是啊。你与我同岁，你家小辰都快十岁了，秋薇才刚刚怀孕，时间过得真快啊。"

"秋薇身体弱，你好好照顾她。"顾伯棠看着他，回忆起年轻时候的情景，"当时沈院长邀请咱们来京大心理科，第一眼就看中了你做他未来的女婿。现在沈院长也快到退休的年纪了，希望你和秋薇能好好的。"

"那是自然。"陈西晚放下笔，灯光下神采奕奕，"伯棠啊，咱们两个一起从美国加州大学毕业也快十年了吧。可惜你当时已经结婚了，不然我看沈院长没准先看中你了。"

顾伯棠浅笑摇头："你还是爱开我的玩笑。"

陈西晚整理了桌子上的病历，暗夜中风声如涛，呜呜作响。

"咱们去喝点威士忌，好久没和你一起吃晚饭了。"

"小辰还等着我回去。"顾伯棠拒绝他，接着说道，"你先等一等，我还有话和你说。"

陈西晚还在整理："说什么？"

"林落雪的病情怎么样了？"

陈西晚忽地停下，看着他："好多了。"

"我下午观察了一下林落雪，发现她的病症并没有好转，之所以精神大好，是不是因为她已经有了移情倾向，对你产生了强烈的情感？"

"怎么……会。"陈西晚笑了笑，"你是不是听到什么流言？林落雪是我的病人，我一直在为她看病。"

顾伯棠："众议成林，流言未必不是真的。"

陈西晚急道："你不要听外面人胡言乱语。"

顾伯棠叹道："林落雪每次来都精心打扮，一次比一次刻意。她刚来的那天穿着朴素，面色憔悴，可你再看看她近期的穿着和装扮，都是在向你表现她自己。西晚，你应该很清楚，林落雪的病完全没好，她只是把情感倾诉在你身上。如果你没有及时抽身，她的病情会更加严重，后果难以想象。"

陈西晚手指有些颤抖，他企图提高说话的声音来抵抗顾伯棠的质问。

"难道我连这点作为医生的操守都没有吗？伯棠你应该相信我！"

"心理咨询需要保持中立和客观，同时保持一定的距离。西晚，我希望这些原则你能坚守。"

灯火如豆，陈西晚五味杂陈。

"你娶了秋薇，又是心理科的主任，有步月登云志，千万里好前程。"

顾伯棠缓缓起身，平静地看着他。

"不要让林落雪再对你存有幻想，如果你没有办法改变，建议你尽早结束你们的咨询关系。"

陈西晚喉头有些发酸，他的眸光闪烁，呆愣了好一会儿，竟不知顾伯棠什么时候走的。他手底下按着一团小字，没敢让顾伯棠看到。那是落雪前两天刻在自己桌角的，极好看的蝇头小楷：与君初相识，犹如故人归。

一连阴了几天，科里同事在这样的天气下都睡意沉沉。顾伯棠给大家煮了咖啡，出门的时候恰好撞见林落雪。

她今天穿了一件红色的连衣裙，搭了一件半透明的白色外衫，衬得肌肤胜雪，身姿窈窕，连口红都比往日抹得更艳一些，很是招摇。之前连云月华都忍不住称赞林落雪的美，长眉连娟，柔情绰态，日色之下灿然生光，像是尤物不可多得。只是可惜患了精神分裂症，不然真称得上绝色。

顾伯棠与她点头示意，刚要错过身子，林落雪忽然喊住他。

“顾医生，我给陈主任打了好几个电话他都没接，没出什么事情吧？”

顾伯棠淡淡道：“一切都很好。”

林落雪笑起来有两个酒窝，甜甜的：“我给他煮了鸡汤，特地给他送来。”

顾伯棠没再应声，转而将咖啡渣倒进凹槽。再回头时，林落雪已经进入陈西晚的办公室。

他叹了口气，希望她的病能早点好起来。正想着，吴聪忽然赶到三楼，气喘吁吁道：“不好了，孤儿院有个孩子自杀，其他孩子情绪躁动，还有跟着自杀的！”

“快把孩子接过来！”

顾伯棠捏着杯子就跟着他往下走。他的呼吸凌乱，眸下一抹淡淡的黑影，只怕晚一步会发生更多的意外。那些孤儿院的孩子，已经经不起任何折腾了。

阴云厚重，整个医院没有一丝风。

主任办公室内，林落雪轻轻把门关上，含情脉脉地看着办公桌前的陈西晚。

陈西晚面色冷峻，浅浅出声：“坐吧。”

林落雪先把鸡汤放在他桌角，有些撒娇地说道：“院子里的桃花开得那么好，一起去看看桃花吧。”

陈西晚放下案头的资料，咳了咳：“落雪，我们不应该这样。我是你的医生，就只能治疗你的病。”

林落雪眉梢轻动，有些失措。

“是不是我哪里做得不好？”

“你没有不好，是我不好。”陈西晚站起身，走到她身边，“你的病尚有很多不明晰的地方。你只说你饱受欺负，我猜测你以自我封闭的方式来应对外面的压力，自我防御机制出现，你将自己完全锁在了一个角落。你的精神高度紧张，感受到的压力越来越大，你不能无视这种压力，否则压力会把你吞噬！”

林落雪使劲摇头，连连后退：“我没有，我没有。”

“落雪，你应该告诉我真相。你不和我说实话，我没办法给你看病。”

林落雪双眸盈满泪水，哭泣道："我现在已经好了，西晚，我可以好好地和你在一起。"

"我们不能在一起。"陈西晚义正词严地拒绝，"何况你也没有彻底好转，现在你依靠药物和治疗看起来症状确实减轻了，但是你根本没好。"

林落雪抖着身子，极尽隐忍地抽噎道："我知道你有妻子，我根本不敢想能和你结婚。但是西晚，我是真心喜欢你的，我每天都很想见到你。"

陈西晚的语气没有任何变化，仍旧以医生的姿态对她说道："我们不能成为朋友，更不能成为亲人，不然我就没办法再给你治疗。请你原谅，其实我根本不完美，是你对我的好感把我变得太完美了。"

声音未落，林落雪猛地上前扑进他的怀里，胳膊紧紧环着他的腰身。而陈西晚却一动不动，连碰都没有碰她。

林落雪的眼泪将他的衬衣浸湿，她闷在他怀里哭泣："你和我在桃花林中散步，和我讲你的抱负和梦想，那些都是假的吗？"

陈西晚喉头微动，缓缓说道："带你出去是想让你有更好的心情，以此能和我说出埋藏在你心中的秘密。你对我隐藏的太多了，至今连你的家人都没出现过，你应该对你的医生坦诚。"

她紧紧抿着唇："能说的我都说了。"

"对不起落雪，我仍然想劝你重新审视我们的关系。你只有和我讲清你的心结，我才能彻底把你治好。"

林落雪哭了很久，一句话都没有说。陈西晚知道她今天是不会说了，他努力了那么久，想彻底找到林落雪罹患精神分裂症的原因，却迟迟没有找到。

他将她与自己拉开，站在她面前浅浅说道："你先回去吧。我答应你，一定会把你的病治好。"

林落雪连连摇头："我不走。我就在这儿等着你，等着你喜欢我。"

陈西晚叹气。他转身走向门外，外面云层翻滚，狂风骤起，一股寒意直侵心头。

他快速向隔壁办公室走去。他要给姆妈打个电话，让她来接林落雪。当初填表格时，林落雪在联系方式那栏写了姆妈的电话号，或许在林落雪心中，父母并不比她的保姆重要。

天阴沉沉的，在傍晚终于下起了瓢泼大雨。京大医院启用了应急的照明设备，心理科提前下班，都赶在暴雨前回了家。天空爆裂，似乎将闷了几天的雨一齐倾泻，雷电交加，路面泥泞不堪，狂风吹断了桃花枝，一地残红。

顾伯棠与吴聪将孤儿院自杀的孩子送到了急诊科进行包扎，等着孩子醒了又做了心理干预，全部忙完已是晚上。大雨下个不停，顾伯棠吩咐吴聪在门诊等着，他打算将孩子们全部转到住院部的病房，等明天一早挨个给孩子们做心理测量和评估。

心理科内，林落雪坐在陈西晚办公室的沙发上，默默垂着头哭泣。

她的眼泪一直没有断，哭得嗓子都哑了。

陈西晚打了一把伞从院办过来，雨斜风急，肩膀乃至半个身子已经全部湿透。他手中握着一把黑色长柄雨伞，在雷声轰隆中加速向心理科走去。

心理科在西楼，整个西楼分布着内科、外科、皮肤科和消化科。如今大雨如注，一向喧嚣的西楼也变得安静下来。他缓步进入楼内，雨水从鞋子底下顺势沾到楼梯上，护士与他擦身，呼吸急促，想赶上最后一班公交车回家。

隔天的新闻报道记述着今日下了四十一年来最大的一场暴雨，导致交通瘫痪，桥断树毁，线路阻断，多人遇害，气象台在第二天都没有解除二级应急响应。整个西楼已经没剩几个人在这儿值班，四处静寂，玻璃被狂风震得哐哐直响，整个楼道都灌着一股混杂尘沙和土腥气的风，冻得人浑身发抖。

陈西晚走得越来越慢，他在下面的时候就看到整个心理科只有自己办公室的灯还亮着。如今他来到门口，空寂的走廊风声呜咽，他有些不放心，抬手敲门。

然而手指还没碰到门边，他忽然停住。明润的眼眸变得有些闪烁，棱角分明的轮廓下透着一股隐忍。

几秒后，他后退一步，将长柄雨伞放在门口，转身下楼。

他刚已经再次打电话给姆妈，姆妈说她一会儿就到。陈西晚知道自己不能再给林落雪任何幻想，他只能是她的医生，以前是，以后也是。

漆黑的天边又打了几道闪电，咔嚓几声像要把天幕撕裂。

顾伯棠背着孩子往住院部走，吴聪把伞全部撑给顾伯棠和孩子，自己淋得一身是水。

顾伯棠嘱咐吴聪：“你多给孩子打伞，我不碍事。千万别让孩子着凉。”

吴聪扯着嗓子回应："今天雨太大了，我在这儿值班，老师先回家吧。"

顾伯棠喘着气，将孩子背得更紧。他拒绝道："等把孩子全部送到住院部，我留在心理科。明天统一给孩子们做检查，要整理很多资料。"

吴聪还想争辩，却一脚踩进水坑里，整个人趔趄一步。

"小心。"

顾伯棠拉他一把，身体全部淋在雨里。吴聪由着他扶住，忽然看到远处一个人影。

"陈主任？"

顾伯棠随着他的声音往左前方看，恰好看到陈西晚的背影消失在桃林中。他有些不确定是不是陈西晚，大雨滂沱，视线模糊，雨水兜头浇下来让人喘不过气。

"走吧。"

顾伯棠弓起身子尽可能保护着孩子，一步比一步迈得吃力。

吴聪继续为顾伯棠撑着伞，他看到孩子手腕上的白纱布浸出好多血，连忙脱下自己的衣服盖在孩子身上。

自杀的孩子无力地攀在顾伯棠后背上，他有一双特别好看的桃花眸，睫毛长长的，一言不发地看着冷风冷雨。他以前特别喜欢雨天，可是父母不在之后，他就再也不愿意听雨了。

心理科内，办公室的门突然开了。

林落雪抬头，眼泪悬在眼角。她一瞬间紧张起来，眉心紧蹙，有些颤抖地说道："你怎么来了？"

林雨泽浑身湿淋淋的，喘着粗气，目光灼灼地看着她："你跟我回家！"

林落雪用手帕擦了擦泪，慢慢站起身："我今天不会走的。"

林雨泽哐的一声将门关死："你不能喜欢医生。"

林落雪一动不动，脸色煞白。

"姆妈都告诉你了？"

林雨泽走上前，冷眼看她："你偷偷跑来看你的精神病，家人虽然没有阻止你，但是你要记住，姆妈是林家的人，不是你的人！"

林落雪双眸盈泪，连连苦笑："你在提醒我，我是你们家的养女，没日没夜地提醒。我出来看病，爸妈是谁都不能说，只能写上姆妈和她丈夫的名字。”

“爸妈都是有身份的人，你不能给爸妈丢脸。”林雨泽咬牙，“落雪，我不允许你以后再来心理科。”

“不。”林落雪惊恐，她跑到桌前恳求道，“哥，我求你，你让我留在这儿吧。那个家我可以永远都不回去，永远，我保证。”

林雨泽脸色忽地一变，他看见桌角的鸡汤盒子，又顺着盒子瞥到一行字，整个人像被一把尖刀刺入心口。

“与君初相见……”林雨泽不可思议地看着她，“落雪，这是你的字，这是你的告白？！”

林落雪吓得手足发麻。

“不要脸的东西！”他扬手给了她一巴掌，咬牙切齿，“你就这么公然背叛我！”

林落雪嘴角立刻见血，捂着半边脸哭道：“我就是喜欢他。我为什么不能喜欢别人？”

“贱人！”他满目怒火，一步步逼近她，“父母把你养着，就是给我当玩物！你就应该天天待在家里等我回来！你属于我，永远属于我！”

林落雪拼命摇头：“我就像你豢养的金丝雀，我再也不要回到那个暗无天日的地方。”

“你不能喜欢任何人。”林雨泽狠狠攥住她的腕子，呼吸粗重，“你是我的。”

“你放开我！”林落雪连连后退，想挣脱他的束缚，争执中她的脑海中乍然多出另外一个声音，她吓得浑身瑟缩，手臂乱挥，“不要碰我，不要碰我。”

然而林雨泽紧接着将她拉入怀中，紧紧箍着她。他的呼吸越发急促，雨水打在她的肩上，让她的身体与自己一样湿润。

“不要离开我，落雪。你好好待在我身边，不要离开我。”

他哽咽出口，双目中已经满是泪水。然而林落雪却不停挣扎，大叫出声。窗外雷声轰隆，玻璃窗上映着林落雪近乎发疯的身影。而林雨泽狠狠箍住林落雪，任她在自己怀中发疯仍不松手。

林落雪哭得越来越凶，她的脑海中闪现出血腥的片段，她想到哥哥十八岁生日那天偷偷进入自己房间，床单上全是血，她想到母亲使劲扇她的耳光说她勾引在先，让她跪在那里求哥哥原谅。记忆瞬间袭来，让林落雪心口麻痛，双目晕眩。

从那时起，她拼命压抑自己，拼命将自己的内心封闭在一个角落。她的脑海里出现了另外一个声音，她感到自己经常被人跟踪、被人偷窥，感到自己被窃听，感到家里人的目光永远盯在自己身上，她每晚握着一把刀才能入睡，而梦里永远是血迹染满床单，哥哥趴在自己身上。

雨越下越大，一串又一串的雷声让林落雪彻底发疯。

而林雨泽却一边堵住她的嘴一边脱她的衣服。整个三楼几乎没有人，惊叫声瞬时湮没在雷声和雨声中。林落雪被他推到桌角，整个人抖如筛糠，她的头发全部散下来，眼泪一颗接着一颗滴在林雨泽的手背上。

林雨泽也像疯了一般，狠狠蹂躏着她。林落雪哭得不能自已，脑海中混沌不堪，办公桌上的纸笔全部跌落在地，林落雪随手抓到一把镇尺，猛地向林雨泽砸去。

林雨泽的头瞬间受伤，鲜血顺着头顶缓缓流下来。他狠厉地抹了一把血，转而将她欺在身下，让她再也无法动弹。

风雨交加，窗外狂风大作，雨水从屋檐片瓦冲到地上，哗啦啦的声音久久不绝。

林雨泽终于从她身上爬起来。林落雪整张脸都被泪水覆盖，发丝黏在脸颊上，呼吸越来越弱。林雨泽穿上宝蓝色的大衣，拾起那把沾着自己血迹的镇尺，看着地上还在颤抖的林落雪冷冷说道："我让姆妈接你回家。"

林雨泽握着镇尺一步一步向着门外走去，身影越来越模糊。门打开的一刹，躺在地上的林落雪脑海中的片段不断重复，不断回溯，她想到第一天见陈西晚的时候就看他穿着相似的风衣，想到自己跪得膝盖都是血，想到连家里的下人都躲着她走……她觉得自己被人扼住了喉咙，喘不上气，身体紧紧缩成一团，脸色惨白。

她昏厥在地，衣服凌乱地散在身体旁边。一滴眼泪顺着长睫滑到唇角，晶莹纯澈。

林雨泽打开门，看见放在门口的一把长柄雨伞，一脚将它踢翻在地。

他走到走廊尽头，将镇尺扔进垃圾桶里，然后拿出纸巾将额头的血擦干净，拍了拍手。

他仰头呼吸了一口新鲜空气，迅速整理好衣服，这才转身下楼。

已将近午夜，顾伯棠打着伞返回西楼，还没上楼，迎面突然撞上一个男人。

男人身穿宝蓝色大衣，身上大半都是湿的，目光如鹰，在暗夜中仍然灼灼发光。

男人与他对视几秒，错过他的身子迅疾下楼。顾伯棠回身看了一眼，不知是哪个科里的医生现在才下班。

他缓步上楼，刚刚淋过雨，有些咳嗽。

到了心理科，他看见陈西晚办公室的灯还亮着，门缝虚掩，不觉感到奇怪。

他敲了敲门，隐约听到里面有女子发出哈哈笑的声音。他推门进去，看见林落雪正披散着头发对着他咧嘴大笑。

整个办公室一片狼藉，顾伯棠快步走到林落雪身边，还没问出话，林落雪忽然向外面疯跑。

顾伯棠意识到不好，赶紧去追。空寂的走廊里传来哈哈大笑的声音，在昏暗的夜里显得惨淡而阴森。林落雪脑海中另外一个声音越来越重，她疯了，赤脚跑到西楼外仰天大笑。

她最后倒在雨水中，双脚被路面上的坚硬石子划伤，鲜血顺着雨水往泥洼处流淌。顾伯棠将她背起来送往门诊大楼， 她的身体冰凉僵硬，像死去了一般。

远处，淋雨而来的姆妈借着灯光看见顾伯棠正背着昏死过去的林落雪，吓得一屁股跌坐到地上。她应少爷吩咐，一定要将落雪小姐拉出来淋雨回去，没想到人没接到，竟然发现了多余的男人在这儿。她吓得赶紧往回跑，想把刚看到的一切第一时间告诉少爷。

雨一直下到第二天早晨仍没有停，阴云密布的天空像一块石头一样压在人心底。

林落雪在医院中醒来之后就大闹心理科，疯疯癫癫地大喊自己被毁了。她的喊叫迅速引来更多的病患和医护人员，闹得整个心理科鸡犬不宁。陈西晚抱着林落雪，眼窝深陷，面色苍白，双手紧握成拳。当医院对林落雪的检查结果出来时，他整个人都崩溃了，哭得像个孩子。

检查结果显示林落雪身上确实有被猥亵的痕迹，只是淋了雨，已经没有办法找到是谁干的。

林落雪的姆妈和姆妈丈夫赶到医院，确认顾伯棠昨天接触过林落雪，确认昨晚就是他在值班，两人在科里闹了一场又一场。慢慢地，流言纷起，顾伯棠近乎板上钉钉地被当成强暴林落雪的罪犯，病患围在心理科门口砸石头，肖雅洁气不过为顾伯棠争辩，却被患者当成帮凶。一个人往她身上砸了鸡蛋，紧接着，越来越多的人围着她大骂出声。

顾伯棠的处境如履薄冰，然而就在他奋力抵抗那些诬蔑时，压死顾伯棠的最后一根稻草迅疾地向他扑来。

林落雪的事情越闹越大，院里按着不动，连连声明事情没有调查清楚之前不会给予任何人处罚。然而铺天盖地的报道和流言让心理科举步维艰，患者纷纷转院，直到一日夜里，林落雪死了。

她偷跑出来，哪怕已经疯了，却还是一头撞墙，死在了陈西晚办公室门口。

一时舆论大哗，对心理科的攻击上升到街头抗议的地步。媒体不断涌进京大医院，要求采访顾伯棠，要求京大医院给一个说法。

孤儿院的领导前来心理科，希望顾伯棠放弃对孩子们的治疗。

顾伯棠哭得不能自已，他向孤儿院领导大喊："他们是未来的希望！他们是我们的希望！为什么要放弃他们！"

孤儿院领导的态度更加明确，他没有办法让孩子们身处这样的环境。心理科恰逢乱世之秋，他不能冒险让孩子们接触一个"强奸犯"医生。

顾伯棠转头冲进陈西晚的办公室，咄咄相逼："西晚，当天晚上你有没有来过心理科？"

陈西晚对顾伯棠冷冷的："来过。"

顾伯棠再问："你有没有碰林落雪？"

陈西晚噌地站起身："我绝对没有。"

顾伯棠点头，紧接着拉着陈西晚毅然决然地走向院长办公室。

顾伯棠不知道的是，肖雅洁一直偷偷跟在他们身后。当两人进入院长办公室时，她在门外偷听了很久。

沈院长看着心理科的主任和副主任同时站在自己面前，长叹出声。

顾伯棠率先出声："我辞职。"

陈西晚一惊："我不同意。"

连沈院长都眯着眼睛打量着顾伯棠："为什么辞职？"

顾伯棠上前一步："心理科在国内本来就备受非议，现在出了这样的事情，有我的责任。我离开以后，病患们还会重新来心理科，不能放弃那些病人。"

陈西晚扬声道："落雪出了这样的事，谁也不想看到。但是现在我们应该把凶手抓到，而不是自己退缩。"

顾伯棠满目沮丧："找不到了。警察问了保安和每一层楼的医生，都没有见过凶手。"

沈院长适时出声："今天院里又阻拦了一拨记者，事情闹得太大，上头问责，要让我们给个交代。"

陈西晚皱眉："什么交代？抓凶手又不是医生干的活。"

沈院长有些怒意："西晚，你到现在还没看清吗？那些病患、家属、医生乃至整个社会，是要追查凶手吗？事情发生在心理科，心理科就有责任！"

"岳父，伯棠不可能做那种事情。"

沈院长敲桌子："人言可畏！这件事情医院一日没有交代，外面的人就一日不会放过心理科，不会放过京大医院。"

顾伯棠喉头微颤，他听明白了院长的意思，缓缓说道："我要求院里开除我。"

"伯棠！"陈西晚劝他，"你这样等于把自己往火坑里推！"

"如果我不这样做，就等于把心理科所有同事往火坑里推。"顾伯棠想得很清楚，语气反而平静下来，"孤儿院的孩子们都需要西晚的治疗，其他医院心理科的条件和设备都没有我们先进，我希望心理科能继续接收这些病人。"

沈院长揉着眉心："这是你的决定吗，伯棠？"

顾伯棠点头："我承担院里的一切处罚。"

陈西晚紧攥拳头：“可惜进出我办公室的人太多了，无法提取他任何痕迹。”

“以后这件事情不要再提了。”

顾伯棠转身，慢慢向门外走去。他的背影寂寥落寞，连续多天的攻击和谩骂让他身心俱疲，他觉得很累了。

门外的肖雅洁扬手抹了一把眼泪，赶紧藏在楼梯口。她紧紧靠着墙面不敢出声，泪水却再次决堤而下。

待顾伯棠走后，陈西晚还想为他辩解，却被沈院长猛地打断。

“秋薇和我说了。”

“说什么？”

沈院长冷峻地看着他：“林落雪的事情到此为止。”

陈西晚心口突突直跳，他的面色一阵红一阵白，拳头紧紧攥着，却再也没有说出一句话。

顾伯棠被辞退之后几天，肖雅洁正式提出申请辞职。她收养了几个孤儿院的孩子，以一己之力将他们的心理疾病治疗好。再后来吴聪向她求婚，她毫不犹豫地答应了他。在肖雅洁心中，她的爱情早就死了。

心理科终于恢复了平静，然而报社里，林雨泽还在不停写着攻击顾伯棠的报道。

周鸣山将一沓报纸丢给林雨泽，笑道：“没想到你对顾伯棠那么感兴趣，怎么一直写他？”

林雨泽拿起报纸，看着每一张报纸上都有笔名“甘草”对顾伯棠的报道，回笑道：“这可是个好案子，引起多少关注。大家一直以为心理科是关押精神病的地方，要是一个医生禽兽不如，对精神病患者都能下毒手，可不要遭天打雷劈。”

周鸣山点头：“确实如此，顾伯棠的事情发生那么久，社会上对他的讨论也没有断过，可见大家都难以接受他这种人。不过……”周鸣山停顿了几秒，接着说道，“不过顾伯棠一直没承认他对患者做的事情，媒体一直围绕着他攻击，似乎关注错了焦点。现在大家更应该去想到底谁才是真正的凶手。”

林雨泽连连摆手：“鸣山兄此言有误，事情发生在心理科，女患者身上只有被猥亵的痕迹却无法再找到凶手的精液，顾伯棠就是认定这一点才反复狡辩不是自己做的，可谓此地无银三百两。而且当天只有顾伯棠一人在，凶手不是他还能有谁。”

周鸣山半眯着眼睛想了想，随即一笑：“甘草兄说得是，这事儿还真不好论断。我听说女患者姓林，和甘草兄一个姓，看来甘草兄也是性情中人，写那么多报道是为民除害。”

林雨泽拿起笔，重新伏案而书：“女患者不过是个可怜人罢了。”

“甘草兄是不是还有个妹妹？”周鸣山依稀记得他提过自己的妹妹，“我记得你很疼她，也叫什么雪，和同事们提过几次。”

林雨泽忽地顿住，勉强笑道：“我妹妹可比女患者有福气，我爸妈非常疼爱她，让她出国读书去了。”

“我就说怎么从来没见过你妹妹，只见过你父母常来报社给你送吃的。”

“他们哪是来看我，我父母和社长是好朋友，借我名义来找社长叙旧罢了。”

林雨泽揉了揉眉心，这阵子几乎每天都会头疼，让他很是烦恼。

周鸣山意识到聊得有些多，拿起笔也开始写起来。

“顾伯棠的案子大家持续关注，我们也不要耍懒了。甘草兄那么勤奋，我也多写两篇。”

“我见你最近很忙，都做什么去了？”

周鸣山抬头，瞅了瞅四周无人，偷偷和林雨泽道：“过不多久我就要辞职了。”

“为什么？”

“我搞到一批货，只要出手，赚一倍。”

林雨泽来了兴致：“现在大家都下海经商，鸣山兄也做准备了？”

“和我一起干吧，商机大好。”周鸣山向他倾了倾身子，“你人脉资源那么好，咱们联手能干几票大的。”

林雨泽轻嗞了一声，他的头疼病更重了。

他闭着眼揉着额头，声调平缓：“三七分怎么样？”

周鸣山笑意盈眸：“我怎么好占甘草兄的便宜。”

“不，”林雨泽睁眼看他，目光灼灼，“我七，你三。”

一年后，初春，林雨泽别墅。

肖雅洁由管家引入正厅，林雨泽燃了几片龙涎香，正在沙发上闭目养神。

肖雅洁已经剪了短发，穿一身职业套裙，显得干练清爽。

她还未出声，别墅中的电话忽然响起。

林雨泽示意肖雅洁先坐，接着拿起电话："已经安排好了，出货就行。"

对面似乎出了一些问题，让林雨泽皱了皱眉："我来搞定。"

最后他嘱咐了一句："鸣山，没有霹雳手段难显菩萨心肠，几千万的生意出了这种错，不听话的人你知道怎么处理。"

他扣了电话，面色无澜，缓缓看向肖雅洁。

"你好，我是诚明心理诊所的医生。"肖雅洁坐在他正对面，目光朗朗。

林雨泽呷了口茶："你能治我的头疼病？"

"我听说您正在四处看医生治疗头疼，我想您一直看不好的原因，应该是心理出现问题。"

她一针见血的回答让林雨泽微微顿住，整张脸立刻拉下来。

"你接着说。"

肖雅洁："你在焦虑。"

"没有人不焦虑。"

"并不是每个人都会因为焦虑而头疼。"

林雨泽没出声，肖雅洁继续道："你遭受到背叛。你无法接受这种行为，身体做出防御。你不能看到背叛者留下的任何物品，会感到肮脏和不洁，你经常恶心反胃，一想到背叛自己的行为，你的焦虑情绪加重，引起呼吸不畅，身体其他部位同时做出相应反应，比如头疼。"

林雨泽慢慢放下杯子，回应她："你调查过我。"

"我只是参考了其他医生的意见。"

"你很聪明。"林雨泽冷笑，"我一年内拒绝了那么多心理医生，你有自信留下来？"

"我可以让你永远不再头痛。"

"怎么做？"

肖雅洁缓缓站起身，余光看着林雨泽身侧小桌上摆的一束淡绿色玫瑰花，她从未见过这种颜色的玫瑰，如碧海云天，淡雅清新，不知比普通的红色玫瑰高级多少倍。然而比起不多见的绿色花儿，插花的红釉玉壶春瓶则更为罕见和昂贵。春瓶是梅子红，与她刚刚染过的指甲一个颜色。

房间中的任意一件物品都彰显着林雨泽不凡的财力，肖雅洁心思微转，抬头时已笑意盈眸，看着他缓缓道："很简单，信任我。"

房间外桃花如海，成团成簇如漫天云霞争妍斗艳。暖风一吹，花瓣纷纷扬扬飘向远处，满地尽留芬芳。蝴蝶停在花蕊之上缓缓扇动翅膀，草色青青，柳芽嫩黄，和娇烂漫，丹彩灼春，一派青春之景。

肖雅洁想这一年竟过得这样快，去年此时她和老师还带着患者们在医院花树下散步聊天，老师温润如清风明月入怀，和他们聊"三日桃花雨，半夜鲤鱼来"的趣事，聊弗洛伊德和荣格的胶葛纠缠，聊他自己独处美国时的浮寄人生。她的眼睛中泛着些许泪光，那样好的时光，此生竟不能再有了。

一年前，京大医院亦是有花如海，桃红含宿雨，柳绿带朝烟。一夜狂风后，天空依旧荫翳，淅淅沥沥下着小雨。

林落雪醒来大闹心理科，一边疯跑一边大喊"有人强奸我"的同一天上午，警员们进入陈西晚办公室。无奈从林落雪出事到现在，房间内已经进入过很多人，地毯还沾了很多雨夜中的泥土，为勘查工作增加了很多困难。

走廊外围得水泄不通，病患们窃窃私语，甚至对顾伯棠指指点点。陈西晚抱着再次昏过去的林落雪与顾伯棠大吵一架，声音穿透心理科的墙壁，廊院外都能听到。沈秋薇捂着肚子停在二楼拐角处一动不动，她从没有见过一向温文尔雅的陈西晚竟有这样怒极叫嚣的样子。半晌，她缓缓转身下楼，瘦弱的腰身盈盈不堪一握。

心理科治疗室门口，从孤儿院接过来治疗的小男孩手腕上还包扎着白色绷带，隐隐渗出一些血迹。他待在那儿等着顾伯棠，一双桃花眸波光缱绻。只是等了很久，顾伯棠都没顾上自己。只看着他不断地与人解释，任别人怎样苛责，他依旧俊逸有礼，语气温柔。

小男孩趁他不注意慢慢走到陈西晚办公室门前，停在门外看着警察们在里面搜来搜去。他听见门口围观的人不停叹气，一个说"患者都疯了，查到也没办法立案"，一个说"疯子的话连口供都做不了"，诸如此类的讨论不一会儿就湮没在门外的叫嚣声中。小男孩瞪着一双大眼睛，余光看到卫生间门口的垃圾桶，他转了身，向着垃圾桶走去。

他踮着脚尖抬起垃圾桶的盖子，看到里面杂七杂八的脏物，缓缓放下盖子。

他沿着走廊一直走，步子停在每一个垃圾桶前，将垃圾桶都看了一遍。

几分钟后，他走到走廊尽头，掀开了最后一个垃圾桶。他看见上面都是一些带血的纸巾，皱了皱眉，随即扬起胳膊将纸巾都抓了出来。

他轻巧的指尖碰触到一块冰凉却有质感的东西，顺着纸巾往下摸了摸，最终掏出来一块长方形的石块。石块上描绘着丹青山石，尾端一角沾着血，血迹染到他指尖上黏腻腻的。

他隔着人群向走廊另外一头望去，看见警察们陆续出来，看见顾伯棠紧接着被警察带走。白皙的面容下黑眸忽然变得锐利有神，他掉头一路小跑奔向楼下。雨终于停了，天际裂开一条细缝，阳光乍泄。

自从父母去世后，他一直不愿意碰触任何东西。他有了严重的洁癖，即便在孤儿院也备受排挤，没有小朋友愿意和他玩。然而如今小男孩紧紧握着长方形石块一路跑到太阳底下，他与沾着血迹的石块一起暴晒了很久很久。

桃花眸中有了一点点笑意。他不常笑，那一笑竟如满院桃林万朵压枝，次第盛开，绵延不绝。

第三十九章　图穷匕见

李唯西将自己关在别墅中足足一天，一天内他没有接任何人的电话，没有见任何人，没有做出任何决定。没有人知道他怎样度过的这一天，直到他拿到血迹分析，疯狂地奔向明圆山庄。

进入山庄时恰好看见林帆和林莞着急往外走。公司出了紧急的事情，两人要尽快处理。林莞没来得及与李唯西说几句话便被林帆扯走了，没有人察觉李唯西的表情变化，他的脸色平静得如同没有一丝波动的深海，蕴藏着深沉而恐怖的力量。

管家将他带进书房后的卧室，林雨泽已经记不起很多事，正慢悠悠地吃饭，动作迟钝笨拙，似乎一切都已与他无关。待管家走后，李唯西在汤水中加了大剂量的催眠镇静剂，林雨泽很快便昏昏欲睡。

李唯西拳头紧握，目光凌厉地盯着躺在床上的林雨泽。半晌他靠着床尾跌坐在地，面色越来越难看。

他的眼泪一颗一颗滴在地上，慢慢发出极委屈极隐忍的哭声，热泪顺着脸颊越流越多，他咬紧薄唇，一手搭在膝盖上，长指无力地垂着。他无法原谅林雨泽，这一刻他恨不得林雨泽永远不要醒过来。

他将头埋进臂弯里，整个人开始颤抖。林雨泽当年强暴了林落雪，反而将污水泼给自己的父亲，导致父亲半生都活在阴影里，如蝼蚁一样苟且偷生。他没有办法给父亲找大的疗养院，没有办法告诉别人自己的父亲是谁，从十岁起他不能在外面提及有关父亲的任何一个字，连母亲都要被迫与父亲分离，而这一切都是因为林雨泽。

他的长指紧握成拳，手背青筋暴起，满心的难过无处发泄。他抬起头，看着床上睡得安稳的林雨泽，压抑的哭声让他浑身发抖，眼眶通红。

隐忍地哭了很久，直到薄唇翕动再也发不出任何声音。长睫悬泪，骨节泛青，他将目光散到远处，脸色惨白如纸。

然而，当他想到他不仅仅是顾伯棠的儿子时，有一瞬间心如刀绞。他想到自己身为医生的责任，要凭良心和尊严从事医业，要以病人的健康为首要目的，要尽所有的力量维护医生的荣誉，要保守秘密，即便在威胁之下也不能运用医学知识违反人道……那些誓言像千根针一样同时刺进他的心里，让他发痛发涨。

时间过去很久，床上的林雨泽缓缓醒来，目光浊而无神，呆呆地望着天花板。

李唯西抹去眼泪，他开始说话，用尽全身力气一个字一个字地往外蹦。

片刻后林雨泽开始有了反应，他在李唯西的引导下将掌心摊开，脚趾微蜷，整个身体逐渐放松。

李唯西的哭声没有停，断断续续给他做催眠治疗时还在想这或许本就该是林雨泽的宿命，肖雅洁早已将一切都做好，根本不需要自己插手。

然而这样的念头转瞬即逝，当林雨泽微微皱眉时，李唯西知道机会来了。他站起身，将掌心抚在林雨泽的额头上，不断为他做催眠诱导，企图让林雨泽回忆起他与林帆相处时的每一个关键片段，让他自己找到其中的关键线索。

林雨泽陷入了深度催眠状态，他想到了肖雅洁第一次来别墅时的样子，干练的黑色裙子，还有梅花一样红的指甲。他想到肖雅洁为自己治疗头疼时不断地进行催眠，最终在催眠里植入她所设定的记忆界限，让他无法想起记忆界限之外的事情。强烈的暗示深植在他心中，让他在“一个男人”的暗语里被彻底操纵。之后她又利用这种暗示将催眠更深一步强化，将自己脑海中关于周鸣山的记忆彻底压制，让他再也想不起来与周鸣山有关的任何事情。

他感觉被人牢牢地束缚着，呼吸越来越重。

李唯西为林雨泽做的催眠诱导不仅仅能够使他想起清醒时无法想起的片段，更能使潜意识中的大量信息被重新组合。只要林雨泽想起了与情景有关联的“关键画面”，催眠便能在恰当的时机唤醒他的记忆。他会想起当时在场的人物和对话内容，最终突破那层记忆界限，重新回来。

躺在床上的林雨泽身体开始不断抽搐，额头虚汗直冒，嘴巴又干又苦，李唯西安静地待在他旁边，目光变得幽深而平静。最终林雨泽在一线阳光中缓缓睁开了眼睛，他看向李唯西，迷离的眼神在须臾后变得犀利有神，他环顾四周，终于松了口气。

林雨泽从床上半坐起来，像做了一场大梦，梦醒后神清气爽。

李唯西为他端来一杯温水，林雨泽向他道谢，之后也不与他废话，叹道：“我欠了帆儿太多，一定要让肖雅洁和周鸣山付出代价。”

“肖雅洁入狱了。”李唯西淡淡开口。

“这么快？”林雨泽喝了一口水，微微仰头，“我这就把周鸣山的证据拿给你。”

“这之前还有一件更重要的事。”

“什么？”

李唯西凝视着他：“给我父亲道歉。”

原还在手上托着的杯盏陡然落地，林雨泽回看他：“我与他有什么关系。”

他的语气和腔调是那样漫不经心，似乎多年的伪装已经让他认定自己早已是和顾伯棠毫不相干的人。李唯西心尖麻痛，直接将镇尺丢在他面前，上面早已干透的血迹提醒着林雨泽当日发生的所有事情。往事一幕幕袭涌而来，林雨泽脸色立时大变，他的身子僵在那儿，连呼吸都闻得见。

时间仿佛在这一刻静止。

“不，不。”

半晌后林雨泽连连摇头，弯腰将碎掉的杯盏捡起来，十分坚决地拒绝他：“几十年前的事情早已过了诉讼时效，你奈何不了我，我也绝对不会道歉。”

京大医院的心理科又恢复了与往常一样的平静和忙碌，宋摘星担心李唯西，时不时地向窗外望。简一凡开门进来给她送煮好的咖啡，为了逗她解闷，喋喋道：“今天来了好多病患，有个不说话的中年男人，我费了好大劲才让他开口，结果他张口就说‘语言除了暴露人类是个蠢货，没有多余的用处’，你说奇不奇怪。”

宋摘星回身，简一凡接着道：“还来了个空姐，特漂亮，可惜得了微笑抑郁症，一见人就笑，内心却痛苦无比。我打算接手这个患者，可不是因为她长得美啊，是因为我经常坐飞机，看见那些空姐得病我也觉得难过。”

他的碎碎念反而让宋摘星叹了口气，她一直在想时越的事情，不知道李唯西找他到底说了什么，以至于现在两个人都没有消息。

简一凡还想劝慰她，宋摘星待不住，连忙对他说道：“我请个假，去趟西山精神病院。”

她说着就往外跑，却一头撞到一个女人身上。简一凡紧跟着过来，看见中年女人带着一个十岁左右的男孩着急问道：“这里看网瘾症吗？我家孩子天天上网，管不住啊。”

宋摘星与简一凡对视一眼，她希望简一凡能帮她处理一下。简一凡瞬息明了，宋摘星错过他们的身子向楼下跑去，简一凡转而和中年妇女说道：“已经网络成瘾了是吗？”

中年妇女连连叹气：“可不是嘛，天天上网，不吃不喝。要我说国家就该封禁网络，不要再残害这些孩子。”

简一凡瞪大眼睛，觉得中年妇女说的话极有意思，与她道：“我和你讲个故事啊，一个女人去派出所报案，说黑暗偷了她的包，她来报警。警察就很奇怪，说黑暗怎么可能会偷包呢。女人解释她走在黑夜里，包就被偷走了，所以要怪黑暗，你说好不好笑。”

中年女人蒙住，不知道他想说什么。

“当然是因为黑暗中有一双她看不见的手偷走了她的包啊，黑暗怎么会偷包呢。”简一凡解释道，“这个故事出现在弗洛伊德的《精神分析引论》中，就是告诉大家你以为是黑暗对你造成了伤害，其实是黑暗中的手对你造成了伤害。同理，网络根本不会让你的孩子不吃不喝，是背后的心理问题让你的孩子网络成瘾。你说的封杀网络跟封杀黑暗是一个性质。”

中年妇女明白过来，看了看自己的孩子若有所思道：“也对，别人家的孩子上网也没有成瘾，偏是我家孩子这样。”

见她情绪稳定下来，简一凡看着她道：“咱们市有家专门治疗网瘾症的医院，要比我们专业，我推荐给你。不过网瘾症的成因主要还是在孩子的心理问题上，生活单调，感觉单一，没有任何乐趣才会网络成瘾，深层次或许和家庭氛围也有关系。孩子为了回避现实、摆脱痛苦才会天天上网。”

中年女人眉头紧皱：“那到底要怎么办啊？”

简一凡从白大褂兜里掏出一张纸，拿笔在上面写着医院的名字，边写边道：“让他在生活中感到快乐，兴趣多样，父母多参与他的玩耍过程，他不会依赖网络的。”

中年女人道了谢，连忙拿着医院的地址转身走了。简一凡望着楼下熙熙攘攘的身影，挺身叹了口气。他想到刚刚摘星跑得那么急，一定是因为伤了心。她曾经那么信任过那个人，却没想到连他都有让人如此失望的时刻。

时越坐在院子里的长椅上，似乎在专门等着宋摘星过来。

庭前一树树紫薇花开得正好，树下芳草茵茵，如浪一样起起伏伏。宁谧的午后夹杂着隐隐的蝉声，很快就要入秋了，起风时园子里留下一些空寂和落寞。时越长腿微屈，抄着口袋看着天边的垂云，他喜欢坐在这里，空气都是安静的，心也能安静。

宋摘星靠着他坐下时脸色发白，她唇角抖动，却迟迟没有张口。

半晌，她轻轻问道：“你没有做坏事对不对？”

她的语气里充满怀疑和不确定，即便这样问了，却连自己都骗不过。她狠狠攥着手心，根本不敢看他，仿佛做错事情的人是自己。

时越扬眸，浅浅道：“我母亲爱穿真丝绣花的衣服，脖子上每每戴着一串珍珠，除此之外身无长物，素净清雅。珍珠是她与父亲结婚时父亲送她的，她极为珍爱，生我的那年将珍珠摘下来一颗送给了我，当时就戴在我的左手腕上。”

时越斜睨着自己如今空空的手腕，接着说道：“父亲当时是私企里的高管，已经赚到很多钱，我九岁的时候他开车带我与母亲出去吃饭，马路上忽然横穿过来一个孩子，父亲刹车不及，为了躲他撞到了另外一辆货车，我们一家都被压在底下。翻车时母亲紧紧将我护住，她的鲜血顺着我的额头流向我的脖子和掌心，我在一片浑噩和惊吓中昏了过去。醒来时天空落着冷雨，他们告诉我父母都死掉了，从那之后我再也没有办法轻易碰触别的东西，我觉得母亲的鲜血一直在我的手上和身上。如果鲜血没有流出来，或许我母亲就不会死。”

宋摘星终于明白他的洁癖是从那时开始有的，也许在他潜意识中认为母亲是为了救他而死，所以他根本无法原谅自己。

“我最初进入孤儿院的时候，恨透了每一个孩子，我讨厌那些伙伴，讨厌每一个和那个小孩子一样年纪的人。如果那个孩子没有横穿马路，我的父母也不会死。”如今再说这样的事情，时越语气淡淡的，像在讲别人的故事，唯有眉目间的一丝怅惘让人分辨出他是在说自己的人生。

“肖雅洁刚领养我的那两年，每晚都会守着我，就像我的母亲一样。她那两年从未睡过一个整觉，害怕我再度自杀寻死。后来她资助我上学，我将那串珍珠项链送给了她。在送给她的时候我就已经决定，无论她以后要做什么样的事，我都会帮她。”

宋摘星戚戚道：“坏事也没关系吗？”

“没关系。”

他说得斩钉截铁，证明他在很早之前就想过这种可能性。宋摘星眼泪簌簌滑落，她对着时越吼道：“你是医生，逼疯高妈妈的事情你怎么做得出来？！”

时越垂眸，脸色清寒。他未出声，宋摘星抹了一把泪，惶然站起身来。

“你即便把肖雅洁当成你最亲近的人，你也不该随便拿别人的生命开玩笑。高璨为了妈妈的事情和简一凡分手，又失去了稳定无忧的工作，你把她们都毁了。”

“阿星，”时越抬头看她，“你会原谅我吗？”

宋摘星反问道：“你还会继续害人吗？”

时越没说话，宋摘星便在那一瞬间知道了他的打算。他帮助肖雅洁，等于在帮助周鸣山，如今别说抽身，恐怕早已卷入更大的阴谋和筹算里，他已经替代了肖雅洁的位置，成为继肖雅洁之后辅助周鸣山的心理师。

她来之前生怕这种想法被验证，可如今真的如她想的一样，堵在心里的一千句一万句决绝的话她竟一句也说不出口。

宋摘星不停地落泪，紫薇花在她身边上下摇动，叶子之间发出悠悠的轻鸣。

时越抬头，云海无涯，白日里看不到一颗星星。他轻轻道：“我喜欢看那些星辰。有的恒星早就死了，用几十亿光年的时光才到达这里，我看见它们的时候就像回到过去。阿星，我看到它们时总会想起你，如果我比李唯西先遇到你就好了。”

宋摘星声音喑哑，热泪滚落：“即便都是星辰，也有参商之分。一个升起，另一个便要落下，永不相见。”

他知道她已与他决绝，喉头颤动：“我很抱歉失去你这样的朋友。”

宋摘星又生气又难过，她不知道如何面对现在的时越。当她知道很多事情都是他替肖雅洁做的时候，她如坠冰窟，浑身上下都是寒意。

她吸了口气，在夏末的凉风里缓缓开口道：“周鸣山不会赢的。”

时越明白她是在与自己划清界限，心口一滞：“如果有一天我要与李唯西对抗，你会保持中立吗？”

“不会。”她回复得亦是斩钉截铁，“我会帮他。”

他的唇角泛起一股涩涩的苦味，白皙的面容下隐着失落和难过，像他十岁时知道父母去世时的样子。亦犹如微小的无法改变的也无法接受的东西落在心上，痛那么一下后绵绵散开，让自己以后的几十年都不能再像从前一样开心。

该问的都问完了，该说的话也都说完了，宋摘星转身离开，再也没有回头。

芳草萋萋，他头顶还有紫薇花盛开，淡粉的花瓣落在他的肩膀上，薄薄地铺了一层。

他望着她离去的方向淡淡开口：“心硬者得世界，温柔者得神。阿星，李唯西已经得到你了，我只能选择得到世界。”

声音随着风声远去，长椅落寞，转瞬只剩几朵花瓣落在上面。

明圆山庄内，李唯西站在林雨泽身边，很久很久都没有说话。

林雨泽就这样与他安静地对峙，似乎谁先开了口谁就输了。他打定主意不会承认当年做的事情，无论李唯西治好了自己的病还是替自己将肖雅洁送入监狱。陈年往事早就过去了，也早已与自己无关，他现在要做的就是好好经营自己的公司，好好地与林帆和林莞在一起，享天伦之乐。

他呷了口茶，香气从喉头沁入心底，大病痊愈的感觉果然清爽自在。

然而日落西山时管家突然闯进来，开口就吓得林雨泽将茶盏再次抖落到地上。

"小姐和少爷失踪了！"

林雨泽站起身，眉头紧蹙："怎么回事？"

管家满头大汗道："早晨说是公司出了事情，两个人都赶去了，但是现在问遍了公司里所有人，都说没见过他们两个。"

林雨泽身子有些不稳："到底出了什么事！"

管家上前道："下午根本联系不上他们，我怕您的病没好，一直没敢告诉您。就在刚刚有人来山庄送了两部手机，我一看是小姐和少爷的，就知道他们肯定是出事了。"

李唯西适时出声："谁送的？"

管家摇头："根本没注意，送来的是个包裹，打开一看才知道是小姐和少爷的东西。"

林雨泽脸色煞白，他无法相信自己的两个孩子竟然在大白天离奇失踪。

"报……报警！"林雨泽喘着气，"立刻去找！立刻！"

"别费力气了。"李唯西阻止他，"周鸣山先你一步动手了。"

林雨泽眼睛瞪得滚圆，在李唯西没有说出这些话的时候他心里隐隐有些担心，就怕是周鸣山所为。如今被李唯西说出来，他更加坐立不安："怎么办，周鸣山绑架帆儿和莞儿干什么！"

李唯西眼睛半眯，他猜测周鸣山已经开始实施他的计划了。

"李唯西，你得救救他们，我要让帆儿和莞儿都活着，你给我保证！"林雨泽拽着李唯西的衣服，一双手青筋暴起。

镇尺就丢在林雨泽的脚下，李唯西弯身将它捡起来。他没有回答林雨泽，然而林雨泽却立刻明白他要的是什么。

林雨泽下意识后退，然而当他看到管家泪汪汪的眼睛时他就知道，在自己失忆的这段时间，周鸣山早就打了自己一双儿女的主意。

现在已经不是他可以说不的时候了。

林雨泽颤着身子，发出极轻极轻的声音。

"我去……我去给你父亲道歉。"

晚霞消退，暮色四合，京大医院内亮起一盏盏路灯，姜黄的灯光拢在林雨泽与李唯西的身上。

两人一路到达心理科，宋摘星已将顾伯棠带到科里，正半蹲在地上给他喂晚饭。

心理科的同事都没有下班，知道李唯西要带着林雨泽来的时候，他们个个一脸严肃。二十年前的旧事终于可以有一个了断，连云月华都暗自唏嘘。谁都没有想到当年林落雪的案子竟然是林雨泽所为，他的头衔太多了，汉州首富，双木集团创始人、董事长，实业家，却独独没人知道他还是个强奸犯，这件事情对所有人的冲击都太大了。

顾伯棠坐在轮椅上，正看着窗户外的一丛花茎。小朵小朵的蔷薇花开得比月季更加好看，红的、粉的、黄的、蓝的，点缀在草丛中，让他恍惚想起久远的记忆。然而他终归老了，胡楂已全白，鬓边也生出许多白发，他的手指上有许多伤痕，多数是在他自己糊涂时受的伤，老皮又皴又皱，也早已不是当年握着笔杆子给病人看病的那双手了。

宋摘星知道现在的顾伯棠已经什么都不知道了，他目光迷离地看着窗外，似乎自己不属于这里一般。他根本不清楚自己是谁，自己在哪，身边有什么亲人，他现在对这个世界一无所知。

林雨泽上了三楼，喉头发紧，他脚步加快，率先进入办公室。

所有人站在一边，他未理会那些人，看见顾伯棠靠在窗边，大步走了过去。

这是二十年来他第一次见顾伯棠，林雨泽没有着急和他对话，先转头看了看停在门口的李唯西。确认李唯西已经到了，林雨泽这才将轮椅掉转过来，他看着比自己大不了几岁的顾伯棠如今竟然老成这个样子，心中微微一惊。

林雨泽后退两步，缓缓向他鞠躬：“对不起。”

宋摘星与李唯西站在一处，她看着这一幕整个人像蘸了一把陈醋，心尖酸痛，无限感慨。

能让林雨泽做到这个地步，必是有什么手段。宋摘星看向李唯西，目光与他在半空中相碰，李唯西淡淡道：“林莞和林帆被周鸣山带走了。”

宋摘星微微吃惊：“他要做什么？”

“我让1号人物在查。”李唯西目前也不知道周鸣山有什么打算，林雨泽的证据可以让公安机关立刻逮捕周鸣山，他没必要多此一举。而且他根本不知道自己会在今天治好林雨泽，所以对林莞和林帆下手的目的也不会是以此要挟林雨泽不要拿出有关他的证据。

林雨泽已经向顾伯棠道了歉，而后转身看向李唯西：“该做的我都做了。”

李唯西没有对他说话，倒是站在边上的简一凡有些看不惯：“害了别人十几年，一句对不起也太敷衍了。”

林雨泽鹰目一样刺向简一凡，简一凡立时闭嘴。

然而他刚刚的态度有目共睹，一句不轻不重的道歉更像是走个流程，根本没有看出他丝毫的用心。李唯西知道如今能让他做到这一步也完全是因为林帆和林莞，他根本不可能在父亲面前声泪俱下地反省自己。

“告诉所有媒体，那件事不是我父亲做的。”

李唯西说出的话铿锵有力，根本不容人反驳。他要为他的父亲平反，这件事必须由林雨泽亲自来做。

林雨泽咬牙：“不要太过分。”

李唯西直视他，目光清冽：“你尽管去查林帆和林莞的下落，只是你晚一步，他们就危险一分。我没有和你谈条件，一切你自己决定。”

林雨泽脸色蜡黄，管家和保镖们等在门口，一时进也不是，退也不是。

“查！”林雨泽嘶吼出声，对着外面的一干人道，“把汉州掘地三尺也要找到帆儿和莞儿！”

周鸣山像消失了一样再也没有出现，而林帆与林莞也同时蒸发，没有人找到他们的任何蛛丝马迹。一天后李唯西比林雨泽先一步得到了周鸣山的消息，1号人物这段时间一直在查李唯西与宋摘星在地下七个房间得到的数字，最终经过筛选和组合，得到了一组经纬度。

北纬41度52分55秒，西经87度37分40秒，所包含的数字正好是当时他们得到的全部数字。这组经纬度在地图上所显示的位置是美国芝加哥，1号人物顺藤摸瓜找到了周鸣山前往芝加哥的航班，他和林帆、林莞均用了化名前往美国，就在林雨泽苏醒前的那个早上。

机场监控发现林帆和林莞当时就已被劫持，是被迫跟着周鸣山上的飞机。相继消失的人还有当晚前往机场的时越。

李唯西感到周鸣山布了一张大网在等着他们，芝加哥将是他最后实现计划的地方。如今周鸣山早已逃得没了踪影，林帆和林莞生死未卜，一切都让李唯西的神经紧绷起来。周鸣山当时给自己姆妈的信息也好，时越给自己林雨泽的镇尺也好，都是为了拖延他，让他忙于查父亲的案子而延误了治疗林雨泽的时间。

几乎每一步都被周鸣山算到了，那个男人着实不可小觑。

林雨泽最终也查到了林帆和林莞的去向，瞬时跌坐在地，万念俱灰。

几天后汉州各大报纸纷纷出现林雨泽的道歉报道，一时引起不小的轰动。林雨泽揭露了当年自己以“甘草”为笔名嘲讽、谩骂、侮辱顾伯棠的经过，并在媒体上郑重向顾伯棠道歉。隐藏了二十年的案子再次被翻出来，反转的真相让所有人大吃一惊。就在各大媒体纷纷想要采访林雨泽的时候，林雨泽紧接着揭发了周鸣山的事情，一石激起千层浪，周鸣山制作非法游戏、非法买卖、洗钱等一系列事情被纷纷刊载和报道，让人目不暇接。

林雨泽将证据提交给了警方，因为牵连甚广，上层大骇，又牵涉到林帆和林莞失踪一事，让警局更加重视。

因为中美之间没有引渡条约，警局决定派重要骨干前往芝加哥跨国寻找周鸣山的下落。孙鸣之前受李唯西委托一直跟踪周鸣山的案子，如今被委任为组长，抓捕周鸣山责无旁贷。然而就在同一时间，肖雅洁再次联系孙鸣，希望见李唯西一面。

云密监狱内，肖雅洁穿着条纹囚服与素净的平底鞋跟着看守人员前往接待室。

一个不大的房间，李唯西穿着浅蓝色衬衫，面色平静地等候着她。

肖雅洁进来时看见李唯西的眉眼微微一惊，他的目光清澈温柔，毫不似经历了那么多事的样子。她想起来自己刚进心理科时李唯西还那么小，跟在自己身后问这问那，就像当初她跟在老师顾伯棠身后一样。

李唯西将林雨泽向父亲道歉的报纸交给她，肖雅洁颤抖着接过来，泪水盈眸。

“老师终于清白了。”

李唯西静默片刻，道：“清者自清，或许我父亲当年主动辞职也是因为他根本不怕别人非议，他无愧于任何人。”

肖雅洁喉头有些酸胀，她知道李唯西还在怪自己，如果当年自己没有贪恋林雨泽的财富和权势，顾老师早就可以过安稳的人生。

“我不知道林雨泽就是当年的真凶，我还以为他是为了妹妹才那么诋毁老师。”

她还想辩解，突然被李唯西打断。

“你找我来，不是为我父亲的事。”

肖雅洁抬头，她冷笑，顾伯棠的事情自然不是她要说的重点，只是谈起自己的老师，她如今多少有些伤感。

“我看新闻说周鸣山潜逃了。”肖雅洁与李唯西面对面坐着，这一刻才忽然有了主人的感觉。

李唯西静静地看着她，肖雅洁挑眉：“就算你不想帮助林雨泽，警局高层和孙鸣也一定希望你去美国协助他们。你在美国破案无数，对那里极其熟悉，这趟芝加哥之行你躲不过去。”

“是。”李唯西毫不隐瞒，“我会跟着孙鸣一起去。”

“带上我。”肖雅洁倾身，隔着桌子离他更近一分，“我帮你们抓到他。”

李唯西迎着她的目光道：“之前审讯时你完全不配合，现在周鸣山逃掉了，你为什么又想抓他？”

肖雅洁目色清冷：“此一时，彼一时。周鸣山当时没有事败，我不可能揭露他。”

“现在呢？”

“带我一起去美国，我还有价值。”肖雅洁像攥住救命稻草一样一个字一个字地说道，“周鸣山给我看过一部分设计图，我知道他的游戏计划，我一定会帮到你。”

李唯西皱眉：“什么设计图？”

“他的实验基地就在芝加哥，很多孩子都被转移到那里做最后的实验。之前那些用来做实验的孩子因为长期沉迷游戏而死亡，周鸣山还贩卖了他们的器官以此获得更多资金。他做的所有一切都是为了得到更多的钱来实现他的最终计划。”

李唯西心惊：“你还知道什么？”

肖雅洁：“他会杀了林帆和林莞。他一定会。”

“你还帮他做过什么？”

“心理学和游戏设计在一起，一定会非常火爆，即便我不做，也有人会做。”她知道时越已经去了美国，说起话来已经毫无顾忌，“我做了那么多年心理咨询，你要相信我，我一定会成为你的臂膀。”

李唯西没有说话，他看着肖雅洁自信又得意的样子知道她是有备而来。她已经对自己的境况了如指掌，现在抛出了巨大的鱼饵只等自己上钩，然而对于这一切他根本没有任何理由可以拒绝。

“你在这儿考虑的每一分钟，都会有更多的人陷进他的游戏里无法自拔。”

她话音未落，李唯西惶然起身，他知道美国之行不能再耽搁了。肖雅洁说得对，周鸣山狼子野心，他不能放任周鸣山再对无辜的孩子动手。

肖雅洁再次笑起来，眉目生辉：“我等着你的好消息。”

她笃定李唯西会不惜一切代价带着自己去美国，人命关天，他绝不会舍弃任何对付周鸣山的机会。

李唯西错过她向门口走去，临出门时他站在肖雅洁的身侧轻轻道：“我知道你有别的居心，但我答应你，我会说服孙鸣带你出国。”

唇角的笑意渐渐消失，肖雅洁坐在凳子上一动不动，直到看守员催促她离开。只有她出国了，才能有机会为自己博得一线生机，这场战争里，李唯西要同时对付她、时越和周鸣山三个人，她不相信李唯西能赢。

她缓缓站起身，面色阴冷，就算李唯西能看出自己别有用心，他也毫无办法。她当年与周鸣山共同创立的一切，不会让他这么轻易地毁掉。绝不会。

一天后。京大医院心理科。

秋天午后的日光暖洋洋的，倾洒下来，每个人的脸上都带着一丝金芒色。宋摘星摘了一束向日葵插在花瓶里，和窗台上的孔雀茱萸颜色正好相配。办公室多了很多花花草草，宋摘星希望在走之前能为心理科再做一些事情。

李唯西浅浅站在她身后，单手插着裤兜斜倚在窗边。他很高兴这趟美国之行能有她陪着，就如她所说：即便危险，她也不要错过和他在一起的每一分每一秒。他们一起经历了那么多事情，早已分不开。他不再像以前一样拿着自己的生命肆无忌惮地挥霍，他现在有了她，觉得平凡日子便是最好。

心理科的同事都来为他们送行，简一凡拿着喷壶帮宋摘星给花浇了水，与李唯西戏谑道：“你一定要把摘星平安送回来，不然我第一个饶不了你。”

宋摘星很高兴李唯西能主动邀她一起去美国，之前他从不让自己过多参与危险的事情，没想到这次他第一时间就和孙鸣说了要带上她的要求，让孙鸣根本无法拒绝。

李唯西上前牵住她的手，语气温柔："我一定会把她平安带回来。"

"摘星！"见宋摘星沉浸在李唯西的话中，简一凡大喊一声，嘱咐道，"危险的事情一定不要做！"

然而没等宋摘星说话，李唯西忽然有一瞬的失神，就在简一凡刚刚喊摘星名字的时候，他感觉自己的身体像被人操控了一样不再受自己的控制。只是那一瞬极其短暂，让他以为自己出现了错觉，呆呆地在原地站了一会儿，这才重新握住她的手。

宋摘星笑道："孙鸣还有几位刑警都会保护我们的安全，放心吧。倒是肖雅洁……"她抬头看了看李唯西，问道，"她一定要去吗？"

李唯西点头，周身带着清凉的气息："她拿着重要线索，会帮助我们迅速找到周鸣山。她会一直戴着手铐，由孙鸣看着，不会出什么乱子。"

宋摘星心中总有些不安，觉得肖雅洁在此时供出周鸣山一定有什么目的。李唯西将她的手握得更紧一些，低眉看她。

"这一去很凶险，你虽然在我身边，也要时刻防备肖雅洁。"

宋摘星宽慰他："我会陪着你将林莞和林帆都救下来。"

他们相视而笑，云月华与孙鸣恰好进来。

车已经在外等候，一向严肃到没有多余表情的云月华此刻却哭得眼眶通红。顾伯棠老师还在病院中，如今李唯西要去破那么大的案子，不知什么时候才能回来。

李唯西轻轻抱住云月华，在她耳边说道："如果能活着回来，我会继续做心理科的医生。"

声音恳切，让云月华再度落泪。

她缓缓开口："我会一直等着你。"

孙鸣看了看时间，示意李唯西与宋摘星离开。两人与心理科的同事依依惜别，随即出了京大医院。简一凡站在窗口，看着两人消失的方向发呆，阳光透过树影斑驳地洒在他的脸上，他鲜少这样平和安静。

半晌，他怅然若失地转身。窗台花瓶中的向日葵少了一枝，此刻正被他握在手心，花瓣蹭在他白大褂一角，留下清清浅浅的味道。他暗暗祈祷摘星能早点回来，还能继续像向日葵一样每天肆意明媚地笑。他带着那枝向日葵出了门，背影在夕阳下极其寂寥。

京大医院外。

孙鸣带着李唯西与宋摘星来到门口，一辆黑色吉普车停在树下。宋摘星一眼看到里面的肖雅洁，只是更让她感到意外的是林雨泽也坐在里面。

如今他脸色很是苍白，等他们走近了，林雨泽与他们点头示意。

林雨泽看向李唯西，声音苍老无助："我向警局交代了所做的一切，只要帆儿和莞儿平安回来，我立刻赎罪。"

李唯西似乎预料到他会跟着他们一起前往美国，什么都没说。宋摘星想到林雨泽奋斗一生就是为了林莞和林帆，现在他的两个孩子生死未卜，他肯定不会坐以待毙。他要亲自跟着他们一同前往芝加哥，直到找到林帆和林莞为止。

几个人上了车，宋摘星挨着肖雅洁坐下。车里空气有些闷，然而让宋摘星更加在意的是挂在肖雅洁唇角的一抹笑意。

笑意太过凛冽，让她不寒而栗。

第四十章　伟大梦想

美国芝加哥。

格兰特公园内的白金汉喷泉由粉红色大理石筑成，中央一支水柱伴随着巨大的水流声高高喷起，直上半空。与此同时，宽阔的水池内不断喷涌出银白的水柱，四周几百道水花一起射向中央，如高空烟花齐放，浮光跃金，蔚为壮观。

秋日湛蓝的天空又高又远，行过喷泉后，车子拐入下一个街道。宋摘星透过车窗看着极高的威利斯大厦，感叹它拔地而起似要穿破云层。摩天大厦一公里之外，密歇根大道的千禧公园内云门正傲然屹立。雕塑表面反射着城市的轮廓线，车子行过时，云门上方映照着一行人的去向，带着奇幻的扭曲感。

穿着詹姆斯经典球衣抱着篮球的白人小男孩一路穿过街道向着瑞格利球场跑去，而成年男女则在马路上步履匆匆，似乎都有很重要的事情要做。车子一路穿过博物馆、音乐厅和剧院，最终到达一幢艺术馆前。下车时宋摘星感到有风遥遥吹过来，眺望远处发现码头尽在眼底。闹市中的高楼几乎将太阳全部挡住，隔着湖岸悬在半空的摩天轮反而在阳光下熠熠生辉。西式的砖墙建筑和海蓝色水面与天空中大块堆积的白色云朵相映成趣，一切都显得高阔而辽远。

孙鸣与其他三位刑警跟着下来，李唯西安排他们在原地等待，随即带着宋摘星进入艺术馆。大厅中一名三十多岁的白人男子上前与李唯西打招呼，两人用熟络的英语交谈着。

周围都是参观艺术品的白人，每个人脸上都带着一副欣赏的表情在大厅中穿梭，没有人注意他们。

李唯西向白人男子介绍宋摘星："Frank, this is my fiancee."（Frank，她是我的未婚妻。）

宋摘星脸噌地红了，只见Frank极其震惊地看着她道："Lee turned down so many girls that liked him that I thought he was gay."（那么多女孩喜欢Lee，都被他拒绝，我还以为他不喜欢女人。）

他说完微微摇头，又露出极其灿烂的笑意，"Anyway, I will attend your wedding ceremony."（我一定会参加你们的婚礼。）

宋摘星笑着与他打了招呼，李唯西便与她低语道："FBI行为分析处的主管，会帮助我们抓到周鸣山。"

来的路上李唯西已经与宋摘星说过他的计划，他在美国认识FBI的人，可以协助他们尽快查找林帆和林莞的下落。如今见到Frank，宋摘星才真正意识到李唯西在美国的地位和影响，想来他不仅启用了自己在美国的关系，还让整个行为分析处的人重视和配合他此次的行动。

她抿了抿唇，与李唯西说道："他会帮我们查到林帆和林莞的下落吗？"

李唯西反而摇了摇头："1号人物也来了，他已经在追踪周鸣山，只要有消息就会第一时间通知我。"

听到1号人物，Frank很有兴趣，插嘴道："The handsome guy also came?"（那个很帅的帅哥也来了？）

李唯西笑着回答："He can drink with you again."（他又可以和你一起喝酒了。）

Frank大笑，与李唯西聊起以前的事格外兴奋。宋摘星在一旁看着李唯西风姿绰约的样子，想象着以前他在美国的情景。倘若没有顾伯棠的事情，或许他会一辈子待在这里，根本不会回去。

正走神时，她见Frank忽然递给李唯西一把枪，说了句"Good Day"便与两人道别疾步离开。李唯西将手枪放到腰后，看着一脸懵怔的宋摘星解释道："美国可以合法持有枪支，别担心。"

宋摘星知道此行有很多危险，点了点头，希望他能保护好自己。她没再说话，因为思绪还停留在刚才那一瞬。李唯西看宋摘星还在愣神，浅笑道："如果我没有回国，我会后悔一辈子。”

宋摘星有些窘迫：“你知道我在想什么？”

他牵住她的手，无比认真的样子：“我属于你，即便没有我父亲的事，我想我一定也会回去。”

宋摘星跟着笑起来，目光温暖。孙鸣走了进来，刚好看到Frank离去的身影。李唯西将刚刚与Frank交谈的内容与他详细讲了一遍，又补充道：“晚上要与FBI小组见面，你和几位同事准备一下。”

孙鸣点头，只是还有些不解：“你怎么说服他配合我们抓捕周鸣山的？”

李唯西道：“周鸣山之所以将最终实验基地建在芝加哥，一定是有更大的企图。那些游戏害人不浅，美国警方不会坐视不管，更何况我们那么重视这个案子，Frank多少会帮我一些。”

孙鸣自然明白正是李唯西帮助FBI破过不少案子他们才愿意帮忙，感叹道：“有你在事半功倍，看来下面要打一场硬仗了。”

宋摘星算着离林莞和林帆消失也有三天了，不知道他们现在怎么样。如今时越还在周鸣山身边，让周鸣山如虎添翼，眼下确实步步维艰，想从他们手中救下林帆和林莞并不容易。李唯西见她眉间起了褶皱，扬手为她抚平，还未说话，手机忽然响了起来，他按了接听，眸光一亮。

“1号人物查到了周鸣山的行踪，现在正在江景别墅。”

宋摘星和孙鸣同时意识到，或许他们根本没有时间在晚上和FBI见面，周鸣山已经开始行动了。然而更让宋摘星没有预料到的是，接下来的每一分钟都让他们处在惊心动魄之中。

几人驱车疾驰，孙鸣一路上都在做部署。不知道周鸣山有多少人，如今只能先将初步的营救计划做出来。车上的李唯西面色清冽，1号人物发现周鸣山进入一幢老楼中，之后就再也没有跟踪到，似乎信号在楼中被屏蔽了，想来那幢老楼一定藏有猫腻。只是周鸣山现在极具危险，也不知道他身边有多少力量，只能走一步看一步，要先找到林帆和林莞才行。

行驶两个多小时后，几个人终于停在密林中。孙鸣带着肖雅洁下了车，林雨泽与宋摘星跟着刑警站在后面。肖雅洁还戴着手铐，脸色无澜，很是服从。李唯西拿着望远镜观察老楼的动静，孙鸣走上前，期待李唯西能有什么发现。

别墅紧邻一条河道，江水浑浊，常走船只。这里更像芝加哥偏僻地方的一处村子，老楼后还有集镇，一条街上人来人往，很是热闹。李唯西猜测这里应该是周鸣山某一处秘密基地，因为他看到别墅外围着一群黑人，看起来穿着普通，实际个个都配着精悍的手枪。集镇大多售卖日常用品，说明有很多人在这里生活，并且对那些持枪的人已习以为常，没有任何人觉得奇怪。

密林离老楼还有一段距离，李唯西看向孙鸣："1号人物说周鸣山启用了他的银行账户才得以让他查到周鸣山的行踪，我猜周鸣山在这里做违法交易。"

孙鸣有些吃惊："和非法游戏有关吗？"

肖雅洁在身后忽然开口："他需要更多的钱。他参与黑市交易，贩卖枪支、买卖器官，就是为了实现最后的计划。"

林雨泽现在异常紧张，担心道："不知道莞儿和帆儿在不在里面。"

李唯西眼睛半眯，沉吟道："芝加哥以前是重工业城市，后来败落，制造业全面萎缩，钢铁工业也全部外迁，到现在城市也没有完全被控制。治安不好导致黑帮盛行，周鸣山将最终计划选在芝加哥，展示着他要打破原有秩序的野心。"

他说完所有人都感到心情沉重，知道周鸣山不好对付。一侧的肖雅洁眸光流转，她惊叹李唯西的分析能力竟是这样精准无误。在她还未入狱之前，周鸣山就对她说过他的抱负，芝加哥是一座还未完全复兴的城市，他要在这集力量之大成，城市的不确定性同时给了他冉冉升起的机会，这样的事情在国内根本无法实现。

肖雅洁不动声色，便听孙鸣道："我们人太少，还是先摸清情况再做打算。"

李唯西静默片刻，看了看时间："现在还不到中午，我们等不到晚上了。我先潜进去看看。"

宋摘星有些惊慌："那么多人拿着枪，你自己去太危险了。"

孙鸣也阻止他："一起去更安全些。"

孙鸣与几位刑警都想上前与他同去，李唯西想了想，嘱咐道："你们在外面守着，如果我被发现了，一定有办法逃出来，到时候你们在外面接应我。还有，"他看向孙鸣，另做吩咐，"你迅速通知Frank，让他带人前来支援。"

孙鸣点头，只是还有些担心他。这时宋摘星急忙跟上前，握住他的手：

“我跟你去。”

李唯西刚要张口拒绝，却看到宋摘星灼灼的目光。她的坚定全部表现在脸上，无论他说什么都不会改变主意。

“摘星，”孙鸣劝阻，“你留在这里，我去比较好。”

然而就在孙鸣喊摘星的时候，李唯西忽地失神，一瞬间不知道自己在哪。他再次有一种不受掌控的感觉，大脑一片空白。

“唯西？”宋摘星有些担心他的状况，轻轻喊了他一声。

李唯西回神，知道她决心已定，缓缓点头道：“你务必要跟紧我。”

宋摘星扬手将散开的头发束成马尾，干脆利落：“我绝对不拖你后腿。”

两人离开时阳光还没有穿透树林，留下孙鸣几个人在原地等着。孙鸣立刻联系Frank，将他们的位置与情况告诉他，语气急迫，惊得枝头飞鸟都振翅而去。抬头不见天日的树林透着诡异而又闷热的气息，所有人都不敢轻举妄动，脸上带着沉默而冷峻的表情。

李唯西与宋摘星顺着林子进入湖道，随即潜入水底一路游到老楼附近才停了下来。他暗中观察黑人枪手的数量和行走规律，发现他们大多围在入口位置，其余人则分成两队围着老楼巡逻，中间间隔一分钟。李唯西扶着宋摘星从水中爬出来，隐藏在船只附近，只等枪手走了之后上岸。

时间一分一秒过去，就在前一队人的身影消失在墙根处时，李唯西与宋摘星疾步上岸。两人贴着墙面走到窗玻璃前，李唯西向里张望，发现里面是一间废旧的教室。宋摘星刚探头过来，玻璃窗就已打开，让她惊讶不已。

李唯西带着她跳入房间紧接着将窗户关上，两人刚蹲下，一队黑人就从窗前走过。

“溜门撬锁的功夫见长啊。”宋摘星感叹。

李唯西浅浅一笑：“可惜不能走正门，不然带你进来的速度更快。”

趁着黑人过去，李唯西带着宋摘星躲到窗帘下，又一步步向门口靠近。破旧的桌椅遮挡住外面的视线，让两人得以喘息。李唯西猜测周鸣山将旧时的废弃学校改造成别墅的样子，就是为了隐藏自己。两人还没到达门口，忽然听见粗重的脚步声向他们而来，声音越来越大，吓得宋摘星面色惨白。

李唯西透过窗户看见黑人雇佣兵拿着微型冲锋枪在走廊中巡逻，眉心一皱，没想到里面的布置竟比外面还要严密。幸好教室破旧，窗帘厚重，将光线挡去一部分，让那些雇佣兵没有察觉到两人。雇佣兵走到走廊尽头后又拐了回去，脚步渐远。

宋摘星压低声音说道："这里肯定是周鸣山十分看重的地方，否则不可能有那么多人把守。"

李唯西点头："闹市中这里反而更加安全，没人会在意这个老房子。"

"我们下一步怎么办？"

李唯西再次看了看时间，还差半个小时十二点，或许他们还有机会。

两人在教室内静静地待了一个小时，直到走廊里没了动静，李唯西这才带着宋摘星出来。走廊很暗，一扇扇教室门斑驳不堪，两人一路行到东区一角，才发现这里与其他地方完全不同。

周鸣山将东区改造成了很多实验室，宋摘星此时正站在"唾液分析室"前面，看着门口的牌子不寒而栗。整个别墅窗户很少，让室内变得昏暗无比，空气一下子安静下来，两人呼吸可闻，都尽量压制住脚步不让自己发出任何声音。

楼梯旁边立着一个巨大的雕像，一个女人面部狰狞，九条蛇盘曲在头发上，每一条蛇头都张着大嘴，露出獠牙，恶毒地凝视着地面。光线很是昏暗，两人靠着雕像躲避刚刚过去的几个男人，大气都不敢喘。李唯西脑中迅速判断这里的情况，一楼残存很多废弃的教室，其余房间则改造成了一个又一个实验室，他刚才向里瞥了一眼，发现了一堆人体器官，不知道有多少人已经惨死在这儿。

宋摘星站在雕塑下面瑟瑟发抖，她知道身前的这个雕像是蛇发女妖美杜莎的原型，极度丑怪，极度残忍。整个东区都透着诡异的气息，这时李唯西忽然握住她的手，带着她沿着楼梯向上走去。

他的手也冰凉冰凉的，让宋摘星更加不安。

两人发现整个别墅大概有五六层的样子，到达二楼后房间比一楼淡雅很多，再往上的房间比二楼的房间更为奢华。两人停在二楼一角，依稀听到雇佣兵说话的声音，李唯西连忙拉着宋摘星躲到墙柱后面。

一队雇佣兵从他们身后走过，宋摘星汗珠子落在地上，一动都不敢动。李唯西从墙柱后闪出身，余光向下一瞥，发现有人在一楼拐了个弯就消失不见了。

宋摘星看着二楼的门，有一间“行为科学实验室”。她仍然站在墙柱后面，正思索着这幢老楼的用途，身体骤然被人一拉，整个人又转到了墙柱的前面。

一楼一队人朝他们原来的房间走去，如果刚才没转过来，自己很有可能就暴露在那些雇佣兵面前。

宋摘星心脏扑通扑通跳个不停，李唯西连忙带着她向下走。

“上面没有雇佣兵了，这些黑人只在这两层巡逻。”

宋摘星知道他观察过了，只是奇怪他为什么反而往下走：“我们为什么不上去？”

“有雇佣兵的地方才是值得去的地方。”李唯西一边下楼一边说道，“有地下室。”

他说得又急又快，却让宋摘星瞬间明白他的用意。周鸣山肯定在这幢建筑里，而且很有可能就在上面的几个楼层里。只是老楼高高几层，他们不可能走完，但是如果能摸清林帆和林莞是否被关在这里，就算不虚此行了。

刚刚的一个小时内，李唯西根据脚步声判断里面至少有三组黑人雇佣兵在巡逻，且武器精良，身材魁梧，遇上任何一个人都会让他们两人有生命危险。现在正是午饭时间，三组人马轮流换班，刚刚的雇佣兵正是吃完饭回来的，现在恰好都在一楼来回走动。

李唯西趁机避开黑人的巡逻，带着宋摘星迅速潜入地下室。相比楼上，这里更加昏暗，只有一盏白炽灯悬在头顶。地下走廊更深，远处一道牢门堵住两人的去路，宋摘星贴着铁栅栏听里面的声响，一下子头皮发麻。

“里面有呻吟声。”

李唯西摘了她一支发卡，轻轻探进牢门的锁眼。锁开时咔嚓一声，声音不大，却紧接着迎来一声粗鲁又刺耳的质问。

“Who？！”

李唯西暗道不好，想必他们已经被下面的人发现。他连忙推了宋摘星一把，急迫道：“你找个地方藏起来，我把他们引开。”

宋摘星已经来不及和他说话，只见楼梯处迅速跑进来端着枪的雇佣兵。李唯西离开宋摘星后与黑人撞个正着，黑人个子没有他高，一双眼睛却凶狠噬人。李唯西在黑暗中铆足劲，趁他举起枪的工夫两手扶着楼梯借力，身子一旋，一腿高高抬起直接向他头顶劈下去。黑人白眼翻了翻，瞬间倒在楼梯口。

然而刚刚黑人的喊叫声已经引来其他雇佣兵的察觉，李唯西迅速上楼，到达门口时越来越多的雇佣兵向他涌来。他转向刚刚观察过的东区，手肘一抬撞向窗户，玻璃破碎时他耳边响起喊喊喳喳子弹上膛的声音。李唯西知道自己躲不过，脑中迅速思索着是赌命一搏还是束手就擒，就在这时，周鸣山的声音忽然出现。

“不许开枪！抓住他！”

千钧一发之际，李唯西已斜着身子钻出窗外。此处正临集镇，李唯西嗆风大跑，身后跟着十数个黑人。闹市人来人往，给了李唯西时间，他越跑越快，不断打翻路边的东西拦住追上来的黑人。他猜想刚刚周鸣山决计不是因为要生擒他才阻止雇佣兵开枪，而是怕枪声引来美国警察，到时他的实验基地被发现，整个计划就功亏一篑彻底完蛋了。

身后衣着普通的黑人眼看就要追上来，李唯西慌忙拐入另一条岔口，直直向江边跑去。然而正当他要跑出街巷时，对面正好又来了一队黑人，李唯西暗叫不好，迅速折回身子跑向闹市。闹市中追上来的几个黑人拦住了他的去路，李唯西根本不是他们的对手，他一步步后退，却又迎来身后一队黑人阻住街巷，阴鸷地向他逼近。

前后夹击，李唯西扶着墙壁不知如何是好。正前方的黑人已经掏出枪准备就地解决李唯西，然而就在下一秒，那名掏枪的黑人直接被击毙倒地。

几名黑人大惊，李唯西趁机寻了空子闯出包围，孙鸣在巷口给他打掩护，两人一路向集镇正中心跑去。

枪声让整个街道的人惊慌失措，很多白人男女纷纷乱跑，同时给了两人逃跑的时间。

耳边生风，李唯西一边跑一边向孙鸣大喊：“通知Frank了吗？”

孙鸣一瘸一拐，速度没有李唯西快，声音更大一些：“他们要调人过来，需要时间。”

李唯西拉了孙鸣一把，见黑人紧追不舍，更加担心还在老楼里的宋摘星。他嘱咐孙鸣：“你快回去，老楼里大约有三四十人，弹药充足，每个人都配枪，战斗力很强。Frank和你们会合后，你务必告诉他要拿下老楼。”

孙鸣点头，子弹在身体周围穿梭，两个人急速拐入另外一条街。孙鸣躲在墙壁后面，盯着追上来的黑人再次开枪，一个黑人雇佣兵应声倒地。而他所在的墙角瞬间被集火攻击，墙砖剥落，李唯西拽着孙鸣跟着众多白人继续向前跑。

比起高大的白人，孙鸣个子矮，很快湮没在一群人之中。而李唯西则脱掉外套，与孙鸣道别后反而向回来的路上跑去。

他所在的这条街商品琳琅满目，水果器具、衣衫鞋帽应有尽有，摊主已经逃散，留下摆满商品的摊位无人照看。李唯西跑到一处卖衣服的摊位前，看见摊子上面摆了一些人体模特，戴着草帽穿着沙滩裙排成两列。他一脚登上台子，紧接着拽了一套西装罩住自己，人还没完全躲好，几个黑人已迅速从他面前跑了过去。

他给自己戴了一顶草帽，屏住呼吸，随后又听见几声枪响，这样的动静会迅速引来警察，孙鸣应该会逃脱。他一面想，一面透过缝隙窥察街道，只是人还没从刚才的惊慌中回神，就忽然看见几个美国警察正在和黑人沟通。

原来集镇上的警察早已被买通。李唯西如鲠在喉，难怪周鸣山敢在这里扎根，原来他早已打点好一切。

他脸色霎时惨白，忽然想到老楼里的那些实验室。如果周鸣山不让鸣枪，很有可能里面还有更重要的人，或者在做实验，枪声会让他的合作伙伴感到危险和不安，所以周鸣山才不会在他的实验基地对自己动手。

等黑人雇佣兵和白人警察走掉，李唯西迅速向老楼跑去。他希望宋摘星能安静地等着他，即便Frank要申请流程调人过来需要时间，傍晚之前也能赶到了，届时他们都会安全。

他一路向江边老楼飞奔，暗暗祈祷宋摘星不要出事。

老楼中一下子安静很多，宋摘星蹲在暗处猜想大部分的雇佣兵应该出去追李唯西了，等了十几分钟后便缓缓站起身来。她向外探了探头，没有听到其他声音，随即靠近刚刚打开的牢门，沿着昏暗的走廊慢慢向里走去。

地下室还在漏水，滴答滴答的声音让她汗毛战栗。她一步一步迈得很轻，眼睛却四处观望。这里虽然灯光昏暗，但她仍能看到嵌在墙壁之间的房门。房门都是铁制的，铁皮斑驳冰冷，只在最上面露了一个狭长的扇形窗户。

呻吟声越来越强烈，她跟着声音来到一扇房门前，踮起脚尖向里看，然而仅仅一眼就让她差点惊吓昏厥。一双眼睛正从窗户里面和她对视，吓得她连退几步贴着身后的墙壁大口喘气。

那双眼睛阴冷无比，毫无神采，让宋摘星毛骨悚然。她停了半晌，终于鼓起勇气再次上前，一步步靠近铁门。

她大约看见几十个人被关在房间中，从刚才那双阴森冷漠的眼睛来看，这些人大多都是精神病患者。她猜想周鸣山在这里豢养了大批精神病人，那些呻吟声正应对了自己的猜测。不知这里到底关押着多少人，宋摘星转了身子慢慢向前走，看见紧邻的几个房间都很相似，上面涂写着"实验室"三个赤色凄艳的字。

走到后面，走廊安静至极，连水滴声都没有了。灯光越来越暗，她干脆打开手机里的手电筒照着路面。惨白的灯光映着她惶恐不安的面颊，映着凸凹不平的墙壁，映着暗黝黝的铁栅栏，她吞了口唾沫，害怕一不小心就会撞到什么东西。

行了一分钟，她沿着暗处的墙边拐入一间更大的仓库，她将手电筒高高举起，透过窗户看见里面堆积了各种枪械和成箱的子弹。宋摘星猜测这里应该是周鸣山的弹药库，那些雇佣兵都是在这里做枪支和弹药的补给。

就在这时，身后忽然传来一声轻响，让她浑身一个激灵。她拿着手电筒往外照，漆黑的走廊什么都没有。她惊魂未定，手指颤抖，眼球迅速转动，索性转回身重新进入刚刚那条主干道继续向里走，尽头处的几个房间立刻吸引了她的注意。

她听到小孩子的哭声，嘤嘤的声音让她心头一紧。她再次观察四周，发现没有人跟过来，这才靠近那些房间。

房间的玻璃窗很大，宋摘星倚在墙壁一侧，偷偷窥探里面到底有什么。她吃惊地发现里面关押着很多孩子，以青少年居多，然而每个孩子似乎都没有力气，眼睛空洞迷茫，更小的孩子则哭声喑哑，不断啜泣。里面男孩比女孩的数量多一倍，都是亚洲人，只是每个人都安于现状，没有任何反抗和挣扎。

他们大多安静地待在墙边或者窗边，面黄肌瘦，形容憔悴，宋摘星猜想他们都是玩非法游戏的受害者，而且已经到了被周鸣山掌控的地步。周鸣山不惜代价将他们偷渡过来，一定有不可告人的秘密。

宋摘星嗓子发涩，她想这些孩子之所以没被汉州警察发现，一定是从全国各地运过来的。或许他们中间还有盗窃犯或者被遗弃的人，周鸣山正是利用了这一点才能困住他们。她看了看房门上的锁，又看了看巨大的玻璃，想找办法救他们出去。然而就在她看着那些孩子的时候，有个人已经站在了她的身后。

走廊很黑，宋摘星根本没有察觉。她刚要转身，脖子猛地被一只粗壮的胳膊拧住，手机戛然落地，紧接着被一只军靴踩碎。

宋摘星脸颊憋得通红，半个身子骤然腾空，双脚不断摩擦地面试图反抗。然而她的力气太小，在黑人雇佣兵面前不堪一击，她呼吸越来越困难，双手紧紧扒着那条粗壮的胳膊，只是任她怎样挣扎，钳住她的人都像个石头一样纹丝不动。她的呼吸轻下来，最后终于没了力气，手指缓缓松开。

就在她接近死亡的刹那，一声刺耳的枪响打破了走廊里的寂静。

宋摘星只觉得身子微微一震，紧接着她身后的男人咚的一声重重倒地。她跟着摔了下去，鲜血染湿了半个肩膀。地上的人已经没了声息，她终于甩开了那条黑粗的胳膊，大口喘着气从地上爬起来，李唯西紧跟着上前扶她，关切道："有没有受伤？"

宋摘星眼泪唰地流下来，摇了摇头。幸好他开了一枪，不然自己这会儿已经被雇佣兵掐死。她连忙道："我发现了这些孩子，我们要救他们。"

她声音未落，走廊另外一头传来窸窸窣窣的脚步声。一群雇佣兵已经从楼梯口下来，迅速朝他们的方向跑来。

李唯西拉着她向外跑："来不及了，现在孩子们在这儿反而安全。"

宋摘星被他拽得脚下生风，一声连着一声的枪响不停地传来。

他们隐藏在昏暗的走廊角落，李唯西一边对付那些黑人一边道："我们要先出去，孩子们在枪战中会受伤。"

子弹打到了铁门和墙壁，砖石的碎屑不断崩过来，宋摘星躲在李唯西身后，两人一时进退不得，根本没有机会出去。她瑟缩在角落，知道李唯西的子弹一旦打尽，两个人紧接着就会被杀。她想跑回去，从刚刚路过的弹药库取些补给，只是身子还没站起来，走廊里的枪声竟然停了，外面随即传来杂乱的声音。须臾之后，围攻他们的黑人尽数倒地，尸体横陈在楼梯口，鲜血喷溅。李唯西松了一口气，和宋摘星轻轻说道："Frank和孙鸣来了。"

两个人站起身，沿着走廊向上走，果然看见FBI行动处的人已经闯了进来，正和那些黑人雇佣兵对战。枪声大作，一些身穿西装、极其华贵的白人男女纷纷下楼，趁乱而逃，李唯西这才明白周鸣山原来邀请了众多名流前来，难怪要雇那么多枪手为他看门。

两人一面躲着枪声一面往外逃，宋摘星和李唯西道："弹药库就在地下室最左面，让FBI的人破墙突击，等于断了周鸣山的退路。"

李唯西没想到宋摘星已经将下面的地形摸清楚，感叹她提供了这么重要的线索。他们跟着几个富人往外跑，身后不断有人被击毙，李唯西拉着宋摘星转瞬躲到窗户下面，随即拿起电话与Frank联系。他将这边的情况与Frank讲了一遍，嘱咐他占领弹药库时不要伤害到精神病人和孩子们。周鸣山的犯罪证据都在这幢房子里，FBI可以立刻逮捕他。

挂电话时孙鸣正巧赶过来，发现了躲在墙根处的他们。宋摘星总算心安，来不及寒暄便跟着李唯西与孙鸣向外跑。孙鸣一面鸣枪一面带着他们突围，最终将他们带到江边，与几名刑警会合。

林雨泽慌忙跑上前，拽住李唯西问道："帆儿和莞儿在里面吗？"

李唯西与宋摘星对视一眼，两人都没有发现他们的影子。李唯西劝慰道："等抓住周鸣山就知道了。"

林雨泽极其挫败地松手，进入美国后他的话一直不多，双目浑浊，一夜间似乎老了许多岁。他担心林帆和林莞出事，害怕自己再也见不到他们。

老楼里枪声还没停，孙鸣与几位刑警商量前去接应Frank抓捕周鸣山，临走时嘱咐李唯西照顾好其他几人。等孙鸣几人走了，宋摘星看向李唯西道："那些孩子应该都是玩游戏幸存下来的人，周鸣山把他们带到美国的目的是什么？"

李唯西在救她时就想过这个问题，直到发现了那些美国名流才找到答案。他缓缓道："这些孩子都是宝贵的财富，可以验证周鸣山的游戏计划。他们都有通关的技能，可以向那些富人展示游戏的力量和快感。"

宋摘星恍然大悟："让人操作，远比计算机模拟游戏带来的冲击力强烈。"

李唯西点头。他听到老楼中的枪声消减下来，猜测Frank已经控制了弹药库，正要松口气，忽然看见江口码头几名黑人雇佣兵正跟着一个男人上船。

"周鸣山！"

他大惊，然而雇佣兵也在同一时间看到了他们。李唯西本想前往江口，此时却连连后退，带着肖雅洁和林雨泽迅速逃跑。雇佣兵追上来连发几枪，被李唯西堪堪躲过，危险时刻他一把抓住宋摘星的手，同时吩咐林雨泽与肖雅洁跑向老楼。

肖雅洁戴着手铐，林雨泽年纪又大，李唯西与宋摘星在前，肖雅洁扶着林雨泽在后，几人一面躲避雇佣兵一面奔逃。林雨泽边跑边回头看离得越来越近的黑人，他气喘吁吁，有些跟不上李唯西的步子，然而就在他转头时，脚下忽然一个趔趄，重心偏移，整个人险些摔倒。

一声枪响传来，正中林雨泽的胸膛。

就在刚刚谁也没有看到的一瞬间，肖雅洁忽然抬腿绊了林雨泽一跤。林雨泽慌不择路，加之体力不济，人没摔下去，却因为调整步子落在后面。起身抬头时，子弹直接穿过了他的身体。

林雨泽直直向下倒去。

一切发生得太快，李唯西大惊，反身扶住林雨泽。老楼处几个FBI成员赶来，向黑人开枪，黑人雇佣兵纷纷倒地。远处周鸣山已经上了船，夕阳下，周鸣山与他们遥遥招手，笑着道别。

船离岸而去，时越缓缓从船中出来，隔着水面望着他们。桃花眸清冷无邪，如江面一片粼粼波光耀眼。

林雨泽躺在地上大口吐着血，李唯西将他半扶在怀里，不断地为他擦拭。林雨泽喘着气，虚弱道："我在想周鸣山为什么要绑架帆儿和莞儿，想了很久，我猜是因为他自己的儿子没有了。"

李唯西呼吸不稳："我这就送你去医院，你坚持一下。"

林雨泽半闭着眼睛，嘴角鲜血喷涌。他有些累，却坚持着将话说完："他的儿子没活到九岁就死了。当时我们一起做生意，我坚持让他亲自取货，没想到回来时儿子已经没了。他恨我，如果当时他在，他儿子或许不会死。"

李唯西双手全是血，捂住他中弹的位置道："别说话，你会活下来。"

林雨泽摇摇头，声音越来越低："周鸣山什么都没有了，所以他才想杀了我的孩子。求你……求你一定要把帆儿和莞儿救出来。"

"好，好。"李唯西不停地点头，"我答应你。"

林雨泽颤颤巍巍地握住他的手，用尽最后一口气道："我这辈子……做了坏事……对……对不起了。"

他的手骤然垂落，李唯西的怀里已是一片鲜血。林雨泽猝不及防的死亡让宋摘星心口跳个不停，她停在原地没有上前，希望李唯西能与林雨泽好好告别。她知道他已经不恨林雨泽了，在他决定看好林雨泽的病时，他的恨就已经随着过往的岁月一起消散了。

老楼中枪声此起彼伏，一切都还没有结束。江面上周鸣山的身影越来越小，船只溅起的水花遥遥荡起一道白浪。

李唯西将林雨泽放下，用余光看了一眼肖雅洁。

他起身牵住宋摘星的手，让她一刻也不离开自己，急道："我们去追周鸣山。"

宋摘星："不等孙鸣了吗？"

李唯西："他需要帮助Frank救下那些孩子，时间来不及。"

全程未说话的肖雅洁此时急忙上前："我跟着你们去。"

她说完便将双手抬起，盯着手铐对李唯西说道："只要找到最终地点，我一定会帮到你。你先把我的手铐打开。"

宋摘星担心她有别的目的："只有孙鸣才能打开。"

肖雅洁冷冷地盯着他们："没有我，你们根本走不到最后一步。"

李唯西见江面船只渐少，太阳落山，追捕周鸣山迫在眉睫。目光散到远处，周鸣山的船只即将消失得没了踪影，他随即从腰后抽出一串钥匙，走上前将她的手铐打开。

三个人立刻跑向码头，广阔的天空大片云朵变成了紫蓝色，晚风扑面，带着咸咸的味道。李唯西拉着宋摘星登上游艇，驾驶员刚要开船，却被肖雅洁一把换下来。

她脱了鞋，身子微旋，游艇便离弦一样向前驶去。两岸风景不断后退，肖雅洁的目光阴冷淡漠，发狠似的将游艇开得越来越快。她要追上周鸣山，这是她最后的机会。

笃笃的马达声惊起一片水鸟纷纷腾上天空，肖雅洁双手用力，游艇顺势拐弯，周鸣山的船再次出现在视野中。似乎意识到自己被跟踪，周鸣山的船上不断响起枪声。肖雅洁毫不畏惧，让李唯西与宋摘星抓好扶手，一路超了几条大船。风声呼啸，李唯西配合肖雅洁挡住了周鸣山的攻击，两条船离得越来越近。

宋摘星尝试与孙鸣联系，只是电话一直没有打通。整个游艇晃得让她头晕，白浪涌起，在肖雅洁的驾驶下，游艇像一头巨大的水怪极速穿行。

两船相距不到十米，李唯西看到时越就站在船头，眉心紧皱。几乎同一时间，一发子弹擦着李唯西的肩膀而去，划出一条刺目的血痕。肖雅洁再次将游艇加速，直直冲周鸣山的船撞去。

宋摘星查看李唯西的伤口，李唯西却忽然按住她的身子，子弹打中游艇一侧，穿透半个舷板。宋摘星被他盖在下面，只听耳边不断传来枪声，水浪四溅，巨大的撞击让她难以支撑，全身直冒冷汗。

李唯西忽然握住她的手，掌心温暖有力，犹如让她抓住救命稻草一般。宋摘星不敢抬头，心底却觉得平静安稳。正在此时，船忽然停了。

肖雅洁一声嘶喊："快上岸！"

李唯西随即起身带着宋摘星离船，风声在耳，两侧树木随着他们的跑动匆匆后退。片刻后，一幢巨大的建筑展露在他们面前。椭圆形的外观将建筑全部罩在里面，外侧墙壁光滑冰冷，在最后一道阳光下反射着金黄色的光芒。

每一块钢面墙壁都带着冷峻的质感，坚硬的外壳映照在光洁的地面，上下相称，就像补齐了建筑的另外一半变得平衡而完整。宋摘星感叹这座建筑就像平放在地上的半个巨大的鸡蛋，他们站在鸡蛋的脚下渺小如蚁，弯曲的壁面让她无法看到建筑的顶部，而更让她惧怕的是，她对建筑的内部也同样一无所知。

正发呆时，建筑附近忽然传来一声低低的启动声，李唯西紧接着拉着宋摘星大跑。

肖雅洁跟在他们身后，大喊道："是大门！"

声音未落，李唯西已经看见建筑的入口。低矮的大门在建筑中显得格格不入，大门正在缓缓关闭，锈蚀的声音像巨兽发出的呻吟。暮色四合，门后一片黑暗，三人来不及做任何决定便侧身进入。

钢质门紧紧闭合，没留下一丝缝隙。

三个人身处相对宽阔的弯道，四周很黑，左右尽是墙壁，辨别不出任何方向。就在这时，他们的身体好像悬空一样，一只白虎从他们脚下倏忽走过，地面完全透明，仿佛地下数丈皆是森林尽藏白虎。三维白虎做得太过逼真，三人都吓了一跳。李唯西抬头，遥遥看见建筑的天花板像天空一样笼罩着他们。天花板上云影徘徊，无边无际，广阔无尘，如碧玉一样澄澈。风来，云影尽散，天光渺渺，极明极静。

宋摘星感叹："他们把天花板做成了天空的样子。"

李唯西静静地看了一会儿，缓缓道："天花板是个巨大的屏幕。"

肖雅洁露出一丝狡黠的笑意："没错，封住整个建筑的天花板其实就是一块巨大的屏幕，可以随时出现各种情景。"

宋摘星有些不明白，她的脚下也是一块屏幕，白虎慢悠悠地卧在一侧，几乎跟真的一模一样。

"这到底是什么地方？"

肖雅洁的语气中带着一丝解脱："周鸣山的实验基地。"

他们终于到达周鸣山的大本营，可以确信的是周鸣山也在这个建筑之中。

李唯西知道肖雅洁看过游戏的设计图，浅浅问道："你都知道什么？"

"我们要走到核心区域。"肖雅洁侧眸，"我只看过中心的设计图，那里有一个高台，只有到达核心区域，我们才算走出去了。"

宋摘星皱眉："你是说我们现在就已经在游戏之中了？"

"没错。确切地说，连周鸣山都控制不了我们，能不能走出去完全靠自己。"

李唯西想到上次他与宋摘星走过的七个房间，瞬间明白了肖雅洁的话。他们现在就是实验对象，只不过代价惨重，要么通关，要么死在这里。

李唯西看向她："你还知道什么？"

肖雅洁想到她入狱前周鸣山给她的一部分图纸，沉吟片刻道："时间。当时游戏设计还没有完成，我只看到了一些时间标记，每一层的门都有固定的时间打开，时间对这个游戏来说十分重要。"

李唯西沿着弯道向前走，外围的弯道空间大概能容四五人横臂站立，墙壁尽是一片黑暗，而脚下的白虎却栩栩如生，眼神威严，身形勇猛，黑色的条纹横陈在白色虎背上更显真切生动。

李唯西回头："这里到底是谁设计的？"

肖雅洁："大部分是段长惟留下来的，他是一个极其聪明的设计师。"

宋摘星好奇道："你参与了哪部分？"

"天空。"肖雅洁抬头，笑意染在唇角，"那上面的所有风景，我都参与设计过。”

“你到底都在帮周鸣山做什么？”李唯西意味深长地看着她。

肖雅洁迎上他的目光：“这是周鸣山的野心，也是他的夙愿。我只参与了很少的一部分，也只是猜测他会把现在的东西最终实现在现实生活当中。你见过鱼儿在天上游吗？”

宋摘星与李唯西对视，肖雅洁继续说道：“就像三维立体白虎一样，身处这里犹如戴了VR眼镜，看什么都跟真的毫无区别。只要抬头，就可以看见将军骑着战马在我们面前嗒嗒而过，看见一排排游鱼直上天空，看千帆竞发，腾蛟起凤，海水群飞。人们在陆地的一举一动都映射在天空之中，法官会在天空进行审判，孩子们会在天空中玩耍，森林在四季中变换，高山群岭连绵巍峨，站在原地，抬头就可以看见千万里之外的风景。”

宋摘星听得瞠目结舌惊在原地，极短促地吸了口气。而李唯西则静默不语，迟迟未动。

就在此时，整个建筑再次发出低沉的嗡鸣声，像机器缓缓启动，建筑的地板跟着微微颤抖。弯道前方的大门缓缓开启，李唯西带着宋摘星急速跑了过去。

肖雅洁跟在后面，三人穿过大门进入另外一个弯道时，脚下出现一只腾飞的红色大鸟，像极了凤凰。头顶的天空瞬间涌出赤色云霞，如火海翻腾通红一片。天际之处峰翠重重，云霞潋滟，与地上的大鸟交相辉映，赤翼霁光，日月分照。

宋摘星被眼前的风景迷住，她有一瞬间感叹建造者铸造这座建筑的初心。置身其中，觉得天地有大美，四时有明法，万物有成理，一切都是那么峥嵘而浩荡。

李唯西不动声色地看了一眼时间，左腕上的手表指向晚上七点四十分。

“我们七点半进入这里，外围的大门十分钟开启一次。”李唯西想了想，看向肖雅洁，“除了要在一定时间内进入中心，你还知道建筑的其他特点吗？”

肖雅洁指尖微蜷，这一刻她很想抽一支烟。

“只有进入中心登上高台，我们才会明白周鸣山到底有怎样的计划。如果当初你们走过的北斗七星密室是游戏1.0，七个房间是游戏2.0的话，那么现在的建筑，则是在之前的基础上建造的最终版。”

李唯西声音变淡：“越来越难。”

“没错。”肖雅洁的目光游离在弯道之外，“虽然我只知道这些，不过你放心，我肯定会配合你走完全程。”

宋摘星看着李唯西的表情，猜测他已经有了一些想法，上前问道：“你想到了什么？”

李唯西再次抬头，看着巨大的弧形天花板道：“这是一座圆形建筑。”

“圆形？”宋摘星刚刚在外面还以为是椭圆形，或许是因为面积太大了，让她有了误差。她问道：“地面也是圆形？我们现在站的位置是圆形的一部分？”

“没错。”李唯西看着红色的大鸟展翅飞腾，乘风旋转，几根尾羽闪闪发光如火一样耀眼，“既然是一层一层到达中心，我猜里面的几层难度会越来越大。”

肖雅洁只知道到达最后会从地面拔起一座高台，只要上了高台就算成功破解了这个游戏。她皱眉：“你知道里面有几层？”

说话间建筑内部的声音再次出现，李唯西带着宋摘星迅速后退。

长指抚在刚刚穿过的那道门墙上，随着手表指针的移动，他轻轻一推，那道门再次被推开。

白虎重新出现在几人脚下，当门紧紧闭合之后，宋摘星企图再去推它，却发现门就像与墙化为一体一样，无论怎么用力去推都纹丝不动。

肖雅洁知道李唯西有了答案，道：“说吧。”

李唯西看着她们，无比认真，也无比沉重：“我猜这里是黄道十二星次。”

宋摘星回过头来：“黄道十二星次是黄道十二宫吗？”

李唯西呼吸变浅，缓缓道：“不仅仅是。古代为了量度日、月、行星的位置和运动，把黄道带分成十二个部分，叫作‘十二星次’。它们按赤道经度等分，与二十四节气、十二地支、四象、五行、二十八星宿一起组建了东方占星学。”

宋摘星有一瞬没明白：“你是说它们是相辅相成的吗？”

李唯西想到之前在七个房间中看到的设计图，那时他就怀疑段长惟是以十二星次为根据设计了一场游戏，没想到竟在这里验证了。他看着宋摘星道："黄道面包括了所有行星运转的轨道，也包含了星座，其中十二个星座称为'黄道十二宫'，而十二宫、十二地支、二十四节气、四象、五行都与十二星次有对应关系。"

宋摘星若有所思："所以每一个星次都对应一个宫、一个地支和两个节气，而四象和五行又把这些全部包含在内。"

李唯西的眸光温柔清澈："没错。十二星次分别是星纪、玄枵、娵訾、降娄、大梁、实沈、鹑首、鹑火、鹑尾、寿星、大火、析木，所对应的十二星座依次是摩羯、水瓶、双鱼、白羊、金牛、双子、巨蟹、狮子、处女、天秤、天蝎、射手，同时对应的十二地支是丑、子、亥、戌、酉、申、未、午、巳、辰、卯、寅。二十四节气以春分为起点，当太阳经过春分点时，同时进入白羊宫。"[①]

宋摘星将他的话消化了很长时间，终于明悟，唇角不断抖动："你是说，我们现在站着的四象只是最外面的一环，里面的几层则分别是十二星座、二十四节气还有十二地支……"

"是的，层层对应，每一个支点都是一个游戏关卡，都需要我们破解和度过。"

肖雅洁冷冷地看着他们，眉心一丝褶皱无人察觉。

宋摘星没想到这座建筑竟然涵盖了那么多的内容和意义，更没想到当时经过七个房间时看到的一部分设计图竟然让李唯西了解到这种地步。她惊叹他心思细腻，见微知著，所有的波澜不惊都是因为提前做了准备和预判，就像手中永远握着一张牌。

"这里是四象中的风象，白虎，对应十二地支里的戌、酉、申三个时辰。而刚刚我们走过的另外一个弯道，底下那只大鸟并不是凤凰，而是朱雀。"

李唯西眉头紧锁，他看了看时间，还差两分钟不到八点。

宋摘星现在极度震惊，在想这样的建筑该是怎样的恢宏盛大，将那么多智慧融于一体。一层又一层的圆环里面涵盖着太古天星、苍穹宇宙，又同时将心理学展现得淋漓尽致。黄道十二星次象征心理层面，反映出一个人行为的表现方式。而现在，每一个支点、每一个节气、每一个星座同时又是游戏中的一个

---

① 因情节需要，这里的四象、星座、地支、节气皆与十二星次对应。四象、星座、地支、节气四者之间的对应关系以正规资料为准。

环节。她瞬间感到彻骨的寒意，不知道他们最终能不能活着出去。

肖雅洁停在原地，看着李唯西眸光闪烁。

李唯西低头看表：“要验证我说的对错，我们只能往里走。”

“可是我们刚刚只能往前或者往后，怎么向里呢？”

肖雅洁忽然出声：“有暗门。”

李唯西淡淡地看她。他猜测肖雅洁知道的内容要比自己多很多，可她每次只说一点，不得不怀疑她的用心。

整个建筑上空忽然传来巨大的钟鸣声，一声接着一声犹如重锤敲击铁鼓，清脆刺耳。肖雅洁带着他们往前走，再次打开大门，只不过没有着急往前迈，而是往右一转。这次连李唯西都有些惊讶，在白虎和朱雀两个区域之间，暗藏一个小小的通道，只有一步宽，一人侧身才能通过。刚刚两个区域换得太过突然，让他也没有意识到一步之间还能转身。

宋摘星感叹：“这里面太黑了，刚刚我还以为只有一道门，没想到是两道门同时打开。天空布景在变换，脚下布景也在变换，就像魔术一样，当我们的注意力紧紧盯着白虎和朱雀的时候，这条狭窄的通道就在意识中被忽略了。”

建筑上空的时钟敲了八下，肖雅洁打开通道的暗门，几个人来到另外一个房间。李唯西确信他们已经往里走了一层，因为他们所站立的通道比外侧弯道狭窄很多。只不过乍一进来，几人便被眼前景色彻底惊呆。

头顶“天空”已经变成了天青色，从上面开始缓缓落雨。烟雨蒙蒙中，满水清荷，层层涟漪，水波直接荡在几个人脚下。整个室内已经变成了巨大的“水缸”，缸内遍植荷花，水明如镜，清香习习。他们所站的台子极窄，将“水缸”围成一圈，险险与墙壁相连。而墙根下林立一排灯光，只是灯光未开，只有来自头顶天空的光将室内照得诡异而安静，几个人停在原地，都没有走上前。

比起美得一塌糊涂的满池荷花，四周墙壁也怪异得让人心惊。每一面墙壁上都挂着一个巨大的圆盘，每个圆盘被分成十二块，上面刻着彩色的花纹。怪异的色调与池中荷花显得格格不入，将头顶的雨珠也衬得怪异诡谲。

宋摘星自言自语道：“连墙壁都是屏幕。”

肖雅洁没料到暗门竟通到了这样的内室，看着圆荷上的露珠晶莹透明如断线珍珠，向李唯西问道：“我们进入了二十四节气？”

李唯西沿着台子走了一圈，四周墙壁皆是烟青色，像落雨时的雾气，不仔细看倒觉得他们没在室内一样。最终他站在几个圆盘前仔细看了一会儿，忽然道：“是夏至。”

宋摘星与肖雅洁面面相觑，李唯西看着她们道：“白虎正好对应春分到夏至，所以我们从白虎一区的大门直接到达夏至时节的大门。”

宋摘星知道这一关卡十分特别，唏嘘道：“夏至时节，是白昼时间最长的一天。”

李唯西点头：“对于北回归线及其以北的地区来说，夏至日是一年中正午太阳高度最高的一天。但是同时，夏至是太阳的转折点，这天过后它将走‘回头路’，之后白昼会逐日减短。”

肖雅洁淡淡开口：“你到底察觉到了什么？”

李唯西走回来，目光灼灼地看着她：“那要看你还对我们隐瞒了什么。”

肖雅洁微微一惊，她此刻有些不敢正视李唯西的目光。只是室内雨落不停，李唯西迟迟不动，竟是一直等着她继续开口。

肖雅洁知道他窥破了自己的心思，半晌道：“这道门四十分钟后会打开，但是如果没有通过游戏，即便时间到了，我们也出不去。”

李唯西浅浅皱眉：“越往里走，打开门的时间就会越长？”

肖雅洁：“是。需要通关，还需要时间，缺一不可。”

宋摘星再次看向室内，脸色不好：“我们到底在这里要做什么才能出去？”

“时间。”李唯西伸手，雨滴落在掌心，“整座建筑最大的困难就是时间问题，那么多节点需要通过，稍有不慎，我们就会被困在里面活活饿死。”

肖雅洁张了张嘴，却什么都没说。而现在的李唯西正在想出去的办法，没有察觉到肖雅洁的神情。

“我刚才看到几个圆盘上画着的图案，似乎是夏至时节的映照。”

宋摘星：“图案上有什么？”

“鹿、蝉、青蛙还有草。”

宋摘星有点迷糊，她大概明白那些图案意味着什么：“夏至分为三候，一候鹿角解，二候蝉始鸣，三候半夏生。”

李唯西站在原地一时想不通如此设计的原因，恰好这时建筑内部的启动声再次响起。

轰隆隆的声音慢慢驶过，宋摘星快速上前去推那道门，只是丝毫不动。这验证了肖雅洁的说法，如果没有通关游戏，即便时间到了他们也只会困在这里，像游戏失败了一样，他们必须重新开始，重来一次。

李唯西看了看手表，八点四十分。室内安静了很久，几个人都不知道夏至这一关到底如何做才能将门打开。

建筑上空的时钟再次敲响，当当的声音清脆刺耳，直敲满九下才停止。每当整点来临，建筑内的时钟就会敲响，以此警告游戏者时间的重要。

如果再想不出破解的办法，下一个四十分钟之后，他们仍旧会被困在这里。

这时宋摘星若有所思道："夏至时节是如此特别，通关方法会不会和它本身的特点有关系。"

李唯西眸光一亮，似乎得到启发："现在是晚上九点整。"

肖雅洁看着他："你想到了什么？"

雨仍在下，李唯西唇角上扬，他此时忽然明白了室内摆放这一切的目的。原来通关的办法早已告诉了他们，只是他们没有察觉到而已。

"阿星说得没错，夏至昼长夜短，是一年中正午太阳高度最高的一天。这应该是夏至最大的特点。"李唯西极认真地看着她们，"我们要回到中午十二点。"

肖雅洁皱眉："一直等到明天中午？"

"不。"李唯西斩钉截铁地否定道，"那样太久了，时间是我们最大的障碍，我们要在九点二十分就通过这个房间。"

"怎么做？"

李唯西："时间倒流。"

肖雅洁嗤之以鼻，似乎在听他说一个笑话。

宋摘星却盯着圆盘上十二个分裂的图块慢慢道："视觉暂留。"

李唯西知道宋摘星也想到这一层："没错，虽然时间不能倒流，但是心理学上有视觉暂留这一现象。当车子行驶过快时，你会发现车轮在往后退。风扇也有这种现象，在一定频率下，扇叶会在人的眼中往后旋转。"

肖雅洁怔在原地，李唯西补充道："人眼在观察景物时，光信号传入大脑神经，需经过一段短暂的时间，光的作用结束后，视觉形象并不立即消失，人眼仍能继续保留其影像0.1～0.4秒左右的图像。”

宋摘星明白了他的意图，她看着墙根下的一排灯光道：“那是频闪灯。”

李唯西上前将频闪灯全部打开，看着天空落下的雨滴：“室内没有气流，降雨器将雨水均匀落下，只要两次灯光照到同样的地方都有一颗雨滴，那么视觉系统就会做出误判，认为雨滴始终悬停在半空。”

宋摘星靠近他，试图帮他一起调节频闪灯，李唯西转而看着她道：“你还有更重要的事情要做。”

“什么？”

“转动圆盘。”李唯西一面盯着室内一面道，“圆盘转动起来后，十二块图形会连在一起形成一个完整的动态图案。”

宋摘星站起身，知道他的意思，点头道：“就像走马灯。当灯开始旋转时，上面的每一帧图画动作都会连接起来，每个角度都可以看到马奔跑的连续动作。”

李唯西：“走马灯正是利用人的视觉暂留现象发明的。”

宋摘星立刻向圆盘跑去。

与此同时李唯西在想一个问题，因为涉及心理学，他猜想这个房间是否由肖雅洁参与设计。只是现在不是问问题的时候，他连忙道：“当我调节频闪灯时，你一一转动所有圆盘。”

宋摘星应下：“好。”

肖雅洁站在原地，看着他们互相配合而无动于衷。室内一时安静至极，直到李唯西将频闪灯的频率调节成与水滴速度相同、宋摘星将所有圆盘启动后，奇迹便在那一瞬间出现了。

圆盘连续旋转，中心发出音波，他们每个人都惊在原地。只见空中雨滴先静止不动，紧接着向上回溯，一道又一道极速向空中奔涌而去。时间仿佛在向上而去的水滴中跟着倒流，让人置身虚幻，感受河流延伸，时空倒悬。荷叶依旧存着雨珠，在一颗又一颗悬浮雨滴中间，白色墙壁上缓缓出现绽开的绿色花蕊，张着圆鼓鼓的眼睛一蹦一跳的青蛙，麋鹿的角渐渐生长，接着在夏至时节脱落，随着圆盘的转动循环往复。而夏蝉也渐渐展开翅膀鼓翼而鸣，接着收起翅膀缩成一团，半夏草在同一时间肆意生长，绿色的根茎葳蕤蔓延，接着在圆盘的转动中慢慢变成嫩芽重回地面。

似乎一年又一年的时光就在圆盘转动中倏忽而过。夏木阴阴，落花淡淡，藤萝垂蔓，白墙转绿，雨水滴沥如檐露，一切都美得如幻象、如琉璃。

时间倒流，夏至在晚上九点之后变成了中午的样子。雨滴还在向上回溯，宋摘星惊在原地说不出话，她有一瞬间甚至可以想象到造物者对人类的温柔。

就在这时，建筑再次发出低沉的嗡鸣声，大门缓缓打开。

李唯西牵着宋摘星的手迈向了下一个房间，肖雅洁紧跟而来。

大门关闭时，李唯西与宋摘星收住脚步，还未说话已再次被眼前的一切惊呆。

“这里是芒种节气？”宋摘星看向李唯西，“我们在往前走。”

天空已经风和日丽，带着初春时节的明媚与干爽。“芒种”地面被分成许多条横竖线，有的横线只有一半便断掉，有的横线则是好几条上下连在一起，而竖线则分布均匀，如五线谱一样横陈其中。只是横竖线当中夹杂着许多黑色的球不断滚动，就像种子散在大地上。

黑球有大有小，挤在横竖线中间挡住了一部分去路。他们不敢妄动，只怕黑色的球有什么问题。

肖雅洁站在两人身侧道：“沿着横线向前走，要通过这些密密麻麻的黑球才能到达大门。只是不能碰到任何一个球，否则它们会立刻爆炸。”

宋摘星皱眉：“太多了，稍有不慎就会被这些滚动的黑球碰到。”

李唯西大概看明白这个游戏的玩法，就像走迷宫，绕过黑球还要找到正确的路才能到达终点。只不过黑球不是静止的，即便沿着横竖线向前走，也很难在四十分钟内到达另一端。

正如之前预测的一样，时间才是这个建筑给他们的最大阻碍。

宋摘星在想怎样才能过得去，正顺着黑球的轨迹思考，李唯西忽然出声：“我想我们没必要过去。”

连肖雅洁都是一愣。

李唯西看着肖雅洁：“夏至节气的游戏设计，你有参与对不对？”

肖雅洁脸色立时煞白，久久没有说话。

李唯西不急于听她的答案，接着说道：“你暗算林雨泽让他中枪，又带着我们进入这个建筑，就是为了告诉周鸣山你和他才是一伙的。你要投诚，要将我们置于死地，你才有回到他身边的机会。”

肖雅洁目光冷冷地看着他。

然而李唯西的下一句话却让她身受重击。

“周鸣山不会救你，他只会看着你死，因为你现在毫无利用价值。”

“我有！”

她乍然出声，却被李唯西猛地堵了回去。

“时越吗？你已经将他献出去了，他不再属于你。”

肖雅洁趔趄一步，她没想到李唯西竟然将她的处境分析得如此透彻。

“周鸣山不会再用一个废人，更何况他救了你，还要给你分钱，你觉得他会这么做吗？”李唯西再次出声，直接将她的心理防线击溃，“你杀林雨泽也好，困住我们也好，都不会让周鸣山动容，他已经得到了想要的一切。而你现在唯一的出路就是帮助我们找到周鸣山，否则你必死无疑。”

肖雅洁目光闪烁，她颓坍在墙壁处，呼吸愈来愈急促。

宋摘星看着她的样子，心知她还有很多事情瞒着他们。她一直在向周鸣山表现她的忠心，只是事到如今她也不得不相信，周鸣山根本没有要救她的意思，否则她不可能到现在还与他们在一起。

肖雅洁冷笑两声，带着极力的隐忍和克制：“我绝不会放过他。”

李唯西出声淡淡：“那也要先找到他，才能如你的愿。”

肖雅洁深呼一口气，重新支起身子道：“我们要在12点之前到达中心，否则就会被困到下一个午夜12点。时钟刚刚敲响了九下，是对我们的提醒。整个游戏都有时间规则，当时钟敲响十二下的时候，我们必须要到达核心，否则所有游戏都会重来一次，直到我们死在这里。”

宋摘星像被人兜头浇了一盆凉水：“你为什么不早说。”

肖雅洁垂眸：“我本没想让你们活着出去。”

李唯西看着她，语气冷漠：“刚刚外围弯道每隔十分钟打开一次门，二十四节气每隔四十分钟打开一次，里面需要多久才能打开一次？”

“十分钟，二十分钟，四十分钟，一个小时还有两个小时。”肖雅洁声音低落，“越往里走，打开门的时间就需要越久。”

宋摘星倒抽一口凉气：“单二十四节气走完就需要将近一天，更何况里面还有十二地支和十二星座。”

如果没有快速通过游戏的办法，他们想要到达中心位置，起码要三天以上。而那时几个人精疲力竭，就算走到了也根本不是周鸣山的对手。

李唯西扬眸看了看四周，猜测道："这座建筑由内外几个套环组成，我们刚刚站在最外面的圆环，本该走完四象进入五行，五行之后进入二十四节气，但是整点的时候连通内外圆环的竖向通道会打开，所以我们直接到达了二十四节气。"

肖雅洁脸色一片惨白，她没想到短短几个小时李唯西竟然将这里窥探得如此细致。她道："白虎、朱雀、青龙、玄武的分界线恰好贯穿春分、夏至、秋分与冬至。只有找到对应的通道，才能在整点的时候一路前行。但是过了二十四节气，我们必须进入十二地支内的子时，从子时进入十二星座，再到核心才能找到高台。"

"这是游戏规则？"

肖雅洁颤抖着身子，心知陪着他们走到核心区域十分艰难："当时给我的设计图只建到子时区域，我猜那里一定可以通往核心。"

李唯西看出她的恐惧，这恰恰说明她做出了与他们共进退的决定。她知道这座建筑内的游戏都十分危险，如果没有成功通关，他们会被困在这里成为活死人也未可知。

"你参与了多少关的设计？"李唯西问道。

"夏至是二十四节气中最早被确定的一个节气，所以我才参与了心理学的设计。与其相反的冬至则正好与夏至对应，只要掐算好时间就会很容易通过。紧挨着夏至的芒种时节的'爆炸黑球'和小暑时节的'织云捕风'我也只是看到过一部分模型，并没有参与。"

宋摘星一听到那些词语就脚下发软，不知道这座建筑到底暗藏多少嗜血的游戏。

李唯西想到刚刚走过来的通道，问道："连通内外圆环的竖向通道有几条？"

"四条，上下两条，左右两条。从核心出发连接夏至、冬至、春分、秋分四个节气一路到达最外面的圆环。"

李唯西明悟："所以我们刚刚可以从白虎越过五行直接走到夏至，竖向通道可以减少我们通关的时间。"

肖雅洁：“没错，但也需要正好的时间通道才会打开。”

刚刚肖雅洁带着他们进入竖向通道的时间是八点整，李唯西道：“竖向通道只有在整点的时候才会打开？”

肖雅洁看着李唯西，想了许久：“半点的时候或许可以一试。”

李唯西：“为什么这么说？”

肖雅洁：“我们进入建筑的时间是七点半，当时就是走的竖向通道，所以我猜想或许半点的时候连接里外圆环的通道也会打开。”

李唯西看了看时间，如今肖雅洁已经将自己知道的事情全部说了出来，他在思考怎样才能在最短的时间内到达十二地支的子时。

“我们九点二十分进来，四十分钟后就是十点，届时竖向通道会打开，我现在还有最后一个问题。”李唯西抬头，“我们不过芒种这关，还能回到夏至那关吗？”

肖雅洁点头：“通关的房间只要时间一到就可以回去，但是如果你不过芒种这关，往前走就不可能了。”

李唯西沉吟：“子时对应的节气是立春到雨水，而我们如果沿着芒种向前走，还要走6个节气才能到，时间太久了。”

宋摘星细算，且不说每关都要等待四十分钟，如果其间的游戏没有在四十分钟内通过，则需要耗费更多的时间。她觉得心惊，这样一座怪物似的建筑不仅可以杀人，还能使人彻底发疯，变成时间的奴隶，变成一个彻头彻尾的恶魔。

当当当的时钟再次敲响，是十点的钟鸣声。宋摘星懵怔时，李唯西随即牵着她的手反身推门，大喊道：“我们回到白虎区。”

几个人立刻沿着竖向通道返回到四象中的白虎，天空再次云影徘徊、广阔无尘。

李唯西向她们解释：“这座建筑里外有五个圆环，最里面是十二星座，第二环是十二地支，第三环是二十四节气，第四环是五行，第五环也就是最外面的一环是四象。越往外圆环越大。我们站在最外侧，四象就将二十四节气全部覆盖。所以只要我们走到青龙区，再沿着竖向通道一路向里，经过冬至和丑时，便可进入子时了。”

宋摘星恍然大悟：“越向外走，反而包含了更多的节气和地支。竖向通道会让我们快速接近我们想去的关卡，这样原本需要耗费很久才能到的子时就近在咫尺了。”

肖雅洁半扬唇角，她惊叹李唯西的聪颖，在了解游戏规则之后竟在如此短的时间内找到了一条最便捷的路。如今几人退到白虎，经过朱雀到达青龙也就二十分钟，十点半时青龙通向玄武区的门会打开，同时竖向通道也会畅通无阻，正好是进入十二地支的最佳时机。

说话间地心再次有声音传来，李唯西上前将门推开，几人进入朱雀。其间谁也没有说话，目光静穆。再十分钟后，几个人踏入青龙区，脚下一条青龙乘风摆尾，而天空也变得浩瀚高远，东方越来越亮，蓝白分明，鸾飞而上，大如垂天之云，照耀着他们所有人。

宋摘星被眼前的一切惊住，只觉得此景美得让人心醉。创造这座建筑的人，内心该装着怎样的波澜壮阔、星辰大海。

转瞬间建筑内的大门再次启动，李唯西立刻握住她的手腕，与肖雅洁对视一眼，随即跑向竖向通道。

一旦整点过去，竖向通道就会关闭，他们要在一分钟之内通过冬至到达丑时，现在必须争分夺秒。几个人顺着通道一路跑到冬至一关。打开门的一刹那，只见漫天飘雪，地面已被几丈厚的白雪覆盖，白茫茫的什么都看不见。

然而李唯西比宋摘星更快地发现白雪上面的东西，如果不细看，所有人都会以为地面上是皑皑白雪，但其实表面一层全部都是白色的虫子，它们与白雪混为一体，几乎肉眼瞧见的地方，全部都是大片大片的蚜虫窝在雪里。

李唯西脸色大变，他放眼望去，虫子长着细小的绒毛，弯曲着身子一动不动，整个关卡、整片地面、整层白雪，全部爬满了白色蚜虫。

他知道这关危险重重，却无法将真相说出口。头顶时钟发出如冰碎一般的声响，李唯西一边带着宋摘星急速奔跑，一边转移话题道：“冬至是北半球白昼时间最短的一天，现在正好是晚上，我们只需要踏过雪地推开对面的大门即可。”

几人在雪地上大跑，肖雅洁勉力跟上李唯西的脚步：“南北门通往二十四节气，东西门通往五行与十二地支，我们只要打开东侧门，便可以直接进入丑时了。”

时间已经过了四十多秒，他们要在十几秒内通过冬至时节。

而此时宋摘星被拉得太急，忽地滑了一跤。厚厚的雪深陷一块，宋摘星跌摔在地时忽然看见雪地底下藏着几具骸骨，还没回过神，她继而发现膝盖处沾染的根本不是白雪，全部都是密密麻麻的蚜虫。她的脸色登时惨白，头皮像炸开一样大叫一声，跌在地上再也没有力气爬起来。李唯西自然也发现雪下的骨头与虫蚁，只是不容细想，连忙打横抱起宋摘星，一路向右侧门跑去。

几人开门快速进入竖向通道。他们一路向里跑，在十点三十分的最后一秒，肖雅洁将竖向通道的大门打开，几人大汗淋漓，终于进入丑时房间。

而丑时关卡更加诡异，一头泥塑的青牛昂首站在中心，两只后蹄撑在地上，身子直立而起，左前蹄半扬在空中，右前蹄则踏在一堆石头上。堆起来的石头约有一米高，看着并不稳固，似乎随时都有歪倒的可能。房间很暗，只有一支蜡烛恰好放在青牛的右前蹄上，寂寂地燃着火苗。

以青牛为中心，地面被分成一圈又一圈，全部沾满了黑色的液体，散发着沤渍的味道。几个人站在最外围，脚下已沾满了黑色的汁液，李唯西缓缓放下宋摘星，将她膝盖处的虫子打落，白色毛虫落进黑汁中瞬间消失。他半蹲下来拿食指蘸了一点液体闻了闻，脸色大变。

“是煤油。”

肖雅洁瘫在墙壁上，瞠目结舌：“万一蜡烛落下来，我们会被活活烧死。”

李唯西起身时目光半眯，示意她们不要动，只怕不稳固的石头歪下来时将蜡烛带到地上，几人会瞬间葬身火海。

而宋摘星还在想着冬至那关的骸骨，脸色没有恢复。她抬头望着李唯西，泪水盈眸：“刚刚那些……是人的骨头。”

李唯西扬手拂去她的眼泪，呼吸清浅：“我们要在一分钟之内通过二十四节气进入十二地支，最快的方法就是通过冬至。一是春分与秋分的游戏关卡我们不熟，难以在一分钟之内就能通过游戏。二是冬至与夏至对应，夏至是时间倒流，冬至时间则刚好合适，我赌冬至一关无须我们做什么。但是当冬至一关打开时我便意识到，那一关给我们设置的难度是心理上的难度。”

宋摘星垂眸，一切都被覆盖在皑皑白雪之下，如果不管不顾冲过去确实是最好的过关办法，但是大多数人看见了虫蚁，看见了骸骨，就很难穿过去了。

肖雅洁适时出声：“那么多关卡中，冬至是死人最多的一关。”

宋摘星皱眉：“所以你刚刚一直没有说冬至里面到底有什么。”

肖雅洁看着她："白雪内什么都有，只消看见一样就会立刻害怕踏进去。很多人只能停在原地一动不敢动，最后温度骤降，被活活冻死。"

宋摘星想到那么大的空间，倘若没有停在原地，走到一半不敢再走，也会即刻被冰雪下的虫子咬伤致死。如果李唯西没有抱起她，或许她也倒在雪地里了。度过冬至的唯一办法就是想象里面什么都没有，快速跑过才可活命，可大多数人根本不敢这样做。

李唯西握住她的掌心，给她温暖："你还记得格式塔心理学中，考夫卡讲的故事吗？"

宋摘星长睫微闪，碎碎念道："一个大雪纷飞的冬夜，平原被冰雪所覆盖，径途难辨。一人飞骑而过，到达一间旅店被店主人问道：'你从哪里来的？'那人直指来处。店主人惊愕万分，告诉他刚刚飞骑渡过了康斯坦茨湖，那人听完就死了。"

李唯西："一个人顺利走过了平地，却被人告知他刚刚骑过的是一片薄冰，薄冰下面是最大的边境湖。虽然他平安到达了旅店，却在得知真相的一刹那被活活吓死了。"

宋摘星想想还在后怕："恐惧才是杀死那些人的罪魁祸首。"

几人说话间，蜡烛已经燃了一半多。整个房间又暗又静，煤油的气味不断充斥着脑仁，连呼吸都艰难起来。

连肖雅洁都不知道这关到底如何才能通过，如今只能期冀李唯西想到破解的办法。

只是李唯西平静地站在门边，什么都没有说，也什么都没有做。头顶当当当的声音再次传来，时钟敲响十一声，阴森森的寒气扑来，像一只无形的利爪穿过钢板牢牢地捏住他们，提醒他们所有人都将死在这里。

肖雅洁窥了一眼他的手表："已经十一点了，这个房间一个小时打开一次门，如果没有通过，则需要再过一个小时。"

宋摘星抬头，看见头顶天花板也是一片黑暗，心头一凛。他们十点三十一分到达"丑时"这一关，如果十一点三十一分没有通过的话，他们在今晚无论如何也到达不了核心区域。而下一次去往中心的时间，还需要二十四小时。

然而就在此时，牛眼忽然睁开，在黑暗中发出凛人的光。几个人皆吓了一跳，肖雅洁大骇出声："那头牛是活的！"

紧接着，牛蹄上的蜡烛开始摇动，有一滴蜡滴到石堆上，险险就要引起一场大火。

刚刚室内太过黑暗，几个人都没有注意那头青牛，乍一看到它睁眼都吓得心惊胆战。宋摘星努力去看牛的样子，只模糊看到它身体直立，一动不动，只有一双眼睛穿过黑夜发出摄人心魄的光。

肖雅洁已经对接下来的游戏一无所知，她面色发白，声音寂寂："如果……牛蹄上的蜡烛跌落下来，我们几个会被……活活烧死。"

宋摘星不敢细想，如今几个人都站在原地一动不动，只怕惊吓到站在中心的那头牛。时间一分一秒过去，没有人知道这一关该如何通过，又害怕随意走动使牛身倾斜，整个房间会瞬间变成一片火海。

黑暗中牛眼圆睁，一瞬不瞬地看着他们。空气似乎凝滞，一片死寂。

肖雅洁仰头，整座建筑远远出乎自己的意料，她担心今晚他们根本走不到核心了。

然而此时李唯西忽然出声，浅浅道："刚刚冬至那一关，人会被冻死。"

肖雅洁侧眸看他："是。"

宋摘星乍然明白过来："温度。"

李唯西与她对视，目光温柔："你也想到了是不是。"

宋摘星经他提醒，想了想道："夏至那一关，其实通关的条件早就告诉了我们，我想这一关也是一样。或许当蜡烛燃尽时才是我们被困死在这里的时刻，只要蜡烛没有熄灭，我们就还有机会。"

肖雅洁眉心一皱："你是说，要让煤油燃烧？"

李唯西抬头，企图在墙壁上捕捉到一些实物，只是室内太过黑暗，他看了许久也没有找到。他低眸看了看时间，还有两分钟就是十一点半。

"我猜房间里一定有温度感应器，只有这些煤油燃烧起来达到一定温度，大门才会打开。而我们所要做的，就是在时间恰好时点燃房间，趁机逃出去。"

肖雅洁有些担心："如果错过了大门打开的时间，我们会被烧死在这儿。"

李唯西额头冒了些冷汗，关乎性命，稍有差错就会功亏一篑。只是如今不得不赌，一旦蜡烛熄灭，他们也一样会被困死在这里，再也没有机会。

宋摘星已经做好与李唯西同进退的决定，肖雅洁微微一笑，就在十一点三十分到来之际，她脱下一只鞋子，猛地向青牛蹄下的石头扔去。

“命悬一线，我赌能赢！”

她话音未落，石头已尽数坍塌，牛蹄垂下，而蹄上的蜡烛瞬间跌落在地。大火先在最内一环燃烧，火星四溅，紧接着将第二圈和第三圈的煤油一起点燃。火光冲天，室内一时大亮，几人这才看到青牛的真实样子。青牛确实是泥塑而成，牛眼则暗通机关，一定时间后石片落下，眼睛睁开，再一段时间后石片转动，眼睛闭上。刚刚眼睛一动不动地盯着他们，正是时间到了。

倘若有人心理素质不过关，早就吓得瘫在这儿，只等蜡烛燃尽，这间房子便成了活死人墓。建造这座建筑的人，其心不可谓不毒。

大火映得几人面颊发烫，几人绕着最外面的圆圈到达大门处，宋摘星被呛得头昏脑涨，李唯西长指碰触墙壁，发现墙壁也开始发红，知道自己猜对了。墙壁是由特殊材料制作而成，一旦达到预设温度，大门便会自动打开。

时间指向十一点三十一分。

火势蔓延到脚下，岌岌可危之时地心再次有声音传来，李唯西忍痛将门打开，几人迅速逃进“子时”。冲天之火被紧紧关在门外，燃烧的毕剥声却仍能听得清。宋摘星觉得这一切都太诡异了，冰火两重天，几个人的体力已经在通关中被耗去大半。而此时，“子时”的房间更加安静得可怕。

宋摘星不断咳嗽，脸上已染了一些灰烬。李唯西扬手为她抹去，宋摘星感受到他温热的手指摩擦自己的肌肤，知道他刚刚触摸墙壁受了伤，心尖微动，看着他道：“我们终于到了。”

子时房间空空如也，只有一根立在边缘一米高的圆粗柱子，钢柱顶端平铺一块电子面板。李唯西走过去，看见平板上面一片蓝光，似乎还未启动。此时天光大盛，几人不约而同抬头，看见天空已经被星河包围。紫蓝色的银河系万星璀璨，二十八星宿按照自己的轨迹运行，白色光点莹莹闪烁，青龙、白虎、朱雀、玄武的纹路在星河下若隐若现，而星辰各自游动，毫无章法，似乎一切都在混沌未启之中。

肖雅洁嗅到一丝危险的气息，忽听建筑内隐隐传来咔咔的声音。李唯西眉心紧皱，他顺着电子平板向下看，这才看到柱子侧面有十几个凹槽，凹槽有各种不同的形状，像各类机关一样。

就在此时，一只硕鼠从墙壁钻出来，钢铸的硕鼠个头细长，牙齿尖利，在极短的时间破壁而出，紧接着缩了回去。而牛头紧接着从墙壁中生长出来，双目圆瞪，牛角冲天。机栝声不断传来，牛头缩回墙壁，猝不及防时，李唯西身后墙壁上突地伸出来半个虎身，直接将李唯西撞倒。宋摘星赶紧扶他起来，此时墙壁中十二生肖此起彼伏地出现，又紧接着消失。就在狗尾巴缩回墙壁，而猪的獠牙从墙壁中探出来时，李唯西忽然明白这到底是怎么一回事。

他大喊道："阿星，你去平板前守着。"

宋摘星赶紧跑到墙边，看着闪着蓝光的电子屏幕一时不知道做什么。

建筑内的机栝不停运转，硕鼠再次从墙壁中出现，伸出来半个脑袋。李唯西趁机扬手，手指直接穿过硕鼠尖利的牙齿。牙齿折断，白皙的手背呲地划了一道血痕，鲜血汩汩流出，李唯西将手拔出来时，手心赫然握着一块老鼠形状的钢片。

他隔空丢给宋摘星，道："柱子一侧有老鼠形状的凹槽，把它插进去。"

宋摘星一接到钢片随即照做，当钢片丝毫不差地嵌进柱子内时，只见电子平板上的一角缓缓亮起。屏幕上同时出现了二十八星宿的轨迹，白色的星点随意飘动，与天空中的星辰位置完全一样。

星辰游动，李唯西站在墙壁前对她道："二十八星宿对应十二生肖，你将屏幕上的星辰拉到它们本应在的位置。"

刚刚硕鼠的钢片已经开启了屏幕一角，宋摘星果然看见上面的星辰都标着蝇头小字，玄武的头也慢慢出现。三条弧线同时展露出来，分别是四象、十二地支与二十八星宿的轨迹云图。

宋摘星猜到此处正好显示四象当中的玄武一区，抬头看天空，只见头顶天花板的云图也变成与电子屏幕一样，浩瀚无垠的星空闪闪烁烁，神秘而安静。

李唯西从龙尾中得到龙形钢片，隔空丢给她，一面去取盘曲蛇颈处的钢片，一面与她喊道："丑时对应玄武区，相配二十八宿中的斗、牛两宿。"

宋摘星连忙手触屏幕，将标着小字的斗、牛两颗星子拉到玄武附近的两个白点上，同时将丑时图块移到玄武之内。移动完毕后，天空微亮，空中云图已经与屏幕中一样。

她紧接着将龙形钢片插进去，屏幕再次显露一隅，李唯西紧接着说道："辰时对应青龙区，相配二十八宿中的角、亢两宿。"

宋摘星紧接着点中屏幕中的角、亢两颗星，将它们拉到该去的位置。此时肖雅洁帮助李唯西从猴子身上得到了猴形钢片，随即插到柱子一侧内的凹槽中。宋摘星便在李唯西一声又一声的提示中将电子屏幕上的星子一一摆好。

四象已经全部出来，而上面配着的二十八个星宿已归位一半。

龙头再次伸出来时，李唯西一脚登上龙头，随即倾身扬手，将左上方兔子额心处的图形抠出来。只是还未落地，龙头已经缩了回去，他未站稳，紧接着跌摔在地，后背钻心一样地疼。

肖雅洁也在对付墙壁内出来的各种动物，左臂已经受伤，她费劲地从狗的耳朵里拿出图形，转瞬便捂着伤口将其插到柱子的凹槽内。

宋摘星还在不停地移动星子，她要将二十八星宿全部摆好。李唯西从地上爬起已是大汗淋漓，只是喘息之间，他再次被伸出的牛角顶撞到，牙齿间喷出一团血迹。

他睫毛半垂，白皙的面容已狼狈无比。从牛角中取得钢片后，右膝紧接着被虎爪刮开一道血口，浓艳刺目。

星子太多，宋摘星来不及抬头，李唯西屏住呼吸强撑道："亥时相配室、壁两宿；未时配为井、鬼两宿；卯时配氐、房、心三宿……"

肖雅洁已经没了力气，跌在墙根一动不动，脸上尽是血痕。当李唯西从鸡冠内取出最后一块钢片图形时，他似乎也被抽干了力气，膝盖一弯倒地不起。汗水直灌到脖颈，与血迹一起将整个上衣浸湿，须臾后他咬牙起身到屏幕前，勉力将鸡的图形插到凹槽内。柱子变得整整齐齐时，头顶已星斗垂空，长河灿烂，而宋摘星仍在做最后的排列，额头渗出大粒大粒的汗珠。

就在此时，天似漏了一角，莹莹星光一路向下，直冲宋摘星而来。天空与室内同时变暗，万星闪耀在宋摘星周围，她的头发乌黑，唇色明润，眼眸晶亮，手指不断点着屏幕，漏下的天光与人合为一体，在黑夜中绝美耀眼。

室内的一切声响全部停止，宋摘星将屏幕上的星子全部排列整齐后，发现屏幕淡淡隐去，转而变成了一幅游戏画面。画面是最早版本的游戏中出现的方格，白色的方格背景中，几个细小的黑色方格被染成一个小男孩，他坐在天台上，抬头看着漫天星辰。

搭扣在屏幕一侧的指尖微微颤抖，宋摘星吸了一口气，看着粗糙模糊的屏幕心口猛跳。她想起她与时越见的最后一面，时越说他总抬头看天空中的星辰，每次看时都能想到她。当一颗恒星死了，要穿过几十亿光年的时光才能到达这里，看见星辰就像穿越了时间一样，倘若，他比李唯西先遇到她就好了。

她在纵横星子面前扑簌簌地落泪，哭得压抑隐忍。她知道这是时越留给她的。那个小男孩是时越，而这一关，是时越专门为她准备的。柱子一侧的李唯西也想到了这一点，他什么都没说，只静静地看着她，目光温柔如水。

星光一直没有散去，环绕在她的周身，照耀着她的样子。天空之上，大鸟奔腾，一碧万顷，皓月千里，横无际涯，仿若天地都因她而存在，璀璨深邃。

十二点的钟声响起，子时通往水瓶座的弧形大门缓缓打开。

一片冰湖出现在几人面前，当当的钟声提醒着每一个人，核心之门已全然打开。

子时正好对应水瓶座，李唯西就在大门旁边，支撑起身子踏入十二星座一关。薄冰下湖水安静，李唯西只迈了一步，冰面就细细裂出几条皱痕。李唯西看到水瓶座房间极小，而正中心的门在钟声鸣响时开始缓缓闭合，他们要在一分钟之内进入门内，还要度过这极不安全的冰湖，时间紧迫。

宋摘星将眼泪擦干。肖雅洁支撑起身子，与宋摘星一起同时踏入水瓶座。幸好这一关没有多余的障碍，肖雅洁疾步上前，看到李唯西已接近核心，脸色大变。脚下薄冰发出细碎的声响，跟在最后面的宋摘星不敢贸然上前，只能一步步试探着往前走。

冰面裂纹更多，就在所有人都小心翼翼前进时，只见肖雅洁骤然后退，紧接着一脚发力，冰面顷刻之间层层裂开。

肖雅洁一脚踩下去没有将冰面彻底踩碎，却引来了李唯西的注目。李唯西赶紧回头，生怕站在裂纹中心的宋摘星掉下去。说时迟那时快，肖雅洁眸光紧紧盯住她，愧疚又决绝地大喊一声："宋摘星，我必须赢！"

话音未落，李唯西像是被人摄去心魂，感到身体被一种力量所操控，一瞬间完全无法动弹。而肖雅洁紧接着再下一脚，冰面登时漏了一个大洞，后面的宋摘星躲闪不及，直直陷进湖中。须臾之间，回过神来的李唯西大惊失色，扑上前一手勾住宋摘星的胳膊。冰面的裂纹越来越多，洞口延展，李唯西伏在冰面，身下的细冰一块一块向湖心掉落。李唯西本想直接将她从水中救出，不料湖中竟出现一只大瓶将宋摘星卡住。

与此同时，肖雅洁越过李唯西快速上前，挨着冰面一步步向核心之门靠近。

水中的宋摘星感受到身下有巨大的吸力，这才明白水瓶座中“隐形的水瓶”竟然暗藏在冰下。李唯西额头冷汗涔涔，单单捞住宋摘星已是不易。眼看肖雅洁马上就要进入核心之门，宋摘星用尽全身力气，反手握住李唯西的腕子，脚下发力堪堪躲过水瓶的吸流。岸上的李唯西瞅准时机立刻将她捞出来，冰水从身上倾泻到地面，两人大口喘着气，面色惨白。

钟声长鸣，一分钟的时间即刻就要过去。宋摘星看到大门已关闭一半，而肖雅洁已一脚踩入门内。她赶紧拉着李唯西起身，咬着牙以极快的速度向门内奔跑。就在肖雅洁全然进入核心，而大门只剩一条缝隙时，李唯西忽然喊住了宋摘星，声音高昂穿透檐顶，两人乍然顿在原地。

核心之门关闭，水瓶座内冷气扑来。

宋摘星不明白，刚才明明还有机会通过，李唯西怎么忽然让她停下。钟声消失，万籁寂静，宋摘星的头发上不断滴下冰水，李唯西扬手为她抚去额前的水珠，极轻极柔。

就在此时，门内忽然传来一声惨叫，声音凄厉异常，之后再无声响。宋摘星浑身一抖，心口突突直跳，刚刚是肖雅洁的惨叫声，难道她在里面出了事？！

李唯西淡淡出声：“她死了。”

宋摘星不可思议地看着他：“核心之门不是安全之门吗？”

李唯西长睫半垂，就在刚刚两人接近门口时他忽然喊住她，就是意识到或许这个游戏从一开始就是陷阱。

“周鸣山给肖雅洁游戏设计图，是为了让她知道时越已经在他手中，以此要挟她不要供出自己。设计图上的每一个信息都告诉肖雅洁时间的重要性，告诉她从子时通过后便可前往核心之门，告诉她十二点是整座建筑唯一通往生路的时间，我相信肖雅洁没有骗我们，她对这一点深信不疑。”他顿了顿，接着道，“然而周鸣山是怎样的人，他又怎么会如此开诚布公地告诉肖雅洁所有真相。”

“你是说，周鸣山在撒谎？他一步步引着肖雅洁前往核心，是为了杀她？”

“或者说，他一步步引着肖雅洁带着我们前往核心。”李唯西抬头，看着圆形的屋顶感叹道，“如果你站在上面看着底下的我们拼死闯过一关又一关，你会有怎样的感想？”

宋摘星呼吸渐缓：“上帝视角之下，我们都不过是蝼蚁，难逃他的掌心。”

李唯西看着她：“地面是一圈又一圈的游戏，一环又一环的机关，当我们从最外面一步一步向里靠近，直至走入中心时，恰好进入了周鸣山的靶心。”

“从高处看这个建筑确实更像箭靶。”宋摘星冷汗直冒，“刚才如果不是肖雅洁推我一把，急着自己进去，现在死掉的就是我们三个了。”

“周鸣山生性多疑，报复心重，控制欲强，追求完美，他之所以选择在中心杀死我们，不过是为了成全他自己的欲望。”

“可是，他又怎么会如此笃定肖雅洁会钻进他的圈套？”宋摘星想到肖雅洁那样自信的神情，身上一阵冷寒。

“肖雅洁玩了一辈子心理暗示，到头来却被一个外行算计了一回。”李唯西声音很淡，听不出多余的情绪，“现在如果我让你不要去想瀑布这个词，你脑子里会出现什么。”

“瀑布。”宋摘星张了张口，霎时明白过来，刚刚他说的瀑布是最经典的心理暗示，“肖雅洁太想赢了，太想拿到属于她自己的那一部分，到头来聪明反被聪明误。”

李唯西转头看着近在咫尺的核心大门，亦是唏嘘。宋摘星想到刚刚他还与她们一起走过冰面，却在一瞬间察觉到整个游戏的可疑之处，皱眉道：“你什么时候开始怀疑这是个陷阱的？”

“子时大门打开，冰面上什么都没有，我就在想我们没从子时得到任何有用的线索。如果肖雅洁没有执意要来子时的话，我们本可利用竖向通道直达核心。”李唯西眸光变暗，“所以当时我就怀疑周鸣山给肖雅洁的设计图有诈，他在引诱肖雅洁上钩。”

宋摘星庆幸他在那么危急的时刻还能保持清醒，细致洞见如他，即便天资聪颖的肖雅洁也远远不及。

李唯西抬头望着高高的天空道：“我们不能在下面待着了，这座建筑那么高，上面一定有东西。”

冰面还在破裂，宋摘星半弓着身子伏在冰面上，靠近水瓶座的大门推了推毫无反应：“核心高台是假的，我们又该怎么上去呢？”

李唯西也半蹲下来，两人隔着茫茫冰面，如钟表刻盘上的指针。他猜测道："核心即是靶心，我想周鸣山不会把通关之路建在这儿。我们要回到子时，肖雅洁当时没有看错，子时才是最重要的一关。"

宋摘星仍有些不明白，李唯西抬头看着整座建筑，面色微凛："五五分割并不美，最美的是黄金分割。周鸣山那么痛恨正中心，很可能会让设计师将生路安放在十二地支的位置。"

宋摘星想到刚刚在子时的天空和星辰，心中一动："黄金分割具有严格的比例性、艺术性、和谐性，确实更像周鸣山的选择。"

她念及此不觉又皱了眉头，看着身后大片破裂的冰面道："湖中水流湍急，我们没办法过去，无法再打开回去的门了。"

李唯西早就想到这一点，沉吟片刻："我们刚刚通过子时，如果是正常通关，建筑会打开子时向亥时的大门，但是刚才我们直接从子时进入十二星座，开的是那道弧形的门。我猜测一定条件下弧形大门会层层打开，四象通往五行，五行通往十二地支，所有的弧形墙壁其实都暗藏玄机。"

宋摘星难以想象这座建筑到底怎样建造而成，只觉得浑身发麻，无比恐惧。李唯西绕着水瓶座转了一圈，缓缓道："我们从未到达过五行属性中的任何一关，然而五行属性却连通四象和十二地支，如果五行大门打开，我们便得到了通往任意一个地支的捷径。"

宋摘星眸光一亮："子、丑、寅对应五行中的水行，如果我们能到达水行星次，届时弧形通道打开，我们会直接进入子时。"

"没错。"李唯西看了看时间，立刻寻找水瓶座一关中的按钮，他猜想这里一定有什么通道是他们所有人都没有察觉到的。

宋摘星直起身子，越看天空越觉得高远，整座建筑如此空荡，确实格外诡异。她慢慢走到核心之门的位置，紧闭的钢门如一头冰冷的兽。她心中一惊，立刻转回头来："水流！吸力！巨大的水瓶！"

李唯西被她一提醒，立刻心领神会："向下走，地下有通道可以直通五行！"

宋摘星泪盈于睫，她笃定刚刚在水中的吸力是从地下而来。巨大的通道会吸着他们进入地宫，直接到达五行一关。

两人顷刻走到冰湖旁边，身后裂纹层层荡开，发出细密咔嚓的声响。李唯西牵起她的手，四目相对，连一呼一吸都如此温柔。

冰水表面平静，实则暗流汹涌，两人却毫不犹豫投身跳了下去。刚入冰水时，下面水流极是湍急，两人一前一后，宋摘星险些跟不住。李唯西反身揽住她的腰身，顺着冰湖一路向下，直到水流变小，通道变宽，黑暗中两人从水中游出，拾级而上。十二星座越来越远，他们一步步走入五行之内。

两人将冰水余珠抖落，沿着通道一路前行，直到走到尽头，再无出路。李唯西长指抚上墙壁，在漆黑的通道摸到开关，大门打开时，水行星次一关赫然出现在两人面前。只见弯道比四象弯道略窄，而头顶天空昏暗无比，一切都在尚明未明、尚暗未暗之中。两人驻足在黑暗通道内没有急于进入，而是观看这一关的动静。

每隔90秒，水行星次的地面都会变换一种颜色，依次是青色、红色、黄色、白色和黑色，而在这90秒内，室内隐隐有地心启动之声，似乎是其他游戏关卡的机栝声隔着墙壁传进来。

宋摘星奇怪时间为什么是90秒，李唯西道："黄道十二宫以春分为起点，黄经每过30度为一宫，水行星次覆盖十二地支中的子、丑、寅三关，正好90度，我猜时间与度数相关。"

这座建筑看似古怪，其实所有关卡都设计得恰到好处。只要摸清变化规律，就等同于拿到一把打开建筑的钥匙。宋摘星想到那些玩游戏的孩子心尖一寒，倘若这种游戏投放出去，不知要害得多少人家破人亡。

室内颜色还在不断变换，宋摘星疑惑该如何通过这一关打开子时的大门。李唯西也在原地等了许久，忽然察觉到对面墙壁上隐隐出现一些花纹，他眉心舒展："机栝在对面的墙壁上。"

宋摘星懵怔时，李唯西转眸看她："五行中木属青色，火属红色，土属黄色，金属白色，水属黑色，刚刚室内变黑时我看到墙壁上出现一些纹路，我想通过那些纹路可以破解机关。"

"你的意思是说，我们身在水行，只有在室内变成黑色的时候才是安全的时候？"宋摘星担心他，"只有90秒的时间，如果破解不了会很危险。"

"你在这儿等我，我打开门后你再跟过来。"

宋摘星摇头，语气很是坚决："我和你一起去。"

室内颜色已经换成白色，90秒之后就是破解关卡的时间。李唯西面色微澜，最终答应她。他想到刚刚肖雅洁喊她名字的时候自己就像被人控制了一般，这种感觉出现了不止一次，让他暗暗担心。这座建筑诡异又特别，他不敢想象后面还会发生什么事情。对面墙壁上的符号若隐若现，他趁机仔细辨别，发现上面大约是五个奇怪的圆球，不知到底隐喻着什么。

当室内变成黑色时，李唯西紧接着拉住宋摘星的手大步向对面墙壁跑去。借着微暗的光，两人快速来到墙壁前，发现壁面竟然有前后两层。在暗室内，墙壁由天空投影变成电子界面，前一层安然放着五个白色的圆球，只是每个圆球都有一个类似三角形的缺口，不知道是何用意。而后一层只隐约看见一些黑色的东西，隔着一层壁面很是模糊，判断不出到底是什么。

两人同时一惊，短短90秒内要破解两个关卡，难度不言而喻。

宋摘星紧紧盯着时间，害怕黑色一旦变换成其他颜色，整个室内就不安全。李唯西眉头紧皱，抬头看了看天空，发现天空中并没有出现变化，可见机关就在墙壁上。他长指轻触屏面，每点到一个圆球时会出现一个数字，左边是圆球数字是19，中间的是1，右边两个则是0.5和2，还有一个圆球怎么点都没有数字出现，十分奇怪。

时间过去30秒，李唯西细细看几个圆球的外观，颜色一致，形状一致，每一个都有相同的三角缺口，除了数字不同外没有区别。天空昏暗无比，似有暴风雨将要来临，李唯西点着几个圆球，发现它们都可以在壁面上自由移动，忽然意识到该如何破局。

“五行相生相克，将五个球放到相应的位置，壁面就会打开。”李唯西一面说一面将数字为19的球放到左下的位置，并将三角缺口对向中心道，“你还记得凯尼泽三角形吗？”

宋摘星恍然：“三个圆球将三角缺口一齐对准中心，就会出现一个三角形。但这个三角形是不存在的，只是我们主观想象出的轮廓。”她终于明白这五个圆球的缺口意味着什么，接着道：“主观轮廓是在一定感觉信息的基础上进行知觉假设，进而在视觉中枢形成的轮廓。”

缺口的连线能摆成五角形，而五行的相生相克恰恰也是五角形。

“只是，”宋摘星不明白数字的意思，“你怎么分辨这几个球代表金、木、水、火、土中的哪个？”

说话间李唯西就差最后一个球摆上去，他道：“五个球只有四个有数字，我就在想这个数字或许与体积有关。金的密度恰好是19g/cm^3，而水的密度则是1g/cm^3，木的密度为0.5g/cm^3，火没有密度，所以最后一个球无论怎么样碰触都无法显示数字，但排除法足以让我们完成这一关。”

宋摘星明悟：“原来这些数字是游戏中的提示，游戏设计得真是完美。”

根据五行的位置，最上面的球是木，中间分别是水、火，下面两个则是金和土。当李唯西将它们的缺口同时对向中心时，让人恍惚看到一个五角形正好嵌在几个球中间。一道幽蓝色的光沿着五角形在几个圆球中穿梭，所有圆球被点亮的一瞬，壁面缓缓打开。

第二道壁面上只简单放了几个黑色模块，什么提示都没有，连李唯西一时都不知如何下手。

宋摘星看了一眼时间，还有35秒就要变换颜色。李唯西知道此时如果顺时针方向推水行一关的大门，他们会立刻逃离这里进入木行一关，但这样他们就会错过进入子时的机会。他稳了稳心神，触碰黑色模块，黑色模块形状都不规则，凸凹不一，一时难以辨别其中含义。时间一分一秒过去，无论他怎么摆，黑色模块都拼不成一个完整的东西，让他一时如芒在背，冷汗涔涔。

站在一侧的宋摘星见他样子知道他被卡住，她看着黑色的模型，又想到刚刚过的那关，电光石火间忽然明白过来。

她眸光一亮：“心理学！所有游戏都是和心理学有关系。”

她伸手碰触黑色模块，急速对他道：“刚刚的主观轮廓就是用了视觉错觉与知觉假设，明明没有五角形，人脑却能在缺口里构筑出五角形的边界。这关也是一样，心理学常见的花瓶错觉、不可能图形都是在利用人的视觉错觉。两个人脸摆在一起，可以从中看到一只花瓶，那么这几个模型根本不用拼在一起，只需要摆出正确的顺序，一定能拼出一个东西。”

李唯西长眉微展，立刻与她一起摆弄模型。就在此时室内颜色大变，原本的黑色荡然无存，从上到下已全然换成青色。同一时间，从四周墙根处不断涌出绿色汁液，散发着浓重的让人作呕的气味，一点一点向他们蔓延而来。

即便宋摘星说出思路，一时想要摆好这些黑色模型也需要时间。宋摘星看见从绿色汁液中钻出无数虫子，牙齿锋利，足有百节，密密麻麻贴地涌来，一时头皮发麻不知如何是好。绿色汁液有毒，而毒虫则在汁液中产卵，数量极速增倍，眼看离他们越来越近，墙壁却一直没有打开。

一侧的李唯西临危不惧，反而更加镇定，一手牵住宋摘星，一手在屏幕上极速点动，片刻已将前几个模型排好。

巨大的虫子已经来到脚下，宋摘星面色发白，心下一狠疾步踩死几只，虫子体内的黑色汁液溅在四周，发出更加难闻的味道。后面更多更密的虫子如潮水一般铺天盖地而来，绿色黏稠的汁液越涌越多，流动时掺杂着怪异的声响，似要瞬间将人吞没。宋摘星咬紧嘴唇，不断往李唯西身边靠。就在此时，最后一块模型摆在了正确的位置，幽蓝色的光在模型之间的空隙内穿梭，一个单词从中脱颖而出。

李唯西迅疾地将宋摘星拉到身后，紧接着灭掉几只毒虫。此时凸凹不平的模型组成了一个“Live”，壁面缓缓打开，墙壁之后即是子时，两人携手大跑。

绿色汁液越淌越多，李唯西带着宋摘星逃出时，两人脚下已经沾了浓浓一层。巨型虫子挨挨挤挤、密密麻麻的钻出，跟着他们进入子时一关。李唯西与宋摘星发现子时地面已经出现了太极两仪的图案，倘若之前没有急着进入水瓶座，或许他们早就从这里逃出去了。

噬人的毒虫与毒汁越涌越多，两人来不及细想，一人站在黑色图案中，一人站在白色图案中。当宋摘星的脚落在白色图案中的按钮上时，机栝的启动声再次传来。

只见太极图拔地而起，如登天之梯带着两人一路向上。一根巨大的圆柱托起了太极图上的他们，地下毒虫泛滥，汁液蔓延，再与他们无关。身后背景匆匆闪过，李唯西从上方看着下面的图景，从春分到冬至的所有关卡慢慢映入眼帘。而宋摘星抬头看着整片圆形的天空布景，暗夜星辰再次出现，千枝娇蕊在月下绽开，数万只萤火在天之涯闪闪烁烁，群鹤长鸣于空，霭霭红尘皆在眼前。她忽然有些理解周鸣山，倘若天空真的可以当作屏幕，让世人看到一辈子从不曾看到的风景，又该是如何的神醉心怡。

圆柱托着太极盘将两人送达天边，此处正好挨着圆顶侧壁，待机括之声停止，宋摘星走近李唯西。他们二人身后即是一道门，只需按对密码就可以将门打开。只是宋摘星不知这密码从哪里来，皱眉看向李唯西。

他似乎看出她的疑惑，浅浅道：“刚刚的Live是周鸣山最大的心结。”

话音未歇，他在密码锁上按下这个英文词，紧接着嵌在墙壁中的大门打开。宋摘星看了看李唯西，什么都没说，跟着他入门向里走去。

门内弯道很是陡峭，他们进入墙壁之中，沿着狭窄的通道七拐八拐，绕了很长一圈。李唯西看到墙壁之间有数个小洞，只是里面太过黑暗，不知洞中是否有其他东西。

等两人从墙壁中再次出来时，只见一方透明玻璃横跨在整个地宫之上。此处离地面几十米高，向下俯视便会看到刚刚走过来的每一关，就在此时宋摘星大叫一声，李唯西寻着她的目光望去，看到中心之门内横陈一台巨大的绞肉机，恰是肖雅洁进入的地方。此时绞肉机旁边鲜血满地，支离破碎，极为可怖。他单手捂住宋摘星的眼睛，温凉的掌心让宋摘星感到一丝安稳，呼吸终于放缓下来。

透明台子与地宫一样大，冰冷得看不到边际。中央摆着一张桌子，宋摘星再次睁开眼睛时，看到时越站在桌子旁边。如今两人格外狼狈，李唯西上半身满是血痕，似乎这一夜走过的所有关卡都体现在那些鲜血之上。时越一直在等着他们，眼睛如冰水一样清凉澄澈。

李唯西握住宋摘星的手，慢慢向时越靠近。

四周静下来，有一瞬间宋摘星根本不想与时越对视。她看到桌子上摆着三杯清水，眉心轻皱。

偌大的玻璃台明净空荡，时越看着他们，声音清脆如瓷盏落地：“很高兴能再次见到你们。”

李唯西长睫垂下暗影：“周鸣山在哪？”

然而时越似没有听到一般，接着道：“这里有三杯液体，一杯醋，一杯水，一杯稀酒精。三杯液体中只有一杯掺有剧毒。”

李唯西看着三个一模一样的杯子，眼神静默。时越浅浅笑起：“你选一杯喝下去，如果还能活着，我即刻带你去见周鸣山。”

宋摘星大惊，连忙阻止：“不要。”即便只有三分之一的概率，可一旦选中有毒的那杯就会立刻毙命，她绝不会让他犯险。

时越静静地看着他们，选择权只在李唯西手中。如今走到这一步，如果放弃了，那么之前做的一切都没有了意义。

李唯西拳头紧紧攥起，半晌看向时越道：“这就是你作为心理师最后的招数？”

时越眸光微暗，他有些遗憾：“给肖雅洁的设计图就是最终的设计图，我期望她能从中看出端倪，可惜了。”

宋摘星紧抿唇角，她想到子时那关从天而降的星辉确实是他有意安排。即便有周鸣山胁迫，时越也早已将答案告诉他们，只是肖雅洁没能察觉到而已。

时越的声音再度传来。

他看着李唯西道：“倘若肖雅洁没有那么多欲望，她也不会死。如今你走出地宫已将我与段长惟打败，接下来你的生死仅由天定了。”

李唯西靠近桌沿，缓缓拿起中间的杯子。宋摘星连连摇头，她不愿意让李唯西冒任何险。

李唯西轻柔地看着宋摘星，四目相对，她即刻明白他的心意。她绝望地抽回手，知道如今再说什么都已无济于事。他选择走下去，选择与上天争那一份运气，没有人阻止得了。

李唯西顷刻将杯中液体全部饮下，只觉得喉中一片辛辣。他将杯子重新放回桌角，手心忽然不稳，杯子随即跌落在地。就在此时，时越直视李唯西的眼睛，启齿喊道：“摘！星！”

声音未落，时越紧接着在空中打了一个极为清脆的响指。时间似乎静止，宋摘星定定地看着李唯西，只见他就像被人操控了一样，身体紧绷，目光呆滞，神思游离，而后重重倒在地上。

空旷的玻璃台发出“咚”的闷响。

“唯西！唯西！”宋摘星大惊失色，跌在地上喊他，却发现他已经被深度催眠，完全喊不醒。破碎的玻璃杯就在身旁，宋摘星手指打战，摸着杯中倾洒出来的液体哽咽道：“杯子里有镇静剂对不对，你放着这三杯液体，不过是对他进行心理暗示。里面没有毒，而你却轻轻松松控制住了我们。”

宋摘星看着紧紧闭着眼睛的李唯西，心痛如绞。她站起身，泪光盈盈地向时越嘶吼：“你为什么要这么做！你为什么要帮周鸣山！”

声音充满怨怼和委屈，眼泪顺着面颊流到唇角，将干涸的血迹再次洇湿。她和李唯西一路走到现在，却怎么也没有想到会这样败给他们。

时越浅浅看着她并未说话，桃花眸中隐着一丝不忍。

“抱歉。”他淡淡开口，长睫微垂。

“哈哈哈哈哈。”

笑声大起，周鸣山缓缓从侧门中走出来，一缕白发直挺挺地竖在额前。

他没有拄拐杖，似乎已不再需要那个东西，心灵上重新有了支撑。如今他一身骄傲，看着倒在地上的李唯西笑道："再聪明的狐狸，也逃不过猎人的手掌心。"

此时近在咫尺的天空已是云烟浩渺，鸦青色山峦隐在雾中，一头巨鲸在空中游来游去，发出低沉的嘶鸣。巨鲸之大盖过宋摘星的身子，她立在暗影中，瞳孔极速颤动。

她看到林帆和林莞被吊在巨鲸尾巴上，从圆顶上倒垂下来。他们两人嘴里塞着布，只能发出咿呀的呻吟声。林莞双手反绑，脑袋冲地，头发上染着血，极其狼狈极其无助。她倒看着宋摘星，眼泪簌簌而落。

宋摘星走近周鸣山，大声质问道："你到底想干什么？"

"还不明显吗？"周鸣山展开双臂，眉毛上扬，向宋摘星展示着他的心血，"无论你在高山还是平原，无论你身处城市还是山区，无论你在国内还是国外，只要抬头看看天空，你就能看到你穷尽一生也无法到达的地方。你可以在沙漠中看珠穆朗玛峰上的雪，在尼罗河看拉斯维加斯的闪电，在峡谷中看天地翻覆，在群山中看江河无穷。你看这奇幻世间浪漫婀娜，人这一辈子还能有什么遗憾！"

他状态癫狂，声音高昂，说起这些滔滔不绝。宋摘星看着他的样子心中一寒："你疯了。"

"我没疯！疯的是你们！"周鸣山逼近她，目露凶光，"今天要不是你们搅和，所有人都会看到这个实验基地，他们会为此惊叹，惊叹我是一个多么伟大的梦想家！只要将游戏投放出去，我会赚你几辈子都花不完的钱！"

"天空岂由你操控？"宋摘星毫不畏惧，迎上他的目光，"你不是疯，你是坏！拿着别人的命不当命，你的成功，是踩着多少人的鲜血走过来的！"

她的手腕忽然被周鸣山紧紧攥住，她嘤咛一声，却接着扬声道："你残害了那么多孩子，警察绝不会放过你！"

"哈哈哈哈哈。"周鸣山再次大笑，"先想想你自己的死活吧。"

他说话的时候，时越全程未动，眸光清冷地站在桌前。周鸣山放下宋摘星，眼神示意门后的人进来。一名保镖随即上前将遥控器交到他手上，转身出去时与时越对视一眼，目光犀利清冽。时越浅浅垂眸，脸上全无表情。

周鸣山斜睨躺在地上的李唯西，可惜道："不能让你亲眼看到林莞和林帆的死，实在遗憾。”

宋摘星咬牙：“你不许伤害他们！”

然而她话还没说完，周鸣山紧接着扬手，将遥控器高高举起，笑意沉沉：“他们死了，接着就是你和李唯西！”

“不要，不要……”宋摘星摇头，疾步冲上前想阻止周鸣山。林帆与林莞虽被倒吊着，此时也拼命挣扎。天空变成血红色，闪电劈开鲸尾，上千道细碎的光似要将两人撕裂。

遥控器直接操控机关，只要按下红色按钮，林帆与林莞会立刻坠下深渊。绳索纤细，林莞呼吸急促，一滴眼泪垂下几十米的地面，落到正中心一团血肉之内。林莞哭得浑身发颤，而林帆似乎遭受过毒打，此时已经没了多少力气，只恹恹地随着绳索摇晃，喊不出半个字。

宋摘星扑向周鸣山，却没有拦住周鸣山按下按钮。张狂的笑声回荡在四周，他要亲眼看着两个林家出来的人死在自己面前。

粗重的手指触上红色按钮，下一秒之后，玻璃台上的一切都静止了。

“怎么会！”

周鸣山看着毫无动静的林帆和林莞立时僵住。他再次按动红色按钮，只是任他怎么操纵，头顶悬着的两人都没有任何下坠的迹象。

宋摘星跌在周鸣山脚下，她屏息看着周鸣山，呼吸渐缓。

就在这时，一记响指再次出现，紧接着传来一声极其平静也极其清冷的声音。

“多行不义必自毙。”

周鸣山转头，不可思议地看着从地上爬起来的李唯西。他瞳孔大张，惊讶道：“你不是……被催眠了吗……”

时越从桌前抽身，率先将宋摘星扶起来。冰凉的手心触摸到她的指尖，宋摘星浑身轻颤。她泪眼迷蒙地看着时越，紧接着破涕而笑。刚刚李唯西倒下时她就在猜测时越的目的，如果真想要两人的命，三杯水中都掺杂毒液就行了，没必要施用催眠多此一举。所以当周鸣山出来时，她并没有急于质问时越，反而主动吸引周鸣山的注意，大声谴责他的劣行。她想后面的计划一定还与时越有关，她要等。

当时越走上前时，宋摘星终于印证了自己的想法，时越根本没有投靠周鸣山，他还是自己认识的那个拥有纯澈初心的朋友。她的眼泪越流越多，手指搭在他的掌心中，这是她感到最温暖的一次。

她由时越扶着站起身，与他站在一起。两人什么都没有说，却已知晓彼此心意。这一刻时越等了许久许久，他浅浅而笑，如浩荡春山缱绻潋滟。

刚刚镇静剂的作用还没有完全消失，李唯西单手扶着桌角撑住身子，温柔地看着宋摘星。在周鸣山惊讶之时，他缓缓道："时越早就将你的计划告诉了我，他要协助我救下被你囚禁的孩子，所以才跟着你来到了芝加哥。"

周鸣山额头隆起，他恶狠狠地看向时越："你逼疯了高璨妈妈！你也一样有罪！"

时越扬眸："她早就痊愈了。"

周鸣山没想到他竟留了后招，脸色大变。记忆回溯，李唯西当日对高璨妈妈做了效度分析，就已经知道她在装病，所以云月华一直觉得她的病情奇怪，只是没有想到她与高璨一起欺骗自己。当李唯西查到高璨妈妈痊愈时，高璨才将真相告诉他。

肖雅洁命时越将高璨妈妈逼疯，时越不忍，并没有用Zersetzung手段残害她，而是做了心理暗示和催眠。所以当肖雅洁入狱后，时越亲自将高璨妈妈唤醒，为了瞒过周鸣山才不得已让她继续装疯。当李唯西发现真相前去与他对峙时，时越告知他周鸣山建造了一座实验基地，他不知道在哪，也不知道如何营救那些孩子，所以他必须取得周鸣山的信任才能见机行事。

而就在那一天，时越给李唯西输入了催眠指令"摘星"二字，他要利用这一招在关键时刻给周鸣山致命一击。

如今，时越做到了。

他淡淡开口，声音仍是清冷："那些孩子被你从各地搜来，利用他们没有父母疏于管教，让他们参与非法游戏。逃跑的孩子多数都死了，仅剩的几个逃走的孩子也早已被肖雅洁的心理暗示和恐吓吓得惶惶不安，不敢报警。除此之外你还买卖器官、黑市洗钱、幽禁精神病患者，你害死了那么多人，我不可能帮你作孽。"

"愚蠢至极！"周鸣山愤愤大骂，声音决绝恶毒。他怒指着林帆和林莞，咬牙切齿，"你参与建造这座建筑，参与绑架这两个人，参与肖雅洁的心理设计，我那么欣赏你，明明可以走得更远，你为什么回头！"

他的表情因为愤怒变得残暴狰狞，额前的白发跟着摇动。他恨时越背叛自己，他们联手明明可以置李唯西于死地！

然而时越的回答却像一把利剑直直插进他的心口。

“小时候我以为我比其他人都惨，肖雅洁将我养大，我本该报恩，帮她做她喜欢的事情。可我遇到了李唯西，遇到了摘星，我便知道这个世界上还有人过着比我更孤独、更惨烈的人生。他们没有退缩，虽然命运没有饶过他们，但他们同样痛击命运，活得潇洒乐观，用自己的故事帮助和警醒更多的人。我从来没有背叛谁，我只是因为他们，重新变成了我自己。”

周鸣山沉默在原地，双目浑浊。他只觉得时越无比可笑，这才想到李唯西能在美国这么快地找到自己，原是他在不断泄露自己的行踪。他缓缓抬头看着这座巨大的地宫，唏嘘自己的心血造就了如此瑰丽、如此壮观的景致，他哀叹道：“既然你选择加入他们，那就和他们一起死吧。”

周鸣山将手中的遥控器丢掉，一手将林莞的绳子拉到身前。林莞呜咽大叫，双目惊恐地看着他们。

李唯西上前：“你要做什么！”

周鸣山从腰间抽出一把小刀，笑道：“你醒了，就能看着她死。”

林莞挣扎，却逃不过周鸣山的手掌。宋摘星大惊，只要匕首将绳索割断，林莞会立刻掉下去摔成肉酱。

李唯西没料到周鸣山还有防备，眼看他要割断绳索，他迅疾上前乍然出声：“你为什么非要杀死他们！”

周鸣山的刀停在半空，斜斜看他：“林家的人都要陪葬。”

“你的儿子死了，所以你要杀死林家的孩子？”李唯西盯着他，字字珠玑，“建筑内的密码是Live，你最大的心愿就是让你的儿子活着！但是他死了，你就算杀死林帆和林莞，你的儿子也不会活过来。”

“你闭嘴！”周鸣山嚼穿龈血，对他提到的人恨之入骨，“如果当初林雨泽没有派我到外地，我的儿子就不会死！他在九岁生日那天病死了，我连他的最后一面都没见到！而你看看林家的孩子，哪个不是活得得意风光，凭什么他们就能其乐融融，而我就必须失去我的儿子！”

“你建造这个怪物，害死别人的孩子怎么算？”宋摘星站在时越旁边骤然出声。

周鸣山冷哼一声："我儿子最喜欢游戏，能让那些孩子参与这些游戏，是他们的福气。"

李唯西看锋利的匕首已接近绳子边缘，眉心紧蹙："你选择和林雨泽共事，就一定会承担相应的代价。你儿子的死，是你一手造成的。"

"你胡说！是他！是他害死了我儿子！"

"如果你没有贪图利益，没有和他沆瀣一气，你又怎么会见不到你儿子？"李唯西步步紧逼，眸间生辉，"你口口声声说自己恨林雨泽，其实是恨你自己。你恨你的懦弱，恨你时时刻刻听林雨泽的话，不敢违背他分毫。是你的软弱害死了你的儿子，让他没有得到及时的救治。"

"我……我没有！"

"你的儿子一定对你十分失望。"李唯西再上前一步，"你如此自私，把愤怒全部转移到林雨泽身上，丝毫不怪你自己。你口口声声爱你儿子，却在他最需要你的时候为了所谓的钱离开他的身边。周鸣山，别再为你的爱找任何借口，你最爱的人是你自己。"

"胡说，胡说！一派胡言！"

周鸣山被彻底激怒，他没有继续和李唯西争辩，直接冲向林莞。就在刀子挥在半空中的一刹，已经离他不到一米的李唯西纵身一跃，左臂瞬时被刀口划了一道。鲜血浸染刀尖之时，他将周鸣山撞倒。匕首甩出玻璃台向下坠去，周鸣山怒极，大声呼喊保镖，却迟迟没有人进来。

他这才明白，时越已经彻底将他控制，他身边的人竟然全部背叛了自己。

"该死！你们全都该死！"周鸣山感到一股凉意从脚底直蹿头顶，让他绝望。

宋摘星连忙将李唯西扶起来，心疼地看着伤口。李唯西捂着左臂看着周鸣山，只怕他再有其他的举动。就在这时，头顶的天花板忽然没了任何景色，幽蓝的屏幕传来孩子的笑声，紧接着出现一段周鸣山儿子小时候的视频。

时越早在来芝加哥之前就取得了这段视频，他希望孩子的画面可以让周鸣山回心转意，少杀一些人。

戴着帽子的小男孩奔跑在公园里，阳光透过树梢洒下铜钱大小的光斑。男孩笑容甜甜，声音软糯，不停地喊着"爸爸"。周鸣山双腿一软，眼泪直接滚落下来。

他声音嘶哑，含着哭腔：“我儿子最爱笑了，如果没死，现在也该娶妻生子了。我一直拿长惟当儿子看，我知道他要杀林莞，我没有阻止他，因为我想让林家的人全部给我儿子陪葬！我这辈子最后悔的一件事，就是和林雨泽合伙做生意。”

室内安静下来，周鸣山知道自己已是瓮中之鳖，不觉苦笑。他慢慢走到玻璃台一侧，指尖颤抖地触摸着墙壁，泪汪汪地再次看着这座建筑，“要那么多钱有什么用，如果我的儿子能回来，我会一直陪着他。”

时越将林帆与林莞放下来，两人已经没了任何力气，倒在台子上不停地喘息。林莞看着李唯西与宋摘星，眼泪滑落，干裂的唇角半张着，十分虚弱地说了声“谢谢”。她彻底放下了对李唯西的爱，她深知自己难以匹配李唯西，他那么高，那么远，最适合他的人是如他一样明媚的宋摘星。

时越看着周鸣山道：“孩子们都转移到了安全的地方，他们通关的技能和经验不再是你的资本，放弃吧。”

“从进入这座建筑时起，我就再也没有回头的机会了。”周鸣山阴毒地回头，斜倚在墙边。他的眼泪已经干涸，一双目冷如幽潭：“我出不去了，你们也休想出去。”

话音方歇，周鸣山将墙角处的盖子打开，一道手闸赫然出现在几人面前。

周鸣山的目光紧紧攥着他们几人，笑意阴冷：“墙壁内埋满了炸药，只要我拉下手闸，所有炸药都会引爆。”

他再次哈哈大笑，声音凄凉无奈。从时越背叛他的一刻起，从那么多保镖呼唤不来的一刻起，从自己的儿子出现在头顶天空的一刻起，他就知道自己彻底失败了。他败得一塌糊涂，前功尽弃，最终要走向和林雨泽一样的结局。

笑声寒冽刺耳，还未等几人说话，瞬息之间手闸已落，周鸣山大喊道：“那就让你们给我陪葬！”

几人大惊，连一侧的时越都紧紧皱眉，他没料到周鸣山会将这里彻底毁掉，毕竟这是他所有心血铸就而成。李唯西想到刚刚穿过墙壁时的那些洞，才意识到原来那里藏满了炸药。

手闸落下的一瞬间，只听地面轰隆一声炸出一道火花。周鸣山最后看了他们一眼，紧接着从玻璃台跳下。身影如梭，他的笑声一直没有停止，直到越过几十米的高台跌摔在地，与炸药一齐炸开。

炸药一路向上，四周墙壁纷纷坍塌。几人大惊，时越连忙与李唯西一起抱起林帆与林莞转向身后。

“有一条捷径通往江口，跟着我走。”

时越出声时连脚下的玻璃台都被炸开了裂痕，宋摘星与李唯西紧跟着时越后退，头顶天空屏幕炸开无数碎片，纷纷坠落，所有关卡、所有机栝、所有壁面瞬间湮没在火海之中。

建筑摇摇欲坠，即便身处暗道也能感受到墙壁间传来的震感。宋摘星脚下不稳险些摔倒，李唯西紧接着扶住她，带着她继续向前走。保镖接了林莞，李唯西终于腾出手牵住宋摘星，他的手心温热，让宋摘星贪恋。

然而就在时越转弯时，暗道乍然断裂，砖瓦四溅，跟在后面的李唯西与宋摘星猝不及防，直直向下坠去。时越大惊，抱着林帆反身寻找，却被热浪驱到更远的地方。整个建筑发出惊天动地的巨响，时越什么都看不见，保镖催促他立刻离开，而时越却紧紧抓着壁角大喊着宋摘星的名字，迟迟不愿离去。

火光冲天，巨大的地宫浓烟滚滚，热浪奔涌而上，冲击一波接着一波。李唯西与宋摘星落到水瓶座中的冰湖内，顺着河道一路游向前方。破碎的玻璃与建筑残片接连落进冰湖水面，一根接着一根柱子袭来，不断砸在两人周身，冰水中李唯西紧紧揽着宋摘星，从未松开。

大火燃烧了数个小时，巨大的建筑最终化为一片废墟。清晨，直升机盘旋在头顶，消防车与警车错落地停在建筑旁边，林莞与林帆由医护人员扶上担架抬走，Frank指挥警察将孩子们陆陆续续接上车。

晨曦初上，霞光万里，波光粼粼，万物清爽，碎金色的阳光兜头倾洒下来，照耀着远处的江面与近处的人们。时越站在车前，浑身灰扑扑的，眸光黯淡。他冲进建筑内无数次，却一直没有找到李唯西与宋摘星，如今面色不堪，满目悲戚。

孙鸣走过来，为他递了瓶水。幸好1号人物查到了时越发出去的信号，才指引他们前来营救。只是还是晚了一步，等他们营救了老楼内的孩子与精神患者后赶到这儿，这里已经起了大火。

两人各自无话，秋日的风凛冽穿来，树叶哗哗作响。

远处建筑一角，李唯西搀着宋摘星缓缓走来。时越一眼看到他们，疾步上前却又顿住，唇角终于上扬。他单手插兜，斜倚车边浅浅一笑，散逸温柔。

阳光大盛，李唯西浑身狼狈，白皙的面容早已沾染数粒尘灰，然而一双眼睛却清澈如水，唇角笑意明媚如斯，不可方物。宋摘星由他扶着，两人十指相扣，一步步走进阳光中。

感谢我的编辑李梦霁，

以及为此书辛勤付出的所有工作人员。

心理科医生

THE PSYCHOLOGICAL DOCTOR

3

上册

夏至——著

人民交通出版社股份有限公司
北 京

图书在版编目(CIP)数据

心理科医生 / 夏至著. —北京：人民交通出版社股份有限公司，2020.9

ISBN 978-7-114-16512-2

Ⅰ. ①心…　Ⅱ. ①夏…　Ⅲ. ①长篇小说—中国—当代　Ⅳ. ①I247.5

中国版本图书馆CIP数据核字（2020）第072179号

Xinlike Yisheng

书　　名：心理科医生·上册
著 作 者：夏　至
监　　制：邵　江
策　　划：李梦霁
责任编辑：李梦霁
特约编辑：刘楚馨　陈力维　苗　苗
营　　销：吴　迪　赵闻恺
责任校对：孙国靖　魏佳宁
责任印制：刘高彤
出　　版：人民交通出版社股份有限公司
地　　址：（100011）北京市朝阳区安定门外外馆斜街3号
网　　址：http://www.ccpcl.com.cn
销售电话：（010）59636983
总 经 销：北京有容书邦文化传媒有限公司
经　　销：各地新华书店
印　　刷：北京盛通印刷股份有限公司
开　　本：710×1000　1/16
印　　张：41.75
字　　数：800千
版　　次：2020年9月　第1版
印　　次：2020年10月　第2次印刷
书　　号：ISBN 978-7-114-16512-2
定　　价：109.80元

感谢中国人民解放军空军总医院心理科医生侯桂芝老师以及国家二级心理咨询师谭丽的指导和帮助。

感谢国防大学医院心理咨询师胡梅老师，谢谢您为我打开心理学的大门，并让我在这条路上走得更远。

序

王路，知名作家，
新书《韩愈传》
即将上市

心理咨询，打开世界的一扇门

我没有看过心理科。

曾经跟着一位英国老师学口语，有次聊到心理咨询，我问：“你觉得什么样的人需要心理咨询？”

她说：“每个人都需要。”

“那你有去过吗？”

“没有。”

“为什么？”

“太贵了。”

我理解她的意思。我也觉得很多人需要心理咨询。心理咨询，不说像日常的吃饭一样，起码也应该像每周固定的运动一样吧。在这个快节奏、高竞争的环境下，如何保持健康的身体和良好的情绪，对抗工作的压力、突如其来的变故，需要有强大的内心力量。这种内心力量是通过不断地审视内在的自己，与它沟通，增进对它的了解来实现的。心理咨询就是这样一种增进自我了解，与自己、周围人和解的工具。

虽说道理上如此，我还是没有去做过心理咨询。一方面，确实是贵——便宜的当然也有，但恐怕效果得不到保证；另一方面，周围的环境，很多人，都对心理咨询缺乏认知，总觉得是“有心理疾病”或者“精神上不太正常”的人才需要。

夏至这部《心理科医生》，可以作为很好的普及。她是心理学专业出身，又在心理科工作过。她讲述的故事，可以让我们管窥心理工作者是在怎样的环境里工作，每天面对什么样的日常，以及了解到怎样去面对人群中流行的心理症状。

心理咨询只是这部小说的主题之一。故事发生在心理科，同时也牵连着社会上的方方面面。关爱与斗争，交织在一个又一个接踵而至的案例中，让读者目不暇接。之前我对书中的很多故事与场景是隔岸观火、缺乏了解的，通过这部小说，增长了不少见闻和知识面。

此外，书中发生在心理科的恋爱故事，也很甜蜜，足以满足读者们对爱情的憧憬，对现世的慰藉。

目录

第一章　集体自杀

汉州市云密监狱。

朱红色的高墙伫立在层层林木之间，几缕阳光斜斜地打在墙角，泛着一股子发霉的气味。放风区随着一声鸣笛临时关闭，本还熙熙攘攘的地方眨眼只剩下风声。监狱内的大门吱呀一声打开，警员孙鸣将钥匙重新放回腰间，带着李唯西继续往里走。

走廊又深又暗，军用皮鞋踏在地板上发出清脆的回声。从短窗里漏进来的阳光有一瞬间刺痛了李唯西的眼睛，他下意识拿袖子挡了一下，却听见孙鸣喊："灯坏了，有点黑，环境不大好。"

李唯西懒懒出声："既然是审犯人的地方，这种环境无形中也会给他们震慑吧。"

孙鸣笑道："你小子厉害，你们心理咨询师是不是平常就喜欢琢磨别人啊。不瞒你说，几乎所有的犯人都是在这儿招的，独独这个刘庆海，审讯犯人的那一套我们都用尽了，就是不招，不招就没法儿治他罪，可愁死我们了。"

"你们既然找到证据将刘庆海定为杀人犯，为什么他还要死死抵抗？"

"别提了。死者是刘庆海的老婆，现场有他的指纹、脚印，被害者身上还有他的头发，但他就是说想不起来怎么杀的人，拿不到口供，证据链还是不足。"孙鸣叹了口气，停在审讯室的门口，低头看了一眼手表，一本正经地和他说，"老同学，我可是和我们局长打过包票的，今天你必须让这家伙开口。"

李唯西没有说话，眼神示意孙鸣开门。

受孙鸣所托，李唯西早就看过了刘庆海所有的资料，临来之前也专门交代警员替他完成一些事情。二人进来时，刘庆海正靠在桌前，一名警员将三杯液体依次给他："你能分清哪个是醋，哪个是稀酒精，哪个是水吗？"

刘庆海很服从地闻了闻，而后将其中一杯拿起来，沙哑出声："这是醋。挨着你的是水，剩下的一杯是稀酒精。"

警员点了点头，而后将结果拿给李唯西。李唯西看了一眼测试过程，慢慢走到刘庆海面前，将他左手抬起来看，手背处早已红红的一片。老实说，刘庆海长得高高瘦瘦的，比想象中更没有气力，脸上的伤也还未好，带着一层血痂。

"你老婆经常骂你吗？"

刘庆海摇了摇头，但停了几秒后，他又点了点头。

李唯西示意警员将刘庆海带出去，室内只剩下他与孙鸣两个人。高瓦数的白炽灯让他终于看见了孙鸣脖子间的一道疤痕，蓦地想起来上学时孙鸣如何豁出性命保护他。李唯西抬了抬头，声音仍然是懒懒的："刘庆海是个很容易被暗示的人。以他的行为来看，单独杀人很困难。"

"不可能吧？"孙鸣眉心拧成一团，右手不自觉地搭在左手腕上，这是他思考时的一贯动作，"现场也没发现别的东西，再说你怎么看出来他容易被暗示啊？"

李唯西将刚才的测试结果给他看："桌上的三杯液体其实都是清水。警员刚刚在他手背上涂了护手霜，但告诉他这东西会过敏，你看他的手背果然就变得红红的。还有这个0～8分的测试，得的分数越高就代表越容易被暗示。"

"他得几分？"

"8分。"

孙鸣一时被噎住，脑子里翻腾的都是当时在他家里取证的情景。

"你去把刘庆海叫来吧，我来给他做个催眠。"

"催眠？"孙鸣一听又兴奋起来，"催眠需要用什么东西吗？我看电视上都用钟表啊摆锤啊什么的，我给你找个来。"

李唯西摇了摇头，指着天花板上一个黑色的霉点堪堪一笑："它就行。"

汉州京大医院。临床心理科。

简一凡刚从咨询室出来，看见宋摘星赶紧贴上去，一副乖顺萨摩耶的样子。宋摘星拍了拍他肩膀："心情看起来不错呀大公子，相亲有新进展啦？"

"你就笑话我吧，要不是我妈催，我能去相亲？"简一凡贴她更近，求饶似的说，"不过想让你帮我分析分析，那姑娘有没有被本公子的帅气吸引。"

"分开的时候她有回头看你吗？"

"没有。"

"那她就是对你没什么好感。"

简一凡有点吃惊："这么快就宣判死刑啦？"

见他这么不死心，宋摘星叹了口气："你和姑娘用餐愉快吗？"

简一凡很认真地想了想："没什么特别的。吃饭的时候找了个墙角坐，她倒是夸服务员长得帅来着。"

"和你妈报告吧，相亲over。"

简一凡不服气："那正好！我还对她不满意呢。"

宋摘星进入办公室签了到，继续对简一凡道："你说你好歹也是个心理医生，怎么一到相亲就掉链子啊。下次你靠墙角坐，让她坐你对面。墙角的位置面对整个餐厅，人来人往、服务员上菜等都很容易分散注意力。面对墙角，她全程就只能看你一个人，对你的印象会加深。"

"天啊！阿星你真是恋爱高手。"

简一凡笑起来能露八颗牙，宋摘星和他相处几年，每每都觉得这时候的他"狰狞"无比。

"实际上，"宋摘星突然沮丧起来，"今天我又把钥匙落家里了。"

"来，这是开锁公司电话。"简一凡展开手掌，一串电话号码立刻展现在宋摘星眼前，似乎随时在准备应付她这种状况，"我真是好奇一个生活白痴怎么能在心理科这么厉害。"

宋摘星不想跟他争辩，穿上白大褂后转而进入心理测量室。不到上午八点半，测量室门口已经排起了队，从小孩子到中年妇女，从小伙子到老太太，每个人都带着自己的故事来到这儿。心理科每天都见证着整个社会的情感变化，从老爷子的战后创伤、家庭破裂的夫妻关系，到如今上班族的焦虑和频频出现的强迫症，心理医生每天面对形形色色的人，处理各种各样的问题，无一不坚守着对这个行业的热爱，以及坚信因为自己的存在，能让别人过得更好一点。

宋摘星接过文静手里的测量单，看了一眼来访者，开口问："晚上睡眠不好？"

来访者叫王世杰，整个人蔫蔫的，听她这么问，连连叹气："好几天了，自从单位说要提拔个人当领导，我就开始吃不下饭睡不着觉。结果不出所料，一个干得还没我出色的人当了我的头儿，我怎么能咽得下这口气啊！"

宋摘星把测量单子往他手里一放："大叔，你看你测的霍兰德职业倾向问卷和卡氏16种人格因素测验表，都显示你是典型的执行者性格。你平时偏好于具体任务，不善言辞，喜欢独立做事。同时喜欢精确，喜欢逻辑分析和推理，求知欲强，又肯动脑。"宋摘星打量了一下他，接着道，"我猜您是工程师或者分析员吧？"

"哎！神了，这你都能知道？"王世杰瞪大眼睛看着她，一副不可思议的样子，"你前面说的也都对，我确实喜欢一个人做事，不太爱和同事掺在一起。"

"我看您就踏踏实实地当个执行者，自己也开心不是吗？"

王世杰看着手里的测量单，忽然明白过来："你是说就算升我当领导，我也当不好这个官？"

宋摘星点点头："要不您跟我到咨询室，咱俩再聊聊？"

王世杰尴尬地挠了挠头，看着身后一众排队的人，羞涩地笑了笑："算了，也不是什么大病，原先是心里想不通，被你一说我就全明白了。看来领导肯定也知道我的短处，我这一辈子没官运，就是个干活的命。"

简一凡站旁边半天了，听他这么说，忽然笑起来："一般人来这儿都是为了进咨询室，没想到大叔还主动放弃这个机会。其实职业规划这方面你可以多了解了解，也不是什么心理疾病，自己能想通就最好了。"

"大夫说得对。我这辈子啊工作换了不少，也就这十年才真正做了自己喜欢的。今天才知道心理科还能给人做职业规划，受益匪浅啊。"

"心理科是让你更了解自己的地方。"宋摘星笑着附和道。

与二人道了别，王世杰总算舒出来一口气。临走又看了一眼"临床心理科"几个字，觉得比刚来时亲切许多。下了楼，阳光洒在身上暖暖的，一如他现在的心情。

刚送走王世杰，简一凡随即接过来下一个来访者的测量单。来访者是个四十岁出头的中年妇女，在他面前有点紧张："大夫，我十二年没喝过一滴水啦，你说是不是心理有问题？"

"十二年？"宋摘星和简一凡同时吃了一惊。

简一凡有点蒙："那你这十几年是怎么活过来的？喝粥？"

中年妇女摇摇头："不能喝水，一喝水就吐出来，喝粥也不行。我这些年全靠吃水果。"

宋摘星瞧着这个女人皮肤黝黑，气色红润，显得十分健康，想来不喝水对她的伤害已经变得很小了。不过总归是个心理问题，需要好好诊断一下。她正这样想着，忽然看到方琳从办公室里冲出来，对着自己大喊："阿星！有人打电话要自杀！是集体自杀！"

集体自杀？！

宋摘星马上跑起来："立刻做危机干预！保持通话！"

市郊，云密监狱。

审讯室内，李唯西额头上渗出密密的细汗，向睡着的刘庆海做最后的命令："一分钟后我将把你叫醒。现在我从五数到一，当数到一的时候你会完全清醒。五……你开始逐渐清醒了，肌肉变得有弹性和力量。四……你头脑清醒了，你开始清楚地辨别周围的声音。三……你更清醒了，你可以控制你的身体。二……你已经完全清醒。一！醒来吧。"

刘庆海一下子半坐起来，大口大口地喘着气，像刚做完一项剧烈运动，浑身都湿透了。

李唯西站起身来，缓缓走向门口。刚打开门立刻迎来孙鸣关切的询问："怎么样了？都招了吗？"

李唯西目光幽深，寻不见一丝明意："人不是他杀的。案发时他受到强烈的刺激，出现暂时性失忆，所以无法想起来整个过程。真正杀人的，是他哥哥刘福山。"

孙鸣一下子如惊弓之鸟："他哥哥……昨天……昨天还来看过他。"

京大医院心理科。

办公室内，宋摘星正在倾听电话另一端传来的嘶吼声。

“他们都是变态！他们没一个好人！他们都是魔鬼，每天都在折磨着我，他们都是自私鬼，是恶鬼！

“只有我们死了，他们才能罢休，才能放过我们！他们为什么要欺负我，为什么……

“我太累了，真的太累了。只有死了，才能解脱这一切。我不好，我不够优秀，我对不起你们……”

声音开始变低，甚至有些断断续续，宋摘星立刻向对方问道：“我是医生，请你相信我。你哪里疼，能告诉我吗？”

“呵！哈哈哈哈哈……我们就应该死！”

对面传来一串疯狂诡异的笑声，宋摘星听着格外惊心。她预测对面应该是一群中学生，有男有女，是一群马上就要自杀、完全不受掌控的孩子。

“放松，孩子们，放松。我可以帮助你们，喂？喂！”

狂躁、粗野、亢奋的声音不断传来，没有人在听宋摘星的话，情况越发危急。

“我的偶像死了，他就是从楼上跳下去的，我也要和他一样。”

有两秒钟，宋摘星听到冷冷的一句。那个女孩说完再也没有发出声音，直到电话那端传来一片哗然。

她死了……宋摘星拿着电话的手微微一颤。女孩说完后从几十米高的天台一跃而下，跳楼自杀。

宋摘星想象着画面，女孩的血从脑颅中迸溅出来，四肢断裂，骨肉分离，面目全非。传来的哗然声让她快速在脑中分辨，这是在刺激剩下的孩子们选择更快的死亡还是被这场面吓到，有一瞬的犹疑。

“我心口疼……好痛啊，好痛……”另外一个女孩接过了电话，听声音大概十二三岁，说着说着便哭起来。

宋摘星立刻抓住一丝希望，向她喊道：“你心里不舒服对不对，我知道你很难受，但是你看看你自己的手。”

“……手？”顿了几秒，女孩终于回应了。

“对！你看看自己的手指，它在动。你安静一下下，你还能听见自己的呼吸声。你看远处，你看到了什么？”

“山。”

宋摘星立刻在白纸上写下“学校附近、废弃天台、面对山”，而后递给方琳，方琳马上拨通了报警电话。

“你能告诉我你的名字吗？”

“我为什么要看远处？”

女孩身边陆续安静下来，宋摘星猜她已经放了外音，马上进行干预：“我们身体里一共有206块骨骼，其中颅骨29块、躯干骨51块、四肢骨126块。如果你想知道，我能一一给你说出来这206块骨骼的名字。你的头骨、舌骨、尺骨、胫骨，它们造就了现在的你。除此之外，你的身体里有40万亿到60万亿个细胞，还有结缔组织，有毛细血管，有消化系统、循环系统、韧带系统。这些！这些都在为你活着。你伤心它们就会伤心，你难过它们就跟着你难过。对于它们来说，活着就是为了你！”

方琳递过来一个卡片，上面写着“警方出动”。宋摘星点点头，继续道：“我知道你们都是一时冲动，告诉我发生了什么事，我可以帮助你们。”

足有一分钟，对面毫无声响。宋摘星静静地等待，直到一个微弱的声音出现。

“我爸有了新的女人，我妈每天都打我。”

紧接着，其他的声音开始不断地涌过来。

“我……我被班里其他人欺负，他们让我喝尿……”

“我害怕上学，害怕考试，我在学校睡每天都做噩梦。”

“我已经有半年没有睡过觉了，很累，死了就不会累了。”

……

宋摘星听到了警笛声，但离救下他们仍需要一段时间。简一凡递过来一方手帕，她这才意识到自己满头是汗，渐渐放缓语气，开始试图给他们做心理建设。

“这真的让我感到吃惊，也很心疼。我知道你们一定感到很累，很辛苦，是吧？也很委屈，很愤怒，对吧？睡不着是因为焦虑，你可能因此抑郁了一段时间。我是心理医生，我想告诉你的是，心理疾病就像我们会感冒、会打喷嚏一样，每个人都会有。虽然有的人心灵感冒的时间长，但它一定会过去的，只要你肯面对它。请你拿出你所有骨骼、细胞、身体系统的力量与勇气，来面对它。”

宋摘星做了深呼吸，继续说道：“其他人也是，有母亲在，就仍然会得到母爱。现在你的母亲只有你了，你应该陪你母亲一起渡过难关。

“如果有人欺负你，你就告诉老师，告诉父母，告诉你的朋友们，你还可以报警。你要好好锻炼身体，让自己变得强大。你没有错，犯错的是他们。同样的，受到惩罚的应该是他们，而不是你……”

宋摘星就这样一遍一遍地跟电话那端的人沟通，直到自己泪流满面却恍若未觉。她听到了对面的哭泣声，听到了孩子们更多的倾诉，听到了嘈杂的脚步声与老师们关切的声音，终于松了一口气，慢慢地挂上了电话，瘫坐在椅子上。

“你……反移情[①]了？”

简一凡给她倒了杯水，有点担心她。

简一凡比宋摘星早到科室一年，晋升速度却远远比不上宋摘星。宋摘星自从来了心理科，做事干脆利落，对待病人温柔耐心，表面看柔弱无害，内心却热烈张扬。来科里工作几年，一路从测量室问诊转到咨询室咨询，现在已经是汉州医学会精神科分会学术委员、临床心理治疗师、心理科资深专家，名头一大堆，各个都证明着宋摘星的不凡实力。其实说起业务能力，简一凡完全不需要担心宋摘星。只是今天看她格外疲惫，不知道是不是别人的话也刺痛了她，想到一些不好的回忆。

宋摘星拿袖子抹了抹眼睛，沮丧地说：“还是死了一个。”

简一凡仍然心有余悸：“偶像对孩子的影响太大了。你已经尽力了。”

说起这个，宋摘星连忙提醒他：“那些孩子后面都需要做心理疏导，让方琳和警方跟进一下。”

简一凡点点头：“也幸亏是孩子，只要他们父母肯配合，情况应该会好转。”

“但愿吧。”

正值初秋，窗外的云雀盘旋在柳梢上叫个不停，细碎的阳光从枝叶间筛下来，像金子一样随风摇摇晃晃。远处池塘里的荷叶都还没有败下去，仍然郁郁葱葱的。烟岚流翠，四下盛景，有一瞬间宋摘星似乎回到了自己七八岁的时

---

① 反移情指咨询师把对生活中某个重要人物的情感、态度和属性转移到了来访者身上。此处宋摘星在给患者咨询的过程中，也想到了自己不愉快、刺痛自己的事情。

候，那时候她与母亲相依为命，也是一个秋天，她被妈妈送进了心理科。

云密监狱。

孙鸣将李唯西送到大门口，给了他一个大大的拥抱："刘庆海的案子多亏你了，谢了老同学！"

李唯西被突如其来的一抱搞得有点不知所措，懒懒的笑容却仍然挂在脸上："回去给你老婆一个拥抱，她就不会和你离婚了。"

"什么？"孙鸣不可思议地看着他，"你怎么知道她要和我离婚？"

"从我们开始见面，你一共看了十二次时间，但今天你并没有其他事情要做，说明你很在意你的手表。"李唯西看着孙鸣的表情一点点变化，笑容愈深，"表链上的拼音刻字'WNN'应该是你老婆名字的缩写，你手上的戒指和手表有相同的质感，代表这是你们结婚的时候她送你的礼物。你在紧张或者思考的时候会不停摩挲你的手表，说明你潜意识里知道，你快要失去它了。"

孙鸣惊讶了许久，低头又一次看了一眼手表，半晌才苦涩道："娜娜总说我太忙了，没时间陪她。干我们这行的，哪有天天在家闲着的。"

"或许她要的不是时间，而是你对她的关心。"

李唯西拍了拍他肩膀，忽然听到监狱里面警铃大响，不觉皱了皱眉。

"我进去看看，就不多送你了。"

孙鸣急忙往回跑，连道别的话都没来得及说。李唯西微微仰头，再次看了看这方监狱，想起小时候他第一次跟着父亲去监狱里看犯人的情景，眼眶忽地一热——原来都是那么久之前的事了。

风乍起，林木发出哗啦啦的声响。在树木之后，谁也没有察觉到有双阴鸷的眼睛正紧紧盯着监狱前的李唯西，一刻也没有移开过。

心理测量室。下午两点半。

方琳刚从警局回来，就一下子扎进咨询室给不喝水的阿姨做放松治疗去了。主任云月华和副主任吴聪一天都在院里开会，剩下一个孙思睿还请了假，本就人手不够的心理科让简一凡和宋摘星忙得不可开交，连简一凡妈妈的催婚电话都是文静帮忙接的。

测量室迎来一对母子，母亲脸上仍有泪痕，宋摘星刚要去接他们的测量单，不料一下子被简一凡抢过去。

“你今天够累的了，休息休息吧。”

“哎，好闺密啊一凡。”宋摘星不无感激地打趣。

“不过你得答应我，帮我打听打听儿科的护士高璨。”

“怎么？相亲刚失败，就惦记上别的人啦？”

“请你注意一下自己的措辞，我哪里相亲失败了？我是为了破除封建四旧，为了新时代自由婚姻而做的牺牲！”

简一凡拿着测量单就往外走，就怕宋摘星当面骂他脸皮厚。

母亲牵着九岁儿子的手，一见到简一凡就急得不行：“都半个月了，一到周一就肚子疼，在家还好好的，每次送到学校门口就开始难受。汉州大大小小的医院都查遍了，什么毛病都没有，这可怎么办呀医生？”

简一凡认真听完，连忙安抚她：“这个症状我们接待好几起了，确实是心理问题。您先具体和我说一下孩子的情况，正好明天我们要开个讨论会，会后我再和您沟通怎么治疗。”

宋摘星出门的当口正好看见简一凡和那对母子进了咨询室，看来“周一障碍症”已经属于频发症，确实需要引起重视。她想起来这阵子一直在做的课题，应该将这类症状也加进去。

“摘星——”

“哎？”听见有人喊她，甫一应声，便看到高璨带着一对父女走了过来。男人长得五大三粗，嘴里还骂骂咧咧地，吐词极不干净。

“你他妈的才有精神病，凭什么要让我闺女看心理科！你这是在侮辱我闺女，更是在侮辱我！”

高璨径直走到宋摘星身边，冷眼瞧着自己带来的这对父女，无奈道：“你赶紧看看他女儿，身上没有任何问题，但不能上学，不能睡觉，一碰她就躲躲闪闪。”

“小崽子，老子供你吃供你穿，有啥对不起你的。就不给我好好上学，你对得起谁？你爹我天天在单位累死累活，一瓶水都舍不得花钱买，就为了你能出人头地。不上学！不吃饭！你作什么死呢？！”男人骂骂咧咧没完，刚骂完高璨，转头又对七八岁的女儿吼叫起来。

宋摘星意识到问题的严重性，立马拉着小女孩问：“你叫什么名字？”

小女孩瞪着眼睛看她，半天却不说一句话。

宋摘星喊文静出来："马上给她做SCL自我测评、SAS焦虑自评和SDS抑郁自评。"

"你们谁都不许碰我闺女！再有说我闺女是精神病的，老子宰了她！"

男人的力气特别大，一下子将文静推倒在地。就在众人大乱时，他紧接着抬起凳子重重砸在宋摘星身侧的玻璃窗上。玻璃的碎渣兜头砸下来，划破了宋摘星的脸，她觉得头发黏腻腻的，耳朵嗡鸣不止，整个人直直向后倒去。

依稀听见有人叫她，还有一双温暖的手揽住了自己的腰身，一双温暖的、足以护住自己的手。

下午五点一刻。主任办公室。

宋摘星包着额头坐在沙发上，简一凡唉声叹气地给她削着苹果。

"赶紧吃一块，平平安安。"

"没胃口。"宋摘星蔫蔫的，一天下来觉得浑身气力全无。

"阿星，我觉得你今年可能命犯太岁，运气怎么能这么差。你赶紧联系联系你美国的男朋友，说不准过两天连他都不要你了。"

宋摘星拿脚踢了他一下："能不能嘴下留德。"

简一凡吃痛，干脆把苹果放下，一副大言不惭的样子："你不要害怕，阿星，我身边有好多型男哥们儿，他要是真不要你了，我一天能给你安排五场相亲。"

宋摘星气得鼻血都流下来了。简一凡忽然大喊："阿星你流鼻血啦，你赶紧擦擦，我有点晕血，我不行了。"

云月华带着李唯西推门进来的时候，正看见简一凡挂在宋摘星身上，一副马上就要死掉的样子。而满头包着纱布的宋摘星，此时已经快被简一凡晃得不省人事。

"简一凡，摘星被你折磨死了！"

云月华严肃地坐在办公桌前，看着简一凡没个正形，连眉梢都拉了下来。

简一凡平时最怕不苟言笑的主任，听她这么吼自己，心跳都漏跳一拍，赶紧坐正。不过眼角余光仍然看到了站在门口的男人，似乎对他印象很深，一时惊叫起来："你不就是抱阿星去包扎的人吗。"

“你说唯西啊？”云月华看向李唯西，情不自禁地笑起来，“唯西是美国哈佛毕业的心理咨询硕士，斯坦福大学心理学博士，主攻临床心理和精神病理学，在认知神经心理学和心理生理学方面都有很高的造诣。他这个月刚从美国回来，直接被聘为咱们科室的心理专家，以后就是你们的同事了。”

“Hi，我是李唯西。”

斜倚在门口的大男生笑着和他们打招呼。

一个板板正正的自我介绍，毫不似从美国进修回来的高才生。宋摘星下意识去看他，与他对视的时候却被他一双深如玄潭的眸吸引。那是一双极清澈极明亮的双眸，让人看一眼便再也忘不掉。

很久之后再去回忆，宋摘星仍然记得那天的李唯西穿着一件咖色羊绒圆领毛衫，搭着一条九分长的休闲小直角牛仔裤，手半插在裤兜里，露出来一点又白又细的指节，整个人一副慵懒随意的样子。好似他一直都是这个样子，明媚隽秀，安静谦和。

“今天……谢谢。”宋摘星缓缓起身，想起他抱住自己的样子，顿时有些不自在。

“你没事就好。”

李唯西浅浅一笑，连带着发梢都沾着日光的暖意。

“摘星，你要不要休息两天？”云月华看着她，语气稍稍软了一些，“以后再有这样的患者，不要逞强，不要当面起冲突，还是要以家长情绪为主。”

“主任，夏夏现在重度焦虑，高度抑郁，应该立刻接受心理治疗。她父亲不仅不照顾孩子情绪，还火上浇油，我们没办法和他做有效沟通。而且依我看，病的人不仅仅是女孩，还有她那情绪暴躁的父亲。”

宋摘星上前一步，诚恳地向云月华解释：“我申请做她的主治医生，让夏夏和她父亲一起做团体治疗。”

“摘星，你这么着急也解决不了问题。”没等云月华开口，简一凡就拦住宋摘星，“我们的确是先要做夏强的工作，但你刚被他打伤，再做咨询肯定有障碍。不如将他交给我吧，我会好好跟进这个家庭的。”

“但是你……”

“摘星别争了，就让一凡来接吧。”云月华习惯性地用食指敲击着桌面，“至于唯西，我准备让他和我一起完成林帆的案子。”

宋摘星无比惊讶："本市最大富豪……"

简一凡更加震惊："的儿子……"

二人同时："林帆？！"

宋摘星颓然地瘫坐在沙发上，心里突然涌起一丝对李唯西的恨意，准确地说，是妒意。这是她争取了大半年的案子，光做的论文分析和课题研究都有上百页了，没想到他甫一来，就这么轻轻松松地得到了这个机会。

今天果然运气差啊，差到极点了。

天幕低垂，树影扶疏，唧唧虫鸣隐在夜中，万物寂静。

宋摘星请开锁公司打开门时已是深夜，累得还未喘口气，简一凡的夺命电话就打过来了。

"阿星！你进家了没？"

"是啊大少爷，托您的福，我刚进来。"

"阿星！我不服气！"

"嗯……"宋摘星疲软地瘫在沙发上，困意沉沉。

"林帆的案子给你做我都没话说，毕竟你努力了那么久！今天倒好，既不给你也不给我，竟然给一个刚来的新人！"

"嗯……"

"阿星！我们要干掉李唯西，重新拿到林帆的案子！"

"嗯……"

"阿星！你答应啦？那你一定要帮我！"简一凡越说越激动，大半夜的对着电话鬼哭狼嚎。

然而宋摘星早已经四仰八叉地睡着了。头上的瘀血和疲惫感已经彻底让她招架不住，连梦里都是和夏夏父亲争执的情景，唯有眼角的一点泪痕还寄存着她今日所有的努力和由此唤醒的记忆。在她八岁的时候，在她即将自杀的时刻，那个拉她一把、给予她重生的人，此生再也没有机会见到了。

第二章　阴鸷复仇

翌日。心理科。

李唯西穿了件V字形领的茶色毛衣，精致裁剪的袖口点缀着一些逐马蓝，似乎在有意掩饰他的慵懒气息。他的确是一夜未睡好，干脆加戴了一副金丝框圆形眼镜，一到科室便笑着和文静打招呼。

而在另一边，简一凡扶着门框闪出半个身子，暗中观察着李唯西的一举一动，而后拿出小本本，将发现记下来。

治疗室里，李唯西和方琳了解病患情况，许是累了，中途握拳半掩脸打了几个呵欠。躲在窗户后的简一凡再次拿出小本本，认真记下来。

从治疗室出来，李唯西看了看时间，连忙走向咨询室。躲在卫生间门口的简一凡拿出小本本，伴随着沙沙的声音，又记下了一段字。

简一凡终于满足，大摇大摆地出来，正扬扬得意的时候却一不小心撞到李唯西的身上。

“你没事吧？”

简一凡晃了晃脑袋：“头……头有点晕……”

主任办公室的青苹果茱萸长得肆意茂盛，肥厚的叶子带着扁平的条纹将窗颊映成一片绿色。翠叶青枝，不慕颜色，恰与云月华的气质相称。

简一凡拿着自己的笔记本，一条一条控诉着对李唯西的不满。

“主任，李唯西今天迟到了整整一分钟！”

“主任，李唯西对待病人态度不好，我亲眼看见的。”

“主任，李唯西不穿白大褂就进咨询室。”

“主任！李唯西这个年轻人，对我这个前辈不尊重……”

一边看病历的云月华终于抬起头来，目光灼灼地看着他：“你这个，前辈？”

“是……是啊！我看李唯西这小子当医生不合格，林帆的案子主任你再考虑考虑，不行我也可以勉为其难地接下来。”简一凡清了清嗓子，强调道，“虽然案子很辛苦，但我作为前辈，还是有责任参加治疗的。”

云月华对他突如其来的表态十分惊讶，讶异后又觉得他实在是不知轻重。她微微眯起眼打量着简一凡，一双秀眉再次耷拉下来。

简一凡知道这是云月华不高兴的经典动作，被她盯得毛了正想分辩，忽见宋摘星和李唯西一起进来，连忙上前拉着宋摘星道：“你说，你说，你是不是对李唯西也有意见，你快和主任说。”一边说着一边向宋摘星挤眉弄眼。

“对我？”李唯西一头雾水地看着她。

宋摘星恨不能找个地缝钻进去，赶紧将头扭到一边低声和简一凡抱怨：“你是不是傻，他就在我身边呢，我怎么说啊？想帮你也有心无力啊。”

“哎，摘星，昨晚你可是答应我的！”

“答应，答应。”

眼看简一凡急得跳脚，宋摘星连忙挺直了身子向云月华道：“那个……唯西……唯西……”宋摘星挠了挠头，忽然想起来一条，“李唯西昨天救我，太不应该了！多危险啊！万一他也被夏强伤到，咱们科不就折进去两名医生嘛！太不值得了！”

简一凡目瞪口呆地看着宋摘星。

李唯西扑哧一声笑出来，看向云月华：“干妈，虽然我来之前你就和我打过预防针，不过科里这两个宝，我今天才算见识。”

“干妈？”简一凡和宋摘星再次异口同声地叫道。

云月华冷哼一声，不怒自威的样子让简一凡立刻矮了半头。果然，更冷的声音直直向他压来。

“简一凡，我看你一直盯着唯西，是不是太闲了？既然你对唯西感兴趣，就把夏夏的案子交给唯西做吧。你啊，先去神经内科看看自己有没有什么病症。”

“我没病啊。”简一凡坚持反抗。

“我觉得你有。”

云月华放下病历，开门请他们一并出去，临了不忘交代：“唯西是我从小看到大的，是什么人我比你们更清楚，不要妄想在我面前说他坏话。林帆的案子之所以给他，是因为他专攻这个方向，我相信他能胜任。”

简一凡和宋摘星面面相觑，再看向李唯西时，他脸上的笑意更深，浓浓的，散都散不开。

“朝中有人好办事啊，好办事。”

简一凡嘀嘀咕咕地踏出门去，宋摘星和李唯西对视一眼，也一并跟了出来。出门的刹那，宋摘星想起来正事，连忙冲着云月华道：“主任，吴副主任喊我们一起开会。”

明净的走廊分隔出不同部分的心理室，每一个房间都带着安宁而平和的气息。咨询室分成四个房间，由主治医师分配使用。心理咨询是医生问诊病人的重要一环，咨询室自然成为对病人进行心理评估的重要地方。

心理咨询室1部，夏强站在窗户前连连叹气，嘴里仍然不停地咒骂着：“妈的，就会给老子添麻烦。抑郁症？你昨天还在玩手机，嘻嘻哈哈的，能有什么毛病？”

文静给夏夏倒了杯水，夏夏仍然一句话不说，让文静颇为担心。

“您看您女儿都病成什么样了，您也消停消停，好好配合夏夏一起做治疗吧。”

“你开什么玩笑？”夏强像是听见一个极为可笑的笑话，“她有病，需要我做治疗？我供她吃穿，供她上学，供她上辅导班，老子每天忙得没个人样，现在她生病了还需要我配合治疗？哎，你知不知道，她就是装的！她玩游戏的时候可没看出来有什么病，她就是不想上学骗我们的！”

此时的夏夏双眼无神，似乎不愿意再听到他们的谈话声，嘴里开始默默念着一些词，声如蚊蚋，却还是让文静猜到了她在说什么，因为旋律太过熟悉。夏夏哼念的，是《世上只有妈妈好》的歌词。

文静心尖发酸，对夏强道：“孩子的抑郁症跟家里人、跟环境都特别有关系，希望你能正视夏夏的病，她现在非常严重。”

“哼。”夏强十分不屑，“也就是儿科医生让我过来，不然我才懒得看你们心理科，就是骗钱的玩意儿。我女儿浑身上下好好的，还严重？你们简直就是一群骗子！跟她妈一个样！”

夏夏忽然又不说话了，慢慢抬起头来看着气急败坏的夏强。她嘴角慢慢扯出一丝笑意，淡淡的，还未达眼底便消失了。

走廊里，宋摘星喝了口咖啡，忙不迭跟紧李唯西的脚步。

“商量个事情好吗？夏强的案子我能辅助你做吗？”

昨天破碎的窗框还带着裂口，险险划到了李唯西的眉檐儿：“你真的很想参与？”

“是的！我想让夏夏好起来。”

宋摘星拦住他，十分认真道：“我知道夏强对我有偏见，所以这件事我只想辅助你来做。我有在团体治疗上的经验，之前也治疗过相似的案例，希望你能给我一个参与进来的机会。”

她说得既卖力又诚恳，倒让李唯西一惊。许是一个人在美国待久了，做什么事情都是默默地，从不张口去要，也从不给别人机会，一贯疏冷，反不似她这样直爽殷切。

“唯西，唯西！你跟我去趟院长办公室，补一下科里的材料。”副主任吴聪突然急急走过来，连续开了三天会，嗓子都已半哑了，“院长一会儿还有事，让咱们赶紧过去。”

宋摘星懵怔时，李唯西轻应了一声，随即托付一般将夏夏的病历交到她的手上：“夏夏需要你，快去吧。”

宋摘星目光一亮，谢字还没说出口，便让转身的李唯西堵回去了。

“一定要帮我看好夏夏。”

虽有杯套包着，咖啡仍然透过指尖传来丝丝热度，连心里都暖暖的。看着他的背影愈来愈远，宋摘星终于笑起来，开心得犹如小棕熊抱着春天，咕噜噜地滚下长满三叶草的山坡。

夏强从大厅拿了单子一路上嘟嘟囔囔，看着主治医生的名字冷笑几声：

“李唯西？心理科的医生还真是不少。”

他没见过这个名字，想起昨天的宋摘星和简一凡，只觉得心理科乏善可陈，尽是骗人的伎俩。他辛辛苦苦地养着孩子，旁人不安慰他也就罢了，还要给自己安个欺负女儿的罪名，让他实在气愤。昨天打了宋摘星，他一点也不后悔，坚信夏夏没病——就是不喜欢说话而已，这叫什么病呢？

汹涌的大厅挤满了病患和家属，他穿梭在人潮里，叹着气向心理科走去。与他擦肩而过的一个戴着黑色口罩的人忽地停下步子，在听到他的自言自语后转而跟着他，一步一步逼近心理科。

李唯西随吴聪刚走到医院主道上便接到孙鸣电话，对面声音急促促地：“内部泄露了消息，刘福山很可能去找你了，你万事小心！”

阳光斜斜掠过眉梢，带着清寒的意味。

“不好！”

不等吴聪反应，李唯西连忙掉头跑向科室。呼啸的风擦过耳边，裹挟着他慌乱的气息，久久未散。

走廊内行人熙攘，心理咨询室1部的房门半掩着，露出一隙亮光。

宋摘星准备好所有的资料，将文静唤出来问了问情况，正打算进去，却听见身后夏强猛地一声嘶吼。

“你干吗？！”

与此同时，李唯西从拐角出现，隔着整条走廊向宋摘星大喊：“摘星你过来！”

只是一切都在电光石火间变了。刘福山越过夏强，只一个箭步便将穿着白大褂的宋摘星挟持近身，锋利的刀刃即刻逼向宋摘星的脖颈。医院大乱，夏强连连后退，原本喧哗的走廊几秒内便腾出一大块空地，任由刘福山钳制着宋摘星一步步向病房靠近。

“他要……同归于尽？！”

李唯西心惊，刘福山知道他已无路可走，看来此次挟持并不是临时起意，而是有备而来。他身上除了刀子，一定还有别的东西。

所有人都向后退，只有李唯西错过他们的身子走上前。他最终停在刘福山几米外的距离，试图吸引他的注意。

“为什么要让刘庆海替你坐牢？”

“他那个傻子，天天被老婆打，懦弱！”

刘福山的声音低沉有力，宋摘星感觉到脖颈间的力量更重一分。

“没结婚之前，你也经常打骂你弟弟不是吗？有什么区别。”

李唯西盯着他，须臾不动。

刘福山有一瞬的怔忪，还未回答，便又听见李唯西说道：“别看你是哥哥，其实从小都是弟弟在照顾你吧？你弟弟很听话，很乖，在你爸爸打你的时候，他都会替你求情。”

“闭嘴。”

“他会做好饭等你放学回来一起吃，会排大半天的队就为让你尝尝最爱的糕点。你每次从学校打架回来你弟弟都要大哭一场，还学会了怎么包扎，怎么辨别各种药品。”

“闭嘴！”

“在你爸妈离婚那年，你狠狠地打了你爸一顿，被关了三个月，你弟弟天天去看你。后来，你就控制你弟弟，殴打你弟弟，直到你弟弟结婚，你再也管不住他……”

“别说了，我让你别说了！闭嘴！”原本冷静无比的刘福山此时像一头猛兽，挥舞着刀子马上就要扎向宋摘星！

“放开她！我来。”

李唯西趁势上前一步，阻拦刘福山：“你挟持我，我就不再说。你不就是来杀我的吗？我和她交换。”

宋摘星闻言一直摇头，眼神里满是拒绝。

刘福山冷笑一声：“你和她都会死，我要杀光所有人。”

他说着便单手撕开上衣的扣子，露出来一排炸药，身后围观的人群一下子分散开来，四处逃跑，惊叫声一片。只是刘福山现在死死守着病房，里面的病人和医生完全出不来，只等着和他一起丧命。

李唯西眼睛半眯，不动声色地看着环在他腰上的乳化炸药。这种炸药一旦爆炸，密度高、爆速大、猛度高，还填充着可燃剂，如果让他得逞，后果不堪设想。

偌大的走廊如今只剩下李唯西、宋摘星和刘福山三个人，能逃的都逃了，逃不掉的躲在屋子里，等着未知的死亡。

“你肯定还有事情要说，不然也不必挟持我。”宋摘星缓缓张口，打破了一时的寂静。

医院外。

孙鸣等警员、消防队员、医护人员已部署好随时待命。疏散人群时，狙击手也已全部就位，只是刘福山和宋摘星靠得太近，无法完成狙杀，只能等待里面的消息。时间一分一秒过去，情况变得越来越危急。

“你说李唯西真的办得到吗？”身旁的同事不无担心地看着孙鸣。

孙鸣此时脸色极其凝重，半晌才缓缓开口：“你知道美国CIA对犯人测谎，通过红外线探测皮肤温度，测谎率在70%左右。如果是没有受过测谎训练的普通人，测谎率在54%左右。唯西在美国第一次替FBI破案子，从1700多名嫌疑人里最终锁定了凶手，名声大噪，堪当人体测谎仪。他的测谎率在95%以上，靠的就是他对犯人微表情的掌控。其实犯人的状态，他比我们把握得更准确。”

同事一时十分吃惊：“1700多名？怎么做到的？”

孙鸣抬起头，看着李唯西站定的位置，坚定地说：“我不知道这次他能不能解决，但我相信，他一定会把伤亡减到最小。”

心理科的走廊内，秋初的风扑在几个人身上，肃杀萧瑟。

“既然你没有在人最多的时候直接引爆，你一定还有别的要求。”尖锐的刀刃划在皮肤上有冰凉的触感，宋摘星看不到刘福山的表情，却能切实感受到他的焦虑和紧张。

“是。”低沉喑哑的声音回荡在整个走廊里，“那天杀他婆娘没杀过瘾，你让警察把尸体从尸检的地方拿出来，我要再捅几刀。”

李唯西和宋摘星皆是一惊。

“要让那个叫孙鸣的警察拿过来。”

刘福山补了一句，让宋摘星更加不解：“她都死了，为什么还多捅几刀？有什么……”

脖颈间的匕首更近一分，宋摘星被迫停下，整个走廊再次安静下来。

李唯西看着再也不发一言的刘福山，呼吸渐缓。他慢慢摘下自己的眼镜，露出如寒星一般的双目，似要夺人心魄，让人无处可躲。

“让孙鸣拿来，是因为你想把他一起杀掉吧。”

李唯西扯了扯唇角，笑意里带着一丝嘲讽：“你弟弟的老婆生前经常打骂他，他像习惯你殴打他一样默默忍受。可是你忍不了。其实你心里是想对你弟弟好的，所以你忍不了别人欺负他，谁欺负他，你就要杀了谁。”

他看到刘福山眸色一暗，便悄无声息地又往前走了两步，接着说道：“你要他老婆的尸体，是因为当天你还有一件事情没做。在你杀了她没多久警察就赶到了，带头闯进来的人就是孙鸣，他打乱了你所有的计划，你恨他。”

刘福山也跟着笑起来，阴森森地倍显狰狞：“你都知道了？”

李唯西迎上他的质问：“在你打残你父亲之前，你父亲打断了你母亲的左腿。就是那条腿，让你处心积虑了这么久，杀害你弟媳，嫁祸你弟弟，而你现在仍然站在这里的原因就是——你要把你弟媳的左腿砍下来，哪怕她变成了尸体，你也要砍！你怨恨、愤怒、痛苦甚至焦虑，你要从她大腿根直接剁开，一条完整的腿，能缓解你没有救你母亲的愧疚，能让你得到报复你父亲的快感，能让你弟弟再也不用承受家暴，能让……”

他的语速越来越快，直到他看到刘福山因为这些话而出现短暂的颤抖，宋摘星的处境岌岌可危。狙击手就在对面的高台上，却无法完成任何动作，怕一不小心将宋摘星一并射杀。

“未完成事件！”随着他疯狂的语速，宋摘星忽然对着刘福山的耳朵大喊，“你的父亲就在你的体内！”

就是这一句话，让刘福山浑身抖如筛糠，彻底崩溃，举起刀子直冲宋摘星刺去。

“我没有！我没有嫁祸他！他死了就再也没有痛苦了！啊！”

李唯西来不及多想，一个侧身扑向宋摘星，随着一声致命的枪响，浓浓的火药味灌满了整个楼层。

“喀，喀喀……”

李唯西抱着宋摘星滚落一旁，哪怕在如此危急的时刻，都没有忘记用手掌托住她的脑袋，生怕她磕到分毫。那一枪正中刘福山眉心，他直挺挺躺在病房门口，再无一丝声息。子弹从他额头贯出，崩落在两人脚下，若不是李唯西及时将宋摘星从他怀里夺过来，恐怕刚才那一枪，连宋摘星都一并丧命了。

“你受伤了？”宋摘星看到鲜血从他胳膊上汩汩流出，连忙捂住他的伤口，一下子哭出声来，“严不严重，对不起，对不起。”

李唯西就躺在那儿，看着刚才还那么冷静的宋摘星这时哭得天崩地裂，不由得苦笑连连，“好丑，别哭了。”

孙鸣带着其他警员一一赶到，吩咐手下处理尸体。病房里的医生们也都依次走出来，劫后余生的病患在里面互相安慰，大家终于都松了一口气。

宋摘星扶着李唯西赶紧做及时的包扎，泪痕还粘在脸上没有擦去。孙鸣急切地走过来，眉头紧紧锁着，全是担忧：“怎么样？严重吗？”

“让子弹擦破了点皮，没事。”

李唯西看了看宋摘星，见她不发一语，知道正在愧疚，干脆跟孙鸣转移话题：“刘庆海可以放了，建议给他做几次心理疏导。这个案子最大的受害者其实是他。”

“唉。毕竟是亲弟弟，刘福山怎么忍心。”

孙鸣不无可惜地叹气。李唯西劝慰道：“在刘福山心里，死才是解脱。他们兄弟两个从小被父亲家暴，留下了很大的心理阴影。刘福山拼命想对弟弟好，但就是做不到，无形中反而变成了父亲的样子，掌控弟弟，家暴弟弟，一边做，一边痛苦。”

“那刘庆海……”似乎想到了什么，孙鸣一时欲言又止。

“刘庆海依恋哥哥刘福山，所以连结婚都下意识找了个和哥哥一样凶悍的老婆。”宋摘星仍低着头，小心温柔地给李唯西包扎，神色却黯然下来，“从心理学上来讲，儿童期父母对孩子很重要，足以影响他们一生。所以在有孩子之前，每个人都应该先想想自己能否做一个合格的父母。”

孙鸣怔怔地瞧着她，心里既惊讶又佩服。明明是个弱不禁风的女孩子，被劫持后一度以为她活不了了，没想到她心底竟有那么大的勇气和力量。

“阿星？你没事吧！”

一声狼嚎打破了他们的对话，简一凡哭丧着脸直直向宋摘星扑来。

宋摘星吓得一躲：“早就没事了。你干什么去了？”

“我？去神经内科看了看脑子。”简一凡皱了皱眉，一脸无辜，“不是主任吩咐的嘛。”

“真是厉害。”宋摘星唏嘘不已。

医院重新恢复了平静，警员也悉数撤去，好在没有伤亡，孙鸣如释重负。他与二人道了别，再次投入到警队中去，还有好多人要安抚，还有好多事情要善后，这是他的责任。

宋摘星护理好李唯西的伤口，再次向他道谢，只是声音极低，隐着说不出来的歉意和内疚。李唯西反倒很想感谢她，如果当时没有她在刘福山耳边的一声嘶喊，刘福山也不会那么快崩溃。她的机敏聪慧足以让她自救。

只是安慰的话还未说出口，便看见文静一路慌张地跑过来，眼泪随着说话声一并涌出。

“阿星！唯西！夏夏跳楼了！”

京大外科。“手术中”三个荧亮的字在清冷的过道里显得格外刺目。

夏强半蹲在手术室前抱头痛哭：“夏夏千万千万不能死，我就这一个女儿。夏夏！夏夏！我的好孩子。”

宋摘星看着夏强痛苦地蜷缩在那儿，不顾李唯西的劝阻仍然走上前去，无比愤怒、无比伤心地指责他：“你从来没有在乎过夏夏！你把夏夏当成你的附属品，心情不好就对她发泄，动动嘴皮子就骂出那么难听的话。你从来没考虑过夏夏的感受！”

夏强抱着头，哭得更厉害，鼻涕混着眼泪流下来：“我不知道她要自杀，我真的不知道。”

宋摘星冷冷一哂，眼眶更红：“玩手机就没有抑郁症了吗？你看过她的手腕没有，全是自残后的划痕！你以为她对你笑就没病是吗？你知道她对你的每一次笑，都已经是拼尽全力才做到的吗？！”

“摘星，你冷静一点。”李唯西上前拉她。

宋摘星梗着脖子，低眉看着夏强，更像是一种反抗：“夏夏首先是人，其次才是你的女儿。如果你将在外面受的委屈当作是对夏夏发泄的理由，你真是一个失败的父亲。”

夏强终于抬起头来，眼睛一眨不眨地看着宋摘星。过了没多久，眼泪再一次汹涌而出，一个大男人哭得像个小孩子。

“我活该！可是我的夏夏不该啊，我的夏夏还不到八岁，她有什么罪啊。让我去死，让我去死吧。”

一声又一声的哭叫回荡在过道里，肝肠寸断，让人不忍细听。白炽灯的灯光打在身上，那么明亮，那么通透，却照不散他们心中的阴霾。

不知又过了多久，手术室的门吱呀一声打开。

护士摘下口罩，额头上渗出一层密汗：“幸亏楼层低，病人没有生命危险，只是骨折得比较厉害。好在年纪还小，会痊愈的。”

夏强噌地站起身来，既感激又羞愧，双目含泪地哽咽道：“谢谢，谢谢……”

宋摘星眼睛一亮，激动地一把抓住李唯西：“有救了！夏夏有救了！”

李唯西亦是一笑，恍觉这样的情景在哪里见过。不过愉悦的情绪转瞬被冲刷干净，他看着手术室的方向面色微澜。以后的日子他一定要让夏夏好起来，让夏夏重新拥有明媚温暖的世界。

心理科测量室里，一个二十多岁的年轻男人正不断央求文静。

“求求你们，看看我女朋友吧，她有心理病！很严重！求求你们了。”

文静被他挡着什么也干不了，再一次和他重申：“你叫裴新是吧？和你说过几次了，你要带她亲自来看看，这样我们才能知道她到底有没有心理问题。”

“她肯定有！”裴新急得跳脚，“天天购物，就知道买买买，便宜的还看不上，只买贵的。一到打折季、大促销的时候就更别提了，家里堆的东西一大堆，全是没用的。不能逛商场，一到商场就走不动路，一直缠着我让我买东西！都这样了还能没病？怎么可能呢！求求你们快给她看看吧！”

宋摘星伴着话音进来，看见又是他，连忙打岔：“你既然说她就喜欢买贵的，那大促销的时候为什么还要买呢？这不是前后矛盾吗？”

裴新一愣，一时吞吞吐吐：“这个……就是购物狂嘛，看见什么都想买。”

“我看你也在心理科转悠好几天了吧，文静说得对，你应该让你女朋友亲自来，不然我们无法做有效的咨询。”宋摘星拉着他往边上挪了挪，以便给其他患者腾出更多地方，“你看你天天往这儿跑其实用处不大，如果真觉得女友有问题，你应该说服她一起过来。”

“可是她没时间啊！你们不能直接给意见吗？这种病很难治吗？”

裴新看起来十分着急，说话声音也大了几分，恰好让闯进来的简一凡听见。

“你见哪个上手术台的，是替别人做的手术？”

裴新立时被他噎得哑口无言。简一凡紧跟着补了句：“心理疾病有时候是外显的，有时候是内隐的，只能等来访者检查完之后再下定论。”

裴新耷拉着脑袋，有点无奈：“那我回去再劝劝她，让她来一趟。”

宋摘星还想嘱咐他两句，没想到裴新说完就转身出了门，一句多余的话也没留下。等他一走，简一凡立刻向宋摘星邀功：“怎么样？对付这种人我还是可以的吧。”

“毒舌啊，一句话就能把别人噎死。”宋摘星佩服至极。

“我看他啊迟早被家属打，说话太直。”文静适时地打趣，“简一凡刚刚躲过一劫，恐怕这会儿还云里雾里呢。”

“什么意思？”简一凡看向文静。

“你不知道啊，我和方琳刚才还在聊，要不是你告了李医生的状，主任把夏夏的案子转给他，这次被劫持的人就是你了。”

“啊！”简一凡脑子里火光一闪，“那我肯定死了。”

“傻人有傻福啊。” 宋摘星无限感慨，顺势从柜子里拿出来一沓资料，然后将手伸向简一凡，“把你做的关于林帆的课题也交出来吧，李唯西帮你顶了那么大的雷，还不得好好谢谢人家。”

“阿星！你这么快就变节啦？”

看着简一凡的眼珠子瞪得跟铜铃似的，宋摘星撇了撇嘴：“那你要怎么感谢李唯西的救命之恩？”

简一凡低头想了想：“不行就以身相许吧，毕竟我这样的美男子也是人间罕有。”

宋摘星啧啧摇头：“我还以为你非高璨不娶呢，联系方式我都替你要好了。”

“真的？我就知道你最好了！”

简一凡兴奋地扑向宋摘星。宋摘星猝不及防身子一闪，随着“咚”的一声巨响，简一凡整个人直直地撞在了柜子上。

文静吓得大叫：“急诊科，快送急诊！”

第三章　侵入意识

午夜时分，天空淅淅沥沥下起了小雨，滴滴答答落在草地上，不一会儿便如豆粒般砸在树叶上，砸进池塘里，哗哗地下个不停。整个城市都变得朦朦胧胧的，空气里溢满了清新湿润的味道。雾气升腾，湿漉漉的街道上昏黄的路灯罩着一团又一团寂寥的秋意。

京大医院三楼一角。走廊里的灯已经全熄了，黑漆漆的，凌晨的心理科更像是一只巨大的兽，吞没着世间一切声音。鸦默雀静的楼梯口，一个人影倏忽闪过，档案室的门被悄然打开。

电脑屏幕亮起时，幽暗的蓝光打在来人的身上，刻意包住的脸看不到半分慌乱。直到雨声渐微，来人终于心满意足地离去，却听“咣”的一声，电线绊住脚踝，主机猛地被撞翻在地，成沓的资料随之撒下来，一片狼藉。

来人皱眉，弯腰迅速收拾现场。钟表的指针指向一点半，来人重新关上档案室的门，寂寂地下了楼。

夜，更静了。

连续几天加班，一场秋雨得以让宋摘星睡了个囫囵觉。清晨六点不到，云月华惶急的电话便打了过来，宋摘星顿时睡意全无。

此时的京大医院已经被围得水泄不通。媒体记者翘首以待，只等着院方出来给他们一些信息和解释。他们不断地质询，不断地发问，让整个京大医院措手不及，连院领导一时都难以招架。

医院门口，宋摘星碰到一样急匆匆赶来的李唯西，连忙告诉他："林帆重伤入院，目前还在昏迷。"

李唯西点了点头，声音夹带着一丝清冷："他父亲打的。据说林帆昨晚又去私会，被他父亲打个半死。"

宋摘星脸色更是凝重："本市最有影响力的人，儿子却喜欢同性，出了事便是满城风雨。"

"你研究林帆的课题我看了，准确地说，他应该是个双性恋。"

宋摘星微怔，昨天才刚刚给他的资料，没想到他功课竟然做得这么快。

两个人一路拨开拥挤的人群，却发现大厅里汇集着更多的看客。眼瞧着唯一的步梯口大家都在摩肩接踵地排队上楼，两人几乎同时向对方喊道："擦边走！"

话一出口，宋摘星和李唯西争相笑起来。

他们当然知道彼此说的都是心理学上的"擦边效应"，排队时避开中间走两边会前进得更快一些。会心笑后，两人随即跟着人群上楼，挨着扶手走，果然要比卡在中间快很多。

抵达三楼的身影才将将露出一半，就听到简一凡鬼哭狼嚎的声音："人都快死了，你们快点！"

心理科档案室，云月华急急忙忙地进去拿关于林帆的所有资料。只是翻了翻上面的病历，一时却没发现他的。

"我昨天还在看，放哪了？"

云月华一边自言自语，一边将整沓的资料全部搬出来。挨个往下捋，终于在压底儿的地方将林帆的病历抽出来。

"文静，昨天谁最后一个走的？"

文静提着一口气，不知怎的每次和这个冷面主任说话都倍感紧张。

"不、不知道呀，昨天走得早。"

"奇怪。"

云月华皱着眉头看着手里的资料，又顺势看了看一侧的电脑，眉心猛不丁地一痛，连忙吩咐她："你赶快去趟院保安室，调一下昨天咱们科的监控。"

简一凡带着李唯西和宋摘星来到重症监护室时，林帆正安静地躺在那儿，一如他被送进来的样子。虽然刚刚经历了一场成功的手术，监护仪上的心电参数却显示出如今他的状况不容乐观。

“我们已经尽力了，身体慢慢调养也可以恢复。但是从体征数据上来看，他现在毫无求生欲。” 外科医生看着病床上的林帆，无奈地对他们说道。

“一点想活下来的欲望都没有？”宋摘星心口一紧，这才是最难办的。

看着林帆脸上都是一些红紫的伤痕，简一凡下意识摸了摸自己额头上的纱布，不可思议道：“他父亲怎么这么残忍，把他打成这样？”

李唯西没说话，上前慢慢掀开林帆的被子，赫然发现他上半身很多地方已皮开肉绽。宋摘星大惊失色，简一凡更是后退三步，再次号啕起来：“快，快盖上。我晕血……”

简一凡惊叫的当口，李唯西已将林帆全身检查了一遍，终于缓缓张口：“如果不想醒，怕是一辈子都醒不过来了。”

“那还用说！我要是被打成这样，我也想死！”简一凡适时地补充。

“真的没有办法了吗？”外科医生不无惋惜地问。

宋摘星在心里摇了摇头：林帆现在处于昏迷状态，连基础的心理疏导都做不了。这种情况下除非他自己想醒，否则任哪路神仙都没办法。

李唯西抬头看了看他们，墨玉般的双目在晨曦中变得明亮起来：“他身体的伤，多半并不是林父打的。”

“什么？”连带着外科医生，三个人同时发出惊呼。

整个医院异常忙碌，无论是院办公室、重症监护室还是心理科，像约好了似的一齐爆发。每个人都心如火灼，既要处理突发状况，又要处理日常事务。急诊科手忙脚乱地接待踩踏致伤的患者，外科也给几个医护人员做了检查。医院像在打一场没有硝烟的战争，每一个人都步履匆匆，没有半分闲暇。

心理科内，云月华和吴聪已经在办公室吵了半个多钟头。文静在外面听着，进也不是，退也不是。

“明生药业的氟西汀我们一直用得很好，我认为可以多进一些，为什么你要阻止呢？”云月华习惯性地用食指敲击着桌子，语气并不友善。

“主任，我可不是阻止你，我的意思是说多和其他公司的药对比对比，总得选个性价比最高的。”年逾四十的吴聪上前和她分辩，态度依旧礼貌客气，“你比如方达药业的氟西汀，价格比明生便宜，临床药效几乎差不多，得到的反馈也很好，将它一起考虑进来不是更好吗？”

“虽然明生的药贵一些，但哪怕多0.1%的优势，我们都应该选择更好的。”

“那你同时要考虑到那些没有社保、没有钱的患者，如果长期服用，势必会给他们带来更大的经济负担。”

“好和坏还需要选吗？”云月华难以想象连这种事情他都要争执。

吴聪盯着她，有些诧异比自己还大几岁的主任对世界的认知怎么还这么界限分明。

“本来就没有纯粹的黑和白，更何况是微弱的好坏之分。如果能少花钱，我相信多数人不会在意那0.1%的差别。”

吴聪说完便转身出门，窗外风声大作，云月华刚要反驳，却一时不知道该说什么。

文静站在门外看到吴聪头也不回地离开，挺身吸了口气，过了几秒才慢慢推开了门。

“主任，保安室说咱们科的监控这两天坏了，马上来修。”

办公桌前的云月华脸色一黑：“坏了！”

她猜到有人偷过档案，如今监控一坏，连犯人是谁都抓不到。即便“冷面主任”的称号顶了十几年，现在的云月华也坐不住了，慌乱地向档案室跑去。

重症监护室，几个人都在等李唯西的解释。

李唯西将简一凡喊过来，附耳和他说了几句，简一凡便先离开了病房，只剩下外科医生和宋摘星面面相觑。

“你说林帆不是被打成这样的？”

李唯西点了点头，而后慢慢掀开林帆的睡衣，上体皮开肉绽，下体更是没好到哪里去，到处都是血痕，让宋摘星不忍直视。

“你们看，”李唯西指着林帆的大腿和膝盖，“这里的痕迹很重，是最早就有的，颜色也最深，呈暗紫色。小腿部位的伤很浅，摩擦度也不大，但从颜色上来看，基本和膝盖的伤时间一致。而林帆身体的上半部，除了脖颈处的勒痕，其他的伤口偏红色，部分发青，痕迹也没有下体重，是后来添上去的。”

“你是说上半部分有两种伤，轻伤是后来的？”宋摘星疑惑地看着他。

“对。”李唯西补充道，“准确地说，轻伤才是林父打的。”

“那重伤……”

“重伤，才是林帆不愿醒来的原因。”

外科医生还在一头雾水的时候，宋摘星恍然大悟：“林父是羞于林帆以这种样子入院，所以才对外界称是他打的。上半身的伤最明显，也是最容易判定的打痕，好一招瞒天过海啊！”

“林父打他，不仅仅是为了这个。”李唯西看着他们，叹了口气，“林帆有典型的受虐型人格障碍，性取向已经被他父亲不容，如今和恋人相处的时候又弄回来一身伤，林父当然会大发雷霆。至于林帆现在不愿意醒过来，恐怕是他父亲威胁他，要把他的另一半置于死地。”

“不可能吧？”外科医生实在惊叹他的推理逻辑，心有余悸道，“毕竟是最有影响力的人，还能做这种事情？”

“林帆能有这种人格，跟他父亲脱不了关系。”李唯西向他解释，“虽然我从未见过他父亲林雨泽，但从这种打痕以及林帆的性格特征上来看，他父亲在生活中是一个严肃、易怒、脾气很大的人。”

“看来想要治好林帆，要从他父亲入手啊。”

宋摘星一边感叹林帆的遭遇，一边又暗暗心惊李唯西观察入微。林帆的课题她陆续做了半年，如果真交到自己手上，也难说有李唯西这样的进展。

正恍惚间，简一凡气喘吁吁地从外面跑进来：“你让我问的事，有消息了。”

然而话音未落，监护仪忽然发出刺耳的警报声。病床上的林帆全身痉挛，一侧的心电图波动越来越弱，眨眼间已完全趋于直线！

“快！”外科医生一口气提到嗓子眼，连忙喊向护士。

“准备心肺复苏！”

京大医院外汇集的记者越来越多，从鼎沸嚣嚷到喁喁私语，一直等待着医院透露一些林帆的消息。而台阶之上，医院保安排成一排，为了防止踩踏事件再次发生，禁止任何一个带着摄像头的人进入医院。如今两方俨然形成两个阵营，互相对峙着。

这时，有人忽然从医院里跑出来，呼叫道："听说林帆死了！"

干等了半个上午，一句话让所有记者一下子炸开了锅，再也不愿意坐以待毙，铆足劲向医院楼里冲。保安虽然拼尽全力阻挠，冲上来的人却越来越多。

"我们有知情权！我们是记者！"

声浪一波盖过一波，保安队伍几近被冲散，眼看就要抵挡不住。

队长转头看向同伴，隔着人群大喊："喊院长！去喊院长！"

重症监护室外，院领导悉数站在门口，焦急地等待着里面的消息。时间一分一秒过去，医院外的媒体记者随时都有可能涌进来，情况越发难以控制。

病房内，林帆再次恢复了自主呼吸，外科医生用近乎恳求的眼神看向李唯西。

"我们只能做到这儿了，能不能让他醒来，就靠你了。"

宋摘星只觉得如履薄冰："林帆仍在昏迷，你到底怎么做才能让他醒呢？"

李唯西浅浅抬眸："你忘记人的潜意识了吗？"

"怎么会？弗洛伊德他老人家的心理学理论哪里敢忘？"

宋摘星一时没明白他的意思，但仍然说道："用科学的语言来说，潜意识指的是已经发生但并未达到意识状态的心理活动。通俗来说呢，弗洛伊德把心灵比喻为一座深海冰山，浮出水面的是少部分，代表意识；而埋藏在水面之下的巨大的部分，则是潜意识。他认为人的言行举止，只有少部分由意识控制，其他大部分都是由潜意识所主宰。"

"所以说，即便林帆处于昏迷状态，他仍然能听见我说的话。"

宋摘星愣了愣，极为惊讶："你要用他的潜意识将他唤醒？"

"是。"李唯西点头，目光坚定，"简一凡已经拿到了昨晚和林帆在一起的另一半的名字，这个名字就是进入他潜意识的钥匙。"

外科医生听明白了，叹了口气："心病还需心药医啊。"

宋摘星想了想，临走前叮嘱他："精神病学家莫雷诺提出的心理剧治疗方法或许可以帮到你。希望林帆早点醒过来。"

李唯西浅笑了笑，似乎是想让她安心。宋摘星与外科医生关上门出来，向院领导报备了几句，正要分别，外科医生忽然拉住她，有些不解地问：“心理剧治疗方法是什么？”

“类似于角色扮演。”宋摘星知道他关心林帆，多解释了几句，“简单说就是林帆和李唯西将昨天发生的事情重演一遍，李唯西扮演林帆的父亲，将林帆的心病解除掉。”

外科医生恍然大悟：“你们心理学上那么多治疗的方法，和我们别的科室完全不同。我们负责身体，你们却负责心灵，让人敬畏。林帆的事情，一切就看李医生的了。”

宋摘星回身看了一眼重症监护室，房间内李唯西正举步维艰地与林帆进行“心灵沟通”，与时间赛跑，分秒必争。这样的重担压在肩上，想必机敏如他，一时也不能轻易解决。

“我相信他。”

宋摘星看着外科医生，一字一顿铿锵有力，眸中极是认真。

心理科办公室。厚密的云层压在天空上，看不到一丝阳光，让整个科室也变得阴郁起来。

云月华急着去院办开会，临走前将文静喊来，郑重其事地对她说：“档案室的钥匙从今天起只能你一个人拿着。谁要是去调档案，都先在你这儿登记！”

“主任，没发生什么事吧？”文静小心翼翼地看着她，心里总觉得不踏实。

云月华摇了摇头，略作思考：“大概是我多心，总觉得咱们科室病患的资料被拷贝过。”

“什么！”文静不可置信地惊呼，“这么严重的事情，谁干的？”

“我只是猜测而已。”云月华瞥了她一眼，照旧冷言道，“没有证据你别对外乱讲，先把监控修好再说吧。”

文静赶紧应下，再抬头时早已没了云月华的影子。看了看手中的钥匙，文静皱眉嘀咕：“不祥啊不祥。”

“医生！医生你看！我把我的购物狂女朋友带来了！”

裴新的叫喊打断了文静的思绪。顺着声音的源头，文静看见一个身穿英伦范儿酒红色双面呢大衣、蕾丝印花短裙，脚踩七厘米尖头一字高跟鞋的女人正迎面向她走来。

会议室，几乎每个部门的领导都来了，所有人一脸凝重。他们有权保护患者的隐私，但是面对媒体的连连质问，倘若他们不说，媒体便不会罢休。院长陈西晚如鲠在喉，此次事件牵连甚广，影响甚大，稍有不慎，就会让京大医院陷进舆论旋涡，难以抽身。

午后没多久，保安队长再次抵挡不住。就在双方争得面红耳赤时，陈西晚带着云月华和一众院领导出现在京大医院门口，亲自面对那些记者。

“出于对患者隐私的保护，我们不能够对大家透露太多。林帆重伤入院，我们已在做最大努力抢救，现在还没有结果。”

陈西晚今年五十六岁，神采奕奕，眉目有神，只看一眼便知年轻时该是怎样的意气风发。他看着眼前的一众记者，尽可能传达出朴素与真挚的语言，希望大家安静下来。

然而记者太多，场面又刚刚失控过，现在大家都急切地想知道林帆到底怎么样了。

“林帆被林雨泽打死了吗？”

底下有记者开始发问，慢慢地，更多的质疑向他们涌来。

云月华刚想上前，却被陈西晚暗中单手拦住，示意她不要多说。他们就这样平静地看着记者们，内心的焦灼感却随着诘问声越来越强烈。

这是他们最后的防线了，云月华想。然而当记者们又一次冲过来，连院领导都没有退路的时候，一记电话忽然让云月华惊呼起来。

“林帆醒了！”

重症监护室里，李唯西静静看着睁开眼睛的林帆。他的眼眶中透着血丝，眸光却清澈晶莹，他看着李唯西，唇角动了动。

李唯西知道他想说的话，轻轻道：“你父亲不会动你的朋友。”

林帆微微一笑，呼吸虚弱，脸色更加苍白。李唯西接着说道：“现在医院外面围了很多记者，都想知道你的消息。有一点我想不通，你是半夜被送进来的，知道的人很少，为什么媒体一大早就来医院围堵了？”

林帆垂眸，躺在病床上，连摇头的力气都没有。

“我不知道。”

他沙哑出声，眸光瞬时黯淡下去。李唯西知道他说的都是真话，有些不忍。静默片刻，他再次开口：“那些记者得不到消息不会走的。”

林帆斜睨着他，栗色头发垂在耳边，明润而又柔软。

“告诉那些记者，我已经分手了。”

他缓缓闭上眼睛，一滴眼泪从眼角滑落到枕边，落成如星子一样的斑点。李唯西知道他的意思，只有这样说，他的另一半才能与自己彻底无关，才能逃脱父亲的惩罚。然而他的眼泪却代表着他的无奈与无助，即便是富豪的儿子，也仍然要面对那么多流言与谩骂。

李唯西起身，离开病房时扬眸看了一眼窗外。即便阴云厚重，风中摇曳的花草仍旧一片葱茏茂盛。有时候人活得并不如那些植物随意，这个世界上根本不存在无忧的人生。

屋檐上几只燕雀振翅而飞，奔向泼墨一样的天空。

医院的危机解除，所有人都松了一口气。忙活了大半天的简一凡刚走到门口，就看见一个女人贴到自己身前，两眼放光。

“韩蕊，你干吗？”裴新急忙去拉她，“乖乖等医生。”

“亲爱的，你看看他，”叫韩蕊的女人拽着裴新一起来到简一凡面前，扯起简一凡的外套就说，“Gieves&Hawkes的夹克，十几万一件。还有里面的针织衫，Versace秋冬限量版！Ist Kunst的直角裤，单品也得过万，还有这个Piaget Polo的蓝色腕表，上百万不止。”

“啊？”裴新一时像看着外星物种一般看着简一凡。

“没……没想到……”连测量室里的文静都无法呼吸，“知道你是个富二代，没想到你天天带这么多钱出来。”

从一大早来到医院，简一凡一直在外科待着，还没来得及换工作服。如今被这个叫韩蕊的女人将自己身上的衣服挨个分析一遍，他倒像被人扒光了似的，极不好意思。

“我妈给我买的，我哪儿知道多少钱。”简一凡大言不惭地辩解。

他刚说完，宋摘星也走了过来，简一凡像看到救兵一样：“阿星，你快看看这个女人，她有没有妄想症什么的啊？”

“你才有妄想症。”韩蕊白了他一眼，“我就是对衣服感兴趣而已，你就算了。”

简一凡碰了一鼻子灰，干脆闭嘴。宋摘星看到了裴新，又看了看韩蕊的打扮，知道他终于把女友带来了，连忙问文静：“测量结果出来了没有？”

“出来了，在这儿。”

宋摘星接过单子，看了看韩蕊，又看了看裴新，立刻安排文静道：“你再给裴新做一下测量表。韩蕊，你随我到咨询室来。”

文静虽然疑惑，但仍带着裴新进了测量室。简一凡正想去换衣服，一个二三百斤的男人忽然上楼来，看向他问道：“请问简医生在吗？”

简一凡立刻被一道阴影笼罩住：“您要咨询些什么？”

那男的有些不好意思，憨厚地笑起来：“太胖了，想减肥。”

简一凡看他穿着朴素，闲聊道：“平时喜欢运动吗？”

男人摇了摇头：“一点都不喜欢。”

“那可以意念减肥。”

“意念还能减肥？”

“对。”简一凡凝视着胖男人，“躺在床上就能瘦。”

男人有些惊诧，胸脯上的肉随之一颤，让简一凡觉得整个科室都晃动起来了。

心理科重新恢复生机，文静继续接待病患，只是忙碌之余常常转头看向隔壁的咨询室，有些魂不守舍。身穿酒红色大衣的韩蕊就等在门外，皱着眉，奇怪医生怎么与自己的男友聊那么长时间。

咨询室2部的墙壁上挂着一幅大海的油画，平静的海面点缀着几只海鸥，看后让人心生平静。

宋摘星看着裴新，温柔地问：“你女友身上的衣服，都是你陪她一起买的对吗？”

“嗯。”裴新点头，随即看向她，“她到底什么病啊，医生？”

宋摘星很长时间没有回答他，直到裴新有些不耐烦，才缓缓开口：“咱们已经聊了一个多小时，我现在对你也算有了基本的了解。你有过三个女友，虽然程度不同，但多少都有经常购物的习惯。而你现在的女友韩蕊表现得更明显一些。虽然你觉得她有心理疾病，但你仍然爱她。”

“没错，我爱她。”对于这一点，裴新倒从来没有否认过。

“但你刚刚也说，你和她初识的时候，她的购物习惯还没有这么疯狂。”

“是。”

“你的第二任女友，在刚开始与你认识的时候，也不爱购物。”

“是。”

“你的初恋，在认识你之前也并不喜欢买东西。”

“好像……是……”

宋摘星看到裴新开始皱起眉头，加快了说话的速度。

“在你小时候，你的父亲离开了你们母子，让你和你妈妈从此无依无靠，吃了很多苦。”

“是，我刚才都说了。”

宋摘星没有理会裴新的急躁，继续温和地说道：“你父亲离开你妈妈的原因，是因为你妈妈大手大脚经常花钱买衣服，导致家里经济很拮据是吗？”

“是的。”

“你讨厌你的父亲，因为他抛弃了你们。”

“是。”

“你心疼你的妈妈，就算她爱买东西，你觉得都是理所应当。”

“是。”

宋摘星不再发问，房间中一时安静无比，甚至静得有些可怕。

裴新眼神忽然黯淡下来，开始浑身颤抖：“我刚认识蕊蕊的时候，她还没有那么爱买东西，都是我劝她应该对自己好一点。我带她去商场，给她买很多很多衣服、包包、鞋子。再后来，她买东西把钱花光，我就刷信用卡给她买。直到现在，她花钱大手大脚，毫无节制，让我承受不了经济负担，我才意识到她的毛病。”

“从测量单上看，韩蕊只是有些焦虑和轻微的强迫症。购物并不是心理疾病，相反，它可以减压。只要适当地购物，人的心情会更愉快。”宋摘星给了裴新足够的反应时间，才又说道，“但是你却有更严重的心理障碍，已经影响了你大部分的生活。”

过了很久，坐在宋摘星对面的裴新慢慢抬起头来，对她惨淡一笑，充满着无助和无奈。

“三个女友都是被我培养起来的购物习惯吧。我以为是她们在影响我，其实是我在影响她们。”

“你能意识到这一点，我很高兴。”

裴新摇了摇头，眼泪随之流下来：“我爱我的妈妈，遇到每一个女友，我都会希望她们变成我妈妈的样子。可我妈妈已经死了，我变成了一个真正无依无靠的人。”

宋摘星目光温柔地看着他，诱导他去揭开自己的往事，当他清楚地说出事情背后的成因时，他就已经在恢复了。心理科每天接待那么多人，像裴新这样的却不多。很多人都在埋怨别人，痛斥别人，而他已经明悟到要自我改变、自我成长才能让事情发展得更好。

而成长总是很痛，也总是很难。

裴新抽噎，余光看向门口的方向，对她说道：“我不会再来了。”

宋摘星意识到他的想法：“你会和你女朋友好好在一起的对吗？”

他低头，声音更低：“我要将我的病告诉她，是我不好。”

宋摘星缓缓道：“你没有不好，你只是心里没有与你的父亲达成和解。你痛恨你的父亲抛弃了你们，而当时年幼的你暗暗发誓，长大后要像父亲一样照顾你的母亲。可惜你的母亲过世让你不能如愿，所以你培养了一个又一个像你母亲的女朋友。裴新，让自己休息一下吧，你会拥有更好的生活。”

她知道这些话他都听懂了，他的眼泪越流越多，顺着面颊落到他的手掌心。他知道自己为什么而哭，决定在这一刻忘记他儿时的誓言——他没有对不起自己的母亲，相反，他终于明白该如何与逝去的母亲共处。

阳光乍泄，从云层中闪耀出惊人的光芒，透过玻璃窗倾洒下来照在裴新的身上。此刻的他更像一个悲恸的孩子，像身后大海油画里藏着的一只不合群的海鸥。

第四章　八分钟案

深秋不期然而至，医院公园里的紫藤萝尽数枯萎，蟹爪兰和菊花却开得正艳。流金的秋光重重叠叠，高旷的天空一碧如洗，池塘边芦花飞扬，波光缱绻，喧闹的医院终于恢复了往日平静清幽的样子。

一连几天李唯西都忙于接受媒体的采访，陆续公布一些林帆的最新状况。他救下林帆的事情引起众多关注，加上之前协助警察制服刘福山，媒体对这位心理医生的跟踪报道蜂拥而来，让他一时大热、风头无两。

李唯西忙完返回心理科时已是下午，揉着额头，修长的指节泛着细微的白色，显出一分疲态。还未到达科室门口，就看见简一凡和方琳拿着气球、香槟笑闹着走过来。

李唯西抬头看了看不远处的办公室已经张灯结彩，问道："发生什么事了？"

简一凡笑得最欢实："你还不知道吧，阿星远在大西洋彼岸的男朋友要和她求婚了！"

方琳也跟着补充："没错的话，应该就是今天下午！"

"在电话里求婚！"

"太激动了，阿星终于修成正果了！"

两人你一言我一语说个不停，李唯西却皱了皱眉："你们怎么知道的？如果是求婚这样的事，应该不会提前说出来。"

简一凡抬手指着李唯西，一副了然于心的样子："你算是说到点子上了李大医生！她男朋友怎么可能会说呢，是我发现的！阿星和她男朋友司言前几天吵架，我偷偷关注了司言的Facebook，通过蛛丝马迹发现司言要向她求婚！"

他边说着，边拿出来手机给李唯西看。Facebook页面还没有关，他指着司言发的状态和做的小动作，挨个儿向李唯西解释："你看这条，司言已经订了玫瑰花；还有这条，多么真挚的爱情宣言；还有这条、这条和这条，通通显示他要在今天下午向阿星求婚！"

李唯西静静看着宋摘星男友在Facebook上的留言，那些看似杂乱无章的话暗地里都在指向同一件事情。简一凡说得没错，她男友确实在策划一场求婚盛况，事无巨细，爱意满满。虽然宋摘星提前得知了这个消息，但是仍不妨碍这场深情的求婚，这注定是让她记忆深刻的一天。

简一凡哈哈大笑，掩饰不住的得意和骄傲："我是不是非常机智，非常聪明，非常有才华？"

方琳拍了他一下："你再骄傲下去，高璨就下班了，还不快去围追堵截。"

"对对对，"简一凡连忙把香槟塞到李唯西手里，又摊开自己的手掌心给他看，"我刚从阿星那里沾了点喜运，追高璨这事儿，肯定马到成功！"

他边说边往楼下跑，方琳也跟着去了咨询室。李唯西无所适从地拿着香槟，走近了几步，站在办公室门口看到宋摘星正被其他人围着祝贺，手机就放在她手边，只等着司言一个电话打来，全科室的人都会见证两人的浓情蜜意、天长地久。

李唯西淡然转身，向着自己的科室而去。兴许是累极了，香槟在转身的一刹那掉在地上，"砰"的一声炸裂开来。一地瓶身的碎片，映照着苍白落寞的自己。

坐落在三楼正中间的评估室里，吴聪带着实习生胡梨刚刚安顿好，临走前嘱咐她："你就在这儿和文静一起吧，主要配合几个医生日常的工作。"

二十二岁的胡梨答应了一声，便亲切地拉住文静的手："以后就麻烦姐姐了。"

文静看她十分懂事，自然高兴有人能辅助自己，脸上笑开了花。

吴聪刚出了门，便接到一个陌生的来电，随手按了接听，一个年轻女人的声音立刻传了过来。

“是吴副主任吗？我是方达药业的总监王可，听说您科室要进我们公司的氟西汀，这事儿要好好感谢您啊。您看什么时候方便，咱们一起吃个饭？”

吴聪心里打了个琢磨，看来云月华听从了自己的建议，跟医院都报备过了。只是没想到方达竟然这么快，让他不由得吃惊。

“虽说我跟你们老总熟识，但这件事和利益没有任何关系。”吴聪说话毫不客气，一点面子都没给她，“我只是不忍心看到那么多患者用药难才推荐了你们的药，希望你以后也不要打电话给我了。”

“吴副主任，您可别……”

没等王可再说，吴聪随即挂了电话。这种邀请他拒绝得多了，脸上没有一丝波澜。隔壁喧闹的祝福声、嬉笑声此起彼伏，吴聪笑了笑，虽然年轻人的场合他并不想参与，但对于他最欣赏的宋摘星，他为她如今的感情感到高兴。

眼瞧着吴副主任走了，胡梨看着满科室的彩带，不解地问：“静姐，科里怎么喜气洋洋的，有谁结婚吗？”

文静开心地点头：“是我们科室里的大宝贝宋医生，她今天会被男友求婚，我们提前布置好。”

胡梨自然听出来这个宋医生在科里的地位，笑道：“宋医生太幸福了，连恋爱这种事大家都替她一起操心。”

“当然啦！阿星平时太忙，都没时间谈恋爱，我们巴不得她赶紧嫁掉。”文静上前拉她，说着便往外边走，“时间也差不多了，走，我带你去看看。”

金菊的芬芳气味弥漫在空气里，甜丝丝的，极是好闻。

儿科门口，简一凡守在门廊边，盯着忙碌的高璨傻乐了大半天。

都说高璨是个冷面美人，简一凡越看越像，连她的锁骨都透着一股子高傲劲儿。

“我来取一下‘周一综合征’孩子的资料。”简一凡暗搓搓地接近高璨，笑得又温柔又谄媚，“我不着急，你先忙你的。”

“那你等等。”

高璨这会儿忙得顾不上他，正有一个女人带着孩子来就诊，孩子大哭不止，女人又唠叨不休。

“哭什么哭啊！天天给我惹麻烦，能不能好好上学。”

“不许哭！你看看你这次考了多少分，还有脸哭。”

……

简一凡看着高璨又是安抚孩子又是劝慰女人，忙得焦头烂额，便轻轻问她，试图转移她的注意力。

“你平时喜欢什么颜色啊？”

“红色。”

简一凡心头一喜：“太有缘了，我也喜欢红色。”

“那你喜欢春天还是秋天？”

高璨和简一凡仅仅有几面之缘，被他这么问，不知道他葫芦里卖的什么药。

“我喜欢冬天。”

高璨给简一凡的回答言简意赅，看不出其他意思，简一凡却更加来了精神：“我喜欢春天，紧紧挨着冬天哎！”

面对如此尴尬的聊天，高璨脸色越发不好。孩子的哭声环绕在耳边还没停，年轻女人的责骂却更加肆无忌惮。

“再哭我就撕烂你的嘴！让医生看看你身上有没有长虫子，上课的时候为什么这么爱动！”

那女人越看孩子越生气，说完就要打他的头。高璨临时一挡，一个响亮的耳光就挨在她的脸上。

“你干什么啊！”简一凡大惊，上前一把制住女人的手。

“我可没打她，是这个护士太没眼色了。我打孩子呢关她什么事儿？”

那女人一点愧色没有，让简一凡更加生气。

“这位大妈你有病吧，孩子成绩不好能只怪孩子吗？”

“大妈？”

那年轻的女人不过三十几岁，被他这么一喊，一下子愣在原地。简一凡趁机继续指责道：“复印件不行是打印机的问题吗？明显是原件不行！也不瞧瞧自己是什么样子，孩子哭成这样了还要打，搞不好你自己是个虐待狂吧？”

“虐待狂？”那女人来了气，胳膊还在简一凡手里攥着，干脆一个巴掌挥下去，让简一凡猝不及防。

“我就是个虐待狂，打得你满脸开花！”

“哎，这位大姐，你把我脸都挠花了！”

儿科室里眨眼乱成一团，孩子哭声更响，不一会儿，连简一凡的哭声都出来了。

“喜运呢，我的喜运呢？”

下午五点十分，心理科宋摘星眼睛一眨不眨地盯着手机屏幕，嘴角的笑意一直蔓延到眉眼里。窗台上几束向日葵开得正好，简一凡知道那是她最喜欢的花儿，为了庆祝专门摘来的。大片白色云朵映着那些向日葵，明净得发亮。

“花痴。”方琳刚刚给病人做完治疗，就看见宋摘星一副欢喜的样子，“还没打来呢？”

宋摘星趴在办公桌上点了点头：“心里扑通扑通的，什么都干不了。”

文静带着胡梨靠在宋摘星身侧，笑道：“今天你是主角，就安心等电话！”

胡梨看着宋摘星跟宝贝似的被人围着，原以为她怎么也得是个三十多岁的专家，没想到竟然这么年轻，看样子比自己大不了几岁，可她俨然是科里最受重视，也最被疼爱的人，不由得暗自感叹。

“嘟——”

随着手机的振动，宋摘星犹如触电一般坐直了身子，来电显示正是司言。宋摘星急忙做了噤声的动作，脸颊变得红扑扑的，像春天对樱桃树留下的浅痕。

“阿言，我在。”

文静给宋摘星按了外音，众目睽睽之下，宋摘星立刻变成了一个羞答答的小女孩。方琳和胡梨各自拿着彩花筒站在宋摘星的旁边，大家屏息静气，一起期待着司言肉麻又专情的表白。

“阿言，你怎么不说话？”

宋摘星笑着和他打趣，只是对面迟迟没有任何声响。

“喂，阿言？”

宋摘星正奇怪，司言干脆而又决绝的声音便传了过来，随即整个科室跟着一惊。

“摘星，我们分手吧。”

宋摘星的整颗心无限下沉，所有人都惊慌失措起来，只有胡梨手中没把持住的彩花筒发出一声极为响亮的贺鸣。

“嘭”的一声，细碎的塑料花瓣飘飘洒洒落在了宋摘星的头发上、脖颈里，凉凉的，让她发抖。

“对不住，我太不小心了。”

胡梨的道歉声拉回了宋摘星的思绪。对面早已没了声息，司言在说出分手后第一时间就挂断了电话，连半分回绝的余地都没有给她。宋摘星缓缓站起身来，看向大家。

“没关系，确实需要祝贺。”宋摘星半仰起头，眼泪随之滚落下来，“他肯定要去向别人求婚了。祝贺我，刚刚告别了一个渣男。”

窗外的建筑和枝木的光影荡漾在落日的余晖里，给整个医院添了几分静默。如血的红霞隐在西山后，云影徘徊，风声莽莽，像无数个平常的一天。只是今天，注定不再平常了。

一连几天，心理科的人都不敢再提恋爱的事情。简一凡更是时时刻刻盯着大家，谁但凡说漏了嘴，他第一个饶不过。

而宋摘星更是睡在了科室里，没日没夜地写论文，似乎要把之前没做完的事情统一干完才肯罢休。

“Over！”

又一个黎明到来，宋摘星顶着灯泡一样肿的眼睛大喊一声，随即昏睡过去。简一凡就在旁边守着她，哪怕到了上班时间也坚决不让任何人打扰。

清晨的京大医院提前进入了冬季，草地上盖着一层白霜。行人匆匆，阳光透过淡淡的雾气洒在凤尾兰和木芙蓉上，带着一丝醉人的金芒。

卫磊穿着一件毫不起眼的外套慢慢上了三楼，他摸着左兜里的东西一直走到垃圾桶旁边，约莫过了五分钟，仍然没打定主意要不要将它扔掉。直到一位父亲带着自己的儿子急匆匆地从他身边经过，碰到了他的肩膀，连声“对不起”都没有说，他才离开了那儿。东西没扔，还在。

他抬起头来，发现走廊电视里正播放着采访李唯西的新闻。

“本市富豪林雨泽之子林帆被李唯西所救”“美国哈佛归来的心理学博士”“为FBI破案数百起”等字眼不断地在卫磊脑中循环，他摇了摇头，继而走进了心理科测量室。

测量室里，胡梨从一大早就忙得不可开交。文静请了假，所有的患者——初诊的、复诊的——全都要在她这报到，让她一个实习生几乎招架不住。

那对父子也在。卫磊皱了皱眉，听见胡梨正与他们交谈。

“你叫郭洪泉是吧？你儿子需要先做个测评表才能知道有没有心理疾病，你别着急。”

“我能不着急吗！”郭洪泉拿着手机，恨不能立刻离开这里，“上百个员工就等着我到了才能开会，我儿子还得了失语症，半个月了一句话不说，你能赶紧看看他吗？”

“那也得先排队做测评。”

胡梨边说边又安排另外一处的胖男人：“简一凡的患者是吧？来填个表。”

见胡梨不搭理自己，郭洪泉上前扯住她的胳膊：“我们排队排……”

只是话没说完，后背就奇痒难耐，郭洪泉忍着继续道，“大夫我最近经常刺挠，待会儿啊我去买点药，孩子先放你这儿。”

没等胡梨答应，郭洪泉的电话又来了，气得他一接电话就破口大骂：“哪个孙子这么一点活还干不完！直接辞退！别怪我这个当老总的不给你们脸，公司不赚钱，大家一起喝西北风！”

说话间，胡梨拿着表走到卫磊面前，语气已有一些不耐烦：“挂号了吗？排队了吗？谁让你直接进来的？”

“我……我……挂……挂号了。”卫磊结结巴巴地开口。

“那先填个测量表。”胡梨直接将表格扔给他，“哪里不舒服？”

“我……每……每天……”

卫磊还没说完，科室里的其他患者就出了岔子。胡梨急忙转身进去，再也没顾上卫磊，更没听见他后面说出来的话。

“每天都……梦见杀了我老板……”

不远处，郭洪泉暴跳如雷的声音充斥着整个科室。

“你们先把客户维护住，手底下的人能辞就辞，看谁不顺眼就让他滚蛋！

这次危机过不去，别说我这个老板做不成，你们也别想赚一分钱！”

重症监护室里，李唯西正在给林帆做心理咨询。林帆全身包着纱布，说话声却极清澈干净。

“你是说，你父亲平时说话非常温和？”似乎和自己想的不一样，李唯西眉心微蹙。

林帆点了点头，不过随之又说道：“平时都是非常温和的，但每次我单独在家的时候，他对我都非常严厉。”

李唯西略作思考，笑了笑：“或许你父亲对你的要求更高。”

林帆没有说话，似乎不愿提起他的父亲。李唯西自然看出了这种排斥，转而道：“对于自己的性取向，你是什么时候发现的？”

“三年前吧。”林帆并不避讳，“那时候我有女朋友，但平时哥们儿也挺多，待久了有个哥们儿说男人在一起也很有意思。出于好奇，我就开始接触同性。”

“你谈了几次同性的恋爱？”

林帆想了想：“记不清了，刚开始的都很短，时间最长的就是现在的‘男友’了。”

“能说一说为什么和现在的‘男友’相处最长吗？”

“我们趣味相投，价值观也相似，他很强壮，又很尊重我。”

“那你的伤？”

林帆垂眸：“他没伤害我，那天原本是平静愉快的一天。”

李唯西以清澈的目光看着他：“所以你不忍心他被你父亲惩罚，宁愿死掉的那个人是自己。”

林帆有些羞涩，但仍然点了点头。

李唯西继续问道：“还有一个问题，我想确认。相比于异性恋，你对同性的感觉会更加强烈吗？”

林帆一时有些怔愣：“我不明白。”

李唯西刚想解释，病房的门忽地被打开，走进来一个身材高挑、打扮极为精致、穿着十分漂亮的女孩子。

李唯西看向她，心里一惊。而先于他做出反应的，是女孩子的惊叫。

“Lee？真的是你！”

李唯西极为意外：“Amber？”

心理科走廊，精瘦的郭洪泉不断地抓挠自己的后背，一边自言自语，一边往楼下走。

卫磊追过去，拍了拍郭洪泉。

“我……有……有……止痒的……的药……”

郭洪泉看着毫不起眼的卫磊，有些懵怔。还没说话，卫磊就又解释道：“我……我以前也……也很痒……后来……来……好了。”

郭洪泉大喜，连忙握住他的手：“这换季换的，痒得难受死了。真是谢谢你了啊。”

卫磊咧嘴冲他笑了笑，他闻到了郭洪泉嘴里哈出的因长久吸烟而变得浑浊的口臭气，但丝毫没表现出任何异样。他脸上的笑意，越来越深了。

重症监护室，林莞一把搂住李唯西，直接靠在他的怀里。

李唯西半抬着胳膊，一时竟无所适从。

“姐姐。”病床上的林帆唤她。

林莞的头发蹭着李唯西的下巴，让李唯西更是无措：“Amber，你是林帆的姐姐？”

“对啊，你以后不用喊我在美国的名字，莞莞就行了。”

林莞终于站直了身子，撩了撩刚刚烫卷过的秀发，在阳光的照射下尤为惊艳动人。虽然深秋已过，她仍然只穿了短裙，新款红色短款外套和脚踩的酒红色短靴搭配起来让她时尚感爆棚。如今她用一双宝珠一般的眼睛直直盯着李唯西，随之娇笑起来。

“我还是喊你小西西！属于我的小西西。”

林帆皱眉：“你对我的医生太热情了吧？”

林莞瞥了他一眼，不无骄傲地说：“这哪是你的医生，这是我在美国的男朋友！”

“啊？”

林帆太过惊诧，扯得身上的伤口跟着一痛。

李唯西一直审视着林莞的表情和动作，好像没有听到她刚才的话，目光流转道："之前一直想不通林帆住院为什么媒体会来得那么早，医院没有泄露消息，林父也不会泄露消息，现在看来，是你暗自通知的媒体吧？"

林帆微怔，林莞下意识抬高了下巴，笑意不减："几年不见，你还是这么聪明。"

"为什么要曝光这件事？"林帆有些生气，他一直对媒体的事情耿耿于怀。

"我这是在救你！"林莞冲他翻白眼。

"让你父亲身陷旋涡，好过你自己遭受痛苦。事情闹得越大，你的朋友就越安全。"

李唯西看他姐弟二人的感情十分亲厚，脑海中不觉搜索起当年初见林莞的样子。林莞坦率直爽，性格与林帆毫不相同。同样的家庭环境，他一时想不到有什么原因使林帆变成了现在的样子。

"你们真的是男女朋友？"林帆仍然没有从震惊中回过神来。

李唯西这才想到要回应他，只是还没说话，病房里的灯忽然全部熄灭，接着听到极为刺耳的火警警报声。

"失火了，大家快跑！"

外面一时骚乱起来，人潮不断向外涌，踩踏声、哭叫声此起彼伏，整个医院再一次失控。

心理科内，卫磊正安静地坐在李唯西办公桌前，等待着他的到来。

走廊里的郭小寒咬着唇簌簌流眼泪，鼻子不断抽动发出嘤咛，死死拽着胡梨的衣角。

胡梨将郭小寒拉到怀里，捂住他半张脸，吓得瑟瑟发抖："别哭，你爸快来了，快来了。"

火警警报还在响，保卫科和医生在陆续疏散病患，但最终得到的消息是并没有发现哪一处失火。整个医院尚没有恢复电力，只暂时启动了发电机第二电源，保证重点科室的供电。胡梨拉着郭小寒的手，一时不敢走远，焦急地等待着。

李唯西带着宋摘星和简一凡同时赶到，看郭小寒满脸是泪，宋摘星问道：

“怎么样了？”

自从卫磊带着郭洪泉和郭小寒父子的合照来到心理科后，胡梨就在电话里向他们说明了一切。八分钟，只有八分钟的时间拯救郭洪泉，否则八分钟后郭洪泉就会立刻爆炸，尸骨无存。

八分钟，连出警都来不及。就算警察到了，现在人流那么多，等抓到卫磊的时候，恐怕郭洪泉也早就没命了。

“有卫磊的基本资料吗？”

意识到问题的严重性，宋摘星连忙问。

胡梨哭着摇了摇头：“测量单还没填完，只写了自己的名字和工作，是个电工。”

时间根本来不及！三个人面色难看至极，几分钟连卫磊这个人都不能完全了解，更遑论拯救郭洪泉。

“通过墨迹实验能快速了解一个人，阿星在这方面最有经验，要不让阿星试试？”简一凡求助似的看向宋摘星。

宋摘星点了点头，如今也没有别的办法。只是还没动身，就被李唯西一把拉住。

“你现在状态不好，让我来吧。”

宋摘星还想争取，李唯西顺势扯了扯她的袖子，希望让她安心：“以卫磊现在的样子，应该不会那么容易地配合我们做墨迹实验。而且他危险性很大，你带着孩子尽快下楼吧。”

李唯西说完，随即按了门把手的手柄。就在要进去的时候，胡梨脑中一闪，连忙喊道：“他是个结巴！”

李唯西目光一暗，抬起手表看了一眼时间，还剩七分零二秒。

咨询室内，卫磊笔直地端坐在那儿，李唯西坐到卫磊的对面，和他打了个招呼。

卫磊冲他笑了笑，那笑意从嘴角一直蔓延到全脸，让李唯西心中一凛。

“能做个自我介绍吗？”

跟李唯西预料的一样，卫磊没有说话。八分钟，他是打定了主意不让自己多了解他一分。

“我们做个游戏怎么样？”

李唯西在他面前表现得十分随意，看他瞳孔微微一闪，接着道：“如果下面的话我说得对，你就配合我做个游戏。游戏有两种方案，画个图或者回答我五个问题，你任选其一。”

卫磊似乎来了兴趣，点了点头。

李唯西稍微坐直了身子，一瞬不瞬地盯着他的脸，说道：“你的穿着十分讲究，虽然不是高级的衣服，但过分整洁干净，说明你是个特别在意别人看法的人，同时也在证明自己与众不同。你平常自卑多于自信，与父母相处并不融洽，或者说，你父母中肯定有一人经常和你吵架。你小时候可能常常尿床……”

李唯西没有说完，但是看到卫磊的面部表情正在发生细微的变化，他捕捉到这一点，连忙乘胜追击：“你小时候经常尿床，有几次玩失踪，故意看到父母为了寻找你焦急地呼喊，这给了你自信心，要想引起别人注意，就要制造一些麻烦。”

卫磊再一次笑了起来，鼓励他继续说下去。

李唯西拿出五幅墨迹图片，还有一支笔和一张白纸，让他选择。这显然变成了一次交易，倘若还想让他继续说，就要做出选择，两人互不退让。

卫磊选择了他右手边的钢笔和白纸，然后十分讽刺地在上面画了一个长方形，一笔完成，没有任何赘余。

李唯西皱了皱眉。刚刚想问卫磊的五个问题，其实是问他五幅图片代表什么。这是典型的罗夏墨迹实验，通过回答这些毫无意义的墨迹图片像什么，从而投射出卫磊的心理状态。但直接让他做，他肯定会非常排斥，所以李唯西给了他选择，以争取在短短的几分钟内让自己尽可能地了解他。

但他如今画的图形，更像对自己的挑衅。没有多余的意义，甚至是极其常见的笔画，想从这个图形里了解卫磊找到郭洪泉，几乎不可能。

李唯西遇到了一个大难题。

医院已经关闭了火警警报，因为的确没有任何火灾发生。撤出来的病患陆续重新回到病房，所有人都感慨虚惊一场。与此同时，宋摘星带着简一凡来到保卫科，想调取卫磊之前在医院的录像。

保安队长最近被搞得头大，一边调监控一边唠叨：“唉，这阵子医院真是不安宁。”

电路尚未维修好，监控也出现了部分黑屏，找卫磊需要一些时间。简一凡不忘嘱咐他：“你准备好人手，一会儿李医生出来了，一定要让兄弟们把卫磊抓住！”

保安队长点了点头：“人倒是有，就怕卫磊身上还有什么爆炸物品，到时候不好控制。”

“应该不会。”宋摘星略作思考，摇了摇头，“他唯一的要求就是让我们八分钟之内救出郭洪泉，如果想造成大面积伤亡，他不会提前和我们说。”

“你是说卫磊就是想吸引我们的注意？”简一凡有些想不通，“他为什么这么做？”

宋摘星没有说话，保安队长恰好找到卫磊最后出现的一幅画面，正是和郭洪泉一起从心理科离开。

“你们看这儿，”宋摘星指着测量室的位置，和两人说道，“他今天是来看病的！至于为什么突然绑架了郭洪泉，想必是中途受了什么刺激。”

“刺激？”保安队长看向宋摘星，“这里是医院，患者谁也不认识谁，又到处都是温和的医生，谁还能刺激到他？”

“如果所有人都对他不屑一顾呢？”

宋摘星提出的这个假设让简一凡略有些吃惊，然而按照卫磊现在的状态来看，似乎也只有这个假设更符合情理。

只是后面的监控都看不到，寻找郭洪泉等于痴人说梦，简一凡也只能叹口气：“看来我们是帮不上李医生了。”

空气静默了几秒，宋摘星仔细看着有关卫磊的画面，缓缓道：“或许我们遗漏了什么地方。”

同一时间的心理科，李唯西正在争分夺秒。

李唯西慢慢摘下自己手腕上的表，放在两人中间。指针一点一点滑过表面，他再一次看了一眼卫磊画出的长方形，忽地倾身上前，迎上他那阴鸷的目光。

“你小时候不仅仅是尿床，甚至患过严重的尿床症，与母亲的关系也十分不好。你因为自卑，喜欢站在高处、坐在高处，只有你身材高大，俯视别人的时候，才有安全感。”

似乎一下子说到了卫磊的痛处，他不再笑了，却仍不说话，静静地与李唯西对视。

“你不是天生口吃，小时候你受到母亲的虐待，因为恐惧导致口吃，同时逃避热闹，喜欢孤独。你用尽力气想得到母亲的注意和宠爱，但直到现在都没有做到！”

卫磊目光一闪，李唯西抓住了他这转瞬即逝的失落，拿起他画的东西继续道：“这是一个门，没有门把手的门。你不欢迎别人走进你的内心，你对自己的隐私十分看重。”

“越是看重的东西，就越重要。”李唯西指着长方形，猛地一敲，“这里面，装着郭洪泉！”

卫磊有些吃惊，嘴角开始颤抖，让李唯西更加笃定。

“八分钟，并不是八分钟就会爆炸，而是你破坏了医院的电力系统，从医院采取措施到修好，最快需要八分钟。你是个经验丰富的电工，你破坏了电路，打开了火警警报，就是想给自己争取时间。”

卫磊仍旧没有说话，李唯西却紧紧盯着他：“八分钟后，一旦电力系统恢复正常，郭洪泉自然就被我们找到了。他就在因突然断电而卡在半空的电梯里！”

当李唯西说完最后一个字，卫磊斜斜地看了一眼他的手表，还剩四分四十秒。

不对！李唯西浑身似触电一般，惶然站起身来，连手表都没拿，直接冲出了门外。

猜错了，李唯西扶着门框大口喘着气。从刚才他捕捉到的卫磊脸上的微表情来看，郭洪泉根本不在那儿。

办公室的门紧紧关着，时间不停流逝。

李唯西没有进去，他站在玻璃窗下，看着那扇紧紧关闭的门一动不动。哪怕不在一个空间，门外的他和门内的卫磊，也一直在激烈地对峙着。

云月华和吴聪急慌慌地赶来。看见李唯西如今的样子，云月华十分担心道：“要不要我进去和他谈谈？”

李唯西摇了摇头：“他就是来找我的。”

“有什么进展吗？”吴聪着急地来回踱步，“我们已经报了警，但几分钟时间，人怕是救不回来了。”

“真的一点办法都没有了吗？”

“卫磊在生活中常常被人忽略，性格怯懦，自卑感重，凡事都想得到别人表扬。郭洪泉的生死他并不在乎，吸引我们的注意才是他的目的。”

李唯西一边思索着，一边看了看手机上的时间，还有不到四分钟。

阳光透过玻璃窗子洒在李唯西身上，他缓缓抬起头，看着窗外的蓝天和飞鸟，看着那些树冠和高楼，面色怡然。

“我们走吧，让保卫科的人过来。”

“这就放弃了吗？”云月华十分吃惊，她想不到李唯西竟然做出这样的决定。

窗外艳阳更盛，一丛千鸟菊开得正好。

医院大厅，院长陈西晚亲自上阵，站在三楼盯着医院的一举一动。他本想尽快疏散所有病患，但李唯西刚刚给他打了电话，让他什么都不要做。

什么都不做吗？陈西晚看了看时间，依照卫磊的要求，还有三分钟。三分钟内如果还不能解救郭洪泉，恐怕任何人都无力回天了。

“院长，卫生间没有发现郭洪泉。”

“院长，太平间也没有。”

“偏僻角落也没有发现。”

门岗通过对讲机不断向陈西晚传递着消息，陈西晚能想到的地方全都没有郭洪泉的影子，让他极为忧心。

“赶快维修电路！”

陈西晚再一次拿起对讲机命令道，这是他唯一能帮助李唯西的事情了。

与云月华想得恰恰相反，李唯西安排所有人照常工作，连心理科都恢复了往常的样子，开始接待病患。

熙熙攘攘的楼层，没有人知道郭洪泉是谁、卫磊是谁。他们挂了号，安静地在走廊里休息排队，等待着什么时候医生叫号，轮到自己进去。

只有保卫科的人在墙角安静地等待着，无人察觉。

李唯西从测量室出来与保安队会合，眼睛一直盯着手机上的时间，还有两分钟。

保安队长有些慌，偷偷问他："就这么干等着吗？真想进去抓了这小子！"

还剩一分四十二秒。

李唯西没有回应他，只抬头看了看办公室的门，卫磊还在那里面等着。他故意将自己的手表放在卫磊面前，就是让他也感受到时间的流逝以及——自己的不在乎。

还剩一分十五秒。

保卫科的人也同时看着李唯西的手机，所有人屏气凝神，看着剩余的时间越来越少。胡梨叫号的声音、方琳穿梭在各个科室的声音、孙思睿给患者治疗的声音充斥在科室楼层里，表面的太平却让大家心里更加紧张。

还剩一分钟。

办公室的门突然打开。

卫磊手插着兜，看着楼层里的病患和家属不断从自己面前走过，看着医生们各司其职，自己如同傻子般站在办公室门口，没有一个人在意他。

"难道……"

卫磊皱了皱眉，随即面色惨白。

他快速向楼下奔去。

李唯西随即安排保安队长："偷偷跟着他！"

保卫科里，宋摘星和简一凡看着再次出现在监控里的卫磊，连忙给李唯西打电话。

"卫磊不断地在二楼和三楼转悠，好像在找你。"

躲在一角的李唯西隔着电话问她："卫磊是走遍整个二楼和三楼吗？"

宋摘星一边调着以前的监控一边观察着卫磊："不是，只走到中间的位置，时不时往一楼大厅里看。"

"卫磊不是在找我，他是在看我们有没有把郭洪泉救出来。"李唯西分析道，"我不理他，给他造成假象，让他误以为我们直接找到了郭洪泉而不需要再问他。”

“你是说郭洪泉在一楼？”

拿着手机的宋摘星有些颤抖，现在这个时候猜错一步就是满盘皆输。

时间还剩三十一秒。

李唯西的声音再次传来：“大厅有蹊跷。”

卫磊假意在二楼和三楼转悠，实际上却一直在注视着大厅。什么时候人们会从大厅经过？宋摘星脑中噼啪一响，连忙去看刚刚调出来的录像。这也是她能想到的，刚才疏漏的地方。

“唯西，卫磊是开着集装箱式的卡车来医院的！车就停在C区12！”

果然！

李唯西挂掉电话，一边往楼下跑一边向其他保安喊道：“C区12，郭洪泉就在集装箱里！”

卫磊走到医院大厅的时候，追上来的李唯西只离他几步远。

时间已过七分钟五十六秒。

“卫磊！”李唯西看见卫磊从兜里掏出了爆炸遥控器，连忙阻止他，“我知道郭洪泉在哪，你不要乱来。”

卫磊淡淡一笑，终于开口：“大……大家一起……死。”

李唯西对他摇了摇头：“郭洪泉就在你的车里，我们找到他了。”

卫磊面部表情忽地坍塌殆尽，不停抽搐着：“不……不可……不可能……”

两个人在人潮中格格不入，但没有人知道他们在说什么，更没人注意他们，就像无数个在医院里的病人和医生，常见到无人在乎。

李唯西靠他更近一些，尽可能地控制住他的情绪：“你本应该是来这里看病的，为什么忽然要绑架他？”

卫磊脸色黯淡，似乎用了很久的时间才接受这个结果：“我本……本来是想……用爆炸器杀……杀我老板的。但……但今天他说……他看着我……说小卫辛苦你去修……老板还记得我，我就改了主……主意。”

“因为老板注意到了你，甚至感谢了你的付出，所以你放弃了杀他。”李唯西安抚道，“你意识到自己的心理问题，所以来了心理科。”

卫磊点了点头："郭……郭不是好老板。"

李唯西上前将爆炸遥控器从他手里拿过来，卫磊没有抗拒，他的眼睛里浸满了泪水。李唯西轻轻握住他的手，让他看着自己。

"你会好起来的，精神性障碍没有那么难以解决。通过心理治疗，你甚至可以解决口吃的毛病。"

卫磊有些惊异，瞪大眼睛看着他。

"我……我好不起来了……我……一无是处……"

眼泪就这样啪嗒啪嗒掉在地上，卫磊浑身颤动，整个人彻底瓦解。

"至少……"

李唯西看着手里的遥控器，想着它连接的爆炸装置一旦发挥作用后的不堪后果，缓缓向他说道："你是一名那么优秀的电力维修师，你不该放弃自己。"

澄澈的蓝天下整个医院都蒙上了阳光的金色，大厅外，警笛声呼啸而来，警察带走了卫磊。所有人都松了口气，但李唯西知道，对于卫磊来说，这才刚刚开始。

这个世界上，因为绝望无助而变得穷凶极恶的"卫磊"还有很多。

第五章　惊骇受伤

晴朗的天气没有持续太久，整个下午都阴沉沉的，好似做好了迎接冬日的准备。咖啡馆里回荡着《Mephisto valse》的旋律，乐声转瞬消散在如涛的风声中。棉花般厚实的云层堆积在窗玻璃的上方，笼罩着整片马路和街灯。

宋摘星从咖啡馆里打包了几杯拿铁，戴上了一条米黄色围巾，快速向心理科走去。然而就在她想穿过马路时，一辆银灰色的车恰好停在她旁边，李唯西随之摇下车窗对她笑道："作为同事，还是要劝你先不要回去。"

"为什么？"

"前段时间集体自杀的案子，那边的精神科打来电话，让咱们过去配合一下。"

宋摘星立马反应过来，点了点头。上了车觉得有点不对劲儿，随即问他："为什么……不能先回心理科？"

"副主任正在训斥大家。"他终于说了真话。

"主要是训斥胡梨吧？"

他应了一声："上午的案子之所以发生，也是因为胡梨没有好好对待卫磊。"

宋摘星半靠在座椅上，干脆将几杯咖啡全部放下，叹了口气："还是小孩子呢，刚工作谁不犯错啊。"

李唯西打了方向盘，车子行驶在两边满是法国梧桐的路上，枝丫漫天垂坠着。

“你也就比胡梨大几岁吧？”

李唯西淡然出声，似乎在回忆很久之前的事情。

宋摘星耸了耸肩：“我刚工作那会儿，实战经验太少，每天都会出错。一边看书一边给患者治疗，有时候还会被患者骂。磕磕绊绊地看好了几十个病人，一年又一年就这么过去了。”

“你为什么选择做心理科医生？”

“喜欢啊。”

宋摘星脱口而出，眼睛里熠熠生辉。她顿了顿，后面的话没再说出口。李唯西看出了她的犹豫，索性也不再问，驾车一路向西驶去。

宋摘星陷入了绵长的回忆中。当年也是这样一个冬天吧，彼时的她穿着单薄的上衣和漏洞的牛仔裤，瑟缩地站在雪中时，是那个男孩给她撑起了一把伞。偏偏那么巧，在自己就要自杀的时候，他出现了。

车子越走越远，一汀寒翠不断闯入眼帘，空气静默着。

西山精神病院。院子里一簇簇的月季花开得正好，三面环山，沿河堤的地方尽是杨柳，时而有飞鸟盘旋，一派静谧幽雅。

李唯西和宋摘星一路走到病房，还没进去，就听见里面大吵大闹的声音。

几个保安正捆绑着一个病患，病患不断地挣扎和发泄，嘶吼声回荡在整个大厅里。

“跑！一定要跑！我要赶上去，我一定要做第一名！”

宋摘星闯进去，企图阻止那些保安：“能不能别绑他？”

其中一个人连连叹气：“到处跑，哪能看得住，不绑不行啊小姑娘。”

说话的当口，趴在地上的男人一个鲤鱼打挺，一把抓住宋摘星的手急匆匆道：“我没病！我什么病都没有！救救我，快救救我！”

跟上来的李唯西见状大惊，刚要上前解围，却被宋摘星摇头劝止。

宋摘星握住男人的手，慢慢安抚他：“你为什么要跑？”

男人反手箍住宋摘星，目光里全是恐惧：“一定要跑！赶不上了，赶不上去了。一定要努力，一定要追上他！”

几个保安全都不敢妄动，李唯西站在一侧静静观察着，身体一点一点向他们靠近。

宋摘星被男人胁迫着离他们越来越远，脸上却没有一丝波澜。她紧紧盯着面前的男人，细声细语道：“你在家里是不是排行老二？”

男人浑身一抖，有些吃惊：“你是谁？你是不是他的人？”

宋摘星：“我不是你哥哥的人，我是来救你的。你是不是经常梦见自己与别人比赛？比如参加赛跑、追赶火车、和人比赛自行车之类的？”

那个男的嘘了口气，悄悄地对宋摘星说道：“别和他们说，不要和他们说。”

宋摘星点点头，给予他足够的信任：“我替你保密。我只是想告诉你，你哥哥也经常做梦，他比你更惨。”

“真的吗？”

男人松开了她的手，一时兴奋起来：“他！他都做些什么梦？和我一样吗？跑？！”

他一松开，几个保安连忙想上前绑他，却被李唯西单手拦住。李唯西对着他们摇了摇头，几个保安十分不解：“再不抓他，万一小姑娘被伤到怎么办？”

李唯西只看着前方的宋摘星，嘴里轻声嘀咕，说着和宋摘星一样的话。

“你哥哥每天都梦到自己从高楼上掉下去。”

“哈哈哈哈哈。”男人仰头大笑，“他？哈哈哈哈，怎么回事？他比我惨多了。他太可怜了吧？”

宋摘星牵着他的手慢慢向保安们靠近，又安心和他说道：“所以你不要跑啦，等你哥哥来看你的时候，你也不要对他大吼大叫，他过得比你惨很多，你应该安慰他才对。”

“是是是，他比我更惨。要是我爸知道了，肯定要伤心死了。”

几个保安面面相觑，看宋摘星这么一会儿工夫就让疯疯癫癫的男人安定下来，不由得啧啧赞叹。

“她怎么知道他排行第二啊？”

李唯西浅浅一笑：“一般来说，家中老大更容易成为领导者，但梦境通常是从高处跌落下来，因为他们虽然处于优于别人的位置上，却不能保证不会失去这个位置。老二的生活更像一场竞赛，因为有一个领导者——老大，远在他前面，他必须奋力追赶。”

“那老幺呢？”一个小保安探头探脑地问。

李唯西看了看他，笑意更深：“家庭支柱通常都是最小的孩子。他们往往会得到全家人的帮助，有很多激发他雄心壮志的事让他拼搏，家庭地位也非常优越。不过在问题儿童中，最小的孩子也排在前面，因为他们更容易被宠坏，不希望自己受到束缚，性情懒惰，自高自大。”

“啊？”那个保安唏嘘一叹。

李唯西看着宋摘星和那男人还在交流，转过头来继续和他说道：“这些当然不是一成不变的，家庭环境也非常重要。你看刚才那个男人说他父亲会很伤心，说明他在家不受重视，父亲只看重哥哥，导致他心理不平衡，每天就想着怎么追赶哥哥，时间长了，精神会极度紧张。”

几个保安这下听懂了，点了点头：“没错，这会儿发疯，是因为他哥刚来看过他。脾气一下子就上来了，大喊大叫，拦不住！”

“不过，你们怎么知道他有个哥哥而不是姐姐啊？”探头探脑的小保安求知欲非常强烈。

李唯西单手握拳，半掩着笑意：“如果在和弟弟妹妹的竞争中老大失败了，就会变得懒散萎靡、一蹶不振。相反，如果老大成为弟弟妹妹的领导者，那么老二就会成为麻烦的制造者。多数情况下，姐弟关系不会那么紧张，只有兄弟或者姐妹之间这种竞争才会加剧。”①

小保安若有所思地点了点头。恰好宋摘星已经将男人完全安抚好，交到他的手上。

“还是需要住院观察，以后尽量不要捆绑他，病情没有那么严重。”

几个保安赶紧应下，向宋摘星道了谢，随即带着男人离开。二人转了身，才发现远处一个白衣男人一直盯着他们看。李唯西皱了皱眉，这种审视的目光让人并不舒服。

白衣男人堪堪走上前来，和他们打招呼：“时越。”

李唯西恍然：“就是你打电话让我们过来的？”

宋摘星看着面前这个男人，和自己年纪差不多大，却长了一双极好看的桃花眼，只是他的目光太冷了，虽然看起来明秀润泽，却让人禁不住一个激灵。

时越淡然转身，和他们边走边说：“小雪很想见宋摘星。”

① 引自阿尔弗雷德·阿德勒《自卑与超越》。

三人一起进了病房，天阴得越发厉害。一路上时越不断跟他们介绍着集体自杀案中几个孩子的状况，小雪是里面病情最严重的孩子。父亲出轨，母亲又患有疾病，小雪在这个时候得了双相情感障碍，无疑让整个家庭雪上加霜。

“其他孩子呢？怎么没有转到我们心理科？”宋摘星一直惦记着这件事情，如今被时越接手，让她有些遗憾。

似是看出她的困惑，时越冷冷道：“这里离学校近，几个不严重的孩子做完咨询后可以继续上学。小雪需要住院观察，也没办法往你们那儿转。”

比起精神病院，心理科更多是面对普通人的心理问题，并且没有病房，这也是宋摘星顾虑的原因。小雪如果真的很严重，这里会比科室更适合她。

时越推开门，宋摘星迫不及待地进去，一头撞上正傻呵呵笑着的小雪，彼此都吃了一惊。

“你是谁？”

小雪还在笑，很是兴奋。

宋摘星猜到她现在正处于躁狂期，有些结巴：“我……我是……”

“她就是你要找的摘星姐姐。”时越走上前，站在离小雪半米远的位置，“你不是一直想见她吗？”

小雪听后脸色一变，身子却快速移动，直直靠近宋摘星。

“对不起，那天是我给你打的电话。我姐姐……我姐姐死了……”

小雪还是很兴奋的样子，只是说着说着眼泪忽地掉下来，与自己精神奕奕的状态完全不相符。宋摘星心疼地抱住她，不断地安慰道：“没事了，没事了。”

李唯西斜倚在门口，仍是单手插兜的动作。他没有注意宋摘星，只是眼眸淡淡地看着时越，眉心半拧。

从一见面他就察觉到时越一直跟他们保持距离，这是一种刻意的保持，让李唯西不得不多虑。显然时越跟任何人都不亲近，甚至连小雪都没有和时越有任何的身体接触。时越要么有洁癖，要么就是对别人要求高、戒心重。

更重要的是，他一定在哪里见过这个面孔。只是时光久长，那些脑海中偶然浮现的记忆会莫名其妙纠缠在一起，让他忘记究竟是在什么样的情境里见过时越。

连续几天的失眠与兴奋早已让小雪体力不支，哭完没多久就昏沉睡去了，最终表现得极度冷静，好似再也没有了悲伤，也没有了欢乐。双相情感障碍病情表现大多如此——既有躁狂发作，又有抑郁发作，是临床上极为棘手的一种病况。

“这种病容易误诊为精神分裂症，既然你这么精准地给小雪做了判断，相信你一定是个不错的医生。”宋摘星跟着时越穿过走廊，重新站在院子里，“我会全力配合你，直到小雪康复为止。”

一直冷冽的时越终于淡淡笑了起来，夹带着让人捉摸不清的意味。

“这种病不是一时半会儿就能看好的，你要经常过来配合我？”

“当然。”宋摘星点点头，“今天小雪太累了，也没有和我说太多话。但是你也看得出，她信任我，这是迈向成功的一大步。”

初冬的风扑在脸颊上凉丝丝的，时越低眉看着她，眸光清冷深邃。他刚要说话，李唯西忽地上前，一把扯住宋摘星的袖子，礼貌而又温柔地笑道：“该走了。”

时越抿了抿唇，那些将说未说的话，再也没有说出口。

“你们不能走！”

穿着病号服的老大爷背着手转悠到三人旁边，令时越一时紧张无比。

“王大爷，天气这么冷，该回去了。”

王大爷根本不听劝，对着时越摇了摇头，又看向宋摘星，指指点点道：“姑娘，八字和我说一下。”

宋摘星一蒙：“什么？”

看得出王大爷十分心急，连忙又摇起头来，不停念叨着：“算了算了，老夫本事了得，看面相也可以。”说完就开始盯着宋摘星看，似要把她吞吃下去。

时越用口型对着宋摘星和李唯西道：“我们院里的算命大师。”

“哎呀姑娘！你金钱运不错啊，运势强盛，非一般人能比。”

王大爷围着宋摘星转了三圈，吓得宋摘星一直往李唯西身边躲，却听到惊乍的声音再次传来。

“姑娘你最近有灾啊。你是不是刚分手？”

连带着李唯西都是一怔。

"小伙子，你不能离这个姑娘那么近。"王大爷一把拉住李唯西，试图让他离宋摘星远一些，"她命里克你。"

"哈？"宋摘星哭笑不得，"你刚不还说我运势强盛吗，我怎么就克他了？"

"你们面相就相克。你主财运，却破小伙子的财。小伙子桃花运不错，你偏偏克得他讨不到一个老婆。你们啊，天生冤家。"

王大爷连连摆手，又拍了拍李唯西安慰他道："老夫看你耳高约与眉齐，耳须色明润泽，眼睛含藏不露，黑白分明，瞳子端正，是大富大贵之相啊。只要你不和这个姑娘在一起，大爷保你一辈子吃喝不愁。"

李唯西倒浅浅笑起来："穷又如何呢。"

王大爷白了李唯西一眼，看出来他一点都不识相，转头看向时越道："你的面相啊和这个姑娘正相配，五行相生，简直天造地设。大爷从不骗人，我上知天文，下知地理，算卦、占卜、面相、手相没有不会的，你一定要听大爷的。"

宋摘星终于知道他为什么穿着病号服了，原是有表演型人格障碍。

时越依旧冷冷地看着他，直到王大爷感受到氛围极度异常，连忙鞠躬向时越告辞："打扰了，打扰了，走了走了，别送了。今天就到这里，来日我再给你算。切记老夫的话，务必要和这姑娘在一起。"

等王大爷转了身，宋摘星笑得花枝乱颤。

"这个大爷，之前给你算过命吗？"

时越难得脸色一红，咳了咳："算过。"

"怎么说的？和别的女孩也相配吗？"

时越撇过头去不再看她，声音清冷如初："记得来看小雪。"

院子里种着的桔梗和铃兰长势正好，甜丝丝的味道萦绕在鼻尖儿上。等时越颀长的背影消失在视野中，宋摘星回过头来不解地向李唯西问道："怎么说走就走了？"

李唯西低着头，看着宋摘星的头发有一缕散在风里，因为在院子里待久了，耳朵也微微发红。米黄色的围巾有一半耷拉下来，完全失去了它的作用，恰好衬着如今的她玲珑精怪、无所顾虑的样子。

"因为他不好意思回答你的问题。"

“啊？”宋摘星迎上他的目光，“你又看穿他的表情了？”

李唯西眉眼半弯：“给他算过很多次，但都没有说过有人和他相配，除了你。”

宋摘星一愣，还没等反应，却一下子被不知从哪里蹿出来的疯女人抓住，整个人都惊慌起来。

“除了你！除了你！你身上是不是也长疙瘩了？长好多好多疙瘩，好多好多。”

宋摘星大骇，胳膊被疯女人狠狠箍住，还没逃脱，却见女人拿着一根足长的钉子猛地扎向她的手臂。

“小心！”

事发突然，不过几秒之间，李唯西疾步上前，拽出宋摘星的同时却听“刺啦”一声，衣服乍然割裂，鲜血直直迸溅到他眉眼之中。时间瞬时静默，李唯西的脸色惨白如纸。

宋摘星躺在李唯西的怀里，鲜血滴在脚下，染红了几片虎尾草的叶子。长长的血痕从她的手背一直延伸到前臂，触目惊心。李唯西慌忙捂住她的血口，鲜血却仍然从他修长的指缝里汩汩而出。

几个护士终于追上来，被钳住的疯女人两眼放光，哈哈大笑：“好了好了，疙瘩扎破就好了。你看看我，我全都扎破了，全都扎破了！”

她一边说一边撸自己的袖子，胳膊上竟全部都是钉子扎的血洞，惨不忍睹。

护士知道她闯了祸，带着哭腔：“她一直说自己身上长疙瘩，其实什么都没有。钉子早就没收了，不知道又从哪里偷来的。刚才还在那儿排队体检呢，一个没注意就跑出来了。”

宋摘星浑身没了力气，李唯西一把将她打横抱起来，声音清寒惊惧：“快找医生！”

薄暮降临，偌大的医院风声瑟瑟，悬铃木的叶子摇摇飘落在他的身上竟也未察觉。

京大医院里，简一凡正在和胖男人做有关意念减肥的放松治疗。

二三百斤的男人往“体感音波治疗椅”上一躺，接着戴上了简一凡为他调好的耳机。它的机制是通过同步的音波振动及身体的触觉、振动觉，从而激发身体内部的神经内分泌系统的调节整合作用，使患者彻底放松下来。如今用在胖男人身上，是简一凡用得最“处心积虑”的一招。

“你要不断地暗示自己，水也很好喝，简单的蔬菜也很好吃。”

简一凡看着不断放松的胖男人，微笑渐渐加深，大有一种正在欣赏自己杰作的“慈母”一般的表情。

胖男人不自觉扭动了一下身体，简一凡连忙上前，贴着他轻声说道：“研究证明，当你听着放松音乐时，你的大脑会释放多巴胺——一个‘自我感觉良好’的神经递质。大量的多巴胺释放，会在生物学上使你感到幸福、兴奋和快乐。你越放松，压力就越小，对吃就不再那么依赖。”

简一凡看他听得如痴如醉，慢慢站起来，继续扬扬自得道：“通过放松来减少体内应激激素皮质醇的水平，从而抵消了慢性压力的影响，我们的免疫系统都会提高很多。

“要在放松和吃之间建立联系。

“放松甚至让你消耗更少的热量，抑制你的食欲。”

简一凡越说越兴奋，重新踱回胖男人的身边：“一定要不断地暗示自己，喝水也能饱腹。”

呼噜噜——

治疗椅上的胖男人早已睡着了。简一凡却意犹未尽，还想接着唠叨，却被一记电话声拉回现实。

简一凡蹑手蹑脚出了门，悄悄接了电话：“老妈？”

“小凡呀，红色法拉利买好啦。你怎么说换车就换车呀？”

“Yes！”

简一凡在空中比了个V字形，兴奋地回她：“我喜欢红色！必须换！”

对面传来极为宠溺的笑声：“换了也好。妈妈刚又给你说了一门亲事，你赵叔叔，就是小时候带你出国玩的老赵，他女儿回国了。你什么时候跟她见一见？我看就开着新车去好啦。”

“哎呀妈，你真是啰唆。”

简一凡眉心拧成一团，连忙把电话挂了。不过脸上仍然挂着喜滋滋的表情，拿着手机摩挲了半天，找了个僻静的地方，赶紧给高璨打了过去。

“有时间吗？下班我接你一起吃个饭，顺便提个车。啊，我脸？我脸早好了啊。”

房间里，胖男人一个痉挛，竟然醒了。

“梦见了大肘子。”

胖男人眼泪差点掉下来，顺手将身边的一杯白水咕咚咕咚喝个干净。

大概处于郊区的缘故，残风中尚能听见几声杜鹃鸟的啼鸣。乳白色墙面搭配绛红色屋瓦结合而成的欧式建筑伫立在如墨的黑夜中，有种扑面而来的高大与体面感。

沿着斜坡式的门廊进来，别墅里的灯乍然亮起，才让宋摘星意识到李唯西到底住在多大的一个房子里。

红砖砌墙正中卧着一个超大的壁炉，嵌入式的棕色墙裙与鹅卵石饰面显示出古老的质感。浮世绘的羊毛编织地毯覆盖在松木板上，一路蔓延到飘窗处的立式钢琴下。月白色的窗帘给厚重的房子增加了一份轻盈的感觉，显得素净又温柔。

书房里的门没关，即便她站在玄关，也一眼能看见壁架上图书林立，几乎都是大部头的厚书，书脊上充斥着简体、繁体、英文和其他看不懂的字母。姜黄的灯光打在一旁的胡桃木摇椅上，让整个房间散发着静谧安详的味道。

“这么早就过上了老干部的生活？”

宋摘星委实看不出来一派英伦范儿的他怎么住在这样的别墅里。

“以前和我妈妈一起。现在她在美国有了新的家庭，不回来了。”

李唯西换了布底拖鞋，又从鞋柜里拿了一双纯棉的单鞋放在一边，随即半蹲在地上，开始给她解鞋带。

“我……我自己来。”

宋摘星正想拒绝，哪知李唯西顺手就做好了。再次站起来时，却险些撞到她的下巴。她一直低着头，一时猝不及防，幸好及时被他扶住。李唯西欺身上来，两人之间呼吸可闻，宋摘星的脸倏地红到耳根。

李唯西感觉到她乱撞的心跳，长睫蹭在自己衣衫上，让她一时无处可躲。他慢慢放开她，笑得如澹冶春山，嘴角勾到极好看的弧度。

“其实你是个安全感极低的人。”

宋摘星想反驳他，李唯西却没给她时间，继续说道："西郊正好有这处房子。你受了伤，太晚了也不好再送你回去，今天就在这住下吧。"

李唯西一路啪啪开灯，整个别墅都亮了起来。旋转式的楼梯直通二楼，连带着窗户外的石砌花园都一并在灯光下显现出来。

他重新走回来，小心翼翼地扶着她坐在沙发上。宋摘星被他照顾得不好意思，连声道谢。

"如果真要谢我，就答应我一件事。"

"哎？"

李唯西看着她，目光清澈如水："以后不要再受伤了。"

宋摘星心口如同触电般一下子被击中，整张脸上带着极度惊诧和难以置信的表情。

在她八岁时，那个男孩看到她手腕上一道又一道自残的划痕，看到她脸上被父亲打的巴掌印，看到她磕在细碎的雪里变得红肿的膝盖，将她抱在怀里，温柔地对她说："以后不要再受伤了。"

思潮腾涌，她用了很久才重新恢复心神，恍恍惚惚地回应他："好。"

窗外风声渐盛，草木猗蔚，枝干扶疏，宋摘星偷偷别过头去抹掉眼泪。可惜再也回不去了，那个护她惜她的男孩子，早就死了。

一夜熟睡，给她铺的珊瑚绒毯子又暖和又柔软，清晨的阳光透过碎花窗帘洒在床上，晒着她如白瓷一般的肌肤。窗帘清丽整洁，短幔垂坠着细碎的流苏，衬底也做得雅致，将乳白色的光线分出几层，落在一格又一格的实木地板上。

暴风将阴云吹尽，天气格外晴好。

宋摘星起了床走到客厅，看见李唯西穿着睡衣正在煮咖啡。桌子上摆着菜食，汤锅里咕嘟咕嘟冒着热气，圆肚火炉里发出毕剥的声响，让她一下子感觉到家的味道。

他再次戴上了金丝框的圆形眼镜，似乎有意掩盖昨晚未曾睡好的表象，显得儒雅而又落拓。

看她出来了，李唯西连忙取了咖啡，唤她吃饭。

宋摘星本就羞赧，立刻乖乖听话去洗漱。待收拾完坐在餐桌前，才看清一桌子的菜到底是什么，不禁惊讶连连。

虾仁蒸蛋、盐煎鸡翅、芥菜蟹肉、葱烧杏鲍菇、冬菇鲜菌汤……

看出来宋摘星的表情变化，李唯西一边坐在她对面一边漫不经心道："本来煎了牛排的，看你一时半会儿地醒不了，干脆另做了中餐。"

宋摘星张了张口，还没说话，肚子已经咕咕叫起来。一时尴尬，她赶紧夹了一筷子菜往嘴里填。

"幸好伤的是左臂，不然连吃饭都是个问题。"

李唯西给她盛了汤，袖口贴近她时，尚能闻到清爽的气味。

宋摘星贪婪地嗅了嗅他身上的淡香，住了一夜，反而跟他亲近不少。

"伤哪边都无所谓。我刚工作那会儿，被患者打断了右胳膊，伤筋动骨一百天啊，上班、吃饭、写字，我全用左手干的。"

这一点李唯西倒是没料到，暗暗佩服她："你对那些患者真是有耐心。"

"你不也一样吗？对付犯人要更有耐心吧？"

李唯西看着她心情大好，唇角渐渐泛起笑意，岔开话题道："当时以为破案会非常酷，吸引女孩子。后来发现破案越多，女孩子离我越远。"

"为什么？"

"They say that I'm a freak。"

大概是用了一些人的原话，李唯西很自然地说了英语，倒让宋摘星吃了一惊。

"你一点都不像怪咖啊。那些姑娘真是没眼光。"

李唯西面色微澜，低头喝了口咖啡。

"你知道大学的时候，司言是怎么追上我的吗？"

宋摘星吃得有些饱了，干脆将筷子放下，稀松的语气倒像在说着一件与自己无关的事。

"司言每天都会送我两颗糖，星星形状的，也不知是从哪里买的。每天，每天。糖很甜，放在嘴里不会马上化掉，要嚼几下才能把甜味彻底挤出来。你昨天说我安全感低，其实一点都没错，几颗糖就让我认定他了。"

宋摘星随他一起喝了口咖啡，将回忆扯得更远："我第一次吃那种糖，是在我八岁的时候。爸妈离婚，妈妈为了讨抚养费天天和爸爸吵架，我得了很严重的抑郁症，想着如果我死了，妈妈就不会那么痛苦了。后来我被送进了心理科，遇到了送我糖的男孩子。那种糖真甜啊，我从来没吃过那么好吃的糖。”

李唯西久久没有说话，目光如幽潭一般看着她。桌角加湿器里冒着细细的蒸汽，氤氲在她长长的睫毛和头发上，让她看起来疏懒逸致。

“男孩子的爸爸就是给我看病的医生，人很好，非常负责。所以每当我遇到乱发脾气的患者，我都会想，如果是他面对这样的事情，肯定会非常耐心地对待病人。他一直是我的榜样。”

宋摘星闻着咖啡的香气，醇厚的味道一直从舌尖涤荡进心底，暖暖的。

“你之前问我为什么选择做心理科医生，其实是因为心理科医生救了我。我理应去救更多人。”

似乎意识到自己说多了，她对着李唯西笑了笑：“是不是没想到坐在你身边的，曾经也是个心理病人？”

攀在树墩上的山雀扑腾了几下飞走了，啁啾的鸣声隔着百叶窗渐行渐远。李唯西有一瞬的失神，也不知是有意还是无心，低吟一般向她问道：“你还记得给你看病的医生叫什么吗？”

“当然。”

那是宋摘星穷其一生也不会忘掉的名字。

“顾伯棠。”

下午的心理科极其热闹。大家都知道宋摘星受了伤，像护着宝贝一样，什么都不让她做。尤其以简一凡为首，时刻紧盯宋摘星的一举一动，连她说话都要限制，规定必须安安静静地养伤，就差弄张床来让她在办公室躺着。

极度的“宠爱”引得同事连连侧目，让宋摘星倍感压力。明明就是一点小伤，她还是个受害者，如今被简一凡一夸大，使她倒觉得自己成了科室的罪人。

宋摘星唉声叹气地走到咨询室门口，一直跟在她后面的简一凡连忙上前阻止：“阿星，快回去休息，你不能再做咨询了！”

一个老大爷在走廊里待久了，宋摘星想给他倒杯水，立刻被简一凡截走。

“阿星，你好好坐着。”

文静忙着接待病患，宋摘星闲着无事，想上前帮忙递个测量表，简一凡又不知从哪里冒出来。

“阿星，你不要乱动！”

一个测量表，不到10克的纸，简一凡难道还怕她累到骨折吗？

宋摘星懒得和他争辩，如今彻底投降，干巴巴地坐在办公室里。简一凡就站在她对面，鼻子尖都翘起来了，十分严厉地警告她：“阿星，你要是再不好好休息，我就把你论文撕了！”

“你敢！”宋摘星猛地用力，扯得胳膊一阵疼。她咬牙回瞪他：“我不是让你帮我交上去吗，怎么还在你手里？你快还给我！我不用你了！”

简一凡冷哼一声：“没门！今天就算科室爆炸，你也不能出办公室一步！不然你的论文立！刻！撕！掉！”

他说得一板一眼，宋摘星憋着一股气，知道拗不过他，干脆躺在椅子上装死。简一凡就靠在一边，约莫盯了几分钟，高璨的电话忽然打进来，他连忙去接。

看得出是件急事儿，简一凡说了几声“好”，给宋摘星做了个抹脖子的动作，便急慌慌出了门。

简一凡刚没了影，隔壁治疗室方琳呼救的声音突然传来，宋摘星来不及多想，一个挺身直奔治疗室而去。

“恐水症”阿姨在治疗过程中忽然呕吐，吓得方琳一时没了主意。宋摘星赶紧上前急救。李唯西赶来时看见阿姨正平躺在床上，胸口还在剧烈起伏。

逆光中的宋摘星多了他从未见过的专注和深情，半长的头发垂在肩头，清丽柔软，衬得眼睛如星子一样清澈透明。

病床前的宋摘星并未察觉李唯西的存在，一边让阿姨慢慢安静下来，一边吩咐方琳：“后面做系统脱敏治疗。”

方琳点了点头。站在门口的实习生胡梨懵懂地看向李唯西，偷偷问他：“什么是系统脱敏治疗？”

李唯西目光流转：“运用这种疗法，主要诱导患者暴露出导致神经症焦虑、恐惧的情境，并通过心理的放松状态来对抗这种焦虑情绪，从而达到消除焦虑或恐惧的目的。患者既然不敢喝水，这种方法用在她身上正合适。”

胡梨刚把方法记下，忽见文静从咨询室慌里慌张地跑过来，着急道：“得了周一障碍症的孩子年龄太小了，死活不配合咨询，怎么办？”

整个走廊都回荡着孩子的哭声，李唯西瞧着还在忙碌的宋摘星，直接将文静拦下。

“我来。”

李唯西回办公室做准备，穿上白大褂的他显得越发清澈隽雅。他眉心微蹙，白皙的脸上透着棱角分明的冷峻，嘱咐文静：“你去照顾一下恐水症患者，孩子交给我。”

胡梨也一并跟来，热切地向李唯西请教：“周一障碍症怎么治疗啊？”

李唯西从抽屉里拿出来一沓资料递给她：“现在大家压力都比较大，不仅仅是孩子，上班族也容易有‘星期一综合征’。具体表现在每逢周一不想上学、上班，总出现疲倦、头晕、胸闷、肚子疼等症状。虽然每个个体的症状不同，但病因基本一致，可以用‘来询者中心疗法’，强调他们的尊严、价值、创造力和自我实现。”

“你是说运用罗杰斯大师的治疗体系是吗？”胡梨来了兴致，“他可是人本主义心理学的主要代表人物诶，强调人具备自我调整以恢复心理健康的能力。”

“对。通过为他们创造无条件支持与鼓励的氛围，使患者能够发现自我潜能并且回归本我，从而改变自我的不良行为，矫正自身的心理问题。”

李唯西说起这些来毫不费力，却并没有给人留下一点倨傲的感觉，让胡梨暗暗心惊。虽然知道他是从美国回来的专家，但之前接手的都是犯罪心理学，这些治疗的经验哪里是一蹴而就可以学会的。没承想，他在临床上的能力竟也毫不逊色。

走廊拐角。

简一凡十分惊讶地再次见到把自己挠花脸的“大妈”。

高璨将她和她儿子往简一凡面前推了推：“孙丽丽女士和她儿子毛毛。”

孙丽丽仍然记得简一凡，不可思议地吼向高璨：“让他给我儿子看病？”

高璨解释：“毛毛有‘多动症’，心理科在这方面经验更丰富，建议转到他那里。”

简一凡终于知道怎么回事了，这是高璨给自己考验呢。

“哎，大姐，”简一凡笑嘻嘻地贴上来，直接拉着他们往心理科走，“我在这方面是资深专家，别人都没我厉害，毛毛交给我，绝对给你看好。”

孙丽丽将信将疑地看着简一凡，倒也迈开了步子。

“上次，对不住啊，我也是一时失手。你脸还疼吗？”

“不疼不疼，没有您挠的这几下，我现在还是科室里最帅的人呢，一直都当第一太无趣！”

简一凡暗暗给高璨抛了个眼色，高璨抿了抿唇，眉眼里全是笑意。

治疗室里，宋摘星还在配合着方琳给患者做“恐水+放松”治疗。

简一凡从走廊里现出身子，离心理科还有二十米。

时间一分一秒过去。

简一凡离心理科还有十五米。

十米。

五米。

三米。

“宋摘星！”

简一凡迎头撞上刚从治疗室里出来的宋摘星，立刻嘶吼出声，火气、怒气迸发出尖锐刺耳的声音，引得所有人的目光都刺在她的身上。

李唯西刚刚做完咨询，出来时恰好看到宋摘星一脸黑线的表情。

只是还未说话，忽听背后传来一声娇喊，让人骨头酥麻、心神荡漾。

“西西，有没有想人家？”

他浅浅转身，看见一身紫薯色皮裙搭配McQueen黑色双排扣大衣、脚踩小羊皮高跟鞋的林莞一路欢愉地直奔自己而来。

宋摘星呆呆地问简一凡：“这谁呀？”

素有“八卦小王子”之称的简一凡撇了撇嘴：“你还不知道呐？她是李唯西的女朋友，昨儿在这守一下午了。”

宋摘星眉心微紧，胳膊受伤的地方一下子好痛。

第六章　父亲失踪

百安疗养院紧邻森林公园和卧佛寺，老楼林立，一到夜晚就变得格外安谧和清幽。院内浅丘起伏，种植大片竹海，林间星罗棋布地点缀着亭台、荷池、曲廊和小径，一条翠湖贯穿而过，连接图书馆、棋艺室和餐厅，让整个疗养院颇具意趣。

从正门进来，道路两旁植满了银杏和水杉树，即便到了冬天也充满盎然绿意。镶嵌在地面上的鹅卵石经过岁月的磨洗已白润如玉，一直铺到护理中心，在路灯的照耀下发出朦朦胧胧的淡光，奇园叠翠，银纱雁影，缓缓潺潺，流淌不息。

护理公寓二楼，202室。

护工燕子给床上的老人掖好被角，又将药放到抽屉里，最后检查了通气管和窗户，这才安心地关灯离去。

床上的老人还不到花甲年纪，只是整个人都糊里糊涂的，黑夜中闭着眼睛，嘴里还在不断念叨着："快了，快了……"

燕子隔着房门听了几句，在他没有声音之后才叹气离开。她想不通一个得了阿尔茨海默病的人还能有什么心事，这几天都絮絮叨叨的，让人不踏实。

时钟指向晚十点二十分，燕子打了个哈欠，下楼关上了公寓最后一道门。

一连过了数日闹腾的日子，直到这天林莞没有出现，心理科才算安静下来。

因着简一凡的强制要求，宋摘星干脆在家休息，等伤口结了一点痂才敢来上班。幸好没有伤到骨头，宋摘星倒不在意那条长长的疤痕，类似这种伤口她身上多了去了。只是人还没走到办公室，关于李唯西和林莞的消息已经铺天盖地向她袭来。

那个自称李唯西女朋友的林莞，家境富足，条件优渥，对李唯西无微不至，动辄来科里送汤送水，连他手下的患者都不放过。她亲自跑到治疗室，将每个病人都关照一遍，讲清自己是李唯西的女朋友，一时引得艳羡无数，顺带得到了所有人的祝福。

宋摘星呆呆地听着，直到简一凡说渴了，她才耳根清净。

她急忙见缝插针地赶他走："多动症的孩子，你去看看专注力练得怎么样了。"

这可是高璨下的圣旨，简一凡哪能怠慢，经宋摘星一提醒，赶紧往治疗室跑。

"等我回来！我回来继续和你八卦。"

宋摘星嘘了口气，正要往办公室走，却看见郭洪泉带着郭小寒在测量室里。

胡梨手里拿着一沓资料，语气颇是着急，催促郭洪泉赶紧填表。

"不是这么填的，你看看你，又废了一张。"

胡梨有些生气，但看着郭洪泉耷拉着头闷不出声的样子，又不好继续发作，转身多给他拿了张表，放在桌子一角。

"你就让郭小寒自己填，你别插嘴。郭小寒填完之后，你们再来找我。"

郭洪泉点了点头，手指下意识挠着后背，似乎那里还是很痒。经过卫磊事件，他的话一下子变得很少，任由胡梨在那儿着急上火，他却一点反应都没有。

宋摘星走进来看着面无表情的郭洪泉和站在他一侧完全"失语"的郭小寒，皱了皱眉，轻柔地问他："后背痒了多长时间了？"

郭洪泉缓缓抬头，精瘦的下巴上还带着卫磊划切的伤口。他想了一会儿，才幽幽出声："半个月了吧。"

"小寒什么时候不能说话的？"

郭洪泉看着一旁的小人儿，叹了口气："也有二十多天了。"

宋摘星替他补充："小寒是不是之前也查过，全身上下一点毛病都没有，就是不会说话了？"

郭洪泉微微吃惊："是，是啊。"

宋摘星唤胡梨过来："给郭洪泉也做一下测评。测评结果送我办公室。"

胡梨顿了几秒，上前问她："主任说不能随便给普通人做测评的，多出来的费用也不好报呀。"

刚想出门的宋摘星步子都迈出去了，听到她说的话，硬生生又被扯回来。

一直在忙的文静赶紧出来拉胡梨："让你做就去做，哪有什么普通人。"

胡梨嗫嚅了几声，不情愿地又去给郭洪泉拿测量表。

宋摘星本想等她忙完和她解释几句，结果看她的样子估计也不会给自己机会了，索性出门，却一头撞进李唯西的怀里。

数日不见，他身上仍保持着淡淡的香味，眉眼清澈，温暖干净。

只是如今他俨然成了林莞的男朋友，让宋摘星一时不习惯。

她赶紧从他身上移开，羞赧地道了歉。正准备走，却不想被他一把拉住。

她这才看清他沉默的表情下涌动的不安和惊慌。

"你陪我去趟疗养院。我父亲失踪了。"

百安疗养院，正门后一片竹海夹着冬日的凛冽扑面而来。

燕子一直守在门口，等李唯西出现的时候赶紧上前来解释："昨晚还是我亲眼看着睡着的，今早再看，屋子里就没人了。"

"是不是偷偷回家了？"宋摘星问。

"确认过了，家里没有我父亲。"

"那能去哪啊！"燕子急得直跺脚。

李唯西问她："东西少了吗？"

"屋子里被翻得乱七八糟的，钱都没了。"

"抢劫？绑架？"宋摘星看向李唯西。

李唯西眸光半敛："先去我父亲的房间看看吧。"

几个人往护理公寓走去，途中院长还专门过来解释，已经报了警，但至今一无所获。到的时候已至中午，冬日阳光温暖和煦地照耀在整幢楼上。因为年久失修，建筑外部的墙面部分已经斑驳脱落，宋摘星有点奇怪为什么李唯西会将父亲放到这个疗养院里来。这里虽然环境清幽，但地处偏僻，少有人来，院内设施也大多陈旧。他完全可以将父亲放到条件更好的疗养院里。

上了二楼，拐角处就是202房间。燕子赶紧打开门。确实如她所说，不大的屋子被翻得乱七八糟，被褥也滚落在地，粗糙的墙壁夹带着一股子潮味儿，混乱的场面让人难以想象他的父亲昨晚经历了什么。

李唯西下意识摸了摸口袋里的手机，和刚才一样，完全没有动静。

宋摘星看向燕子："有监控吗？查查昨晚的监控。"

燕子声音低了下来："只有大门那儿有个监控，其他的监控大多坏了，也没来得及修。"

"大门的监控里看到叔叔出去了吗？"

燕子摇了摇头，眼里含着泪："都查过了，根本没有伯父的影子。伯父就跟人间蒸发了一样，就这么消失了。他还患着阿尔茨海默病，真是让人担心。"

宋摘星暗叹了口气。房子太老了，没有监控，李唯西他父亲又是病人，如今连出走还是绑架都难以分清，怕是一时难以寻找到下落。

李唯西缓缓走进屋子，检查了一遍父亲的床褥和衣箱，并没有发现异样。他抚摸着父亲用过的东西，转向挂在墙角的外套，那还是他去美国之前给父亲买的，灰色的绒线钩织成的羊绒外衫，穿上显得儒雅而又温和。

他挨着墙面一边走一边想起父亲的种种，想到十岁时一堆人围在家门口，诅咒谩骂自己的父亲；想起记者对父亲的那些带有侮辱性的报道和耻笑；想起医院的同事对父亲的落井下石，相近邻居对父亲的避之不及……如此种种，他的指尖滑过粗糙而又潮湿的墙壁，喉头涌起一股酸涩，直到食指肚触摸到一些更为粗粝的划痕，凉意浸染心尖，他才恍然回过神。

目光寻着划痕一路落到桌腿处，在挨着枕边和桌子的缝隙处，整块墙刻满了破碎的心形，重重叠叠，密密麻麻。显然是父亲用指甲画上去的，尖锐细长，大多是一半的心，看着让人难过。

宋摘星跟着李唯西过来，也看见了那些心形划痕，皱了皱眉："你父亲意识清醒过来了吗？"

还没等李唯西说话，燕子倒惊讶不已："清醒过吗？从来没有啊。一直是混混沌沌的状态，别人说什么都听不懂似的。"

李唯西抬头看她："我父亲这阵子有什么异常吗？"

"没有，和平时一样。"燕子想了想，又加了一句，"每晚睡前经常念叨'快了，快了'，也不清醒，就是一直这么碎碎念。"

宋摘星："快了，这是什么意思？"

燕子摇头："完全听不懂，也不知道这算不算异常。"

一时毫无头绪，也很难将额外的含义附加在患了阿尔茨海默病的父亲身上。李唯西沉默了一会儿，又问："公寓里晚上落锁吗？"

燕子："公寓每晚都锁门，除此之外医院大门也落锁。但问了一圈，谁都没见过伯父。"

李唯西面色多了一分清寒："谁有公寓门的钥匙？"

燕子："我这儿有一把，还有一把在大门门岗孙将军那儿。"

宋摘星一蒙："孙将军？"

燕子解释道："孙叔精通军事，动不动就把革命、部队、战略挂嘴上，'将军'是他的外号，院里的人都这么喊他。"

"他参过军？"

燕子摇了摇头："他就是对军事感兴趣，好像没当过兵。"

李唯西走到门口，看了一眼走廊的格局，又将二楼的所有屋子审视了一遍，问她："都是一人一间屋子吗？"

燕子："只有尽头那间住着一对夫妻，其余都是单人间。"

李唯西沉吟片刻，脚下已迈动步子。

"先去找孙将军聊聊。"

午后的风吹拂在翠湖湖面上，涟漪回荡，太阳洒下金色的光芒，铺在大片的竹海和林梢上。整个疗养院再次恢复了寂静，三五成群的老太太和老爷子们重新回到了公寓里午休，小径上空无一人。

宋摘星接了个云月华的电话，电话里她的声音惶急焦灼，一直在问李唯西父亲的消息，甚至想亲自来疗养院一趟。宋摘星先将她安抚下，并答应随时将最新消息汇报给她，云月华这才稍微安心，电话里一直拜托宋摘星照顾好李唯西的情绪，她最不放心的还是李唯西。

宋摘星有很多疑问想去问李唯西，只是看走在最前面的他面色凝重，神思不宁，便硬生生忍住了。脚下快走了几步，追上他时看见孙将军早已在大门口迎他们。

孙将军一看就没当过兵，矮矮胖胖的，脑袋倒是很大，像在矮木桩上顶了个大皮球。不过面色和善，过来接他们时，挂在腰上的一串钥匙发出哗啦啦的声响。

燕子向他介绍："孙叔，这是顾老的儿子。"

孙叔赶紧拉住他，喉头剧烈地抖动。

"昨天晚上我们还在一块儿吃饭，不知道怎么说没就没了。"

李唯西问他："你们几个人一起吃的晚饭？"

"五个啊。"孙将军昂了昂头，"王家夫妻、燕子、你爸爸还有我，经常是我们五个在一起吃饭。"

燕子在一侧点了点头："我要喂伯父，王奶奶要喂王爷爷，所以我们经常在一起。"

李唯西看向燕子："王家夫妻是二楼尽头的那家人吗？"

燕子"嗯"了一声。李唯西又向孙将军问了一些话，最后决定去拜访一下那对夫妻，看看能不能得到一些有用的信息。

临走时孙将军特意嘱咐他道："这个疗养院啊地势偏高，竹海那儿的围墙却建得低，我早上检查了一遍没什么特别的发现，不过如果有人不从大门出去，竹海围墙是最方便的出口。"

李唯西向他道了谢。燕子转身走在最前面，给他带路去找王奶奶和王爷爷。

宋摘星一直默默地听着，其间收到简一凡的短信也没回复。她一直恍惚在燕子最开始说的"顾老"两个字中，直到李唯西回过头来看她，她急忙上前，小心翼翼地问："你父亲姓顾？哪个顾？你不是姓李吗？"

李唯西怔愣片刻，才柔和地对她说："我随我妈妈的姓。我父亲是姓顾，叫顾永白。"

宋摘星有些失落地点了点头，似乎不甘心，又问道："你……为什么要带我来？简一凡说林莞正在科里等你。"

李唯西半笑不笑地看着她："我以为你能帮我。"

“上次你也是出来躲清净。”宋摘星心里发麻，不自觉就脱口而出，“说是一起去精神科，还不是为了躲林莞。总不能每次都拉着我当幌子吧？”

她说话的语气怪怪的，连自己都不知道怎么回事，别别扭扭，根本不受自己控制。

李唯西静看了她几秒，唇角一撇，连连向她道歉：“是我考虑不周全，连累你了。找到父亲后，我再好好感谢你，这样行吗？”

他的声音温和清润，犹如朝露微荡枝叶，宋摘星一下子就释然了，上午简一凡对自己说的那些话也一并抛到九霄云外。她暗暗唏嘘，自己这功力，哪能斗得过他这尊大佛。

“云主任让你抽空给她回个电话。”

说到正事，她看到李唯西的脸色又变白了几分。

李唯西半晌才回复她：“等事情有了结果再说吧。”

低沉的语气下暗含隐忍，似乎有许多话难以说出口。宋摘星看着他紧皱的眉头，心中泛起丝丝担忧。头上阳光更盛，湖岸风声邈远，不知他的父亲还能不能找到。

心理科内，胡梨正拿着郭洪泉的测量表不知所措。

文静终于将最后一位患者送走，胡梨急忙上前问她：“郭洪泉竟然重度焦虑？这怎么回事？”

文静意味深长地笑了笑：“听宋医生的没错吧。”

胡梨更多的是惊讶：“郭洪泉表面上看一点事都没有，她怎么知道要查查他？而且一查一个准儿，真是神了。”

文静示意她小点声：“你学了那么多年心理学，还不知道一个人的心理问题绝不可能是患者一个人出了问题吗？环境、家庭关系都有可能对患者造成影响。以后啊，你还是多听听医生们的话，对你实习有好处。”

胡梨撇了撇嘴，对她的话不予置评。

文静没发现她的变化，接着说：“郭洪泉的案子绝对不是个案，以后也会有更多的患者有这种情况。宋医生让你做什么，你就去做，别那么多意见。”

“那也不见得宋医生都对吧？”胡梨梗着脖子，有些不服气，“连李医生都不能保证自己百分百正确，凭什么宋医生的话就要处处服从？我是来实习的，又不是来给她当奴隶的。再说了，郭洪泉的事情，怎么也得先问问患者要不要做自我测评，凭什么她说做就要做。当时如果换成一个没钱的病人，这一下子多交好几百块钱的测评费，她给交啊？”

文静听她语气不善，皱了皱眉：“你这丫头怎么老跟人抬杠啊？我也是为你好啊。”

“那真是谢谢你了，平时少骂我两句就行了。”胡梨转过身小声嘀咕道。

文静叹气：“我发现你就是脾气硬，病人来医院看病，还怕花几百块钱？你有想这个的工夫，不如多学学专业知识。”

文静说完就去了办公室，剩下胡梨一个人杵在原地半天，心里极不是滋味。她反身放下测量表，拿起来李唯西给她的一厚沓资料，嘴角渐渐恢复笑意。资料上还留着李唯西清隽有力的笔迹，是十分好看的行楷，胡梨触摸着那些字，心里慰藉许多。

测量室里忽然响起了电话声，胡梨收回神按了接听。

“京大心理科。”

对面很久没有声音，胡梨皱了皱眉：“你好？这里是京大医院。”

电话里一直没传出任何声音。胡梨看了看话筒，低声咒骂道：“神经病。”

然而就在她刚说完时，吴聪恰好进来，冷着脸问她：“你跟谁说神经病？”

胡梨大慌，赶紧将电话扣掉：“我，我没有。”

吴聪带着怒气，指着她大骂：“你知不知道心理科的电话多重要？有自杀的，有抑郁症的，有无助的，任何一个电话我们都不能错过！你这是什么工作态度？你还想不想干了！”

严厉的指责让胡梨脸色煞白，赶紧解释：“主任，我真不是故意的。电话那边老不出声，我还以为是个恶作剧。”

吴聪怒气未消：“作为心理医生连这点耐心都没有！上次郭洪泉的案子也是因为你没及时照顾到卫磊的情绪才发生的，我看你真是不适合干这一行，准备走人吧！”

胡梨的眼泪一下子掉下来，连连求他：“主任，我真的知道错了。我一定好好干！你别辞退我，我刚来没多久，求您再给我一个机会。”

吴聪却冷冷道："我有权把你招进来，就有权把你辞了！"

胡梨就差跪下来求他了，哭喊着求情："我错了，主任，我真不是故意的。下次，下次我一定好好对待病患，我再也不给你丢脸了。"

她拽着他的衣角一边哭一边恳求，一张脸梨花带雨，连声音都喊哑了。吴聪本想走，只是看着胡梨不断地道歉和认错，原本紧绷的脸色一垮，心也跟着软了。

百安疗养院，几个人敲开了公寓216的房门。

宋摘星和李唯西站在门旁处，看着王奶奶默不作声地给轮椅上的王爷爷揉腿捏脚，而王爷爷则不停地唠叨着，没完没了地数落着她。听燕子说两人年纪相仿，都是六十多岁，但看起来王爷爷更显老，大概是因为刚做完手术造成的。

"喀。"宋摘星想打断王爷爷，"您昨晚见到顾老时，他有什么反常吗？"

王爷爷面色寡淡，修长的眼睛透着股子戾气。他半晌没回答她。王奶奶站起身来，慢悠悠地和宋摘星说："没有反常，和以前一样。"

李唯西走上前，又问了一句："你们昨晚最后见我父亲，是几点钟？"

王奶奶低了低头："吃过饭就分开了。"

王爷爷开始嘟囔："人家问你几点，你说的都是什么屁话。听三不听四，什么都有你的事儿。快去倒杯水，我渴了！"

王奶奶没有搭理王爷爷，身子却腾挪到桌子旁边，倒了三杯水，递给李唯西、燕子和宋摘星。

王爷爷脾气更大，坐在轮椅上对她嘶喊："你是不是有毛病！我让你给我倒杯水！你有什么火，干脆冲我发出来！"

他此时的表情狰狞得厉害。宋摘星刚想上前维护王奶奶几句，却被李唯西一把拽住。再看王奶奶时，她已经又倒了杯水，递给了王爷爷。他这才作罢，鼻子里喷出冷哼，显示着对王奶奶的不屑。

燕子在一侧悄悄告诉他们："王爷爷自从瘫痪了脾气就不好，天天责骂王奶奶。他们无儿无女的，都是王奶奶照顾他，他还不满足。"

宋摘星叹了口气，一时不知道说什么。

李唯西靠王奶奶更近一些，温柔地问她："我父亲有清醒过吗？"

王奶奶身体微微一动，摇了摇头。

李唯西扶住她。她佝偻着身子，低着头，瘦弱的胳膊挨在他修长的指中，让他发觉她原来是这么瘦。

王奶奶缓缓抬起头，一瞬不瞬地看着李唯西，片刻才道："你的眼睛和你爸爸长得很像。"

李唯西轻声问她："你昨晚最后见我父亲，是吃饭的时候吗？"

王奶奶点了点头。

李唯西慢慢放开她，走回宋摘星身边，清冷开口道："我们走吧。"

相处数日，宋摘星自是明白李唯西发现了王奶奶的端倪，不然他不会重复问她同一个问题。她跟着李唯西向外走，却看到出了门的李唯西一把扶住墙面，险些一个踉跄。

宋摘星赶紧去扶他："怎么了？哪里不舒服？"

李唯西无力地摆了摆手，对她道："她在撒谎。我父亲失踪之前，一定见过她。"

暮色四合。竹海随风摇动，落叶铺了一地，夕阳的余晖在天边一点点消失。

李唯西带着宋摘星来到围墙下，红砖泛青，斑驳不已。围墙约莫有一人半高，成年人很容易翻墙而出。有些碎砖头堆在墙角，是墙面整砖长年风吹雨打剥落下来的部分，由护工清扫堆放到了一处。

两人一路从墙北走到墙南，最终还是停在了碎砖那儿。宋摘星踮脚上去，尝试了半天，才又悻悻跳下来。

"不行。就算站在这些碎砖上，以老年人的体力和行动力，也完全翻不过去。"

宋摘星叹了口气，这儿的线索也断掉了。

李唯西安慰她："兴许是他自己走丢了，不是绑架。"

四周声息一时静极，宋摘星问他："都一整天了，没有任何勒索敲诈的电话是不是？"

李唯西沉默了一会儿，才向她说道："刚才吴副主任对我说，心理科办公室接到过一个电话，但对方一直没说话。”

宋摘星皱了皱眉，不知道这通电话和他父亲失踪有没有潜在的联系。

李唯西靠着竹林，风吹过他的脊背，让他感受到一股巨大的凉意。他转过身来，看着身后丛丛竹子，以及竹叶下被人踩踏出来的小径，眉头忽地紧蹙起来，慢慢向竹海中心走去。

宋摘星赶紧跟上，两人几乎花了半个多小时才完全走出来。天色渐黑，就在两人要彻底放弃时，李唯西却在几支竹子根部发现了黑灰的痕迹，像是被人烧过似的。

宋摘星打开手电给他照着：“意外失火？”

李唯西：“也可能是因为别的东西燃烧，熏上去的。”

“就这么一点痕迹，确实不好判断。”宋摘星咋舌，“冬天干燥，失火也是难免。不过就算是失火，看这样子也被及时救下来了。”

李唯西没出声，抬手轻轻擦了擦竹茎，手指立刻染上了一层黑色。他又摊开手，摸了摸竹茎下面的落叶，连手掌都沾了一层灰。

宋摘星很奇怪：“有人贴着竹子烧东西？”

李唯西闻了闻自己的掌心，半晌才清冷道：“灰烬很少。”

宋摘星有点懵怔，不知道他为何对这处那么在意。一点灰黑的痕迹在竹林里颇显平常，她确实看不出和他父亲失踪有什么关系。

他缓缓站起身来，轻唤她：“走吧。喊孙将军过来看看。”

宋摘星点了点头，手机正好来了短信。她下意识去拿，手电却掉到地上，骨碌了两圈，恰好滚到烧黑的竹茎边。宋摘星弯腰，扒了扒周围的叶子，这才捡起沾满了灰的手电。而在一旁的李唯西几次欲言又止，直到宋摘星呆呆地看过来，他才叹了口气。

“现场啊现场，全没了。”

宋摘星“哎”了一声，从大衣兜里拿出来手机，看见屏幕上发来的短信：

恭喜您成为……用户，可获最高……最快30秒审批……回TD退订。

宋摘星一点也不敢看李唯西投过来的目光，咳了咳，吞吞吐吐道：“垃，垃圾广告。”

监控里再次播放着昨晚十一点之后的录像，陆续有几辆车进来，大门处就再也没了动静。最后进来的是一辆面包车，从大门进来时靠右行驶闪出来大半个车身，接着在镜头里慢慢消失。孙将军叹了口气，惋惜道："你们看过竹海围墙了吗？就这么大点地方，人怎么能说没就没了呢。"

李唯西单手扶住桌面，清隽的面孔在灯光的照耀下变得更加白皙。他脊背修挺，半坐在属于孙将军的椅子上。那是一把老式的椅子，平常坐着并不舒服。

宋摘星看着孙将军，有些奇怪他说的话，问道："孙叔晚上值班到几点？"

孙将军"嗨"了一声："哪有固定点啊。就算睡下了，万一有人来，我也得起来给开门。"

他指的当然是类似面包车那种情况，晚上经常会有一些补给品和日常用品送进来，时间不定，碰到就得给开门。

李唯西看向他："昨晚大叔几点睡的？"

孙将军眼睛向上抬了抬："应该是十二点左右。"

那是撒谎的经典微表情，李唯西心里一沉，继续问："我父亲失踪后，大叔应该在疗养院里也找了好几遍吧？"

孙将军点了点头："那当然。毕竟是老朋友了，你父亲没有完全痴呆之前，我和他关系最好。听燕子说他不见了，我立刻就把你父亲之前经常去的几个地方都找了一遍。"

"我父亲经常去竹海吗？"

"不会，他意识不清醒，哪儿也去不了。"

"那你为什么要去竹海围墙？"

孙将军一顿："因……为那里最方便出去啊。"

没等李唯西说话，宋摘星反而笑了笑，指着监控里面包车出现的地方说道："如果说最方便出去，当然是从大门出去最方便吧？摄像头根本拍不完全整个大门，大叔作为门岗难道不知道吗？"

宋摘星刚才之所以奇怪孙将军的话，也是因为他明显想把他们的注意力转移到竹海那边低矮的围墙，但实际上那儿根本逃不走一个老人。

孙将军却面不改色，反驳她："你说大门啊，之前医生们踢足球，把摄像头踢歪了一点。我后来看监控画面，视角范围变化并不大，所以就没再鼓捣它。如果老顾出去，就算监控死角摄像头拍不着，我在这儿也能看得见啊。”

“假如你昨晚并不在呢？”

“什么意思？”

李唯西缓缓站起身来，紧紧盯着孙将军。

“你看似大条莽撞，实则细心谨慎，屋子里的设施偏现代简约风格，但你坐的椅子却是老式木椅，说明你是一个极为自律的人，一切都要在自己掌控之中。燕子说你是军事迷，院里的地理形势、行动环境你不可能不知道。你故意让我们去检查低矮的围墙，就是不想让我们注意到大门处的破绽。而之所以有破绽，是因为昨晚凌晨后，你根本不在这里。”

孙将军冷哼：“我不在还能有谁在。再说来往车辆那么多，万一……”

他还没说完，李唯西立刻截断他：“你常年在门岗的位置，晚上都会有什么车来你肯定了如指掌。而唯一有变数的面包车，你肯定和司机联系过，让他务必十二点前到。疗养院这么偏僻少人，变数没有了，你根本不用再担心。”

孙将军咽了口唾沫：“你怎么这么肯定？”

李唯西抚摸下颌，修长的指尖滑过薄唇。

“如果你还不想承认，给面包车司机打个电话便知。你昨天肯定和他联系过。”

他甫一说完，孙将军的表情立刻垮下来，颓然地跌坐在凳子上，重重叹了口气。

“我是失职了那么一会儿，但我和你保证，我真的不知道你父亲是怎么消失的。”

“你去哪了？”

“这个我不能说，是我自己的私事。”

李唯西看到他眼神都黯淡下来，一副哑忍的样子，声音缓和了几分。

“公寓楼道里的钥匙，是你给我父亲的吧？”

孙将军苦笑道：“他早就有钥匙，半年前下围棋我输给他的。”

半年前父亲还没有痴呆，李唯西也从没想过要从美国回来。如果不是接到父亲患阿尔茨海默病的消息，他可能再也不会回国了。

“你和我父亲见的最后一面，也是大家都在场的时候吗？”

孙将军抬起头来，回答他：“你上午就问过了，就是和王家夫妻一起见他的时候。”

李唯西目光半垂，面色再次清寒起来。看他的表情，他说的的确是真的，看来父亲的失踪和他确实没有关系。

他呼吸微滞，看着窗外漆黑的夜色发怔。连这里的线索也断掉了。

李唯西的父亲至今音信全无，护工们半夜还在检查各个角落。宋摘星跟着李唯西走遍了整个疗养院，仍然一无所获。且不说他的父亲是被人绑架还是自己跑出去，一个患有阿尔茨海默病的人，失踪24小时都是不容小觑的事，死亡率会大大增加，很可能找到的就是他父亲的尸体。每个人脸上都蒙了一层愁云，不知如何是好。

李唯西再次坐到了父亲的屋子里。此时他薄汗涔涔，一向平静无澜的脸上显出少有的慌乱。

宋摘星安慰他："兴许晚上叔叔自己就回来了。"

李唯西深吸口气，调整了坐姿，缓缓向她笑道："不必安慰我。我会找到他的。"

他的笑意惨淡苍白，宋摘星知道自己的话没有奏效，又连忙解释："既然王奶奶有事瞒着我们，我们不如再去找她问问。"

李唯西摇了摇头，轻缓地说："她既然不想说，再问也不会说的。我们没办法让一个人不撒谎。"

宋摘星张了张嘴，欲言又止，最后还是说道："孙将军问不出来，现在就只有王奶奶可以问了。看她也不像是坏人，或许有隐情才对我们撒谎？"

走廊里传来一阵叫嚷的声音，宋摘星往外看了看，王奶奶推着王爷爷恰好向这边过来。

王爷爷耷拉着头，还在责骂她："走路慢吞吞，活该你没了儿子！"

他腿上的毯子掉了，王奶奶蹲下给他捡毯子，王爷爷趁机抬手直接抡到她的背上，一拳又一拳往下砸："什么事情都干不好！干不好！要不是你，儿子也不会死！都是你！"

他说的每一句话都化成了一个拳头砸在王奶奶的背上，宋摘星赶紧起身要去拦他，却见王奶奶无动于衷，慢慢站起身来，低眉顺气地返回到他身后，再次推着他往前走。

两人路过202房间也没有停下，一路向着216走去。王爷爷的叫嚣声不断地传过来："我肩膀疼，你给我揉揉！快给我揉揉！"

王奶奶仍是低着头，没有回应他。轮椅的底部摩擦在地板上，发出吱吱的声音。因为王爷爷的扭动，轮椅也变得难以掌控，让王奶奶推得更加吃力。宋摘星叹了口气，再回头时，却看见李唯西正抚摸着墙面上破碎的心形图案，不知在想些什么。

"王奶奶给他揉肩了吗？"

他半晌才艰涩出口，让宋摘星蒙了一下。

"嗯？好像，好像没有。"

李唯西指着那些图案对宋摘星道："半颗心，像什么？"

宋摘星走上前来，皱了皱眉："月牙？"

李唯西从杂乱的图案里圈出来两个半心，上下连接着，又问她："这样呢？"

宋摘星更加懵怔，看了一会儿："数字3？"

李唯西意味深长地说："像耳朵。"

宋摘星脑中一闪："全国爱耳日，是3月3号吧？"

"我父亲之前一直念叨快了，快了。"

他不提醒还好，如今回想一下，宋摘星猛地一个激灵："意思是不是……快动手了？"

巴掌大的墙面画满了破碎的心形，起初他一直以为这是父亲对自己失望的胡乱涂鸦，现在看或许大有深意。

李唯西抬起头来，目光灼灼地看着她："去喊燕子，我有事找她。"

已经入夜，原本要落锁的公寓因为李唯西父亲的失踪多加了一道防护，院里又专门派了一个护士在这儿值班，老朽的公寓迎来史上第一次的彻夜长明。院长连连叹气，疗养院建了几十年，头一回经历这种事，真是让人心焦。

等人散尽，宋摘星偷偷溜到护理中心大厅，问值班护士要了一份住院签到名单。

李唯西早就给宋摘星找了房间让她先睡一会儿，而她夜半来到这里，只为了查清一件事情。

她连续翻了多页的签到单，终于在最后发现顾永白的签名。原本很紧张的心里忽地松下来，却又隐着一点遗憾。直觉总是让她认为李唯西没有告诉她顾老的真名，但如今看来，还是自己想多了。

宋摘星看了一会儿签名，探头问护士："顾永白昨晚八点一刻就回房间了？"

小护士点了点头："这就是最奇怪的地方。他的确是在自己房间消失的。"

宋摘星皱着眉头，心里拧着疙瘩。显然李唯西已经看出来一些蛛丝马迹，但自己还在愚钝之中，也不知道他到底要做什么，还要把自己撇出来。

燕子急匆匆地从大门进来，一路小跑要上二楼，宋摘星连忙问她："李唯西让你找什么？"

燕子连头都没回，声音回荡在整个大厅。

"他不让我告诉你。"

接近凌晨一点，杂乱的202房间里只有李唯西和王奶奶两个人。

他静默地盯了她很久，直到她嗓子抖动，颤巍巍地问他："我可以喝杯水吗？"

李唯西将手边的杯子递给她，她慢吞吞地喝了水，再次一语不发。

李唯西就这样和她对峙着，指尖按在桌角，目光深邃幽冷。

已过深夜，这无异于"审问"。最终，王奶奶身体疲惫地问他："如果没有别的事情，我要回去睡了。"

李唯西自然拦她："我父亲平常和你们关系很好吧？"

王奶奶没有回应他，甚至没有任何动作，仍旧呆呆地坐在原处。

李唯西摸了摸墙上那些破裂的心形图案，轻声说："我一直以为，是我伤了我父亲的心，才让他对我如此失望。如今看来，这些图案可能并不仅仅是这个意思。"

王奶奶嚅动了一下自己的唇角，声音低低的："没痴呆前，他每天都盼着你来看他。"

李唯西眼里腾起湿雾，吸了口气，低头看着自己的裤脚。时间一分一分过去，他再次出声："你有多久听不见王大叔说话了？"

王奶奶拿杯子的手微微一晃。

李唯西接着说道："这个症状叫'选择性耳聋'，是一种心理疾病。身体器官没有任何损坏，只是不愿再听到另外一个人说话，耳朵选择性地自动屏蔽。"

王奶奶笑了笑，无比和蔼："竟然还有这种病？我老了，从来没有听说过。"

对于她的回答李唯西并不意外，也跟着笑起来，浅浅的，像院子里的月光。

"你很早就想杀了王大叔吧？只是需要好好准备一下，毕竟你要杀他也不是那么容易。"

王奶奶愣了一会儿，将手里的杯子递给他。不过六十岁的年纪，她的手却显得粗糙无比，爬满了伤痕和皱纹。

李唯西接过空的玻璃杯，王奶奶看着自己的手咕哝："他打的。老不死的。"

正当李唯西以为她要继续说的时候，王奶奶却话锋一转，反驳他道："夫妻之间哪有不磕磕碰碰的，吵架都是正常。但是杀人这种念头，我老太太真没有，以后这种话你可不要胡说。"

这时恰好传来笃笃的敲门声，是燕子。

燕子推门进来，看了看王奶奶，又向李唯西说道："你让我找的东西，没找到。"

李唯西呼吸微轻，点了点头。燕子向他道晚安："这个点儿了，早些让王奶奶回去吧。"

燕子再次关上了门，房间里重新静默下来。王奶奶慢慢站起身，意欲要走。李唯西没有说话，看着王奶奶一步一步向门口走去。

将王奶奶引到202是李唯西的主意，目的是让燕子有时间搜查216的房间。他需要找到一件没有烧完的衣服，可惜燕子一无所获。

就在王奶奶要开门的时候，李唯西忽地站起来，冲着她的后背喊道："你烧的那件衣服，是一件毛衣！"

王奶奶身子一顿，扶在门把上的手缓缓垂下。她转过身来，再也没了笑意，脸色阴沉地看着他。

第七章　苦有百味

疗养院外竹海如涛，枝影婆娑，在黑夜中散发着阴戾怪异的气息。

宋摘星一个人打着手电看着那根烧黑的竹茎，四周漆黑如墨，只有她手中的一点微光照在竹海一隅。她缓缓蹲下身，捡起傍晚被自己扒乱的叶子，抹了抹那些灰。黑色的焦结块在指尖上捻了捻，又贴近闻了闻，她自言自语道：“羊毛？”

已是凌晨两点多，大风骤起，竹海发出呜咽的回声。虽知李唯西不让自己参与是怕自己有多余的担心，但宋摘星的心里仍然不太舒服。他一个人和王奶奶聊到现在，至今没有一点动静，也不知葫芦里卖的什么药。

她拿出手机，拨通了燕子的电话，过了一会儿那边传来迷迷糊糊的慵懒声，看来燕子已经睡下了。

“燕子啊，不好意思，我想问李唯西让你找的是不是一件羊毛毛衣？”

燕子疲惫的声音传来，隔着风声有点听不太清楚。

“他不是让你先去睡了吗？你都知道啦？”

宋摘星“嗯”了一声：“也不知道他到底发现了什么，又不对我说。其实，我就是想帮帮他。”

燕子沉默了一会儿，最终说道：“确实是让我找一件毛衣，但是在王奶奶的房间我没找到。看来他的判断也失误了。”

宋摘星疑惑更重，等燕子挂了电话后很久才回过神来，嘀咕道：“不应该啊。”

她抬头望了望护理中心的方向，只有大厅里还亮着灯，其余面向竹海的房间已是一片漆黑。也不知道202里两人谈得怎么样了。宋摘星叹了口气，刚要走，却看到竹海深处一个人正死死地盯着自己，一双眼睛如爪般掐在自己身上。

“啊！”

手电直接滚落到脚下，宋摘星发出一声骇叫。

202房间，灯光如昼。

王奶奶站在门口等着李唯西往下说。她的眉眼全部耷拉下来，带着让人恐惧的阴狠之气。

李唯西重新坐下，脸色越发浅白。

“那件毛衣，在门岗孙叔那里对吧？”

王奶奶的呼吸变得有些重，即便与她离得这么远，还是让他感受得到。

“你怎么知道的？”

“你平常照顾王叔，袖口肯定会磨损得厉害。看216房间的布置，你不算是一个特别爱打扮的人，衣服也很少，但你今天特意穿了一件干净的毛衣。”李唯西极平静地分析道，“要么以前的毛衣洗掉了，要么就是做了别的用途。我问过燕子，今天洗衣部的衣服并没有你的。”

王奶奶抿了抿唇角，声音发干：“为什么提到门岗？”

李唯西：“这就更简单了，昨晚孙叔并没有值勤，他在十二点之后肯定去竹海了。否则，现在整个疗养院怕都是一片火海。”

王奶奶紧紧盯着他，一点一点惨笑起来。

“没错，要不是他，那个老不死的早就没命了。”她抬手抚了抚碎发，缓缓说着，眼神变得迷离起来，“我家小宝小时候特别乖，特别懂事。老不死的出去干活，小宝就在家陪着我，经常问妈妈你饿了吗，妈妈你渴了吗。他长到二十岁时已经是帅小伙了，可是他爸爸还是对他不满意，甚至怀疑不是自己亲生的。这个畜生！小宝不敢谈恋爱，不敢和人说话，我就告诉小宝，你是堂堂正正的人，做什么不要在意别人的眼光，只管自己喜欢。终于啊，终于……”

她的眼角有一点湿，滑下一滴泪来，浑浊不堪。

“终于有一次，他在学校里追到一个女孩子，带到家里来给我们看。结果老不死的却偷看小宝女朋友洗澡。这个杀千刀的，杀千刀的啊！小宝死在火海里，他把自己活活烧死了，该有多疼啊！妈妈的心都要痛死了。”

王奶奶说到最后直接掩面哭起来，断断续续说道：“小宝怎么会……有这么不要脸的父亲。他觉得太丢脸了，宁愿死也不想面对这样的父亲，我的小宝。”

李唯西看着她：“为什么现在才要杀他？”

王奶奶哭了一会儿，抹了一把眼泪，凄切道：“小宝死了之后，我早就想死了，可是他还要把小宝的死归在我头上，说我不该跟着小宝一起反抗他。最该死的就是他！杀他太容易了，不能让他这么痛快地死掉，要折磨他才行。折磨他都不够，要让他尝遍痛苦的滋味，慢慢死掉。”

“所以当你知道自己再也听不到他说话的时候，你就打算把他杀了。”

王奶奶冷冷一哂：“我一听他说话就恶心，难受得要吐。后来听不见了，知道也该动手了，这种事迟早要被发现的。”

“关于我父亲的失踪，你为什么撒谎？”

王奶奶仍然靠在门边，目光一直在李唯西身上游移。

“你父亲早就知道我患了选择性耳聋，而且是他告诉门岗要阻拦我的。”

李唯西一惊：“我父亲在哪里？”

王奶奶垂着头，没有回应他。

李唯西腾地站起身，一步步向她靠近：“我父亲在哪里！”

王奶奶继续不说话，李唯西步子更大，说话声音更急。

“你和门岗孙叔在一起的事情是不是被我父亲发现了？！”

一句话说完，他已站在王奶奶的面前，高大的身影将她彻底盖住。王奶奶浑身发抖，在他的压迫下喉咙极速地抖动。

“你，你怎么知道的！”

李唯西咬着牙：“告诉我真相！”

王奶奶终于抬头迎上他的目光。她的头发再次散乱，干裂的嘴唇毫无血色。

她阴狠地张嘴，彻底爆发：“你父亲在我手上，知道真相的人都要死！”

竹海萧瑟，大片的黄叶随风飘落。

宋摘星被孙将军带到大门处。不知怎的，他矮胖的身影在夜色下显出一份独有的寂寞。

室内有光，宋摘星开门见山问道："你为什么去竹海？"

孙将军知道自己瞒不住了，叹了口气："冬天容易失火，我不放心，夜里会去检查检查。"

"你说谎。"

刚才在竹海发现孙将军时，他并不仅仅是"检查"那么简单，特别是面对自己的眼神，掺杂着恐惧、慌张、吃惊，还有发狠的恨意，她都能感受得到。

孙将军变得吞吞吐吐："你，你这小姑娘，怎么上来就唱反调。"

宋摘星放下手电，目光灼灼地看着他："你为什么知道竹海会失火？因为你昨晚刚救下一场火对不对？"

孙将军正打算什么也不说，谁知宋摘星紧接着又向他抛来一记"炸弹"。

"竹子被烧黑，是因为有人用羊毛衫当火种，打算烧掉整片竹海。纯羊毛燃烧时灰烬成焦结块，用手指一捏就碎成灰，有头发被烧掉的味道。你不用替王家夫妻隐瞒，他们做的事情，警察迟早都会查到。"她警惕地看着他，"但你说得越晚，疗养院的损失就越大。到时候不仅仅是李唯西父亲失踪，王家夫妻还有整个疗养院谁也逃不了！"

孙将军眼睛忽地一亮，脸色越发凝重起来。

"好吧。"似乎有些难以支撑自己的身体，他慢慢坐在凳子上，"昨晚，昨晚确实险些失了一场大火。我赶到的时候，羊毛衫半个袖子都烧没了。我赶紧用自己的衣服把它扑灭。那时候王妻打算带着丈夫自焚，幸好老顾晚饭时提前和我说，我才时刻注意着，不然后果难以想象。"

"顾老早就知道？"

孙将军点点头："虽然没和我说多，但他肯定知道王妻要杀她丈夫的事情。"

宋摘星有些奇怪："顾老恢复正常了？"

"偶尔清醒。等我再问他为什么猜到王妻要杀人的时候，他就又糊涂了。"

"那顾老失踪和王奶奶有关系吗？"

孙将军面色苍白："不好说，我也一直在怀疑，所以想再去竹海看看，正好遇到你了。"

宋摘星想了想，又问道："王奶奶没烧完的衣服在你这里吧？"

孙将军微微一惊，不情愿地承认："这事儿要是被院里发现，王家夫妻要蹲监狱的。我也是看他们可怜，替她瞒了下来。"

虽然他都如实地说了出来，但宋摘星仍然觉得哪里不对。虽没有李唯西敏锐的犯罪侦查触感，但从孙将军的言行举止里，她还是感受到被欺骗的滋味。这是一种近乎女人独有的直觉。

"那件衣服呢？你找出来我看看。"

宋摘星最后和孙将军说道。

凌晨三点一刻。202房间的氛围越发凝重。

王奶奶将王爷爷推在身前。他被喂了安眠药刚刚转醒，眼下嘴里塞着布，双手被反绑着，整个人也被绑在轮椅上，完全不能动。

李唯西看着一向恶毒咒骂的王爷爷如今被她玩弄于股掌，心里陡生凉意。

王奶奶小心温柔地贴着他的耳朵呵护着他，一副慈母的样子："睡累了吧？肩膀还疼吗？你耐心等待一会儿，一会儿就再也不疼了。"

王爷爷目露惊慌，一个劲儿地摇头，身子扭动得像虫子一样，却始终发不出一点声音。

王奶奶挺直身子，再次看向李唯西，清冷说道："你父亲知道得太多了，我没办法不杀他。"

"我父亲……还活着吗？"

"伯棠——还活着。"

李唯西内心一震，父亲的真名鲜有人知道，她能准确说出"伯棠"二字，可见父亲早就与她联系甚密。他手指有些抖："你想怎样？"

被犯人威胁不是一两次，只是这次涉及自己的父亲，李唯西险些支撑不住。

王奶奶缓慢地从兜里掏出来一瓶安眠药，递给李唯西。

"要么杀了这个老不死的，要么自己吃了。否则，就等着见你父亲的尸体吧。"

李唯西接过药，是一整瓶的剂量，握在手里沉甸甸的。

王奶奶："一共有60片，我攒了两年。昨晚要烧老不死的时候，给他吃了两片，今天喂了一片，剩下的也足够杀人了。"

王爷爷还在轮椅上不断地扭动着，因为嘴里塞着布呼吸不畅，眼眶里布满了红丝。

李唯西低着头看着手里的那瓶药，勾了勾唇角，带着清冷和桀骜。

“疗养院总共这么大，你没办法藏匿我父亲。而且以你的体力，很难应对他。你说我父亲在你手上，我就这么容易相信吗？”

他的张扬和不羁都化作一种邪魅的坏意呈现在那张原本儒雅温柔的脸上，让王奶奶暗暗心惊。她的手一直握着轮椅的椅柄，青筋穿过手上的皱纹和老皮透出来，丑陋又霸道。

“我从来不是一个人。”她慢慢地说。

而这一句话恰恰正中李唯西的心尖，让他那颗稳定无虞的心脏突兀地狂跳起来。

之前孙将军说最后见父亲时是和王家夫妻在一起，他确实没有说谎。然而李唯西却忽略了他们也有一起作案的可能，如今被她一说，他整个人陷入失措。

王奶奶看着他，目光带着丝丝寒意。她接着说：“五分钟。如果你俩不死一个，那就只能让你父亲去死了。”

他同他父亲一样，因为知道了真相，便如同踏进了深渊。这是一命换一命的交易，在这个世界上根本无解。

李唯西后退一步，身后墙面上刻满的“耳朵”提醒着他，他已经没有选择了。

房间里，轮椅上的王爷爷已经扭动得没了力气，垂着头低声抽噎。

王奶奶走到王爷爷面前，慢慢抬起王爷爷的头，反手一巴掌打在他的脸上。王爷爷双目圆瞪，不可思议地看着她。这时，她上去又扇了一巴掌，接着又一巴掌。她使尽全身力气一掌接着一掌不断地扇在他的脸上。清脆的耳光声回荡在屋子里，直到王爷爷脸颊红肿、嘴角渗出血，她才抽回手，冷冷地转头看向李唯西。

“快动手！”

她压低自己的声音，带着一股怒气。

李唯西打开安眠药，回应她：“你知道我不会让你杀他的。”

“那就用你的命换你父亲的命！”

李唯西发丝凌乱，目光却紧紧地盯着她：“我死了，你必须放我父亲出来。”

他说完随即仰头，将大把的安眠药放进嘴里，甚至因为动作太急呕出来几片。他一口气喝光了杯子里的水，胃部开始痉挛，让他再次干呕出声。轮椅上的王爷爷又开始挣扎起来。而这一次，王奶奶松开了绑在他身上的绳子。王爷爷得到了自由，却因为太害怕王奶奶，身子再次剧烈地扭动，最后整个人直接从轮椅上跌下去，骨碌碌地在地上滚了一圈。

王爷爷眼神示意李唯西要一起对付面前这个女人，但李唯西早就知道，如果自己从这个门走出去，那他就再也见不到活着的父亲了。

一滴泪浸在眼角，晶莹清澈。李唯西捂着胃部半跪在地上，极度的疼痛让他的眉心拧在一起，意识渐渐开始模糊。

冬日阴霾的天幕透不出一丝星光，万籁俱寂的疗养院里只有护理大厅和大门处的灯还亮着。

门房里，宋摘星仍在质问着孙将军。

她拿着那件没有烧光的羊毛毛衣来回检查了几遍，并没有发现什么异常。而孙将军则哈欠连连，已不愿再配合宋摘星。

“你确定王奶奶的自焚计划你没参与？”

“我都把火扑灭了，我怎么可能还帮她啊！”

宋摘星盯着羊毛毛衣出神，感觉线索并没有全部穿成一根线。孙将军站起身打开门请宋摘星出去：“不早了，姑娘，赶紧去睡吧，说不定老顾明天就出现了。”

冷风从门口吹来，让宋摘星打了个寒噤。就在这时她脑中却噼啪一响，双目熠熠生辉。

“昨晚顾老怎么和你说的？”

“什么？”

“昨晚顾老是怎么提醒你，让你去阻止王奶奶的？”

孙将军呼吸微重：“他……他就是说让我紧盯着王妻，可能会出事。”

“所以王奶奶从护理大厅出来，你就一直在跟着她？”

他点了点头：“她一烧毛衣，我就及时把它扑灭了，不然哪能有那么巧。”

“然后呢？”

“然后我就让她回去了，劝她不要再干傻事。”

“昨晚晚饭之后，你就再也没有见过顾老？”

他说得斩钉截铁：“没有。”

“坏了！”

宋摘星扔下毛衣赶紧向外跑。风声呼啸，她以最快的速度冲向公寓，寒冬凛冽的空气刮得脸颊生疼。

孙将军绝对没有帮王奶奶一起绑架李唯西的父亲，不是因为他们关系匪浅，也不是因为他父亲知道了真相，而是——孙将军再一次去竹海，就是因为他害怕王奶奶再次杀害王爷爷！

孙将军和王奶奶的关系就算昭告天下，他们也做好了承受的准备。但王奶奶对王爷爷的恨意如洪水滔天，一日不杀王爷爷，她一日就不会真正痛快。

而顾老正是利用了这一切，才能在孙将军忙着给王奶奶收拾残局时，成功躲避大门处的摄像头，离开疗养院！

“不要阻止她，唯西不要……”

宋摘星在黑夜里彻底哭出声来，泪流满面地向着护理大厅极速奔跑。

202房间里，李唯西呼吸越发微弱。残存的意识让他知道，他马上就会进入沉睡，一场再也不会苏醒的久眠。

王奶奶从口袋里掏出火柴，一小盒，很旧，上面的包装纸都磨白了。她慢慢走到李唯西身前，笑得惨烈而又苍白。

“我从来没有见过你来看望你的父亲，没想到他在你心里会这么重要。”

李唯西还在痉挛中，已经完全说不出话。

“就算你不杀老不死的，我也会动手的。我会活活烧死他，你这又是何必呢。”王奶奶扯了扯他的衣角，像是在整理他的遗容，“你不愿成为我的工具，就好好死吧。但我告诉你……”

她贴着他的耳朵说了一句话，成为刺激李唯西最后一根神经的毒药，让他在剧烈的颤动中归于死寂，再也没了动静。

他眼睛里流出大片的泪水，滑躺在他白皙的、精致的脸上，并任由它一直流下去。

王奶奶站起身，看着仍趴在地上拖着一双残腿的男人，冷静而又自持地说：“该你了。”

她把他拉到一角。男人的手被反绑在后腰上，还在拼命地挣扎，挣扎的样子更像是一条脱了水硬挺着即将死去的鱼。

一切准备就绪，王奶奶将头发顺好，然后走到门口要将房间锁死。她要保证这个房间燃烧时没有人进来。然而就在她快插上插销时，却听“砰”的一声，宋摘星竭尽全力撞了进来。毫无准备的她随之被撞倒在地，整个人一下子没了力气。

宋摘星一眼看到躺在里面的李唯西，三步并作两步跑到他身边，看见安眠药的空瓶，眼泪再次决堤。她摇晃着李唯西，拼命地呼喊他，拉起他半个身子开始抠他的嘴，顶撞他的后背，却始终没能让他把药片吐出来。

看来已经咽下去很久了。宋摘星连忙起身，不顾一切地跑出202，站在楼梯口大声喊叫：“救命！快来人！有没有人！救命！救命！”

她疯狂地呼喊，整个楼道里的声控灯乍然亮起。她这才想起来自己还有电话，连忙拨通120。然而就在她急着跟对面的人报地址时，她的后背却被人猛地一推，整个人直接滚下楼梯。她的身子骨碌碌剐蹭在每一级楼梯边缘，额头也在快速的滚动中撞到栏杆。“咚”的一声闷响后，她最终昏在楼道连接处，身体多处受伤。

王奶奶在二楼低眉看着她，脸上还挂着因为没有完成计划而极度愤怒的表情。

大厅警铃大作，值班的小护士和其他护工不断地涌上来，场面嘈杂而又失控。

已经报了警。公寓202房间被警察团团围着，案发现场一片狼藉。

死者是王奶奶和王爷爷。死亡时间是凌晨三点四十八分。

据值班护士讲，她赶到时王奶奶正疯狂地刺穿王爷爷，用的是一根削尖的筷子，先刺穿了喉咙，接着在他身上扎了无数个血洞。她正想救人时，王奶奶继而用筷子最尖的地方直接抹了脖子，当场自杀。

王爷爷身上无数个血眼，被理所应当地视作是王奶奶的泄愤。其实还有一层意思警察们再也不会知道了，有血洞的地方都是当年王爷爷扎在自己儿子身上的位置。他曾严重怀疑儿子不是自己亲生的，便用极变态的手段践踏、侮辱小宝。

可惜因为宋摘星的出现，王奶奶没有来得及活活烧死他，没有让他尝到小宝的痛苦。王奶奶死后仍然睁着眼睛，那是一双早就没了神采、眍䁖着的眼睛。

门岗孙将军伏在王奶奶身边痛哭，口口声声喊着："你不是答应我了，不死了，好好活着，你答应我了啊！"哭声撕裂开来，悲恸得让人不忍多听。

其实很少有人知道王奶奶的名字，只知道老伴姓王，便一直这么喊她了。她十八岁赶集时被王爷爷拖入巷子里强暴，后来有了小宝仍然备受王爷爷折磨。小宝死后，她就有了慢慢折磨他的计划，弄残了他的双腿，弄浊了他的眼睛，长期喂他吃慢性毒药导致他肾脏衰竭做了大手术。可是哪里能够呢。还远远不够，这是赌上她的一生才换来的报复。

孙将军把那件没有烧完的毛衣还给了她。那是小宝在死之前，送给她的唯一一件礼物。

人群逐渐散去，警车的鸣笛声回荡在疗养院里。狂风凛冽，吹得人骨头发疼。

京大医院，清晨六点。冬日沉寂，窗外还是无尽的黑暗。

在打了静脉促醒剂，经历了一晚上的洗胃和折腾之后，李唯西在病床上缓缓醒来。

他勉力支撑着自己半坐起来，一身病号服衬得身体更加虚弱。他拔掉了手上的输液针管下了床，趿拉着拖鞋，只带了一件外套便踉跄着跑出门。

值班护士累了一晚刚刚睡着，一道影子从身前划过竟也没有察觉。

整个汉州市还蒙在夜色之中，马路上只有零星几个人。打扫街道的清洁工已经在倾倒垃圾桶，路灯下身影寂寥。

干冷的空气打在脸上，吸进胃里，让李唯西感到更加沉重。他一面捂着胃部一面扶着路上能扶住的东西，艰难支撑着自己走下去。原本只有二十分钟的路程，他足足走了一个小时才算走到。

长青街兴海小区，他到达时已是大汗淋漓。

虽然紧挨市区，但这里多数都是老房子了。李唯西记得自己离开这里时才十岁，父亲以极其低廉的价格把房子卖掉，因为每天都有无数人在自己家门口骂脏话，吐口水，让父亲和母亲再也承受不了。

一别也有十几年了，他寻着久远的记忆绕过一幢又一幢楼，来到16号楼前面。他在原地歇了半天，呼吸渐渐平稳后才开始爬上楼梯。楼道里的灯没有亮，好在天色已处于明暗之间的状态，足以让他看到周围事物。他逐步上到三楼，靠左的那间房子曾经陪伴了自己整整10年。

但这里已经不是自己的家了，甚至几易其手，他对这间房子如今的主人一无所知。

充满铁锈的防盗门上，贴着一张蓝色的便笺纸。上面写着两行字，出自父亲的笔迹：

小辰生日快乐。

爸爸永远爱你。

黑夜散去，太阳缓缓从东方升起。第一抹晨曦透过楼道里的窗户打在李唯西的身上，打在那张便笺纸上，淡黄的光影下时间仿若静止，画面定格，只有狼狈的李唯西和一方蓝色对视着。

他的手指微蜷，全身开始颤抖，直到泪水汹涌而出，再也控制不住。十几年都没有哭过了，他趴在防盗门上，手心里按着那两行字，哭得愈来愈凶，像个不知所措的孩子。

在他吞下那些安眠药之后，王奶奶贴近他和他耳语说，她从来没有绑架过他父亲。

他太担心自己的父亲了，以致完全没有料到她在骗自己。就在他将要失去意识的时候，他才忽然想到父亲才是这一切的利用者。父亲利用王奶奶的事情让孙大叔离开门房，就是为了能偷偷跑出来而已。只是父亲的记忆已经严重退化，在他的意识里，他们一家三口还生活在这个老房子里，他的儿子还不叫李唯西，而是叫顾辰。

父亲嘴里一直念叨的“快了”，根本不是什么王奶奶的案子，而是在他鲜有的清醒中还记得连李唯西自己都已忘记的生日。

李唯西哭得歇斯底里，像要把这些年的委屈全部倾诉出来。只是生活早已面目全非，倘若不是父亲出事，他也不会随母亲远赴美国。在走之前的那一天，他陪着父亲到派出所更改名字，由原来的顾伯棠改成顾永白。云月华送他们时，父亲说："从此之后顾伯棠死了，天底下只有顾永白一个人。"

而他，因为父亲强奸女患者被学校同学打骂，被老师看不起，被邻居诅咒，彼时也恶狠狠地向父亲说："从此顾辰也彻底死了。"

这成了父子之间永远无法逾越的鸿沟。他恨他的父亲，长达数年，以致在美国上学时，都还在做有关父亲的噩梦。他至今想不明白，被媒体大肆报道甚至连父亲自己都没有任何反驳的强奸案早已板上钉钉，为什么他还敢叫"永白"。

欲盖弥彰也好，悔恨交加也罢，在他心里，父亲似乎早就死了。可是就在刚才，当他看着父亲给自己留下的字，忽然想到他快乐的童年，想到父亲一向深爱自己和母亲，想到这么多年一家三口受到的诸多苦楚，他终于忍不住了。岁月磨洗，物是人非，然而在父亲老去的心里，他还是父亲最爱的儿子。

中年大叔睡眼惺忪地打开里面的门，透过防盗窗看他。他满脸是泪，不敢抬头，却听中年大叔不耐烦地说："刚赶走一个，怎么又来一个。昨天有个疯老头子一直敲我家的门，搞得我和老婆都睡不着觉。你又是谁啊？快滚，快滚开！"

李唯西摘下便笺纸，气冲冲地对里面的人道："他是我父亲！"

声音未歇，他即刻快速离开，留下中年男人满脸的惊愕。半晌，中年男人才又冲他"呸"了一声。

"亏我昨天还借手机给你爹用，不识好歹！"

李唯西一口气跑出16号楼，立刻给孙鸣打电话，声音惶急而又干涩："查长青街附近监控，我父亲就在这里！"

而对面的孙鸣也非常着急地回应他："你去哪了？医院里也没有你。为了救你，宋摘星到现在还昏迷着呢！"

心跳再一次加速，李唯西极为吃惊。天色大亮，他只穿了单薄的衣服，冻得瑟瑟发抖。眼睛中的泪雾还没消失，热泪便又紧跟着下来，染在长睫上，如新荷上的珠子一串串滚落。

第八章　不虞之隙

李唯西在宋摘星的病房守到中午，其间父亲被找到送回了疗养院。父亲已经再次陷入痴呆状态，被找到时一个人小便失禁躺在垃圾桶旁边。回疗养院的路上，听孙鸣说不到六十岁的父亲老泪纵横，一直喊着李唯西的小名，再问别的却一句话也说不出来。

父亲曾是多么骄傲和受人敬仰的医生，救治过那么多的病患，永远丰采高雅，灼灼辉光。可惜一朝动荡，如今连作为人起码的尊严都被践踏殆尽，让李唯西心里越发难过。

宋摘星醒来时已是黄昏，日光消残，整个医院一片安谧。简一凡正倚在一边打瞌睡。

她戳了戳简一凡，简一凡立刻惊醒，赶紧拿起手机给李唯西打了个电话，这才转头开始喋喋不休地埋怨她。

“阿星啊，求求你了，能不能少受点伤？加了一天班还要照顾你，我连约会的时间都没了！”

宋摘星愣了一会儿，没好气地瞪他：“我还是病人呢！你能不能对我好一点？”

简一凡叹了口气，十分无奈道：“夏夏来做治疗，李唯西不得已才让我替他。我已经给他打了电话，一会儿他就来伺候你了。我的大病人，你行行好，可不可以注意保护自己一点啊？”

宋摘星被羞得面红耳赤，还没说话，就听简一凡跟机关枪似的继续说道：“受伤体质啊受伤体质，大家都说你容易受伤，但是拜托我的大小姐，你能不能多点眼力见儿？经常把自己反锁在家，把醋当生抽，忘记拿钥匙，去超市转个身都要把货架上的玻璃壶打碎，被开水烫伤等等就算了，但是——”

简一凡回瞪她，眉毛都挑得高高的：“夏强打碎玻璃的时候，你明明可以躲过去的对不对？拿钉子的病患扎你的时候，你也有反应时间的对不对？甚至王奶奶推你，你要是多一点眼力见儿，也不至于受伤的是不是？”

宋摘星被简一凡怼得哑口无言，吞吞吐吐道：“我当时，我当时真没看见。”

简一凡：“我的‘慢一拍’大小姐啊，你不用看见，‘快一拍’就可以了。答应我，就快那么一点点就可以。”

宋摘星皱了皱眉：“一凡，是不是科里的同事嫌我添麻烦啦？”

简一凡沉重地摇了摇头，一副恨铁不成钢的样子：“同事们哪敢说你啊。再说他们要是说你，我还不愿意呢。阿星啊，你这一年，受伤没八十次也得有七十九次了。就这个凳子，我因为看护你都坐过二十回了。长点记性好不好？”

看着他满眼真诚的乞求，宋摘星点了点头：“我答应你，下次争取多点眼力见儿，不受伤！”

“乖孩子，乖孩子。”简一凡抱着她一条胳膊眼泪都快出来了。

宋摘星这才觉得自己肩酸背痛，腰跟断了似的。赶紧抽出自己的胳膊，向他挥手：“快去约会吧，和高璨发展神速啊。”

简一凡给她拿了腰垫，让她半坐起来，又喂了几口水才说道：“跟林莞和李医生的恋情比起来，我的爱情故事才是小巫见大巫。”

乍一提起林莞，宋摘星思绪飘忽，也没往下问，轻微地咳了两声。

简一凡收拾完，探身和她说道：“李医生让我在你醒来的第一时间就给他打电话，我看他这愧疚心太强烈了，你要好好敲诈他一下，不枉受这么重的伤！”

宋摘星笑着打哈哈，给他做鬼脸：“几天就可以好，我身体素质很强的。”

简一凡冲她翻白眼，恰好李唯西进来。好像是跑着过来的，他额头上蒙着一层汗，扶在门框上大口喘着气。

宋摘星低了低头，长发随着垂落，搭在自己的指尖上。

简一凡一面往外走一面发出解脱的呼声，步子还没完全迈出去，给高璨的约会电话随即拨通。临走时对李唯西做了一个OK的手势，示意让他放心。

病房里只剩下他们二人，气氛安静得有点诡异。

他慢慢走到宋摘星面前，看着她包着纱布的额头以及被摔青的半张脸，竭力稳住自己的呼吸。

“还疼不疼？”

宋摘星眼泪哗地就下来了，满腹的委屈化作一拳又一拳打在他的胸口上。

“为什么不相信我？！为什么要把我撇出来！为什么不告诉我！万一你死了怎么办，万一你死了怎么办！”

宋摘星发疯似的向他嘶吼，每句话都如刀子一样扎在李唯西的身上。

“耍人是不是很好玩，为什么带我过去还不让我参与，为什么那么危险也不说？我恨你，李唯西，我恨你……”

她的手被李唯西紧紧握住，直到她哭累了打累了才彻底安静下来。李唯西从来没有见过这样的宋摘星，像只跳脚的小兔子，明明前一秒还很温顺，后一秒就冲人龇牙咧嘴。

“对不起。我以为你能亲眼看到我父亲。”

他嘶哑出声，连着两天未睡，身体疲惫不已，然而握住她手心的时候却为她传递着丝丝暖意。

宋摘星用另外一只手抹了把眼泪，别过头去：“叔叔找到了吗？”

“嗯。”他想了想，决定还是现在告诉她，“王奶奶杀死王爷爷之后，自杀了。”

宋摘星心尖一凉，眼泪簌簌地往下掉：“那个疗养院太苦了，你把叔叔接出来吧。”

李唯西给她递了一方白色的干净手帕，宋摘星愣了愣，没接。

李唯西轻轻叹气，挨着她坐下。此时她还扭着头，倔强地不愿搭理他。

“作为感谢，”他握拳抵在唇边，一本正经地说，“你可以问一个关于我的秘密。”

他平时待人看似平和，实际却很疏淡，这是科里的人都感受得到的事实。

温柔对他来说好似是天生的品质，跟对谁无关。谁也不知道他为什么放弃美国大好的前途回国，也不知道他怎么就选择了京大，更不知道他的家庭背景、过往经历，就连“八卦王子”简一凡都没有打听到关于他过多的消息。还有他的父亲，如果不是因为这次出事，大家都还不知道他的父母是怎么样的人。他就像漫天浩瀚星辰下的一泓湖水，缄口不言，永远平静。

这真是一个令她心动的交易。

“无论是关于什么的秘密，你都会告诉我？”宋摘星缓缓扭过头来，意味深长地看着他。

“是。”他点头，“你是现在问还是留着以后问？”

“现在问！”

李唯西甚至做好了交代一切的准备。

宋摘星盯着他看了好一会儿，忽然很兴奋地问道：“你和林莞谈恋爱谈了多久？”

李唯西本还一脸淡然，却在听到她的问题时瞬间狂咳起来。宋摘星怔愣地看着他，憋着气等着他咳嗽完告诉自己。

李唯西大为窘迫，惊讶于她想问的秘密竟然是这个。

“我和她没谈过恋爱。”

“这怎么可能？”

李唯西非常坦诚：“她在美国追我时生过一场病，当时她没有亲人，朋友也不在身边，我就在医院守了一夜，怕她出事。她苏醒后知道了这件事情，就到处说是我女朋友了。”

“啊？”宋摘星沮丧至极，“还以为你们的爱情惊天动地呢。”

李唯西浅浅一笑，出口却是斩钉截铁：“我从来没有女友，大学时没有，研究生时没有，博士时也没有。”

“你没有喜欢的人吗？”宋摘星十分不解。

李唯西面色清朗，久久盯着宋摘星，眉目闪烁着耀人的光彩。

“这是另外一个秘密了。”

深夜，心理科。四周一时静极。

黑影蹑手蹑脚上了三楼，躲开监控，拿钥匙打开档案室的门。来人伸手将放在桌子上面的一沓论文课题翻了一遍，最终抽出了宋摘星的那一份。

那是一双不染尘埃、白白净净的女人的手，动作仓促不稳，连带着呼吸都惶急了几分。

今天是上交论文课题的最后一天，大家都将自己的研究成果交了上来。如果能登在心理学核心期刊上，意味着这个医生不仅仅声名鹊起，还能迅速在科里升职甚至拥有出国深造的机会。

而宋摘星，是这个黑影的唯一对手。

黑影笑了笑，张狂的眉眼下尽是满足。

午夜钟声响起，黑影悄悄地关上了门。她的手里还拿着那份十几页厚的课题，步子轻快有力，最终消失在走廊尽头。

科室外寒风料峭，厚云堆积，充斥着阴谋的味道。

又过了半个多月，汉州迎来了冬日第一场大雪。

今天恰好是夏夏前来复诊的日子。科里的同事都很喜欢这个渐渐话多的孩子，还特地准备了礼物送给她。李唯西刚从疗养院回来，发梢上沾着细碎的雪花，衬得脸色苍白疲惫。

胡梨很是心疼，赶紧给他递上一杯热水。李唯西道了谢，便忙着去准备夏夏的资料。这阵子一共为她做了五次咨询加两次团体治疗，夏夏的抑郁症明显减轻了一些，让他在照顾父亲之余欣慰几分。只是一想到夏夏的父亲夏强，他的眉头不自觉又皱起来。

隔壁咨询室，宋摘星正在和郭洪泉谈话。

“然后呢？”宋摘星目光温柔地看着一直在倾吐心声的郭洪泉。

“公司快倒闭了，唉。”

“还有吗？”

“小寒妈还闹着和我离婚，真是头疼。”

很长时间的静默。

“然后呢？”

“我吃了两个月的药了，身上的疹子也没见好。”

“你接着说。”

郭洪泉有点急了：“大夫，我家小寒还是不能说话，到底怎么回事啊？他到底是不是心理问题？不是的话咱们就不要浪费时间，我赶紧带着他再去别的地方看一看。”

宋摘星不动声色地看着郭洪泉发作、嘶喊，也不驳斥他，直到郭洪泉最终平稳了心绪，才缓缓说道：“你还能多聊聊你作为父亲的角色时，为家里人做过什么吗？”

郭洪泉有短暂的怔忪。

“父……亲？”郭洪泉觉得这个问题极其可笑，“我做得还少吗？天天喝酒陪客户，累得跟孙子似的。他妈，一分钱不赚，在家贪吃贪喝，就伺候郭小寒一个人，还把我儿子给伺候得说不出话来了。远的不说，我一个月往家里交的生活费就够他们娘俩无忧无虑了，他们还想怎么样啊？我公司里那么多员工张着嘴等着我发工资，我不干活，不出去陪客户，他们娘俩就要喝西北风！论贡献，我是家里第一，可谁又能体谅体谅我？”

兴许是说得太过激动，郭洪泉又开始拼命地挠后背，那个地方让他痒得难以忍耐。

宋摘星：“你因为后背上的病，有多久没去公司了？”

“半个月了。”郭洪泉冷哼一声，“电话都快打爆了。有什么办法。”

“你现在睡眠怎么样？”

“哪里睡得着。看电视看到凌晨两点，困了睡一会儿，四点不到就起来继续看电视。看电视的时候心里才不那么烦。”

宋摘星看了看时间，聊了将近一个小时，其实他的病症宋摘星已经基本了解。

“你后背的疹子可能不是皮肤病，而是心理疾病造成的。我希望你回家之后能好好地和小寒聊聊天，不要让他看到你的压力和焦虑。小寒是个好孩子，他的言语功能障碍大部分原因在你身上。”

“这怎么可能？”

“你懒于承担做父亲的责任，更害怕承担做领导的责任，只有生了病你才能不去公司，你才能受到别人的照顾。别看小寒是个孩子，但他能清楚地听到你的心声，理解到你潜意识里想做的事情。你回去要耐心地和小寒解释，让他知道自己拥有一个健全人格的父亲，其实他不是不想说话，而是……”

宋摘星看着郭洪泉的脸色由红变白，微微变缓了语速：“你不要一直和他强调你为了他多不容易，也不要处处挑他的错。你们应该是朋友，你要告诉他，你为他骄傲。”

郭洪泉后背又痒了，钻心的痒，但他这次忍住了，最后问了一句：“我的病会好吗？”

宋摘星点点头：“只要你学会承担，不再逃避了，病自然就好了。”

郭洪泉嘴唇嗫嚅，似乎有些不放心，又问道：“你之前接诊过像我这种情况的吗？”

“出于对患者隐私的保密，我只能和你说，之前有个一到冬天就开始低烧的病人，吃什么药都不管用，但一到春天自然就好了。”

郭洪泉一愣：“为什么？”

宋摘星笑了笑：“因为他不想冬天上班。”

窗外白雪皑皑，带着寒气呼啸纷飞。郭洪泉裹紧了上衣，下意识想到小寒学会说话时也是一个冬天，第一声喊的就是“爸爸”。

夏夏从李唯西的咨询室出来，正好碰到忙完的宋摘星。眼睛里存着泪，一副受尽委屈的样子。

宋摘星特别讶异，半蹲下来轻声问她：“夏夏怎么了？之前不是心情愉快很多了吗？”

来过心理科多次，夏夏早就跟宋摘星很亲近，如今被她一问，更是泪水决堤。

“我爸爸又发脾气了。”

宋摘星皱眉：“爸爸不是也在改变吗？”

夏夏摇摇头：“今天很凶，还跟唯西哥哥说很难听的话。上次也是，把唯西哥哥的凳子都踢翻了。”

宋摘星更加吃惊。她刚刚痊愈，并不知道这件事，也从未听科里其他同事提起，看来是李唯西有意隐瞒。

“你知道原因吗夏夏？”宋摘星扶着她的肩膀，一边给她擦眼泪一边问，“有什么事情刺激到爸爸了吗？”

夏夏抽泣道：“是妈妈。妈妈不肯原谅爸爸，从不来见我们。”

宋摘星知道夏夏父母早已离异，并且她的妈妈已经有了新的家庭，看来并不想和夏强再有什么联系。

宋摘星感叹了一句："可是爸爸要靠自己才能好起来啊。"

夏夏直接扑进宋摘星的怀里，号啕大哭。宋摘星紧紧护住她，不忍心让她再多受一分伤害。

刚安抚好夏夏，简一凡不知道从哪个犄角旮旯里蹦出来，神秘兮兮地对她说："云主任把文静骂得狗血淋头。"

宋摘星微怔："文静怎么了？"

简一凡："好像弄错了什么资料，出了事故。"

"你确定吗？"宋摘星难以相信，"文静待了那么多年了，一向很谨慎的啊。"

简一凡挑眉："还没打探到最新消息，不好说。"

宋摘星偷偷地嘱咐他："一定要好好问一下。"

简一凡接了"圣旨"更是兴奋，连声应好。宋摘星又问："多动症的那个孩子怎么样了？"

"我家璨璨交给我的任务能不重视嘛。"简一凡嬉皮笑脸地回答，"毛毛那孩子在听课、写作业和休息时间上安排得都有问题，这才导致成绩不好。其实他都算不上多动症，多练练专注力就没事了。"

宋摘星见他分析得头头是道，知道是下了不少功夫，笑得更加灿烂："完美交差，你家璨璨该好好感谢你了。"

两人正说着，忽见吴聪副主任从办公室里出来。看他脸色不太好，简一凡赶紧拉着宋摘星往里躲。

"怎么了？"

简一凡示意她噤声，以最低分贝回她："好像要和老婆闹离婚。"

宋摘星大为吃惊："吴副主任，离婚？他是全科里最疼老婆的人啊。"

简一凡一脸懵怔："别的就不知道了。"

宋摘星笑他："你这八卦能力有点下降啊。"

简一凡苦哼："等你谈了恋爱就明白了，你的眼里全是他，哪儿还顾得上别的。"

宋摘星咋舌，没承想简一凡还是个情痴。

简一凡正要走，宋摘星忽然拍了拍他的肩膀，情深义重道："想想你的28个前女友，我可能永远也明白不了了。"

简一凡正要回击，却看见高璨正在后面，吓得浑身一个哆嗦。

"28个前女友！"

高璨猛然出声惊了宋摘星一记，宋摘星这才发现她，赶紧闪了身子溜远。很久之后，整个走廊里还在回荡着高璨的尖叫声。

"简一凡你别跑！你给我扇耳光！扇28个！"

雪一直没有停下的意思，直到午后还在簌簌地飘落着。天阴沉沉的，宋摘星给同事们买了咖啡，大概是天气缘故，除了几个之前的病人来访，科里一下子清闲起来。

宋摘星跑到李唯西办公室，发现他正在以极隐忍的声音打电话。她隔着门听了一会儿，才知道他是在和夏强的妻子沟通。

宋摘星狐疑地退出，没有打扰他。出了门就看见简一凡肿着脸过来了，差点没忍住笑出声。

简一凡白了她一眼："下午没事，跟我出去滑雪。"

"在哪？"

"医院后花园啊。"简一凡不屑，"还能去哪，只有那个地方可以滑一会儿。"

宋摘星蹙额："太冷了吧。"

简一凡："我最后警告你，如果你不陪我去滑雪，我永远不会原谅你了！"

他的脸上红肿一片，又因为说话激动导致眼眶里布满红丝，让宋摘星十分害怕，赶紧答应他："我去，我马上去。"

自知不小心得罪了他，宋摘星赶紧穿了外套随他往外走。

出了总务楼，幕天席地下全是雪花，简一凡气嘟嘟地在前，宋摘星小心翼翼地在后。跟着走了半天，宋摘星上前问他："高璨原谅你了吗？"

简一凡没回应她，让宋摘星脸颊一下子红透。

"我错了，我错了一凡，回头我好好和高璨解释一下好不好？"

简一凡戴着帽子，用余光瞥了她一眼："早就原谅我了。"

“那你还这个德行？”

简一凡仍然气鼓鼓的：“等陪我滑完雪，我再告诉你。”

他说得铿锵有力，宋摘星哪里敢惹，赶紧应好。

靴子踩在雪地上发出咯吱咯吱的声音，很是清脆。宋摘星哈了口气，想起好久没见过雪了，去年好像有一整年汉州市都没落雪，让她无比想念。长睫上沾了一些细碎的雪花，她抬手拍了拍。见简一凡肩膀上也落了一层，连忙提醒他，只是话还没说出口，却看见了对面花园前的夏强和夏夏。

等两人走近了，这才看见夏夏正在汽车引擎盖上写字，夏强笑着和他们打招呼。

漫天的大雪已经覆盖了所有的汽车引擎盖，一片空茫，像巨大的白纸。夏夏伸出小小的手指，一笔一画写得极其认真。

简一凡看着夏夏写的那些字，一行一行的，字又大又工整。

一旁的宋摘星也惊呆了，不仅仅是因为夏夏写了这一辆车，而是周围所有车的引擎盖，都被夏夏写满了字。

“妈妈我想你。”

“妈妈我爱你。”

“妈妈今天我心情好多了。”

“爸爸给我做了最爱的鸡蛋羹。”

“你会回来的对吗妈妈？”

“爸爸也很想你。”

……

类似这样的字还有很多，看得宋摘星泪雾升腾，连一向话多的简一凡都不知道该说什么。许是看出他们的表情变化，夏强有些不好意思地说：“夏夏想她妈，准备写满这些汽车，让我拍照发给她妈看。”

夏夏补充道：“妈妈最喜欢下雪了，她一定会来看我们的。”

夏强也连连点头，嘴里碎碎念：“一定会的，一定会的。”

宋摘星半蹲下，给夏夏围好围巾，轻声问她：“你骨折住院的时候，妈妈也从来没有看过你吗？”

夏夏摇了摇头。

夏强隐忍着哭腔：“好孩子，是爸爸对不起你。”

宋摘星挤出灿烂的笑容：“那我和一凡哥哥陪你一起写好不好？我们把整个医院里的汽车都写满！”

夏夏眼眸中绽放出光芒，急忙伸出小拇指和她拉钩。

“姐姐一定要帮我写完全部的汽车。”

宋摘星笑容不减，同样伸出小拇指和她约定：“我答应你！”

简一凡对此嗤之以鼻，刚想拒绝，却被宋摘星拉着往另外一辆车前走。简一凡嗷嗷大叫，宋摘星直接将他的巴掌按在车盖上，冰冷的雪瞬间将他的手指冻得通红。

“阿星，我要滑雪！”

宋摘星威胁他：“如果不写，我就告诉高璨你总共相亲了311回！”

简一凡忽然来了精神，立马挺直身子开始写起来，头也不抬地温柔地对她道：“阿星我们快写吧，夜里十二点之前应该可以完成。”

两人的举动逗得夏夏直笑，宋摘星这才稍稍放心一些，另找了一辆车也开始写起来。

雪打松柏，纷纷扬扬，整个医院银装素裹，更加清朗透亮。夏夏冻得小脸通红，手指也沾满了雪。宋摘星也好不到哪去，一双手都没了知觉却还在不停地写。另一面的简一凡一边打着喷嚏，一边拿着松柏枝子下笔如有神，写到后来干脆给高璨写告白情诗，情诗字句用光了，接着在一辆车的前盖上愤愤写道：

高璨你这个心狠手辣的女人！

宋摘星提醒他：“那不是你的法拉利吗？”

简一凡这才察觉写到了自己的车上，赶紧拿袖子擦掉，装作一副不关己事的表情，吹着口哨跑到更远的地方。

几个人一直写到傍晚，夏强拿着老旧的手机，将拍下的照片一张一张发出去，却一直没有得到任何回复。

“妈妈还是没有回吗？”夏夏仰着脑袋问爸爸。

夏强叹气，手机电量显示不足，迟迟等不来回应让他更加焦虑。

夏夏一下子哭出来，委屈极了：“爸爸我是不是该死，妈妈是不是特别讨厌我？”

见夏夏哭得难过，夏强也狂躁起来，一下子把手机扔到地上。

“那个女人有什么好！别写了！都别写了！”

宋摘星知道夏强又要控制不住自己的脾气了，连忙上前劝慰。这时一辆垃圾车沿着主路开过。突然，夏夏像发了疯似的追过去，对着刚刚路过的垃圾车大声喊：“妈妈！妈妈我在这儿！”

瘦小的身子在雪地里显得更加羸弱，夏夏就这么一直追一直追，宋摘星和夏强赶紧跟过去。

雪停了，空气又湿又冷，宋摘星的眼泪瞬间涌出来。

她看着夏夏的小身子紧紧跟着又脏又破的垃圾车完全停不下来，只是因为垃圾车沿路放的音乐是《世上只有妈妈好》。

宋摘星第一次见夏夏的时候就知道她妈妈很久没来看过她了，夏夏妈妈留给夏夏唯一的话就是：等妈妈赚到钱，就开着车来看你。

《世上只有妈妈好》是夏夏妈妈唯一教会夏夏的歌，夏夏每次想妈妈了都会唱。垃圾车根本没有任何回应，可夏夏却觉得那是妈妈开来的，追个不停，喊个不停。

几个人从后庭追到快到大门的地方，夏夏一下子停住了。垃圾车早已走远，然而大门口却站着一个女人，长长的头发，戴着和夏夏同颜色的围巾，眼睛里存着泪，忍得很辛苦的样子。

“妈妈！”

夏夏大哭，一路跌撞地扑到妈妈怀里，母女相见让人又是动容又是难过。

远处，夏强和宋摘星没再上前。路灯亮了，照在两人的脸上。

夏强也落下泪来，擦了一把鼻涕心酸道：“我家夏夏有救了，有救了。”

宋摘星没说话，其实她知道夏夏妈妈不仅仅是夏夏的心病，更是夏强自己的心结。他的暴躁和夏夏的抑郁接连发作，都是从他离婚开始的。明明是互相依靠的三个人，却在夏夏妈妈走了之后分崩离析。三个人带着伤疤各自过活，日子没有从前那样坏，也没有期冀的那样好。

天色愈来愈黑，宋摘星默默退出，将空间留给他们一家三口。她转身时才看见李唯西穿着白大褂正站在总务楼台阶上同样看向大门口，脸色平静恬淡，目光幽深如潭。

宋摘星想到自己出门时他还在跟夏夏妈妈打电话，或许夏夏妈妈之所以来，根本不是因为他们写在引擎盖上的字……

她正恍惚出神，简一凡也跟了过来，语气里带有试探：“我和你说件事，你千万别爆炸。”

宋摘星回头看他：“什么？”

“本来想滑完雪再告诉你的。”

“快说。”

“你之前写的论文课题，”简一凡一个字一个字地蹦出来，“被文静搞丢了，根本没上交。”

宋摘星一惊，立刻火大：“什么时候丢的，怎么不早告诉我？”

简一凡吓得瑟缩：“我，我也是下午才知道的。之前写的论文课题都放在一起交上去的，后来发现别人都回复了，单单没有你的。云主任专门打电话问怎么回事，对方说他们那边根本没收到你的文章。”

宋摘星想到这个课题还是自己失恋时熬夜做的。一年就这么一次机会，是用她多少心血换来的，结果竟然丢了？！

“文静那么谨慎，怎么会丢呢？”

宋摘星不得不深呼一口气控制自己。

“文静说她把大家的论文放在一起锁在档案室了，第二天直接寄出去的，根本不知道没有你的。”

“阴谋，阴谋！”

宋摘星大步流星地奔向心理科，怒气升腾，气得脸都紫了。

心理科测量室内，文静还在擦着眼泪，被云月华骂完又被吴聪骂，这一天过得十分难熬。

胡梨在一边给她递纸巾，细声安慰她：“丢都丢了，明年再交还有机会。你别太伤心了。”

宋摘星“砰”的一声踢开门，看向胡梨：“什么叫丢都丢了？把你的毕业论文丢了，你延期一年毕业行不行？”

胡梨嗫嚅：“那不然怎么办，文静姐也不是故意的。”

宋摘星看着文静问道：“档案室的钥匙谁管着？”

文静站起身来，眼泪还悬在眼角：“一直是我拿着。阿星，我真的对不起你。”

宋摘星皱眉："别人都没碰过钥匙吗？"

文静想了想，说道："之前云主任专门嘱咐档案室的钥匙只让我一个人拿着，没人碰。"

宋摘星气得两眼发黑："你再好好想想，没人碰我的论文怎么会丢呢？文静，我信任你，你不可能做出这种下三烂的事。"

简一凡跟在宋摘星身后，吃惊道："你是说有人故意这么做？"

宋摘星心里窝着火："你不觉得太诡异了吗？"

文静哭得更凶，胡梨连忙帮腔："万一就是误会呢？把自己看得也太重要了吧，谁都跟你过不去似的。"

宋摘星脑仁儿发疼，她实在搞不懂胡梨为什么要处处跟自己作对。她扬了声调，紧盯着胡梨道："档案室的钥匙你最有可能拿得到，没准这事儿就是你做的。我重不重要无所谓，但我的论文课题十分重要，绝对重要，谁弄丢了谁就要负责！"

"那你去找凶手好了，在这撒野做什么！"胡梨也回瞪她，"我可不在乎你的论文，你也别在这含血喷人。"

宋摘星被眼前这个小丫头重重摆了一道，更加来气，气得眼泪都要飙出来了。

她一下子将胡梨左侧的椅子踢翻，哐当一声，整个测量室没人再敢发出声音。简一凡大为震惊，他还从没见过宋摘星发过这么大的脾气，火冒三丈的样子连他都有点害怕。

宋摘星对着文静和胡梨道："那个论文课题，我用了两年时间来做，熬夜无数回，不是用来随便丢的！如果对不起就能解决事情，还要警察干什么！"

胡梨不服气，刚要辩驳，宋摘星紧接着又是一脚，直接将她右侧的凳子踢翻。声音如洪钟贯耳，大家又是一惊。

宋摘星还想再踢，却被身后的李唯西伸手制止，他拽着她的胳膊，示意让她停下。

宋摘星赌着气，冷冷地说："这是明显的盗窃！就算文静没有做，她对钥匙的疏忽足可以当成帮凶。胡梨是最有可能拿到钥匙的人，我不相信这件事情不是故意的！"

"够了。"

李唯西清淡出口，却隐着不容置疑的威严。宋摘星恶狠狠地回应他：“我才是受害人！堂堂心理科竟然藏着心思如此恶毒的人，凭什么够了！”

有李唯西在，胡梨反而增加了底气，直接怼她：“你别有什么被害妄想症吧？可能就是场误会，你冷静冷静。”

宋摘星刚要反驳，却听见李唯西说道：“胡梨说得没错，没有证据的事情不可以随便诬蔑别人。你确实应该冷静。”

宋摘星泪眼模糊地看着他：“你不信我？”

李唯西一直攥着她的手腕，力道并未丝毫松减。

“你不可以随便怀疑别人。胡梨还是实习生，如果名声坏了对她毕业没有好处。”

宋摘星失望至极，唇角勾出一丝无奈的笑意。她挑着眉，看着他清寒的面色挑衅道：“她是你什么人，需要这样维护？”

“她是我的实习生。”

他的轮廓锋利，俊颜清隽，说出的话如同针扎一般让她心里密密生痛。宋摘星将手腕奋力抽出，嗓音嘶哑又干涩：“是我不对，不该随便怀疑你的实习生。”

她错过他的身子大步出门，眼睛里泪雾弥漫，瞬间就要化成热泪滚下来，只是她紧紧咬着牙关忍着，不愿让任何人看到自己这么狼狈的样子。简一凡在身后唤着她，宋摘星也没给他回应，离开时的背影决绝冰冷。

第九章　你是例外

天气阴沉不定，又接连下了几场小雪，似乎要把一整个季节的雪都下完。松树上挂满了雪球，屋脊铺上了雪毯，连枯柳枝都变成了银条，天地浑然一色，像是一片雪海。

新雪初霁。

西山精神病院到处都是堆着的雪人，反倒给院里增加了一分俏皮的味道。

宋摘星沿着小坡一路上来，手机的短信一直没停，全是简一凡报告心理科的事情。她揩了揩鼻涕，自从帮夏夏写完字整个人就感冒了，跟科里连续请了几天的假，更有心躲着科里的人，不承想简一凡连这个清闲都不给她。

她翻了翻那些短信，一条一条走马观花地看着。

“阿星，我的患者减肥成功了！瘦了五十斤之后爱上运动了！”

“阿星阿星，云主任罚了文静工资，你快回来吧。”

“不喝水的阿姨再也不来了，虽然她只能喝一点点水，但我们大家尽力了。”

“今天科里来了一个奇怪的人，把我们大家骂了一顿就开始大笑。”

“原来是跑来发泄的。社会怎么把人折磨成这样了？”

“我可想你了，高璨也想你，方琳也想你，孙思睿也想你。”

她无心再看，将手机重新放进兜里。走完主道，看见时越正在等她。

“这么冷，应该待在屋里。”

她一直和他保持着电话联系，现在两个人关系还算亲近。时越看着宋摘星脸颊红扑扑的，知她冷，从口袋里拿出一个迷你暖手宝递给她。

宋摘星很是吃惊："你还有这个？"

时越不动声色："出院前患者送给我的。"

他说完即转身带路，一句废话没有。宋摘星咋舌，看着暖手宝上小猪佩奇的图案，咧嘴大笑。

"小雪的妈妈刚来看过她，但状态仍然不太稳定。"时越眉心微微拧着，边走边和她说道，"甚至，连她妈妈的状态都不太好。"

宋摘星沉默了一会儿，无奈道："她妈妈只有小雪这一个孩子了，唯一的希望都在她身上。"

"她妈妈好像很讨厌她，并不常来。"

"母亲讨厌自己的孩子？"宋摘星皱眉，"现在小雪只能依靠妈妈，得不到母爱就更麻烦了。"

事情比想象的还要严重，两人之间气息静默。时越转而道："我发现小雪喜欢画画。"

宋摘星眸光一亮："画画就是她与世界沟通的窗户。"

时越没说话，带着她穿过很长的走廊与大厅，走到一间宽敞明亮的房子中。

宋摘星心脏狂跳，在这间房子里，竟然挂满了水彩画。画笔生彩，描述着星空、海洋、田野、空谷，描述着高峰和森林、城市和宇宙，描述着世界的拥挤和空旷，那么波澜壮阔，又那么深邃沉静。

"全都是小雪画的？"宋摘星极度惊讶。

"我画的。"

宋摘星表情微垮，很是尴尬。

时越接着说："准确地说，是我根据小雪的画想表达的意思，专门回应她才画的。"

他走到桌前，从抽屉里拿出一沓画纸递给宋摘星："这些是小雪画的。"

宋摘星这下彻底明白了，原来他是在用画笔与小雪交流。小雪有严重的双相情感障碍，一般治疗可能很难触及根本，无法拯救小雪。

她接过画纸，将小雪画的画仔细看了一遍，轻轻出声："小雪内心很孤独吧，敏感甚至多疑，但她又很享受孤独，普通人很难走进她的内心。在她的思想里，死亡一点都不可怕，像世界上有城市和人群一样平淡无奇。”

时越凝神静静地听着，唇角勾出一丝若有若无的笑意。虽然整个心理学界都知道京大的宋摘星，但直到今天他才彻底明白，为什么连那么多老专家都对她刮目相看。

“已经联系了工匠，小雪的画装裱好就挂在她自己的房间里。”

宋摘星眉眼弯得像个月牙儿：“小雪还在意着这个世界，在意着对她来说美好的事物，一定要让她好好地爱自己。”

她身上带着清浅的香气，让时越微微恍神。只是宋摘星刚说完，忽然弓着身子剧烈地咳起来。咳嗽声似乎将她压倒，直到脸颊咳得通红也没有丝毫减弱。

时越连忙冲到她身边为她拍着后背，生硬的骨骼让他的手很是不舒服。他有些生气地问：“你会不会太瘦了？”

宋摘星大口喘着气，半扶着桌角回应他：“咯咯咯……经常熬夜加班，胖不起来，咯。”

时越没再出声，继续为她轻抚背部。这时助理潇潇开门进来，见到这一幕突然大叫一声。

宋摘星刚刚见好，被她的大叫声吓得又咳了好一会儿。

似乎意识到自己的失态，潇潇吞吞吐吐道：“不，不好意思。我，我没想到……”

宋摘星皱眉：“没想到什么？”

潇潇低了低头没敢说话，时越冷冷开口：“说吧。”

潇潇赶紧向宋摘星解释：“平时教授根本不让人接近他，他自己也经常强调让我们和他保持距离……我没想到你竟然可以紧紧挨着他。”

宋摘星懵怔地看向时越，他仍然是一脸淡漠的表情，丝毫没将潇潇的话放在心上。反倒是宋摘星羞愧不已，脸色更红。

时越看向潇潇：“你那边安排得怎么样了？”

潇潇进来就是为了这件事，点点头道：“都安排好了，可以过去了。”

时越单手攥住宋摘星的手腕随即向门口走去：“跟我来。”

宋摘星不知他葫芦里卖的什么药，顺着他就往门口走。看着时越的手拉着宋摘星的手腕，潇潇更加震惊，赶紧往门外撤，扶着心口冷汗涔涔。

“太可怕了，太可怕了。”

潇潇还记得第一次见时越教授的时候不小心蹭到了他的袖口，结果他三个月没和自己说过一句话。明明是因为崇拜时越教授才选择在精神病院工作，哪里想到刚来这里就让他将自己的自尊心击得粉碎。

可是为什么时越教授就可以毫无顾忌地牵着宋摘星的手？现在的潇潇嫉妒得快要哭出来了。

挨着市中心不远处有一块富人区，集自然、浪漫和精致于一体，到处堆砌着尖塔形的屋顶和挑高大面窗的门厅。在一派幽静葱茏的桂树和椿树之后，沿着弯而窄的石板路一路往上便到了明圆山庄。不似前庭的欧式风格，山庄内矮层建筑尽收眼底，一高一矮，柳暗花明，更显别致优雅。

错过花圃与藤蔓架，院子里尽植山茶和鸢尾，偶有几株探出栅栏，显得葳蕤而又随意。门旁信箱上刻着一对小海马，门牌号都是由漆刷的海棠花组成，透着清新文艺的气息。

很难想象这个地方之外就是喧嚣吵嚷的街道，仅仅一条河渠之隔的明圆山庄却到处充满了神秘和安静的味道。李唯西到达时看了看手表，离约定的时间只早了三分钟。

他按响了门铃，管家开了门，带着他一路走到客厅。林雨泽正在沙发上看报纸，一杯英国红茶放在桌角上缓缓冒着热气。

林雨泽是整个汉州市最大的富豪，儿子林帆却因为“同性恋”险些猝死，铺天盖地的新闻时刻关注讨论着他的生活。只是，在他的脸上却看不到生活带给他的任何影响，平淡得让人心惊。

林雨泽与他打了招呼，示意他坐在自己对面。李唯西错过他的身子坐下时，嗅到了淡淡的烟味。味道很浅，几不可闻。

林雨泽年纪约莫五十多岁，双目不经意间流露出精光，偏圆形脸上长着一双吊梢眉，增加了几分凌厉。

李唯西今天穿了一件格子复古休闲西装，看起来儒雅温润。他将尼龙材质的邮差包放在身侧，这才开口：“林帆的事情我很抱歉。”

林雨泽将报纸放下，静静看着他：“他现在怎么样了？”

“已经渐渐痊愈了。只不过性取向的事情短时间内无法改变。”

他说得含糊，让林雨泽脸色微变。

“什么叫短时间内无法改变？”

李唯西沉吟片刻，回答道：“我给林帆做了几次心理咨询后发现，其实他的性取向是假的。”

“假的？”

“是的。他之前交过女朋友，后来在同伴的诱导下才开始与男人交往。但实际上，他的快感并不来源于性，而是潜意识对你的反抗。”

林雨泽很是吃惊：“之前我不让他交往男人，他就越不听我的话。他为什么要反抗我？反抗我有——快感？”

李唯西点点头：“在林帆的印象中，您是一个暴躁的、威严的、不容置疑的父亲。对你的恨促使他去做你接受不了的事情，你越不喜欢，他就越开心。”

林雨泽示意一直站在旁边的管家出去，偌大的客厅只有林雨泽和李唯西互相对视着，气氛凝重。

林雨泽压制着自己体内的怒火，缓缓站起身来，瞪着李唯西：“林帆这个不孝子，从他开始和男人交往，我就再也没他这个儿子！上次就该活活打死他！”

李唯西平静地回应他：“希望您可以配合我将林帆治好。”

“不可能。”

“林帆的病症就在您身上。”

“你是医生，看病救人是你的职责，和我没有关系。”

李唯西从包里拿出林帆的病历，一页一页念着：“林帆六岁时让你抱他，被你以任性为由重重扇了两个耳光。九岁时你们在公园散步——他至今不知道哪里做错了——你开始抽打他的脑袋，踢他的肚子。十五岁他送你一条领带，你却在接过领带后开始疯狂地骂他，用最难听最恶毒的话。十六岁你揪着他的衣领将他打得鼻青脸肿。十八岁前一秒你们还坐在沙发上看电视，后一秒你就无缘无故地抽他耳光，直到血溅出来。二十二岁……”

“你别说了。”

“二十二岁他大学毕业回家，和你谈他的理想和工作，却被你冷嘲热讽，最后拳打脚踢。”

“我让你别说了！”

林雨泽冲上前，直接夺过他手里的病历撕得粉碎，而后狠狠拽着李唯西的胳膊大声咆哮：“你给我滚！”

李唯西无动于衷，林雨泽攥着拳头青筋暴起，反手将身边的茶杯砸在地上，破裂的声音引来管家和用人。林雨泽来回踱步，指着李唯西大喊：“永远不要让他再进来！”

管家连连答应，李唯西却仍然站在原地，一时让管家为难至极。

直到他缓缓开口，整个客厅的空气瞬间静默。

“林伯父，林帆变成现在这个样子，完全是因为你。”

林雨泽冷笑连连，转身将桌子上的茶壶与书籍全部挥翻在地，大声嘶吼：“反了，都反了！”

管家赶紧向李唯西摆手，希望他跟着自己出去，不要再添麻烦。

李唯西紧紧盯着林雨泽。如今林雨泽脸色潮红，发丝凌乱，呼吸急促，与李唯西刚进来时看到的样子简直云泥之别。他抬手再次看了看手表，与林雨泽相处总共不到二十分钟。

高跟鞋的声音停在门口，几个人无声之际，林莞娇俏地闯进来。

“小西西！想死你啦！”

西山精神病院。屋檐下冰挂无数，云光高远。

宋摘星被时越拉着走进病房，一抬头看见一个秃头女人正坐在床前，吓得她本能地往时越身后躲。

秃头女人不是别人，正是那天往自己手上扎钉子的疯女人。她的头皮上还有被扎的伤口，一条条划痕让人心惊。

秃头女人直勾勾地盯着宋摘星，双目如死潭一般。

宋摘星愣了几秒，看向时越。然而时越却无动于衷，反手将病房的门紧紧关死。

宋摘星大骇，时越紧接着闪出身来，将她彻底暴露在秃头女人面前。

秃头女人缓缓从床前站起，一步一步向宋摘星逼近。宋摘星手心出汗，半扶着身后的墙面不知所措。在她看来，秃头女人走得凌厉而又决绝，特别是她的一双眼睛，带着自己看不透的意味。即便剃掉所有头发，也能看得出她年纪要有四十岁了，皮肤松弛，黯淡无色，有岁月留下的厚重的痕迹。

胳膊上的伤还没好，半扶在墙壁上的手背还留着那道又长又黑的伤疤，宋摘星十分紧张地看着秃头女人。就在这时，秃头女人双膝一弯，扑通一声向她跪下。

她眼里含着热泪，伏在地上向宋摘星道歉："对不起，真的对不起，我不是故意伤害你的。"

宋摘星被她突如其来的举动完全惊住，探着头看她："你，你起来。"

秃头女人仍旧跪着，慢慢卷起自己的袖管。一对如玉的胳膊上全是红紫色的伤口，有的甚至出了脓，被碘酒覆盖着。除此之外，半愈合的伤疤更是不计其数，看得宋摘星心惊肉跳。

"我二十五岁得了这个病，妈妈为了筹钱看病卖房卖血，刚过五十岁就活活累死了。"她深呼一口气，声音邈远。

"刚病的那几年，老公还算照顾我，可时间长了连他都厌倦了，带着不到四岁的女儿就离开了我。后来我爸……我爸拖着一条瘸腿，带着我跑遍了全国所有的医院，断断续续地，在不同医院里待过几个月，待过几年，都没把病看好。

"后来我就疯了，连我爸都不认识，最严重的一次把我爸的一只眼睛都挠瞎了。我爸就那么忍着，一句让我难受的话都没说。没钱的时候我爸就睡大街，大冬天雪下了几尺厚，我爸就躺在雪地上，眼睛上覆着雪，能止疼。"

空气静默，秃头女人极力压制着自己的情绪，再次向宋摘星道歉："用钉子划伤你是我做过的最蠢最坏的事，你惩罚我吧，只要你能原谅我。得这个病十几年，是时医生救了我，告诉我在我疯了的时候伤害过你，我真的对不起你，真的对不起。"

宋摘星终于明白了时越的用意，心尖一酸，赶紧去扶秃头女人。然而秃头女人却还是跪着不起。

她的眼泪越流越多："我爸为了赚钱捡垃圾、吃剩饭，大年夜的晚上被大卡车活活碾成肉泥。我再也没有爸爸了，我什么都没有了。我对不起爸妈，对不起所有人，真的对不起。"

时越冷冷地站在门口，看着这一幕目光竟也开始迷离。

宋摘星扶她起来，一把抱住她，拍着她的肩膀哭着说：“你一定要好好生活，你会重新拥有朋友，拥有家人。你千万千万不要放弃自己。”

她贴着秃头女人的脑袋，上面的划痕乖张粗粝，落在宋摘星的眼睛里却变成了千万心疼和难过。

秃头女人弯腰给她鞠了个躬，眼泪掉在地上。她一边哽咽一边以最卑微的姿态一字一顿说道：“谢……谢……医生治好我的病。”

宋摘星满脸是泪，却回以她最灿烂的笑容。

“新的人生才刚刚开始。你还有我们。”

窗外雪景一片银白，阳光乍泄，将阴霾全部涤荡干净。秃头女人眼睛里闪烁着耀人的光芒，像洒落在广袤无垠沙漠里的海星花，在阳光下旺盛生长，永不枯竭。

明圆山庄，一场“战争”刚刚结束。

林莞将李唯西拉到自己房间里，给他煮了杯热咖啡。精致的香水味充斥在房间里，甚至压过了咖啡的香气。

她垂着眸，笑意浓浓：“咱们这就算见过父母了吧？”

李唯西刚喝了口咖啡，差点吐出来。

“你知道我们没有可能。”他斩钉截铁地拒绝。

林莞不以为意，仍是嘻嘻地笑：“在美国时就没如愿，现在让我重新见到你，我可不会再放弃机会了。”

李唯西放下咖啡杯，看向她问道：“你父亲骂过你吗？”

林莞摇摇头：“他一向很温和的。”

“从来没见过他发脾气？”

“没有。”

李唯西眉心微蹙，眸光深深。

“你刚才说我爸爸有心理疾病？”林莞坐在他身边，一脚踢掉自己的高跟鞋，带着撒娇式的随性。

李唯西站起身，给自己续了些咖啡，背对着她：“我也只是猜测。你觉得你爸爸能配合我做心理咨询吗？”

“都吵成这样了，别妄想了。”林莞劝他，“我爸爸一直很固执。”

林帆的病情多数与林雨泽有关，如果林雨泽强硬拒绝的话，这件事确实不好处理。

他淡然转身，近乎恳求地与她商量："你爸爸那么宠爱你，你能做通你爸爸的工作吗？我想给他做个心理测试。"

"可以啊。答应我一个条件。"

"什么？"

"和我谈恋爱。"

林莞十分爽快，唇角勾出一抹狡黠的笑意。

夜幕降临，月亮悬挂在西空一角，流水般的光辉倾洒在雪地与屋脊上。星辰如萤火，散布在蓝黑色的幕布中，与灯珠相依相衬，宁静澄澈。

西山精神病院，宋摘星与时越坐在廊下听风看雪。

她拿起烧酒给他倒了一杯，哈着气："潇潇把她送出院了。"

时越接过酒，依旧冷冷的，没有回应她。

宋摘星继续说道："潇潇说阿姨原来是主任的病患，是你跑去和主任大吵一架才把她争取过来的。"她顿了顿，感叹道，"你这又是何苦呢。"

时越毫不在意，桃花眸里带着傲气："主任的治疗方案太温和了，病人就是被这么耽误的。事实证明我的方案才能治好她。"

"可当时主任和你说，如果治不好，他就辞退你。"

时越没出声，顾自将一杯酒全数喝下。

宋摘星紧跟着也喝了一杯，因为哭过的缘故，由感冒引发的鼻音更重。

"为什么非要争过来这个病患呢？"

时越抬头看着漫天星辰，问她："你有百分百的把握看好一个疯子吗？"

宋摘星摇头："心理疾病本来就很难救治，需要的时间更长，我不能保证。"

"那让她疯一辈子好，还是想尽所有办法竭力试一下？"

宋摘星连喝两杯，脸色已微微发红："后者吧。"

"哪怕付出代价？"

"哪怕付出代价。"

时越冷冽地勾起嘴角，笑意却瞬间到达眉眼里。

两个人皆抬起头来，一起看着夜幕上亮晶晶的星灯。风从廊下吹来，时越脱了外套盖在她的腿上。

宋摘星一暖，看着他：“你还没有告诉我为什么。”

“我想把她看好，让她向你道歉。”

他出口淡淡的，落在宋摘星心底却是一痛。他明知道这样做并没有百分百的把握，明知道会得罪很多人，明知道踏错一步甚至要搭上自己如此辉煌的职业生涯，可他还是做了。

宋摘星一时缄默，却听他缓缓说道：“阿星，我们其实是一种人。”

宋摘星笑出声来，和他碰杯：“为此，干杯！”

两人碰杯时手指微微黏在一起，可能只有0.02秒的瞬间，极短促地就分开了，然而时越白皙的脸却噌地一红。

宋摘星又喝了两杯，浓烈的烧酒让她浑身发烫，暖和多了。她好久没喝过酒了，小时候爸爸喝酒的时候就会喂她两口，彼时爸爸那么爱妈妈，三个人拿着酒杯共庆祝，庆学业有成，庆夫妻白头，庆平安顺意。酒的味道，对她来说是思乡的味道。

她晕晕乎乎地和时越聊天，和他诉说自己在科里的不开心，将论文课题的事情告诉他。时越也多喝了两杯，直指她的痛处。

“生病请假只是托词，你是不敢回去吧？”

宋摘星借着酒劲儿连连点头：“小偷还没有抓到，我还是个受害者，为什么他要这么对我。”

“不要将安全感建立在别人身上。”

宋摘星醉得双眼迷离：“什么？”

“你安全感那么低，总是期望别人为你做什么。你应该把安全感建立在自己身上，凡事自己去争取。”

一句话直击宋摘星的心尖。她一直知道自己的短处，如今被他说出来，反而释然很多。

“不做鸵鸟对不对。”宋摘星昂起头，深呼一口气，“明天我就去上班，一定要把真相查出来！”

“致你。”

时越浅笑，一双桃花眼如浩瀚春山，落满星辉。他举起酒杯，再次与宋摘星一饮而尽。

宋摘星已是大醉，喝完酒赶紧推开时越，往远处坐了坐，嬉笑着说：“感冒了，不能挨得太近，要不传染给你了。”

时越略有深意地看着她：“感冒的时候，你知道怎么办才能尽快好起来吗？”

“什么？什……”

宋摘星已昏昏欲睡，耳朵里灌着风声和他的说话声，到最后也分不清了，一头栽到时越的肩膀上。

她的头发蹭着时越的耳朵，脸色已经红透，像在春日撞见的桃花。廊下姜黄的灯光打在她的身上，她熟睡的样子如山川晴雨、漫天星河。

时越缓缓俯身，看着她轻声说道：“把感冒传染给我，你自己就好起来了。”

他蜻蜓点水般吻上了她的唇，仿若真的要将所有霉运从她身上吸走。他迅速抬起头来，心中已是大醉。他想起一些岁月里的往事，如飞鸿踏雪泥一直不忘。

清冽的空气打在他的身上，他捧手哈了口热气，随即握住宋摘星的手给她暖意。明月半墙，星光交映，两人的影子错叠在一起，再也没有分开。

明圆山庄，林莞将李唯西送到门口。

“真的不考虑了吗？”她十分惋惜。

李唯西清冷出口：“你父亲并不打算救你弟弟，就算要救，也是你们林家的家事。抱歉，我们之间谈不上任何条件。”

林莞叹气：“你对我就没半分喜欢？”

李唯西予以她十二分的真挚：“抱歉。”

“我父亲的事情，希望没给你增加多余的困扰。”

“不会。”

两人之间礼貌客气，话愈少。李唯西与她道别，转身离开。林莞想不通，一向温柔和善的他，为什么背影看起来竟如此孤绝。

夜灯照着石板路，林莞就站在栅栏旁，目送他愈走愈远。终于，她昂起头，再次对他笑起来。

“我不会放弃的！我一定要追到你！”

远处的李唯西忽然停住，淡然转身，隔着夜色看着她。

声音虽浅，却足够她听得真切。

“你不要再去医院找我了。我不会喜欢你，永远不会。”

周末过后，心理科也没有半分平静，一大早就听到主任办公室里传来冲天的吵架声。

云月华化了精致的妆，却因为愤怒连哑光色口红都露出一分狰狞。

“吴副主任，国外医疗器械的性能确实更好，而且一直走在尖端，为什么不能引进？你告诉我，为什么不能！”

云月华把桌子敲得笃笃响，却没听到吴聪任何回复。

云月华的话却跟洪流开闸一般倾泻而出：“这件事情我绝对不会答应你！这是对患者负责任，也是对我们自己负责任！医疗器械非同儿戏，外方已经给过我们详细的器材资料，我认为引进没有任何问题。”

吴聪惨笑：“主任，别的不说，单一个‘经颅磁刺激仪’，买过来需要多少钱？”

云月华看了看报价单子，明白他是嫌贵。

“同是类似器材，方达药业的仪器难道不是性价比更好吗？”

云月华抬头质问他：“哪里好？老吴，我不是崇洋媚外，但是在对待病人这件事上，用贵的、好的器材一定没错！”

“采购原则是什么？”吴聪感到她的话十分可笑，“采购必须坚持‘按需申请、成本控制、效益优先’的原则，并综合考虑‘质量、价格’的竞争，择优选取。这些白纸黑字的采购制度难道你都忘了？”

“老吴，你就是和我抬杠！”

“咱们就事论事，我也是为医院着想。”

云月华拉着脸：“老吴，咱们一次性购置这些好器材不是就用一年两年的。病人花一点钱体验更好的医疗设施，这是对病人负责！”

吴聪连连摇头：“我不同意。一来国外大型设备价格昂贵，保养维护要求条件很高，不见得能充分发挥它的作用。二来国内方达药业的仪器在质量性能等方面已经符合目前的要求，既能节省外汇和资金，又方便维修。我支持引进国产设备。”

“不管你怎么说，我是科主任，这事儿我说了算！”

“如果你还一意孤行，我就去找陈西晚院长。”

两人吵了大半天也没分出结果。云月华气得将报价单子一甩，干脆不理吴聪。吴聪也知趣，转身离开了办公室。

宋摘星刚来上班就撞上气呼呼的吴聪，本来还想问问他和妻子的事情怎么样了，以目前来看，她果断选择闭嘴。

简一凡赶紧来接她，帮她拎包，一脸谄媚的样子。

“阿星，你回来真好。”

宋摘星笑嘻嘻地看着简一凡，忽然奇怪了一下：“你脸上的巴掌印儿怎么还没消下去？”

“早就消下去了，这个是昨天高璨新打的。”

宋摘星佩服至极：“高璨真是不一般啊，完全可以和你老妈抗衡了。”

“你回来就笑话我。”

两个人边走边打趣，话还没说完，就看到李唯西和胡梨正过来。

狭长的走廊里气氛一时尴尬无比。

宋摘星不看他们，简一凡倒觍着脸笑得灿烂。

“李大医生又带着自己的实习生四处观察呢？”

跟在李唯西身后的胡梨脸色一红，羞涩地低了低头。

李唯西没回他，看向宋摘星温柔地问：“感冒好了吗？”

宋摘星点点头。

李唯西没再说话，错过二人的身子继续向前走。颀长的身影落在宋摘星眼睛里，觉得他竟这样陌生了。

胡梨一直没说话，见李唯西走了赶紧小跑跟上，活像一头撒欢的小鹿。

简一凡啧啧感叹：“找到靠山了啊。”

宋摘星拽着他往科里走：“你也是我的靠山。”

简一凡被拽得肉疼，破锣嗓子也跟着嚎起来。

“别别别。高璨又要打我了。”

下午，宋摘星给郭洪泉又做了一次心理咨询，并且辅助做了放松治疗，郭洪泉的状态明显要比前一段时间好些。宋摘星紧接着给郭小寒做咨询，却迟迟没有进展。郭小寒的病症比她预想的还要严重，无论她如何温柔地疏导，郭小寒始终闷闷的，不说话。

她索性把小寒交给方琳，带他做一次沙盘，期望通过小寒做的沙盘进一步了解他。

出了治疗室的门，看到胡梨正在接待一名新患者。那是个女人，约莫二十几岁，形容憔悴，宋摘星一眼看出她的抑郁倾向。

等胡梨拿过来她的测评量表，各种数据显示她果然如此。

——明尼苏达多项人格调查量表数据测试报告（孙思思）

1. Q不能回答的问题 25

2. L 说谎分数36

3. F诈病量表76

4. K校正分量表33

1. Hs疑病量表 58

2. D抑郁量表71

3. Hy癔症量表64

4. Pd精神病态量表 59

5. Mf男子—女子气量表63

6. Pa妄想狂量表58

7. Pt精神衰弱量表66

8. Sc精神分裂症量表68

9. Ma轻躁狂量表58

10. Si社会内向量表73

简要说明：

Hs：疑病（Hypochondriasis）——为了鉴定疑病患者而制定的。临床表现为对自己的身体健康异常的神经症的关心。担心自己有病或不健康，感到恐怖。这种恐怖不是妄想性质的，而是顽固的。

D：抑郁（Depression）——为评价抑郁症候而制定的。抑郁的特征是缺乏干劲，对未来没有希望，一般对自己的生活状况极其不满。高分者表现为易怒、胆小、悲观、苦恼、过分控制及自责。

Hy：癔症（Hysteria）——为区别对紧张状况产生歇斯底里反应的患者而制定的。癔症的特征是心因性的不随意肌体机能丧失和机能障碍。

Pd：精神病态（Psychopathic deviate）——为区别那些被诊断为非社会性类型和非道德类型的精神病态人格（反社会、攻击型人格）的患者而制定的。高分者的表现为反抗、破坏家庭关系、冲动、在遵守制度和法律上有困难，滥用酒精或药物等。低分者内驱力水平较低，兴趣范围狭窄，在解决问题上既没有创造性也没有主动性，但往往是坚韧不拔的。他们对自己是非常批判性的，常常无缘无故地自我不满。

Mf：男子气—女子气（Masculinity-femininity）——男性高分者缺乏男性所固有的兴趣，表现敏感、依赖、被动、女性化；女性高分者看作男性化、粗鲁、好攻击、很自信、缺乏情感、不敏感，反映被测试者的男性化或女性化程度。

Pa：妄想狂（Paranoia）——为区分那些被判断为具有被害妄想、夸大自我概念、猜疑心、过度敏感、意见和态度生硬等偏执狂症候的患者而制定的。

Pt：精神衰弱（Psychas thenia）——为了测定精神衰弱的一般性症候类型而制定的。精神衰弱的特征为：焦虑、非常不安、缺乏判断力、心思不能集中、强迫动作、易烦躁、无原因的恐怖等。

Sc：精神分裂（Schizophrenia）——为了区别被诊断为精神分裂症的患者而制定的。高分者有明显的精神病行为，精神分裂病态的生活方式，异常的思维和态度，焦虑，反抗的、敌对的、攻击性的等。

Ma：轻躁狂（Hypomania）——为了区别有躁狂性症候的精神科患者而制定的。其特征包括：气质昂扬、爱说、精力充沛、易怒等。

Si：社会内向（Social introversion）——为了鉴别对社会性接触和社会责任有退缩回避倾向者。高分者最显著的特征是内向、胆怯而拘谨、退缩、不善交际、屈服、紧张、固执及自罪。

宋摘星看着手里的测评报告，直接问她："身体上有没有什么反应？"

宋摘星不问还好，问完孙思思直接哭出来。她慢慢摘掉自己的牙套，露出空空的口腔，像个无底洞。

宋摘星微微吃惊，没想到她的牙齿竟然全没了。

“医生，求求你救救我。”重新戴上假牙的孙思思一把抱住宋摘星，紧紧地不松开，“我谈了五次恋爱，五个男友全部施暴，我好难受。”

宋摘星感受到她的委屈和无助，温暖地回应她：“会好起来的，会的。”

胡梨在一旁震惊无比，下意识躲开两步。对于这样的患者她一向难以接近，近乎趋利避害的本能。

李唯西从林帆的病房出来，看到方琳正等着自己，随手递给他一张单子。

方琳喊他救急：“摘星现在正给别的病患做咨询，只能来求你了。”

李唯西看单子是郭小寒的测量表，浅问她：“出了什么状况？”

“郭小寒做沙盘的时候自残！”

李唯西额头微蹙：“沙盘做完了吗？”

方琳摇头：“根本不配合。”

事情很是棘手，看来连宋摘星的心理疏导都没有起作用。

李唯西靠在墙面上，脊背挺直，抬头想了想，随即安排方琳：“我来给他做一次催眠。”

方琳像抓住了救命稻草：“我马上准备。”

咨询室里，孙思思还在向宋摘星哭诉。

时间一分一秒过去，直到眼泪都哭干了，孙思思才彻底平息下来。

宋摘星看着她，心知能哭就是好事，说明还有情感倾泻的窗口。她目前的所有问题，都在于谈了那么多家暴男友，牙齿也因为身体长期处于忧郁状态全部脱落了。

“聊聊你的家庭吧。”宋摘星终于可以和安静下来的孙思思进行对话。

孙思思泪眼蒙眬地看着宋摘星：“没什么好聊的。”

她顿了顿，加了句：“我爸妈都对我挺好的。”

宋摘星：“具体怎么好呢？”

孙思思：“就……很好啊，平常也很关心我。我家就我一个孩子，他们最喜欢我了。”

宋摘星：“妈妈打过你吗？”

孙思思连连摇头：“没有，绝对没有。”

宋摘星："爸爸打过你吗？"

"没有。"

"他们知道你有男朋友吗？"

"知道。"

"爸爸妈妈是什么反应？"

"他们很爱我，我找的男友他们都喜欢。"

"知道他们打你之后呢？"

孙思思拿纸巾揩了鼻涕，抽噎道："爸爸让我处理好自己的感情。"

宋摘星站起来，走近她几步，缓缓坐到她身边。

她给孙思思递了喉糖，希望让她润润嗓子。孙思思没有排斥，接过来时眼泪又扑簌扑簌地掉下来。

如果爸妈真的那么宠爱她，在她谈过那么多家暴男友后，又怎么会连最基本的关爱都没有呢。宋摘星心知她没有说真话，也不着急，等她吃完糖后平息了情绪才又开口。

"那么，"宋摘星一瞬不瞬地看着她，"我们重新聊聊你的家庭。"

虽然现在不知道孙思思为什么连基础的信息都要撒谎，但宋摘星相信她最终会取得孙思思的信任。在孙思思走进心理科抱住自己的那一刻，就已经准备好说出她的故事了。

孙思思眼里闪着泪星，眸光闪烁。她自知所说的话前后不一，只是没想到面前的医生能这么快察觉。想起自己的父母，她的泪水再次决堤。

"宋医生，你刚刚问的第一个问题是什么？"

宋摘星呼吸平缓："你爸妈对你好吗？"

孙思思抬起头，极认真地回答："不好。"

心理咨询室2部。窗帘被全部拉上，整个房间黑黢黢的。

郭小寒已经被深度催眠，李唯西在他身侧给予催眠指令。

"你会看到我和你在一起，我们去一个从来没有去过的地方。现在在你面前出现一个门，你看到了吗？"

躺椅上的郭小寒呼吸平缓，虽然闭着眼睛，却说出了来心理科的第一句话。

“看到了。”

“打开它，你将看到一部电梯。你看到电梯了吗？”

“看到了。”

“电梯里面非常温暖，充满光亮。触摸板上显示着你的年龄，从你现在的九岁直到一岁。你想回到几岁，你就去按那个数字，答应我好吗？”

“好。”

“做得很棒。你按了数字几？”

闭着眼睛的郭小寒露出微笑：“五。”

“五岁时有什么高兴的事情吗？”

“妈妈带我去游乐园，我们玩了一整天。”

“好的。电梯继续行驶，这次你按了数字几？”

“三。”

“三岁时发生了什么？”

“爸爸让我骑在脖子上，和妈妈一起跳方格。”

“神奇的电梯又要继续运行了，告诉我，你最不想按哪个数字？”

郭小寒的脸色一下子变得惨白。

“告诉我，最不想按哪个数字？”

郭小寒哭出声，身体在椅子上挣扎：“八。不按八。”

李唯西抓住郭小寒的手腕，一面安抚他，一面轻声问：“八岁时发生了什么？”

郭小寒哭得更凶，开始拒绝回答李唯西的话。他不断地扭动，一边哭一边号啕大喊：“不去，不想去！”

他的手腕上带着数条伤痕，李唯西竭力稳住他，没想到仅仅九岁的孩子却迸发出这么大的反抗力。他站起身猛地拉开窗帘，阳光照进整个屋子，躺椅上的郭小寒竟缓缓平静下来。

“当我打起响指，你要告诉我一切。”李唯西看着那个孩子，给予的指令更加清晰，“按住电梯数字八，我们一起回到你的八岁。”

接着，在落针可闻的屋子里，李唯西手指微蜷，打了一个极其清脆利落的响指。

第十章　锋芒毕露

冬季太阳落得早，下午五点一刻天色已经大黑。马上就要迎来元旦，京大医院到处挂着红灯笼，庆祝新的一年。然而此时的心理科却剑拔弩张，气氛一时凝重无比。

据说和科里引进医疗器材有关，吴聪专门找了陈西晚院长聊了一个下午，最后院里给出的意见是同意购置方达药业的国产设备，拒绝了云月华的申请。

这让一向独断专行的云月华极其恼怒，将火气撒在了科里，要求组员每天给患者咨询和治疗后，还要额外开会，汇报，做课题，几天下来每个人都疲惫不堪。

宋摘星还在寻找偷自己论文的贼，眼圈都熬黑了，却仍然一无所获。

明明都要新年了，心情竟格外地糟。

宋摘星等在保卫科门口，听着里面简一凡和保安们打闹聊天，插着兜一时不知道干什么好。

她倚着墙面打着盹，也不知过了多久，肩膀被人重重一拍，整个人都吓醒了。

简一凡哈着气，把U盘递给她："搞定了！"

宋摘星连忙接过来："没让他们察觉吧？"

简一凡摇摇头："相信我，做得滴水不漏。"

宋摘星笑了笑："厉害啊一凡。为了不打草惊蛇，只能让你偷偷把监控要来了。"

简一凡更嘚瑟了，不过转瞬便和她耳语道：“拷贝的时候，我看着偷偷潜入心理科的小偷像个女人。”

“看见脸了吗？”

“没有，全身黑，监控就拍到了个影子。”

“果然是故意的。”宋摘星握紧U盘，继而皱了皱眉，“偷我论文的人必定是害怕我升职盖过她。女人的话，是云主任？方琳？”

简一凡有些想不通：“排除掉胡梨和文静了吗？”

宋摘星没说话，此时的她忧心忡忡，一时也想不到究竟是谁。天黑如墨，冬日的风呜咽地包裹着两人，连呼吸都跟着沉重起来。

隔日，云月华再次发了一通火。

文静不小心将药单子搞错了，导致病人取错了药，幸好发现及时，患者也没有多追究。但是云月华不依不饶，直接将文静骂哭，甚至扣钱扣分，罚得文静脸面无存，在科里抬不起头来。

科里开始疯传“冷面主任”云月华即将展开对吴聪的报复。大家窃窃私语，都提着一颗惴惴不安的心，就怕在吴副主任出事前，暴风雨就先降临到自己头上。

心理咨询室2部。

一场咨询下来，李唯西额头出了一层薄汗。出来时胡梨赶紧给他递上热毛巾，一双手纤细灵巧。

李唯西向她道了谢，站在门口休息片刻，忽然看见林莞来了。

自从上次分别，他已经将话说清楚，没想到她又出现在心理科。

林莞仍然挂着一脸笑意，娇柔地喊他：“小西西，等你很久啦。”

李唯西一时静默，没有回应她。

林莞自是知道他的意思，赶紧把测量单拿给他看：“我病啦，心理疾病，焦虑症！”

站在一旁的胡梨心里也很紧张，就怕林莞还在纠缠李唯西，上前一步对她说道：“给我吧，我会给你分配医生。”

林莞呲她：“你算什么东西？”

胡梨哪里受过这种话，凶道：“我是李医生的实习生。”

林莞却哈哈大笑起来，单手扶在李唯西的肩膀上，卷起的长发散发着甜丝丝的香味。

她一半调皮一半挖苦地看着李唯西说：“在美国时，你手下的实习生要么是哈佛的研究生，要么是斯坦福的博士，怎么回到国内，境遇一下子这么惨，是个人都能当你的实习生啦？”

胡梨大声吼她：“你说什么？再说一遍。”

林莞冲她翻白眼：“我正焦虑呢，小心告你态度差，虐待患者。”

李唯西示意胡梨后退，接着拿过她的单子看了看，浅浅说道：“我还有其他患者要咨询，给你介绍别的医生吧。”

“不要嘛，我就要你看。”林莞撒娇。

“我正在治疗林帆，不方便再给你咨询，这你是知道的。”

林莞张了张嘴，随即妥协：“那好吧，把你认为最好的医生介绍给我。”

咨询室4部。不同于其他三个咨询室，4部的房间布置得相当“少女系”，粉色的小熊依次摆在靠着窗户的四角折叠条桌上，另外搭配着糖果盒、天蓝色碎花窗帘、向日葵的油画和双头兔子灯，一进来便感到放松和愉悦。

林莞百无聊赖地坐在沙发上，听着外面有个极其清脆的女声嘱咐病人。窗外日光轻暖，晒得她有些迷离。

门吱呀打开，林莞霍然一惊。

“你好，我是你的主治医生宋摘星。”

自从来心理科，林莞第一次如此震惊。女人的第六感让她感到面前的医生绝不仅仅是能力最好的人。

宋摘星拉了凳子坐在她对面，笑意不减：“以后喊我阿星就可以。”

“为什么是你？”林莞精致的脸上出现一丝疑惑。

宋摘星耸耸肩：“他帮我的患者做催眠，还他人情。”

林莞不屑：“他最爱帮人。”

“温柔似海。”宋摘星跟着补充。

林莞扑哧一声笑出来：“是的是的，对谁都一样。”

她说完随即惆怅：“哪里能感觉到自己是特别的呢。”

宋摘星看着她的测量单子：“晚上睡不好？”

“一般吧。”

“心病？”

“算是。”

“能具体聊聊吗？”

林莞一直盯着宋摘星看，停了半晌也没回答她的问题，反问她：“你叫宋？”

“摘星。”

沙发一侧摆放着向日葵的靠垫，林莞下意识拿起来：“你喜欢向日葵吗？”

“喜欢啊。”

她目光乍亮：“唯西喜欢你？”

宋摘星连连摆手：“没有的事。”

白皙的肌肤上深棕色眼影结合豆沙色唇釉的妆容明明显得光彩奕奕，但如今的林莞如霜打的茄子，提不起半分精神。她站起身，不准备再和宋摘星聊下去，甚至连起身的力气都是勉力维持。她的心一直下沉，似乎预想到不好的事情，连着眉头都越皱越深。

“我改天再来。”

林莞说着就去开门，临走的一刹，忽又转过身，给了宋摘星一个极其明媚又极其羡慕的笑容。

“你长得真好看。”

宋摘星愣在原地，没想到林莞竟还有如此落寞的时候。

停车区，林莞独自坐在车里，额头紧皱起的川字还未消失。

她想到几年前在美国时，自己天天追着李唯西跑，要求他喜欢她，要求自己做他的女朋友。即便是现在，她仍然没有变，她一直喜欢李唯西，最最喜欢。

有一次在学校里她送了李唯西一束玫瑰花，向他示爱。那是李唯西离自己最近的一次，她天真地以为，别人都说他怪咖，她就有机会告诉李唯西，她和别人不一样。

她记得最清楚，李唯西告诉自己，他最喜欢向日葵。

因为他最喜欢的女孩子最喜欢向日葵，有最清澈的面容，有最可爱的笑靥，有世界上最璀璨的眼眸，就像星辰一样。他喜欢的女孩子，一身素淡却灵动艳冶。他最喜欢她一身的骄傲，即便什么都没有了，却丝毫不害怕，眼睛里发着光。

那时候她根本不懂他说的话，直到遇到宋摘星，她才明白——

明白李唯西为什么回国。

明白他喜欢的女孩子究竟长什么样子。

明白自己早就输了。

宋摘星根本没化妆，头发随意散着，一双眼睛却极其有神。即便她素面朝天，满身也带着一股澄澈，肌肤如瓷般温润透明，让人嫉妒。见到她的第一眼，林莞就知道自己碰上对手了。女人的第六感准得可怕，何况她林莞纵横情场多年，不会连这一点都看不清。

在李唯西明确告诉自己不要再去心理科的情况下，她去了。那么李唯西只好告诉她，他喜欢的那个人是谁。

眼睛起了泪雾，林莞挺身，紧接着发动车子绝尘而去。

“李唯西，我恨你！”

车窗大开，林莞忽然开口。风声呼啸，那些话语被割得支离破碎，四散飘逸到远方，消失得干净。

午饭后正是休息的时间，宋摘星忙完从办公室出来，忽然听到隔壁房间有细微的哭声。

这会儿走廊里一个人都没有，她微微皱眉，抬手推开了门。

文静正躲在档案室里哭，见有人来了，赶紧拿袖子擦了擦。

“你怎么了？”宋摘星从兜里拿出手帕递给她。

文静眼泪止不住，只顾着擦眼泪，委屈得一句话说不出。

宋摘星叹气：“主任的话是难听了些，你别太放在心上。”

文静抬头，哭得更凶：“根本不是我开错的药。”

宋摘星一愣：“到底怎么回事？”

文静贴近她，阳光照在她的身后，房间一时静极。

“那两个患者都姓王。但名字相差很多，以前我都是把名字写在单子上好让他们取药。结果那天太忙了，是胡梨写的。她做事粗心，事后还不承认，一口咬定是我写的。我也忙晕头了，当时应了主任的骂，后来看字迹才发现根本不是我写的。”

文静一边说一边掉泪，哽咽道：“胡梨就写了一个姓，病人能不拿错嘛。这丫头鬼机灵，人前一套，人后一套，趁着主任在，直接咬我一口。”

相处几年，宋摘星自是知道文静一向谨慎，很少出错，没想到这件事背后是胡梨捣的鬼。

“你和主任解释了吗？”

“没用，胡梨根本不承认。再说主任罚都罚了，只说让我们以后都注意点。”

宋摘星替文静生气，直接拽着她往外走。

“走，我带你去找她。”

胡梨正独自一人待在李唯西办公室，一边整理病患资料，一边摩挲着李唯西留在上面的字迹，笑得一脸灿烂。

宋摘星砰的一声踢开门，看着里面的胡梨。

宋摘星慢慢走到胡梨面前，目光如炬审视着她，缓缓出声。

“很得意是吧？”

胡梨站直身子，故作镇定：“什么意思？”

文静也跟过来，眼泪还没干。

宋摘星踢了凳子，步步紧逼：“以为说了谎就没人把你怎么样了？这是心理科，还真把我们这些医生当成吃白饭的了？”

胡梨强笑：“什么意思啊？宋大夫。”

“你跟文静道歉，这事儿咱们就了了。”

“道什么歉啊？我不明白。”

见她这么狡辩，宋摘星也不着急，慢慢坐到李唯西的位子上，拿出手机来。

她看着站在桌角的胡梨，笑了笑：“不道歉是吧？”

胡梨手指微蜷，闭着嘴不说话，一脸倔强。

“好。”

宋摘星整个人半躺在舒服的椅子里，回以她不屑的眼光，接着拨通了电话。

“喂，吴副主任吧，实习生犯错了管不管啊？让我管是吧，行，正好合作院校要给我提供一名研究生来当我的实习生，那我就看看谁更适合留下了。”

宋摘星爽快地挂掉了电话，看向胡梨。

“给文静道歉吗？”

胡梨面色发红，仍旧不说话。

宋摘星点了点头，接着拿起手机，再次拨通了电话。

“云主任吧？现在的实习生不好用啊。当然有接班的。你同意是吧？好嘞，好的，那我马上给医务科打电话。”

站在门口的文静从来没见过这个样子的宋摘星，柔中带刺、说话霸道，不给胡梨留一丁点儿余地。都知道宋摘星是科里的大红人，连云主任都要给她三分面子，可她从来没恃宠而骄过，任劳任怨、勤恳敬业，多少医院和学校想挖她，都被她一一拒绝。

文静低了低头，心中愧疚，没想到一向温和的她竟然为了自己的事情破天荒和同事撕破脸。

宋摘星打完电话，看着脸色更加不好的胡梨，问道：“你老实和文静认个错，我就当没这事发生。”

胡梨呼吸有些乱，拳头紧紧攥着，却依旧一句话不说。

宋摘星会心一笑，接着拿起手机，一连串的号码拨出去，医务科科长接了电话。

她放了外音，熟稔地和对面的人打招呼。

“老刘，我想辞个实习生，流程麻不麻烦？”

刘科长十分热情，声音充满关切。

“是做错事了吗？耽误你没有？”

宋摘星刚要回复，只见胡梨立马从桌角抽出身来，走到文静面前向她道歉。

“对不起。”

文静被她突如其来的动作吓得一惊。

胡梨面色惨白，求饶似的：“文姐姐对不起，求你原谅我吧。”

宋摘星挂了电话，从椅子上起身，靠近胡梨。

“要真知道错了才好。”

午后的阳光照射在办公室里，空气安静，衬着她的声音越发威严有力。

门忽地被推开，李唯西站在门口，身影清瘦，气质隽雅。

胡梨一下子哭出声来，抽泣地看向李唯西：“我没错，不是我做的。”

胡梨像看到救命稻草一样抓住李唯西的手，似乎要把刚才经受的所有委屈和愤懑全部哭诉出来。她直接翻供，在李唯西面前俨然一副不谙世事、心思单纯的样子。

宋摘星无惧他的目光，紧接着质问胡梨：“以后还敢不敢推脱责任了？”

胡梨哭得梨花带雨，眼泪挂在脸上，丝毫不回应宋摘星的话。

李唯西淡淡开口：“我的实习生我来教。”

宋摘星极为愤怒：“撒谎和推卸责任也是你教的吗？！”

李唯西面无波澜，白皙的肌肤呈现出一分陌生感。

“没有证据的事情不要乱说。”

“证据，又是证据！”宋摘星瞪着李唯西，生气道，“眼睛是瞎的吗？心是盲的吗？只有证据才能让你活下去吗？既然是你的实习生，就拜托你好好管教！”

宋摘星从来没有如此窝火，看着胡梨一脸委屈的样子，感受着李唯西极不信任又极其疏离的目光，直接拉着文静迈出办公室。

走廊空空，风声从楼梯口遥遥传来，宋摘星指尖发抖，冷得没有温度。

午后的阳光被厚厚的云层遮住，一整个下午都昏暗阴沉。宋摘星窝在办公室，散着头发埋在臂窝里，像只受伤的折耳猫。

办公室的窗户半开着，窗外一株馒头柳已长得很高，尖枝伸向院楼的屋檐，像条枯败的鞭子。结着白霜的草坪里几朵三色堇开得葳蕤，在灰暗的天空下随风摇曳，为冬日添了一抹鲜妍的颜色。

冬日平常无趣，下午也没有患者，宋摘星就这么一直趴在桌子上，连简一凡敲了很久的门都没应。

快下班时，只听门锁咔嗒一声，有人从外面将门打开了。

他的身影颀长，皎如玉树，周身一派肃肃清举。冷冽的气息下，一双桃花眼却极其耀眼，如玉山上行，灿若星辰。

文静和方琳跟在他身后，窃窃私语怎么会有这么好看养眼的男人。宋摘星被嘈杂的声音惊醒，迷蒙着双眼抬头看向外面。

“时越？你怎么来啦？”

时越浅笑，钥匙圈挂在指头上，发出叮铃声响。

“给你打电话也不接，敲门也不开，还以为出了什么事。”他走到办公桌前，隔着桌子探身，“原来是睡着了？”

宋摘星大窘：“太，太累了。”

时越单手抚上她的额头，摸了摸温度，庆幸道：“幸好没着凉。”

宋摘星被他这么一摸脸瞬间红到耳根，支支吾吾的。时越却毫无别的反应，抽身走到窗前将窗子关上，房间里乍然温暖许多。

候在门外的文静知趣地关上了门，时越转而坐到宋摘星对面，静静地看着她。

“时越，我最近心情糟糕透顶。”宋摘星立刻抱怨。

“还没查到真相吗？”

宋摘星没回答，反而岔开他的话，问了个别的问题：“如果我想辞退一个实习生，副主任不让我辞，主任就完全没问题，是不是太奇怪了？”

时越浅浅皱眉：“很重要的实习生吗？”

宋摘星十分肯定：“根本不重要，所以才奇怪。按说我也是科里的老人了，副主任不该连这事都要阻拦。”

其实上午给吴聪打电话，宋摘星说完换实习生的事情就被吴聪拒绝了，虽然他的语气委婉，但她明确听得出他的不情愿。幸亏她提前挂了电话，剩下的话才得以吓唬得住胡梨。

似乎看出她的疑虑，时越挑眉：“事实总需要抽丝剥茧才能看得清。”

宋摘星无奈一笑：“其实真相算是查到了，可是缺少证据。”

“入室行窃的证据？”

宋摘星点头：“监控视频里看不到脸，所以即便拿出来也没什么意义。唯一让我确定的是有人故意这么做。确定了这一点，我就知道是谁了。”

时越脸色变得清寒：“你要揪出真凶吗？”

宋摘星沉默了一会儿，对他说道：“我还有电子版的备份，论文也不算丢，等明年再投期刊也可以。”

她这样说便让时越彻底明白，这件事情她准备到此为止了。时越并不想罢休，毕竟如此恶劣的行径不抓住真凶着实让人生气。

宋摘星看出他的心思，接着说道：“我也想抓啊，确实没有证据。而且偷个论文顶多名誉受损，警察也不会管的。”

时越脊背挺直，似笑非笑：“原还想安慰你，没想到自己就想通了。”

宋摘星伸了个大懒腰，在他面前任性得像个孩子。

“哪有那么多时间想这个，明天郭小寒一家预约咨询，要准备他的事情。”

“明天跨年。”

宋摘星蒙了蒙：“我大概有五年不记得跨年这回事了，每次都是在科里过的。”

时越笑：“明天陪我一起跨年吧。”

“好啊！如果下班早，我就给你打电话。”

话音未落，忽见李唯西开门进来，连敲门的动作都没有。

他拿着一沓资料递给宋摘星：“孙思思的报告出来了。”

时越站起身，脸上一丝笑意也没有，和他打招呼：“好久不见。”

李唯西倒笑意盎然：“听说你来了，怎么不去我那里坐一坐？”

时越：“想约摘星一起跨年，你也有兴趣？”

李唯西：“求之不得。”

眼瞧着两个人语气不善，宋摘星赶紧接过来资料，咳了咳：“我让文静准备的，怎么你送来了？”

李唯西一哂：“正好有空。”

宋摘星被噎得无话可说。

时越也笑了，转而向宋摘星告别。

“别忘了约定。”

宋摘星点点头。

等时越出门，宋摘星立刻下逐客令，显然还在生李唯西的气。

“李大医生我就不送你了。”

李唯西却不急，声音温柔：“你看看孙思思的报告。”

宋摘星疑惑，赶紧将孙思思的资料翻了翻，脸色一变："厄勒克特拉情结？"

"是的。"李唯西眼眸深邃，"孙思思有恋父情结。更不幸的是，她还严重缺爱。"

宋摘星眉心紧皱，重重叹了口气。郭小寒的事情还没有解决，孙思思的问题接踵而来，新年新气象在她身上竟一点也没应验。

北风从晚上开始变小，不到凌晨便彻底停息。厚重的云层堆压在城市上空，看不到一丝光线。雾色朦胧，路灯下姜黄的光晕缩成一团，更显树木枯败。岁暮天寒，池塘里再也没了飞禽，零星几朵残败的荷叶垂在岩石壁上，泛着霉和潮湿的味道。

旧岁最后一天，天气却仍然阴沉可怖，寒气瑟瑟，浊云滚滚，压得人心里像装着一块石头。

低沉的情绪在心理科迎来了大爆发，自八点钟开始上班，科里便四处传着吴聪器材受贿之事。每个人脸色皆是清寒，像半空中被厚云垂压的光，惨淡晦暗。

李唯西带着胡梨走进办公室，交代她病患事宜。然而胡梨却一直心不在焉，李唯西说什么她都无心应答。

他今天穿了极简设计的大衣，剪裁利落，干练优雅。月桂色混棉衬衫显得肤色干净，连同一副圆框眼镜都衬得他清爽文艺。只是他的目光一直停在胡梨身上，带着天生的温柔，也带着不同往日的机敏。

胡梨将病历整理好放到李唯西的桌角，正想出去，李唯西忽然开口："吴副主任的事情你知道了吗？"

胡梨"啊"了一声。她一直想着科里传的流言，见他主动提及连忙确认："吴副主任到底出什么事了？"

李唯西平静地答："被云主任带去院办公室了，因为受贿一事要革职查办。"

"这么严重？！"胡梨大惊，又慌张道，"吴副主任肯定不是这样的人。"

"是啊，吴副主任一向和善，怎么会做这样的事情。"

和李唯西待得久了，胡梨自是知道他对自己的偏袒和照顾，如今也不避讳，赶紧问他：“有什么办法可以救吴副主任吗？”

李唯西浅笑：“你别紧张，吴副主任行端坐正，就算查办，也不会查出来什么的。”

“那万一被革职，名声总归不好。”胡梨叹气，“大家同事一场，总不能见死不救吧？”

李唯西想了想：“吴副主任现在身在院办，又被云主任掣肘，看来一时半会儿回不来了。如果真想帮他，就得拿到引进器材的资料和报价单，证明吴副主任私底下没有任何受贿行为，这样事情就明朗了。只不过……”

“不过什么？”

“档案室的钥匙昨天就被云主任拿走了，看来云主任筹划已久。她的脾气你也知道，没有扳倒吴副主任的把握她是不会做的。”

胡梨脸色黯淡下来，迟迟没有说话。

李唯西劝慰她：“吴副主任是正直的人，这里面肯定有误会，你也别担心了。”

胡梨点了点头，迟了片刻又抬头问：“如果拿不到证据，吴副主任立刻就要被查吗？”

李唯西目光幽深：“事情都闹大了，肯定要查。”

跟着李唯西实习这么久，第一次看到他这样忧虑，胡梨意识到问题已经变得非常严重，面色更加不好。她的手心出了一层汗，黏腻腻的，一颗心也提到了嗓子眼儿，不敢想后面要发生什么。

十点左右，风大起，连院子里生锈的排水管都被吹翻，行人躲到屋檐下，尘沙却直往嘴里灌。厚云浩荡，冰凇洒落，人们的视野变得更小，迷蒙一片。

郭洪泉带着郭小寒再次站在心理科门口。这次连郭小寒的母亲都来了，是个清瘦的女人，脸色憔悴，看起来弱不禁风，怯懦懦的。

“杨雨女士？”

宋摘星把她单独带到咨询室，希望和她好好聊聊郭小寒的情况。

杨雨坐在她对面，低头答应了一声。

“小寒现在仍然不能说话，但从我们的咨询进展上来看，小寒很可能是遭到了校园霸凌。”

杨雨反应有些迟钝，过了一会儿才极为吃惊：“霸凌？怎么会呢，我家小寒又乖，学习又好。”

“小寒八岁时，学校里的几个高年级学生欺负过他很长时间，孤立小寒，辱骂小寒。这些他和你们说过吗？”

杨雨捂着嘴，眼泪不停地往下掉：“没有，他什么都不说。”

宋摘星脸色也很凝重，缓缓和她说道：“想让小寒走出来需要家里人的配合。”

“他爸……”杨雨抬了抬头，欲言又止，“小寒的病，和他爸有关系吗？”

宋摘星点了点头：“在家庭关系中，郭洪泉也很少承担父亲的责任吧？你和小寒相依为命，小寒不想让你担心。”

“他爸从来不管我们，一天到晚就知道赚钱。还在家里安了监控，连电话都被监听了。这个王八蛋！”杨雨又哭起来。

“现在最重要的，是让小寒重新说话。”

“我一定要找到欺负我家小寒的孩子，我一定要让他们付出代价！”杨雨隐忍出声，落在宋摘星耳朵里却是满满的戾气。

“这正是小寒害怕的。”

宋摘星看着她，手中的测量单里姓名一栏填的“杨雨”，病症一栏则填着“精神分裂症”。

“小寒的失语症并不是因为在学校被欺负。”

杨雨忽然傻笑：“怎么可能呢？他都这样了还能因为什么。”

“八岁的时候，你发疯一样掐着他的脖子，告诉他一起去死。活得不如意了，就一起去死。”

“不，不可能。”

“一个月之前，小寒再一次被欺负，却根本不敢告诉你。”

“不可能！”

宋摘星仍以平缓的语调和她说：“他害怕你死掉，也害怕自己死掉。”

杨雨整张脸都垮下去，一直摇着头。

“不，我们被监听了，你不要这么说。不，不！”

精神分裂症的初期症状是失眠与幻听，喜怒无常，经常流泪，健忘，感知变差，总觉得有人要害自己。自从李唯西给郭小寒做了催眠之后，宋摘星才知道导致小寒言语功能障碍的始作俑者竟然是他的妈妈。

宋摘星看着面前的杨雨，心中庆幸她的病症呈现阳性，还不算太严重。否则想治好小寒的病，将会更加棘手，希望渺茫。

一家三口都得了心理疾病很是少见，宋摘星想到自己的论文课题正是研究这个方向，心尖不觉一痛。咨询室里闷闷的，连杨雨的嘶喊声都带着克制和哑忍。窗外天色昏暗，厚云之后酝酿着一场狂风暴雨。

中午时分人影冷清，方琳做完最后一个治疗也去了食堂吃饭。走廊里空无一人，患者大减，连一向聒噪的喧哗声都消失了。

档案室的门悄然被打开。

一双纤细白嫩的手翻着架子上的资料，喘息未定，动作仓促。

眼看资料马上到手，身后忽然有人闯入。

“果然是你。”

架子前的人大惊。

李唯西缓缓走进来，看着她：“你和文静走得最近，档案室的钥匙完全可以轻松拿到。”

搭在架子上的手霍然抽回，她下意识后退一步：“那又怎么样？”

“阿星的论文是你偷的吧？”

她摇头：“不是我。”

“还不承认？”李唯西半分笑意也没有，一瞬不瞬地看着她，“猜到你很容易，只是我想看看是谁在背后指使你。”

“没人指使。”

李唯西逼近她一步：“胡梨，吴副主任现在保不了你。”

一句话直击心口，让她的眼泪汹涌而出。她不可置信地看着李唯西，一下子明白，原来所有的一切都是圈套。所谓的实习生，所谓的偏袒，不过都是在为如今的局面做打算。他一直都知道真相，冷眼看着自己伪装和撒谎，像个跳梁小丑。

宋摘星送走郭小寒一家，在办公室停了半刻才出来。她已经给时越报备了杨雨的信息，希望西山精神病院可以配合这边一起来做杨雨的案子。时越很爽快地应允，让宋摘星十分高兴。出来时科里空空，她本想去吃个简餐，路过档案室时却看到门缝虚掩着，里面依稀有说话的声音。

她停在门边听了听，只一句便脸色大变。

档案室内，李唯西看着泣不成声的胡梨，厉色道：“吴副主任让你偷阿星的论文，你就偷？”

胡梨泪眼迷蒙：“你怎么会怀疑吴副主任？”

“论文消失前后，正是吴副主任闹离婚的时候。我查了一下他妻子的工作，也是个心理咨询师。”李唯西脊背挺直，轮廓锋利，“科里都知道吴副主任深爱妻子，不到触及底线的问题，想必他妻子不会和他闹离婚。”

他低眉看着胡梨，声音疏离：“当然这只是个引子。真正让我怀疑他，是因为阿星的论文涉及日后升职的问题。如果阿星升职，只会威胁到两个人，一个是云主任，一个是吴副主任。”

他接着说：“这是作案的动机。”

胡梨反驳：“也有可能是云主任。”

“我查过当时的监控录像，是个女人进了档案室，伪装得很好，甚至穿了很高的高跟鞋，让人看不出来到底是谁。但这恰恰也是凶手露馅的地方，让人误以为是云主任的手段并不高明。”

李唯西看着她，如今胡梨面色惨白，却仍然倔强着不肯认输。

“事实证明，当天拿着钥匙潜入档案室的人就是你。”李唯西唇角勾出一丝弧度，审视着靠在档案架边上的胡梨，“当所有的线索都串在一起，只需要再确认你和吴副主任的关系就可以了，当然这一点的确很难。所以我让你做我的实习生，目的就是让你露出破绽。”

这一点在他进来的时候胡梨就想到了，她目光躲闪，企图为自己脱罪：“我进档案室纯粹是想帮助吴副主任而已。”

“你替吴副主任做了坏事，心知一旦他被革职，你一定会受牵连。所以趁着今天云主任和吴副主任去院里开会的时机，我假意和你说吴副主任受贿的事，其实就为了看你的反应。”

他说到这里，胡梨倒吸一口凉气：“开会？”

李唯西看着握在她手上的手机，眸色半眯：“想必给吴副主任打过很多电话他都没接吧？今早我特意嘱咐云主任让她看好吴副主任。节前院里开会，要到下午才能结束。”

关于开会的事情胡梨毫不知情，更何况是李唯西故意要借这个事情查自己，事前肯定不会走漏任何消息。胡梨垂下头，眼泪再次涌出。她没想到李唯西竟然这么狠心地对自己，甚至连科里盛传的受贿一事都是李唯西设的局，目的就是让她自乱阵脚。

她咬着唇，停了半晌冷冷地说："就算你现在抓到我，我也不会承认的。你们根本没有我偷论文的直接证据。"

做这件事情的时候，胡梨就知道她不必承担任何后果，因为根本不会有人拿她怎么样。更何况她的靠山是吴聪，她不会付出任何代价。

李唯西自然也知道，浅浅一笑："我当然不能拿你怎么样。但是胡梨，我既然做了你几天的导师，就有责任告诉你，做坏事一定会付出代价。你好自为之。"

胡梨紧攥着拳头，被他羞辱得脸色红到耳根。

胡梨一脸不服气的样子，再次辩驳："我一个实习生能把宋医生怎么样。得罪了吴副主任，她也该好好反省反省。"

"阿星注定是要站在顶峰的人，免不了被一些人嫉妒。"

李唯西慢慢走近她，鲜有的凛冽清冷的气息让胡梨害怕。他微微倾身，贴着她耳畔一字一顿道："不要有第二次，否则我绝不会放过你。"

胡梨心里难过至极，想不到一向温柔如水的人怎么会瞬间变得如此绝情严厉。她的呼吸紊乱，冷汗黏着发丝散发着沤渍的味道。她颓然地跌坐在地上，已经没有任何力气再与李唯西对峙。

他是自己多么在意和喜欢的人，如今却已经离自己千万丈远。

李唯西傲视着她，不带一丝感情："以后你就跟着吴副主任吧。我想除了他，也没人再要你。"

门外的宋摘星眼眶一热，本想推门而入，迟疑片刻却又退了回来。她转身下楼，心中既愧疚又感激。虽然早就知道了胡梨和吴聪的关系，但她却毫无办法，也早已将论文的事情放弃，没想到李唯西却在辛苦坚持。

楼下劲松苍翠，枝条摇曳，宋摘星挺身吸了口气，忽然明白李唯西的所思所想。那么费力地引胡梨说出实情，就是让她也知道，做错事必须要付出代价。哪怕现在没有，以后也会有。那些尔虞我诈、蝇营狗苟都会变成利剑，最终刺向自己。

冷风拂面，吹散了她眉心的褶皱，也吹散了她积压在心口多天的阴霾。

第十一章　四点二八

旧岁最后一天下午，灰暗的天空终于落雨，清寒之气弥漫在整个医院内。白梅迎风盛开，肆意招摇，残剩的积雪铺在树下，与梅花相称，同色奇绝。雨势渐大，打在池塘里、树梢上，远看一片空蒙。薄烟笼罩在屋脊，廊下垂坠的水滴连成线，地面的尘灰被大雨冲刷干净，万象更新。

下午最后一个会诊的病人是孙思思，宋摘星心里紧张，一时不知道如何将病情告诉她。雨点打在窗玻璃上发出噼啪的声响，让她更加神思不宁。

简一凡来给她送新上市的蛋黄果，和她八卦："吴副主任好像在办公室里骂胡梨呢。"

宋摘星示意他小点声："你还真是眼观六路耳听八方啊。"

简一凡直摇头："吴副主任平常对大家客客气气的，一脸好人相，搞不懂为什么骂胡梨骂得那么凶。"

宋摘星自然知道是为什么，但是这件事如果告诉了简一凡，怕不出十分钟整个科里都会传遍了。既然她没有证据，话就不能乱说，论文被偷一事注定是要吃哑巴亏了。

宋摘星转移话题："待会儿我的患者就要来了，可我还没想好怎么应对。"

这倒让简一凡来了兴致："还有你宋大医生看不好的病人？"

宋摘星解释："孙思思是个很自卑的人，咨询下来的结果显示她的父母关系并不好，她甚至憎恨她的母亲。有一次父母吵架，父亲冲母亲砸东西，母亲竟然抱着孙思思让她来挡。更重要的是，童年有着厄勒克特拉情结的孙思思在成长最重要的阶段面临父母离异，之后父亲不停地带各种女人回家，导致受到伤害的孙思思内心一直停留在那个阶段。这些儿时的记忆让孙思思十分没有安全感，离婚后的父亲对她加倍冷漠和严厉，让她又缺失了父爱，所以长大后找的男友都像极了父亲。”

简一凡皱眉：“停在恋父情结阶段没有出来，又遭遇离异、抛弃、缺爱……”

宋摘星叹气：“她本想从男友身上找到关爱，却没想到下意识喜欢的人，都会像父亲一样伤害她。”

简一凡想了一会儿，问她：“按说恋父情结在社会上是很普遍的，孙思思具体的病症是什么？”

“找的几个男友都打她，让她得了抑郁症。”宋摘星扶额。

简一凡吃了个蛋黄果，十分洒脱道：“心病还须心药医。”

“你的意思是我们要让她父亲来吗？”

“不是。”简一凡回答得坚定，“你交给我，我有办法让她好起来。”

科里简一凡一向主攻青少年心理问题，没想到在孙思思这件事上他还有如此自信。不过，他的能力确实有目共睹。宋摘星站起身，将孙思思的全部资料都交到他的手上，十分诚挚地说：“如果真的有好办法，我会配合你。这次就拜托你了。”

简一凡露出一丝狡黠的笑意，非常骄傲地回复道：“一定给你解决。”

不到四点钟，雨势愈来愈大。眼看孙思思马上就要到了，宋摘星却被吴聪喊到办公室。

这是吴聪的办公室，里面堆满了各种材料，有些乱。吴聪示意她坐下，给她倒了杯茶，是吴聪最爱喝的碧螺春，新泡出来的茶味清香四溢，借着窗外的潺潺雨声，房间一时恬静无邪。

宋摘星想起来自己刚来科里工作的时候，每天都会给吴聪泡一杯碧螺春。实习生的主要任务就是打扫卫生，给主任泡茶，在测量室打杂。宋摘星刚来的三个月，每天都将吴聪的办公室整理得干干净净。她害怕永远一副冷面孔的云月华，反而笑呵呵的吴聪让她觉得亲近。

事实上，如果不是此次论文事件，她想不到自己竟还有和吴聪如此疏离的一天。

吴聪坐在她对面，隔着桌子看着她：“摘星，我老了，做了对不起你的事情。”

宋摘星回应他的目光：“为什么？”

吴聪叹息：“我妻子开了一家心理咨询所，遇到了一个家族性的心理病案，十分棘手，我想把你的研究成果拿给她看，希望她能坚持下去。”

“吴副主任，到现在还不说实话吗？”

宋摘星从来没有这么咄咄逼人地看着他。

吴聪目光黯淡，迟了半晌才喑哑道：“我太太的病人今年三十八岁，底下有个十岁的儿子，上边还有个六十五岁的父亲，一家人全部有偏执型人格障碍。她为了这一家人辛辛苦苦，用尽了治疗手段，却还是没能看好。这就算了，他的家人竟然将这个当作借口，对我太太拳打脚踢，甚至砸光了治疗所的东西，让我太太遍体鳞伤，受尽屈辱。”

宋摘星呼吸微滞：“你太太没事吧？”

吴聪摇了摇头，笑容惨淡：“她还在想办法给这一家人看病。医者父母心，她要强惯了，即便闹到现在这个地步，也没有放弃他们。我偷你的论文，就是想帮她而已。”

“你完全可以和我说，我怎么可能不帮你？”

“你根本不了解她。”吴聪的声音充满失落，“你不知道吧？我太太就是从心理科走出去的。她恨心理科的每一个人，不会接受心理科任何一个人的帮助。”

对于这件事宋摘星一无所知，眉心紧蹙：“她恨我们？”

“二十年前，她还是心理科的实习生。当时她的老师强奸了一位患者，而她被当作帮凶，受人唾弃和打骂，导致她对整个心理科失望至极。后来她就出去自己开了一家诊所，也有十几年了。”

科里一向疯传吴副主任深爱妻子，没想到还有这么一段渊源。平时大家对他妻子所知甚少，只知道每次提及她，吴副主任都是一脸笑意。他是著名的“爱妻狂魔”，如今和宋摘星这么说，想来不假。

宋摘星似乎也没了力气："你可以瞒着你太太，但没必要瞒着我。"

"摘星，你让我怎么和你开口？"吴聪缓缓站起来，双手撑在桌子上，卑微道，"我好歹是科里的副主任，正高级职称，你要我在科里求你帮我太太？天底下从来没有不透风的墙，如果我当众求你，我太太早晚会知道，到时候她肯定会比现在难受千万倍。她恨心理科，巴不得一辈子躲心理科远远的！"

宋摘星被他说的话惊住。

吴聪继而哽咽道："摘星，我一辈子没做过坏事，这次真的很对不起你。我乞求你原谅我。你的课题明年还可以再上报，可我太太现在正在油锅里煎熬，我只能这么做。我偷了你的论文告诉她是我的研究，她才勉强接受。她怀疑过，仅仅怀疑就要和我离婚，我真的不能没有她。"

"……我之前一直以为，你是害怕我会升职。"

"摘星，我一直很看好你，我甚至培养你，就是想看着你越走越远！"吴聪有些激动，嘴唇颤抖，"我最不在乎的就是这个职位。如果可以，我现在就让给你！我的心里只牵挂着我太太，只要她开心，我什么都可以不要。"

他满脸真诚，眼眶里存着泪花，似乎想拼命证明自己的初衷。宋摘星收回目光，那一杯碧螺春始终未喝，雨声萧瑟，笼罩在两人之间的茶雾淡淡褪去。

她从兜里拿出U盘交给他，表情变得明朗："只要帮助到病人，课题就算发挥了它的价值。吴副主任，这件事我不追究了。"

吴聪缓缓接过U盘："这是？"

"胡梨当日潜入档案室的监控。虽然只是个背影，但是一旦递交给云主任，胡梨的职业生涯就结束了。"宋摘星看着他，眸光澄澈，"其实在唯西找到证据之前，我就猜到是你了。你也不要怪唯西。这件事我说不追究，就不会追究了。希望你以后能管教好实习生。"

吴聪低下头，喉头发酸："谢谢你，摘星。"

他的发丝有些乱，额头和眼角已经有了皱纹，连声音都是低低的，属于副主任的骄傲全部褪去，如今只剩下一身羞赧和惭愧。

宋摘星恢复了笑意，站起身与他道别。只是脚下步子还没迈开，她忽然听到隔壁简一凡撕心裂肺的叫声。随之而来的，是孙思思呜呜咽咽的哭声。

"不好！"

宋摘星连忙向隔壁跑去。明明没有任何风，她却感到一阵深入骨髓的冷。

心理咨询室1部内，孙思思将简一凡砸得遍体鳞伤。而孙思思则一丝不挂地站在窗边，哭得歇斯底里。

宋摘星赶到时看到整个办公室一片狼藉。她将围在门口的人全部撵走，赶紧关上门。

“怎么了？”

她一边说一边捡起地上的衣服给孙思思披上。孙思思却极其挣扎，捂着心口大呼：“我心口像有个火山！不要给我穿，不要穿！”

简一凡背对着她，玻璃橱壁上映着他苍白的脸色。

宋摘星这才看到简一凡头上流着血，吓得一激灵，赶紧从抽屉里拿了纱布给他包扎。

孙思思发狂似的不断在办公室里踱步，宋摘星给她披的单衣再次被她甩掉。

“不要碰我，着火了，着火了！”孙思思咬着牙，抗拒地看着他们，“他说我恋父，这个混蛋，混蛋！”

宋摘星心里一凉，知道自己担心的事情还是发生了。这种心理疾病本身就不好直接和患者说，更何况如今的孙思思根本不能受任何刺激，否则行为难以控制。

简一凡疼得直吸凉气，还在和她辩解：“这是常见的心理问题，不丢人。”

话音还没落，孙思思随手又拿起一本书朝他扔去，咣当一声砸在桌角。

宋摘星给简一凡止住血，转身捡起衣服，追着孙思思说道：“我有办法让你心口不烫！”

孙思思忽然立住，定定地看着她。

趁这工夫宋摘星赶紧给她穿上衣服，像呵护宝贝一样呵护着她。

“什么办法？”

“你看见窗外的雨了吗？”宋摘星拉着她走到窗前，继而打开窗子，让冷风扑簌簌吹进来，“外面的冷雨能浇灭你心口的火，你站在这里，就会很舒服。”

孙思思眼眸发亮，连连点头：“对，对！冷雨能浇灭！”

她一下子变得很乖，就站在窗前，笑容重新蔓延在脸上。

宋摘星给简一凡对口型：“到你啦。”

孙思思患有自卑抑郁，唯一能让她冷静下来的办法就是跟着她的思想走，让她认为医生和她是一伙儿的。如今孙思思静如处子，给了简一凡继续说话的机会。

血慢慢渗出纱布，简一凡扶着桌角，眼睛发黑道：“其实恋父情结没什么好奇怪的，并不妨碍生活。你现在这个症状，有一个办法可以救你。”

“什么办法？”

连宋摘星也好奇起来。

只是如今鼻青脸肿的简一凡在说完后胳膊忽地一沉，密麻而迅疾的疼痛袭遍全身，桌角没扶住整个人就往地上栽去。只听咣当一声，屋子便如死寂一般再也没了任何声音。

宋摘星的心口像被人捅了一刀，她大声呼喊奔他而去。

“简一凡！”

她不断呼唤他，却发现他已没了任何反应。孙思思惊恐地站在窗口，冷气扑来，嘴唇止不住地颤抖。窗外树木随风摇摆，寒雨哗哗泻过，滂滂沛沛，霏霏不绝。

夜里十一点半，手术室的灯还亮着。

李唯西陪着宋摘星守在手术室外。他给宋摘星拿了件外套，修挺的身影下一双眉目温柔如水。

高璨从儿科部赶过来，刚做完儿科手术的她急得出了一身汗。

宋摘星泪汪汪地看着高璨：“脑袋瘀血了，到现在还没出来。”

高璨一脸凝重，痴痴地望着手术室不知如何是好。她脑子里想的都是简一凡无法醒来后的情景，万一他残废了自己又该怎么办。这样的念头转瞬即逝，然而她却在这极短的时间内退到墙角，不愿再看手术室一眼。

又过了十几分钟，医生终于打开了门。

“被硬物砸到脑袋了，压迫神经导致短暂性失明。好在手术很成功，剩余的少量瘀血也会被吸收，静养一阵子就好。”

高璨赶紧迎上去，暗暗松了一口气。

宋摘星高兴地抱住高璨，只是她的手冰凉，反倒索取了高璨身上的温度。

高璨对她说道："你快去休息休息，我来守着他。"

宋摘星原本还想等着简一凡出来，然而这时李唯西看了看手表，随即拉住宋摘星转身与高璨道别。

他带着她一口气跑到医院的天台，现在还下着一点点的小雨，丝丝缕缕打在头发尖上。

宋摘星呼哧呼哧喘着气，不知道他卖什么关子。

李唯西一边看着她，一边往天台边上退。后退几步之后，他脚下即是万丈高楼。他看着手表，默默倒数，直到身后烟花大绽，霓光照耀，一簇一簇，一团一团，花瓣如雨。

宋摘星看着喷涌在漆黑夜幕中的烟花，极为吃惊。眸子如黑曜石，晶晶发亮。

几米之遥的李唯西长身而立，眉如翠羽，烟花映衬着他光滑白皙的肌肤，笑容一点点绽开。

疏雨点点，宋摘星慢慢走近他，脸色还没有从吃惊的状态转换回来。

"新年快乐，阿星。"

宋摘星闻着他身上好闻的皂香味，潮湿的空气紧跟着扑入鼻中。

"新年快乐。"

"喜欢吗？"

宋摘星点点头，笑起来："怎么做到的？"

李唯西看着她，语气里带着克制的温柔："答应某大学做他们的兼职教授，学生们送我的新年礼物。"

烟花明灭，斑斓的火焰和震天的鸣声让整个世界显得浪漫璀璨。

宋摘星侧眸瞄他："还没上课就开始公然受贿啦？"

李唯西赧然："带学生们做科研赚了一桶金，这点礼物不过是他们薪金的九牛一毛。"

宋摘星笑意缱绻，她自然知道他在美国时就带着国内大学的学生做实验，取得的成就让他在校内名声斐然。见他那么难为情，她反而觉得不该戏弄他，赶紧道歉："对不起啊，我知道你很厉害。"

雨丝隔在两人中间，她的长睫上沾着细小的水点，带着一种无拘束的娇艳。

李唯西只觉得心尖炙热，离她更近一些，从外套口袋里拿出一沓资料递给她。

资料上的英文标题让宋摘星一惊，连续翻了几页内容更是诧异："你把我的论文翻译成英文了？"

"我在哈佛的导师很看重你的课题，并且就不足的地方给出了一些建议，后续你的论文会发表在国外心理学的重点期刊上。"

宋摘星呆愣了几秒，之前所有的委屈都化作唇角的笑意。她激动地一把抱住他，泪水夺眶而出。

"谢谢你，我太高兴了。"

她一下子哭出声，一边笑一边流着泪，雨点混着眼泪都滴在英文论文上。

李唯西单手拍了拍她的背，温柔地笑："新年礼物还喜欢吗？"

宋摘星这才意识到自己的失态，可如今扑在他的怀里一时退不回来，只能软了声音："喜欢得不得了。"

身后的烟花久未熄灭，棱角分明的轮廓让他肃肃如松下风，丰神如玉，清澈明朗。

天台风声渐盛，宋摘星吸了吸鼻子，从他怀里抽出身来，有些不好意思。

"可我没有给你准备礼物……"

"那就欠着吧。"

"我明天就补给你。"

李唯西摇摇头："等我想到要什么礼物了，我再告诉你。"

宋摘星抬头看着他，咧嘴又笑："只要是你想要的礼物，我上天入地也要送给你。"

夜空如海，又一朵烟花炸开。新年钟声在雨夜中敲响，带着穿透千年的古朴与庄重，也带着奔向未来的期冀与明亮。

宋摘星默然出声："但愿人长久。"

医院里的所有红灯笼刹那间全部点亮，随着小路一串串蜿蜒，看不到尽头。李唯西与她站在一处，俯首看着城市里的车流与灯河，修长的指尖紧紧挨着她的手掌。头顶的烟花犹如满天星辰照着他们，周身风声簌簌，雨声沥沥，整个世界与他们仿若一体。

京大医院外。

时越在门口站了许久，握着手机的手都要冻僵了，却一直没等来她的电话。

医院保安关门的时候不忍，问他："是不是要联系什么人，需要我帮你不？"

然而时越却久未出声，眼睛一眨不眨地盯着手机，屏幕灭了就被他按亮，直到电量完全消耗干净。

他挺身呼了口气，似乎再也没有什么期待，转身离开。雨丝打在他的身上，他竟毫无察觉。桃花眸中再无神采，钟声长鸣，烟花绚烂，他的背影孤寂如清秋雨、岭上雪。

医院唯一一天的元旦假期，被清晨七点钟的一通电话震得粉碎。

李唯西从别墅出来，见孙鸣正在栅栏外等着自己，看起来十分慌张的样子。本想请他入室，却被孙鸣拒绝。

"出命案了。"

李唯西皱眉，又听孙鸣继续说道："已经第三起了，每天一案，都发生在凌晨四点二十八分。"

"每天一起？"

孙鸣："没错。局里压着没敢往外露，但是每天都发生一起，太匪夷所思了。"

"有什么头绪吗？"

"犯罪难度升级。"孙鸣脸色不太好，眼睛里布满血丝，"第一起的受害者死在自己家的衣柜里，肚子被刀穿了个洞，是数字8；第二起受害者死在电梯里，肚子上同样被挖了个洞，是数字7；就在今晨四点二十八分，第三起受害人死在郊区的棺材里，肚子上的数字是1。"

"受害者性别？"

"都是女人。"

李唯西心知出了大事，关了门就要跟他走，只是脚下还没迈出去，手机再次响起。

"摘星？"

昨晚分别后宋摘星担心简一凡瘀血严重，直接住在了医院里。不知道现在打电话有什么事情。

“一凡还好吗？”他问。

“已经醒了，休养几天就可以。”宋摘星的声音带着几分疲惫，“林家派人来医院找你，问你这两天见过林莞没有。”

李唯西想起来上次见她还是几天前她来就诊时，回复道：“最近一次就是她来医院的时候。”

宋摘星在电话里奇怪：“难道林莞离家出走了？”

孙鸣还在一侧等他，李唯西无心再应林莞的事情，问她：“心理学上统计绝大多数的自杀事件都发生在凌晨几点？”

宋摘星自然知道：“四点四十八分。这个时间人们精神错乱达到极致，最容易自杀。”

李唯西沉吟片刻，对她说道：“你和简一凡在一起，哪里也不要去。”

电话被利落地挂掉，倒让医院里的宋摘星心尖一惊，不知道发生了什么事情。

一路上孙鸣不断和李唯西说着案发现场的情况，案发时间惊人一致，手法极其残忍，基本断定是同一人所为。整个支队一筹莫展的原因在于受害的三个女人互不相识，毫无交集，甚至住处都相距甚远，看不清到底有什么潜在的关系。

第一起案发地点在一栋老楼，总共六层高，楼梯窄窄的，阳光照进来很暗。四楼左户人家住着三男一女，死者是唯一的女人许蓝，二十四岁，丈夫莫方圆。夫妻两人都是二十四小时便利店店员，只不过妻子上白班，丈夫上夜班。三天前莫方圆早晨下班回家，看到衣柜里有血流出，打开衣柜就看见已经死亡的许蓝。

她的肚子上被穿了大大小小的孔，组成一个“8”字形。家里的钟表停在四点二十八分，是凶手留下的为数不多的线索。

凶案发生后，其他住户都搬离了这栋住宅。李唯西将屋子检查了一遍，衣柜里还残留着当日的血痕，看起来狰狞可怖。

尸检组派来警员钱朗协助李唯西办案，将许蓝的情况汇报得更加详细：许蓝的死亡时间基本就是四点半左右，被勒死，肚子上的孔是死后挖的。在胃里发现了少量的安眠药残留物，应该是睡前吃的。

李唯西静静观察其他两个租客住的房间，眉心淡淡的。倒是孙鸣嘶喊了句："什么味儿啊？"

李唯西走进对面的屋子，查了一下气味来源，墙角里扔着一个塑料袋，袋子里有一盒烂掉的酸奶。因为临时搬出，房子里剩下了不少东西，有脏臭味。

"前天还没闻到。"孙鸣打了个喷嚏，似乎对这种气味过敏。

李唯西没说话，带着他又仔细检查了其他房间，却没有发现什么异样。

十点三刻从许蓝家出来，李唯西紧随钱朗和孙鸣来到了第二个案发现场。距离许蓝的住处约四十分钟车程，两个地方一个在东，一个在西，表面看确实没有什么联系。

第二个死者叫欧彤彤，五点钟被早起上班的住户在电梯中发现。电梯内全部是血，她的肚子上也被挖了数个洞，组成数字7。

钱朗给了他详细的检查报告：死者本市人，三十二岁，有一份稳定的文秘工作，丈夫做贸易。住楼一共二十层，欧彤彤家在十二层。调取电梯内监控发现当日凌晨四点二十八分，满身是血的欧彤彤被人丢在电梯内，犯罪凶手只露出一双戴着黑色手套的手，性别不明。

而本案最奇怪的地方在于，除了电梯内的监控摄像头所拍到的一双手之外，其余摄像头再也没有拍到过凶手。从凌晨四点二十八分到五点半警察来到这里，没有人出过楼道大门。

钱朗报告完之后对李唯西说了他的猜测："凶手很可能就住在这栋楼里。"

李唯西："你们排查楼里住户没有？"

孙鸣："全查过了，一无所获。"

李唯西知道凶手是个很厉害的角色，基本不会将漏洞暴露给警察，继而问道："第三起被害者装在了棺材里？"

孙鸣点头："被害者叫李昕，年龄最大，五十岁。家就住在郊区，丈夫是快递员。她今天早上被发现死在墓地的棺材里，旁边有只手表，时间停在凌晨四点二十八分。凶手没有留下任何蛛丝马迹，作案手法极其高明，在死者肚子上挖了数字1。"

李唯西思考："8、7、1，看起来也没有什么关联。"

钱朗补充道："李昕的胃里也发现了少量的安眠药成分。"

李唯西皱眉："欧彤彤有什么异常的地方吗？"

孙鸣摇了摇头。

钱朗忽然想到一点："在欧彤彤家里发现了她的诊断书，刚流过产。"

"没什么奇怪的啊。"孙鸣挠挠头。

李唯西半晌没说话，脑中似乎在回忆着什么，最后决定道："去欧彤彤家看看。"

几个人上了十二楼，右手边是1203房间。开门的是一个三十多岁的男人，一米六几的身材，有啤酒肚，张口就是一股不耐烦。

"怎么又来了？"

孙鸣解释："我们想再来家里看看。"

中年男人不情愿地请他们进屋，李唯西观察了一下屋子，是个两居室，带着一间不大的厨房。

"您是做什么工作？"李唯西转头问他。

"做点小买卖。"中年男人垂着眼睛，脸色不好。

"和欧彤彤结婚几年了？"

"四年。"

"一直没要孩子吗？"

中年男人一愣："一直有这打算。"

李唯西继续问道："妻子出事那天你在哪？"

男人道："出差，在外地。"

"经常出差吗？"

"一个月有几次。"

李唯西重新走回客厅，看到摆在书桌上的一些照片，都是他和欧彤彤在各处拍的，摆得很整齐。左边一排都是欧彤彤的照片，从少女时期到结婚后的样子；右边一排是中年男人的，看样子生意做得不错，和各种成功商人的合影都透着一股风发意气。

"你和欧彤彤怎么认识的？"

中年男人似乎厌倦了这种问题，敷衍道："和她公司有生意往来，老板介绍的。"

李唯西眸光半眯，手机忽然又响了。

宋摘星的声音惶急："林莞失踪了！"

与此同时，孙鸣接到上边的电话，惊得面色发紫。

凶手给林雨泽留下信息：林莞在他手上，下一个凌晨四点二十八分准备给林莞收尸。

中午十二点半，宋摘星与李唯西会合。她不放心李唯西，硬撑着从医院赶来，希望能帮得到他。自从知道林莞失踪后，李唯西一直沉默寡言，眼神也黯淡很多。

宋摘星想安慰他，却听到他先开口："林莞当天从你那儿走之前说过什么吗？"

宋摘星有些记不得了，很是羞愧："她走得很早，也没聊什么。"

"你说过很重的话吗？"

宋摘星皱眉："你是觉得我刺激到她，才让她离家出走的？"

李唯西没再说话，孙鸣与钱朗都在，四人一路来到明圆山庄，想先跟林雨泽探听一下具体情况。

紧随其后的宋摘星心中五味杂陈，只觉得他刚才的问题像在怪她。

由着管家引入正厅，李唯西再次见到了林雨泽。他正与一个高大男子谈话，脸色愠怒，显得脾气很大。

等他们一行人进了屋，林雨泽才收敛几分，向他们介绍："山庄的建筑师，段长惟。"

李唯西不动声色，反倒是段长惟客气地与他打招呼："久仰大名。"

李唯西没回应。宋摘星看了看李唯西，总觉得他今天怪怪的。

段长惟戴着一副金丝边眼镜，看起来不过三十岁左右的样子，斯文儒雅，说话也轻声细语，谈及林莞的事情他感到很可惜。

"我前天还见过她，当时她心情不太好，也没说几句话，没想到竟出了这样的事情。"

林雨泽暗暗咬牙："到底是谁！"

李唯西目光与段长惟相碰，问道："你前天见过林莞？她有什么异常没有？"

段长惟皱眉："脸色看起来不好，她说身体不太舒服就去休息了。"

孙鸣看向林雨泽："平时有什么仇家吗？"

林雨泽一怔，似乎觉得问题太过突兀，半晌才摇了摇头。

"做生意免不了有磕磕碰碰，但说要绑架我女儿来报复我，我谅他们也没这个胆子。"

李唯西收回目光，片刻道："有一点我没有想通。"

孙鸣："什么？"

"林莞并没有结婚。"

跟来的钱朗眉头紧皱："前三个案子受害者都是女人，而且已婚，这个特征很明显。"

林雨泽手指发颤："谁要敢动我的莞莞，我林家就让他不得好死！"

李唯西问他："林莞是在家里消失的？"

林雨泽表情十分痛苦，点了点头："调了监控，前天晚上莞莞还在房间里，不知道什么时候就不见了。"

"建筑里有没有密道？"

段长惟回答："今天林先生召我来也是为了此事。我很明确地告诉大家，没有任何密道。所有的监控都在正常工作，而且摄像头可以拍到整个建筑的任一角落，林莞如果想走出庄园，一定会被记录到的。"

"真是棘手。"宋摘星叹气，"凶手到底是怎样带走林莞的？"

又是一阵沉默，连李唯西的神色都黯淡下来。案子进行到现在竟然一无所获，林莞却命在旦夕，不得不让人忧心。林家陆续出入许多警员，林雨泽待会儿还要和孙鸣的上司谈话，留给李唯西的时间并不多。

他正这样想着，突然传来一段钢琴声，是段长惟的来电铃声。

段长惟接了电话，依旧轻声细语。待和对方聊完，他回身向林雨泽告辞。

"办公室来了重要的客人，我需要先回去一趟。"

该问的其实都已问完了，林雨泽点头允诺他离开。

只是段长惟还未完全离去，李唯西忽然叫住他，问道："建筑上有没有什么数字带1、8和7？"

段长惟微怔，回答道："涉及建筑学的数字太多，抱歉我无法给你准确的答案。"

李唯西忽地笑起来："仍然谢谢。"

宋摘星不知道他的意图，待段长惟走后贴近他："有线索了吗？"

李唯西眉宇不明："我们再去李昕家看看。"

"不去看看林莞的卧室吗？"宋摘星不解，"她可是在卧室消失的。"

同侧的孙鸣和钱朗也不知他葫芦里卖的什么药。

然而李唯西的步子已经迈出去了，淡淡开口："不必。"

李昕的家在郊区，离前几个案发现场最远，方向上也不同。一路行车颠簸，宋摘星望着市区的方向，想着林莞生死未卜，内心一片焦灼。

而更焦虑的是孙鸣和钱朗。上边下了命令，让两人时刻跟着李唯西。如今警员分散，一部分人驻扎林家进行搜索，一部分人还要破前面的案子，能余出来两个人帮助李唯西已尤显他们的重视。只是时值下午，李唯西不去寻找林莞反而要去李昕家里，实在让两人琢磨不透。

下午三点半，从林家出来两个小时后。

李昕的住处是片平房，拥挤不堪，挂绳上晒着破袜子、破毛巾，还有一张老式棉布床单。孙鸣已经提前和快递员赵平志联系过，但是直到他们走进李昕和赵平志的家，赵平志都没有任何消息。

眼瞧着根本进不了屋子，李唯西转身问孙鸣和钱朗："李昕是晚上消失，第二天在墓地被发现？"

孙鸣："没错。"

"当晚赵平志在干什么？"

孙鸣："已经问过了，快递公司仓库搬家，他前后几天都住在公司里。"

"没回来过？"

"没有。"钱朗补充，"问过快递公司了，他的同事都可以证明。"

李唯西叹气："线索又断了。"

宋摘星有一点不解："杀人动机是什么？明明是毫不相干的三个人。"

李唯西平静道："凶手在布一个大局。"

孙鸣和钱朗互相看了看，正一头雾水时，李唯西忽然问孙鸣："赵平志一直没联系上？"

孙鸣点头："是，打电话没人接，发了信息也没人回。"

李唯西下了决心："我要进屋子里看看。"

钱朗有些吃惊："私闯？"

宋摘星反倒很支持李唯西："时间紧迫，我帮你。"

下午四点一刻。

随着吱呀一声，李昕家的屋门被打开，日色偏西，屋内并不明亮。

李唯西缓慢地走进室内，迎面的桌子上放着一碗吃剩的泡面，筷子还有一根掉在了地上。除了桌子上的杂物，整个室内很是干净，床上的被子叠得很整齐，家具虽说破旧却很简洁，室内东西不多，环视一圈下来也并没有得到更多的信息。

宋摘星跟着李唯西进屋，走到桌边看了看一团邋遢的泡面，又看了一下水壶、茶碗，心中觉得蹊跷。脚下移了几步，她打开衣柜，检查了两人的衣服，眉头依旧没有舒展。

李唯西轻声说："衣服都很旧，而且很素。"

宋摘星紧接着道："屋子里少样东西。"

孙鸣跟着进来，还没来得及思考，忽听李唯西道："镜子。"

宋摘星惊异于李唯西的敏锐，点点头："而且水杯、茶碗都是单数。"

孙鸣往桌边走了走，很是奇怪："杯子有三个，碗有五个，勺子也是三个。"

"他们夫妻有孩子吗？"李唯西问。

"有一个，不过早在十几年前就淹死了。"

孙鸣刚说完，李唯西脑中电光石火一闪，慌忙朝外面跑去。

声音穿透了整个院子，格外凄切："调查方向完全错了！"

第十二章　重重诱捕

晚上七点四十五分。整个林家灯火通明。

李唯西接了一个电话，全程只说了“我知道了”四个字，面色凝重。他招来孙鸣耳语几句，孙鸣点了点头，转身去办。

而后他守在一张地图前，标出了三起受害者的地理位置，沉默了一会儿。交代孙鸣办的事很快就有了回复，八点左右警局来了消息，按李唯西的要求找到了同时带有1、8和7的街道位置，足有三十多条。

太平里7区18号。

李唯西几乎不假思索地从一堆地址里挑出了这个。

“我想，我知道林莞是怎么从林家消失的了。”

林雨泽一惊：“快说。”

李唯西：“现在人多嘴杂，还不能说。我们先去太平里一趟。”

林雨泽派保镖随他一起去，被李唯西拒绝：“我怕这也是凶手的局，等到了那边摸清情况，再派人来通知你。”

李唯西喊了孙鸣和钱朗两个人跟着，并想嘱咐宋摘星早点回家。然而他还未开口，宋摘星忽然上前，郑重地对他说道：“如果你认为我当时说了重话刺激到林莞，导致她失踪，我很抱歉。”

这句话一直压在宋摘星的心里，她很难过，如今在林家看他焦头烂额的样子，更让她有些不知所措。

所有人都停了下来，看着一脸愧疚的宋摘星。灯光打在她的脸上，显得苍白如纸。

李唯西呼吸微滞，忙了一整天，他竟疏忽了她的变化。

他慢慢走到她面前，同样郑重地回应她，声音清冽温柔。

“我很怕你当天没有和她说明白。你应该和她说‘很重的话’，只有这样她才能明白我的心意。”

“什么？”宋摘星一脸懵怔。

李唯西浅笑，抬手摸了摸她的脑袋。风衣袖口蹭到她的耳鬓，留下一丝清浅的香气。

他收回手，侧身向林雨泽说道：“林莞的失踪是一场有预谋有计划的失踪案件，并不是凶手的突然起意。我怕凶手还会对林家不利，林老您也要保护好自己。”

林雨泽如今目色浑浊，莞莞的失踪对他来说是个巨大的打击，他已经无力再去想其他的了。

李唯西向众人道别，宋摘星忽然紧跟了上来。

“我也可以保护你。”

她的眼眸炙热，以示坚定的决心。至少今夜，没有人可以把他们分开，她想。

李唯西心中一热，步子随即迈出。灯光璀璨的客厅里，时针指到八点整。

行车一个多小时，李唯西、宋摘星、孙鸣和钱朗四人来到7区。太平里紧邻郊区，附近多工业工厂，整个大区都是低矮的楼房和厂房。没有路灯，街道很黑，四个人走得很近，借着微茫的月光来到18号房。

18号房由围墙围了一圈，中心是一幢三层小楼。奇怪的是小楼没有一个窗户，只看得见一楼的一扇木门。而外面的围墙则全部是由玻璃制成，所以哪怕隔得很远，仍能看清院内的摆设。正对他们的是一扇玻璃大门，在众多铁皮门中显得格格不入。门后是一座精心设计的玻璃拱桥，很长很窄，链接大门和小楼的木门。

玻璃大门没锁，随着李唯西的推开，四人走上玻璃桥，才看清桥下全是足米长的铁刺。倘若有人摔下去，必会整身穿透，当场死亡。李唯西观察了铁刺的位置，环绕整个小楼，将这幢建筑与外面彻底隔绝起来。

“这建筑违规啊，竟然没人举报？”孙鸣皱眉。

李唯西沉默片刻，继续向前走。直到推开了小楼的正门，四个人皆是一惊。

整个内厅很大，除了木质地板便是无数个小门，小门上各镶嵌一整面镜子，活像一座迷宫。四人进来后，李唯西左右环顾，似乎嗅到了一股危险的气息。他拿出手机，发现全无信号，不觉眉头紧皱。

他回头，看向孙鸣和钱朗：“你们得回警局一趟，需要增派人手过来。”

孙鸣：“让钱朗回去吧，这里也很危险，我留下来保护你们。”

钱朗点头：“我马上就去。”

他说完便转身出了内厅，奔着大门而去。内厅的门再次关上，偌大的房间一时静极。

“我们往前走。”李唯西盯着内厅的尽头说道。

“左右这些小门呢？”孙鸣困惑，“我们不打开？”

李唯西摇摇头：“一切谨慎为上。”

宋摘星看着两侧墙壁的装饰除了横线毫无其他，远看起来像个五线谱。白炽的灯光打在一扇又一扇门镜上，映照着他们的身子一层叠着一层向里延伸。她抬头看了看天花板的吊灯，繁花纹路很像中世纪的建筑风格，但房间却没有窗户，只有一扇扇门，显得诡异无比。她边走边想，这到底是一座怎么样的房子，由怎么样的人建造，正思索时，忽然听到左手边第五扇小门有咚咚的声音传出来。

很轻微的，一声接着一声，让人头麻。

“林莞？”孙鸣脸色瞬间惨白。

李唯西却没说话，只是眸光半眯，机敏地看着那扇发出声音的木门。

孙鸣慢慢走近，听着响声很像是头的撞击声。宋摘星也跟过去，担心里面就是失踪的林莞。李唯西怕宋摘星靠得太近，自然也移动步子。

孙鸣紧贴着门镜，作为一名老警察，就算门内不是林莞，听这响声也肯定是活物。他回头看着他们道：“我们不能放过任何一个机会。”

气氛一时凝重无比，然而就在此时，里面的撞击声突然消失了。

孙鸣脑子里只有一个念头：时间紧迫。

他咽了口唾沫，随即抬手。令人意外的是木门一推就开，守在门口的三个人皆是一愣。

一只兔子倒在了里面。刚才的撞击声应该就是兔子撞门造成的。

李唯西面色一寒："不好。"

然而已经迟了。小房间里燃着迷幻药，在门推开的刹那，三个人就注定要昏倒在这里。

李唯西最后的知觉，看到内厅的大门被打开，钱朗慌张地直奔他们跑来。

连钱朗，都没有逃出去。

潮湿的空气刺激着他们的鼻子，混合着腥臭的气味让人作呕。孙鸣感觉背上很沉，犹如千斤之重。周遭黑得要命，什么都看不见。他的脚在悬空，双手无力地垂在一个台子边儿上。似乎是一个台子，他在思考。

"都醒了吗？"

是李唯西的声音。

宋摘星的声音最靠上："你们别动，我下来。"

孙鸣彻底明白了，他们像被叠罗汉一样放在了一个高处。而他之所以感到那么沉，是因为他在最底下。

钱朗出声："这是哪里？怎么什么都看不见？"

孙鸣皱眉："钱朗？你没跑出去？"

钱朗："我刚从玻璃桥下来，四面八方的玻璃都不见了，围墙换成了铁墙，玻璃门换成了铁门，到处都是铁板一块，根本出不去。"

孙鸣恍然大悟："怪不得没人投诉这里，平时就是铁的，从外面看什么都看不到啊。"

李唯西："看来玻璃门是故意诱导我们进来的。"

从上面爬下来的宋摘星摸了摸周边，确信道："我们在半空中，一个台子上。"

说话间其他人也都站了起来，贴着宋摘星往外试探着。

"台子很挤。"李唯西皱眉，"大家务必小心，不要摔下去了。"

声音未歇，屋子里的灯乍然打开。只是灯光冷寂寂的，很是昏暗。

借着微黄的光，李唯西发现屋子四面都是铁墙，更像间正方形的大仓库。

和内厅一样，这间屋子里也有很多门。他们挤在一个圆台子上，台子不大，离地面约一米的样子，险险站住他们四个人。

“啊！”宋摘星倒吸一口凉气，下意识往李唯西身边靠了靠。

潮湿和腥臭的气味来自台子下面的蛇，成群结队，一堆叠着一堆。屋子里只有这一个圆台，靠在一个角落里。倘若俯视来看，将正方形的房子按上北下南左西右东的方向来标记，那么他们站定的位置则是在西墙和南墙的毗邻处。展目四望，铁牢坚固，即使已千般小心，他们最终还是落在了凶手手里。

斜对角的上方有个摄像头，凶手的声音随之传来。

“欢迎你们。”

声音做了特殊处理，根本分辨不清是男是女。

孙鸣低头看了看台下的蛇，这些蛇花色不一，异常扭曲，吐着蛇芯子蔓延整个房间，多得让人恶心。只是很奇怪，那些蛇都没有沿着台柱子爬上来，但凡刚沾台柱子的边儿，蛇就转头避开了。

李唯西轻语：“台柱子抹了防蛇药，凶手故意的。”

头顶的声音机械般一笑：“李大医生果然不一般。”

李唯西看着摄像头，目光冷静。

经过处理的声音再次响起：“我等你们很久了。”

钱朗咬牙：“你这是袭警！”

凶手不慌不忙：“游戏之前，先热热身吧。”

宋摘星知道凶手来者不善，但看如今的情形，似乎比预料的还要糟糕。李唯西始终没再说话，却听头顶声音直冲李唯西而来。

“李唯西，我是谁？”

一侧的孙鸣破口大骂：“你这孙子，有种下来单挑！”

房子里重回寂静，每个人都捏着一把汗，宋摘星紧张地看向李唯西，不知道他能否答得上来。李唯西面色清寒，心知凶手将他们玩弄于股掌，如果现在他答错一字，境况必会雪上加霜。

时间一秒一秒过去，修长的手指微蜷，李唯西答道：“段长惟。”

同行三人十分震惊，连头顶的声音都没有第一时间回应。

片刻后，凶手毫无温度地说道：“很可惜，你答得太慢了。”

四人脚下的台柱子开始下降，一点一点靠近地面。孙鸣大惊，才知道这是可以升降的台子。与此同时，台子下面的毒蛇好像就等这一刻似的，慢慢地向他们逼近，所有人都开始慌乱起来。

眼看台子马上就要停到地面上，李唯西冲着摄像头大喊：“是你绑架了林莞！”

他甫一说完，在正对他半米远的地方忽然又缓缓升起一个台子。原来这些台子都暗藏在地上，由凶手操控升降。李唯西紧闭牙关，一跃而上，顺势将台子上的蛇全部踢下去，而后接住了紧随其后的宋摘星。

两个人挨第二个台子最近，时间争分夺秒，就在李唯西要去接孙鸣和钱朗时，却发现前一个台子已经落到了地上。

千钧一发之际，钱朗猛推孙鸣一把。孙鸣身体不受控，在最后一刹那抬腿跳到了李唯西的台子上，而钱朗双腿却被毒蛇紧紧缠住，顷刻间面色发紫，重重向后倒去。

“钱朗！”孙鸣泪奔。

钱朗倒下时眼睛充血，唇角却微笑着。毒液遍布全身，他的四肢顿时僵硬。成百上千的蛇覆盖住了钱朗的身体，咝咝声环绕在耳。宋摘星不忍看，眼泪却止不住地往下流。整个房间犹如一片蛇的海洋，他们站的台子是唯一的荒岛，一时之间腹背受敌，四面楚歌。

然而凶手却没有给他们过多悲伤的时间。

机械的声音再次响起：“游戏正式开始。”

长久的沉默。

那声音呵呵一笑：“李唯西，你也有今天？”

李唯西稳住呼吸，逼问他：“你到底想怎样？”

然而台子又开始下降，伴随着声音的质问：“回答我，她们为什么该死。”

宋摘星险些没有站稳，被李唯西单手扶住。高约一米的台子在五秒内就完全着地，李唯西匆忙回答：“因为她们不洁！”

宋摘星想，他又答对了。因为第三个台子在半米远的地方升了起来。李唯西赶紧跳过去，宋摘星第二，最后是孙鸣，总算又过了一关。

凶手似乎并不意外，并且给予李唯西赞美：“你很聪明。说说看。”

三个人停在第三个台子上，高度的紧张使他们汗流浃背，体力严重消耗。

李唯西关切地看了看宋摘星，发现她尚算安好，这才半松了一口气。

他开口解释，暗暗争取三人恢复体力的时间。

“你选的三个受害人，第一个是24岁的许蓝，第二个是32岁的欧彤彤，第三个是50岁的李昕，都有一个共同的特点——婚内出轨。”

宋摘星脸色微澜，其实这点她也猜到了，但是从林莞失踪后她又很快否定了这个念头。毕竟林莞和前面三个受害人的情况完全不同。

凶手没有说话，李唯西继续说道：“许蓝家里地方很小，东西也不多。我检查许蓝房子的时候，发现她隔壁的租客屋子里有盒打开没喝完的酸奶。巧的是，装酸奶的袋子上印的Logo是许蓝打工所在的便利店Logo。便利店并不在住处附近，租客不会跑那么远去买酸奶，很有可能就是许蓝送他的。”

说到这儿，孙鸣咋舌：“难怪那小子搬家那么快。”

“但这点蛛丝马迹不足以说明什么。欧彤彤家就不同，她的家里看似美好和谐，其实和丈夫早已离心。结婚四年，书桌上摆满了照片，奇怪的是却没有一张夫妻两人的合影。这说明两人早已达成默契，各管各的。欧彤彤的职业是文秘，我派人查过她所在的公司，和欧彤彤丈夫的公司四年前就有业务往来，而欧彤彤也是四年前与他结的婚，时间非常巧合。这大概是一场交易婚姻。”

“短时间查得这么细？”连孙鸣都不可思议，“谁查到的？”

李唯西没回答他，但他的表情落在宋摘星的眼里，让宋摘星意识到配合李唯西查案的人一定是一个高手。不过，这个人似乎从来没有出现过，至少宋摘星一无所知。

凶手的声音一直没有出现，让李唯西有了喘息的机会。

他接着说：“李昕是个有洁癖的人，家里收拾得相当整洁。但她的丈夫则不然，泡面不倒，筷子丢到地上，毛巾和袜子晾在一块，既邋遢又糊涂。所以她的丈夫无视家里的单数碗碟，无视有没有镜子，无视李昕的一切情绪。李昕应该是经常邀第三者进家，所以专门给他准备了一套碗碟，可惜她丈夫从未发现过。”

圆台下的毒蛇盘绕在一起啃噬着钱朗最后的尸骨，孙鸣和宋摘星屏息，当李唯西也安静下来时，整个房间都是群蛇互相缠绕濡湿的声音。

第四个台子缓缓从地面升起。

随之凶手说道：“这是我奖励你的。”

李唯西携着宋摘星一起跳过去，孙鸣紧跟在后，再回头时，第三个台子已缓缓着陆。

凶手冷笑：“下面的环节，该你们三个人一起回答了。”

李唯西皱眉：“什么？”

“我想，你们也不想一起死吧。”机械般的声音冷冰冰的，“你们三个背靠背，我问的问题和数字有关，你们只需要抬起手告诉我是几即可。”

宋摘星铿锵出声：“如果我们全答对了，你得答应我们一个要求。”

凶手没有回应。

宋摘星：“否则就是死，我们也要死在一起，绝不成为你玩弄的工具。”

凶手：“牙尖嘴利。”

李唯西趁势道：“此刻，你没有选择。”

凶手在游戏过程中获得心理快感。而这，恰恰是他们与凶手谈条件的砝码。凶手的乐趣，不过在于折磨他们罢了。

凶手静默了十几秒：“好。”

第四个圆台之上，李唯西、宋摘星和孙鸣背靠背围成一圈，等待着凶手的提问。

经过处理的声音掺着让人压抑的质感。

凶手再度开口：“房间里有几个人？”

孙鸣心中暗暗不解，难道房间里不就他们三个吗？只是凶手这样问，肯定有他的用意。他环顾四周，看着四面墙壁上的那些门，猜想门里是不是有失踪的林莞。如果算上林莞和钱朗，房间里就是五个人。

他犹豫着要不要抬起胳膊，忽然有个手指快速地在他掌心划了一下。他整个人一惊，而后慢慢举起手，高过头顶，伸出了数字——8。

头顶的声音露出轻蔑的意味。

“李唯西，你作弊啊。”

孙鸣和宋摘星心中一沉，没想到那么短暂而又隐秘的动作竟然被他发现了。

机器升降的声音再次出现，不同以往，这次出现了两个圆台，一个在孙鸣左侧，一个在宋摘星斜前方。

凶手：“你们三个要去不同的圆台，自己选择吧。”

按照圆台的轨迹来看，不同的圆台路线应该可以通向不同的门，如今出现岔口恰恰说明这一点。孙鸣左侧的圆台如果一直往前走的话，则会到达西侧墙壁上的门。而宋摘星斜前方的圆台则最终会到达东侧墙壁上的门。

如今不知道林莞到底在哪个门内，孙鸣转头和李唯西商量："我们分开走。我走左侧的，你和摘星走斜前方的。"

李唯西无奈，"也只能这样了。"

作为三人中唯一的警察，孙鸣有责任保护他们的安全，也有责任去救林莞。事不宜迟，孙鸣迅速跳到了左侧的圆台上，和李唯西他们分道扬镳。

然而电光石火间，孙鸣所在的圆台忽然铁刺凸起，一下子刺穿了孙鸣的左脚掌。鲜血四溅，尖锐的铁刺顶着皮肉像乍然绽开的彼岸花，诡谲凄艳。幸好孙鸣反应快，他的右脚险险站在了铁刺与铁刺的缝隙间才算保住。

"啊！"

孙鸣疼得咧嘴。整个左脚掌就这样被铁刺直接钉在了圆台上。

"孙鸣！"

李唯西和宋摘星大惊，而他们所站的第四个圆台却开始下降，李唯西迫不得已，抓住宋摘星的手跳到了斜前方第五个圆台。

他一脚踹碎圆台上的毒蛇，对着摄像头发狠："我一定会抓住你！"

孙鸣面色发白，咬着牙对李唯西说道："出去要紧，不要管我。"

凶手耻笑的声音却传了出来："还有一个小时就到四点二十八分，你们没有机会了。"

没想到竟然昏迷了这么久，宋摘星怒目："可恶！"

"游戏之前，李大医生可否告诉我，屋子里多余的三个人是谁？"

李唯西眸色不明，却仍然迎上他的话锋："三位受害人的丈夫。"

凶手竟然鼓起掌来："不可小觑。"

李唯西："到达李昕家里时，赵平志不在家，但显然还没吃完饭，说明他走得很匆忙。孙警官一直联系也没有联系到，当时我就有疑心，他妻子刚死，他不会无故消失。直到你诱导我们进来这个地方，我便确信了这一点。既然绑架了赵平志，其他受害人的丈夫自然也会在你手里。"

凶手："都说你是破案顶级专家，果然没让我失望。"

宋摘星不失时机地问道："林莞还活着吗？"

凶手："自然。不过很快就会死了。"

宋摘星："我不会让你得逞！"

凶手讥讽："游戏继续。下面是道运气题，如果你死不了，可以再来找我算账。"

他甫一说完，李唯西和宋摘星的前方又出现了两个圆台，一个在宋摘星身侧，一个在李唯西身侧。李唯西心知不好，紧紧握住宋摘星的手，手心的汗如浆黏腻。宋摘星垂眸，她从未发现他如此紧张过。

李唯西逼向凶手："我绝不会和摘星分开。"

凶手："由不得你。"

第五个台子缓缓下落，李唯西和宋摘星大惊，留给他们的时间只有五秒。

宋摘星附在李唯西耳边决绝道："我先来。你一定要逃出去！"

"不！"

李唯西失控大喊。他当然知道她的意图，她在为他当试验品。如果她跳得对，他便能紧跟而上。如果她跳上去遭遇不测，那么另一个圆台就是安全的。

宋摘星跳跃的时候连带着李唯西趔趄一把，半空中她甩掉了李唯西紧紧握住自己的手。就在她到达圆台的一刹那，圆台表面忽然打开，宋摘星直接漏了下去，连一声惊诧都尚未喊出来。

宋摘星彻底消失在房间里。

"摘星……"

连一向刚硬的孙鸣都嘶哑了嗓子，不敢相信眼前的一切。

李唯西忍着泪在最后一秒跳到了他那一侧的台子。

他的生命像被剜去了一个缺口，锥心的痛感排山倒海向他袭来。他哭得不能自已，手指上明明还残存着她的温度，可她再也没有了。

"我！绝对不会饶过你！"

李唯西像一头发疯的怪兽，唇角紧闭，双目射出凶残的精光。

如今他跳到了东侧墙壁的附近，圆台紧挨着一扇门，就在他伸手可触的地方。

凶手："越来越刺激了。"

李唯西紧攥着拳头，抬眸的一刹带着胜过千军万马的凌厉。他迅速变得冷静，透过摄像头直逼凶手："你也不过如此。"

凶手微愕："什……什么？"

李唯西冷笑："你完全可以和我当面谈，可是你不敢。"

凶手有片刻的怔愣。

李唯西："把受害人分别装在衣柜里、电梯里和棺材里，不仅仅是寻求犯罪升级吧？因为你恐惧密闭环境，所以你要将这些女人装在你最不喜欢的地方。"

凶手："呵。"

李唯西："现在就是我和你的对决，希望你不要输得太惨。"

凶手声音带着怒意："你一定会死在我的手上！"

李唯西不动声色："我会死在你的后面。"

凶手狂笑，声音在封闭的室内显得越发诡异惊悚。

"我们继续游戏。"凶手忍住笑，"不过游戏之前给你个选择，你要打开面前的门吗？"

借着不明的灯光，李唯西看见那扇门上标着数字4，摇了摇头："我要继续走。"

凶手："很遗憾。那你又要继续答题了。"

李唯西："如果答对了，你要将所有圆台都升起来。"

凶手自信道："只要你答对了这道题，我会成全你。"

"开始吧。"

凶手微停了几秒，饶有趣味地问："我最喜欢的数字是几？"

李唯西："7。"

他的回答速度太快，让凶手有些猝不及防："怎……怎么会。"

李唯西："你一定是有故事的。你犯的罪，杀的人，说过的话都会让你的故事有迹可循。如果我死在这个房间，那么警察最后就会发现七具尸体。你有意在受害人肚子上挖下数字1、8和7，主要目的不是告诉我们你在哪，而是你没有杀完人。你会在受害人丈夫的肚子上再写下4、2和5。"

孙鸣半蹲在圆台上，左脚已经肿胀得厉害，随时都会危及生命。他倒吸一口凉气，看向李唯西："这些数字到底有什么含义？"

李唯西紧接着对向凶手道："142857这串数字你不陌生吧？142857，又名走马灯数。它发现于埃及金字塔内，证明一星期有7天。在你研究生毕业的论文里，你专门探讨了这组数字。你甚至在论文中直截了当地说‘数字7对我来说是个特别的存在’。”

凶手的声音有些惊惧：“你怎么会……知道？”

连孙鸣都十分吃惊。如果凶手真的是段长惟的话，从与段长惟见面到现在不过几个小时，李唯西如何能将他查得那么详细。

封闭的房间出现巨大的轰隆声，只见所有的圆台缓缓从地上拔起。蜿蜿蜒蜒，依次挺立在李唯西和孙鸣的前后左右。包括他们刚刚跳过来的几个台子也重新升了起来，第一个还带着钱朗尸体的血迹。

但孙鸣看不出来任何圆台的规律，只觉得乱七八糟的，让他更加困惑。

李唯西前方的台子紧挨着另外一扇门，又到了一个选择的关口。

他毫不犹豫地跳到第七个台子上，离得近了才看清那扇门上标着数字1。

凶手的声音变得意味深长：“你要打开这扇门吗？”

李唯西再次摇了摇头。

凶手：“那么游戏继续。”

如果再往前跳一个台子，李唯西将会到达北侧墙壁。北侧墙壁上立着三扇门，门上依次标着2、7和5。只是2号门在东北墙角处，5号门在西北墙角处，而目前的台子到达这两扇门都很难。

没等凶手提问，李唯西反问道：“你大学所学专业是天文学吧？”

凶手：“既然调查得那么清楚，何必再问。”

李唯西冷笑：“那么你让我继续走的用意是什么？”

凶手：“李大医生，你很聪明。如果你真的运气好，会找到逃生门。”

李唯西：“但你并没有放我出去的打算。”

凶手：“选择权在你。”

李唯西自然明白他话里的意思。如果不救林莞，不救孙鸣，不救其他人，他一个人或许真的可以逃走。

他没再说话，静等他下一个问题。

凶手更加干脆：“猜猜看，我为什么要杀死你？”

对于这个问题，此刻李唯西的心中并没有十足的把握。其实从进入这个屋子以来，他也在想这个问题的答案。而这件事，恰恰是解开所有凶杀案的关键。

他想起晚上在林家接的那个电话，顿了顿，说道："因为你爱林莞。"

凶手很长时间没有说话。直到孙鸣痛得大呼出声，头顶的声音才又传了下来。

"你什么时候怀疑的我？"

李唯西赌对了，看来他刚才的猜测不错，那么所有的线便通了。

至于凶手的问题，李唯西料定他迟早会问，眼下正是好时机。

他挺身道："既然你藏着掖着，我为什么要回答你。"

凶手："藏着？"

李唯西看着目下的圆台，指着两侧道："这两边应该还有其他的台子。"

凶手惊叹："何以见得？"

李唯西："老实说，我一直不懂四点二十八的含义。最初以为是心理学上四点四十八分的自杀时间，可一路走来，才发觉你对四点二十八青睐的原因。"

凶手："我确实很喜欢这组数字。"

"你大学所学专业是天文学，4和28这两个数字应该熟稔于心。东南西北四个天区，一共二十八星宿，如果把屋子里安全的台子比作星辰，那么我刚才一路走过来的轨迹正是北斗七星的轨迹。"

经他提醒，孙鸣再去看他刚刚走过的那些台子，连起来的轨迹果然是个勺子形状。

"北斗七星还有辅星和弼星的存在，时称北斗九星。后来这两颗星渐渐隐失，成为'七现二隐'。你故意藏着这两个小台子，就是为了干扰我救林莞。"

凶手呵呵笑起来，冷冰冰的："你就这么执意地要救林莞？"

李唯西："你说过，选择权在我。"

凶手点头："成全你。"

凶手说完，李唯西所站台子的前面果然又升出来两个小台子。比现在的台子小很多，只能站一个人。

凶手："左右各一，你选吧。"

李唯西展目四望，审视着所有的台子组合起来的轨迹。当然其余的台子在孙鸣看来仍是一团乱麻，然而李唯西却暗暗惊叹，惊为天人。这必是伟大的艺术，融入了一个建筑师所有的心血方能造就。杀人已不是这项工程的最终目的，凶手想要表达的，自始至终都是他自己的故事而已。

如果踏上左边的小台子，则会通向西北角的5号门。如果踏上右边的小台子，则会通向东北角的2号门。如果不选择小台子，直接跳到前面的大圆台上，李唯西则会直达7号门。

半晌，李唯西做了一个更加大胆的决定。

他倒回去了。

他重新走回第六个台子，而后又迈向第五个台子。

他不断地在那些圆台上跳，缓缓说道："你很爱林莞吧？所以在得知她失恋后，想重新赢得她的心。但林莞性格固执，喜欢我那么多年，绝不会轻易死心。林莞是个大大咧咧的人，你作为她亲近的朋友，会知道我很多信息。你本以为我伤了林莞的心，她就会看到你，但她的执念让你因爱生恨，就算死，也要和她死在一起。"

他跳到孙鸣旁边的台子，脱下一只鞋，丢到了斜前方的圆台上。鞋子一沾上去，只听砰的一声，圆台表面直接炸成碎片。

他心下了然，继续一边跳一边说："这间房子你本是给三对夫妻和你自己留的。但林莞彻底激怒了你，你发现林莞也有三个受害女人的特质。她根本不爱你，就像三个受害女人不爱她们的丈夫一样。"

他跳到屋子中间，向北面的台子又丢了一只鞋。只见鞋子一触碰到圆台，圆台上就喷起火来，瞬间将鞋子烧成灰烬。

李唯西光着脚继续跳，回到起始点拾起钱朗的一只鞋，反身再次向北。

"段长惟，从心理学的角度上来说，你恨你的母亲，大于恨你的父亲。"李唯西一口气走到最北面的墙壁处，在7号门的旁边圆台上轻轻丢了一只鞋。

那个圆台缓缓下降，最终成为毒蛇的栖息处。圆台再也没有升起来。

李唯西暗暗算着圆台的个数，一边往孙鸣的方向走，一边说："许蓝的年纪24岁，正是你母亲嫁给你父亲的年纪。欧彤彤年纪32岁，是你母亲出轨的年纪。李昕50岁，则是你母亲死去的年纪。如果我没猜错，在你7岁那年，你必定藏在了一个封闭的空间里，目睹你母亲与别的男人在一起，然后被你父亲发现。你的母亲被你父亲打得半死。"

李唯西示意孙鸣脱掉自己右脚上的鞋子。

“所以你害怕封闭的环境，你恨所有出轨的女性，你的一生，都活在你母亲的阴影之下。”

李唯西拿起孙鸣的鞋子，重新回到他的圆台轨迹上，跳过第四个台子、第五个台子、第六个台子，来到他刚刚站定的第七个台子上。两个小台子仍然挺立在他的两侧。

李唯西长睫半垂，目色温润。

“但你的母亲为什么出轨呢？肯定和你那个经常夜不归宿，脾气又臭又硬，还常常欺辱你和你母亲的父亲有关。对于出轨女人的丈夫，你一样不喜欢。所以你要把三个受害者的丈夫绑来，你要把我绑来。你让钱朗、孙鸣和我死在这里，完成你对数字7的终极追求和热爱。对你来说，7代表自然界的轮回更替和完整。”

他说完将鞋子丢到了左侧的小台子上，只见小台子乍然打开，从里面钻出一条两米多长的眼镜蛇。硕大的脑袋和锋利的尖牙足以让人心惊肉跳。

“小心！它最毒！”孙鸣提醒他。

李唯西让孙鸣放心，而后折回身看向东南角的摄像头，一步步逼近：“你很喜欢蛇吧？阴冷，孤僻，占有欲重，报复心强。”

面对李唯西的诘问，凶手反而如释重负般放松下来。

“我寂寞很多年了，如今被你说出来，觉得既满足又可惜。”

“终于有人能懂你，你自然满足。不过可惜什么？”

凶手：“可惜你快死了。”

李唯西直视他：“你虽然活着，心却早死了。”

凶手看着那些被他消灭掉的陷阱台子，凄凄一笑：“你都知道了。”

孙鸣却听得一头雾水：“除了北斗七星的轨迹，这里还有什么？”

李唯西指着中间那条安全的圆台轨迹说道：“以天龙座为中心，我这组是大熊座，你那组是小熊座。”

孙鸣：“凶手是故意的？”

李唯西呼吸微滞，缓缓说道：“在古希腊神话中，相传美丽善良的少女卡利斯托被天神宙斯强暴，生下儿子阿卡斯。但这件事却被宙斯的妻子发现，便利用神力将卡利斯托变成了一只丑陋的大熊。儿子阿卡斯成年后，在狩猎过程中甚至险些杀掉变成熊的母亲。宙斯可怜这对母子，所以将阿卡斯变成了一只小熊，母子才得以团聚。但宙斯的妻子悄悄派了猎人和两只猎狗追赶它们，所以我们会看到这只大熊夜夜都在天上徘徊，永远也不落到地平线下面。”

凶手有些哽咽，紧攥的拳头猛地砸在桌角上。

这下孙鸣彻底明白了：“自从段长惟的母亲死后，他就开始了这一系列的阴谋。他早就想死了。”

监控屏幕后的段长惟颓然地瘫在椅子上，却给予他热烈的掌声：“我到底在哪里露出了破绽？”

李唯西：“能准确杀死受害人却不出现在监控镜头里，肯定是熟悉这幢建筑的人。熟悉建筑的每一个角落，熟悉每一个监控镜头检测到的位置。在林家第一次见你，我就猜到前三起的案件或许和你这个建筑师有关系。但从你的微表情来看，你是一个儒雅、耐心并且温柔的人，甚至连定制的手机铃声都在强调这一点。不得不说，你给我的第一印象确实很好。”

段长惟：“你问我的那个问题，是故意的吗？”

李唯西点头：“我在观察你思考时候的表情。”

段长惟吃惊：“你在测谎？”

李唯西：“我一直没有停止过对你的怀疑。不过真正让我确信是你所为，是在到达李昕家之后。第三者的碗碟，赵平志的失踪让我察觉到凶手的真正目的就是在林莞身上，所以我又返回到林家。一个人不会无缘无故消失，除非有人在撒谎。你确实很厉害，甚至做好了对付我的准备。如果不是我派人查了你的背景，也不会这么快破案。”

段长惟：“替你查我的人是谁？”

李唯西：“无可奉告。”

段长惟哀叹道：“无所谓了。还有八分钟就四点二十八分了。”

李唯西：“我会死在这里。”

段长惟：“当然。”

李唯西慢慢脱下自己的外套，唇角一抹狡黠：“如果我逃出去了，死的就是你。”

段长惟：“八分钟，很难。”

李唯西走到离摄像头最近的一个圆台，慢慢弯身，笑意逐渐浮现在脸上。

好似知道了李唯西的意图，段长惟大惊：“李唯西！你会后悔的！”

然而他的声音未落，李唯西便将外套一甩。伴随着段长惟的嘶喊声，外套飞向半空，啪嗒一声搭在了墙角凸出来的摄像头上。衣服将摄像头堵得严严实实。

李唯西迅速手语告知孙鸣：“你快逃出去！7号是逃生门！”

孙鸣来不及细想，忍痛拔出自己的左脚，用尽力气跳过一个接一个台子。

而李唯西则迅速向北侧墙壁跑去。

头顶的声音变得狂躁而愤怒：“都去死！”

室内的屏幕已经漆黑一片，段长惟大吼着按了总按钮，只见铁屋里的所有圆台都开始缓缓下降。

李唯西在最后一秒站到了小台子上，而后向段长惟说道：“数字2代表不祥。我选择2号！”

下降的圆台反倒让孙鸣活动更快，7号门乍然打开，映入眼帘的是条狭窄的通道。孙鸣咬牙，破门而出的刹那，他回身再次看了一眼这个房子。

残尸不存，毒蛇肆意，像极了人间地狱。

第十三章　数字迷宫

冷水一滴一滴渗透骨髓，冲天的酸臭味遍布全身。

她在地下道里幽幽醒来。

不知道什么时间了。她这是在哪？

她只觉得脚下很痛，似乎扭到了脚。她身在一个烂泥沟里，一点一点往前爬。约莫过了十几分钟，她才彻底从方才的噩梦里清醒。她一定要逃出去，一定要。

她闻到了很浓的臭味，一直在干呕。看来这里是和铁屋通着的。她从圆台上滚落下来，直接摔进了下水道里。幸好命大，被下水道里的沼泥救了。

她还在担心李唯西，不知道如今他是否还活着。她的脸上已经蹭满了淤泥，汗水混着脏东西一起流下来。

“唯西你等等我，我一定会救你出去！”

她越发努力地往前爬，一边咬牙一边给自己打气。就在她筋疲力尽的时候，忽然看到了头顶上的铁盖子。她支撑着身体将铁盖子高高举起，夜里的风猛钻进来让她呛了几口。反复咳了几嗓子，再抬头时，她看到了漫天的星光。

双手紧攥成拳。

她终于逃出来了。

铁屋中，毒蛇一层盖过一层，再也没有一处下脚的地方。

李唯西在最后一刻跳进2号门内，他紧紧关死了门闩，堵住了毒蛇的来路。

房间里很闷，面积大约有两个电梯的大小。角落里，被五花大绑的林莞嘴里塞着白布，正一瞬不瞬地看着他。

李唯西赶紧将她解绑，林莞哇的一声哭出来：“我就知道你会来救我。”

她一头钻进李唯西的怀抱，感受着他胸腔的温度和心跳，至少这一秒她足够安全，足够开心，足够满足。

李唯西微微抬起双手，与她的腰身保持距离。语气却温柔得要溢出来：“你没事就好。”

林莞眼中带泪，吸了吸鼻子：“你怎么知道我会在2号？”

她被绑着，却能听到外面的一切。她的心一直被吊着，生怕李唯西有一点闪失。

李唯西有些疲惫，却答得云淡风轻：“你是段长惟最在意的人，他当然会千方百计留住你。他学建筑学，又精通数字，打造了这么一个数字迷宫等着我们，一定有它存在的意义。”

林莞依旧靠在他怀里，贪恋道：“被绑来后他从未和我说过话，我真的是他最重要的人吗？”

李唯西看着这个逼仄的2号房间，叹道：“在西方的传说里，数字7是‘打开宇宙的钥匙’，它是世间一周七天的天数，属于变化世界。而数字2则是第一个偶数，属于阴性，是和立体空间有关的一个数字，代表对立物。”

林莞泪眼蒙眬地看着他。

“你是他第一个，也是永远喜欢的人。”

“那我对你来说呢？”

李唯西低眸，看她除了勒痕之外并没有受伤，本想从她环抱的胳膊里挣脱，不料她却将自己的腰身箍得更紧。

林莞：“不知道还能不能活着出去，就让我抱一会儿吧。”

李唯西还未回应，却见四面墙壁各垂下来一块铁皮，紧紧将两人锁在了房内。

他想起钱朗在跑出去之前也是这样的情况，心下一寒：“糟了。”

话音未落，头顶接着传来机栝移动的声音，只见天花板处赫然开了一个正方形的口子，眨眼的工夫，水流便排山倒海般向他们倾泻而来。

不出几分钟，整间房子就会被水灌满。

段长惟早就算好了。凌晨四点二十八分，他们所有人都会死在这里。

宋摘星的腿擦破了一层皮，血缓缓从裤管里流出来。她在五分钟前报了警，如今带着警察一路奔向7区18号。只是外面早已被铁皮环绕住，再也没了玻璃围墙和玻璃门，一时想进去还需要一点时间。

消防队早已准备好，队员们戴着面具准备切割铁门。

她在报警时将室内情况说得很详细，警察和消防队这才一起赶到。如今宋摘星一身秽物，脸也没洗，紧张地揪着一侧的警察问："几点了？现在几点了？"

警察脸色很是凝重："四点二十三分。"

宋摘星紧攥着拳头，眉心蹙成川字。消防员切出了一个口子，宋摘星第一时间跑了进去。

只是足米长的铁刺再一次堵住了她。

没了玻璃拱桥，大门和小楼隔着一圈锋利的铁刺，没有人能过得去。

警察局局长大吼："快去找梯子！"

宋摘星沉默着，时间一分一秒流逝，只怕到了四点二十八分，李唯西再也没有希望了。

她的耳边充斥着警笛声和嘶喊声，冬日的冷风吹得她脑子发涨，浑身像被火烧着。

四点二十五分，梯子横架在铁刺之上。

她看着警察一个接着一个冲在前面，就在警察局局长安排警力的时候，宋摘星趁机踏了过去。

"太危险了！"

梯子摇摇晃晃，宋摘星顾不上回答，一个趔趄险些从梯子上掉下去。她的双脚直接扎在了铁刺上，她往下看了看，幸好没有扎透。

第一批进去的警员已经将小楼检查了个遍，透过对讲机向外汇报："没有发现任何人。"

宋摘星："什么？！"

她支撑起身子，咬着牙走完了全程。打开内厅的时候看到一楼所有的门都被打开，戴着防毒面罩的警员站了一排，门内却空空如也。

楼上的警员也都下来，向局长再次汇报："二楼和三楼全部是堵死的，什么都没发现。"

站在原地的宋摘星听得一身冷汗："不……不可能。"

2号门内，屋子里的水已经没过了李唯西和林莞的腰身。

林莞冻得瑟瑟发抖，李唯西却还在来回走着，四处查看墙壁上是否藏有机关。

"Lee，没想到我们两个还能死在一起。"

林莞的话让李唯西回转了身子，眸色深深地看着她："不只是我们，死在这里的，是七个人。"

林莞半张了张嘴，目光黯淡下来。

李唯西重新回到她的身边，抬头看着方形的洞和水的流速，悄悄和林莞说："或许还有一点生还的可能。"

林莞一怔："怎么说？"

李唯西与她耳语道："我来之前观察过三层小楼，楼里没有窗户，很可能二楼和三楼都是贮水池，我们屋子里的水都是从楼上流下来的。如果情况是这样的话，那么在水灌满房间时，头顶的机栝会将方形洞再次合上，这样我们才会彻底被淹死。"

林莞的心扑通直跳："我们有办法出去吗？"

李唯西面色清寒："待会儿我托着你靠近洞口，最后几秒水流会变小的，机栝再次合上的时候，你趁机出去。"

林莞摇头："要走一起走！"

李唯西："时机就在那几秒，把握不住我们都会命丧在这儿。"

林莞态度坚决："你不走我也不会走的。"

李唯西知道劝她没用，如今房间内的水已经淹到胸部，他另起话题道："其实这间屋子，是段长惟给他和你准备的。"

林莞又有些吃惊："他和我死在一起？"

李唯西点头："段长惟不仅有密闭恐惧症，和母亲应该还有互爱互害的关系。这也是他选择溺亡自己的原因。"

林莞听不太懂："为什么会互爱互害？"

李唯西解释道："这种关系源于心理学上母子之间的依恋出了问题，母亲对孩子的控制让孩子感到焦虑和不安。孩子的世界全部由母亲占据和掌控，导致孩子经常梦到自己在黏稠的水里游泳，难以呼吸。母亲与孩子之间相互爱恋又相互伤害，谁也无法离开谁，彼此没有半分自由。”

林莞惨笑：“还是因为他的母亲。”

李唯西接着说：“这种关系很常见，父亲在家庭中没有作为，家庭关系全靠母亲一个人支撑。当母亲指望不上父亲时，就会指望自己的孩子。母亲在这个过程中会向孩子表达他们不能分离，谁离开了，另一方就会生不如死。”

林莞：“所以就算段长惟知道自己母亲出轨了，却还是爱她，还是离不开她。直到母亲去世，他才开始想要报复。”

李唯西：“死在水里，也是他的解脱。”

林莞：“可他现在想要我们死。”

李唯西：“所以你要出去，你一定要活着。我打乱了他的计划，他肯定不会放过我。如果运气足够好能让你活着出去的话，你就把他引到这儿，我来解决他。”

他说完这句，林莞彻底来了精神：“他死了，你肯定就得救了。”

李唯西眸光变得温和了一些，当作对林莞的回应。如今房间内的水已经没过了林莞的下巴，再过两分钟，他们就会彻底缺氧。

李唯西冷冷出声：“开始准备吧。”

宋摘星半跪在一楼大厅里，额头滚烫，嘴唇发白，已是筋疲力尽。她不能相信这座房子竟然是空的，连救李唯西的唯一可能都破灭了。

警员用热感器探索二楼和三楼，发现里面并没有人，正在向局长提出墙壁爆破的方案。宋摘星在一旁听着，忽然打断他们，问道：“几点了？”

警员：“什么？”

宋摘星声音更大：“几点了？”

警员看了看时间：“四点二十七分。”

宋摘星猛地站起身来，大口吸气。

“还有时间，还有时间……”

警员被她的举动搞得一头雾水，刚想继续刚才的话题，却又被宋摘星突兀地打断。

“你们去楼后面看过吗？”

警员：“观察过了，这幢建筑被一圈铁刺包围着，是个独立建筑。”

宋摘星缓缓走到门镜前，看着自己狼狈沮丧的样子，神色更加忧郁。镜子里映着她和警员们的身影，墙壁上的线条像一支支利箭直穿他们的胸口。

宋摘星忽然想到什么，直奔内厅尽头而去。

跑了没多远，宋摘星便到达最后一个门的位置，她看见门后什么都没有，脸色一沉。

她忽然想到当时李唯西也是想直奔尽头而来，肯定有他的用意。

宋摘星回转了身，再次审视着整个房间的镜子，审视着墙壁上的横线，猛地抬头看向警察局局长："视觉错觉！"

警察局局长："错觉？"

宋摘星焦灼地看着房间内的一切，边看边道："镜子和横线条在视觉上都会让房子显得更长。二楼和三楼被堵死是因为门根本不在这个区域。这幢建筑前后都被铁刺包围正是凶手故意安排，让人忽略了建筑的实际大小。内厅肯定不只这么大！"

警察局局长："你是说这个房子有暗室？"

宋摘星最后将目光凝聚在天花板的吊灯上，房间里的装饰简洁直接，而吊灯却斑斓繁复，与整个房间格格不入。

"把吊灯卸下来！"

警员在动作之前最后看了一眼手表。

凌晨四点二十八分。

整个2号房已经灌满了水。

李唯西在水里游动着，托举着林莞慢慢靠近入水口。林莞呛着水不断和李唯西喊话："差一点，还差一点。"

水流变小了。

李唯西再次听见了机栝的声音。

他奋力一托，紧接着感到怀中失重般轻松了很多。在方形洞口关闭的一刹，林莞抓住了最后的时机逃了上去。

整个2号房一片漆黑，李唯西闭着气慢慢向下沉去。

"喀喀……喀喀喀……"林莞浑身湿漉漉的，趴在地上不断地喘着气。

浑身是血的孙鸣站在林莞的身边。

就在洞口闭合的瞬间，她的手被上面的孙鸣拉了一把，否则仅靠李唯西的力气，她很难在几秒内就逃出来。

“底下还有唯西！”

林莞眼里含泪。

“我找到一个遥控器。”

孙鸣边说边将遥控器拿出来，血水已将它染得黏腻腥臭。他低头将遥控器上的按钮全部按了一遍，尝试打开脚下的机栝。

果不其然，伴随着机械隆隆的声音，封闭2号房的方形洞口再次打开。

“唯西！”林莞连忙去捞底下的李唯西。

只是声音方歇，段长惟忽地闯了进来。

水底的李唯西感受到头顶的光亮，他听到了林莞和段长惟争吵的声音。

他游到上面大口喘着气，想着怎样借洞口爬上去。无奈脚下没有东西供他发力，他游荡在洞口周围却无法逃脱。

段长惟看着室内的两人，斯文的样子荡然无存：“一分钟后总控台就会将它彻底合上，没人再能打得开。”

林莞慢慢站起身，走上前直接扇了他一个耳光：“枉我把你当朋友！”

段长惟反手还给了她一记耳光：“可我不想当你的朋友！”

林莞被打得嘴角充血，头发全部散在一侧。

李唯西一点一点往下沉，他有些累了，体力马上要消耗殆尽。

头顶处，孙鸣一瘸一拐地上前，打算直接给段长惟一拳。只是还未动手，段长惟却将他一脚踢翻在地上。

孙鸣大口呕着血，林莞连忙将他扶起来。

然而还未等他站稳，段长惟紧接着又给了他一脚。

孙鸣直挺挺地躺在地上，脚底板的窟窿已经看不见了，全部被血痂裹着。失血过多让他完全没了力气，眼前几乎一片漆黑。

林莞充满愤怒：“段长惟，我恨你！”

段长惟却浅浅一笑：“不爱我，恨也好。”

水中的李唯西视线变得越发模糊，他的身体裹在冷水里逐渐发麻僵硬。

林莞踉跄上前，一把抓住段长惟的衣角：“求求你长惟，我绝不追究，也不让我爸报复，求求你放过唯西。”

然而她的话在段长惟耳中却极尽讽刺。

“你们都是一路货色！”

段长惟抓着她的头发，双手因震怒而颤抖。

林莞被裹挟着步步后退，段长惟的声音更加凌厉：“李唯西有什么好，你为什么不能和我在一起！”

他随即扼住林莞的咽喉，林莞的挣扎显得苍白而又无力。

就在这时，机栝的声音再次出现。水中的李唯西使尽力气靠近洞口最后吸了一口气。

他感觉到段长惟和林莞就在洞口周围。

就在段长惟歇斯底里报复林莞的同时，他背后的孙鸣却悄悄爬起来，用尽全身力气将段长惟撞了一个趔趄。

李唯西隔着水面看到一些推搡的光影，一双黑色皮鞋出现在洞口。

方形洞口开始闭合，李唯西向上一浮，说了最后两个字：“帮我！”

他伸出手攥住了段长惟的脚踝，段长惟避之不及，一条腿直接陷了进来。

李唯西拽着段长惟往下拉，而头顶的林莞趁势将段长惟整个人推了下去。

“你们都会死在这里！”

段长惟嘶吼的声音消失，整个房间回归死寂。林莞怔怔地看着地上，脖颈处还留着他刚才掐出的五个指印。

洞口封闭。

李唯西和段长惟被关在里面，呼吸产生的水泡由多变少，两人在挣扎了片刻后各自下沉。

内厅中的吊灯被整个拉了下来。

在吊灯下降的过程中，轰隆的机栝声出现，只见内厅尽头的墙壁赫然上升，出现了另外一个空间。

果然有暗格！

警员快速出动，沿着暗格往里走，传出一句：“还有地下室！”

宋摘星紧跟着喊道：“有蛇！大家小心！”

内厅后面的空间几乎和内厅面积一样大，同属于一层，也由几个小门组成。宋摘星看见其中一个门开着，三步并作两步小跑了进去，一眼看到了趴在地上奄奄一息的孙鸣。

孙鸣脸色苍白，气若游丝。看到宋摘星的时候他扯着唇角说道："你还活着太好了。"

"唯西呢？"

"他……"

话未说完，孙鸣直接疼晕了过去。宋摘星看着他一路走过来的血痕，才知道他能坚持到现在已是不易。

将孙鸣交给医护人员后，宋摘星准备前往地下室，却在这时看见林莞披头散发地从另外一个门里跑了出来。

"总控台在这儿！"

宋摘星看她脸颊红肿，刚想打听情况，却听林莞哭道："快！唯西在下面，马上要被淹死了！"

地下室就是刚才囚禁他们的铁屋，消防队第一时间冲上去解决毒蛇。昏暗的屋子里还充斥着血的味道，连到达现场的警员在看到铁屋的场景时都倒吸一口凉气。这幢建筑不仅诡异，而且复杂，让人惊叹它精雕细刻的同时又让人禁不住毛骨悚然。

内厅之后的宋摘星心急如焚，以迅雷不及掩耳之势跑到总控台前按住所有的绿色按键，一边哭一边祈祷："求求你，一定要活着。求求你唯西，我不会放弃你的，绝不。"

地下室所有的圆台再次升了上来，2号门内密不透风的墙面也戛然回缩，门缝中开始缓缓有水流渗出。得知消防队已经破了2号门，宋摘星大口喘着气转向地下室。水流冲散毒蛇的瞬间，李唯西和段长惟的身体霍地倒在地上。

宋摘星急急跑过去，在一片嘈杂和水流声中抱住李唯西，强忍着悲恸喊他："唯西，唯西！"

他的身体冰冷，寒气贴在长睫和薄唇上泛着一层白色。眼看他毫无反应，宋摘星赶紧将他平放在地上，开始按压他的胸口，一遍又一遍地做人工呼吸。

她暗暗祈祷，心口一阵又一阵的麻痛。

"千万不要死，求求你千万不要死。"

她的唇贴在他的唇上，将氧气一口一口地传给他。而后半伏在地上，用滚烫的手心贴在他冰冷的身子上不断按压着他的胸口，一下比一下用力。

林莞赶过来，看着不远处宋摘星发疯似的救着李唯西，对周遭一切置若罔闻。那些未清理掉的毒蛇横陈在她的周围，林莞上前挨个将它们踩碎，眼泪汹涌而出。

“对不起，是我害了唯西。”

宋摘星没有回应她，还在争分夺秒地做着人工呼吸。逃出来后她始终没有哭，坚信李唯西一定会活着，哪怕到现在这种境况，宋摘星都在强忍着眼泪。明明做了最坏的打算，可手就是停不下来。她紧紧咬着唇角，眼眶一片通红。

林莞撇过头去，不忍再看她这副样子。

地下室所有的门都被打开，三位受害者的丈夫全部溺亡，室内一片狼藉。警员用对讲机向局长汇报：“加上李唯西和段长惟，共发现五具尸体。”

局长声音低沉：“确定是五具吗？”

“是的。五……”

“咯……”

李唯西呛了一声，赫然吐出一口水。

“唯西！”

警员大惊：“不。李唯西没死！”

李唯西只觉得胸腔闷得难受，缓缓睁开眼便看见狼狈不堪的宋摘星。周遭的人围拢过来，让他清醒地知道之前的危机已不复存在。

“你醒啦。”

宋摘星哇的一声哭出来，眼泪一颗接着一颗滴在他的脸颊上。

李唯西猛地将宋摘星揽入怀中。

他缓缓开口，声音透着无限的温柔和宠溺：“好想你。”

天光如水，星辰闪耀。尽管今夜多艰如斯，然而这一刻他们互相挨着，心生的暖意足以温暖彼此。

星夜中的别墅一隅。

装潢十分华丽的内室中，额前一缕白发的男人正坐在桌前安静地读书。书皮上画着两只小兔子，温暖可爱，与他的年纪格格不入，似乎不该是他看的书。

来人额头渗满汗珠，慌张地跑进内室。只是腿还没有完全迈进去就乍然停住，不敢再上前一步。白发男人说过他读书时不能有人打扰，倘若有人不听话，院子里被虐杀数刀的狼犬就是他的下场。

而比死相凄惨的狼犬更加恐怖的是，在他眼里人命比犬命更不值钱。

“说吧。”

白发男人意识到门口有个阴影，抬起头清冷出声。

来人这才敢走进来，只是语气焦灼，掩饰不住的惊惧：“段长惟死了。”

“什么？”

漫画书陡然坠地，白发男人似乎从未预想过这种结局。他怔在那里，许久之后泪光盈盈，喑哑出声：“处理好后面的事，要不留痕迹。”

来人应允而出，靡丽的内室中空荡荡的只剩下白发男人一个人。

他弯腰捡起书本，拍了拍上面的土。他看着封面上的两只兔子喃喃自语：“长惟啊，你太让我失望了。”

灯影幢幢，照着他额前的那绺白发枯槁冰冷。

——————————段长惟的自白——————————

我是段长惟。

我有长达二十几年的幽闭恐惧症。

在我七岁时，我清楚地记得那是一个星期天，夏季的阳光打在卧室里让人头脑发涨。家里只有一台风扇，就在爸妈的房间里。我忍受不了炎热的夏季，忍受不了高温出汗让我皮肤起的体癣，我跑到他们房间里肆意吹着风，很想吃一根冰棍。

正当我偷偷翻开他们的抽屉想拿一些零钱时，我忽然听到外面的门打开了，如果被我爸知道我偷钱，肯定会遭一顿毒打。

我迅速关了风扇，来不及出卧室干脆藏在了他们的大衣柜里。我爸是货车司机，回来就是睡觉，我会趁他睡着的时候溜出房间。

可惜回来的不是我爸。

我妈在客厅喊了我几声，我不敢答应，而后便听到一些娇喘和呻吟声。我透过衣柜的缝隙看到一个男人把我妈推到卧室来，看到他们彼此亲吻抚摸。那是一个陌生的男人，我从来没有见过。

我为母亲做的一切感到羞耻，我想冲出去，想告诉他们我在这里。可还没等我这样做，父亲就回来了。

父亲脾气不好，对我完全没有耐心，更遑论我妈。似乎预料到我妈做的事情，父亲踢开了卧室的门，手上拿着一根鞭子直接朝我妈身上挥过去。

陌生的男人吓得直接逃走，连衣服都没穿。我妈却笑了，眼泪流了一脸，一边哭一边笑。

我再也不敢出去了。我躲在大衣柜里眼睛发黑，呼吸困难，不敢听我爸骂我妈的话，也不敢看他是怎样一鞭子一鞭子抽我妈。

我只觉得整个下午都天昏地暗，狭小的衣柜让我不断地出汗，连手脚都在发抖。父母的叫嚷声充斥在耳，我很害怕他们会随时发现我，恨不得立刻消失在衣柜里。

那是我童年时期印象最深的一段记忆，在我七岁那年，在一个周日的下午，我失去了完整的家。

其实我很理解我母亲的举动，我父亲是个很自私的人。比如他要求我和母亲每次上完厕所后都要把马桶坐盖掀起来，方便他站着小解。我母亲每次都照做。有一次母亲因为太忙忘记掀上去，我父亲干脆不管不顾将尿直接撒在坐垫上。坐垫湿了很久，让母亲如厕很尴尬。其实我知道，父亲从来没有为母亲着想过。

我的父亲很爱喝酒，要么离家工作一两个月不回来，要么回来就喝酒睡觉。家里的一切都是母亲在操持，她将对父亲的期望转嫁到我的身上，让我感到我就是她的一切。

我的母亲很爱我，爱到要控制我的一言一行。我不能晚于十点睡觉，不能和伙伴出去玩耍，不能有任何忤逆她的行为，否则她就会气急败坏，历数她养育我如何不易。我感受到她的爱像糖浆一样，又黏稠又沉重。

我以为我离开母亲才能彻底解脱，实际却恰恰相反。

在我二十五岁时我的母亲因病去世，去世前还在唠叨父亲破坏了她整个人生。母亲死去后我完全没有喘息的机会，每晚都会做噩梦，梦到母亲在另一个世界召唤我。我很愧疚没有在她生前好好照顾她，甚至愧疚在我七岁时，我没能拦住父亲的鞭子。

我开始怨恨他们所有人。怨恨那些不珍惜家庭反而出轨的人。

因为幽闭恐惧症的原因，我不能坐飞机，不能乘电梯，甚至在空旷的广场都会浑身发汗。如果说母亲的一生被父亲毁掉了，那么我的一生则彻底被父母两个人一起毁掉了。

我工作后做了建筑师，修建一所房子的时候就会想会有什么样的人住进来。我创造了很多房子，却没能拦住房子里的人出轨。

我天生对数字敏感，在那么多出轨的人里，我发现了24岁的许蓝、32岁的欧彤彤和50岁的李昕。很巧，这些数字对我母亲来说意义重大。如果我母亲不在24岁嫁给我父亲，也就不会在32岁出轨，更不会因为心伤在50岁去世。我恨每一个出轨的家庭，无论是男人还是女人。

我本想在杀死她们之后安静死去，可我遇到了林莞。

她像花儿一样美好。

从小到大，她是唯一一个让我心动的人。

她一身骄傲，一身任性，我爱她的卷发，爱她年轻的面庞，爱她每一个毛孔。因为山庄建筑师的原因，我迅速成为她最好的朋友，知道了她很多秘密。

她是喜欢喝酒的女人，喜欢肆无忌惮地向别人索取爱。可那些男人从来都没入过她的眼，在无数次逢场作戏后，她仍然只爱李唯西。

李唯西去山庄拜访林父时我正和林莞在一起，当林莞听到室内争吵声时直接破门而入，强压着内心的惊慌却以不经意的姿态和李唯西打招呼。那时候的我就站在门外，能清楚地看到林莞看见李唯西时的表情，是害羞的，也是欢喜的。

我一直留在山庄没有离去。晚上我看到林莞送别李唯西，在李唯西那么明确地拒绝她后，她却仍旧选择爱他。我很嫉妒李唯西，也很憎恨李唯西。嫉妒他拥有林莞的爱，憎恨他却不懂珍惜她的爱。

我以为我再也没有机会了。直到有一天林莞哭着回来。

她声嘶力竭地向我控诉李唯西竟然喜欢科里的一个女医生，她的委屈和不甘心让她哭得梨花带雨，楚楚可怜。我抑制不住冲动，一把将她揽入怀里，说出了积压在心中许久的话。

我那么爱她，她却一把将我推开。

她眼中含着泪，一字一句地对我说，她不会放弃李唯西。

那一刻我感觉我又回到了七岁的那个夏天，天旋地转，昏昏沉沉，似乎整个人都要垮了。

我当晚就去杀了一个人——24岁的许蓝。

那栋老楼是我硕士时期参与设计建造的，已经很多年了，我清楚地知道里面的构造和漏洞，潜入许蓝家很容易。

老实说，许蓝和我母亲的境况并不一样。她谁都不爱，她只爱自己。可惜她的丈夫明知道她这样却仍旧爱她，容忍她，纵容她的出轨，真是该死。

杀害欧彤彤更加容易。她怀了别人的孩子，后来流产，身体本就虚弱。我轻而易举地拿到她家里的钥匙，避开了楼层里所有的监控摄像头，在杀害她后回到她家里睡了一觉，等警察发现欧彤彤时我才趁乱出去。

其实李昕的那口棺材是给我自己留的。母亲去世后我经常做梦梦到自己在黏稠的水里寸步难行，我很想逃离那种环境，想着在了无牵挂后一定要沉睡于地下。可是林莞对我的打击太过沉重，让我很是怀念母亲在世的时候，那种爱虽然束缚，却让我感到安全。

我愿意用水结束这一切。我本应死在水中。

没想到李唯西打乱了我所有的计划。

我将他诱导进来，本想眼睁睁看着他死去，谁料他竟将我了解得一清二楚，并且破解了我的数字迷宫。2号房门本应成为我和林莞的长眠之地，却被他捷足先登，窥破了我的预谋。

他将我拽进水中的那一刻，我终于明白为什么林莞会如此爱他。

他优秀到让人嫉妒。

我沉在水中时，想到七岁时父亲将母亲折磨得苟延残喘，母亲跪了三天三夜父亲都不愿意与她离婚。后来母亲带着我逃跑，在很多城市都待过，我的童年变得七零八落。有时父亲会找到我们，将我和母亲一顿毒打。父亲变成了我和母亲不能提及的一个名字，他的存在让我和母亲危机四伏。

童年于我的记忆就是永远奔逃，永无休止。

我最喜欢天上的北斗七星，它是大熊座的一部分，给人指引方向，当我迷茫无助的时候我总能想到它。史书上说自然界天地的运转、四时的变化、五行的分布，以及人间世事吉凶否泰皆由北斗七星所决定，我想它也决定着我的归处吧。

水很冷。

我死在了水里。

我终于又可以和我母亲在一起了。

第十四章　身好心残

京大医院住院部。

一辆玛莎拉蒂停在了病房外，从里面踏出一个一头漂亮卷发、身材凹凸有致、饶有风韵的女人。虽然穿着高跟鞋，但几步就迈过了台阶，紧接着赶在大厅电梯闭合的最后一秒硬挤了进去。

旁边的患者不小心蹭到了她的衣服，她开口就带着嫌弃：“很高级的，小心点好哇？”

电梯里没人敢怼她，总觉得她气场太强。看着年纪不算小，说话声却高亢洪亮。

女人下了电梯，嗒嗒的鞋跟声穿过服务台直入走廊尽头。

人未到，声先闻。

“小凡呀，你怎么搞的，身体有没有吃不消？”

VIP病房里，简一凡正被高璨喂着水果，被老妈这么一喊，吓得把核直接吞了下去。

高璨不知道来人是谁，呆呆站起来。

孟美丽把GUCCI的限量包包扔到沙发上，看着简一凡问道：“这谁？”

简一凡瘪嘴：“一……一个同事。”

简一凡和高璨使眼色：“我妈孟美丽。”

高璨放下水果，一脸笑意，伸手和孟美丽做自我介绍：“儿科护士高璨，一凡的女朋友。”

简一凡面色惨白。

谈恋爱这事儿他还从没和老妈提过。

高璨的手停在半空中，孟美丽没搭茬，直接闪过她的身子对简一凡冷道：“现在是个女的就能当你女朋友啊？”

高璨没穿白大褂，为了照顾简一凡从元旦假期就一直待在病房里。身上穿着不知名的毛衫和牛仔裤，孟美丽打眼一瞧就看得出她的条件。

高璨面不改色，笑意尤深，没等简一凡说话便回应道：“一凡当时为了追我，专门买了一辆法拉利呢。”

孟美丽堪堪回头看她：“好几百万的车，你真是好意思哦。”

高璨继续笑：“很值得。”

眼瞅着火药味巨浓，病床上的简一凡捂着眼睛叫唤起来：“哎哟，好疼，我好像看不见了。”

孟美丽大惊，赶紧坐在床边扶着简一凡：“小凡呀，要不要紧，我给你喊医生。”

简一凡疼得龇牙咧嘴：“老妈你快走吧，你一来我就疼。”

“你这孩子，不识好歹！”孟美丽叹气，干脆不再碰他，“你爸爸有一笔重要的生意要谈，妈妈担心你才赶早过来的。好几天没回家了，你不想妈妈呀？”

简一凡先看了看高璨，才又回答道：“千万不要担心我，休息几天就可以上班了。”

“上班还不行。”

“我真没事。”

孟美丽语气软下来：“你得去见见老赵的女儿。”

简一凡心里咯噔一下：“相亲？”

高璨抱臂在怀，审视着孟美丽。

孟美丽缓缓站起身，看都没看高璨一眼，接着说道：“你得找个门当户对的。”

“恋爱是我的自由！”

“经济都没自由，谈什么恋爱自由。”

简一凡气得吹胡子瞪眼，正要继续和孟美丽理论，高璨忽然上前道："我和一凡一起见。"

孟美丽："什么？"

高璨缓缓笑起来："老赵的女儿肯定是不如我的。"

孟美丽微微皱眉，这么恬不知耻的话竟然被她说得云淡风轻。

"人家要家世有家世，要学历有学历，要眼界有眼界，你怎么能和她比？"

"那就等着瞧好了。"

高璨仍然不失礼貌地和她说道。

宋摘星和李唯西刚看望过孙鸣回来。

好在送医及时，孙鸣的命算是保住了。不过脚被刺穿，残疾不可避免。如今两个人心情都很沉重，走到心理科时才注意到科室门口围了一大堆人。

"让一让，都让一让。"

文静的声音在人潮中显得微不足道。

宋摘星和李唯西挤过去，看见一个六十多岁的老爷子正扯着一个眼睛不大好的小伙子大声呵斥。

"你来！你到这边来！"

老爷子猛地扯了一把小伙子，小伙子稍有趔趄，却听老爷子炮仗一样出声："各位心理科的大夫看看啊，这年轻人心理绝对有毛病！我身体不舒服，心窝里憋得慌，昨晚半宿都没睡着，难受得厉害。今早我来医院看病，挂了号要排队，我说不舒服就先躺在椅子上吧，好家伙，这小伙子十分钟喊醒我三回。各位猜怎么着？"

老爷子又拽了一把小伙子，让他站在自己前面。小伙子两只眼睛似乎都睁不太开，被老爷子拽来拽去，身体险些吃不消。

老爷子接着喊道："这小伙子第一次喊我，要让我给他让座。我睁眼一看，他身后站着个老太太，好嘛，这是助人为乐啊，行，我给让。我一句话没多说吧小伙子，我给你让了之后接着躺下休息。结果你呢？啊？"

老爷子的声音一波高过一波，明明地方不大，但他说话时似乎使出了所有力气，让人觉得头顶有雷炸开似的。

“我睡了没三分钟，你这小伙子又把我喊醒，我忍着脾气没和他发火，他让我再让出一个座来。什么玩意儿，我病着啊各位，不是我不想让，这小伙子这次要我让给谁呢，让给一个抱孩子的。那妇女年纪轻轻，力气大着呢，抱孩子抱一会儿怎么了？我这年纪大了，体力也不好了，不躺下就难受，我凭什么给她让？”

小伙子一直没出声，脸上却没什么表情变化，一直静静地听着老爷子说话。

“我看这小伙子也是个残疾人，我不跟他计较，第二次我就没搭理他。你说他识趣也行啊，得！他得寸进尺了他！没一会儿，他又摇醒我！我噌地就站起来了。各位，我现在心口还突突突地跳呢，都是这小伙子给害的。你们说他是不是心理有病，考虑别人就不能考虑考虑我？我是他什么人啊他一喊我就得醒，我他妈的是他祖宗啊我？”

老爷子说话不仅难听而且霸道，让围观的人不敢上前，生怕他再把机关枪口对准自己。眼瞧着他还想骂街，小伙子十分礼貌地开口了。

“打扰到您十分抱歉。想让您让座一是他们那些人确实也有心脏病，我希望他们也能休息。二是科室门口的椅子有限，您躺下后一个人占了五个座，给其他人造成了不方便。”

“瞧瞧，瞧瞧！”老爷子再次吼开，“大夫，他是不是有病？明明是自己想坐，还非得拿别人当挡箭牌。我看他就不是什么好人！这把我气得，心口更疼了！他就是想显摆自己，想突显自己，以为自己是谁呢？天王老子还是观音菩萨？就显出自己好了，把别人都糟践了！”

文静安抚似的帮腔：“老爷子您消消气，这小伙子肯定不是故意的。”

“他不是故意就是成心！我这医药费都得让他给报了！什么玩意儿。医生还没让我让座呢，他算老几？再说我年纪大，身体虚，睡个觉咋了？犯法了？”

任凭老爷子连讽带刺，小伙子的表情始终没变，就在一旁默默地站着。

文静挨近小伙子，问他：“你的眼睛怎么了？”

面对文静的关心，小伙子笑了笑。虽然损坏的眼睛在普通人看来有些可怖，可他笑起来却是一脸阳光灿烂的样子。

“动眼神经麻痹，眼睑下垂持续恶化，可能不久之后就彻底失明了。”

文静吃惊地张了张嘴，正不知该怎么安慰他，他却接着笑道：“没关系的，想见的我都见过了，很知足。”

老爷子冷哼一声，一说话就力图在声音上压倒对方：“年轻人还是要学会尊老爱幼！别满世界的到处显摆自己，犯不上！我一个老年人一夜没睡，到了医院还被你这种人滋扰，年轻人得学会有礼貌！”

年轻的小伙子低了低头，没有直面老爷子的谩骂。

人群里的宋摘星戳了戳李唯西，小声说：“老爷子是不是有些暴躁？”

李唯西目色平淡：“重度焦虑，应激抗争反应。”

宋摘星感叹道：“可我看小伙子心理素质很强，完全没有任何心理障碍。老爷子把他拉来算是走错地方了。”

李唯西语气轻缓：“很多人四肢健全，却有很严重的心理疾病，他们不自知反而为自己拥有健康的身体而充满优越感。有些人身体残疾，心理承受能力却异常强大，没有东西可以成为他们的敌人，因为他们早已在这样的人生中破茧成蝶，成为更好的自己。”

宋摘星的心口一热，呆呆地看着他。

这时李唯西缓步上前，看向老爷子说道：“心口憋闷有可能是心脏血管堵塞，我劝您先去心内科检查一下。”

老爷子看他穿着白大褂，语调稍稍降了下来却仍不饶人。

“今天我非得治治这个年轻人不行，太目中无人。”

年轻的小伙子仍然站在一旁默不作声。他的胳膊完全垂下来，手心微攥着。宋摘星看着他的动作心知他现在一定很难过。

李唯西神色温和道：“您这个年纪，是很多疾病的高发年纪。作为医生劝您不要轻易激动，不然对自己的身体没有任何好处。”

老爷子嘴唇掀了掀，一时没想到怎么接茬。

李唯西接着看向年轻小伙子道：“你做得很棒。”

老爷子急了：“医生，他心理有毛病。”

李唯西淡淡地说：“我是心理科的医生，很明确地告诉您，他没有。”

小伙子慢慢抬起头来，紧抿的唇角微微有些颤抖。

老爷子还想插话，文静赶紧上前说道：“走吧大爷，去晚了专家该下班了。我把您送过去。”

老爷子背着手，嘴里还嘀嘀咕咕地骂着。见文静走了，适宜地也跟了过去。

小伙子再次笑起来，像春天的向日葵："谢谢你。"

李唯西浅笑回应他。

人群散开，小伙子接着也转身走了，背影瞬间淹没在人潮之中。

医院每天人来人往，类似这样的小事并不少见，但总有如他一样的人让医生和护士们心存感念。每个人性格不同，举止各异，矛盾冲突都会有，但仍然有如他一样的人时刻在为别人着想，坚持做好事。他就像一剂强心针提醒着医院里的所有人，善待别人，不忘初心。

宋摘星为此感叹连连，恍神儿中忽然有人拍了拍自己的肩膀。

她吓了一跳，微微有些后退："孙思思？"

香草地大街。吴聪站在一株大叶女贞树下，不断地望向街对面的房子。房子旁边是一间咖啡厅，巨大的窗玻璃上还贴着圣诞节留下来的松果和麋鹿图案。他等的人现在就坐在咖啡厅里和别人谈笑自若，透过图案还能窥出她干练优雅的身姿。

吴聪不断看着表，已经超过约定时间二十分钟了。他在树下来回踱步，冬日的阳光掺杂着一丝寒气，扑簌簌打在他手中拎着的精美包装盒上。

终于，咖啡店的门打开了。那女子与人道别后径直冲吴聪走过来。她很瘦，风衣将她半裹着，足有七厘米的高跟鞋踏在马路上发出嗒嗒的声音。吴聪不等她走近，慌忙迎上去。

"生日快乐！"似乎完全忘记了等待时的焦灼，吴聪下意识向她炫耀自己为她专门挑选的生日蛋糕。

那女人没接。

"雅洁？"吴聪的手停在半空，一时不知是进是退。

肖雅洁姿态高冷，反倒靠在树下抽起了烟，和刚才在咖啡厅里欢声笑语的样子判若两人。她吐了个烟圈，这才脸色清寒道："不必来的。"

吴聪今天穿着一身体面的西装，看得出精心修整过。听她这样说，吴聪笑了笑："给自己老婆庆生，肯定要来。"

"去哪吃？"

吴聪立刻来了精神："我提前一个月就订好了位子，是你最爱的淮扬菜。"

肖雅洁神色淡淡的，精致的脸上一抹人鱼色口红让她妩媚中多了一分冷艳。

吴聪贴近她："我今天一天都不去医院，好好陪着你。"

肖雅洁斜睨了他一眼，随即将手中的香烟掐灭，冷道："一个副主任而已，有什么重要的。"

吴聪被噎得说不出话。

肖雅洁的车就停在马路一侧，她上前打开车门，吴聪紧接着坐在了后面。

两个人之间的话越来越少。吴聪想不通明明她和客户聊天都有说不完的话，为何对自己竟这样冷淡。

车子发动时，肖雅洁似乎想到一件事，追问道："论文真的是你写的？"

后视镜里，吴聪目光一闪："啊？是啊。"

肖雅洁的脸色舒缓下来："谢谢。对我很有用。"

车窗外是一排排国槐树，冬日凋零得只剩下枯干的枝条，显得颓败无神。吴聪低了低头，希望她没看到自己慌乱的样子。那盒蛋糕他一直紧紧攥着，手背上青筋显露，像槐树上那些丑陋而又干枯的枝条一样。

心理咨询室1部。

因为没有提前预约，孙思思的到来让宋摘星很是吃惊。她让测量室的胡梨将其他患者往后推了十分钟，而后将孙思思带到了咨询室。

节前简一凡受伤时，孙思思是被其他医生带走的，她着急想知道孙思思现在的状况。

比起那日的亢奋和癫狂，孙思思情绪稳定了很多。她有些吞吞吐吐："那……那个医生……没事吧？"

宋摘星转身给她倒了杯水："休息两天就没事了。你呢？"

孙思思这才放松下来，顿了几秒，她扯了扯嘴角，像在笑："元旦，就元旦那天，有个男孩向我告白。"

宋摘星心中一凛："那你喜欢他吗？"

孙思思接过水喝了一口："我没什么感觉。我一直把他当朋友，没想到他存了别的心思。”

“他是个什么样的人呢？”

“很高，很阳光。嗯……也爱笑。”

“那跟你之前的男朋友比较呢？”

孙思思想了想：“比他们爱笑，年龄也比他们小得多。”

宋摘星点了点头：“那接下来你有什么打算吗？”

握着杯子的手有些发颤，孙思思叹了口气：“之前那个医生说我有恋父情结，我……我想知道，我有这个病还能谈恋爱吗？”

宋摘星很认真地看着她：“当然可以。”

孙思思：“可我还有抑郁症……”

宋摘星柔和地问道：“最近睡眠还好吗？”

“自从上次和你聊完舒服一些了，药也一直在吃，晚上能睡一会儿了。”孙思思迟疑片刻，又慢慢说道，“我和他在一起想发脾气的时候，他都会抱住我，抚摸我的后脖颈。特别温柔，特别有耐心，然后我就会平静一些……”

或许是爱情告白的原因，宋摘星暗暗打量她，判断她的状态确实要比之前好一些。

宋摘星欣慰地笑了笑，扶着她的肩膀，希望多给她一些力量：“其实你的抑郁症和你的心境有关，就算治疗好了，如果选择错了男友，病情还是会复发的。”

空气静默几秒，孙思思忽然又哭起来，眼泪吧嗒吧嗒掉在手背上。

她吸了口气，缓缓说道：“爸爸很少疼我，他越对我不重视，我就越想讨好他。我知道我很缺爱，所以拼命想找一个像爸爸的人疼爱我。可惜了，我的前三十年，都是为了父亲活着。”

她刚说的话让宋摘星微微一惊，想到那日简一凡直截了当地对她说出了真相，或许真的帮助到了她。

“那天……那天真的对不起。”孙思思眼泪止不住，还在哭，“其实这种想法我很早就有，在我每晚睡不着的时候，在每次父亲对我板着脸的时候，我都会想我对我父亲来说是不是很多余。简医生和我说出病症的时候，一下子就击中了我，让我验证了我之前的所有想法，整个人都垮了。”

宋摘星给她递上手帕，安抚着她：“简医生说有一个办法可以让你转好，当时他没有说完，我看护他的时候他将办法告诉了我。”

“什么办法？”

“再谈恋爱，找个你不爱的，但是极爱你的。”

孙思思微愣：“那还叫谈恋爱吗？”

宋摘星：“我想你今天来找我，也是因为你不喜欢那个男孩子，不知道该不该接受他吧？”

孙思思眼中闪着泪光：“嗯。”

宋摘星覆上她的手，将温暖传递给她。

“我是医生，可以陪伴你，支持你，却不能代替你做选择，做决定。心理治疗会帮助你成长，让你更加真实，但如果你不接受这份真实的话，我就永远治不好你心里的病根。其实能救你的，只有你自己。”

孙思思强忍着眼泪，将杯子握得更紧。

“我会好起来的对吗？”

宋摘星轻轻抱住了她，声音温暖，犹如窗外和煦的阳光。

“你已经在变好了。”

节后阳光大好，整个下午心理科都很忙。李唯西救下林莞的事情一早就传遍了各个科室，院里的领导也很重视，准备为李唯西开个表彰大会。此事引来不少媒体，毕竟林家是本市第一富豪，稍有风吹草动就会备受瞩目。

然而李唯西却失踪了。

自从上午宋摘星与李唯西分开后，忙乱中再也没有人见过他。云月华甚至派人去了郊区别墅与疗养院，仍然没有李唯西的消息。所有打过去的电话都毫无回音，连宋摘星都十分奇怪他去了哪里。

几乎同一时间，公安局通过警员传来消息，希望林家的事情不要扩大影响。毕竟此次事件涉及死亡，他们不希望媒体将这件事情扩大，引起市民过度慌乱。只是媒体已经守候在外，如今牵一发而动全身，问题很是棘手。

意外的是，在没有李唯西的情况下，云月华竟成了整个京大医院的焦点。

她与院领导一起接受了媒体采访。作为李唯西的“干妈”，云月华对李唯西赞不绝口，同时感谢了院里的栽培与教育。更让人意想不到的是，云月华直面此次绑架事件，将警员钱朗与孙鸣的光荣事迹诉诸所有媒体，让大家真正了解到警局为此付出的牺牲和代价。云月华说得既诚恳又动情，赞扬了所有公安干警在如此恶劣的情况下争分夺秒付出的努力，赢得了全体记者的敬重和认同。

一场看似不可避免的危机，竟凭云月华一人转危为安。

傍晚时分众人散去，李唯西仍旧未归。

等同事们下了班，宋摘星一个人留在了心理科。她觉得李唯西还会回来。

医院外面车水马龙，熙熙攘攘。宋摘星一边写病历一边看时间，直到病历上的字迹变得歪歪扭扭再也画不成直线，宋摘星困极，咚的一声趴在桌子上睡着了。

办公室的时钟显示时间：凌晨一点半。

宋摘星是被李唯西叫醒的。

醒来时窗外雾霭刚刚消散，阳光透过枯树枝丫照射进来。

她在笔记本上流了一摊口水，李唯西忍不住握拳掩笑。

宋摘星窘迫地赶紧收起本子，又羞又怒："你去哪了？"

李唯西将手中的报纸拿给她看。报纸头版头条放着一张云月华的个人照片，有关李唯西的一切，媒体都直接引用了云月华的话。

宋摘星啧啧称叹："没想到云主任竟然是个优秀的演讲家。"

李唯西浅笑："这方面她一直很厉害。"

宋摘星一个恍惚，随即明白过来："你故意的？"

李唯西："是主任抓住了机会。"

"你昨天去哪了？"

李唯西笑意不减："去见了一个好朋友。"

这倒让宋摘星来了精神，她从不知道李唯西还有什么朋友。自他从美国回来，几乎都是在科里度过，偶有闲暇也是去疗养院，连同事们的聚餐都没参加过，何来的好朋友？

"很重要的人？"

李唯西不假思索地点了点头。

宋摘星想到一件事，连忙问道："是不是……帮你查段长惟的人？"

李唯西眉梢微挑，没有回答。

看来猜对了。

宋摘星缓缓站起身，与他对视："她……她对你真的很重要吗？"

见她问得这么正式，李唯西缓缓开口："准确地说，是我生命里的1号人物。"

宋摘星眸色一暗，似乎四面八方都有冷风不断地灌进心口。

"那她……你们怎么认识的？"

"在美国时就是我的好搭档。我回国后这个1号人物也回来了，就是为了帮我。"

他说得云淡风轻，可背后该有怎样亲密的关系呢。李唯西在美国破案无数，如果都是那个人帮他查阅资料，与他并肩作战，彼此熟悉，彼此欣赏，那么两人早已情深似海、亲密无间了吧。何况在那么短的时间内就能帮李唯西将段长惟调查得那么详细，可见那个女人绝非一般。

"你怎么了？"

宋摘星正沉思着，被李唯西猛地打断。

他看她的脸色很是不好，担心道："睡凉了？"

宋摘星像坠入了深渊，连呼吸都有些吃力。李唯西抬手刚想摸摸她的额头，不料宋摘星连连后退，身下的椅子被自己惊慌的动作带得咣咣作响。

李唯西的手停在半空中，一时错愕。

宋摘星回应他："我想，我们还是保持距离比较好。"

时间刚过七点，科里的同事还都没来上班，偌大的办公室气氛冷极，宋摘星错过他的身子直奔门外而去。

她很想哭，却不知道从何哭起。之前的一切原来都不过是自己的一厢情愿罢了。

门刚打开，她一头撞进时越的怀里。

时越下意识揽她更紧。

"打你电话打不通，你家里的电话也没人接，我不放心过来看看。"

他有些不知所措地出口，抬眸时恰好与李唯西四目相对。

宋摘星没有从他怀中脱身，疲惫的声音被他的胸膛堵得闷闷的。

"请扶着我一会儿，一会儿就好了。"

上午九点三刻，林帆再次被送进了监护室。

之前不甘与他分手的男友转而找了别的伴侣，林帆将盛着花的玻璃瓶打碎，用玻璃碴划破了自己的手腕。

林帆的心理问题始终没有解决。李唯西站在病房门口，迟迟没有进去。

林莞搀着林雨泽出现时，李唯西略吃了一惊。自从林帆住院，林雨泽从未来过。

林莞见李唯西在门口徘徊，立刻跑了过来，眸光炙热："你看起来精神不好。"

李唯西确实一夜未睡。昨晚本想回心理科的，不料朋友查到了一些资料，便强行将他留了下来。

他淡淡地回她："你也应该多休息。"

虽然被段长惟打伤的脸颊还在痛，但他的一句话足以让林莞开心很久。

说话间林雨泽走上前来，对林莞道："我有一些话要单独和李医生说。"

林莞点了点头，走时偷偷向李唯西打手势，她会电话联系他。

李唯西礼貌地对她笑了笑。那笑意像极了在美国时他对她常有的笑，清澈明朗，不带任何杂质。

林莞心中盈满春波，下定决心一定要将他争回来。

等她走远了，林雨泽透过病房玻璃向里看了看。他的儿子正躺在床上打着点滴，看样子已经熟睡。

"失血过多，需要静养。"

林雨泽看着他，声音毫无波澜："他的心理问题怎么样了？"

李唯西直截了当："不好。"

他很早就说过，林帆的心理病症来源于林雨泽。这一点他这个父亲也很清楚。

林雨泽点点头："还有机会痊愈吗？"

"要看你的配合。"

"我答应你。"

李唯西没料到他这样说。之前去山庄找他，被他严词拒绝，李唯西以为不会再有如今这样的时刻。

林雨泽痛苦地叹了口气："我老了。"

走廊前后都被林雨泽的人拦着，只有少数医生和护士能穿过来。李唯西将林雨泽的话听得一清二楚。

“我有十几年没来过这个地方了。我不喜欢心理科，也拒绝承认我的孩子有什么心理问题。我早就放弃林帆了，他让我很失望。”

李唯西没说话，林雨泽继续说道：“可自从莞莞失踪后，我就很想来见见帆儿。我承认我最喜欢的还是我的女儿，但莞莞失踪之后我忽然意识到，我亏欠帆儿太多。或许我对他期望太高了，导致他恨我、讨厌我，我们父子从未和解过。”

作为心理医生，李唯西自然知道林帆的感受。父亲亦是他的痛。

“他真的很需要你。”

林雨泽移了移步子，缓缓整理好自己的衣服，而后深深向李唯西鞠了一躬。

“我儿就拜托你了。”

李唯西慌忙将他扶起来。比起上次见他，这次林雨泽给他的印象简直与之前大相径庭。

林雨泽由他扶着，面色回暖：“我需要怎么做？”

李唯西：“我需要你先做个心理测量。”

林雨泽微怔：“你怀疑我也有心理疾病？”

李唯西没有回答他。然而林雨泽从他的目光里看得出来，他已经给了自己“是”的答案。

咨询室内，宋摘星为时越倒了一杯咖啡。

时越嗅着咖啡的香气，眉梢轻挑：“意大利的LAVAZZA？”

宋摘星擦了擦咖啡壶，有些意外：“你对咖啡也很有研究？”

时越轻轻喝了一口，叹道：“LAVAZZA的欧罗咖啡有一种舒适的花卉的味道。”

宋摘星对他刮目相看：“这还是我去意大利学习的时候专门带回来的。”

时越：“什么时候去的？”

“一年前了。”

时越放下咖啡杯：“我也去过意大利，还去了美国和英国。”

宋摘星坐他对面，像与老友共度时光："也是去学习？"

时越点了点头。他整日看起来都冷冷的，只有在面对宋摘星的时候桃花眸中才带着暖意。

"我在美国时遇到过李唯西。"

宋摘星险些被烫到。

时越却淡淡地继续说道："十月一日在学校的广场上，他和一群同学用中文唱《我爱你，中国》，像街头艺术。越来越多的华裔参与进来，唱得又嘹亮又深情。他当时就站在广场中心，身侧都是美国人，他们目瞪口呆地看着李唯西，看着他意气风发、光彩熠熠的样子。"

宋摘星不知道李唯西竟还有这样风华的一面，一直以为他在生活中是个话少又低调的人。

时越看着宋摘星，语气里带着一些艳羡和惆怅："李唯西指挥着所有的同胞一起为祖国祝福，这种情感在异国他乡给人带来的震撼极其强烈。万千骄子在祖国的另外一面，在那么多外国人面前用乡音倾诉拳拳爱国之心，歌声响起的时候，让人心潮澎湃，热泪盈眶。"

宋摘星长睫缱绻，有些吃惊他一口气说了这么多话。

"他是很厉害的人。"似乎看出了宋摘星的心思，时越毫不避讳道，"少年得意，腾焰飞芒。"

"你之前从未说过这些。"

时越缓缓站起身，将咖啡杯放在桌前，叹道："他有那么多的观众，不缺我一个。"

宋摘星又想到了他的那个1号人物，随即苦笑了笑。

"我听说你救了李唯西？"时越关心她，"有没有受伤？"

宋摘星摇摇头："他救了林莞。我没帮上什么忙。"

时越看出她情绪低落，似乎对李唯西的一切都不再那么感兴趣，不知出了什么事情。他手里有两张音乐会的票，昨晚打电话就想约她，可惜一夜都没打通。

"周末……"

宋摘星的手机忽然响了。她本想听完时越的话，只是一看见号码慌得连手中的咖啡都洒了出来。

是司言。

她犹疑地接了电话，只嗯了两声便挂掉了，脸色显得更加不好。

“怎么了？”

他皱着眉，眼神关切。

宋摘星呆呆地抬头，支支吾吾道：“司言……司言回国了……邀请我去他家。”

第十五章　婚礼刁难

听闻宋摘星前男友打来电话，病床上的简一凡直接气得跳下了床。

一连几天宋摘星都心不在焉，她算了算，已经有402天没有见过司言了。

简一凡恨铁不成钢地敲打她："劈腿了！渣男！还想他干什么？"

宋摘星反驳道："渣男不应该给他个教训吗？"

简一凡更加吃惊："你要去他家大闹一场？"

宋摘星没说话。她一点也不想闹，她只是想和司言好好告个别。

简一凡气得两眼冒花："你不是有受虐症吧？"

宋摘星凝视着他："大学的时候，司言整整照顾我四年。一凡，就算他不爱我了，我也不会恨他。"

简一凡白眼乱翻："你还真是慈悲为怀。"

宋摘星直接塞他嘴里一个冬桃："他邀请好多大学同学去呢，同学聚会而已。"

宋摘星决定去见司言的消息迅速传遍了整个科室。除了简一凡，文静、方琳都在劝她不要参加，胡梨的态度更加明显：何必呢，自取其辱。

李唯西却从未阻拦，他心知她一贯如此，想做的事情没人拦得住。

自从司言的电话打来，宋摘星考虑了很久，可想到后来全是司言对她的好，没有一点对不起她的地方。他们分得太突然，她想见司言，想当面向他要个理由。

简一凡跟在宋摘星身后，拼命想说服她带着自己一起去。简一凡想骂街，想为宋摘星报仇。宋摘星请好了假，终于爆发，对简一凡一字一顿道："我小时候得过很久的抑郁症，我毫无安全感，害怕别人抛弃我，害怕别人不和我说话。你看我不动声色的时候，其实心里早就崩溃坍塌。司言和我分手那天，我回家摊了一锅煎蛋，害怕麻烦就直接在锅里吃。可任我怎么张嘴都吃不下，想到的都是大学时他一口饭一口饭喂我的样子。所有人都说我和司言珠联璧合、互堪匹配，我就是想不明白，距离是不是真的能够打败一切，能让他这么决绝地和我分手？"

她太想要一个理由了。就像她的爸爸离开她和妈妈，就像八岁时天台上的那个男孩忽然离开自己，像她最崇拜最喜欢的医生突然不告而别。她再也忍受不了毫无理由的分离，她就想问个为什么。

简一凡被她大吼的样子吓住，只能放弃，再也没说任何话。

宋摘星决定自行前往，不会让任何人跟着。

她只记得，那天的天气不太好。

电话里司言和她说他回国了，想组织一场同学聚会，希望她能去。聊得很少，只给了她一个地址。她精心打扮了自己，穿了一件粉色的开衫，长发也绾成了一个丸子头，显得清爽利落。

她很久没注意过自己的外表了，长年忙于工作，让她几乎忘记了自己还是个女人。

地址的终点是一个双拼别墅，宋摘星到达时已经将近中午。路上她见到了自己的大学同学，只是好像那些同学看她的时候眼神怪怪的，连话都没和她多说。

她穿过空旷的前院和花园，进入别墅时便听到一段钢琴曲《Sweet Dream》，她的步子没停，顾自穿过前厅。

后院连着一幢独栋建筑，她听见很大的喧闹声，知道同学们应该都在里面。她从包里拿出了一兜司言最爱吃的柿饼，上前推开了门。

门被打开时她看见所有人都穿着晚礼服，形形色色的西装和裙子让她意识到自己走错了地方。

她连声道歉刚想退出，远处台阶上的司言穿过人群慌忙跑过来，笑着对她说道："你终于来了。今天是我的订婚礼，谢谢你能参加。"

宋摘星蒙在原地，柿饼随之坠落，骨碌碌滚在他的脚下。

音乐停下来，所有人回头注视着宋摘星。她目光闪躲，看着司言着了一身燕尾服，衬得他白皙精神，比以往更加爽澈。从他身后缓缓走来一个女人，看得出是今天的女主角，样貌精致，穿着一身刺绣图案的中国风旗袍，粉色皮草袖口如缀在上面的花朵，让她更加妩媚婀娜。

那粉色比自己外套的颜色不知高级多少倍，宋摘星后退了一步，本能地想逃跑，却被司言一把抓住。

他的声音又遥远又陌生："你会祝福我的，对吗？"

双拼别墅外，李唯西审视着这个地方。

内室里的钢琴曲换成了《罗密欧与朱丽叶》，即便在外面也能听得一清二楚。

刚才宋摘星进去的时候他就跟在身后，门口没有人，看起来空旷开阔。

时越缓缓走上前来，冷冷地看向李唯西。

李唯西很是吃惊："你也来了？"

时越面色无澜："我跟在你后面。"

李唯西扯嘴笑了笑："那丫头真是让人不放心。"

时越正身看着这幢建筑，皱了皱眉。

"你也觉得奇怪？"

时越点点头："都是结婚时才有的曲子。"

李唯西也思考着："不是说同学聚会吗？"

时越双手插兜，没有和他过分亲近，冷冷道："走吧。"

李唯西笑着跟上他。

一起进入别墅没多久大门处就蜂拥过去很多用人，将各式花束和甜点重新摆在门口。院子里也涌入了其他服务生，彩带、茶盏、水果、酒品依次摆好，与花园风景交相辉映。

李唯西笑意全敛："真的是结婚？"

时越叹道："他骗了摘星。"

李唯西加快了步子，与时越一同迈向后院。两人推开门时，宋摘星正被司言扯在台上，面对着大家说新婚祝词。

简一凡跳下床之后，迅速被孟美丽安排了一场相亲。

就在同一天中午。

简一凡与孟美丽大闹一场，却对抗不过她的威胁。如若不去，法拉利与一切零用钱立刻切断。

简一凡转瞬就服服帖帖，乖顺得像只小绵羊。他可没那么傻，应付完这场相亲就能继续有钱，他跟钱没仇。

孟美丽将相亲地点定在了本市的高级餐厅，十二点整。

赵老带着女儿赵莉夏晚来了一会儿，孟美丽和简一凡点了最有特色也最贵的餐食。她特意嘱咐服务生先上甜点，要花千鸟甜品系列里的草莓大福和雏菊玄饼，听说莉夏最喜欢这两样甜食，孟美丽打听得不可谓不用心。

其实简一凡和赵莉夏私下见过几次，都是莉夏约的他，孟美丽不知道而已。简一凡对莉夏最深的印象还是她的英文名，他每次想喊她莉夏的时候，她都会让他喊“Patricia”，中文为“帕特莉夏”。她为自己的英文名扬扬自得，简一凡却觉得怪麻烦的。

莉夏一见到简一凡就很高兴，赵老心痛道：“女儿大了不由爹啊。”

孟美丽笑得合不拢嘴：“老赵，莉夏交给我们家一凡你放心好啦。”

简一凡忽然反应过来，这根本不是相亲，这更像定亲啊。

看来除了自己，他们几个人都心里有谱了。他暗暗后悔，入了孟美丽的套。

一顿饭吃得味同嚼蜡。简一凡看着他们言笑嘻怡的样子，走也不是，留也不是。他现在十分想念他的爸爸简建国同志，如果他在的话肯定会把孟美丽大骂一顿。可惜建国同志要谈什么破生意，直接把他简一凡的婚姻生涯都葬送在这儿了。

简一凡正想着老爸，赵老忽然转了话题：“老简去哪了？感觉好久没见他了。”

孟美丽把汤匙放到盘子里，用丝绢擦了擦唇角。服务生顺势将餐盘端走了。

“他啊，天天出差，忙得不着家。说是遇到个竞争对手，做了这单生意钱也赚不多少，但他就是想争这口气。”

赵老笑呵呵的：“都这把年纪了还那么大气性。”

孟美丽：“对手能力强，你也知道的啦，生意场上见招拆招的，就是想赢。”

说话间隙莉夏偷偷和简一凡对视，笑得像太阳花一样灿烂。

简一凡原本呆呆的，看向莉夏的时候忽然也笑起来，龇牙咧嘴的。只是脸色越发惨白，与唇角的笑意毫不相称。

他看到在莉夏的身后，高璨正缓缓向他走来。

双拼别墅后厅，大家都安静地待在原地，看着台上不知所措的宋摘星。门外的阳光不太足，远远赶不上厅内闪耀的灯光与所有人炙热的眼神。

宋摘星很想一走了之。但在这样的氛围下，如若她走，连司言女友都会遭殃，她根本狠不下心。

舞台墙壁上的一排筒灯将她的面部表情照得更加清楚，她拿着话筒不知该说些什么。

司言的女友越过司言和宋摘星站在一起，随即笑着看向大家。

她的声音尖尖细细的，却极有穿透力。

“站在我身旁的这位女士，是司言的前女友。”

除了大学同学，其他宾客一片哗然。宋摘星没料到她要把这件事说出来，有些惊慌地看着她。

她继续说道：“我很欢迎她来参加我们的订婚礼。司言在美国时就经常和我提及她，连分手的时候我都在司言身旁。”

司言半咳了两声，显得有些局促。

“司言很爱我，我也很珍视他。我们会感谢每一个人的祝福，但绝不包括我身边这位女士。”

底下宾客交头接耳，台上的宋摘星脸色更加难堪。她刚想迈下台阶，却被司言女友一下子扯住。

李唯西和时越找了个角落，离舞台很近。两个人一个选择了香槟，一个选择了红茶，共同揣摩着台上那位新娘子。

李唯西审视着那个女人：“机敏谨慎，意志坚定，善于社交。”

时越冷道：“控制欲很强。”

李唯西补充了句：“有计划性地想给宋摘星难堪。”

时越想到大门处的情景，他们确实是有意要将宋摘星先引进来。念及此，他将目光锁到司言身上。

舞台上，司言女友的声音还在继续。

“我希望司言和这位女士的感情能够好聚好散，再不纠缠。这场订婚我无意邀请她，不过既然她来了，我也不会和手下败将一般见识。”

她说得志得意满，满腹骄傲，将宋摘星讽刺得体无完肤，好似是宋摘星没皮没脸非要来参加一样。她的眼影有些深，笑容挂在脸上无懈可击，说的话却像刀子，连司言都有些下不来台。

李唯西喝了口红茶，离时越近了一些：“女人之间这种话是不是就算很过分了？”

时越避开他，声音依旧冷冰冰的：“我不了解女人。”

李唯西浅笑：“所以你一直看着司言？”

“他很奇怪。”

“比如被掌控？”

时越眸光半眯：“他不喜欢这个女人。”

李唯西伸了个懒腰：“你看看这会场、别墅、茶点以及多数宾客的服饰和衣着，这个女人非富即贵。”

时越似笑非笑：“你早就看出来了。”

“司言性格内向，优柔寡断，多疑虑，九型人格中属于忠诚型人格。说实话，司言不是这个女人的对手。”

李唯西话音未落，台上的司言拿起话筒看向大家。

“是我邀请摘星来的，而且我骗了她，说这不过是一场同学聚会。希望大家不要责怪摘星，我只是很想得到她的祝福而已。”

司言的话甫一说出，以前的大学同学随即鼓起掌来。他们很兴奋，眼看宋摘星被新女友怼得颜面无存，司言总算挽救了一些场面。

台下，时越看向李唯西：“真相大白。”

李唯西若有所思地点了点头。按理说宋摘星不该被卷进这场风波，除非是司言念念不忘，才惹怒了这位新晋女友。她所做的一切，不过是想羞辱宋摘星，顺带着一起羞辱司言罢了。

气氛很是尴尬，新女友突然上前挽住了司言的臂弯，与他站在一起。

她笑意深深，开心地说道："我们奉子成婚，希望大家祝福我们。"

一石激起千层浪。

原还关心着宋摘星的宾客们此时都一致响起了热烈的掌声，为面前这对新人祝福喝彩。钢琴再次弹奏起来，换成了更为欢快的《Flower Dance》。

而此时的宋摘星面色惨白。她心里算着分手的日子，彻底明白司言早在与她谈恋爱的时候就和面前的女人在一起了。那时司言电话里还和她说等他回国就能娶她，要带着她吃遍美食，看遍山水，陪她一生。她恍恍惚惚趔趄一步，似乎所有的海誓山盟都变成了一记又一记的耳光扇在她的脸上。

司言下意识回挽起新女友的手，笑得明媚爽朗。

而站在司言斜对面的李唯西却紧紧盯着他的女友，眉心蹙成川字。

时越放下香槟，感叹道："那丫头真是惨。"

"可惜了。"

"你指的哪方面？"

"和你指的同一方面。"

时越终于笑起来："唇角不自然上扬，脸部肌肉突然抽搐，鼻子周遭皮肤皱起，右脑思维下眼神向左飘忽，说明这个女人……"

李唯西接着与他一同说道："不仅厌恶司言，而且在撒谎。"

餐厅中，简一凡吓得一口水直接吐在了身上。

莉夏皱眉："怎么了一凡哥哥？"

孟美丽给简一凡递了纸巾，刚要数落他却看到了已走到面前的高璨，脸色随之一变。

简一凡慌忙站起身，如履薄冰地看着高璨："你怎么来啦？"

高璨又高又瘦，今天穿了一件毛呢格纹小西装，内搭橘红色丝绒高领衫，衬得自己知性干练。她站在餐桌前，友好地向他们打招呼。

"你们好，我是一凡的同事。"

赵老没有回应她，莉夏却很热情："你好。"

孟美丽想遮掩过去，笑着和赵老解释："偶遇，偶遇啦。"

高璨没有应和孟美丽，居高临下地看着莉夏："怎么称呼？"

"喊我Patricia好啦。"

"我不会念这个英文。"

"啊？"莉夏从未听过这样的话，有些无措，"我叫莉夏。"

高璨优雅地点了点头，却没有开口叫她，这样的失礼反而让莉夏有些不安。

孟美丽毒蛇一样的目光紧紧盯着高璨，高璨不为所动，缓缓从包里拿出纸巾走向简一凡。她抬手擦着他身上的水，故意将小拇指贴近他的脖颈，这有些暧昧的动作立刻引来莉夏的惊呼。

简一凡跌坐在椅子上，一动都不敢动。

高璨未理莉夏，只是嗔怪似的和简一凡道："那么不小心呀，鞋子都湿了。"

简一凡低了低头，这才看见刚才吐出来的水沾到了皮鞋上。

与此同时，身穿干练小西装的高璨缓缓弓身，伴随着身体角度的变化，最后直接跪在了地上。

她将他的脚放在自己的胸口，细细地擦着他鞋子上被水沾湿的地方，声音又酥又软："吐水也没关系，我会永远给你擦的。"

连孟美丽都被眼前的一切惊呆了。她没想到高璨竟然有如此手段。

很难想象一个看似利落精干的现代职业女性还能做到如此地步，不仅仅是在他们几人面前，更是在这样的顶级餐厅内，在众目睽睽之下。高璨毫无半分羞涩，专心地伺候着简一凡——这种伺候，连孟美丽都做不到。

孟美丽终于明白高璨当时为什么能有那样的自信对抗莉夏。因为她们来自不同的阶层，高璨能轻易做到莉夏做不到的事情。

莉夏养尊处优，家世优渥，又单纯又骄傲，是时刻让人捧在手心的女孩子。高璨则恰恰相反。虽然她身上穿的衣服价格不及莉夏的百分之一，但她习惯了察言观色，一路披荆斩棘才走到现在，深知贫穷带给人的无助，所以更加珍惜给予她的每一个机会。

她的这种卑贱，莉夏永远也做不到。

孟美丽转头看向自己的儿子，她自认从小没亏待过他，不知道这个小子怎么会喜欢上高璨这样的女人。

简一凡似乎读出了孟美丽的想法，吞了吞唾沫，结巴道："看……看对眼了。"

赵老也是生意场上的人，眼前的一切自然看得明白，此时脸拉得很长，直接拽着莉夏往外走。

莉夏哭出声，捂着脸不愿再看简一凡一眼。她彻底伤心了，原来在他眼中自己还比不上这样一个轻贱的女孩子。

待他们走后，高璨再次站起身，向孟美丽微笑道："阿姨，我会照顾好一凡的。"

孟美丽直接将杯子里的水泼在她的脸上，冷笑道："目标精准，委曲求全，我们小凡可配不上你！"

高璨用的化妆品不太好，妆容直接化在了水里。

孟美丽白了她一眼，随即扬长而去，任简一凡大喊大叫也没有再回头。

简一凡赶紧给高璨擦水，高璨却直接瘫在他的怀里，双手紧紧地搂着他。

她知道她赢了。

双拼别墅内，钢琴曲换成了《梦中的婚礼》。所有人都在为新人祝福，只有宋摘星像个傻子一样站在舞台上。

司言希望她能安静地走下台，多在台上待一秒都会让他们彼此更加尴尬。

正当司言女友扬扬得意的时候，宋摘星忽然打断了钢琴弹奏，拿起话筒走上前来。

她深呼一口气，一字一顿道："在我十八岁的时候我认识了司言，他温柔、细心，容忍我所有的坏习惯。从二十二岁大学毕业到后来他出国，我都一直以为这样的时光永不会变。我们喜欢同样的书，喜欢同样的戏剧，拥有同样的志趣，从没有想过会有分开的一天。"

她顿了顿，泪水盈在眼眶中，再抬头时泫然欲泣的样子却陡然消失。

她接着说道："我来之前都还在想要一个分手的理由，可现在完全不想了。我明白了即便是亲人也会渐行渐远，我不该赋予分离任何理由，就像相爱没有理由一样。谢谢你让我成长，谢谢你没有娶我，愿你与你的妻子白头偕老，而我俯仰无愧，以后也会过得很好。"

她随即走下台。所有宾客自动让出一条路，她大步流星地向外走去。

只是司言女友的一句话再次叫住了她。

“人往高处走，司言自然也会选择更好的。技不如人，多说无益。”

宋摘星回过头，目光灼灼地看着司言的这位新女友。

她看着台上的那个女人高傲凌厉的样子，看着司言面色难堪却又无动于衷的样子，只觉得今日这种场景对他们这对新人来说亦是个讽刺。她想象不到，以前如此骄傲，如此风流的司言怎么就变成了现在这副情形。

她站在原地，思绪飘飞时忽然看见李唯西穿越人潮，一步步向舞台上走去。她有些吃惊，不知道他什么时候来的，正在这时，时越忽然出现在自己身边，让她更加不可思议。

时越与她站在一起，桃花眸中笑意深深：“别怕，我们在。”

宋摘星瞬间懵怔，连呼吸都要停滞了。

她看见李唯西穿着干净舒服、裁剪得体的休闲西装，腰身挺直地站在司言身侧。他比司言还要高一些，看起来更加清举皎然。所有人都注视着他，濯濯如春柳的气质让人误以为他才是今天宴会的真正主角。

李唯西浅浅而笑，开口便让所有人都惊骇起来。

“我是宋摘星的至上主义者。”

言下之意，宋摘星不是没人追，眼前就有一个思慕者。

所有宾客都嗅到了令人兴奋的气味。

李唯西继续说道：“摘星是一名医生，救死扶伤无数，我并不认为她技不如人，反而很敬佩她的医术与医德。她救下很多濒临死亡的病患，让他们重新拥有美好的生活，更重要的是，她本人就像暖日和风，令人愿意永远活下去。”

司言转头看他，而司言的新女友却想打断他的讲话。

李唯西看向司言的女友道：“如果你腹中的孩子令你非常骄傲的话，那么你应该告诉司言真相。”

司言女友脸上的惊恐转瞬即逝：“什么意思？”

李唯西看向底下所有的宾客：“人当然有向上走的权利，包括给孩子找一个养育他的父亲。”

“你疯了！”

司言女友霸道地想直接赶他下去。

而此时包括司言在内，所有人都不可置信地看着她。

时越站在台下，适时出声："这位女士，我可以问你几个问题吗？"

司言女友不认识时越，抓住他问话的机会迅速管理好自己的情绪，优雅道："您请说。"

"回答我A或者B就好。"

司言女友有些疑惑，但此时所有人的目光都在她的身上，她最终点了点头。

"认识你的人如何评价你？A热情敏感，B逻辑明确。"

司言女友看了看身旁的人，微笑道："当然是B。"

时越继续说道："与另一半交往时，你更倾向看重：A智慧上的形容性，B情感上的相容性。"

"A。"

"你选择的生活充满着：A日程表和组织，B自然发生和弹性。"

"A。"

"当你对一个约会觉得放心时，你会谈论：A未来，B实际问题。"

问题一个接着一个，司言女友有些警觉，不愿再做回答。沉浸在李唯西话中的司言忽然贴近她，和她唇语道："我想了解真实的你。"

李唯西适宜地做出"继续"的姿势，如今被推到风口浪尖，难以抽身而退，司言女友赌气似的回应时越："实际问题。"

时越扬眸，不动声色的继续问道："你更倾向于相信：A你的直觉，B你的经验。"

"B。"

……

约莫回答了两分钟，正当司言女友再也忍受不了想要停止这种无聊的问答时，时越忽然说道："我问完了，谢谢你的配合。"

司言女友紧紧盯着他："你问这些问题做什么？"

时越看向台上的李唯西，与他四目相对，李唯西点了点头。

李唯西紧接着回答道："心理学上有一套霍兰德职业兴趣量表，刚才你的性格已经通过答案投射出来了。"

"什么？"

"你的性格类型倾向为'ESTJ'（外向、实感、思维、判断），即你注重现实，性格果断，会很快做出实际可行的决定。善于组织，并尽可能以最有效率的方法达到目的。有一套清晰的逻辑标准，有系统性地遵循，并希望他人也同样遵循，并且会以较强硬的态度去执行计划。”

“扑哧。”

台下的宋摘星终于明白了李唯西和时越的意图，忍不住轻笑起来。这种测试理论上都会由电脑系统完成测评，没想到李唯西能在这么短的时间内通过问题评判出司言女友的性格，功底着实不一般。

司言还沉浸在刚才的话中，问他：“你刚才说的是真的吗？”

李唯西给了他一个坚定的眼神，继续道：“ESTJ型的人有头脑、讲求实际。他们更感兴趣的是‘真实的事物’，而不是诸如抽象的想法和理论等无形的东西。他们知道自己周围将要发生的事情，而首要关心的则是目前。对于他们来说，感情生活并不像生活的其他方面那样重要。”

司言女友审视着李唯西，平和礼貌的表情荡然无存，如今的脸色像被冷霜盖住了一层。

李唯西迎上她的目光，淡然如斯：“虽然你说的话让我们感觉到你很爱司言，但从你所有的微表情里看，你不过拿他当工具——准确地说——各取所需而已。”

司言被最后一句彻底打垮，整个人后退一步，险些撑不住身子。

而所有宾客也终于明白刚才时越所问问题的目的，他在验证面前这位新娘丝毫不爱司言，只是让司言做腹中孩子名义上的父亲的事实。

整个大厅安静得没有任何声音，李唯西转而看向台下的宋摘星，十分深挚，十分温柔。

“最后我想引用《圣经》里的一句话送给今天这对新人。‘主所应许的尚未成就，有人以为他是耽延。其实不是耽延，乃是宽容你们，不愿有一人沉沦，乃愿人人都悔改。’”

他说罢便下了台阶，款款走向宋摘星，而后拉起她的手一起迈出大门。他的背影坚毅澄澈，颀长的身躯举手投足间都带着不可侵犯的光芒。他紧紧握住她的手，再也没有回头。

第十六章　情之一字

几天之后，关于云月华提名副院长的事情迅速在整个医院传开了。

宋摘星彻底明白了那天李唯西为什么不在。他需要给云主任一个契机，一个在选拔副院长期间让云月华有表现机会的契机。

下班后大家约好一起为云主任庆祝，云主任本想拒绝，从提名到真正聘任为副院长还需要一段时间的观察期，现在庆祝未免过早，不过这种婉拒连李唯西都未被说服，坚持要一起聚餐开心一下。大家跟着起哄，云主任一向偏袒李唯西，果然不是没有理由。

冬日里的寒气到了晚上越发刺骨，一行几人选了一家火锅店，订的包间是园林式的装修风格，小家碧玉、古香古色，让人满意。

简一凡眼明手快，到了之后立刻拉了凳子给云月华让座，十分绅士：“云主任——不，云副院长您请。”

云月华心知简一凡没正经，也不和他一般见识，便直接坐到了位子上。吴聪识趣地坐在了门口的位置，笑着说要招呼大家吃饭，亲切热诚的样子让人心里发暖。

宋摘星这几天没那么爱笑了，虽然简一凡大骂了司言几天，可宋摘星一点反应都没有。李唯西挨着宋摘星坐下，倒了一杯柠檬水。

他将水递给宋摘星，宋摘星转头问他：“有没有酒？”

“嗯？”

“酒。”宋摘星十分肯定地说。

李唯西并不愿意让她喝酒，倒是简一凡赶紧唤了服务员：“上酒，大家高兴，一起喝。”

云月华生活里也是一个不苟言笑的人，刚开始喝酒还不太适应，不过由着简一凡笑笑闹闹，酒过半巡后精神大好，于是喊起话来：“跟着我在心理科，辛苦大家了。”

简一凡调侃道：“涨工资吧主任。”

云月华看向他的目光十分凌厉：“别人都不涨，怎么就你例外？”

简一凡大言不惭：“当然是因为我优秀。”

大家跟着笑话他：“优秀优秀，眼睛都快瞎了，快成独秀了。”

简一凡喝了点酒，激动地站起身来：“不信咱们比比？”

他偷瞄了宋摘星一眼，见她没什么反应，立刻指着大家道：“敢不敢和我比？出去随便找个人对他说自己是心理科的，然后答应他任何一个要求。”

这个当然很有难度。如果说了自己是心理科医生，还真难确定对方会和自己说点什么。

不过此时的氛围已经骑虎难下，眼瞧着简一凡信誓旦旦地站在那儿，其他人当然也不想败下阵来，方琳紧跟着说：“比就比，看谁能招架得住。”

简一凡笑嘻嘻地，方琳早想到了对策，说道：“你敢不敢先来？”

简一凡立刻打开门让所有人都看着：“当然敢！”

火锅店晚上人多，简一凡一出门就碰到一个刚进来的男顾客，上前拍着他的肩膀说道：“嘿，哥们儿，我是心理科医生。”

男顾客愣了好一阵子，将简一凡上下打量了一遍，说道：“你是什么医生？”

“心理科。”

男顾客笑得灿烂如花：“那你给我算算命吧。”

屋子里的其他同事笑得肚子抽筋，简一凡整个人都垮了下来，向男顾客解释：“我们……不算命。”

男顾客：“心理科不就是干这个的吗？”

简一凡气得直接转身进屋，将包间门关得死死的。

云月华掩着笑意，对简一凡问道：“还比吗？”

话刚说完，有人敲了敲门，探头进来的还是刚才那个男顾客。

他看向简一凡兴奋地道：“能看手相吗？我想知道今年能不能发财。”

连宋摘星都招架不住笑起来。

简一凡客气地请走了男顾客，一脸菜色：“大家对心理科是不是误解太深了？”

云月华喝了半杯酒，感叹道：“一二线城市还好，小城镇对咱们这个行业了解得少，很多心理问题都没有得到及时的救治。”

火锅里冒着热气，大家一时安静下来，房间中只剩下锅中咕嘟嘟的细微声响。窗外地冻天寒，而店中人来人往，热闹寒暄，充满着烟火人情。心理学说到底就是研究人的问题，心理疾病就像感冒、发烧、拉肚子一样每个人都会有，可更多的人选择无视，以为看不见的病就不存在，殊不知这种病造成的后果更加严重。

宋摘星补充道：“心理咨询不仅仅是让人开心，更重要的是让人成长。”

云月华看向她：“我看啊，你也该做一次心理咨询了。”

她的言下之意当然是针对司言的事情，又说道：“摘星，你是我最重视的一位医生，你不该一直沉浸在过去。”

宋摘星已有了些醉意，默默地没有说话。云月华平时说话都像在批评别人，何况她今天的语气更加严肃，听着更让人难过。

吴聪宽慰道：“都过去了。”

李唯西看着宋摘星，将酒杯从她手中拿走，宋摘星反手抓住了他的腕子。

“别拿走。”她轻声道，“求你。”

简一凡看着眼前的情景，啧啧两声：“李大医生是不是对我们家阿星有感觉啊？”

这话一出，其余人都看向李唯西，想到这段时间发生的事情大家都打趣起来，只有胡梨一个人脸色有些不好。刚进门时她就挨着李唯西坐下了，没想到他全程未看自己，如今再被这样的话刺激，干脆撇过头不去看他们。

方琳跟着笑道：“李大医生，现在表白正是好时机啊。”

文静也笑：“郎才女貌，很配呀。”

宋摘星被他们的话羞得狂咳，赶紧解释：“没有的事。”

她自然知道在他心中还有一个“1号人物”，自己根本排不上。

然而李唯西却淡淡说道：“是啊，正是好机会。”

宋摘星咳得泪眼迷蒙，痴痴地看他。

所有人都安静下来，期待着李唯西后面要说的话。

李唯西握着她刚喝过的杯子，温润的肌肤触摸着瓷盏沿儿，骨节清晰可见。

他极认真地看着宋摘星，目色温柔。

“我想，我们……”

突然响起的手机铃声打断了他要说的话。

来电显示是林莞。

宋摘星很是紧张地看着他。

不过李唯西并没有接。他长睫半垂，继续说道：“如果你……”

坐在一侧的胡梨眼明手快地拿起他的电话按了接听，随即听到林莞大吼的声音：“唯西，我爸发疯啦！你快来！”

一听到这个消息连云月华都坐不住了，林帆还没有看好，林雨泽又出了状况，传出去怕又是重重舆论压制。

她赶紧抱起大衣，喊上李唯西：“一起去看看。”

一时间大家都忙乱起来，李唯西只好放弃，跟着云月华往外走。宋摘星由简一凡扶着，醉意让她整个人踉跄几步，简一凡扶得吃力，她趁机偷偷对他说道：“我又忘记拿家里的钥匙了，你送我回心理科吧。”

宋摘星到了心理科就赶走了简一凡，而后将办公室的门反锁，关得死死的。

她直挺挺地卧在沙发上，胃里翻江倒海，像小船在海浪中被暴风雨击中，让人晕眩无力。

这张沙发陪伴了她无数个日夜。在她把自己反锁在家门外的时候，在她做了一锅煳饭搞得整个家里气味冲天的时候，在她为了病人加班到深夜的时候，在她做调研写论文的时候，还有在她为了和异国他乡的司言能够多聊一会儿舍不得回家的时候，她都是在这张沙发上度过的。

她安静地听着窗外落叶沙沙的声音，整个医院在深夜中散发着平和静谧的气息，这是她最熟悉的地方，此刻却给不了她一点安全感。

她开始哭泣，眼泪像珍珠断了线似的落在沙发上。她看着天花板，脸色惨白，鼻头一皱一皱的，哭得没有任何声音。

她习惯了躲藏，习惯了把所有的情绪往后压。只有在夜深人静的时候，她才敢有片刻的释放。

八岁以后她就很少哭了。

在她得了抑郁症想要在天台自杀的时候，那个男孩子教给她，如果想哭，你就憋着气，使劲儿憋着，那样就不想哭了。如果还想哭，你就默念“人生不如意十之八九”，想想别人也都是这样，是不是就好过一些。

她那时候很吃惊地看着那个男孩子，想不到他能说出这样的话。可转念一想，谁又没有活不下去的时候呢，大家都需要靠自己挺过来。

她的眼泪浸湿了沙发一角，她吸了口气，而后慢慢地念“人生不如意十之八九”。念了很多遍，念到后来眼泪越流越多，念到嗓子都哑了却仍旧没有任何好转。

她现在急需一场心理咨询，可谁又能做她的心理咨询师呢。

夜空中，月牙悬挂在西头一角，隔着树梢发出淡淡的光。她泪眼蒙眬地看着外面，办公室的电话忽然响了。

她想起来云月华和李唯西还在林家，怕是他们的电话，硬撑着站起身去接。

“您好，京大心理科。”

她的鼻音很重，一听便觉得她哭过。

对面的声音很是粗犷：“你是小护士吧？”

宋摘星吸了吸鼻子：“您找谁？”

“不好意思这么晚还打扰你啊。我从网上查到的电话，知道你们下班了，还怕没人接呢。”

宋摘星听出了他的意思，耐心道：“您需要什么帮助吗？”

对面的男人呵呵两声，似乎有些不好意思：“小护士啊，不瞒你说，我明天打算去心理科的，但是又觉得不是什么大事，过去排队看病也怪麻烦的。既然你们医生不在，我明天还是去你们科里好了。”

“您和我说说？或许我也可以帮到您。”

对面男人停了几秒，叹了口气：“我经常吐痰，不是有痰，就是一直想吐东西。只要我在外面，走几米就得吐一次，很烦。”

宋摘星问他：“去呼吸科看过吗？”

“看了，医生说我根本没病，也没痰。”

“心理问题？”

“这算心理疾病吗？那个大夫说让我去心理科看看。我吓死了，这算什么心理问题啊？”

宋摘星回答他：“不是什么大问题。”

男人干笑两声：“我也觉得我挺正常的，没啥心理疾病。不过这种坏习惯到底怎么改啊？”

宋摘星想和他说习惯养成的问题，但如果从足够科学的角度来讲，形成一个习惯所需的时间因人而异，可能需要六十多天，也可能需要九十多天，甚至需要一两年的时间，但这种话对于电话另一端的人显然不适用。他只是需要一个信念改变习惯而已。

既然他觉得自己是小护士，宋摘星沉吟片刻，说道：“你知道，形成或改变一个习惯只需要二十一天。”

“二十一天？怎么改变？”

“我们是习惯性的动物，百分之九十五的行为是通过习惯养成的。研究结果显示，大脑构筑一条新的神经通道需要二十一天的时间。所以人的行为暗示，经过二十一天以上的重复，会形成习惯。”

男人来了兴趣：“如果我去心理科，你们会帮助我做什么？”

宋摘星抹了一把眼角残存的眼泪，平静地说：“巴甫洛夫的狗你知道吗？”

“巴什么……不知道。”

“心理学家巴甫洛夫用狗做了这样一个实验：每次给狗送食物的时候就打开红灯、响起铃声。这样经过一段时间以后，铃声一响或红灯一亮，狗就开始分泌唾液。”

“听着很有意思。”

“这是心理学上著名的操作性条件反射，即在一定的刺激情境中，如果动物的某种反应的后果能满足它的某种需要，则以后它的这种反应出现的概率就会提高。”宋摘星顿了顿，接着说道：“你刚才不是问心理科会有什么治疗吗？巴甫洛夫的发现开辟了我们通往认知心理学的道路，以条件反射理论为基础的行为治疗方法主要包括厌恶疗法和系统脱敏感疗法。”

“没想到你一个小护士懂得还挺多。”

“其实您不需要接受这种心理治疗。”

对面的男人很奇怪：“那你刚才解释这么多？”

宋摘星回答道：“只是想告诉您我们有更系统的治疗方法，但您并没有达到这种地步。”

解释那么多，其实就为了让他相信自己而已。有了这个信念，她才能继续引导他做下一步。

男人果然又问起来：“那我怎么才能不吐痰啊？”

宋摘星吸了口气：“给自己二十一天的时间，改变自己的习惯。”

“就……这样？”

宋摘星语气坚定：“是的，克制住。每次想吐痰的时候就提醒自己，不要吐。”

“我害怕做不来。”

男人的话刚一说完，宋摘星的心跟着一沉。这句话好像就跟她自己说的一样，放弃喜欢一个人，她害怕做不来。

她稳了稳心神，继续说出的话更像对自己说的一样。

“刚开始或许不习惯，但如果坚持住，二十一天肯定会改变的。”

她不记得后面那个男人怎么说的感谢，只是拿着电话听筒愣了很久。如果意志力足够强，习惯确实可以改变。

宋摘星慌慌张张地翻开抽屉找了支笔，随即在书桌的便笺纸上写了个“1”。

看着写下的数字，她终于笑了起来。

凌晨两点钟，出租车行驶在路灯摇曳的马路上。

云月华与李唯西同坐在后排座位上，此时云月华的脸色不太好。

“林雨泽做过心理测量？”

李唯西长指揉了揉眉心：“重度焦虑和轻度躁狂。”

“没了？”

“是。”

云月华想着刚才林雨泽的样子，奇怪道："你看他发疯的样子，不应该啊。"

李唯西和云月华到达时林雨泽已经平复很多了，据林莞说晚饭时林雨泽忽然大发脾气，将管家暴打一顿，实在不像是平时的父亲。何况管家与林雨泽共事那么多年，从来没见过林雨泽发那么大的火气，整个人像魔怔了一样，对人又踢又打又骂，实在匪夷所思。

李唯西静默不语，一时之间毫无头绪。

云月华很少见他这么无奈的样子，不由得心疼道："慢慢跟进吧。"

"林帆的印象里他就是这样一个父亲，可在林莞的印象里，却是完全不同的样子。"

云月华想了想："多从林莞那里了解了解情况。"

这代表着以后要多和林莞接触，李唯西没有回应她。

云月华捕捉到了他的情绪，问道："你真的喜欢宋摘星？"

李唯西眸光半垂："当年我父亲救过她。"

这一点云月华倒没想到，转而恍然大悟："我说她当时来心理科这么坚定。那么优秀的孩子，非咱们科不进。"

"不过，"云月华接着皱了皱眉，"伯棠早就改名字了，她知道你是伯棠的儿子吗？"

李唯西摇了摇头。

云月华刚想问他为什么不说，可转念一想顾伯棠当年的事情随即闭口。她知道那件事一直是李唯西心里的痛，他根本不愿意再提。

"我记得你父亲在疗养院失踪的时候，你带摘星去过的，那时候你不怕她发现你父亲吗？"云月华一针见血地问道。

李唯西看着窗外昏暗的风景，浅浅出声："那时候打算告诉她真相，可一旦错过了最佳时机，便不敢提了。"

他话里的意思很模糊，云月华却听得清清楚楚。因为他越来越在意她了，也越来越害怕失去她。

旁观者清，当局者迷，或许连他自己都没有意识到为什么不敢再提。

云月华的面孔柔和很多，唯独在面对李唯西的时候，她才有如母亲一般的慈爱。

“小西啊，我与你父亲差不了几岁，我几乎是看你长大的。说句不该说的话，你父亲当年的事情和你一点关系都没有，你不该把它当成自己的污点。”

风声呼啸，有一瞬割得李唯西耳朵生疼。

云月华叹了口气：“摘星这孩子心重，别看她大大咧咧的，其实想得比谁都多。这个世界上没有什么最佳时机，最好的时候就是你下定决心的时候。”

姜黄的灯光透过窗子打在他的脸上，明明灭灭的，映不出他的情绪。

出租车转入另外一条路，加速后带着落叶如流水一般绝尘而去。

宋摘星在办公室转醒，第一件事就是跑向书桌在便笺纸上接着写了个数字“2”。

她在心里默念：第二天。

出门随便洗了把脸，宋摘星呆呆地看着镜子中的自己，双目无神，眼窝深陷，黑眼圈重得像个熊猫。

她哀叹，当医生的这些年，似乎连化妆技能都消失了。她想起昨晚翻抽屉时看到过没用完的防晒霜，决定拿来用用，还没走几步却在拐角处看见了吴聪和胡梨。

两个人靠着墙壁嘀嘀咕咕，听不清说什么，但看样子似乎很着急。

宋摘星蒙了一会儿，一时也想不到科里有什么着急的事情，刚要走，身后忽然传来一阵冲天炮似的吼声。

这个声音极其耳熟，待她回身看才明白，是前几天在心理科大吵大闹的老爷子。

此时老爷子带着一个五六岁的小男孩吵嚷着走过来，宋摘星上前迎他，怕不是这个小男孩又惹着老爷子了吧？

“老爷子怎么称呼？”

“胡全。”老爷子将小男孩推到她面前，“这是我孙子糊糊。”

糊糊手里正拿着小汽车，此时低着头心不在焉的。宋摘星问老爷子：“您去心内科了吗？”

胡老爷子板着脸，像不会笑似的：“没什么大事。”

宋摘星稍稍放下心，又听老爷子继续说道：“我孙子被学校老师劝退，说是问题儿童。”

宋摘星低头看了看糊糊，问道："主要表现是什么？"

老爷子气哼哼的："打人。别的小朋友都不跟他玩。老师把他安排到第一排，谁也不跟他挨着，到最后全班都排斥他。"

宋摘星料想到老爷子应该去学校大闹了一场，不过看样子并没有解决问题。

这时胡梨跑了过来，接着老爷子的话道："先给孩子做个测量吧。"

宋摘星点点头，嘱咐她道："给孩子做MSRSP（小学生心理健康评定量表）和CSTS（儿童气质量表），给老爷子也做一下心理测量。"

"大夫，我想问问心理科的医药费可以走医保吗？"

宋摘星刚一吩咐完，胡全忽然拽着她出声。

"可以啊。"

胡全终于露出一些喜色："那就行，那就行。"

宋摘星自然知道他是想少花一些钱，不过看他孙子的穿着，家里条件应该还可以。

胡梨带着一老一小去了测量室。宋摘星松了口气，一回头却看见李唯西正一瞬不瞬地看着她。

不知道他这样盯了自己多久。想到昨晚他没有说出的话，她还有些慌张，下意识想避开他。

李唯西却一把抓住她的手腕，带着她往办公室走。

一大早病患还不多，整个走廊空荡荡的，宋摘星想挣脱他，却被他拽得更紧。

宋摘星从未见过他这么霸道的样子，刚要问出了什么事，李唯西忽然停住了。

司言落拓地站在走廊一角，正等着他们。

"你怎么来了？"宋摘星跑上前，不可思议地看着他。

司言明显比前几天瘦了，清癯的轮廓在晨曦中多了几分锋利。

司言慢慢走上前，握住宋摘星的手，焦急又示软地说："阿星，你原谅我吧。"

司言不是最帅的男生，可他清澈干净，每一次蹙眉的时候都惹人心疼。

宋摘星下意识后退了一步，一时不知道该如何回答他。

司言逼近她，乞求道："阿星，对不起，我和她分得彻彻底底。求你原谅我，我们重新在一起好不好？"

司言穿得单薄极了，手心冰凉，眸色清清地看着她。宋摘星听到后面腿上跟灌了铅似的，一刻也动弹不得。

李唯西上前，一把将司言扯开。

"你不能再来伤害她。"

司言恶狠狠地看着他："我就是想弥补对她的伤害才来的！"

李唯西面色冷寒："我决不允许你有第二次机会。"

"这是我和阿星自己的事。"

司言再一次握住了宋摘星的手腕，凉意浸染心头，宋摘星立刻将腕子抽了出来。

她看着司言说道："你回去吧。"

司言摇摇头，眼泪在眼眶里打转："阿星，我以后会好好对你的，真的对不起。"

李唯西站在司言的身后，宋摘星抬头看着他们，但目光并没有在司言身上，而是直视着李唯西。

宋摘星再次想到了他生命里的"1号人物"，想到他提起那个人时开心的表情和明朗的笑意，心底有一丝的抽痛。

她未来得及张口，却见李唯西大步流星地走到她的身边，俯身吻上了她的唇。

他的吻清凉凉的，周身散发着好闻的皂香味，就在他碰触到自己的一瞬间，他的睫毛刷在自己的脸颊上痒痒的。宋摘星觉得自己马上就要窒息了。

她一把推开了他。

李唯西发丝微乱，双眸却清澈见底，既温柔又动情地看着她。

司言在一侧极为愤怒，一把将宋摘星拉入怀中，吼向李唯西："你干什么？"

两人的举动引来了整个走廊的围观，宋摘星现在心乱如麻，奋力从司言怀中挣脱后喊道："我们不会在一起了！"

司言上前："阿星我……"

宋摘星截断他的话："请你立刻离开。"

而后，她转身看向李唯西。此时他的神情遥远而又飘忽，似乎就在等待她接下来说的话。

她微怔片刻，缓缓开口："谢谢你替我解困，但完全不需要用这样的方式。下不为例。"

宋摘星说完便头也不回地走出了心理科。

茂林小区坐落在东城区，离香草地大街不远。小区22栋1606室是吴聪与肖雅洁的家。

肖雅洁身穿樱花丝质睡袍，将煎蛋从平底锅里取出，又拿出两片吐司面包和一杯牛奶，慢悠悠地走到圆形饭桌前。

小桌与窗子挨着，睡袍上大片粉色的樱花与窗外的风景并不相称。冬天外面灰突突的，不像她的装扮永远充满明媚光鲜的气息。

睡袍袖口嵌满了蕾丝，雪白的肌肤在蕾丝下若隐若现。很难想象她今年已经四十四岁了，精致的锁骨与光滑的皮肤都与这样的年龄不匹配。她简单吃了一些早餐，却不急着收拾，她今天无须上班。

吴聪的电话打了进来。

她擦了擦嘴角，按了免提。

"太太有没有吃饭？"

"嗯。"

"今天外面空气不太好，最好别去上班了。"吴聪并不知道她早有此意。

"好。"

"今天我有些忙，可能不能常给你打电话。你自己要好好吃饭。"

"没关系。"

她对他淡淡的，这是他们夫妻生活的常态。

吴聪似乎早已习惯，继续念叨着："科里来了几个病人，我需要跟进一下。云主任马上要升副院长了，接下来我会更忙一些……"

"她要做副院长了？"肖雅洁拿起了电话。

"是，观察期过了就会升任。"

"为什么不是你？"

"什么？"

肖雅洁没说话。她刚才已经说得足够清楚。

对面的吴聪意会到了，解释道："她更有资格，也比我更合适，而且她是主任，总是要排在我前面的。"

肖雅洁挂掉了电话。

她全程都冷冷的，面色无澜。窗外有飞鸟盘旋而过，她瞥了一眼，而后站起身来将未吃完的煎蛋和面包全部丢到了垃圾桶。

司言在心理科待了整整一上午，只是宋摘星再也没有和他说过一句话。

而李唯西此时却被林莞缠住了。

因着昨晚父亲的事情，林莞一大早就到了心理科。此时离李唯西刚刚吻过宋摘星没多久，整个科里都在谈论这件事，她抓住胡梨问清了事情的经过，气得脸色发紫。

她追到办公室，歇斯底里地吼他："唯西，你说过你谁都不爱！"

李唯西正在低头翻资料，修长的手指按在书页一角："我从未这样说过。"

林莞的小高跟鞋踏在地板上发出笃笃的声响，她走到书桌前质问道："我还有机会吗？"

李唯西始终未抬头："没有。"

林莞眼眶中涌出泪来，一颗一颗滴在桌子上。

"我现在就去喝酒！喝到胃穿孔你是不是就会重新在医院里陪着我了？"

李唯西堪堪抬头，递给她纸巾。

"那时你在国外，身边连个朋友都没有，我担心出人命才看护你。现在不同了，你时时刻刻有保镖陪着，哪里用得到我。"

李唯西说得自然不假，自从林莞出事，林雨泽就像惊弓之鸟，现在天天派人跟着林莞。如果不是那么担心林莞，林雨泽连林帆都不会顾及，可见林莞对他多么重要。

见他还在意自己，林莞破涕为笑，一把扯过纸巾。

"可我偏要用你。"

"你知道——你和摘星有什么不同吗？"

这个问题林莞可没想过。不过一想到他那么喜欢宋摘星，她心里就不是滋味。

“你喜欢她哪里呢？”

李唯西姿态清雅，英挺的鼻梁与单薄的唇角勾出一丝深沉的弧度。

“你天生就是公主，在任何人面前都那么骄傲优渥。而她在病人面前是笃定的、勇敢的医生，只有在我面前才有脆弱、天真的一面。”

林莞像听到一个笑话：“你喜欢她的脆弱？”

李唯西垂眸：“她不轻易示弱。”

林莞想到他吻了宋摘星之后宋摘星的反应，苦笑道：“她……还不知道你喜欢她？怎么会有这么蠢的女人。”

李唯西眸色深深地看着她，有些紧张的样子：“我怎么才能追到摘星？”

“什么？”林莞吃惊到几乎将脸上所有的器官都挤到一处，“李唯西，美国心理学界的天才，双商了得，首席谈判专家，多少人艳羡你，多少美国女孩的Dreamboat，你现在问我怎么追宋摘星？”

李唯西站起身，以示诚恳：“有什么办法吗？”

林莞将手里的精致小包直接甩到地上：“那你就看看我怎么追你的！”

此时隔壁的宋摘星正在接待两个孩子。一个是糊糊，另外一个叫叮当，都是六岁，都是问题儿童，病症都是打人。

叮当的妈妈是很文静的一个女人，她没想到孩子竟然常在学校打架，被学校劝退。

两个人都做了测量问卷，性格特征没有什么大问题。因为两个病人都是胡梨接待的，宋摘星便找她来安排后续的治疗。

“先做心理咨询，你等简一凡忙完让他来一趟，我打算把叮当转给他。”

“为什么？”

宋摘星泡了袋速溶咖啡，现在来不及让她有好好煮咖啡的时间。

“叮当和糊糊不一样。”

胡梨不明白，和她争辩：“两个孩子都是打人，为什么你不一起看？这样也方便你做比较。”

宋摘星停下手里的动作，有些奇怪地回头。她琢磨着胡梨来科里的时间也不短了，为什么还会问这样的问题。

宋摘星想了想措辞，这才道：“你知道，同样的病症也不意味着有相同的治疗方案。更何况产生这种心理问题的病因完全不同，没有办法放在一起治疗。”

胡梨摇了摇头：“他们病症一致，性别一致，连年龄都一致，我不明白。”

宋摘星放下咖啡杯，走到她面前：“如果你把喜欢李医生一半的兴趣放在提高专业技能上，或许早就不是助理了。”

胡梨有些愠怒：“你什么意思啊？”

宋摘星耸耸肩，叹气道：“你先把简医生喊来吧，等咨询完我再和你说。”

胡梨气呼呼地转身，连个好都没说，直接走出办公室。

司言还在办公室门口守着，被胡梨撞了个正着。

胡梨对他冷笑道：“你可真是不开窍。”

司言不认识眼前这个医生，苍白的脸上勉强挤出一丝笑意：“您是和我说话吗？”

胡梨瞥了他一眼：“你喜欢她什么啊？”

司言愣了愣，还没说话便见胡梨走远了。

她的声音隔着走廊传过来：“一个个的都那么不开眼，奇了怪了。”

李唯西求了林莞一件事，平生第一次求她。

他希望林莞能帮助自己追到宋摘星，林莞对此大呼残忍。

她绝不会将李唯西拱手相让。

只是李唯西从来没有求过自己任何事，林莞痛苦地想，如果这次答应他，那他将欠自己一个大人情。

欠了人情，她离追到他就更近一步了。

林莞最终对李唯西道：“我可以帮你，但不是帮你追她，仅限于帮你扫除障碍。”

“什么？”

林莞：“那个司言到现在还在心理科，你不怕宋摘星回心转意吗？”

李唯西皱了皱眉，如果这是件犯罪案或者心理科的问题，他都会有精准的考量和判断。可是一旦涉及宋摘星的事情，他便一点把握都没了。

林莞接着道：“我帮你把司言赶走。”

李唯西有些怀疑：“赶走？”

林莞点头：“让他不再纠缠宋摘星，不过你得答应我一个条件。”

“什么条件？”

“陪我吃顿饭。”

李唯西没料到她有这样的要求：“为什么？”

林莞面色镇定：“不答应我就不帮你。”

李唯西随即点头：“可以。”

林莞连包都没捡，直接冲出门去。

司言就站在走廊里，一直盯着宋摘星办公室的门，任来往病患穿梭却从未动过。

他打定了主意要重新和宋摘星在一起，没人拦得住他。

林莞走到司言面前，人未站停，上去就给了司言一个耳光。

耳光极其响亮，引得走廊里的病患都驻足围观。

司言不认得林莞，不可置信地看着她。

林莞反手又给了他一个耳光。

司言吼道：“你做什么？！”

林莞却冷冷的，仰着头逼向他：“当渣男没有成本吗？你想跟谁在一起就跟谁在一起，你以为自己是谁啊？”

司言觉得她不可理喻，想越过她去找宋摘星。

林莞一下子将他的路堵死。

“司言，你好歹也是个留过学的男人，死缠烂打这事你也做？宋摘星明显不愿和你在一起，你何必再来纠缠她？”

司言冷笑：“我们的事与你有什么关系？摘星和我在一起那么多年，我求她原谅也是错？”

林莞直接拽住他的衣领，揪着他向走廊里所有人喊道：“大家来看看渣男长什么样，和恋爱多年的女友分手投奔了富家小姐，富家小姐怀孕了结果不是自己的孩子，现在渣男后悔了，戴着绿帽子求前任原谅，这样的男人要不要脸啊？”

林莞力气很大，司言瘦瘦弱弱的，被她拽得踉跄几步。走廊里的病患都对着司言指指点点，让他下不来台。

司言脸色通红，一把甩掉林莞，反手拽住她的衣服想要发火。只是人还没动，就彻底被紧跟着上前的两个男人制伏在地，一点也动弹不了。

林莞对着趴在地上的司言恶狠狠道："别再来纠缠宋摘星，否则见一次打一次！"

司言被林莞的两个保镖紧紧钳制住，如今只能干号。

"放开我！混蛋！"

李唯西目睹了眼前的一切，没料到林莞竟然还有这样的手段。

林莞走到李唯西面前，笑得眉眼灿烂："怎么样？你可欠我一个大人情！"

司言被按在地上，冲着李唯西大喊："是你！是你干的！"

他的声音又急又怒，走廊里却没有一个人肯帮他。就在这时，宋摘星突然从办公室里出来。她看着司言被人摁在地上，头发乱糟糟的，身上沾满了碎屑，一点尊严都没有。

糊糊站在她的身后，手里仍旧拿着小汽车。

宋摘星咨询没做完，听到喊叫声赶紧跑了出来，没想到走廊早已围得水泄不通，司言像个犯人一样趴在那儿。

宋摘星看向两个保镖："放开他。"

林莞示意，两人将司言放开。

司言从地上爬起来，难过地看着宋摘星。

宋摘星抬手给他打了打身上的尘土，对司言说道："我不恨你，是因为我早就不喜欢你了。"

司言哪里受得了这种话，一把拉住宋摘星乞求道："你忘记我们大学时候了吗？阿星，求你原谅我一次，我再也不会放弃你了！"

宋摘星任他握住腕子，面色却毫无波澜。

"我有喜欢的人了。"

司言极度震惊："是谁？"

连一侧的李唯西都惊慌起来，不安地看着宋摘星。

宋摘星直视司言的眼眸，她最了解司言，知道什么样的话最让他难过，可她说不出口。

她反手握住司言的手，说得诚恳无欺："你会祝福我的对吗？"

她说完忽地想起来大学时司言为了追她，买了两杯饮料给她喝，一杯热的一杯冷的，都是她爱喝的，对她说让她挑，剩下那杯他来喝。他是如此细心体贴，永远有Plan B给她。暴力和谩骂根本打击不了司言，他想做的事情，连退路都提前想得到。

如今她说了当初司言订婚时对自己说的一模一样的话，已经给他退路了。

司言在她说完后整张脸都垮了下来。

他们曾经相爱，他怎么会不祝福她。

司言失魂落魄地松开了她的手，神色凄凉。他扶着墙壁一步步走出了心理科，每一步都无助极了。

就在大家都松了一口气的时候，司言忽地又回过头来。

阳光透过窗子打在他的身后，他逆着光，让宋摘星看不清他的表情。

司言缓缓抬起手臂，指着李唯西说道："你是喜欢他吗？"

声音冷漠遥远，像个陌生人。

李唯西从人群中站了出来。他单手插着裤兜，脊背挺直，双腿修长，衬衫袖口卷到手臂中间，一副漫不经心却又极其风雅轩昂的样子。

他看向司言说道："我很喜欢摘星。"

几只云雀隔着走廊尽头的玻璃扑棱棱地向着天空飞去。天蓝得碧瓦透亮，鸟儿越飞越远，掠过云霞与枝梢，最后变成小点儿，钻进霭霭红尘里再也看不见了。

第十七章　大闹科室

过了一月份，整个汉州都逐渐温暖起来。天气越来越好，日光明媚，行人减衫，地面偶有小草破土而出，像春天的眉毛。

明圆山庄停着一辆加长版黑车。管家带着几位用人依次排开，谨敏小心地看着车内。

李唯西将林帆扶下车，管家随即递上来一副拐杖。

过了几个月的时间，林帆身体已是大好，如果不是上个月的自杀事件，他本该早就出院了。

林莞跟着下车，笑嘻嘻地挽着李唯西的胳膊："待会儿跟我们一起吃午饭吧。"

李唯西想抽身，无奈被她箍得更紧，只能客气地答道："我还要见一下你父亲。"

林莞瞬间觉得无趣，林帆却笑着开口："姐姐，李医生不属于你。"

林莞怼他："白眼狼。"

十几天前李唯西当众告白宋摘星的事情尽人皆知，就连他这个病患都了解得一清二楚，可见两人在医院的影响力。当时连护士之间都传得沸沸扬扬的，没想到一个从美国回来的医生竟然这么痴情。

然而这还不是最令人咂舌的，那位宋摘星宋医生不仅当众拒绝了前男友，还拒绝了这位李医生，说十九天之后才能给他答复。

一个有零有整的数字，真是匪夷所思。

说话间几人已经进了庄园，林雨泽派人来请李唯西。

林帆再次向李唯西道谢，待他走后，这才回头看林莞。

“姐姐，李医生真的很帅。”

林莞气哼哼的：“还用你说。”

“如果宋医生再次拒绝李医生的话，你就重新追求他吧。”

林帆拄着拐杖慢慢走着，说的话却是诚恳至极。

林莞笑靥如花：“我赌宋医生还要拒绝他。”

林帆跟着笑了笑，打趣似的说道：“如果你再追不上，我就追了。”

林莞脸上的笑意荡然无存，似乎受到了极大的惊吓。

她愣愣地站在原地，结巴道：“他……他还没……还没给你看好啊？”

林帆丢给她一个酷酷的背影，偷偷笑着：“傻子。”

西山精神病院的迎春花已经开了。葱茏的鹅黄色花瓣堆在一起，清新绽放，生机勃勃。

门诊部的大楼里，助手潇潇跟在时越后面不断介绍着病人的最新进展。时越步履匆匆，脸色清寒。

“3号房多重人格症病人的女性人格在前天消失了。”

“16号自闭症患者仍然沉迷自我，交际困难，行为刻板重复。”

“22号特定恐惧症患者近期通过系统脱敏的治疗后，症状有明显好转，对蛇和蜘蛛不再那么害怕了。”

潇潇翻到下一页笔记，继续说道：“还有……哎哟……”

她不知道时越什么时候停下的，一下子撞到了他的脊背。

时越紧跟着躲了几步，眉心微皱，冷冷出口：“以后不要离我这么近。”

潇潇顾不上额头吃痛，慌忙道歉。对这个冷面教授她现在了解极了，平常学习、聊天都没问题，就是不能离得太近，这是他的绝对禁区。

这次绝对完蛋了，潇潇心里想。上一次不小心碰到他还是写病历的时候，因此被他冷落了几个月，现在直接撞到他的后背，还是大面积接触，不知道他要怎么惩罚自己。

她不断地道歉，却听不到任何回应，心中奇怪，缓缓抬起头时，眼前早已空无一人。他什么时候走的？

潇潇皱着眉走近窗户看向外面，这才明白过来。难怪刚才走那么快啊，原来是她来了。

院外，宋摘星坐在长椅上，整个人沮丧极了。

时越挨着她坐下，手放进白大褂的兜里，陪着她看天。

宋摘星问道："小雪怎么样了？"

"关心的话我带你去见她。"

宋摘星低着头，声音闷闷的："实在提不起力气，今天就算了。"

时越看着她，桃花眸温柔如水。司言大闹心理科的事情他早就知道了，自然也知道了李唯西的告白，只是如今看她的样子，似乎为此所累，没有一点开心。

"喊你来，确实有正经事。"

"小雪的事情吗？"

时越看着她，浅笑道："杨雨的精神分裂症状在减轻。"

"真的？"宋摘星一下子来了精神，"郭小寒的妈妈？现在怎么样了？郭小寒呢？他开口说话了吗？"

时越被她一连串的问题直接问住，笑意不减："先回答你哪个问题呢？"

宋摘星赶紧拉住他："小寒可以说话了吗？"

时越摇了摇头。

宋摘星问道："杨雨还怀疑有人监听她吗？"

时越："好多了，和郭洪泉的关系也在回暖。郭洪泉倒是好得快，身上完全不痒了。"

"还好还好，这样的家庭关系会让小寒早点好起来的。"宋摘星似松了一口气，转而道，"真是谢谢你又帮了我一个大忙。有你在，相信郭洪泉他们一家很快就会好起来的。"

她的手还扯着他的袖口，时越没有躲，淡淡地问她："你什么时候才能好起来呢？"

宋摘星怔了怔。她知道他是在问自己的感情问题。

"我和李唯西说，十九天后才能给他答复。"

"十九天？"

“其实是二十一天。”宋摘星声音软了下来，“我在心中和他诀别的第二天，他向司言说喜欢我。司言问我喜不喜欢他，当时那么多人看着，我说十九天后才能告诉他答案。”

院子里的迎春花随风摇曳，有一丝甜甜的味道。

时越勾起唇角：“你为什么要和他诀别？”

宋摘星一副六神无主的样子：“我不知道李唯西是不是真的喜欢我，还是为了给我解围才这么做。而且……”她想说“1号人物”的事，却在停了几秒后什么都没说。

时越站起身，浅笑道：“阿星啊，你给自己二十一天真没错。”

“哎？”

“还有几天？”

“明天……就是最后一天了。”

时越俯视着她，声音不徐不疾：“你不必担心其他，只需要关注一个问题就可以。”

“什么问题？”

时越的眸子深邃晶亮：“你喜欢他吗？”

明圆山庄，林雨泽将李唯西请进了书房。

一幅章草挂在书房正中，遒劲有力的笔墨写着两个大字：多忘。

管家上了茶后并没有出去，默默站在一侧。

林雨泽的状态要比前几日好一些，情绪也很稳定。房间里很暖，他只穿了单薄的汗衫，丝质的衣服衬得他文雅清瘦。

“林帆已经没有大碍了。”

“他的心上人呢？”

李唯西自然知道林雨泽难以启齿的问题，说道：“已经彻底不联系了。”

林雨泽：“是不是代表他痊愈了？”

李唯西：“他并没有根治。”

林雨泽默了一会儿：“我要怎么做？”

李唯西问他：“你能回忆一下之前为什么要打林帆吗？”

管家给林雨泽点了香薰，是他经常点的苏合香，用来醒神辟秽。

林雨泽缓缓端起茶，目光迷离了一会儿。

“人老了，想不起来了。”

李唯西从包里拿出林帆的病历与资料递给他：“这是林帆对你的回忆。”

林雨泽接过来，只看了片刻就交给了管家。

“我会好好和他谈的。”

李唯西察觉到他很容易疲累，转换话题道：“晚上睡眠还好吗？”

林雨泽点了点头。

管家补充了一句：“上次之后，再也没有发过脾气。”

他的脸上还留着当日林雨泽踢打他的伤痕，送医院缝了五针才回来。

管家与林雨泽相处十几年之久，更像老友而非上下级的关系。此时他主动站出来说话，也是想替林雨泽辩解。

林雨泽叹了口气，书房的气氛陡然沉闷下来。

李唯西平和地说道：“脾气暴躁不是特别大的问题，我相信你会克服的。”

林雨泽喝了口茶，氤氲的水雾弥漫在他的面颊上，看不出他的情绪。

“今日来，我还有一件事想问。”

林雨泽点点头，示意他说下去。

李唯西接着道：“段长惟是怎样成为山庄设计师的？”

林雨泽一怔，林莞被救出来后，段长惟的名字就成了整个山庄的禁忌，没想到李唯西会有这样的问题。

“朋友举荐的。当时我们几个老友打高尔夫，他们的房子都是段长惟设计并且参与建筑的。”

“方便把几个朋友的名单给我一下吗？”

林雨泽示意管家去做。

李唯西缓缓站起身：“谢谢。”

林雨泽知道他要走了，扶着木椅起来，他将最重要的话留在最后。

“莞莞是个很单纯的孩子，我希望你明天也可以来看她。”

“明天不行。”李唯西说得斩钉截铁，“明天我有很重要的事情要做。”

林雨泽未料到他说得这么坚决，不过随即点了点头。他似乎更累了。

李唯西有一种不太好的预感，但具体指的什么他却无法讲清。但愿林雨泽能早点好起来，那样林帆才会真正地回归正常生活。

翌日，心理科。

宋摘星一大早就忙得不可开交。

糊糊的病症和病因通过十几天的咨询后被诊断出来，是依恋关系出了问题，导致认知结构变化。而同是六岁的叮当病因就简单得多，因为他的爸爸经常打他，导致他习得了这种行为，便在学校里经常打架。

宋摘星决定让简一凡继续跟进叮当的问题，而她则打算通过“认知行为疗法”给糊糊做治疗。

糊糊的父母长期不在身边，都是胡全这个爷爷带着孙子，自然更宠溺一些。所以糊糊打他的时候，胡全也不觉得有问题，导致糊糊认为打人是跟人亲近的表现，所以在学校就肆无忌惮地打别的小朋友。

认知上出了问题，又没有得到家长的及时矫正，就很容易引发一系列的心理问题。

宋摘星将胡全带到团体治疗室，嘱咐他一些治疗前的注意事项。

“认知行为治疗是由阿伦·特姆金·贝克发展出的一种有结构、短程、认知取向的心理治疗方法，它的主要着眼点放在患者不合理的认知问题上，通过改变患者对己、对人或对事的看法与态度来改变心理问题。”

宋摘星首先向胡全介绍了一下治疗方法，不过看他迷茫的眼神，她决定说点眼下更重要的事。

“最好让糊糊的爸妈都回来一下，其实通过聊天能感觉得到，糊糊很想爸爸妈妈。”

胡全叹气：“天天在外面都忙死了，哪能说回来就回来，又不是什么大事。”

宋摘星纠正他：“糊糊都已经面临退学的危险了。”

胡全嗫嚅：“我……我回头打个电话。”

宋摘星接着道：“治疗糊糊的过程中，您也要全力配合。”

“我能配合什么？”

“糊糊现在听你的话，你首先应该告诉他打人不对。”

胡全狡辩：“说了多少回了，孩子太小了，这毛病也得慢慢改呀。”

宋摘星想告诉他作为爷爷对糊糊产生的影响，以及生活中他的偏执和暴躁也在无形中让糊糊变成了现在这个样子。她想好好和胡全聊一聊，然而这时治疗室的门忽然打开。

“司言？”

宋摘星心中一沉。

司言好像喝了酒，身上散发出刺鼻的酒味。他颓唐地歪在门口，意乱神迷地看着宋摘星。

“阿星，你不会喜欢李唯西的对吗？”

宋摘星稳在桌边，对他说道：“这个和你无关。”

司言紧紧盯着她：“阿星，你属于我！”

宋摘星：“司言，我希望你能过得好。”

“过得好？”司言踉跄几步，慢慢靠近她，脸上全是苦涩的笑意，“你们大闹婚礼，告诉我女友怀着别人的孩子和我结婚，我能过得好？我辛辛苦苦在美国完成学业，女友许我远大前程，现在我一无所有，我能过得好？阿星，我最爱你，可你现在却喜欢别人，我能过得好？”

胡全看司言说的都是私密话，刚要出去，却被宋摘星示意没关系。

她淡淡开口：“司言，你最爱你自己。”

司言整个人像被击中一样愣在原地。

宋摘星不愿将以往美好的感情赋予不堪的结尾，最后说道：“你走吧，希望我们再不相见。”

然而她话音刚落，司言忽地欺身上来，瞪大眼睛看着她。

“只要你告诉我，你不喜欢李唯西！”

宋摘星仰头，出声铿锵有力：“不，我喜欢他。”

司言似乎受到了重大的打击，猛地掐住宋摘星的脖子，恶狠狠道：“为什么！为什么一定是他！为什么！”

宋摘星被他掐得喘不上气，桌子上除了一沓资料什么都没有，一时竟无法反抗。

胡全上前赶紧阻拦。然而司言高大有力，借着酒劲儿竟把胡全推出去很远。

胡全吓得赶紧站起身来往外跑，出了门大喊：“快救人！宋医生被掐死啦！”

房间里，宋摘星的脖子上赫然被掐出一道血印。

李唯西此时正站在走廊里与胡梨交代病人事宜。他认出胡全是宋摘星的患者，听见喊叫声脸色唰地惨白。

胡梨刚要告诉他云主任的安排，却见李唯西发疯似的朝着咨询室跑去。

他一脚踹开咨询室的门，进去就将司言扯拽出来。

宋摘星被掐得面色紫红，司言松开手的一刹那她浑身发软，颓然跌坐在凳子上。她扶着桌角连咳带喘，因刚才的反抗太过激烈，如今头发都乱糟糟的，眉角处还带着一些伤痕。

李唯西将醉酒的司言拉到走廊，上去就给了一拳。

司言被打得清醒了很多，冲着李唯西大喊："你算什么东西！阿星是我的！"

李唯西解开西装扣子，走近他几步又给了一拳。

司言嘴角带血，哪里肯受这样的拳头，上前奋力与他还击。

"Go hell. I' ll kill you！"

司言一边骂一边向他挥胳膊，李唯西却单腿微屈，紧跟着向他踹了过去。

刚才宋摘星的样子让李唯西心疼到无以复加，满身的火气都要撒在司言身上。

他对着司言大喊："She's out of your league. Get out of her life！"（你配不上她。滚出她的生活！）

"No way！"

李唯西牙齿咬在唇下，扬手将外套脱掉，露出一袭白衬衫。他接着又给了司言一拳。

"Get out！Otherwise，u gonna bear your own consequences！"（滚出去！否则后果自负！）

司言被打得连退几步。在听到他让自己不要再来，否则后果自负的时候，司言彻底愤怒，猛地一跃旋即扑向李唯西。

林莞赶到时正好看到这一幕，她大呼："不要！"

然而已经晚了。

只见李唯西双手紧握，左脚伸直，右脚蹬地后屈膝提起，而后转身、提腿、出脚，动作一气呵成，重重地踢向司言。

林莞站在原地惊叹："好漂亮的后踢。"

赞叹的同时，远处的李唯西紧接着抬高右腿，举过头顶，起腿尽带着杀伐决断的凌厉，随即向司言劈去。

林莞甚至不敢眨眼，她已经很久没见李唯西这么帅的跟人打架了。

胡梨也愣在一旁，不可置信道："平时那么温柔，怎么会……"

林莞感叹："跆拳道黑带，他从没给你们展示过吧。"

司言哪里受得了他的这种动作，只两下便彻底失去了抵抗力，整个人直接栽到地上。其他医生喊过来的保安赶紧上前要将司言拖走，却被李唯西拦住。

他轻声对保安道："稍等。"

保安们不知道他还有什么事，只见李唯西整理了一下自己的衬衫，缓缓走向咨询室。

宋摘星刚好走到门口，她的脸色还没有恢复过来，步子险些不稳。

李唯西抬手为宋摘星抚平了头发，修长的手指滑过她的面颊，带着一股清凉。

宋摘星双目如清水一般看着他。

李唯西缓缓弓身，单膝跪地，而后伸直胳膊，用大拇指和食指对着宋摘星比了一个心。

他比得既温柔又不羁，磊落又笨拙，时间似乎在这一刻停止，让人深陷。

他深挚地说："我会支持你做的所有决定。"

声音清澈得像山涧溪水流进冰雪初融的河面。

走廊里，林莞的眼泪都要下来了，如果这一刻站在他面前的是自己多好。那么多年，做这种事情的都是她林莞，没想到李唯西有朝一日竟然能够对别的女孩做到这种地步。

宋摘星歪了歪头，一抹笑意存在眸中。

她看着衬衫褶皱、面庞却白净如瓷的李唯西，缓缓抬起手，接住了他比的那颗心。

走廊里围观的人越来越多，所有人都看着这一幕，包括司言。

宋摘星浅浅对他说道："我喜欢你很久了，谢谢你也能喜欢我。"

有风吹过走廊，发出悠悠的声响。

李唯西咧嘴大笑，起身一把将她拉入怀中。他的下巴蹭着她的头发，毛茸茸的，让他笑得更欢快。

十九天的等待，等来这一刻实在太养眼，走廊里的人唏嘘不已，全都为他们鼓起掌来。除了林莞和胡梨。

云月华在办公室等着李唯西却一直没见着他，出来时正好看见两人在一起的幸福样子，连忙笑道："看来我下面要做的决定非常正确。"

李唯西抱着宋摘星不放，笑问道："什么？"

云月华道："以后由你来做摘星的心理督导师吧，作为朋辈督导，我想你比我更合适。"

心理督导师实际就是心理师的"咨询师"，帮助被督导者处理情绪，干预策略咨询，是很重要的存在。

云月华的决定代表着以后李唯西与宋摘星有更多共处的机会。李唯西十分感念："Thanks, chief."

云月华回以他笑意。严苛如她，笑便是宠爱。

宋摘星温存在他的怀中，她忽地想起来八岁时遇到的那个男孩，他的味道与那时的感觉竟然如此相似。她觉得李唯西像个故人，很是熟悉，就像他们从未分别过，一直在彼此身边。

司言被带走时酒已醒了大半，除了对不起什么都没和宋摘星说。

下午时分，李唯西带着宋摘星来到天台。

视野空旷，俯瞰整个医院和远处的山河。

李唯西握住宋摘星的手，笑意渐浓。

两个人几乎同时出声。

"我可以问你一个问题吗？"

李唯西低眉看着她："问吧。"

宋摘星摇头："你先问。"

阳光正好，照耀着院子里生芽的枝木，风从角落里吹拂过来，整个天台都被温暖地包裹着。

李唯西问她："为什么在十九天之后才能和我说？"

宋摘星浅笑："我给自己二十一天的时间让自己不喜欢你，后来发现完全做不到。"

“为什么要不喜欢我？”李唯西皱眉。

“这就是我刚才想问你的问题。”宋摘星抿了抿唇，有些不好意思，“你和我说你生命里有个1号人物，我……”

“你吃醋了？”

宋摘星别过头，脸色通红。

李唯西明朗地看着她：“你问吧。”

只是说完，宋摘星的手被他握得更紧了。

她再次看向他，终于问出了那个困扰她许久的问题：“她是个怎么样的人呢？”

李唯西眼睛向上，轻轻嗯了一声，似乎是在思考。

“很支持我，帮助我，对我很好，我们从没有吵过架，非常理解我。”

宋摘星心里有些不是滋味。

李唯西继续说道：“是我最好的哥们儿。”

“嗯？哥们儿？”

宋摘星整个人都处在惊诧中。

李唯西掩住笑意，倾身贴在她耳边说道：“他让我尽快向你表白。”

宋摘星瞪大眼睛，只觉得眩晕无比：“1号人物是个……男生？”

李唯西坚定地点了点头。

“为什么不早告诉我。”她扬眸，带着一些又欢喜又傲娇的小情绪。

然而李唯西并没有回答她，只以迅雷不及掩耳之势吻上了她的唇。宋摘星本想躲开，却最终瘫软在他的怀中。

他身上有清凉的香味，唇齿间发出甜甜的气息，宋摘星再也没有推开他。天空飞过几只春燕，剪刀似的尾巴划破云朵，向着天的尽头一路飞去。

长空辽阔，风声簌簌，远处山河万里，墨色如黛，两人跻身在万物间，仿若彼此就已是全世界。

宋摘星与李唯西的事情沸沸扬扬传了几天终于消停下来，科里再次恢复了正常，除了“八卦王子”简一凡的哀号。

他大呼那么重要的场景自己竟然不在，简直是对自己的侮辱。

这种哀号持续了几天，直到简一凡被高璨喊去，回来后便像个霜打的茄子。

宋摘星再次见到了前来复诊的孙思思。自从谈了恋爱，她的状况明显比之前好很多，或许是另一半给予了她很大的能量，逐渐让她从抑郁症里走了出来。

宋摘星正忙着，简一凡却将她拉到一边。

“帮我个忙。”

宋摘星手里还在填表，低着头：“什么？”

“高璨妈妈有很严重的强迫症。”

宋摘星抬起头：“啊？你怎么知道的？”

简一凡叹气：“刚才高璨妈妈来院里，我跟着高璨见她，发现她手都洗掉皮了。”

“这么严重？高璨知道吗？”

“知道，她妈妈拒绝看医生，高璨也没有办法。”

“如果强迫自己一直洗手的话，是一种‘不洁物’的强迫思维，在强迫症中很常见。”宋摘星提醒他，“你得告诉高璨，先把她妈妈的心理问题解决掉。”

“所以我来找你了。”简一凡哭丧着脸，“我正和她谈着恋爱呢，你也知道心理咨询师不能给亲属看病，如果她妈妈来科里，就得由你来负责。”

宋摘星连连摆手：“我干不了。你也知道，心理咨询师会知道病患很多隐私，我和你那么熟，万一哪天说漏嘴了，对高璨妈妈也不好。”

“那怎么办啊？”

宋摘星想了想：“不然就让唯西来带吧。”

“他？”简一凡还有点不乐意，“我还不想让他知道我家里人的隐私呢。”

“啧啧，这还没结婚呢，就成你家里人啦？”

“哼，你们倒是亲近了。”简一凡直翻白眼。

宋摘星转身欲走：“你先担心担心你未来的岳母吧。”

简一凡赶紧拉住她：“听你的！你和李唯西说说，让他负责高璨妈妈的事。”

宋摘星给了他一个“OK”的手势：“还有什么要交代的吗？”

“有！”

简一凡似乎决定要把最大的秘密告诉她。

“她妈妈……说方言……我一句也听不懂……”

简一凡和高璨费尽千辛万苦才把高妈妈请到咨询室。

李唯西将高妈妈的测量结果放在办公桌上，却没急着看，示意简一凡和高璨先出去。

高妈妈坐在沙发上，碎碎念道：“偶就窝偶不来的么，你一定要偶来。偶一没生毛病咯。”（说不来的嘛，非要让我来。我又没病。）

李唯西听她说的是南方话，于是换了腔调，唇角微扯：“阿姨，你原来来哪里生活啊？”（阿姨，你平常在哪个城市生活？）

高妈妈对这个问题倒不排斥：“杭州。”

“杭州风景毛好类。”（杭州风景很好呀。）

“是滴是滴，毛匣易类，你有没七古？”（是呀是呀，很安逸。你去过没？）

李唯西靠近她：“没诶，要么阿姨不偶介绍几个好滴撒子儿滴地方咯？”（没有，阿姨可以给我介绍几个好去处吗？）

“个毛多类，西湖边荡荡儿啊，云溪竹径梅家坞吃茶啊，灵隐寺拜拜菩萨啊，都毛好的类。”（西湖，梅家坞，灵隐寺，都很好的呀。）

李唯西点点头：“个么阿姨好不好再帮偶个忙？”（那阿姨能不能再帮我一个忙？）

“你窝。”（你说。）

“告诉偶你只手纠个受伤滴？”（告诉我你的手怎么受伤了？）

高妈妈低头看着自己全是血痂的手，下意识往回缩了缩，不过还是说道：“打的，一天要打一百毛手。”（洗的，一天要洗一百次手。）

“为撒打噶许多毛啊？”（为什么那么频繁？）

高妈妈本不想说的，只是李唯西一直盯着自己，气氛实在是尴尬。

“偶总觉得偶只手毛缝类。”（我觉得我手脏呀。）

高妈妈叹气：“偶个毛都不敢册门，要不是璨璨同偶窝她有男旁友的，偶肯定被的来个的滴。而且偶觉得如果偶不打手个话语，偶个窝里就会发生毛晦气滴事情。”（我现在都不敢出门，要不是璨璨告诉我她有男朋友了，我肯定不会来这里的。而且我觉得如果我不洗手的话，我的家里就会发生灾难。）

高妈妈说着站起身来，直接往外面跑，边跑边道："偶要再去打个手哦，医生等偶些。"（我再去洗个手哦，医生等我一会儿。）

待高妈妈出门后，简一凡和高璨赶紧进来。

简一凡奇怪道："你怎么会说南方话？"

李唯西折返到桌边拿起高妈妈的测量表，边看边道："你出国留学就知道了，身边很多南方人。"

高璨刚才一直趴在门口听他和妈妈聊天，很是佩服李唯西。

"先和我妈聊家常，求她帮忙介绍好玩的地方，然后再求她帮忙告诉自己病因，真是一环套一环啊。"

简一凡忽然想到，心理学上是有这个现象的，俗称"登门槛效应"，是指一个人一旦接受了他人的一个微不足道的要求，为了避免认知上的不协调，或想给他人前后一致的印象，就有可能接受更大的要求。

这大概跟人的行为与态度一致性有关，屡试不爽。

简一凡咋舌，腹语道："真是人精。"

李唯西好似听见他的话一样，猛地抬头看向简一凡。简一凡吓了一跳，赶紧恭维："是啊，好厉害，真是厉害。"

说话间高妈妈再次进门，李唯西请简一凡和高璨出去："交给我吧。"

简一凡哪里敢再开口，拉着高璨跟兔子似的哧溜一声跑出门去。

隔壁咨询室里，宋摘星的日子却不好过。

胡全将儿子儿媳请来了，却从进门到现在都没消停。

别看胡全平时嗓门大，对这个不满，对那个不满，没想到见到儿子后整个人都老实得不行。

儿子胡骞和儿媳张萍对胡全简直颐指气使。

胡骞骂骂咧咧："让你带糊糊就带成这样，你负不负责啊？"

胡全耷拉着脸，脑门上全是汗。

"糊糊小，他们学校老师都不管。"

张萍上前，抱臂在怀，一副盛气凌人的样子。

"爸，当初是你让我们把糊糊留下的，你看看糊糊现在连学都没得上，你让我们怎么办啊？你这个当爷爷的能不能走点心？”

胡骞冷哼：“到现在才告诉我们，还非得让我们请假回来，我们能看糊糊的心理病啊？”

他言下之意全怪胡全，宋摘星上前阻拦道：“现在不是讨论病因的时候，治疗糊糊的过程中需要父母的配合。”

张萍道：“我明天就得回单位。”

胡骞附和：“我也是。”

两个人上班的地方都不在本市，这次来还是因为宋摘星要求胡全让他们回来，没想到只待一天就想走。

宋摘星劝道：“糊糊需要你们，留下一个也可以。”

胡骞问：“糊糊打人多久才能看好？”

“心理问题不同于外科疾病，不是一天两天就能看好的，需要长期的过程。”

张萍反对：“我们没时间。”

胡骞对着胡全怒气冲天：“你看看你干的好事！以后一分钱也别想从我们手里要！”

糊糊一直在角落里坐着玩小汽车，很是安静，却在听到胡骞的话后忽地哭起来。

胡全赶紧赶过去，满头的汗也顾不上了，一直替孙子擦眼泪。

张萍叹气，对宋摘星说道：“我们两口子都得赚钱养家，糊糊爷爷都退休了，根本不挣钱！糊糊还要交各种学费，我们压力也很大。”

宋摘星其实理解他们的做法，不过看糊糊的穿着和胡全的穿着，两人完全不对等。胡全穿着普通的衣服，糊糊却一身名牌，连小汽车都是德国产的，哪里是没钱的样子。

宋摘星看向他们说道：“幸好糊糊还小，认知结构调整得快，治疗过程中你们需要不断地告诉他打人不对，生活里也要禁止他打你们。等他意识到打人不是亲昵行为时，病就好一半了。”

“让他爷爷管教就好了。”张萍白了胡全一眼。

胡全缓缓站起身，看向宋摘星道：“医生，你说什么我都应，只要看好我孙子，你就别难为他父母了。”

宋摘星实在看不惯胡骞和张萍推卸责任，正色道：“团体治疗就是需要家人的配合，你以为糊糊只是打人这一个具体表现吗？其实他的很多认知都不对，完全是因为你们的家庭关系出现了问题。”

张萍受不了，直接怼回去：“那有什么办法，都怪他爷爷，好好的孩子惯瞎了。”

胡全眼下一句话不敢说。

宋摘星审视着这一家人，想象着这种原生家庭对糊糊造成的影响，心中一阵凄寒。胡全在儿子儿媳这儿受了气，就更容易对陌生人发火，而糊糊动不动就打胡全，又何尝不是潜意识里意识到胡骞对胡全的瞧不起呢。

我们都以为孩子太小什么都不懂，其实他们是最能感受到家庭关系的人。因为他们单纯、脆弱、敏感，早已看清那些暗藏在成年人情绪之下，不易被察觉到的关系。

第十八章　万事归一

整个明圆山庄被林莞折腾得鸡飞狗跳。

自从亲眼见到李唯西向宋摘星表白后，林莞回来大哭一场，接着将所有用人全部支走，摔碎了她从美国带回来的一切与李唯西有关的东西。

原本等着宋摘星拒绝李唯西之后接着跟他表白，却没想到她竟然接受了李唯西。林莞越想越气，随即将盒子里的丝巾拿出来剪掉。丝巾还是在美国时戴的，那时她喝醉酒被他送进医院就是戴着这条丝巾，上面沾着李唯西的气息，她从未想过扔掉。

可如今林莞拿着剪刀，一点一点将丝巾全部剪碎，直到眼泪模糊了视线，剪刀一下子划伤了手指。

她嘤咛一声，鲜血滴在地毯上格外刺目。

卧室的门忽然被打开，随之传来一声凌厉的男声。

“林家的孩子，只要想要，绝不低头。得不到就去骗，骗不到就去偷，偷不到就去抢，不惜代价也要得到。”

林莞懵怔地看向门外，哭声更大：“爸爸，我该怎么办？我该怎么办呀……”

林雨泽拄着拐杖站在门口，面寒如霜。

“你太被动，只能等着别人伤害你。”

林莞顾不上手上的伤，眼泪啪嗒啪嗒往下掉：“可是宋摘星明明说过不喜欢他的，她那么蠢，Lee为什么会喜欢她。”

“你就那么喜欢李唯西？”

“爸爸，我哪里不好？我可以改，只要Lee能喜欢我。”

“胡说！”林雨泽面色更加难堪，扬声道，“莞儿，你看看你现在是什么样子！如果真想得到他，就去行动！”

林莞抽泣：“我把心都给他了，全部给他了。”

林雨泽看着她的样子，心中一阵疼惜。她的手上还滴着血，而她却毫不在意，整个人都陷在挫败无助中，这让林雨泽更加恼火。

他当然知道李唯西的态度，自上次对话之后，李唯西公然拒绝自己的好意，他便知道劝慰或者安抚没有任何意义。他林雨泽叱咤商海多年，怎能连这点分寸都没有，所以那天他什么话都没说，只是等着李唯西做出最后的决定。

他的莞儿不是败给了那个宋摘星，她是败给了李唯西的决心。

林雨泽缓缓转身，目色深如古井，毫无波澜。用人们赶紧进去替林莞包扎，夕阳西沉，殷红色的光辉照着山庄的只砖片瓦，林雨泽迎着光，出口冷冽决然。

“我会让他付出代价。”

医院里的榆叶梅开了，张牙舞爪的枝蔓上开着一串一串的花儿。馒头柳生长在榆叶梅旁边，已是绿色横生，树冠如云，迎风摇曳四散，一派生机。

此时西三楼的心理科却透露着一股戾气，似有大事发生。

简一凡跑到宋摘星那里哀号不止：“叮当丢了！”

宋摘星没听明白：“孩子丢了？”

简一凡一屁股坐在办公室的沙发上，沮丧地说：“他妈妈说再也不来了。”

一个案例跟到一半患者却无故退出，对心理咨询师来说确实是一件极为失败的事。宋摘星从办公桌前抽身出来，向他问道：“进展到哪了？”

简一凡也十分不解：“一直在往前推进啊，叮当就是经常打人，不好好做作业，只要调整他的习惯就可以。”

宋摘星给他倒了杯水：“问他妈妈了吗？是不是家里出事情了？”

简一凡摇摇头：“他妈妈不说，就说不给孩子看了。”

“说谎。”宋摘星肯定道，“那么关心孩子，都专门来心理科了，怎么会说放弃就放弃。”

简一凡也摸不透，一直叹气。

宋摘星忽然想到那天吴聪和胡梨的私语，不知道跟这件事有没有关系。她看向简一凡道：“你家是不是有私家侦探？”

简一凡：“是啊，我老妈专门雇的，监视我爸用的。”

宋摘星喝了口水差点呛到，无语道：“那你能不能用一下？”

简一凡噌地站起身，向她抱怨：“别提了，孟美丽把我的卡全部冻结了，说我再也和她没关系了。我现在真是惨啊，工资那么少，我妈又不搭理我，上哪找私家侦探去。”

宋摘星听说了他和高璨的事情，自然不便再说什么，只能叹气：“希望叮当能早点好起来。”

“糊糊怎么样了？”

宋摘星摇摇头：“不乐观。”

办公室的门忽然开了。

文静拿着一个空塑料杯子进来，边走边道：“你们到外面看看。”

宋摘星有些迷糊，几步走出门去，发现胡全一家人都在外面。时值傍晚，张萍和糊糊正坐在走廊的椅子上吃比萨，而胡全则坐在另一边拿着馒头啃。文静拿着接好的水出来，走到胡全面前递给他。

胡全连说了几声谢谢，却遭到了张萍的白眼。

她嘀咕道：“比萨不吃，让你买包子非得买馒头，真会演。”

旁边的糊糊却一声不吭地将妈妈给他的比萨举到胡全面前，奶声奶气道：“爷爷吃。”

胡全推给孙子，一脸慈祥：“糊糊乖，爷爷不爱吃，大孙子吃。”

张萍冷嘲热讽：“吃个比萨多贵啊，小二百块钱呢，我们养着糊糊哪还有什么钱。”

胡全本还推着那块比萨，听到张萍这么说，低了低头，缓缓从口袋里拿出来揉过多次的两张红票，塞到糊糊手里，笑意堆在脸上的褶子里。

“糊糊拿着，拿着给爸爸妈妈。”

糊糊攥起那二百块钱，小手胖乎乎的，只是还没攥紧就被张萍夺走了。

她不动声色地将钱放进自己口袋里，低着头继续喂糊糊："来，乖儿子，吃比萨。"

宋摘星看着他们，回头和简一凡说道："听说胡全的儿子想要胡全的房产证，夫妻俩打算霸占家产呢。"

医院里待久了，简一凡早已体会到人情冷暖，只能叹气："一个愿打一个愿挨。"

宋摘星远远望着胡全没再吱声，或许是光线不好，她看着胡全再也不像当初那个嗓门奇大，又霸道又粗暴的老爷子了。他变瘦了，也变老了，在自己的儿孙面前毫无招架之力，恨不得把满腔的爱全部奉献出去，哪怕得不到任何回报和感激。

西山精神病院，时越刚刚和小雪母亲沟通完毕。一直没有给小雪带来太多关爱的母亲让时越略有些头疼，暗暗替小雪惋惜。

待小雪母亲走后，助理潇潇赶紧将手机给他，唇语道："紧急。"

时越盯着手机看了看，任电话铃声响个不停，却迟迟没接。潇潇一愣，赶紧将手机放在白大褂上擦了擦，这才又递给他。

时越接过电话后，潇潇背地里直翻白眼。

紧急电话只打了不到三十秒，时越嗯了两声后便挂掉了。

潇潇不敢问，这个电话一下午响了多次，她接听后只听见一个冷冷的女声吩咐她有紧急事情，等时越忙完务必提醒他。那个声音既强硬又冷漠，让潇潇完全不敢反抗。

时越将手机放进口袋里，完全没有要和潇潇说话的意思。

潇潇猜到这定然是个不寻常的电话。不过，现下她还有个更难启齿的消息。

眼看时越马上要走，潇潇咬牙说道："时医生，宋大夫说她明天不过来了。"

时越顿了顿步子，清冷道："知道了。"

"听说……她现在恋爱了……"

时越冷眼瞥她。

潇潇缩了缩脑袋，结结巴巴的："时医生不……不是也很喜欢她吗，为……为什么没有表白呀？”

时越站定，低头看着这个年纪不大却充满八卦心思的助理。

潇潇被他盯得心里发毛，有点恨自己不应该在这个当口问他，时机选得实在太差了。

她刚想默默走掉，低而不浊的气息忽地直扑而来。

时越屈身看着她的眼睛，澄澈的桃花眸似笑非笑：“我可以等。”

潇潇被他这一瞬的认真彻底打败，他玩世不恭却又胜券在握的样子让她完全预想得到，宋摘星有一天肯定会栽在他的手上。

多智近妖啊多智近妖，潇潇感叹，眼前这个时医生果然也不是善类。

院里的色木槭叶子全部长了出来，鸭蹼形的叶片将鹅黄色的花瓣全部挤到地上。林荫道上铺满了掉落的黄花，风一吹便再也寻不到痕迹。等到时机成熟的时候，一茬一茬的春花都会如色木槭的花瓣一样，消失得无影无踪。

高璨母亲疯掉是在李唯西接诊后的第十六天。

据简一凡回忆，前一天高妈妈还在与自己聊她的女儿如何优秀，可惜丈夫死得早，她下半辈子就指望高璨给自己养老送终，别无他求。结果第二天一早高妈妈就彻底在宾馆里疯了，神志不清，满手血痕，眼神涣散，不再认识任何人。

高璨与人合租，一时间室友都不愿再与高璨来往。高璨干脆搬到宾馆照顾母亲。

只是照顾一个疯子可想而知地艰难，尽管是自己母亲，高璨也屡屡力不从心。被母亲抓得满身伤痕已经是家常便饭，宾馆里能砸的也都被母亲砸了，闹得宾馆天天被客人投诉，要将高璨母女俩赶出去。

简一凡劝高璨先将母亲送进精神病院，被高璨坚定拒绝，简一凡只好先租了个不大的房子给她们住。只是现在简一凡只能靠工资过活，自然也没办法好好照顾高璨和她母亲，让彼此更加痛苦。

这期间李唯西一直窝在办公室没有出来。

宋摘星想不通，见不到他的回应，便一直在办公室外面守着他。她从未见过李唯西如此低迷。

直到高璨来科里大闹一场，要求赔偿母亲的精神损失费。任简一凡怎么阻拦，高璨都歇斯底里地吵嚷，要李唯西给她一个交代，否则她与心理科誓不罢休。

高璨那天从早晨八点钟闹到科室下班，李唯西也一直没有出现。云月华决定从科里抽取费用赔给高璨，大家都没有异议，毕竟高璨因为妈妈的事情连工作都丢了。

那之后，李唯西再也没有来科里上班。而在得到赔偿金后的第三天，高妈妈疯得越来越厉害，高璨力不从心，终于将高妈妈送进了西山精神病院。

就在同一天，心理科也迎来史上最激烈的一场争斗。

胡骞和张萍拽着胡全来到心理科，要求给胡全换药。

糊糊一直跟在爷爷身后，哭得满脸是泪。

宋摘星不明所以，胡全重度焦虑，晚上睡眠不好，吃些药调整状态非常必要。她不明白胡骞什么意思。

胡骞骂骂咧咧地看着宋摘星："老爷子吃着心脏病的药，还要吃心理病的药，我们没那么多钱，你断掉。"

胡全耷拉着脑袋，一副听天由命的样子。

宋摘星心中不是滋味，开口说道："老爷子的精神状况很不好，心理科的药最好别停。"

胡骞将胡全拽过来，大吼道："一天天的光吃药得花多少钱？很多药都走不了医保报销，要么你就把房产证给我们，要么你就别看这病。"

胡全沙哑着嗓子，低着头喊："不看了，不吃了。"

宋摘星想发火，碍于糊糊在面前，只能忍着劝他："好歹是你父亲，老人家年纪大了，吃药不仅能减轻痛苦还能看好病，对老人家有好处。"

张萍尖酸地看向宋摘星："宋大夫，你看看你开的药都那么贵，老爷子还得天天吃。吃了药犯困，没食欲，连糊糊都看不好，早就该断。再说我们还花钱给他买着别的药，他这都快成药罐子了。"

"你们真的关心糊糊吗？"

宋摘星看着还在掉泪的糊糊，眼睛一酸。

胡骞扬声道："你说这话什么意思？你看看你们开的什么乱七八糟的药，本来人没事，硬生生吃的不舒服！我们糊糊也没病，都怪他爷爷没看好！"

胡全抬了抬头，争辩道："医生说糊糊下个月就能去上学了。"

胡骞直接瞪了回去："你懂个屁！"

宋摘星看不惯他们，上前道："你们做父母的连教育孩子的责任都没尽到，反而指责爷爷，不合适吧？现在孩子出现了问题，我们就要想办法看好他不是吗？"

张萍直接推了宋摘星一把："你说谁没尽责啊？会不会说话啊？把你们领导找来我要投诉你！"

宋摘星猝不及防被她一推，整个人撞到门上。胡梨吓得赶紧去找云月华，不过此时的宋摘星却毫无退缩的意思。

她接着说道："想要看好糊糊，你们就必须配合。"

"我们配合啊，没钱！"胡骞转头看向胡全，大嚎道，"你听见没有？为了你孙子，赶紧把钱都拿出来！"

宋摘星觉得这一幕很像她初见胡全的样子。那时候的胡全暴躁易怒，可如今却完全被胡骞牵着鼻子走。

"我们在你身上花多少钱了？赶紧拿钱！"胡骞的声音更大了，像一个放着冲击声的喇叭。

胡全缓缓地将手揣进兜里，拿出来一张揉搓许久的百元票，刚要递过去，却被胡骞一巴掌打下来。

"你逗我玩呢？把糊糊看成这样，你连这点看病的钱都舍不得拿？"

揉皱的钱被打落在地，胡全赶紧去捡，只是人还没站起来，眼前猛地一阵晕眩，紧接着向后栽去。

胡全捂着心口蜷缩在地上，宋摘星大惊，赶紧去扶。

"你怎么样？"

胡全脸色惨白，哆哆嗦嗦地抬起手，指向小糊糊。

糊糊大哭，跌跌撞撞地跑到爷爷面前一遍遍喊着："爷爷不要糊糊了，爷爷不要糊糊了。"

胡全将攥在手心里早就揉成一团的一百块钱塞到糊糊手里，呼吸慢慢轻下来。

"这是爷爷……最后一次给糊糊钱了……"

他的嘴唇已经发紫，刚说完就吐出一大口血来。宋摘星暗想不好，怕他是突发性心梗，连忙大喊道："快喊心内科的医生！快去！"

只是话音未落，胡全的手忽地垂坠下来。他再也没有力气触摸糊糊了，整个人带着不甘和哀戚停止了呼吸。

“爸？爸！”

胡骞跟上来，一手将宋摘星扯出去很远。他摇着胡全的身子：“房产证给谁了？到底给谁了？！”

宋摘星眼里含着泪不忍再看，糊糊却哭着将钱往胡骞身前递。

“爸爸，我给你钱，把爷爷还给我好不好？”

胡骞将一百块钱拿过来，面色难看地看向宋摘星。

“妈的！我爸死在你们科，我让你们血债血偿！”

他说着就向宋摘星逼近，而宋摘星却扬手给了他一巴掌，耳光极其响亮，直接将他逼停。

张萍率先反应过来，推搡宋摘星：“你干什么！老爷子死在你们科里，你们得赔！”

闹了一刻钟，身边的护士早已报警，此时几个警察和保安赶来迅速拉开了他们。糊糊慢慢走到胡全身边，拉着他粗糙的大手一遍一遍喊着：“爷爷，我饿。爷爷我们回家了。”

胡全早已没了气息，身上的鲜血黏在了糊糊的小手上，像开在橡树皮上鲜艳的花。

胡全死在了心理科，让整个医院为之震惊。

民警调查了缘由，才发现胡全家里要拆迁，胡骞觊觎胡全财产，一直想霸占房产证。胡全守着糊糊过了六年，知道一旦给了房子他们就会带糊糊离开，所以咬着牙不松口。直到他病了，因为心脏问题身体乏力，又因为糊糊的问题有了严重的失眠症，吃药像吃饭，花掉了不少钱。

糊糊最开始并不打爷爷的。

但是他看见胡骞打过爷爷，很用力地拿着棍子打在他的身上。那时候他还上幼儿园，这个场景却深刻地记在了他的脑海里。爷爷那么照顾他，他爱爷爷，于是开始打爷爷，以为这样爷爷才能感受到他对爷爷的爱。

据邻居说，没了老伴之后，胡全这几年的脾气越来越大，连以往的老朋友都不再和他来往。

一个孤独却用尽力气爱着儿子和孙子的老爷子，哪怕在生命的最后一刻，还在想着给他们钱。

胡骞和张萍却没有放过心理科，除了要求巨额赔偿，还带着人大闹医院。医务科出面与两人进行协调，但是通过监控调查后发现胡全的死亡与医院无关。得不到赔偿胡骞哪里肯走，天天在医院堵着，事情一下子陷入困境，此时宋摘星做出了另外一个决定。

她希望坚持给糊糊看病，将他看好，由此产生的费用她一个人承担。

看在钱的分上，胡骞很爽快地答应了。

然而心理科的危机并没有解除，高妈妈疯了，简一凡不再常来上班，李唯西不在之后，宋摘星的心力也都被胡全一家人耗尽。所有人一下子都如掉进了冰窟，整个科里带着一层愁云。

西郊别墅。

李唯西已经很久没有出去过了。

他的胡楂变硬，眼圈有些黑，一直待在书房里。他将窗帘全部拉上，昏暗的书房中只有一盏灯亮着，已经不知外面春日新景。昼夜颠倒后，三月末的一天忽然下雨，细雨霏霏，杨柳摇荡，整个别墅带着青草和泥土的味道。河流蜿蜒而下，流过开满花的桃树与海棠，被淅淅沥沥的雨丝如烟云般笼罩着。

宋摘星下了公交车，顺着山道一路上行。两侧多是高大的银杏树，春日里也长出了嫩绿的扇形叶子。雨水从叶子上滴下来，落到她的雨伞上，发出啪嗒啪嗒的声音。

约莫行了半个小时，她才终于看见白墙红瓦的欧式别墅。门前的几株丁香开得正好，远远就能闻到香气。她想起丁香的叶子都是心形的，一簇簇开得很好，小时候母亲经常将晒干的丁香花蕾入药治她的胃寒症，陈年的老方子，药香在一锅又一锅咕嘟着的热气中弥漫整个房间。

她站在别墅外摁了门铃，等了很久，大门才缓缓打开。

李唯西好久没见过太阳了，眯着眼睛往外看，很惊讶她来。雨丝的凉气扑在他的面颊上，让他打了个寒噤。

宋摘星将伞合上，卷起的裤腿放下，轻声道：“我去熬点姜茶。”

待她站起身，李唯西忽地牵上她的手，凉凉的触感传递到她的指腹中。

“我去给你做点早饭。”

宋摘星笑笑：“是晚饭。”

李唯西一怔，阴郁的天空看不出时间，让他以为刚刚天亮。他转瞬道：“我去熬点汤。”

宋摘星已有十几天没有见到他，他清瘦很多，精神也不太好，不等他进去，宋摘星忽然从背后揽住他。

结实的脊背让她感到安全，皂香味从衣衫上传到鼻尖，让她禁不住想哭。

“唯西，去上班好不好。”

她想说她很想他，想和他一起共渡难关。可这样的话她说不出口，此时并不是李唯西需要她，而是她很需要李唯西。

李唯西抚摸着她的手背，浅浅的声音和着雨声入耳。

“我要先将高璨妈妈看好，这是我的责任。”

西山精神病院，高璨与简一凡来到了时越的办公室。

宋摘星介绍时越给他们，简一凡第一时间就让高璨带着母亲来了。如今高妈妈病情反复，时而发狂，时而嗜睡，让两个人心力交瘁。

高璨已经连续几天没有睡觉了，整个人看起来蔫蔫的。时越给他们倒了杯咖啡，清冷的桃花眸中无半分笑意。

“情况不乐观。”

高璨浑身战栗，憋着眼泪问道：“我妈妈才四十八岁，难道下半辈子就这么疯了吗？”

时越淡道：“突如其来的疯，很难查清根由，治疗手段也很有限。”

简一凡问他：“催眠治疗也不管用吗？”

时越摇摇头：“我想李唯西肯定也试过了，他是个中高手，一样无能为力。”

高璨似乎再也支撑不住，掩面痛哭：“怎么办，我该怎么办……”

简一凡连忙递纸巾给她，拍着她的后背希望她能平复下来。

时越折身回到办公桌前，望着窗外一蓑烟雨叹道：“我尽力，不过不要对结果抱有太大期望。”

简一凡有点怀疑宋摘星为什么会选他来当主治医师，难道就这么放弃了吗？

他看向时越，清了清嗓子："如果你们看不好，我们不会让病人被关在这里太久。"

时越反倒勾起唇角："你随意。"

高璨忽地站起身，沙哑着嗓子说道："我会一直留在医院照顾我母亲。"

"亲爱的，你……"

简一凡刚想劝阻，时越却将门口的潇潇喊进来。

"吩咐医院多加个床位。"

"不，"高璨坚决出口，"我要做这里的护士，直到我母亲好起来为止。"

简一凡张大嘴巴看着她。

而办公桌前的时越同时意味深长地看着高璨，眸中裹着一抹不明的情绪。半晌后，他再次看向潇潇。

"和医院打个招呼，说我招进来一位护士。"

黄色的连翘越长越高，枝丫伸展到窗前为时越带来一抹鹅黄色。他喜欢站在办公桌前的位置，因为一转头就能透过窗户看见他与宋摘星坐过的凳子。天色渐渐暗下来，充沛的雨水将医院冲洗得焕然一新，他低头，面色寒凉，唯眸中深邃久散不去。

宋摘星为李唯西熬了冬瓜排骨汤，慢火煨了两个小时才端出来。此时天色大黑，李唯西捧着书在饭桌前读，等汤炖好了干脆将书放下，起身给宋摘星解围裙。

他的骨节清晰，解开系扣的时候像斜风吹过修竹。

宋摘星与他一起坐在桌前，她笑得明朗灿烂："这是我熬得最好喝的汤。"

外面还下着雨，冷风戚戚。李唯西喝了一口排骨汤，只觉得香气沁鼻，从舌尖直接暖到肠胃中。

"很好喝。"他已经想不到更贴切的词语来形容这个味道。

宋摘星准备了几碟小菜，将其中的榨菜干推给他。

"我上次做菜的时候差点把消防兵引来，做菜技术非常烂，只有炖汤是绝活。"

李唯西笑笑："我以后做给你便好了。"

宋摘星将脸贴在碗沿儿处，眨着星星眼："还有什么是你不会的？"

李唯西微怔，却听她继续说道："会做饭，会看病，会破案，会方言，还会跆拳道……不过你怎么会学跆拳道呢？"

宋摘星到现在都觉得没有彻底了解李唯西，他不为人知的一面实在是太多了，就像个谜，不断地给人惊喜。

李唯西想告诉她，上学时因为父亲的事情在学校里被其他同学殴打，是孙鸣替他挨了一刀，所以直到现在孙鸣脖颈里还有一道疤痕。从那之后他就一直在练跆拳道，在美国的时候几个白人欺负华裔同学，他教训过那些白人，碰巧被林莞撞见。往事一幕幕袭涌而来，他想说，却不知道从何开口。

他干脆转换话题："我最近看书，想知道高妈妈疯掉的原因。"

宋摘星立刻关注道："找到原因了吗？"

"我见过她，似乎是受了很大刺激才会这样。但是我给她治疗强迫症的过程中，她的精神状态一直很好。"

宋摘星也很不解："她一直在医院，怎么会突然受刺激呢？"

李唯西停了片刻，说道："她说她的强迫症源于高璨父亲死时，下葬时她碰到了棺材，觉得自己沾了霉运，如果不洗手就会给家里带来灾难。"

"不对。"宋摘星敏锐地观察到其中的联系，"高璨妈妈和爸爸的关系一定有问题。"

李唯西点了点头："她父亲久病卧床，都是她母亲照顾他，连公婆的衣物都要洗。长达五年的照料让她母亲精疲力竭，也让家里越来越穷。"

"她父亲什么病？"

"脑溢血，发病后就变成了植物人。"

宋摘星有些难过："这种病，只会让家里人更辛苦。"

"你知道她的父亲怎么死的吗？"

"什么？"宋摘星有一瞬不懂。

"高璨爸爸肺部感染，高妈妈不堪重负，拔了管子。"

电光石火间，宋摘星似乎嗅到了蛛丝马迹："她有心理负担，这是产生强迫症的根由！"

李唯西面色无澜，用毛巾擦了擦嘴角："想必你也知道Zersetzung（德语：

侵蚀，腐蚀，分解，暗中破坏）。它曾是秘密警察机构斯塔西运用的一种心理技巧，用来压制政治对手。侵蚀的手段通常是心理攻击及心理骚扰，约上万人是Zersetzung的受害者，其中数千人遭受了不可逆性损伤。”

宋摘星以前听说过这种方法，只是有些不敢相信：“为什么提这个？”

“我想了很久，始终想不到高妈妈为何一夜之间就疯了。”

“你怀疑那一夜发生过什么事？”

李唯西看着她，汤气氤氲在眉眼之间。

“没有人知道。”

高璨当晚和室友在一起，只有妈妈一个人在宾馆。他甚至调过监控，高妈妈在晚上九点到达宾馆后到第二天一直没有出来过。没有人知道高妈妈身上发生了什么。

他正思考着，别墅的电话忽然响了起来。

他起身去接，眉头轻皱。

挂掉电话时他向对方说道：“注意安全。”

宋摘星好奇：“是谁？”

李唯西重新坐下来，顾自盛了一碗汤。

“1号人物。”排骨已经熬透了，他一边嚼一边说道。

宋摘星还沉浸在刚才的谈话中，没有过多问他，反倒提起了另外一件事：“高妈妈住在宾馆几楼。”

“16楼。”

“有没有可能从外面闯进去？”

李唯西蹙眉，没有急着回答她。

宋摘星接着说道：“如果高妈妈真的是被人操控的话，她不可能不出来。”

李唯西放下汤匙，目光熠熠地看着她。

“你陪我再去一趟吧。”

“可是宾馆早就将房间打扫干净了，还会有证据吗？”

“洛卡德物质交换定律你知道吗？”

宋摘星很迷茫地摇了摇头。

“法证之父艾德蒙·洛卡德提出物质交换定律，犯罪的过程实际上是一个物质交换的过程，作案人作为一个物质实体在实施犯罪的过程中总是跟各种各样的物质实体发生接触和互换关系。”李唯西笃定道，“这个定律告诉我们，所有的犯罪都会留下痕迹。”

两人当即决定趁着雨夜前往市区宾馆。

行车一个多小时后，李唯西带着宋摘星来到宾馆外面。他观测着16楼的位置，雨水从种在墙壁一侧的龙爪槐的叶子上落下来，滴在他的肩上。

宋摘星随他走到墙根下，一起抬头看着宾馆里的房间。昏黄的灯光在雨雾中显得不太清晰，寥落点缀在半空中，像一盏盏微弱的萤火。

李唯西沿着墙壁往前走了十几步，最后落定在其中一棵龙爪槐下。

他喊宋摘星：“往上数16楼，就是高妈妈住过的地方。”

宋摘星赶紧跟过来，李唯西比她高，此时龙爪槐遒劲有力的枝干垂坠在他的发梢，像给他戴了一顶绿色的帽子。

宋摘星赶紧把枝丫扒开，让他站近些。

“放心，我不会给你戴绿帽子的。”

她嘻嘻笑了两声，李唯西直接给了她一个摸头杀。

“你也做不到。”

宋摘星郁闷，看来李唯西连毒舌这种技能也是手到擒来。

说话间李唯西再次抬头审视着外部的墙壁，想了半天，他回头看宋摘星。

“带身份证了吗？”

宋摘星摸了摸自己的兜，点了点头：“钱包带了就是带了。”

“你去开个房。”

“嗯？”

“就开高妈妈这间。”李唯西解释道，“进去之后从上面放个绳子。”

宋摘星明白了他的目的，连忙说道：“好，我马上准备。”

细雨蒙蒙，像千万条银丝倾洒下来。空气中带着叶子清新的味道，绿荫深深，幽幽懒懒，时光如停驻一般。

而宋摘星那边进展却不太顺利。

从车里取了绳子本打算直接开房间，谁知高妈妈闹过之后，宾馆为了顾及名声并没有开放16楼，任宋摘星怎样软磨硬泡，服务员都不打算将房卡给她。

眼看时间一分一秒过去，宋摘星决定一招制胜。

深夜前台只有一个服务员，宋摘星隔着柜台倾身离她更近一些，问道："小姐姐有没有男朋友？"

服务员摇了摇头。

宋摘星："小姐姐喜欢这个工作吗？"

服务员怔了怔："还行。"

宋摘星："我觉得你最近要遇到一些事，可能不太好，要不给你占卜一下？"

服务员："你会占卜？"

宋摘星看她穿着一身工作服只化了淡淡的妆，随即伸出五个手指，手背对着她："你选一根手指。"

服务员犹豫了一下，选了宋摘星的食指。

宋摘星马上闭眼："稍等我给你算算。"

服务员来了精神，目光发亮。

宋摘星再次睁开眼，对着她说道："你一天中都会有一个时刻喜欢沉静一会儿，做一些自己的事情，但往往被人打扰。你的恋爱不太顺利，和前任到了谈婚论嫁的年纪却突发状况，最后没成。你既能文艺安静，又能活泼阳光，拥有易发胖的体质，容易情绪化。"

服务员唇角抖动："你接着说。"

宋摘星看着自己的食指，咳了咳："你喜欢怀念以前的事物，童心未泯，泪点低。以前不在意形象，现在有所改观，但决不刻意逢迎。你很容易和别人交上朋友，不过在你心里朋友分量很重，不符合你内心标准的朋友很难听到你的真心话。"

"是的，一点没错！"服务员狂点头。

宋摘星准备收尾："你的事业运势明暗未定，福祸相依，从整体来看可以说是收支平衡、进步有限的格局。但是，如果能从这些福祸转换之中寻觅到一些机会，将有可能改变这样的局面。"

服务员皱了皱眉："怎么改变啊？"

宋摘星伸手向她要房卡："帮助别人就是帮助自己，会给自己增加好运气。你的内心是善良的，所以要根据自身的特点来做善事，这样你的事业运也会跟着增强。”

服务员有些不放心：“每天面对那么多客人，我做多少善事都可以吗？”

宋摘星重重点头：“晚上做善事最佳。”

服务员长吁一口气，立刻将16楼的房卡给她：“你占卜占得好准哦，怎么做到的？”

宋摘星会心一笑，随即转身上楼，声音从电梯间传过来：“心理学上的巴纳姆效应[①]，你查一查。”

宋摘星到达高妈妈住过的房间已是凌晨。待她将绳子放下去的时候，夜空如洗，雨已经停了。

她在楼上打电话给李唯西：“你真的可以吗？”

“我买了保险，受益人是你。”

宋摘星一怔，绳子紧接着放到了地面。

“虽然我很缺钱，但是还是要嘱咐你小心一点。”

她在房间里将绳子系在桌腿上，而后又延伸一米在门把手上打了结，这才通知李唯西：“准备好了。”

李唯西早已绑紧腰身，听到她的声音后即刻挂掉电话开始向上攀爬。

借着龙爪槐的力量，他率先越过了三楼，接着从背后掏出手电筒衔在嘴里。在不断向上爬的过程中，他同时照着墙面仔细观察着。

他在脑海里设想着当日的画面，如果同样有人做他现在做的事情，那么绳子一定会在墙壁上留下痕迹。

但是他一路爬过来都没有发现。

夜已深，城市里的灯光大部分都熄灭了，黑黢黢的看不清四周。

就在他快要到达16楼的时候，他忽然发现了半个脚印。

很轻的脚痕，橡胶鞋底，粘在15楼半的位置，应该是为了爬上16楼定的着力点。

---

① 巴纳姆效应又称福勒效应、星相效应，是1948年由心理学家伯特伦·福勒通过实验证明的一种心理学现象。人们常常认为一种笼统的、一般性的人格描述十分准确地揭示了自己的特点，当人们用一些普通、含混不清、广泛的形容词来描述一个人的时候，人们往往很容易就接受这些描述，并认为描述中所说的就是自己。

幸好雨下得不大，没有将这个印记抹去。

但是让李唯西奇怪的是，整个墙壁上一点绳索摩擦的痕迹都没有。

这太不同寻常了。

他决定继续往上爬。

到达16楼的时候，他在窗口的边缘位置发现了一点碎屑。

绳索摩擦后掉下来的碎渣滓。

宋摘星将李唯西拉到室内，气喘道：“有什么发现吗？”

李唯西站定后仔细观察宾馆，一间隔断的大居室，除了一张床和书桌外，还有一个深蓝色长沙发紧挨着卫生间。窗帘是炭灰色，遮光效果很好，整间屋子全是冷色调，看着让人压抑。

这间屋子他之前来过，但忽略了一个地方。

他慢慢向沙发走去，弯身看了看沙发底下。

宋摘星跟过去：“别人可以爬上来吗？”

李唯西久久没有回答她的问题。

宋摘星顾自以为这种方法很难，应该不容易做到，这时李唯西忽然转头，眸色深深地看着她。

“我知道墙上为什么除了半个脚印什么都没有了。”

宋摘星嘀咕：“是很奇怪，如果是爬上来的，应该一路都有脚印才对。”

“不，他没有爬上来。”

“没有？”

李唯西指着沙发说道：“凶手在屋子里待了很多天，在搞疯高妈妈之后，凶手是从窗口滑下去的。”

宋摘星睁大眼睛不可思议地看着李唯西，仿佛受到了极度的惊吓。暮春的凉风从窗口扑来，灌进她的胸腔里，像火一般燃烧起来。

第十九章　鬼蜮伎俩

河畔的花藤蜿蜒而上，一路到达明圆山庄，晨曦中管家将大门打开，布谷鸟从栅栏处飞走，留下一地清脆的啼鸣。门前放置的镜子映照他的全身，同时将他眉间的伤痕一览无遗。这是他新添的伤，前几日林雨泽又发了一通火，控制不住地对他拳打脚踢。自那之后他就在门前放了一面镜子，希望可以辟邪。

待在林雨泽身边这么多年，他实在琢磨不透最近发生的事，只觉得山庄不干净，否则怎么老爷、小姐都不顺呢。

大门打开没多久，一辆银色宾利就沿着小路驶了上来。

车停之后，拐杖先落地，随之下来的是一位五十多岁的男人。身躯凛凛，西装笔挺，只有额前一缕显眼的白发约莫透出他的年纪。

管家知道山庄来了大人物，连忙将他请进客厅。

林雨泽早已备好早茶。

白发男人毫不客气，径直坐到林雨泽对面，浑圆的声音带着笑意。

“雨泽兄考虑好了没有？”

林雨泽放下手中的报纸，直直盯着他，干脆而直接：“你真要干？”

白发男人叹道：“人活到这个年纪，总得为自己做点事情。”

“老周啊，你也知道，我做不了。”林雨泽毫不避讳，“太冒险了，代价太大。”

白发男人将拐杖往身边一放，云淡风轻道：“做什么事没有代价？”

林雨泽没出声，白发男人的下一句话接踵而来。

“我们这些年一路走来，失去的还少吗？”

林雨泽叹了口气：“莫再提了。”

“自从长惟死后，我很内疚，希望你给我一个弥补的机会。”

客厅的时钟嘀嗒作响，白发男人说完，房间的气氛更加凝重。林雨泽想起自己和他的过往，并肩作战已有三十年，他们早已抹不去对方在自己生活中刻下的痕迹了。

白发男人喝了口茶，林雨泽最终向他应道：“我入伙。”

似乎早就料定是这样的结果，白发男人笑意不减，将茶杯半举，示意管家给自己添水。

“这个茶很好喝啊。叹息老来交旧尽，睡来谁共午瓯茶。这有人陪着喝的茶才更香啊。”

林雨泽陪着他一起笑起来。院内的花草日渐茂盛，像极了当年他们初识的那天。阳光很好，杏雨梨云，他拍着自己的肩膀说：“你好，我叫周鸣山。”

糊糊每天都在心理科等爷爷回来。

他的妈妈回外地办理离职手续，干脆将糊糊托付给宋摘星。糊糊的认知障碍还没有治好，宋摘星便接糊糊与自己同吃同住，成了影形不离的好朋友。

糊糊还不知道死亡的意义，每天都去楼下买两个馒头抱在胸前。心理科人来人往，糊糊就眼巴巴地盼着爷爷胡全回来，这样他就能第一时间让爷爷吃上馒头。

宋摘星不忍阻止他，任由他一天又一天地坐在外面的椅子上盼。

李唯西重新回科里上班，反倒让简一凡别扭得要死。他恨不得将李唯西重重揍一顿，以解心头之气。

直到李唯西拿着一张单子气喘吁吁地来到宋摘星办公室，向她喊道：“查到了。”

恰逢简一凡在宋摘星这里，白了他一眼：“一惊一乍的。”

简一凡不知道怎么回事，宋摘星却兴奋起来：“是谁？”

李唯西查到了街头录像，又顺藤摸瓜查到了凶手从高妈妈房间出来最后去的地方。

“富人广场。”

"凶手信息详细吗？"

李唯西点点头，将单子递给她："心理咨询师。"

宋摘星有些受到惊吓，最终还是接过了凶手的资料，随之皱眉："外地的？"

"没错，自从那天从广场消失后再也追踪不到了。"

"1号人物也查不到吗？"

李唯西轻轻皱眉，他已经有几天和1号人物联系不上了。

"报警了吗？"宋摘星追问。

李唯西道："我们没有直接证据显示他和高妈妈的关系，只怕报了警也不会立案。现在我们需要得到他更多的资料才行。"

简一凡听得一头雾水，问他们："又发生什么案子了吗？"

宋摘星抬头看了看李唯西，在得到他肯定的眼神后才对简一凡说道："高妈妈的病是有人谋害的。"

"什么……什么意思？"

宋摘星将凶手的信息给他："就是这个人，潜伏在高妈妈的房间里通过一些心理手段，让高妈妈疯了。"

简一凡惊得下巴都快掉下来了："哪个孙子会做这事儿？高妈妈和他有仇？"

李唯西摇了摇头，一脸痛苦。他的嗓音沙哑，说出的话带着一层自责。

"不，他们应该是要对付我。"

简一凡张了张嘴，还没从震惊的情绪里回过神来，办公室里的电话忽然响了。

宋摘星慌忙去接："你好，京大心理科。"

一秒钟后，宋摘星面如土色，整个人惊惧不已。

李唯西心中一沉："怎么了？"

窗外阳光刺得宋摘星有些睁不开眼，她颤抖着说："他们说，1号人物在他们手上。"

将糊糊托付给简一凡看管，李唯西带着宋摘星风驰电掣般回了趟别墅。

李唯西将家里完完全全翻了一遍，却还是一无所获。

宋摘星有些心急："他们要的芯片，你真的不知道吗？"

李唯西摇摇头："他从未和我说过。"

宋摘星眉心蹙成川字："到底怎么回事？我听电话里的声音不是在开玩笑。"

李唯西静默片刻，看着宋摘星焦急而又无助的样子有些不忍，这才缓缓说道："段长惟的案子出来后，我和1号人物当晚就见过面。那起案子需要耗费大量的人力，应该不是段长惟一个人做的。"

宋摘星想到那天正好是云主任接受采访的日子，时间正好对上。只是她从未想过这个问题，心尖抽痛："我，我不懂。"

"举个最简单的例子，我们晕倒后，如果仅凭段长惟一个人将我们依次搬到圆台上就十分费力，何况还要躲避那些毒蛇。而且就那个小楼的布局、位置和建造方式来说，都需要有人帮他掩护。"

宋摘星吸一口气："他背后还有人？"

李唯西点点头："你还记得前几天1号人物给我打的电话吗？他查到了段长惟背后的人。段长惟背景复杂，小时候就随着母亲四处漂泊，根本没有钱上学，后来得到一个人的资助才得以完成学业。"

"是谁？"

李唯西看着她："周鸣山。"

"他是谁？"宋摘星隐约在哪里听过这个名字，却始终没有想起来。

"几十年前的一个记者，报道过段长惟的事情，后来这个人弃文从商，成为本地一个不小的富豪。"

"我想起来了，鸣山地产！"宋摘星惊呼，"1号是被他抓起来的吗？"

李唯西呼吸微滞："我不确定。"

"到底是什么芯片呢？"宋摘星琢磨了半天，抬头看他，"1号还和你说过什么没有？"

李唯西看着刚刚被翻过一空的家里，毫无头绪："当时他与我电话说周鸣山背后在干些什么勾当，他要查查清楚，我要他注意安全，后来就一直没有联系上。"

宋摘星想到这几日李唯西都在为高妈妈的事情奔波，忽略了1号人物的行动。今天的恐吓电话让她真正意识到，危险已经步步逼近，根本容不得他们喘息。

这时李唯西好似想到了什么，慢慢走到壁炉处，抬手摸了摸上面的灰。

“不用找了。”李唯西意味深长道，“那帮人已经来我家搜过，芯片不在这儿。”

宋摘星越发惶恐：“私闯？”

她的内心起伏不定，1号人物到底留给李唯西一个什么样的芯片呢……

宋摘星想了想，问道：“你和1号人物除了别墅，还有没有其他熟悉的地方？共同熟悉。”

“共识，”李唯西眸光一亮，“是你！”

一个小时后，宋摘星带着李唯西到达自己家，果然在楼下邮箱里发现了一个包裹。

他们快速上楼，用电脑识别才发现里面是1号人物录制的一段视频。

大量的孩子沉迷于游戏，游戏画面血腥暴力，看孩子们的状态已经连续几个昼夜都在玩。有的孩子晕倒了，会被黑衣人带走，随之带进来新的孩子。

宋摘星后脊一阵冷寒：“这到底是哪里？”

李唯西单手撑在桌角，一脸沉静：“他们在开发游戏。”

“害人的游戏？”

“准确来说，是诱导未成年人的暴力游戏。”

宋摘星脸色惨白：“我们接下来怎么办？你要把芯片还给他们吗？”

李唯西缓站起身，将芯片取出来攥在手里。

“阿星，这件事和你没关系，你千万不要牵涉进来。至于芯片，我要先送到警局，这是1号人物冒着危险拍下的视频，我想他也不愿意就这么白白交回去。”

“那你的朋友怎么办？”

李唯西没回答她的话，转而说道：“我先送你回医院。”

宋摘星想拒绝，只是还未说出口，李唯西却被其他事情绊住了。

林雨泽给他打来电话，邀他到山庄一聚。令宋摘星奇怪的是，如此紧要的当口，李唯西却答应赴约。

路口处宋摘星与李唯西道别，很认真地告诉他：“不要推开我，我绝不会让你犯险。”

李唯西揽她入怀，抱着她的身子左晃晃右晃晃，薄唇贴着她的耳朵轻轻说道："当然会永远和你在一起。"

黄昏的光线温暖闪耀，打在枝梢和马路上，将它们也变成流金一样的颜色。天空湛蓝，飘着牛乳般洁白的云朵，白日的一切躁动都平息下来，只有身边林叶的沙沙声与他温暖的耳语一起荡在她的心尖上。

宋摘星多想就这么一直抱着他，也未曾想这一别后，迎接两人的竟是一道深渊。

明月半墙。

李唯西到达明圆山庄时林雨泽刚刚吃过晚饭，餐桌还未来得及收拾。

李唯西不顾管家阻拦，一路横冲直撞地冲进客厅。

林雨泽缓站起身，将李唯西带到书房。

李唯西皱眉，他再次闻到了烟味。这个味道很奇怪，第一次见林雨泽时他的身上就有，但后面几次都没有，他不确定林雨泽是否有吸烟的习惯。

但他现在什么都顾不得了，自从接了林雨泽的电话，他就被林雨泽彻底钳制住。因为电话里林雨泽对他说，他要邀他来山庄聊一聊藏在高妈妈房间中的那个凶手的事情。

李唯西直接逼向林雨泽："是不是你干的？"

林雨泽并不着急回答他，让管家给他递了几张照片。

"这个人昨晚已经死了。"

李唯西谨慎地接过照片，心头一骇，是凶手出车祸的照片。车里满满都是血，前挡风玻璃全部碎掉，整个人卡在车上，死状凄惨。

李唯西不可置信地看着林雨泽："我需要你的解释。"

"醉酒驾驶。"林雨泽平淡地说，"不拿别人的命当命，也不拿自己的命当命。"

李唯西冷笑："如果他不是你派来的，你怎么会关注到他？"

林雨泽喝了口茶："你这样问未免太以小人之心度君子之腹。我知道你最近在查这个人的下落，只是让手下帮帮你的忙而已。"

他知道不会那么容易问出林雨泽的话，眼睛便看向管家。他发现了他的新伤痕，很显然与上次如出一辙。

“你的病加重了。”

李唯西自己也有些惊讶，暴躁和焦虑问题是他的专攻方向，林雨泽不该这样反常。

林雨泽颓在老爷椅上，渐渐合目：“人老了。”

“你抽烟太多了。”

李唯西说完后房间静了几秒，直到管家疑惑道：“我们老爷从不抽烟。”

李唯西心中的一根弦彻底绷起来。

他靠近林雨泽，以极肯定的语气逼向他：“你在接触别的心理咨询师。”

一切线索都合上了。

李唯西一拳砸在桌子上：“你从来没有信任我？！”

这个烟味，一定是其他心理咨询师身上的味道。谋害高妈妈的凶手没有这个味道，林雨泽身边一定还有其他的心理咨询师。

林雨泽缓缓睁开眼睛，目光平静地回应他。

“我们不是一路人，道不同不相为谋。莞莞喜欢你，是你的福气。”

李唯西有一瞬的懵怔，却在短暂的空白后迅速明白他话中的含义。

他慌忙向外面跑去，身子踉跄，几欲跌倒。

“不，不要。”

好似怕极了脑中的想法得到印证，他失魂落魄地一路奔逃。

手机铃声乍然响起，像一个引爆的炸弹。

李唯西大口喘着气，扶着门口的栅栏盯着这个没有显示号码的电话。

他按了接听，随之传来的声音让他浑身战栗。

“宋摘星在我们手上。”

京大医院急诊科。

顾伯棠躺在抢救床上被紧急送往手术室。

云月华守在顾伯棠身边冒了一额头的汗，给李唯西打了无数个电话却全部都是忙音。

疗养院联系到云月华时顾伯棠已经重度昏迷，云月华慌忙从办公室跑出来，一向沉稳严肃的她今晚慌到出了办公室就跌摔在地，膝盖磕出一片青紫。

如今她守在手术室外面，哭得像个泪人。

而同一时间的心理科，主任办公室的门被悄然打开。

吴聪偷偷摸摸地进去，翻了翻书柜中的资料，又打开了云月华办公桌的抽屉，企图搜到一些可用的消息。

他刚才看到云月华跑出去，像出了什么大事，笃定她一时半刻回不来，这才敢偷偷进来。

他终于翻到了云月华申报副院长的资料。

连续翻看了几页，吴聪忽然笑了起来。

他与云月华一样是主任医师，只不过他是副主任，云月华是主任而已。多年来他兢兢业业、勤勤恳恳，一直在云月华下面替她办事，但实际上两人都心知肚明，他吴聪的能力远在云月华之上，他不屑与她争罢了。

月色朦胧，他撩开窗帘向外看了一眼，整座医院似乎都沉睡在这样的月夜里。

他想到刚刚认识雅洁的时候就是在这间屋子，雅洁天真活泼，话又多又密，天天追在顾伯棠身后问这问那。那时院长陈西晚还是当时心理科的主任，对雅洁印象极差，还差点把她开除，要不是顾伯棠拦着，也就没有后来他向雅洁求婚的事情了。

弹指二十年，不想时光这么快就过去了。

他叹了口气，将那一沓资料重新放了回去。

正要出门，他忽然看见角落里的病人档案，顺手去拿。患者十三岁，网瘾症，是其他医院转过来的资料。他接着往后看，发现云月华已经给其他院回复，建议到专门的戒网中心给予治疗。

吴聪琢磨片刻，将档案放下，拿出手机给胡梨打了个电话。

“我发你一段资料，你去联系一个叫郑亮亮的人，告诉他来京大心理科挂我的号。”

月亮彻底隐没在云层中，黑色布满天空，像藏着一场暴风雨。

李唯西按照指示来到一座荒废的写字楼前，天黑黢黢的，写字楼里空无一人。

电话里的人已经威胁过了，如果他敢报警，宋摘星即刻没命。倘若仅仅是1号人物在他们手里，李唯西还敢搏一搏，可如今他因为摘星的事情方寸大乱，只能步步都按照对方的意思来。

他感觉到有人在监视自己，哪怕现在站在废墟前也不敢轻举妄动。

待走近了，他看到瓦砾上有部手机。

几乎同一时间，有人打来电话。他上前拿起手机接听，对方的声音冰冷得没有温度。

“将芯片放下。”

“我要见1号人物和宋摘星。”

李唯西的声音不容置疑。

“你没得选。”

李唯西心中一沉。他下意识观察四周，而后缓缓抬起头，看着这座在黑夜里像头巨兽的大楼。

“我要见1号人物和宋摘星。”李唯西重复一遍。

对方竟爽朗地笑了起来。

“我不会杀他们。”他停了停，继续说道，“你知道，有很多办法可以让人生不如死。”

“我绝不会让你得逞。”

“你根本不知道我是谁。”电话对面的人换了一副口吻，依旧冷冰冰的，“即便知道，你也没有任何证据指控我。你老实将芯片交上来，我不会动你的朋友。”

李唯西自然知道他话中的意思，即便知道绑架他们的人是周鸣山，可自己拿不出任何证据让警方配合调查。更何况如今自己陷入被动，只能任他宰割。

“我怎么确保你会放了他们？”

“你没得选。”对面的人冷哼。

李唯西放下手机，对着漆黑的大楼轻轻说道：“警方完全可以凭段长惟的案子查到你，段长惟看似是建筑设计师，实际还参与设计暴力血腥游戏。你也没得选。”

电话那边迟迟没有回音，当月亮整个隐进云层里时，冰冷再次传来。

“前往富人广场。”

宋摘星被人反绑在一处极其阴冷的地方。

她被蒙上了眼睛，只能靠嗅着空气里的霉味判断着这里是不是地下某个建筑。身后两个男人推着她往前走，她身形弱小，每次被推都会踉跄几步，由此感觉到后面的人力气很大，应该是打手或者保镖。

走了没多久，宋摘星本能地感觉到进入了一条狭长的通道。

通道里更加潮湿，她浑身的毛孔都要竖起来了，大声问他们："这是哪里？放我出去！"

自从下午她被人绑架，就感觉到对方一定有备而来。按说她不该被牵涉进来，除非两个可能，要么是幕后黑手一开始就打算绑架自己，要么是1号人物出卖了她。

她正吵嚷着，对面一个声音懒幽幽传来。

"吵死了。"

声音离自己很远，却让她察觉到对面的人在朝着自己走来。

宋摘星将头斜向一方，警戒地问："你是谁？"

身后的人又猛推了她一把，示意她不要多嘴。

狭长的走廊再次陷入静寂。

宋摘星听着远处的脚步声离自己越来越近，她的眼前一片黑暗，无法识别出这个声音是敌是友，干脆扬声道："我是宋摘星！"

"闭嘴！"

身后的男人恶狠狠地阻止她。

然而紧接着对面的人与她说道："又老又丑的女人，话也很多，不知道Lee看上你哪一点。"

宋摘星脑中电光石火乍然一惊，没想到对面的人竟然是1号人物。但他刚才说的话却让她心中一沉，似乎不是个好兆头。

趁着身后的人推着自己的当口，宋摘星紧接着喊了一句："你出卖了我？！"

"蠢死了。"

他的声音很是清脆，像空山新雨，芙蓉泣露；似春冰裂去，清冷阴幽，然而回应宋摘星的话却一句比一句刻薄。不过仅仅这一句却让宋摘星感觉到他离自己不远了，应该很快就能碰到。

她有些不明白1号人物为什么会这样对自己，难道在他眼中自己竟如此不堪？那他为什么还要将芯片寄到自己家呢。一时间无数疑问漫上心头，让宋摘星感到无措。

似乎看出两人关系并不友善，宋摘星身后的人没有再押着她，稍稍放松了戒备。

这时对面的声音再次传来，离自己只有咫尺之遥。

“可惜我被蒙着眼睛，看不到你。”

宋摘星猛地顿住步子。

她一下子明白过来，立刻高喊道：“你这个混蛋！李唯西绝不会放过你！”

“那又怎样。”

1号人物的最后一句话，是擦着宋摘星的身子说的。

千钧一发之际，宋摘星一头撞向他，而后咬着他的胳膊死不松口。两个被蒙着眼睛的人竟然在狭长的通道里厮打起来，让身后的打手们措手不及。黑暗中宋摘星感觉到他身材高大修长，手心却冰凉凛冽，就在两人要被拉开时，1号人物趁其不备忽地将一粒纽扣状的东西塞给宋摘星。

宋摘星攥紧拳头，紧接着身体被后面的人一把扯了回去。

1号人物再也没有发出任何声音，两个人被各自押着越走越远。地面更加湿滑，险些让人站不住。

宋摘星不动声色地继续往前走，心中百转千回。虽然没有见到1号人物，但他却能在如此短的时间内提醒自己让自己与他发生冲突，可见能力不可小觑。

身后的人给她松了绑，她趁机将纽扣含在嘴里。她的眼睛依旧被蒙着，潮湿的霉味沾在身上每一处毛孔中久久不散。

走廊重回静寂，只有天花板上的监控闪着诡异的灯光。监控的另一面，是一张让人极其熟悉又极其恐惧的脸。

李唯西如约来到富人广场。不到晚上十点，广场上还有很多人。此处离富人区很近，经常有年轻男女前来闲逛，企图偶遇一些富人。更多时候大叔阿姨们会在广场一角跳交谊舞，流风婀娜，极有风韵。

广场西北角有一个巨型建筑，外设喷泉，流水淙淙，飞泻不断。李唯西站在建筑下，听着广场上的乐曲与水流声，眉头紧皱。

他明白对方选在这个地方的目的，静时方便拿走芯片，动时又方便携人逃走，在这闹市之中即便报警也很难应对，而且这样做同时给李唯西增加了难度。如果他想要花招，那么广场中的任何一个路人都有可能成为他们的下一个人质。

他正思考着，手机又响了起来。

对方单刀直入："将芯片放在紧靠喷泉的第三个台阶上。"

李唯西："我要见我的朋友。"

"三点钟方向。"

李唯西顺着三点钟方向看到一辆黑色的商务车停在广场边上。玻璃缓缓降下来，隔着偌大的喷泉恰好看到宋摘星的眉眼。她被蒙着眼睛，无措地贴着车玻璃。他的心随之抽痛，立刻向手机对面的人喊道："我要你保证她的安全。"

"自然。"

宋摘星感到身边全是人，吵闹的音乐和碎语声让她察觉已经到了室外。身边的人拿枪顶着她，提醒道："别出声，出声就得死。"

她不敢动，猜想李唯西应该就在这附近。

之后身边的人拿着电话说了一句"三点钟方向"，让宋摘星更加确信李唯西离自己并不远。

广场上的李唯西慢慢走到台阶处，将芯片放下去。

他重新站起来，对着手机道："将我两个朋友都放了。"

"可惜1号人物不在车上。"

李唯西："什么？！"

他紧接着被几个孩子连臂兜着推了几步，刹那之间，再回头芯片已经不见了。

"可恶！"

如果刚刚是被成年人推着走，他绝不会给他们机会，没料到他们竟然拿孩子下手。如果他反抗，孩子们第一时间就会受伤，更何况在这摩肩接踵的广场上，孩子的哭声会引来更多的麻烦。

"别急。"电话里的人言笑晏晏。

李唯西想不通："为什么？"

“世上的事，每件都会有答案吗？”

“一定有。”

对面停了许久，叹道：“段长惟是我最疼惜的人，你断我长臂，必然要付出代价。”

李唯西咬牙：“周鸣山，我已经将芯片交给你了！”

“我会放人。”车里的白发男人看了看宋摘星，接着说道，“不过你只能选择一个。1号人物还是宋摘星，任你选。”

车内的宋摘星浑身一颤。

广场上的一切声音仿佛都停了下来，李唯西紧皱眉头：“你说什么？”

“半分钟后，你就没有机会了。”

李唯西自然听得懂他话里的意思，只是他如此不按常理出牌，让人难以捉摸。广场的风掠过他的眉眼，凉意入骨，他只觉得心尖痛嘶嘶的，像被人剜走一块。

左腕上的手表提醒他时间不多了。

而车内的宋摘星一直在等他的答案。她不知李唯西会如何选择，可是无论哪种选择，都会让事情更加棘手。

直到车内的人准备放下电话再也不给他机会，一声嘶喊透着绝望而来。

“我选1号人物。”

车玻璃升了上来，宋摘星随着商务车颠簸而去。她恹恹地倚着靠背，整颗心像被弃置在了荒野，惝恍迷离。

而广场上的李唯西似乎在说完那句话之后顿失所有力气，颓然地跌坐在台阶上。周遭行人无数，喧嚣声充斥耳边，他只觉得嗓子里被一口血闷着，整个人都塌陷下去，久久喘不上气。

就在这时，他的手机又响了。

李唯西微微僵住，立刻按了接听。对方的声音清脆利落。

“我把定位器塞给了宋摘星，你快去救她！”

第二十章　潘洛斯梯

密林之后，有一间土屋建筑。房子不大，青木篱笆错落有致，只是终年不见阳光，潮湿逼仄，少有人住，连墙皮都竞相脱落。建筑在树林中并不显眼，像是许多年前废弃的房子，即便走近也不会发现有什么特别，倒处处透着阴森之气。

然而就是这样一间屋子，在墙上凸凹不平的地方却暗藏一处机关。将机关扭动，阁楼下面会打开一条旋梯，沿梯而下越走越宽，越走越冷。整个地下建筑纵横交错，菱形玻璃屋顶，巨大的镜面窗，弯曲又极富设计感的梁柱无一不透着现代简约风格。天花板上流光璀璨，布局严整，通往四面八方的一层又一层的阶梯像五线谱一样让人眼花缭乱，惊叹不已。

如此巧夺天工的建筑群让李唯西明白这必是周鸣山极为珍视的地方。

幸好1号人物能够随时跟踪宋摘星，才得以让他来到这里。而且电话里1号人物也和他交代，自己当时就是在这里被发现的，恰好也是他录视频的地方。

如今李唯西暗藏在阶梯下的一角观察着里面的动静，左腕上的时间指向午夜十二点。

跟踪定位显示，他现在的位置离宋摘星不足二十米。无奈面前有个防爆玻璃门，需要靠密码才能进入。

他在原地等了约莫半个小时，终于有个中年女人沿着阶梯下来。她穿着工作服信步走到玻璃门旁，面部识别后玻璃门便轻易打开了。

待中年女人进去后，李唯西紧随而上。

宋摘星依旧被蒙着眼睛，她被人反锁在一间屋子里，四周毫无动静，也听不到任何声音。她试图喊人来，结果嗓子喊哑了也没有得到任何回应。她的手被反绑着，喊得筋疲力尽的时候，她的腕子同时被勒出一道很深的血印。

绳子很细，她重新安静下来，一点一点摸着那条绑着自己的绳子。如果没猜错，应该是很细的尼龙绳。她靠着墙壁慢慢向前爬，直到爬到门口的位置，感受到门是向外的，嵌在墙壁之间。她稳着身子，将尼龙绳搁在墙角不断摩擦。尼龙塑料绳熔点很低，摩擦产生的热量会将绳子拉断，她暗暗乞求能如自己所愿。

安静的屋内突然发出啪的一声微小的声响。

宋摘星将断掉的尼龙绳扔掉，一把摘开蒙着自己的眼罩。她大口喘着气，惊讶地发现自己身处一间像棺材一样的屋子里，四周墙壁雪白如纸，房间里什么都没有，她就像一只蚂蚁困在门口，进退无路。

她缓缓站起身，拍了拍身后的门，依旧毫无回应。不过看门的样子就是普通的钢质门，并无异样，她琢磨着有没有什么办法可以趁机逃走。

她又走到角落里摸了摸白色的墙皮，心头一凛。房子里什么都没有，一片雪白，如果在这间房子里待久了，她肯定会疯。她猜想这样的房间肯定不止一个，不知道其他房间里有没有关着人。

正这样想着，门忽然开了。李唯西站在门口，眸光清亮地看着她。

宋摘星赶紧迎了上去，李唯西示意她不要出声，随之一把将她拉进怀中。

他的呼吸急促，胸膛炙热，好像跑了很远的路。宋摘星依偎在他身边，心弦轻颤。

李唯西看到她的手腕上全是血痕，心疼地用手掌裹住，沙哑道："我来晚了。"

她抿着唇，不知道先说哪一句话，停了许久才说道："谢谢你能来。"

李唯西低头看她："对不起。"

宋摘星将他抱得更紧，眼泪悬在眼眶里。

默了片刻，李唯西将她放开，拉着她一起出门。宋摘星这才发现外面很是简洁空旷，除了四周的楼梯什么都没有。

“不知道这些阶梯都通向哪里。”宋摘星有些疑惑。

“来不及了，等我们出去后让警察来查吧。”

李唯西带她来到玻璃门附近，等待玻璃门再次打开。宋摘星下意识握紧他的掌心。

很快，仍是之前的中年女人推着车子准备出去。李唯西看见推车上全是尸体，不觉大骇。宋摘星同时吓得脸色惨白，车上还不断流着血，黏腻地滴在地面上，让她胃里发酸，险些呕吐。

“不对，上面还有活着的人。”李唯西察觉到异样，偷偷对宋摘星说道，“他们还没死。”

宋摘星捂住嘴，讶异到半句话也说不出。

李唯西四处看了看，发现这里根本没有安任何摄像头，眉头紧皱：“一点证据也没留下。”

宋摘星十分不放心：“我们要救他们吗？”

李唯西静默，现在这个情形他们没有任何办法救下推车上的那些人，只能等时机先逃走。

然而中年女人并没有准备出去，只见她慢慢打开紧挨对面楼梯的门，里面的装置让角落里的李唯西更加吃惊。

是焚烧间。

她准备将推车上的人全部焚烧？！

宋摘星踉跄一步，整个人毛骨悚然。

李唯西看着她，只给了一个肯定的眼神便立刻脱身出去。宋摘星待在原地看着李唯西像风一样迅速挟持了中年女人，准备将她带到玻璃门前进行人脸识别。宋摘星赶紧跑到对面推着车子跟在他们身后，气氛一时紧张无比。

然而就在李唯西微一松手企图将中年女人的脸对着玻璃门时，中年女人忽然回头森然一笑，接着将手按向了那块玻璃。

整个大厅发出刺耳的警报声，所有垂直阶梯乍然回缩，地面更加空旷，眼前一时竟毫无出路。李唯西心道不好，立即拉着宋摘星掉转身，向着大厅里面跑去。

红色的警示灯不停闪烁，两人耳侧生风，脚步疾飞，一扇扇门从身旁闪过。尽管跑得很快，宋摘星仍然留意到每扇门上都挂着一个小牌子。牌子上全是英文字母，诸如Jefferson、Clinton、Andrew、Lim等。

李唯西自然也察觉到了，只是时间紧急，他怕警卫一会儿就要追过来，只能不停地向里奔跑。

如今两人暴露，地下房间全部关闭，所有的路几乎都被封死了，根本无处可逃。更让人担心的是，所有的通道上面都出现了一扇门，正以均匀的速度缓缓下降，用不了多久他们两人将会被完全控制在大厅里。

李唯西记得1号人物和他说过建筑的方位，如果原路无法返回，西北方向还会有一个出口，但具体在哪只能通过他们自己寻找，还要凭借一定的运气。

现下管不了那么多，李唯西飞也似的带着宋摘星一路跑向西北方向，直到最后一个狭窄的通道大门马上就要完全闭合，李唯西大喊一声“Down”，随即拉着宋摘星滚了过去。

与路过的其他通道一样，现在他们进入的通道窄而深，完全不知道里面有什么。李唯西紧紧拉着宋摘星的手，一步一步谨慎地向里走。

然而他们没有看见，就在通道的入口黑漆漆地嵌着一块牌子，上面写着：心理游戏实验室。

李唯西与宋摘星没有遇到什么障碍，大约走了几十米，拐过弯后通道豁然开朗，出现了一道盘旋而上的阶梯。

通道很黑，李唯西拿出手机发现这里毫无信号。借着手机的光照了照上面，却发现什么都看不到。

宋摘星轻声问向李唯西：“要上去吗？”

李唯西一直没有松开她的手，只觉得她的手心愈来愈凉，害怕她更加担心，安慰道：“我们现在在地下，或许上面就是出口。”

两人当即决定沿着楼梯上去。阶梯弯曲陡峭，李唯西一步一停，牵着宋摘星的手更加用力。他的心有些抽痛，倘若不是因为自己，她完全不会被这样连累进来。

宋摘星反手握住他的腕子，像读懂了他的心思一般，浅道：“有你舍命来陪我，值得。”

像一道光乍然闯进久闭的门窗，他薄唇半抿，目光越发温柔。而此时楼梯毫无征兆地忽然被一扇门隔断。

周围很黑，李唯西没办法做出准确的判断，不过看样子只有穿过这扇门才能继续向上走。

宋摘星摸了摸门的材质，与关自己的地方一样，是钢质门。她按了按钮，钢质门自动打开。

两人走进去后房间的灯突然亮了起来。

与此同时，身后的钢质门缓缓闭合。两人面面相觑，看样子这个门只能进不能出。

房间不大，这时他们看到对面还有一个后门。灯亮起来的刹那，挂在后门上面的红色牌子开始出现一个10：00的标记，而后是09：59、09：58……

李唯西一惊，是倒计时。

更让人惊愕的是，房间内还站着一个身穿紧身衣约莫四十岁的男人，口里念念有词，正呆滞地看着他们。两人皆是一骇，没想到在这儿还能有人，而且他的面部表情太过恐怖，瞬间让宋摘星起了一身鸡皮疙瘩。

细听了一会儿，才知道那个男人一直在机械般地重复一个词：摩擦。

就像一个机器人一般，没有表情，没有动作，没有温度，呆滞而又无限重复着“摩擦”这个词。

李唯西面色冷冽：“你是谁？”

那男人依旧机械般地说道：“摩擦、摩擦、摩擦……”

宋摘星有些无措，观察了他片刻并未发现其他异常，红牌子上的时间不足八分钟，李唯西干脆拉着宋摘星的手向后门走去。后门上有个密码锁，李唯西皱眉，看来打开后门还需要费很大功夫。

“这会是个什么样的倒计时呢？”宋摘星有些不明白红牌子上显示的时间。

李唯西呼吸微滞，心中出现不好的兆头。

“空气。”他说，“房间里的氧气在减少。”

时间还有七分多钟，宋摘星有些惊骇：“我们出不去的话，就会被憋死？”

李唯西还不太确定，但他能感受到房间愈来愈闷。闪念过后他伸手碰触密码锁，却又迅速缩回手。直觉告诉他这个房间不简单，他们连密码是几位都没有办法确定，如果擅自尝试密码可能会招致灾难。

“看来密码的线索还是在这个房间里。”宋摘星思索着，同时皱眉，“可房间里只有一个木头人不断重复着摩擦两个字，这又会是什么样的线索呢？”

李唯西回身看着紧身衣的中年男人，目色深深。

“他穿着紧身衣。”李唯西看向宋摘星，“像不像被绑着？”

宋摘星“啊”了一声，但很快理解了李唯西的意思。她看了看时间，还有五分二十秒。李唯西说得没错，她也感觉到自己呼吸有些困难，如果十分钟内他们没有走出去，性命堪忧。

“我刚刚待过的房间，是一间纯白色的房间，如果你不来救我，晚几天我自己就会疯掉。”宋摘星看着李唯西，说得极其认真，“你知道，心理学家进行过‘感觉剥夺’实验，就是在这样的隔离室内让人安静地待着。我被蒙着眼睛，手被绑住，其实就是在剥夺我的视觉和触觉，等时间久了，我的感觉就会出现紊乱，感到恐慌，进而产生幻觉，思维迟钝，有紧张、焦虑、恐惧等反应。”

李唯西点头：“这种实验持续数日后，被试者会双手发抖，不能笔直走路，不能解决简单的问题，形同废人。”

“他们的目的就是搞疯我们。”

宋摘星上前一步，盯着呆滞的中年男人看了一会儿，接着和李唯西说道：“这个男人会不会也有心理疾病？”

李唯西知道她在指什么，意味深长道：“摩擦癖。”

红牌上的时间显示不足三分钟。

宋摘星已经微微有些喘不上气来，她捂着心口说：“摩擦癖是习惯性和癖好性通过触摸或摩擦异性身体而获得性快感的一种性变态。如果这个人真的是摩擦癖的话，我们想要得到密码就要和他互动。”

李唯西见她脸色有些发白，知道时间已经不多，连忙说道：“我来。”

“不，”宋摘星阻止他，“这个男人需要和异性摩擦才能获得快感，只能由我来。”

李唯西不忍，却见宋摘星已经上前靠近了紧身衣男人。宋摘星给了李唯西一个让他安心的眼神，随之贴着身子去触摸中年男。

中年男人仍然呆滞地看着她，却在她触碰到自己时说话声戛然而止。他将宋摘星一把拉过来，然而紧接着下一秒，中年男人抓着宋摘星的胳膊直直向她刺去。

“啊！”

宋摘星这才看见他被裹在紧身衣内的手竟然长出了钢刺，锋利而又尖锐的刺会直接刺穿她的胳膊。

说时迟那时快，就在宋摘星紧闭双眼吓得不知所措时，李唯西上前一脚将中年男人踢翻在地，而那长长的钢刺因为中年男的失衡转而插向了他自己。

四道血痕出现在中年男人的胸口，鲜血如注。

宋摘星被李唯西扶住，不可思议地看着躺在地上一动不动的中年男，颤抖道：“他死了。”

李唯西目光越发深邃，转瞬带着宋摘星远离了中年男人，咬牙说道：“这个地方太诡异了，我们去试试密码。”

红牌上时间还有16秒，如果这次试错了，那么两人就再也没有机会了。

氧气稀薄，宋摘星只感觉头昏脑涨，问道：“试什么数字？”

李唯西回头看了一眼紧身衣男身上的血痕，心下一沉：“4。”

宋摘星半信半疑地走到密码锁旁边，直接按了数字4。

门忽然开了。

“不，这不可能。”宋摘星面色惨白。

怎么会如此诡异，血痕难道不是随机的？这怎么可能？！

两人刚一走出来，后门便又关上了。

他们接着向上走，漆黑的楼梯连彼此的脸都看不清。

宋摘星不知道这到底是个什么地方，戚戚道：“希望能早点出去。”

李唯西没有说话，他还陷在之前那间房子的情绪里。一切发生得都太快了，也太诡异了。

然而他们很快来到了下一间屋子。与上一间一样隔在楼梯与楼梯之间，必须穿过才能继续向上走。

第二间房子的门打开，进去后的情形让宋摘星更加惊慌。

是个八边形的房间，八个门，正中间站着一个浑身“长满”扣子的人。只见他整张脸上都贴着各种颜色的圆形扣子，身上更是被扣子包围，密密麻麻，阴森可怖。两人进来时他攥着拳头，一动不动地看着他们。

宋摘星大骇：“密集恐惧症……”

然而李唯西却关注到所有扣子上都写着数字：101、2、46、33、97、56……

是密密麻麻的数字。

宋摘星感觉房间有些热，虽然没有了倒计时的牌子，她心中却更加不安："我们到底在哪？"

李唯西围着房间走了一圈，将八面墙上的八个门看了一遍，转回身和宋摘星说道："你还记得段长惟的北斗七星圆台吗？"

"当然记得，安全的路是北斗七星形状。"

"段长惟也是周鸣山的首席游戏设计师。"

宋摘星惊道："难道这些房间是段长惟设计的？"

李唯西："我只是猜想，还不能确认。段长惟精通天文与古史，如果真是他设计的，那么这八个门更像八卦阵。"

宋摘星随他一起往四周看："常用在古代军事上的八卦阵？"

李唯西点了点头："如果八卦阵的想法成立，这八个门中就只有一个门是出口。八个门分别对应八卦中的乾、震、坎、艮、坤、巽、离、兑，只有一个门是生门。"

宋摘星没想到他一个留学博士竟然对中国的阴阳五行那么精通，有些好奇："你研究过？"

"很少。"李唯西坦然道，"段长惟的案子后我为了分析他才翻了一些古书。"

宋摘星问道："生门指的是什么？"

"八卦中的艮是生门，方位位于东北方。"

宋摘星茫然地看向四周："这样密闭的空间，我们完全没有办法辨别方向。"

这一点李唯西倒不担心，他一直佩戴的手表就有指南针的作用，这是他长年破案必备的东西。

此时他拿下手表将其放置水平，宋摘星发现他的手表就是一个简易的罗盘。表盘上有一个小光标指向正北方向，中心会以数字和字母的方式显示他们当前的方位以及与正北方向相差的度数。

只用了片刻李唯西就找到了东北方向的那个门。每个门旁边都有密码锁，看来眼下只需要找到密码是什么就可以了。

房间内的温度还在上升，宋摘星感觉自己越来越热。

而这时她大喊一声，迅速让李唯西警戒起来。

“怎么了？”

宋摘星颤抖地指着扣子男，李唯西这才发现房间的温度已经让他身上的扣子开始熔化。原来扣子都是用特殊材质所做，熔点很低，只要温度持续上升，男人身上的扣子会在短时间内全部熔化掉。

“怎么办？”宋摘星有些不知所措，“这个男人身上那么密集，幸亏我们都没有密集恐惧症，否则到了这间房子里我们就要疯了。”

李唯西拉住宋摘星的手，暗暗观察着扣子男。即使在高温到扣子熔化的情况下，男人仍然一动不动地看着他们，让人毛骨悚然，不知道他到底是活人还是死人。

宋摘星这时忽然说道：“你看他身上扣子的颜色，总共是四种，蓝色、红色、白色和黑色。”

李唯西刚进门时就发现了这一点，只是没有想到扣子的颜色和出口有什么关系。

宋摘星问他：“八卦中有什么颜色吗？”

李唯西摇了摇头，这一点他也不清楚。

扣子还在熔化，如果他们还没有想到答案，那么扣子上的数字就会随着扣子一起熔化消失。

宋摘星心有戚戚：“那么多的数字，不知道到底哪个才是密码。”

此时李唯西已是大汗淋漓，房间温度越来越高，让他极其难受。

宋摘星迫不得已向前一步：“不然我再接触他一下，看看他会有什么样的回应？”

“不。”李唯西紧紧攥住她，“你看他连扣子熔化在身上都无动于衷，如果我们贸然接近他，或许他会瞬间将我们置于死地。”

宋摘星如今也满身是汗，热得头脑发蒙。她瘫在一角，高温下身体迅速脱水，让两人疲惫不堪。

而站在正中的扣子男依旧一动不动，呆若木鸡地看着他们。

就在这时，李唯西走近扣子男，细细观察他半晌，忽然挑眉道：“扣子的颜色不是蓝色，是青色。”

宋摘星：“青色？”

她首先想到彩虹赤橙黄绿青蓝紫的七色，有些不明白李唯西的意思。

李唯西转过身来：“五行上青色属木，红色属火，白色属金，黑色属水。”

宋摘星皱眉：“五行？金木水火土？和八卦阵有关系吗？”

“八卦是五行的延续。震巽木，离火，兑乾金，坎水，坤艮土。”

宋摘星缓缓站起身，目瞪口呆：“艮属土，又是生门。也就是说我们找到五行中代表土的扣子，然后查看上面的数字就可以出去了是吗？”

李唯西点头。

宋摘星再次观察扣子的颜色：“可是扣子并没有土黄色。”

李唯西接着道：“《周易》上有一些基础卦象，从身体观上讲乾为首、坤为腹、艮为手。”

原来游戏规则早就定好，从八边形门到扣子颜色所串联出的生路让人心惊。宋摘星下意识去看扣子男紧紧攥住的双手，恍然大悟道：“他手中还有扣子！”

时间不多了，扣子男手上的扣子也开始熔化。

宋摘星有些着急：“看样子我们不能硬抢，一个这么密集的身体我们根本无法下手。”

“还有机会。”李唯西低头看了看时间，“刚才那个房间是摩擦癖患者，这个房间的人也是心理病人。”

宋摘星微蒙：“他针对的不是密集恐惧症患者吗？”

李唯西与她站到一处：“密集恐惧症不会让自己变得那么密集。”

宋摘星看了看他，又转头看了看扣子男。挨挨挤挤密不透风的扣子让她头皮发麻，然而紧接着她脑中一闪，大叫出声：“恋物癖。”

身子上粘着那么多扣子，根本不是密集恐惧症，而是他喜欢扣子，贪恋扣子！

宋摘星表情明朗起来：“原来是这样！这样就简单多了。”

李唯西从自己的衬衣上摘下一颗纽扣，慢慢走到扣子男身边。他抬手将那粒纽扣递给他，几乎在同一时间，扣子男就迫不及待地将左手打开。他手中的扣子果然是土黄色的，上面写着数字5。

宋摘星也从袖口上摘了颗扣子递过去，扣子男打开了右手，同样是土黄色以及数字5。

看来密码就是55。

李唯西转身按了密码锁，生门如预料般打开。

一股冷风从外面吹来，两人迅速逃离了房间。

温度再次回归正常，站在楼梯上的两人如释重负，刚才的地方简直是让人窒息的如火地狱。

“还往前走吗？”李唯西担心她的身体吃不消。

宋摘星却回以他信心：“我笃定，我们继续往上走肯定会走出这个地方。”

黑暗中两人的手握得更紧，似乎唯有如此才能让彼此的心更加接近。

沿着阶梯走了没多久，两人很快来到了下一个房间。

开门之前，宋摘星有些疑惑：“我们到底要走几个房间呢？”

李唯西轻声回答：“依照段长惟的爱好，或许是7个。”

“现在要走第三个了。”宋摘星松开他的手，靠近门一步，“这次让我先进去吧。”

李唯西紧跟着她上前，声音如水：“有我在，便永远不会先让你冒险。”

宋摘星心尖微动，一股暖流涌过。她知道他一直在自责自己的选择，然而她早就原谅了他。倘若他没有选择1号人物而是先把自己救出去，那么之后她便帮不了任何忙，只能任由1号人物自生自灭。早在周鸣山给李唯西选择的时候，他就早已想好了这条路，对于他们三个人来说这是唯一一条生路。

她没再说话，与他一起上前。两人进去后，刚刚打开的前门就紧紧关死了。

李唯西心下了然，如果决定继续向上走，这个地方就像被人控制一样不容许他们后退。

他叹道：“又是一个密室。”

然而话音刚落，两人站定的房间便冒出一股阴森之气。紧接着，对面的墙开始移动，直直向两人挤压过来。

两人皆是一惊！

巨大的轰隆声随之响起！

整个房间不大，以墙的速度来算三十秒内两人便要被挤成肉泥！

与此同时，对面的墙上开始发射一些弹珠似的东西，噗噗噗地投向两人。

李唯西猝不及防，胳膊上正中两个弹珠，直接擦出一道血痕。他连忙扯着宋摘星向墙边移动，对面的弹珠依旧密集有力地投向他们。

而此时墙已经移动到房间一半的位置，留给他们的时间不足二十秒。

“这些弹珠基本都弹到了我们身后的墙上。”宋摘星意识到弹珠数量蹊跷，一面躲着弹珠一面和李唯西说道，“你受伤了，让我来。”

李唯西的左臂还在往外渗血，宋摘星再次返回到中心的位置，发现弹珠留在墙上的位置果然是有规律的。

她连忙对他说道：“每次都是打在四个位置上，四个位置上的弹珠个数都不同，分别是……”

她数了数，对面的墙还有不到十秒就要挤压过来。

“分别是4、7、1、5。”

李唯西顾不得痛，捂着胳膊跟过来。即便有两个弹珠因为擦伤了他的胳膊偏离了轨道，但是后面打出来的弹珠确实都依次分散在了四个位置上，看来这些弹珠一直在持续有序地发射。

他看了看弹珠的痕迹，四个位置分成三排，第一排弹珠个数是1；第二排弹珠有两个位置，右边个数是4，左边个数是5；第三排的弹珠个数是7。他摸了摸7的位置，弹珠密集地挤压在一起，个数一目了然。

“快去按密码。”

对面的墙已经离他们不到一米。宋摘星赶紧移动过去，紧接着听李唯西说道：“5741。”

几乎在同一时间，房间中传出一声巨大的轰隆声。

宋摘星直接将李唯西带出后门。

两个人停在台阶上心跳如鼓，宋摘星打开手机的手电筒查看他的伤口，幸好都是擦着皮过去的，否则小小的弹珠嵌进肉里便很难再取出来。

宋摘星从自己衣服上撕下一块布条给李唯西做了简单的包扎，心疼道：“出去之后再给你重新清理一下。”

李唯西怔怔地看着宋摘星，喉头一紧："你的脸色不太好。"

宋摘星声如蚊蚋："如果我们死在这里怎么办。"

李唯西覆上她的指尖："有我在。"

宋摘星泪雾升腾，吸了口气，几秒后整理好情绪才又问他："刚才时间太紧迫，你怎么知道密码的顺序？"

即便知道密码是四个数字，也很难在短时间内判断出哪个数字在前哪个数字在后。和他在一起确实令她心安，大概也只有他才能在如此短的时间内知道如何破解密码。

此时李唯西坐在台阶上，冷静道："这间房子很奇怪，和其他房间都不相同。刚才的弹珠其实是在给我们数字提示，关键信息在三个横排里。"

"刚才上中下三排数字有特别的意义吗？"

"是键盘。"李唯西半握着拳，眸色更深，"最上排的数字1对应在键盘上正好是R键的位置。第二排左边数字5对应的是A键，右边数字4对应K键，第三排数字7对应B键。"

宋摘星明悟："密码就是按照英文字母的顺序排列！"

李唯西点头，语气却异常冷冽："越来越诡异了。"

宋摘星也坐下来，半靠在他的肩头。两人不再说话，漆黑的环境让他们感受着更多不可预判的压力。后面的路那么长，未知那么多，而更为严峻的状况是他们逐渐消耗的体力和脑力，不知道还是否能支撑他们走完全程。

孙鸣出院后转了岗，调到档案室做了一名行政人员。转眼已到夏初，即使深夜也能感受到空气中的躁动。马路安静下来，窗外一片绿荫深深，反倒听到许多虫鸣声。

午夜一点，还在刑警支队加班的孙鸣接到了一个电话。在安静的夜里显得极为突兀与不祥。

对方的声音清脆利落，给了孙鸣一个地址后只说李唯西有危险。

孙鸣当即带着几名干练的警察来到那片森林，但是茅屋早已坍塌，根本没有发现任何入口。他尝试给李唯西打电话，得到的回音也是对方没有信号。即使带来了搜救犬，他们忙活了几个小时依旧一无所获。

他确信对方没有给自己开玩笑，只能不断尝试继续搜寻，直到晨曦透过林叶打到身上，他才恍觉一夜竟这么过去了。

几名队员早已筋疲力尽，孙鸣最终选择无功而返。

他踩过一片腐败的落叶，一瘸一拐地向原路返回。然而他不知道的是，在落叶下面的十几米处，李唯西和宋摘星还在黑暗中继续探索。

如今李唯西与宋摘星来到了第四个房间门外。

不再需要多余的语言，李唯西先一步将门打开。

进去后刚刚打开的那扇门如约关死。

比起之前的房间，这个房间显得逼仄和低矮。因为对面不是墙面，而是一个矩形水缸。水缸拔地而起，又长又窄，直接挡住了他们的去路。更令人惊异的是，密码锁就在水缸的旁边，而不是对面的墙上。

水缸的高度并没有直达天花板，只是略高于李唯西，让两人得以知道水缸后面才是对面的墙体。这让两人更加困惑，难道要砸碎水缸才能继续向前走吗？可房间内却没有任何工具让他们这样做。

水缸中游着两尾鱼，一条黑色一条白色，隔着玻璃能清楚地看到它们被困在水缸中的上层。有一个透明的隔板挡住了它们向下游去，留给两尾鱼的空间更加狭窄。

宋摘星盯着鱼儿看了一会儿，疑惑道：“为什么要放两条鱼？”

李唯西一时也毫无头绪，而且让他更加不解的是，这间房子为什么要这样设计。

宋摘星一手贴在玻璃缸上，眼睛瞪得大大的：“密码会不会就在这两条鱼身上？”

李唯西皱眉，他向后退了几步，感觉房间有些冷。

“阿星，房间在降温。”

宋摘星一惊：“难道出不去就要被冻死在这儿？”

李唯西没说话，时间一分一秒过去，自从经历了第三个房间，他一时想不到几个房间到底有什么样的共同之处。

“你有没有闻到什么味道？”

宋摘星眉头皱得紧紧的，又吸了吸鼻子：“一点点，隐隐约约。”

李唯西嗅了嗅四周，并没有发现什么特别。

宋摘星贴着玻璃缸，使劲儿吸了吸：“老人味。”

这个味道她太熟了，她的外婆就有这样的味道，也是她最想念的味道。那时候她还小，父母上班无法照顾她，外婆跟着他们一起生活了好几年。外婆去世后，她从其他老人身上闻到这个味道时便常常想起外婆。

老人的皮肤新陈代谢比较缓慢，所以沉积了大量的死皮，这些死皮的味道是老人们身上常常带着的味道。

李唯西忽然明白过来降温的原因，连忙贴近玻璃缸。他轻声和宋摘星说道："这个房间还有人。"

宋摘星吓得险些趔趄，惊骇道："还……有人？在……在后面吗？"她看着水缸玻璃映着她自己惨白的一张脸，额头冷汗涔涔。

李唯西不动声色。他想这个房间之所以降温，就是为了给他们增加障碍，让老人身上的味道散发缓慢，无法轻易被察觉。

宋摘星稳了稳心神，在原地站定："一个摩擦癖，一个恋物癖，如果这个房间内有人却不想让我们察觉，应该也有心理疾病。"

"密码或许就在这个人的身上。"

李唯西说罢将目光投向水中的鱼儿，慢慢抬起手指，照着黑鱼的位置轻轻敲打了一下玻璃。

黑鱼被声音吓得极速向对面的玻璃游去。因为玻璃缸非常窄，鱼儿在碰触到对面的玻璃时发出咚的声响。

就在此时，鱼儿好像又受到了惊吓，再次迅速游到李唯西这面。

李唯西如释重负般浅笑，对着宋摘星说道："一次。"

接着他又轻轻弹了玻璃缸一下，只见鱼儿转到对面时又以极快的速度折回来。

"两次。"

他重复之前的动作，直到鱼儿回来三次后，无论他再怎样刺激那条黑鱼，它都没有再折回来。

"三。"

李唯西停止对黑鱼的戏弄，转而按照相同的动作"关照"白鱼。

白鱼在躲避两面的敲打时一直在往前游，直到游到墙壁才返回来。其间白鱼游向墙壁时受到对面四次惊吓，返回来后又受到三次惊吓。

他又重复了几次，得到的数字和第一次完全相同。

宋摘星懵怔地看向李唯西："43？密码是343？"

李唯西摇头："不是43，是7。因为房间逼仄，鱼儿无法在一条直线上完成七次，只能分成两次。"

宋摘星皱眉："密码是37还是73？"

李唯西转头看她："你猜到对面的人有什么心理疾病了吗？"

宋摘星苦恼地摇头。

李唯西顿了半晌才又说道："社交障碍。"

宋摘星原还困惑，被他这样提醒恍然大悟："明明都在这里，能够通过鱼儿回应你，却不愿意开口说话。缺乏交往的勇气和信心，害怕见到我们，他确实更像社交心理障碍患者。"

李唯西走到密码锁旁边，补充道："这也是为什么要用鱼儿来传达出密码，而不是自己出现。"

"这个地方真的太奇怪了。"宋摘星道，"每个房间都像被控制，可每个房间的人又完全有自己的行为准则。这根本不是密室逃脱的游戏，我感觉这里隐藏着更多的阴谋。"

李唯西在密码锁上按了数字37，连接鱼缸的另一侧墙壁上乍然开了一道门。

李唯西带着宋摘星走出门去。

"社交障碍患者多数恐惧、自卑、封闭和孤僻，他肯定不希望我们在这儿长待，给密码的顺序一定早就安排好了。"

两人甫一出来，门紧接着关闭。出现在他们面前的，是继续向上走的阶梯。

他们从始至终都没有见到那个社交障碍患者，或许那个人垂垂老矣，一辈子也没有出去过。

李唯西在心中揣度，如果一直沿着楼梯向上走，那么最终他们肯定会走到出口。

宋摘星也有了信心，一边爬楼梯一边向李唯西问道："现在几点了？或许出去后我们还能赶上太阳升起。"

李唯西的声音在黑暗中更加清澈："第三个房间出来后手表就停了。"

宋摘星一愣："手机呢？"

“不久前也关机了。”

其实他们在里面很久了。李唯西怀疑1号人物联系警方却没有找到他们，不仅仅是因为警察和自己联系不上，更重要的是宋摘星身上的定位器也被屏蔽了。

这是最坏的想法。

正思索着，两人来到了第五个房间门口。

两人对视一眼，各自无话便进去了。已经走到这里，想说的话一个眼神便能懂了。

钢质门再次闭合时，两人被眼前的一切惊呆了。

整个房间像一张网，紧紧地将一个人封锁在对面的角落里。

是个女孩，短头发，二十岁左右，半蹲在角落里瑟瑟发抖，整张脸已经惊吓扭曲到变形。她的脚下是一圈蚂蚁，而蚂蚁的外层是一圈蜘蛛，蜘蛛的外层是一圈蝎子，蝎子的外层是一圈老鼠，老鼠的外层——是李唯西和宋摘星脚下的巨蛇。

五个半圈像Wi-Fi信号一样一层又一层扩展，更让人不可置信的是，明明是天敌关系，可是这些动物却紧紧地黏在属于各自的那条线上，一动也不动。

察觉到房间内进了人，女孩缓缓站起身，却仍然不敢看脚底下的那些东西。

宋摘星和李唯西不敢冒进，但都心知肚明，面前的这个女孩是动物恐惧症患者。

只是他们脚下的巨蛇花斑遍体，身形粗壮，极其恐怖，就算他们两人没有心理疾病，一时也想不到如何应对现在的局面。

宋摘星附耳和李唯西偷偷说道：“既然这些动物都无法活动，不如先走到对面。”

李唯西却阻止她，他们现在最好的办法就是原地不动。

然而他话还未说出口，对面角落里的女孩忽然歇斯底里大叫起来，声音几乎穿透墙壁，震得耳膜生疼。

与此同时，她脚下的蚂蚁竟然开始一个一个四处奔逃。

紧接着蜘蛛爬向蚂蚁，蝎子爬向蜘蛛，而离蝎子远一些的老鼠也开始吱吱乱窜，搅得整个房间混乱不堪。

李唯西暗叫不好，果不其然，巨蛇慢慢直立身子，开始发动攻击。

整条蛇有几米长，单单半挺身子就已盖过李唯西。李唯西连忙扯着宋摘星向对面跑去，只是为时已晚，巨蛇已经注意到他们俩，径直冲着二人追去。

房间不大，就在巨蛇张着大口要吞噬宋摘星时，两只老鼠忽然从半空跃过，被巨蛇一口吃掉。而地面上的蚂蚁早已消失殆尽，蜘蛛所剩无几，连蝎子都像吃饱了一样趴在地上蠕动缓慢。

然而李唯西和宋摘星的危机并没有解除，房间中已经少有下脚的地方，蝎子和蜘蛛都有毒，一旦被任何一个虫子咬到，他们都会命悬一线。角落里的女孩半蹲在那里，一只老鼠蹿了过去，眼看它就要爬到女孩身上，宋摘星几步跑过去直接将老鼠踩在脚下。

老鼠被精准有力地踩住，李唯西微微一愣，却听宋摘星大喊道："快找找密码！"

李唯西点头，而宋摘星则继续驱赶着女孩周围的蝎子和蜘蛛。未料她保护着女孩的同时，巨蛇却直接向宋摘星奔去。

刚刚因为宋摘星的动作，很多老鼠都环伺在她周围。女孩一直不停地大叫，引得花斑巨蛇速度更快，瞬间要将两人吞噬。李唯西大惊，跃起身子一把将宋摘星推到一侧。

两人跌倒在地。而地面上的老鼠却迅速爬到宋摘星和李唯西身边。

吱吱的声音不绝于耳，宋摘星顾不得害怕，爬起身子直奔李唯西。此时李唯西脚下不仅有老鼠，还有越来越多的蝎子聚集，整个地面变成了一个巨大的不断涌动的虫场。

更让他们措手不及的是，宋摘星拉住李唯西的同时，一只老鼠飞速地落到宋摘星的胳膊上咬了一口。

钻心的疼痛瞬间袭来，宋摘星觉得胳膊又麻又痛，咬牙嘤咛一声。

李唯西将蝎子踹到脚下，拉着宋摘星向后门移动。

而对面的巨蛇直立起身子，就在两人移动的间隙，巨蛇已张开大口横扫了地面所有的残尸。紧接着，连前一秒还活蹦乱跳的老鼠和蝎子也一起成了它的腹中餐。

还躲在墙角的女孩趁机逃离，整间房子透着刺鼻的血腥味。

兴许吃得太多，巨蛇盘曲着身子卧在地上，开始了它的消化时间。

诡异的是，巨蛇那么长，它却只盘曲了一道，整个身体呈现出一个数字2的形状。

经历了摩擦癖的四道血痕，宋摘星和李唯西站起身来面面相觑，难道密码就是巨蛇的身体展现出来的数字？

如果是的话，宋摘星不寒而栗，他们绝对被人控制了。

女孩终于开口：“我跟着你们一起走。”

她的眼睛大大的，短头发的样子精神奕奕，没有了蜘蛛和蚂蚁的存在，也就没了恐惧。

李唯西点了点头：“我去按密码。”

他径直走到密码锁边上，按了数字2，后门如愿打开，短头发女孩笑了起来。

只有李唯西和宋摘星的表情不好，这已经不是诡异能够形容的了。

李唯西牵住宋摘星的手，缓缓迈开了步子：“走吧。”

无论如何，第五关已经过去了。

李唯西关切地看向宋摘星：“胳膊怎么样？”

宋摘星看了看被咬的地方没有血渗出，让他放心：“没关系。”

二人先一步迈出后门，短发女孩紧跟过来。然而就在她离后门一步之遥时，巨蛇不知何时早已立在他们身后，毒牙毕露，一口便将女孩的头吞了下去。

只剩一副无头尸体僵在原地，宋摘星吓得面色苍白，惨叫连连，而李唯西下意识捂住她的眼睛，因为女孩的尸体再次被巨蛇咬了一截，血肉横飞，更为恐怖。

“不，不！”宋摘星眼泪唰地下来。

房间中的巨蛇没有出来，吃掉了女孩的尸体让它行动缓慢，而后门则在轰隆声中紧紧闭合。

宋摘星瘫在李唯西怀中，哭得不能自已：“密码2是因为最后只会剩下两个人吗？”

李唯西没有出声，修长的指尖抚过她的长发，带着凉意。

刚才的一幕太过血腥，让两人心悸不已。李唯西更加笃定，段长惟留下的密室绝不简单。

楼梯弯弯曲曲，越来越窄。黑漆漆的通道里连脚步声都显得怪异诡秘。

很快，他们来到了第六个房间。

门开后，李唯西紧接着趔趄一步。

一个十几平方米的密室，地面被分成无数方格，方格有黑有白，完全没有秩序，而段长惟则站在正中心的位置，浅笑看着他们。

宋摘星直接怔在原地："这不可能！"

李唯西定了定心神，一瞬不瞬地看着段长惟。他依旧戴着金丝边眼镜，通身儒雅斯文。

段长惟笑道："这是由我设计的游戏，欢迎你们进来。"

宋摘星皱眉："你还活着？"

段长惟笑而不答。

李唯西和宋摘星进入门后站定的地方是一块方形黑色格子，紧邻的右边格子也是黑色，左边格子是白色，而中央位置段长惟站定的格子也是白色的。宋摘星本想走上前仔细看看他，却被李唯西一把扯住。

他怀疑这些格子并不安全。

段长惟似乎读出了他的想法，淡淡出声："如你所料，一旦踏上去，性命就全在这些格子上。"

李唯西补充他的话："密码也在格子上。"

"当然。"段长惟顿了顿，"走完安全的格子，密码就会出现。善意的提醒，只需要一个数字就可以出去，但是假如你们没有按对，这间房子会伴随着错误和你们一起消失。"

"消失？"宋摘星大惊，"我们都会死在这里吗？"

段长惟摇头："你们会被永远锁在这里，再也看不到明日的太阳。"

连同李唯西皆是一惊。

宋摘星看了看脚下，如今她和李唯西站在同一个格子里，至少保证当下这个格子是安全的。而段长惟站在中间的白格子上，说明中间的白色方格也是安全的。

她看向李唯西，率先说出自己的想法："密码只有一个数字，我们和段长惟所站的位置都在这个数字之中。"

她话音未落，段长惟笑意尽敛，接着对他们说道："为了让你们能够放松玩游戏，来段音乐助兴吧。”

房间中紧接着出现很大声的重低音，砰砰砰地震得心脏乱跳。

段长惟十分绅士地做了邀请的动作：“那么，游戏开始。”

接着，他就像第一个房间中的摩擦癖患者和第二个房间中的恋物癖患者一样，一动也不动地看着他们，像座雕塑一样，僵硬瘆人。

宋摘星已经见怪不怪了，自言自语道：“不用说，这个房间的心理病就是密闭恐惧症了。”

她指的自然是段长惟的心理疾病，不过眼下她完全看不出这个病和密码有什么关系。

李唯西听着音乐由低音变成高音，而且都是半音半音往上，心中一凛。

宋摘星问道：“有什么眉目吗？”

李唯西低眉，被汗湿透的头发黏在她的额上，让她看起来既憔悴又狼狈。他心知前几关早已耗尽她的气力，心尖微凉。

音乐还在继续，不过听久了能分辨出这只是一小段重复的曲子，并不完整。

半晌，李唯西道：“我猜到这是什么样的游戏了。”

宋摘星微惊：“什么？”

李唯西看着她，声音柔软：“这几关游戏都是段长惟所设计，但绝不仅仅由他一个人参与，因为这几关都有一个共同点。”

宋摘星也在寻找几关的共同点，却一直没有找寻到。如果说每一关都有一个心理病人的话，很明显第三关并没有。

李唯西接着说道：“这是心理游戏，通关下来，考验的是玩家的感觉属性。”

宋摘星下意识想到的是心理学教科书上对感觉的定义：感觉是脑对直接作用于感觉器官的客观事物的个别属性的反映，是一种最简单的心理现象。

但这跟游戏有什么关系呢？她有些不明白：“什么感觉？”

李唯西还握着她的手，一直没有松开。

“第一关通过摩擦才获得密码，是触觉游戏；第二关通过扣子颜色获得密码，是视觉游戏；第三关需要快速的移动，考验的是肌肉运动觉；第四关的社交障碍患者则考验的是我们的嗅觉；第五关则是考验我们的皮质感觉。”

听他讲解完，宋摘星立刻察觉到背后的逻辑，不觉唏嘘道：“那些心理病人其实只是我们通关的辅助，真正考验的竟然是我们对感觉的认知。”

李唯西点头：“之所以将它称为心理游戏，是因为感觉是各种复杂的心理过程（如知觉、记忆、思维）的基础。就这个意义来说，我猜测周鸣山在着重开发心理游戏。”

“果然和其他游戏体验不一样。”宋摘星回过神儿来，听着房间内的音乐说道，“难道这一关是听觉游戏？”

李唯西将目光投向地板上的方格子，那些毫无秩序的黑白色格子在他眼中有了另外一层含义。

“房间内的格子总共是88格。”他指着左前方的一角和宋摘星说道，“从那里开始数，黑白的顺序正好是钢琴键的顺序。钢琴共有88个琴键，其中包括52个白键和36个黑键，没猜错的话，房间中的白黑格子的数量正好对应52和36。”

宋摘星赶紧去数，果然全中。

她惊奇道：“段长惟给我们放的音乐其实就是给我们的指引对吗？”

听了这么一会儿，她自然也听出了音乐中高低音的转变和循环，就像弹完所有钢琴键再重新弹一样。

李唯西眉梢半挑：“看似那么多格子，其实这一关并不复杂。找到音乐中我们站定位置的那个音符，然后跟着音乐走就可以了。”

宋摘星欣喜：“听觉游戏的玩法真是别致。”

李唯西将她的手握得更紧，凝神听着乐曲中的音阶，当他根据格子顺序推断出自己在音阶中的位置时，随即拉着宋摘星向左走。

向左走了两格后，音调由低到高，李唯西紧跟着右转往前。

“我们现在在大谱曲中A1的位置。”李唯西带着她加快了速度，一直走到另外一端，接着向右拐。

“G2、E4、F4、D6……”

他一边数着自己在音阶中的位置，一边带着宋摘星按乐曲给的调子往前走。直到他们重新回到了刚进门站定的黑色格子上。

乐曲结束，重新开始。

刚刚走过的这些格子全部安全，说明他们的推断是正确的。他们走了一个长方形，答案已经明朗。

即便乐曲并不完整，但从他们的路线来看，个位数中有闭合环线的数字并不多，再加上段长惟站定的中间格子是安全的，那么只有数字8符合这一点。

重低音再次出现，李唯西带着宋摘星快速向着后门的密码锁走去。

他按了数字8。后门缓缓打开。

有轻微的风簌簌扑来。

他回头看了一眼正中心一动不动的段长惟，没有与他道别。因为他知道段长惟早就死了，那个人根本不是他。

他带着宋摘星沿着阶梯继续向上走。

还有最后一个房间，能走出去他们就算得救了。

两个人心底都很高兴，即便楼梯漆黑，彼此的温度却能清晰感知。李唯西知道，他根本不能失去宋摘星，从很久很久之前就不能了。

一路向上，两人终于到达最后一个房间门口。

宋摘星笑，先他一步上前。

最后一个门就留给她吧。

钢质门缓缓打开，宋摘星笑着带他进去。

房间内的灯突然亮了起来。

与此同时，后门上面的红色牌子开始出现一个10：00的标记，而后是09：59、09：58……

房间内一个四十多岁的男人穿着紧身衣，口中念念有词，正呆滞地看着他们。

紧身衣男人一直在机械般地重复一个词：摩擦、摩擦、摩擦。

李唯西和宋摘星大惊失色。

“不。不！”

根本没有第七个房间，他们一路向上，最终却回到了第一个房间。

空气越来越稀薄，两个人被困在地下十几米的地方，被眼前的一切惊得再也挪不动步子。